ERIC WALZ

Die Glasmalerin

Buch

Trient, im Oktober 1551: Das bedeutendste Konzil seit Jahrhunderten wird in der Stadt vorbereitet. In wenigen Tagen soll darüber entschieden werden, ob die protestantische und die katholische Kirche sich wiedervereinigen. Die Chancen dafür waren nie so gut, doch dann erschüttert eine Mordserie an Bischöfen das Konzil.

Der junge Jesuit Sandro wird vom Papst beauftragt, die grausamen Verbrechen aufzuklären. Unterstützung bekommt er von der jungen Ulmer Glasmalerin Antonia Bender, die zusammen mit ihrem Vater die Fenster des Trienter Doms gestaltet. Während der Ermittlung kommen die beiden sich näher als erlaubt – eine unmögliche, verborgene Liebe. Antonia weiht nur ihre Freundin Carlotta, eine Hure, in ihre Gefühle ein. Doch die junge Glasmalerin ahnt nicht, dass Carlotta nur aus einem einzigen Grund nach Trient gekommen ist: Sie hat vor, den Sohn des Papstes zu töten …

Autor

Eric Walz wurde 1966 in Königstein im Taunus geboren. Nach einer kaufmännischen Ausbildung arbeitete er mehr als zehn Jahre lang in verschiedenen Positionen, bevor er sich den Jugendtraum, Bücher zu schreiben, erfüllte. Sein Debütroman *Die Herrin der Päpste* wurde auf Anhieb ein großer Erfolg. Eric Walz lebt heute als Schriftsteller in Berlin.

Von Eric Walz außerdem lieferbar

Die Hure von Rom (36719) · Der schwarze Papst (37269) · Die Giftmeisterin (37318) · Die Sündenburg (37696)

Eric Walz

Die Glasmalerin

Roman

blanvalet

Verlagsgruppe Random House FSC-DEU-0100
Das FSC®-zertifizierte Papier *Holmen Book Cream* für dieses Buch
liefert Holmen Paper, Hallstavik, Schweden.

1. Auflage
Taschenbuchausgabe Juli 2012 im Blanvalet Verlag,
einem Unternehmen der Verlagsgruppe
Random House GmbH, München

Umschlaggestaltung: Tertia Ebert
Umschlagmotive: Illustration Tertia Ebert; The Maas Gallery,
London/The Bridgeman Art Library
Redaktion: Ilse Wagner
wr · Herstellung: sam
Satz: omnisatz GmbH, Berlin
Druck und Bindung: GGP Media GmbH, Pößneck
Printed in Germany
ISBN: 978-3-442-37940-8

www.blanvalet.de

Für Anna, Christoph und Manfred
Zur Erinnerung
an unsere gemeinsame Kindheit

Lasst, die Ihr eintretet, alle Hoffnung fahren

Prolog

Trient, 8. Oktober 1551,
drei Tage vor Eröffnung des Konzils

Carlotta hatte nur ein einziges Ziel: den Sohn des Papstes zu töten. Nur deswegen war sie von Rom nach Trient gereist, nur darum nahm sie dieses Leben als Hure noch auf sich, um den neunzehnjährigen Innocento, Kardinal Innocento, zu ermorden, und zwar auf eine Weise, dass sie selbst unentdeckt blieb. Manchmal träumte sie davon, wie sie den Jüngling, eingehüllt in einen weiten Umhang mit Kapuze, nachts verfolgte und ihm in einem günstigen Moment den Dolch in den Rücken jagte. Im Schlaf spürte sie die Genugtuung, ein Gefühl wie der Klang von tausend Glocken. Ja, manchmal träumte sie von Innocento, was erstaunlich war, denn sie kannte ihn überhaupt nicht.

Mit ruhiger Hand goss sie ein wenig warmes Wasser in einem gleichmäßigen Strahl über die Füße ihres Kunden. Salvatore Bertani mochte das, er hatte es verlangt. Er räkelte sich auf seinem Bett und gab Laute von sich, die Wohlbefinden ausdrücken sollten, aber nicht von Geräuschen zu unterscheiden waren, die man bei Magenbeschwerden von sich gab. Seine zittrigen, mit kostbaren Ringen geschmückten Finger waren über der nackten Brust gekreuzt, so als würde er beten, und seine Augen waren geschlossen.

»Ja«, murmelte er in das nur vom Kaminfeuer und einer Stundenkerze beleuchtete Zimmer. »Weiter so.«

Sie massierte seine Füße, vor allem die Sohlen, wunschgemäß zuerst den linken, dann den rechten Fuß. Bertani hatte ihr alles haargenau erklärt, damit sie nichts falsch machte. Sie bediente ihn zum ersten Mal. Obwohl er oft in Rom gewesen war, war sie nie in seine Nähe gekommen, denn er hatte seine feste Konkubine gehabt, ein siebzehnjähriges Mädchen mit traurigen Augen und blauen Flecken, die sich wie eine Krankheit über ihren Körper verteilten. Sie hatte ihn kürzlich verlassen, war davongelaufen, was lange Gesprächsstoff unter den Huren der Ewigen Stadt gewesen war. Carlotta hatte ihren Namen vergessen, irgendetwas mit G, sie wusste das nicht mehr so genau. Mit ihren Kolleginnen hatte sie nie viel zu tun gehabt, denn im Gegensatz zu ihnen hatte Carlotta keine Beziehung zu ihrer Arbeit, sie spürte weder Leid noch Lust noch Gleichgültigkeit. Sie spürte nur Zorn. Der Zorn, der Hass waren bei Tag und bei Nacht ihre Begleiter geworden.

»Genug«, sagte Bertani.

Carlotta schüttelte ihre schwarzen Haare und rieb damit seine Füße ab, ganz vorsichtig, so als streichle sie ein Kunstwerk. Bertanis Füße waren die eines ganz normalen Greises, mit verwachsenen Nägeln und vielen buschigen Haaren auf den Knöcheln, aber Carlotta nahm keine Notiz davon. Sie hatte in den vier Jahren, seit sie Konkubine geworden war, ganz andere Dinge gesehen, dagegen war der rüstige alte Bertani ein Apoll. Was ihr Sorgen an ihm bereitete, hatte nichts mit seinem Aussehen zu tun, und sie wagte nur aus einem einzigen Grund, sich mit ihm einzulassen: Bertani würde ihr etwas verschaffen, das weit kostbarer für Carlotta war als das Geld, mit dem er sie für diese Nacht gekauft hatte.

»Komm jetzt her«, befahl er. »Mach weiter.«

Seine grauen Augen beobachteten Carlotta, während sie sich erhob und neben ihn vor das Bett kniete. Es war besprochen worden, dass sie jetzt die Hände faltete.

»Gut so«, flüsterte er. »Nun siehst du brav aus wie ein kleiner Engel, obwohl du eine reife Frau bist, eine verdorbene Hure. Aber ich liebe reife verdorbene Frauen, nur die ganz jungen und unverdorbenen liebe ich mehr. Wie alt bist du? Antworte!«

»Vierzig.«

Er lachte. »Du bist alt. Aber dein langes Haar gefällt mir, es fühlt sich an wie weiche Schafwolle. Vielleicht mache ich dich zu meiner Dauergefährtin.«

»Das möchte ich nicht«, erwiderte Carlotta.

Seine Finger krallten sich in ihre Schultern, dass es schmerzte.

»Diese Wahl hast du nicht. Du bist gut bezahlt worden.«

»Für heute Abend, ja. Ab morgen seid Ihr wieder ein Bischof, und ich bin eine freie Frau.«

Er lachte. »Ich könnte dich schlagen, das weißt du. Schlagen, bis du mir gehorchst.«

Welchen Schmerz, dachte sie, könnte Salvatore Bertani ihr zufügen, der größer war als der Schmerz, den sie seit Jahren mit sich herumtrug?

Er drückte ihr einen harten, leidenschaftslosen Kuss auf die Lippen, den sie geübt erwiderte. Bertani sah sie kurz an, prüfte, ob ihre Hände noch gefaltet waren, leckte sich zufrieden die Lippen und küsste sie erneut, genauso wie beim ersten Mal.

Als er sich von ihr löste, bekamen seine Augen für einen kurzen Moment einen wässrigen Glanz und den Ausdruck von Entrücktheit.

Der Schlag seiner flachen Hand traf Carlotta auf die Wange und warf sie zu Boden.

Sie blieb liegen. Die Fliesen waren kalt, Oktoberfliesen, und kühlten ein wenig ihre heiße Wange. Carlotta ertrug alles. Sie hätte aus dem Fenster schreien können, dass der angesehene Bischof von Verona, einer der Delegierten des Konzils, sie schlage und sich an ihr vergehe. Auch hätte sie sich wehren können. So schwach war sie nicht, um einen alten Mann mit dünnen Armen nicht kampfunfähig zu treten. Aber sie nahm es auf sich. So bitter es war, sie brauchte Bertani noch. Bevor er ihr nicht das Schriftstück gegeben hatte, das sie benötigte wie ein Dürstender das Wasser, war sie seine Sklavin.

Er zog sie auf die Füße. »Mach weiter«, sagte er, als sei nichts geschehen.

Er legte sich auf das Bett, und Carlotta wollte soeben mit gefalteten Händen auf seinen Körper kriechen, als aus dem Nebenzimmer Geräusche drangen.

»Was ist da los?« Bertani schreckte auf.

»Vielleicht ein Diener«, sagte Carlotta.

»Ich habe alle Diener fortgeschickt, das Haus ist leer.«

Schritte waren zu hören, Absätze von Stiefeln auf den Fliesen, ein unheimlicher Moment der Stille, dann wieder Schritte. Die Kerze flackerte im Luftzug, der durch einen offenen Spalt in der Tür drang, und verlosch. Nur das Kaminfeuer prasselte noch warm und heftig.

Stand die fremde Person schon an der Tür und beobachtete sie?

Bertani schob Carlotta zur Seite und zog eine Tunika über.

»Wer ist da?«, rief er und stand zögernd auf.

Eine Ewigkeit schien zu vergehen, bis eine Antwort kam. »Exzellenz«, rief eine männliche Stimme. »Bitte, wo seid Ihr? Verzeiht, aber ich muss Euch sprechen.«

Bertani warf sich noch einen Umhang über die Tunika und ging in den Nebenraum. Es gab einen kurzen Wortwechsel zwischen ihm und dem Fremden, dann steckte er den Kopf ins Schlafgemach, sagte Carlotta, es würde einen Moment dauern, und schloss die Tür von außen.

Carlotta hatte keinen Versuch gemacht, sich für den Fall zu verhüllen, dass der Fremde den Raum betreten hätte. In tausend Nächten hatte man sie nackt gesehen, und mit der Scham war es anders als mit dem Schmerz – die Scham verging mit der Zeit. Wie so viele andere Gefühle war sie langsam in ihr erstorben, Blättern gleich, die der kalte Herbstwind von den Bäumen riss. Carlotta war einsam geworden in diesen vier Jahren als Konkubine, nicht nur hatte sie viele Menschen verloren, sondern auch Empfindungen. Vorfreude, Interesse, die Lust daran, sich schön zu machen, diese vielen wunderbaren Gefühle des Alltags, an die man gar nicht denkt, wenn man sie hat – sie alle waren gegangen. Hier in Trient hatte sie zwei gute, freundliche Menschen kennengelernt, die sie sehr mochte, doch Zuneigung und Freundschaft hatten keine Zukunft in Carlottas Leben.

Sie öffnete eines der Fenster. Durch die Nacht zeichneten sich die Silhouetten der Bergbuckel ab, die Trient fast vollständig umgaben. An klaren Tagen leuchteten sie wie Gold, und ihre Hänge voll von Zedern strahlten etwas Majestätisches aus. Doch nachts waren es Gespenster, Riesen, gewaltige Schatten. Von ihnen wehte ein kalter Hauch herunter, dessen Böen Carlotta wie Posaunenstöße entgegenschlugen und sie erschauern ließen. Der Wind trug den Geruch modriger Blätter vor sich her. In allem entdeckte sie Verfall und Tod.

Eilig schloss sie das Fenster wieder, kauerte sich vor den Kamin und trank von dem Wein, der bereitstand. Bertanis Quartier war gemütlich, kein Palazzo, aber ein gut ausgestattetes Haus unweit des Domplatzes. Er hatte Glück mit dieser Unterkunft gehabt. Viele Prälaten strömten derzeit in die Stadt, zu viele, um sie alle angemessen unterzubringen. In drei Tagen würde die Welt hierherblicken, wenn das große Konzil, das Concilium Tridentinum, zusammentreten und die für die Christenheit derzeit dringendste Frage beraten würde: Die Zukunft der Kirche, ja, der Christenheit, hing davon ab.

Carlotta verstand kaum etwas von diesen Dingen, aber sie wusste, dass Bertani dabei eine bedeutende Rolle spielte. Sie traute ihm ohne Weiteres zu, dass er einen scharfen Verstand besaß. Längst hatte sie aufgehört, sich darüber zu wundern, dass hohe Geistliche tagsüber kraftvoll und nachts Sklaven ihrer Leidenschaft waren, bei Licht fromm und bei Dunkelheit besessen sein konnten. Sie waren besessen von Frauen oder Männern, von Schenkeln, Füßen, Bauchnabeln, Schmerzen, Schlägen, Bissen, Wunden ... Bertani, bei Tageslicht ein liberaler Reformer, verwandelte sich in der Dunkelheit in einen machtverliebten Mann mit absonderlichen Vorlieben. Sollte sie ihn deswegen verachten? Im Grunde genommen unterschied er sich gar nicht so sehr von ihr. Auch sie trug ja ein Geheimnis in sich. Wer ihre unaufdringlich gekleidete Gestalt betrachtete, wer ihren langsamen Schritt beobachtete, in ihre großen, glitzernden schwarzen Augen blickte, ihre kristallklare Stimme vernahm und ihre weiche Haut fühlte, der vermutete wohl nicht, dass sie bereits einen Versuch unternommen hatte, einen Menschen umzubringen, einen Menschen, mit dem sie noch nie gesprochen und der ihr persönlich kein Leid zugefügt hatte. Nein, sie hatte mit Innocento noch nie etwas zu tun gehabt, und außer seinem Namen und seinem Gesicht kannte sie nichts von ihm.

Damals, vor sieben Monaten, war es Carlotta gelungen, bis vor die Tür des Schlafgemachs des jungen Kardinals zu kommen. Sie hatte mit einem der Bediensteten angebandelt und ihn dazu überredet, dass er sie in seine Kammer innerhalb des Palazzos mitnahm. Als er bekommen hatte, was er wollte, war er eingeschlafen. Sie hatte nicht gezögert und war durch die nächtlichen Gänge geirrt, das Messer unter dem Kleid verborgen, fast wie in ihrem Traum. Ein halbes Dutzend Türen hatte sie geöffnet und wieder geschlossen, nachdem sie festgestellt hatte, dass Innocento dort nicht schlief. Er war im Haus, da war sie sich sicher. Er war nicht ausgegangen, freitags ging er nie aus. Also suchte sie weiter, gab nicht auf, schlich auf Zehenspitzen, wich einem Beschließer auf seinem Kontrollgang aus, tauchte in immer dunkler werdende Flure ein, bis sie endlich am Ziel war.

In Innocentos Zimmer brannten zwei Kerzen neben dem Bett, wahrscheinlich, weil er sich vor der Dunkelheit fürchtete. Ein matter Lichtglanz fiel auf sein glattes, bartloses Gesicht. Das war es also, ihr Opfer. Innocento bedeutete »der Unschuldige«, und das war er tatsächlich. Er war unschuldig.

Und doch todgeweiht.

Kaum hatte sie einen Schritt in den Raum gemacht, hielt eine Hand sie zurück, zog sie auf den Gang und schloss die Tür. Es war der Diener, den sie verführt hatte. Er sah ihr Messer, er durchschaute ihre Absicht. Warum war er aufgewacht? Wieso nur war er ihr nachgeschlichen?

Sie stieß zu, bevor sie denken und er etwas sagen konnte. Er glitt an ihrem Körper hinab und starb in ihrem Schoß. Dort, wo andere Frauen Leben schenkten, nahm sie eines.

Sie war geflohen. Es war ihr unmöglich, den Plan auszuführen, nach dem, was geschehen war. Sie hatte einen Menschen umgebracht, nicht den Sohn des Papstes, sondern einen armen Tropf, der zur falschen Zeit am falschen Ort gewesen war.

Noch heute, noch in diesem Augenblick, als sie in das lodernde Feuer starrte, lastete jene Tat auf ihrem Gewissen.

Ihren Plan bezüglich Innocento änderte sie dennoch nicht, im Gegenteil, sie fühlte sich darin bestärkt. Die Schuld, die sie auf sich geladen hatte, durfte nicht vergebens gewesen sein. Es hatte sich zwar in Rom seither keine weitere Möglichkeit ergeben, unbemerkt an Innocento heranzukommen, doch hier in Trient hoffte Carlotta auf bessere Bedingungen. Wenn sie den Mord nur nicht im Verborgenen begehen müsste, denn an der Entschlossenheit und der Bereitschaft, dafür einzustehen, fehlte es ihr nicht.

Aber Inés – um Inés' willen durfte sie nicht gefasst werden.

Bertani kam zurück. Was immer der Fremde ihm gesagt hatte – der Bischof war alles andere als erfreut darüber. Er fluchte leise vor sich hin und ging an Carlotta vorbei zu einer Anrichte, auf der eine Schüssel und ein Krug Wasser bereitstanden. Dort wusch er sich die Hände, zum vierten Mal an diesem Abend – die Haut war mittlerweile so bleich und weich wie die von Leichen. Hatte sich nicht auch Pontius Pilatus die Hände gewaschen, unmittelbar nach der Verurteilung Christi, dachte Carlotta, als Bertani sie mit diesen Händen berührte. Er umschloss ihr Gesicht, und er sah sie mit jenem Ausdruck an, der nichts Gutes verhieß. Carlotta machte sich auf einen weiteren Schlag gefasst.

»Ich brauche das Schriftstück«, sagte sie, »wenn ich Euch auch in Zukunft besuchen soll.«

Was kostete ihn schon ein Schriftstück? Wortlos nahm er das vorbereitete Dokument und legte es auf ihre Kleider, die sich, einem Scheiterhaufen ähnlich, in der Mitte des Raumes auftürmten. Ein Blick von ihm zum Bett genügte, damit Carlotta sich stumm darauflegte und die Arme wie einen Heiligenschein über dem Kopf verschränkte.

»Komm«, sagte sie, aber ebenso gut hätte sie »bleib weg« oder »stirb« sagen können. Bertani war ihr von diesem Moment an gleichgültig, er war nichts mehr. Kaum dass sie seinen Körper spürte, wie er sich auf sie legte. Zwischen seinen Stößen blitzte die Vergangenheit in ihr auf, die schönen Abende, als sie mit ihrem Mann und ihrer kleinen Tochter am Strand spazierte und die Wellen beobachtete, die mit Wucht gegen die Klippen schlugen, ohne sie zerbrechen zu können. Diese Erinnerungen waren jedoch flüchtig wie Düfte, die man zu riechen meint, obwohl sie nicht da sind.

Sie hatte bekommen, was sie von Bertani gewollt hatte, den Passierschein für den Inneren Ring um den Domplatz, der vom Tag des Konzils an für alle Bürger gesperrt sein würde, die kein solches Dokument besaßen. Damit käme sie an Innocento heran, damit war sie seinem Tod ein Stück näher gekommen.

Sie presste die Faust auf den Mund und sah ins Feuer. Der Bischof hatte seinen Zweck erfüllt. Wenn es nach ihr ginge, könnte er Innocento vorausgehen und sterben.

Jetzt, dachte sie, jetzt müsste er sterben.

Er taucht die Hände ins Wasser der Schale ein. Sie zittern. Mit all seiner Willenskraft kann er sie nicht dazu bringen, mit dem Zittern aufzuhören, und das ärgert ihn. Er hat nicht mehr die Stärke wie früher. Das Alter überzieht alles wie die Kälte einer frostigen Nacht: die Kraft seiner Arme, den Atem in seiner Brust, die machtvolle Stimme, die in letzter Zeit rau geworden ist, die Lust zur Liebe, die Streitlust, die Hoffnung, ja, selbst die Gegnerschaft zum Papst. Alles gefriert langsam, stirbt ab, wird zur toten Fassade, so wie jene verschrumpelten Spätherbstfrüchte, die vom Eis eingeschlossen und konserviert werden. Junge Menschen ziehen sich vom Alter zurück und wenden sich anderen jungen Menschen zu, Frühlingskinder wie sie selbst. Das macht ihn wütend. Je älter er wird, umso wütender wird er auf das Alter, auf die Frauen und auf sich selbst.

Als er die Hände aus dem Wasser hebt, bleibt ein schmieriger, gelblicher Film zurück, der von den Salben herrühren mag, mit denen Konkubinen sich einreiben, um lange genug schön zu bleiben. Noch so ein vergeblicher Kampf, den der Mensch führt, denkt er und hält für einen Augenblick inne. Er ist müde, die Nacht war anstrengend.

Da sieht er einen roten Tropfen ins Wasser gleiten, sich entfalten, auflösen. Blut. Blut von einem seiner Finger. An einer Stelle ist die Haut eingeritzt, nichts, worüber man sich Sorgen machen müsste, nur ein Kratzer. Einer seiner Fingernägel hat die Wunde verursacht, er ist eingerissen, vielleicht bei einem seiner Schläge in das Gesicht der Konkubine.

Er nimmt sich gerade vor, der Wunde keine weitere Beachtung zu schenken, als ihn von hinten ein Stoß trifft. Der Stoß tut nicht weh, aber etwas hat sich verändert. Er will sich umdrehen, es geht nicht. Er will schreien, doch statt seiner Stimme entströmt etwas anderes seinem Mund.

Das Wasser der Schale färbt sich rot.

Erster Teil

1

9. Oktober 1551,
zwei Tage vor Eröffnung des Konzils

Als Antonia aufwachte, schlief er noch. Er war Bildhauer und hatte einen Körper, als hätte er ihn sich selbst meißeln dürfen. Gestern hatte sie diesen Mann begehrenswert gefunden, ebenso am Tag davor, als sie ihn kennengelernt hatte. Er war Italiener – alle Bildhauer schienen Italiener zu sein –, und sie liebte Italiener. Sie waren viel interessanter als Deutsche oder Franzosen oder Spanier. Wenn Italiener eine Sünde begingen, eilten sie anschließend in die Kirche und ließen sich dort davon freisprechen. Furcht vor der ewigen Verdammnis und herrlichste Lebensfreude, Frömmigkeit und Sinnlichkeit, Gelassenheit und Erregung gingen Hand in Hand bei diesem Volk. Das Jahrhundert veränderte die Menschen der südlichen Länder schnell, denn es veränderte sich selbst mit rasender Geschwindigkeit, so als strebe es einer Blüte entgegen. Neuen Musikinstrumenten entlockte man neue Töne, die Menschen tanzten beherzter, trugen gewagtere Kleider, schrieben freizügige Verse. Allen voran die Italiener. Ein herrliches Volk zum Verlieben – und zum Lieben.

Es war noch Nacht, der Tag bloß eine dünne, graue Ahnung am Horizont. Trotzdem musste sie sich ein bisschen beeilen, um rechtzeitig im Dom zu sein. Sie suchte im Dunkel des Bildhauerateliers nach ihren Kleidern, tastete sich an Gipsköpfen von Aristoteles, Medea und dem heiligen Eligius entlang, stieß sich am Flügel eines Adlers – der eher einer Krähe glich – und fand, wonach sie suchte, im Schoße Papst Julius III.

Sie zog sich die Kleider über, ohne darauf zu achten, wie sie saßen. Kleider interessierten sie nicht, und auch andere Menschen interessierten sich nicht für ihre Kleider. Manchmal fragte sie sich, was Männer an ihr fanden, denn sie hielt sich nicht für hübsch und trug keine schönen Sachen. Vielleicht lag es an der Art, wie sie mit ihnen sprach: frei heraus und ein bisschen unverfroren. Sie gab denen, die sie attraktiv fand, zu erkennen, wofür sie bereit war. Männer schätzten das. Männer schätzten, wenn man ihnen Mühe ersparte.

Mittlerweile war es ein wenig heller geworden. Antonia sah, dass der Bildhauer erwacht war, und an seinen Augen erkannte sie, dass er dasselbe dachte wie sie. Sie hatten beide bekommen, wonach sie letzte Nacht gesucht hatten. Der Kuss, den sie ihm quasi im Vorbeigehen zuwarf, hatte etwas von einem äußerst flüchtigen Parfüm an sich.

»Arrivederci«, sagte sie.

»Arrivederci«, sagte er.

Sie würden nie wieder beieinanderliegen.

Antonia kam zur richtigen Zeit. Als sie den Dom betrat, war der Boden des Langhauses in frühgotische Düsternis getaucht, während oben jeden Moment die ersten Sonnenstrahlen auf die Fenster treffen würden. Noch waren sie tot, diese Fenster, denn wie die Menschen, so begannen auch sie erst zu erwachen, wenn helles Licht durch die Scheiben strömte und die Gesichter, die Leiden, Hoffnungen und Freuden wie tausend Juwelen schillern ließ. Wofür Antonia fast ein Jahr ihres Lebens gegeben hatte, würde in wenigen Augenblicken zu leben anfangen.

Sie war fast allein. Ein einzelner Mönch kniete inmitten des Langhauses. Dumpf schloss sich die Pforte hinter ihr, der Mönch schreckte auf und wandte sich ihr zu: ein schmales Gesicht von nussbrauner Hautfarbe. Er sah sie an, zu lange, um gleichgültig zu wirken, doch das mochte Einbildung sein, denn gleich darauf vertiefte er sich wieder in seine Gebete, und Antonia blickte lediglich auf seine kreisrunde Tonsur auf dem

Scheitel. Er hatte etwas an sich, das ihr seltsamerweise vertraut vorkam.

Die Sonne ging über den östlichen Bergen auf, und binnen eines winzigen Moments war alles Farbe. Manche Nischen glänzten wie mit Purpur überzogen, in anderen schimmerte Grün; der gesamte Innenraum von Langhaus und Kuppel wurde von einem unvergleichlichen tiefen Blau erfüllt. So überwältigend war die Wirkung dieses überirdischen, geheimnisvollen Lichts, dass Antonia vergaß, auf ihre Arbeit stolz zu sein.

Nach oben blickend durchschritt sie die Leere des Doms, vorbei an den Pfeilern und Skulpturen, vorbei auch an dem jungen Mönch. Sie fühlte seinen Blick, sie hörte das Rascheln seines Gewandes, als er sich erhob, doch sie wollte keinen Lidschlag des Wunders versäumen. Ja, für sie war es ein Wunder. Die einzelnen Bilder und Gestalten zählten in diesem Moment noch nicht, ebenso wenig die Details der handwerklichen Ausführung, die Strukturen und Schattierungen, Facetten und Blasen und Bleiruten, das Schwarzlot und das Silbergelb. Für kurze Zeit war sie weder Handwerkerin noch Künstlerin, sondern einfach ein Mensch, ehrfürchtig und atemlos angesichts dessen, was das Aufeinandertreffen von Licht und Glas, also von Gott und Materie, bewirkte.

So sah das Licht der ersten Erdentage aus – diesen Gedanken, den sie erstmals als Kind hatte, als ihr Vater sie im Morgengrauen an der Hand in das Ulmer Münster führte, hatte sie nie vergessen. Hieronymus, ihr Vater, hatte die Fenster des Münsters entworfen, er hatte das Licht Gottes in die Kathedrale getragen. Dieser Tag war der unvergesslichste und schönste Tag ihres Lebens gewesen – und war gleichzeitig zum schlimmsten Tag geworden.

Sie atmete tief durch und konzentrierte sich wieder auf die Gegenwart. Langsam, nachdem das Auge sich an die Farben gewöhnt hatte, traten die Motive der Fenster deutlicher hervor. Die ersten Bilder leuchteten auf: Blumen, Menschen, Flammen,

Sonnen. Nach und nach entwirrten sich die Linien. Zunächst erzählte jedes Fenster seine eigene Geschichte, und dann erst, wenn man länger hinsah, vereinigten diese einzelnen Geschichten sich zu einem Ganzen. Das Licht wurde zum Buch.

Jetzt wurde die Gesamtheit der Arbeiten sichtbar. Auf der einen Seite das Werk ihres Vaters, sieben Fenster für sieben Schöpfungstage, darauf siebenundsiebzig Szenen von der Erschaffung der Welt, beginnend mit dem Licht und endend beim Menschen, ein einziges farbenfrohes Fest des Anbeginns, voller Freude und Leichtlebigkeit. Doch ihnen gegenüber, auf der anderen Seite, ihr eigenes Werk, sieben Fenster für die letzten sieben Tage der Welt, mit siebenundsiebzig Szenen aus der Offenbarung des Johannes: die apokalyptischen Fanfaren, Erdbeben, brennende Wälder, der Sturz der Verlorenen ins Flammenmeer, endlose Prozessionen von Gestalten, die auf ihr Verderben zusteuern. Zwischen ihren schattenhaften Leibern und verzerrten Gesichtern waren auch Bruchstücke von Kronen und sogar Bischofsringe zu erkennen, aber auch Geldsäcke, an die sich manche verzweifelt krallten. Das letzte der sieben Fenster zeigte auseinanderstrebende Menschen, in Panik fliehend vor einstürzenden Mauern, und zwischen ihnen grüne, weiße, blaue und rote Juwelen, Glassplitter, die wie kleine Sonnen leuchteten, bevor sie in ein Meer von Blut fielen.

Die letzte Szene war einfach ein schwarzes, ein tiefschwarzes Nichts. Das Licht war verschwunden, es war den Menschen von Gott entzogen worden so wie damals vor zwanzig Jahren in Ulm.

Sie erschauerte, und für einen Augenblick kam es ihr vor, als weiche alle Kraft aus ihrem Körper, als verlasse sie etwas, das sie gefangen hielt, seit sie mit den Entwürfen für diese Arbeit begonnen hatte. Gleich darauf wurde ihr leicht zumute, und sie war glücklich.

»Geht es Euch gut?« Die Stimme klang sehr sanft, eine angenehme Stimme, die man gerne hörte.

Sie wandte sich um und antwortete nicht, sondern sah den Mann einfach an.

»Ich hatte eben den Eindruck, Euch schwindelt«, sagte er und stellte sich vor: »Bruder Sandro Carissimi, aus dem Kolleg in Neapel.«

Jeder Orden entsandte Delegierte zum Konzil; Antonia hatte schon Dominikaner, Zisterzienser, Franziskaner, Karmeliter, Serviter, Augustiner, Theatiner und Kapuziner gesehen. Es wimmelte in der Stadt nur so von Kutten.

»Ihr seid Jesuit, oder?«

»J-ja«, antwortete er irritiert.

»Das dachte ich mir. Die Kutten der Jesuiten sind schwarz-weiß, viel feiner gewebt, und sie rascheln wie Laub im Herbstwald. Ich mag diese Kutten. Ich mag Jesuiten.«

Er war ein weiteres Mal verdutzt, weil sie mit ihm sprach, als kenne sie ihn schon seit Jahren und als sei er kein Mönch, sondern ein Mann in einem schwarz-weißen Gewand.

»Antonia Bender. Ich bin Glasmalerin und habe mir gerade meine Fenster angesehen.«

»Sie sind atemberaubend.«

»Ich wollte, dass sie Entsetzen auslösen. Wenn Ihr mir ein Lob aussprechen wollte, müsst Ihr sagen, dass sie entsetzlich sind.«

»Also gut, diese Fenster sind entsetzlich.« Ein Lächeln flog über seine Lippen und Augen, aber nur kurz, allzu kurz. Dann machte er wieder ein ernstes, mönchisches Gesicht.

»Danke«, sagte sie. »Aber es ist zu spät, ich weiß leider, dass Ihr es nicht ernst meint. Die Fenster gefallen Euch, aber sie sollten Euch eigentlich abschrecken.« Sie legte ihren Kopf ein wenig zur Seite. »Ihr seid also Italiener?«

Da sie sich auf Italienisch unterhielten und er Neapel erwähnt hatte, war das eine überflüssige Frage, aber sie hörte es gerne, wenn jemand sagte, dass er Italiener sei.

»Römer«, antwortete er.

»Einen Römer habe ich noch nie kennengelernt. Es heißt, in

Rom sei die ganze Welt zu finden, alles Schöne und alles Elende in einem Ort. Ist das wahr?«

»Rom ist die atemberaubendste und entsetzlichste Stadt der Welt, und damit ist sie wie Eure Fenster, Antonia Bender.«

Er hatte etwas Wunderbares gesagt, es aber so beiläufig ausgesprochen, als handele es sich um das Aufsagen des Alphabets.

»Übrigens habe ich einen Fehler entdeckt«, sagte er.

Sie lächelte. »In der Kunst gibt es keine Fehler, nur Trugschlüsse.«

»Der Trugschluss befindet sich dort oben.« Er deutete auf ein Fenster über der Apsis, das auf Wunsch des Fürstbischofs von Trient von ihr angefertigt worden war. Darin waren die Bischöfe und Kardinäle porträtiert, die am Konzil teilnehmen würden. Man hatte ihr vor einigen Monaten Zeichnungen geschickt, und sie und ihr Vater hatten sie auf Glas übertragen. Vom künstlerischen Standpunkt aus waren die Porträts unbedeutend.

»Was ist damit?«, fragte sie und zuckte die Schultern.

»Ihr werdet eines der Porträts austauschen müssen, und zwar noch bevor das Konzil beginnt. Der Bischof von Verona ist letzte Nacht verstorben.«

»Salvatore Bertani?«

»So ist es.«

»Das kommt mir ungelegen.«

»Vergebt dem Bischof, ihm kam sein Tod gewiss auch ungelegen«, sagte er auf eine unnachahmlich leidenschaftslose und dennoch schlagfertige Weise, die ihr gefiel.

Während er sich wieder in die Fenster vertiefte, betrachtete sie ihn genauer, wie einen Schmetterling, der mit den Flügeln geschlagen und damit auf sich aufmerksam gemacht hat. Sie beobachtete seinen hervorstehenden Adamsapfel, der beim Schlucken auf und ab rollte, sowie seinen schmalen Hals, der sich neugierig höher zu recken schien, und wieder kam ihr manches an ihm vertraut vor, anderes jedoch nicht.

»Wie ich sehe«, begann er mit einer sanften Stimme, die nicht recht zu dem analytischen Tonfall passte, »habt Ihr die Schlange des Garten Eden in Eure Apokalypse eingefügt und mit einem Männerkopf dargestellt, statt wie sonst üblich mit einem Frauenkopf. Und dort drüben habt Ihr die Darstellung der Seele verändert. Man zeigt die Seele gern als Säugling, der vom Erzengel Michael im Arm gehalten wird. Bei Euch hält er zwei Säuglinge im Arm, doch er hält sie nicht nur, er wiegt sie, und jenes Kind, das so boshaft grinst, ist schwerer. Aus alledem schließe ich, dass Ihr Euch viel mit dem Bösen beschäftigt und dass Ihr glaubt, es sei männlich und zudem mächtiger als das Gute.«

Antonia hatte ihre Symbolik so versteckt untergebracht, dass sie geglaubt hatte, niemand würde sie bemerken, und wenn doch, nicht begreifen.

»Rex tremendae majestatis«, zitierte sie einen Satz aus der Totenmesse. »Herrscher schrecklicher Gestalten. Gott ist der Herr von demütigen Dienern, aber es gibt auch den Herrn von Scheusalen, von Kreaturen unfassbarer Grausamkeit und kalter Berechnung. Das Böse ist überall, und es ist meine Aufgabe als Künstlerin, ihm Gesichter zu geben.«

»Am gewagtesten finde ich Euer Bild von Mariä Verkündigung«, fuhr er fort. »Weil die Lilie das Symbol der Reinheit ist, wird sie gewöhnlich bei diesem Thema verwendet. Doch Ihr habt neun Lilien gemalt. Neun! Dadurch kehrt Ihr die Wirkung um, denn ein ganzer Strauß Blumen ist ein Angebot, eine Offerte und keine heilige Handlung mehr. Es scheint, Ihr unterstellt Gott egoistische Motive, als er beschloss, seinen Sohn auf die Erde zu schicken.«

Sie lächelte ihr schönstes Lächeln. »Sind wir nicht alle Egoisten, wenigstens ein kleines bisschen?«

»Der Fürstbischof wird Euch tadeln, wenn er dahinterkommt, welche Ideen Ihr in sein nobelstes Gotteshaus gebracht habt. Womöglich kürzt er Eure Entlohnung oder verweigert sie ganz.«

Ihr gelang der einzige längere Blickkontakt während der Unterhaltung. Seine Augen waren wie schwarze Hüllen. Sie verbargen etwas.

»Glaubt Ihr, er wird dahinterkommen, Bruder Carissimi?«

»Nach allem, was ich über ihn höre, wohl nicht.«

»Werdet Ihr es ihm verraten?«

»Wohl nicht«, wiederholte er.

»Dann sind wir uns einig.« Es klang wie eine Verschwörung, was sie auch beabsichtigt hatte. Sie versuchte, ihn intensiv anzusehen, erreichte jedoch nur, dass er sich abwandte.

»Es ist Zeit«, sagte er knapp. »Ich muss gehen.«

»Wartet«, rief Antonia und unterbrach zum ersten Mal die Stille des Doms. Ihr Wort verteilte sich im ganzen Kirchenraum. Sie berührte Sandro am Arm, um ihn zurückzuhalten.

»Wartet, bitte. Geht nicht meinetwegen. Es tut mir leid. Ich benehme mich manchmal ganz unmöglich. Das liegt wohl daran, dass ich viel allein bin und mit mir selbst rede. Wenn man mit sich selbst redet, ist man freizügiger als unter Menschen.«

»Ich gehe nicht Euretwegen.«

»Nein? Mir war so. Es ist seltsam, ich habe das Gefühl, dass ich Euch kenne, obwohl ich Euch nicht kenne. Wahrscheinlich ist es das, was mich so vertraut reden lässt. Manche Eurer Antworten weiß ich im Voraus.«

»Was ich von Euren Fragen und Bemerkungen nicht behaupten kann ...«

»Ihr lächelt ja wieder. Das ist gut, dann habe ich das Gefühl, dass Ihr mir verziehen habt. Aber wieso hört Ihr schon wieder damit auf? Ich finde, dass ...«

Aus dem Dunkel eines Seitenportals kam wie ein Habicht ein weiterer Jesuit hervorgeschossen. Er war etwas älter als Sandro Carissimi, Anfang bis Mitte dreißig, hatte wache Augen und feine Gesichtszüge, die allerdings von der langen Hakennase unschön gestört wurden. Obwohl er dürr war und die Kutte um seinen Körper schlotterte, hatte er etwas Robustes, so wie jene Schnitzfiguren, die am unteren Ende abgerundet sind und sich deswegen immer wieder aufrichten, wenn man sie umstößt.

Sein erster Blick fiel auf Antonias Hand, die noch immer Sandros Arm berührte. Nun zog sie sie vorsichtig zurück.

»Hier bist du, Bruder«, sagte er. »Ich habe dich schon gesucht.«

»Bruder Luis«, erwiderte Sandro und verneigte sich leicht. »Ich habe mich beim Aufstehen ganz plötzlich entschlossen, mein Morgengebet hier im Dom zu verrichten.«

Bruder Luis sah Antonia an und dann wieder Sandro, ohne etwas zu sagen.

»Antonia Bender, die du hier siehst, ist die Glasmalerin, die den Dom anlässlich der Konzilseröffnung neu gestaltet hat. Ich habe sie auf den Tod von Bischof Bertani aufmerksam gemacht, wegen des Porträts in der Apsis, und wir haben gerade ...«

»Das ist alles überaus interessant«, unterbrach Bruder Luis, »aber der Fürstbischof erwartet uns in einer dringenden Angelegenheit.«

»Der Fürstbischof erwartet *mich*?« Sandro staunte.

»Das sagte ich«, antwortete Bruder Luis mit der mildesten Stimme, die ihm wohl zur Verfügung stand, die aber immer noch etwas Überlegenes an sich hatte. »Und es duldet keinen Aufschub. Es hat etwas zu tun mit ... Wie auch immer, es ist wichtig.«

Antonia entging nicht, wie Sandro sich binnen Augenblicken verwandelt hatte. Eben noch ein intelligenter Beobachter, auf gleicher Augenhöhe mit ihr diskutierend, jetzt eine Art Schüler, der sich willig seinem Meister unterordnete.

Schon verschwand der andere Mönch wieder im Seitenportal, und Sandro folgte ihm. Kurz sah es so aus, als würde er sich noch einmal zu ihr umdrehen, aber das war nicht der Fall.

Werden wir uns wiedersehen, war die Frage, die sie gerne gestellt hätte. Aber ihm durfte sie sie nicht stellen. Nicht jetzt.

2

»Er wurde ermordet«, sagte Luis de Soto.

Sandro, der neben Luis die Anhöhe zum Castello hinaufging, blieb abrupt stehen. Er traute seinen Ohren nicht.

»Was hast du gesagt?«

»Salvatore Bertani. Er starb keines natürlichen Todes, sondern wurde umgebracht. Man fand ihn am Morgen erstochen in seinem Quartier. Ich wollte es dir vorab sagen, denn du hast den leidigen Fehler, im ersten Moment nicht gerade intelligent auszusehen, wenn man dich mit einer Neuigkeit konfrontiert.«

»Das ist ja schrecklich.«

»Mit ein wenig Entschlossenheit bekommst du diesen Fehler in den Griff.«

»Ich meinte nicht den Fehler, sondern den Mord, Luis.« Wenn sie allein waren, sprachen sie sich oftmals nur mit Vornamen an, ein Zeichen ihrer engen Zusammenarbeit.

Warum, dachte Sandro, wollte der Bischof sie wegen dieses Mordes sprechen? Ging es um die Auswirkungen, die dieser Tod auf das Konzil haben würde? Bertani war Reformer gewesen, sogar einer der führenden Köpfe der Reformpartei. Würde man das Konzil verschieben? Alle diese Fragen gingen Sandro durch den Kopf, ohne dass er sie laut aussprach. Er war viel zu sehr daran gewöhnt, Luis keine Fragen zu stellen, als dass er jetzt damit angefangen hätte.

Da es zur Residenz des Fürstbischofs ein steiler Weg war, kamen sie nur langsam voran. Es war ein schöner Spaziergang und ein angenehmer Gegensatz zu den vielen Tagen, die Sandro in Skriptorien zubrachte, umgeben von Staub und mumifizierten Insekten, die er zwischen Buchseiten fand. Heute schien die Sonne für Sandro, heute war die Luft frisch und kühl und der Horizont voll mit Bergspitzen. Wenn er nach links blickte, lag unter ihm das beschauliche Trient mit seinen jahrhundertealten Türmen, den gepflegten Kirchen und dem altehrwürdigen romanischen Dom, dahinter die Obst-, Reben- und Kastanienhaine, und mitten hindurch schlängelte sich in unzähligen Biegungen die Etsch, ein silbriges Band, wie zufällig von Gott dort fallen gelassen. Blickte er nach rechts den Hang hinauf, sah er die Mauern des Kastells und davor eine Wand aus Herbstlaub, teils schimmernd wie Gold, teils rot wie Blut.

»Diese Glasmalerin«, sagte Luis plötzlich und sah Sandro in die Augen, als wolle er darin lesen. »Du bewunderst sie.«

Sandro brauchte Zeit, um zu antworten, Zeit, in der er all seine Konzentration darauf verwendete, seine Augen zu zwei undurchdringlichen schwarzen Perlen werden zu lassen.

»Ihre Kunst ist ansprechend«, antwortete Luis für ihn, als ihm die Wartezeit zu lang wurde. »Aber du misst ihr hoffentlich keine allzu große Bedeutung bei.«

Sandro überlegte. »Warum nicht? Sie macht die Heilige Schrift durch Licht sichtbar. Passender kann eine Geschichte nicht erzählt werden. Nicht einmal die Maler schaffen das, denn sie brauchen Leinwände oder Mauern. Die Leinwand eines Glasmalers ist das Licht Gottes.«

»Schön gesagt«, lobte Luis. »Aber wie üblich legst du zu viel Wert auf Poesie in deiner Analyse. Über allem steht das Wort, vergiss das bitte nicht. Die Sprache ist die höchste aller Künste, denn sie ist die wirkungsvollste, mächtigste, göttlichste Kraft.«

Von einem berühmten Rhetoriker wie Luis war vermutlich nichts anderes zu erwarten.

»Rührt das Wort ›Bildung‹ nicht daher«, fragte Sandro vorsichtig, »dass sich die Menschen ein Bild von etwas machen sollen, wenn sie lernen?«

»Sehen ist das unterste Niveau des Lernens. Ein Säugling sieht die Welt, aber er versteht sie nicht. Erst die Sprache schlägt den göttlichen Funken, der uns die Welt begreifen lässt.«

»Dafür erzeugen Musik und Malerei die größeren Gefühle,

und Gefühle sind genauso wichtig wie das Wissen. Die Welt ist aus Liebe, Freundschaft, Mitleid, Trauer und Demut gebaut, nicht aus Worten.«

»Kannst du dir den Sohn Gottes vorstellen, wie er die Bergpredigt mit der Leier in der Hand hält, die Saiten zupfend? Kannst du dir vorstellen, wie er, ans Kreuz genagelt, die sieben letzten Worte *singt*: Denn sie wissen nicht, was sie tun? Hat er die Wucherer mit Worten oder mit Bildern aus dem Tempel gejagt? Ist er durch das heilige Land gelaufen und hat Zeichnungen verteilt, oder hat er mit den Menschen gesprochen? Worte, Sandro, immer waren es Worte, die die Menschen berührten und ihre Herzen hochfliegen ließen. Siehst du, Sandro, Musik und Malerei sind menschlichen Ursprungs, nur die Sprache kommt von Gott.«

Das war einer jener Momente, in denen Sandro Luis fürchtete. Im Handumdrehen hatte dieser Mann es geschafft, den schönsten Kunstwerken das Siegel der Belanglosigkeit aufzudrücken. Die Skulpturen von Michelangelo Buonarroti, die Malereien Giottos und Raffaels, die Choräle der Komponisten, die Fenster Antonia Benders – sie alle waren binnen weniger Augenblicke zu bloßem Zierrat verkommen, zu einem unliebsamen Geschenk, für das man sich höflich bedankt und es anschließend irgendwohin stellt, wo man es möglichst wenig beachten muss. Dass es Luis gelang, alles in den Staub zu reden, was er sich vorgenommen hatte, dass er Menschen überzeugen konnte, das war eine Fähigkeit, derentwegen der Papst ihn als seinen persönlichen Delegierten zum Konzil geschickt hatte. Und Sandro als sein Assistent unterstützte ihn. Dennoch überkam ihn – bei aller Bewunderung für Luis' Talent – manchmal ein kalter Hauch, wenn er seinen Reden zuhörte. Denn diese Reden waren eigentlich Fallen.

Da Sandro nichts mehr zu antworten wusste, senkte er ganz leicht den Kopf und gestand damit seine Niederlage ein – nicht die erste in all den Jahren. Dieses Senken des Kopfes und Luis' anschließendes Berühren von Sandros Schulter – so als begnadige er ihn – waren zu einem Ritual geworden, zu einem Teil ihrer Sprache.

Sie waren am Tor zum Castello, der Residenz, angelangt. Zwei Wachen, die dort postiert waren, machten keine Anstalten, sie zu kontrollieren oder zu befragen. Luis blieb unter dem Rundbogen stehen und sah Sandro erneut in die Augen.

»Von hier an gehst du allein.«

»Allein?«, echote Sandro. Was sollte er *allein* beim Fürstbischof?

»Siehst du«, sagte Luis, »diesen Ausdruck in deinem Gesicht meinte ich vorhin. Und bitte, Sandro, ich flehe dich inständig an: Stottere nicht, wenn du dem Fürstbischof gegenübertrittst. Nichts wirkt unglaubwürdiger als Stottern.«

»Aber was ...«, rief Sandro. »Ich verstehe nicht.«

Doch Luis hatte ihm bereits den Rücken zugewandt.

Sandro lief ihm geradewegs in die Arme. Wie aus dem Nichts gekommen, irgendwo in den Fluren der Residenz, stand dieser Mann vor ihm, und sie sahen sich an wie Geister, wie Menschen aus einem anderen Leben. Ihre letzte Begegnung und die Umstände, wie sie endete, lagen so viele Jahre zurück wie eine Sage. So jedenfalls kam es Sandro vor.

»Ma-Matthias«, flüsterte er.

Matthias sagte nichts, aber auch ihm standen die Überraschung und der Schreck ins Gesicht geschrieben. Er trug einen schwarzen Rock mit schwarzem Umhang und schwarzen Schuhen. Nur die Kniestrümpfe waren weiß, und in der Hand hielt er einen Hut mit Feder, den er noch nicht wieder aufgesetzt hatte. Offensichtlich kam er gerade aus dem Empfangssaal des Fürstbischofs.

Sie schwiegen. Was hätten sie sich sagen sollen? Jeder von beiden wusste, was er getan hatte und besser nicht getan hätte. Sie waren Feinde gewesen vom ersten Augenblick ihres Kennenlernens an, und als Feinde trafen sie sich wieder.

Warum? Was war der Grund, dass sie sich hier in einer Stadt, die nicht die ihre war, wiedersahen?

Keine drei Atemzüge dauerte die Begegnung, dann schob sich Matthias zwischen Sandro und der ihn begleitenden Wache hindurch und verschwand mit festen, entschlossenen Schritten.

Sandro hätte gerne mehr Zeit gehabt, sich wieder zu sammeln, doch die Wache meldete ihn an, und ohne dass er eine Pause gehabt hätte, um alle Gedanken zu sortieren, die ihm durch den Kopf gingen, stand er vor dem Fürstbischof.

Cristoforo Madruzzo war nicht mehr jung, seine Wangen waren zwei Wülste, die sich auf der Höhe des Kinns überlappten, und auf seinen Lippen lag der Ausdruck ständiger Gequältheit – alles mögliche Gründe dafür, weshalb er auf eine Begrüßung verzichtete und Sandro mit zwei Fingern näher an den Sessel heranwinkte, in dem er saß. Ihm war – wie dem Saal, wie der ganzen Residenz – anzumerken, dass er sowohl Fürst von Trient als auch Bischof von Trient war. Das Gebäude war eine Mischung aus Burg, Schloss und Kloster, und bis zu Madruzzos Kleidung spiegelte sich die Unentschiedenheit wider, wer er gerade war, Apostel oder Herrscher. Als Apostel hatten er und seine Vorgänger sich bemüht, die Moral wiederherzustellen, die ab 1450 vom Wind einer neuen, freieren Zeit davongetragen worden war. In Trient waren, wie überall, Stätten der Vergnügung entstanden, Spiel- und Hurenhäuser. Das Volk berauschte sich an Karneval und bacchantischen Festen, und die Reichen gaben verschwenderische Bälle. Dann wurden alle Hurenhäuser der Stadt geschlossen, und die Moral hielt wieder Einzug. Heute war Trient ein beschaulicher Ort voller Bürger, die es weder zu wild trieben, noch zu sittsam waren, sondern die kleine Sünden mit einem Augenzwinkern abtaten. Als Fürst unterstand Madruzzo formal Kaiser Karl, dessen südlichsten Reichszipfel Trient bildete, als Bischof jedoch dem Papst – eine Konstellation, der die Stadt das Konzil verdankte.

Sandro küsste Madruzzos Ring.

»Mein Sohn, du bist mir als wacher Geist empfohlen worden«, sagte er. »Scharfsinnig seist du, wurde mir berichtet.«

Dass Luis ihn derart gelobt hatte, wunderte Sandro ein bisschen, andererseits machte es ihn stolz.

»Zu viel der Ehre, Exzellenz«, erwiderte er höflich.

»Hoffentlich nicht. Denn wir brauchen jemanden, der scharfsinnig ist. Es hat in Trient ein Verbrechen gegeben, nicht irgendein Verbrechen, sondern ein besonders grausames, und es hat nicht irgendjemanden getroffen. Die Ermordung von Salvatore Bertani erschüttert mich zutiefst. Ich bin bestürzt. Ist dieser Tod schon an sich entsetzlich, so könnten die Folgen noch weitaus entsetzlicher sein. Und darum bist du hier, mein Sohn.«

Madruzzo gab Sandro zu verstehen, dass er sich aus dem Sessel zu erheben wünsche. Sandro griff zu. Es erforderte zwei Anläufe und einiges an Kraft, den Fürstbischof auf die Füße zu ziehen. Auf einen Stock mit goldenem Knauf gestützt, wankte er, eine rote Schleppe hinter sich herziehend, in kleinen Schritten zum Fenster.

Draußen begann sich der Himmel zu bewölken, ein geheimnisvolles Leuchten lag über dem Tal, und die Geräusche der Stadt drangen nur leise, wie aus weiter Ferne, hier herauf.

»Mein Sohn, was weißt du über Bischof Bertani?«

»Er war Vorbild für alle, die eine Kirchenreform befürworteten«, antwortete Sandro. »Er wollte es den Protestanten ermöglichen, in den Schoß einer reformierten Kirche zurückzukehren.«

»Nicht nur das. Er hat brieflich mit dem deutschen Kaiser in Verbindung gestanden und ihm Empfehlungen gegeben. Bertani war es, der den Kaiser davon überzeugte, dass ein Konzil einberufen werden müsse, das Reformen beschließt, und er hat den Kaiser gedrängt, dahingehend auf den Papst einzuwirken. Das Ergebnis ist bekannt. Wir sind hier, nicht wahr?«

»Dass Bischof Bertani einen solch großen Anteil am Zustandekommen des Konzils hatte, wusste ich nicht.«

»Es gibt noch mehr, das du nicht weißt, mein Sohn. Der Kaiser hat den Papst nahezu gezwungen, das Konzil einzuberufen, und er verlangt von ihm, die Mehrheitsbeschlüsse des Konzils anzuerkennen, ganz gleich, ob sie ihm gefallen oder nicht. Andernfalls ...«

Sandro ahnte, was dieses »andernfalls« bedeutete. Karl V. war der derzeit mächtigste Monarch auf Erden. Er herrschte über das Heilige Römische Reich, Spanien und ganz Süditalien und Sizilien, dazu über die Neue Welt, ein Territorium, in das Frankreich, England, Dänemark, Schweden, Polen und noch einige andere Länder bequem hineinpassten, regierte achtundzwanzig Millionen Menschen sowie die indianische Bevölkerung, besaß die größte Flotte, das größte Goldreservoir, das größte Heer, kurz, von allem das Größte und Meiste. Was es hieß, sich gegen einen solchen Monarchen aufzulehnen, hatten die protestantischen Länder im Schmalkaldischen Krieg zu spüren bekommen wie auch der große Rivale Frankreich, das bereits viele Besitzungen an Karl verloren hatte. Obwohl Karl V. überaus fromm war, kannte er, wenn es um seine Interessen ging, auch dem Heiligen Stuhl gegenüber keine Rücksicht. Als vor zwanzig Jahren Heinrich VIII. von England sich von seiner Ehefrau Katharina trennen wollte, die eine Tante Karls war, drohte Karl, einen Krieg gegen Rom zu führen und Papst Clemens VII. abzusetzen, falls er die Annullierung vornehmen sollte. Heinrich wiederum drohte, sich von Rom zu lösen, wenn der Papst die Ehe nicht annullieren würde. Clemens annullierte nicht, und England war für die Römische Kirche verloren.

»Du verstehst, mein Sohn, weshalb ich dir das erzähle?«

Sandro nickte. »Wenn das Opfer ein besonderer Mensch war, so könnte auch der Täter ein besonderer Mensch sein.«

Über Madruzzos Gesicht huschte der Ausdruck von Sorge und Qual. »Bertani hatte viele Gegner unter den Konservativen. Wenn erneut ein Delegierter dem Mörder zum Opfer fallen sollte, dann reicht das aus, um das Konzil zu erschüttern. Ein historisches Konzil. Die Protestanten entsenden eine Delegation. Zum ersten Mal seit der Spaltung der Kirche besteht die Gelegenheit, die Gegensätze zu versöhnen. Wer weiß, wann eine solche Gelegenheit sich wiederholen wird. Ich möchte das Verbrechen so schnell wie möglich aufgeklärt haben. Von dir, mein Sohn.«

Sandro fand diese Idee absurd – was er dem Bischof so direkt nicht sagen konnte. »Ich habe noch nie ein Verbrechen aufgeklärt, Exzellenz. Das ist nicht mein Metier.«

»Nachforschungen sind dein Metier, mein Sohn. Das Aufspüren von Informationen und Details für deinen Mitbruder de Soto.«

»Ihr verfügt in Trient gewiss über Behörden, die ...«

»Du bist im Moment der Einzige, der alle Voraussetzungen erfüllt.«

»Welche Voraussetzungen? Ich bin bloß ein Jesuit.«

»Ja, eben.«

Cristoforo Madruzzo sagte das mit einem speziellen Ausdruck in den Augen, und jetzt verstand Sandro. Er hatte vor wenigen Wochen, kurz vor dem Aufbruch nach Trient, seine »Letzten Gelübde« abgelegt, und damit auch das Gelübde des unbedingten Papstgehorsams. Kein anderer Orden kannte ein solches Gelübde, nur die Jesuiten waren auf diese einmalige Weise mit dem Heiligen Stuhl verbunden. Derzeit gab es nur zwei Jesuiten in Trient, Luis und ihn. Madruzzo dachte klug voraus. Einerseits musste er möglichst rasch eine Untersuchung durchführen lassen und den Täter aufspüren, um Unruhe beim Konzil zu vermeiden, dessen Gastgeber er war. Andererseits beugte er der Möglichkeit vor, dass die Nachforschungen etwas zutage bringen würden, das – in den falschen Händen – ein wahres Erdbeben auslösen könnte.

»Was auch immer deine Nachforschungen ergeben, mein

Sohn, du hast den ausdrücklichen Befehl, nur mir oder dem Heiligen Vater Bericht zu erstatten.«

»Vielleicht sollte Bruder Luis die Nachforschungen leiten, und ich würde ihm assistieren.«

»Meine Wahl fiel auf dich.«

»Könnte ich mich denn gegebenenfalls mit Bruder Luis beraten?«

»Ungern, mein Sohn, sehr ungern. Natürlich ist mein Vertrauen in ihn grenzenlos« – er betonte grenzenlos derart, dass es sich wie das Gegenteil anhörte –, »doch Bruder de Soto ist ein Delegierter des Konzils und hat den wichtigen Auftrag, die Stimme des Heiligen Vaters einzubringen. Er benötigt hierfür seine ganze Kraft. Ich kann nicht verantworten, dass er abgelenkt wird.«

Der Fürstbischof runzelte gequält die Stirn, was ihn jedoch zu viel Anstrengung kostete, weshalb er damit schnell wieder aufhörte. Ein Seufzer schlüpfte ihm über die Lippen, und er ließ sich in einen Sessel nahe am Fenster fallen. »Ein Bote ist bereits auf dem Weg. Die Augen von Papst Julius ruhen schon morgen auf deinem Namen, und er vertraut darauf, dass du die versammelte Geistlichkeit vor weiteren Verbrechen beschützt, insbesondere …« Er schloss die Augen. »Morgen wird Kardinal Innocento del Monte in Trient erwartet, auch er ist ein Delegierter des Konzils. Der Kardinal ist … Ich will sagen, er liegt dem Heiligen Vater besonders am Herzen.« Er schlug die Augen wieder auf. »Ich muss dir nicht sagen, welche Möglichkeiten sich für dich auftun – falls du Erfolg hast.«

Dieses »falls« löste sich wie ein Schuss, prallte von der Decke ab, schlug gegen Wand und Boden, flog durch den ganzen Raum und drohte Sandro jederzeit zu treffen.

Madruzzo sagte: »Du wirst zum Visitator berufen.«

»Dieses Amt ist mir unbekannt, Exzellenz.«

»Der Heilige Stuhl hat es erst kürzlich geschaffen, mein Sohn. Eigentlich ist es noch inoffiziell. Visitatoren sollen nach den Vorstellungen des Papstes künftig kontrollieren, ob in den Diözesen alles mit rechten Dingen zugeht oder ob sich Geistliche irgendwelcher Verfehlungen schuldig machen. Einige Visitatoren bekommen allerdings – wie soll ich es formulieren – besonders heikle Aufgaben zugeteilt, Aufgaben, die einen eher weltlichen Charakter haben. Die Untersuchung eines mysteriösen Mordes ist so eine Aufgabe. Du unterstehst ab jetzt direkt dem Heiligen Vater, mein Sohn. Deine Kompetenzen ähneln denen eines Inquisitors: Du hast die Vollmacht, jeden zu befragen.«

Sandro schwindelte ein wenig. Das ging alles ziemlich schnell, zu schnell für ihn. Außerdem hatte er Inquisitoren nie leiden können, und nun war er selbst einer – fast jedenfalls.

»Ich bin verpflichtet, Exzellenz darauf aufmerksam zu machen, dass Jesuiten grundsätzlich keine Ämter außerhalb des Ordens übernehmen.«

»Ich weiß«, sagte Madruzzo mit einer Stimme, die sein ganzes Unverständnis für eine solche Regelung erkennen ließ, die jede Karriere innerhalb der Kirche unmöglich machte. »Ich werde den Heiligen Vater bitten, deinem Ordensgeneral Ignatius von Loyola die besonderen Umstände zu erklären. Ich bin sicher, er wird in diesem Fall eine Ausnahme machen.«

Die Handbewegung des Fürstbischofs unterstrich, dass alles gesagt war.

Sandro verneigte sich und ging zur Tür. Als er sie schon geöffnet hatte, fiel ihm Matthias ein, also schloss er die Tür noch einmal und wandte sich um.

Matthias! Eine plötzliche Wut, die er schon lange nicht mehr gespürt hatte, überkam ihn wie ein Regenschauer. Die Vergangenheit war ein Samen, der auch durch Jahre der Trockenheit nicht totzukriegen war. Nur ein paar Tropfen, eine kurze Begegnung, hatte genügt, den Sandro anderer Tage wiederzubeleben.

»Ja, Bruder Carissimi?«, fragte Madruzzo etwas lahm und müde wie jemand, der sich auf sein Mittagsschläfchen freut. »Was ist denn noch?«

Sandro stellte fest, dass er nicht mehr Sohn oder Sandro, sondern immerhin schon Carissimi war, das erste Zeichen seiner neuen Autorität. Das bestärkte ihn in seinem Vorhaben.

»Exzellenz, mich interessiert, wer heute Morgen bei Euch zur Audienz war und weshalb.«

Diese Frage brachte Madruzzo dazu, seinen Rücken, der an der Lehne des Sessels wie festgeklebt schien, nach vorn zu beugen.

»Das geht doch wohl nur mich etwas an. Diese Frage ist eine Anmaßung, Bruder Carissimi.«

»Gewiss ist sie das, Exzellenz. Und dennoch ein Recht. Sagtet Ihr nicht, ich dürfe jeden befragen?«

Cristoforo Madruzzo verschlug es die Sprache. Er erhob sich und wankte einige Schritte auf Sandro zu.

Sandro wurde plötzlich warm, sogar mehr als warm. Das Blut schoss ihm in den Kopf, und seine Knie schienen aus Butter zu sein. Er hätte das nicht fragen dürfen! Was war nur in ihn gefahren!

»Zuerst Luis de Soto«, antwortete Cristoforo Madruzzo widerwillig. »Ich habe ihm den Tod des Bischofs mitgeteilt und mich nach dir erkundigt. Und schließlich habe ich Matthias Hagen in der Stadt willkommen geheißen. Er ist der Gesandte des Herzogs von Württemberg, ein Protestant. Beim Konzil wird er ein Hauptvertreter – *der* Hauptvertreter – der lutherischen Seite sein. Ein kluger Kopf, wie es heißt. Er wird es Eurem Lehrer nicht leicht machen, Bruder Carissimi.«

Sandro hätte sich darüber freuen können, dass Matthias der direkte Gegner von Luis, des unschlagbaren Luis, wäre und dass Matthias unterliegen würde und als Geschlagener nordwärts über die Alpen ziehen müsste.

Aber alles, was Sandro fühlte, war ein Gewicht auf seiner Brust.

Sandros Blick streifte durch den Dom, entdeckte aber niemanden, zumindest keinen, den er kannte oder der seine Aufmerksamkeit fesselte. Vier Mönche eines ihm unbekannten Ordens rutschten, halb kniend und halb liegend, auf den Altar zu, so als näherten sie sich einer Beute, und zwei alte Franziskanerinnen verharrten wie zwei miteinander verwachsene Körper nebeneinander, wobei ihr Wispern durch den ganzen Kirchenraum hallte.

Sandro ließ sich auf dem kalten Stein nieder, das Licht der Genesis und der Apokalypse fiel auf seine Schultern, und die Erlebnisse des Vormittags klangen in ihm nach. Er faltete die Hände und schloss die Augen.

Sandros Andacht
Herr! Wieso hat Luis das getan? Und wieso hast Du es zugelassen? Ihr beide, Du und Luis, müsst doch wissen, dass ich mich nicht für eine solche Aufgabe eigne. Wieso hat Luis – wenn er die Untersuchung schon nicht selbst übernimmt – ausgerechnet mich empfohlen? Mit meiner Arbeit als Assistent ist er zufrieden, jedenfalls beanstandet er sie nicht. Aber er muss doch wissen, dass ich nicht mir nichts, dir nichts einen Mord aufklären kann. Der Fürstbischof beschreibt die Aufgabe als große Gelegenheit für mich, doch Du weißt so gut wie ich, dass sie eine noch größere Gefahr darstellt. Was, wenn weitere Morde geschehen, die ich nicht verhindern kann? Oder im Gegenteil: Was, wenn ich erfolgreich bin und etwas herausfinde, das ich lieber nicht hätte herausfinden sollen? Heute Morgen war ich noch ein Mönch, jetzt bin ich ein Beauftragter des Heiligen Vaters, Deines vornehmsten Dieners und Stellvertreters …

Bei diesem Gedanken zuckte er innerlich zusammen. Er war der unmittelbare Beauftragte des Stellvertreters Gottes auf Erden!

Das war ihm unerträglich! So viel Verantwortung, so viel Licht war er nicht gewöhnt. Er war ein Assistent, und Assistenten bekamen immer nur einen Bruchteil der Aufmerksamkeit, ein bisschen Licht, das durch einen Spiegel auf sie fällt. Wenn Sandro in den letzten Jahren Verantwortung verspürt hatte, dann war es das Verantwortungsgefühl eines Junkers, dessen Marschall in eine Schlacht zieht. Bei dieser Aufgabe, im Windschatten eines großen Mannes wie Luis, fühlte er sich wohl.

Sein Blick fiel auf die monströsen, prachtvollen Kirchenfenster mit der Apokalypse. Abwechselnd dachte er an den gewaltsamen Tod von Salvatore Bertani, an seine Ernennung zum Visitator, das Zusammentreffen mit Matthias und ...

Antonia. Ich sage den Namen immer wieder. Antonia. Sie passt eigentlich nicht in diese Andacht, Herr. Bertani, Matthias, der Papst: Sie alle lösen Angst in mir aus, auf die eine oder andere Weise. Antonias Name löst keine Angst aus. Mit ihr ist es etwas anderes: Als ich ihr heute Morgen begegnete, hatte ich ein merkwürdiges Gefühl, von dem ich nicht wusste, ob ich es mögen oder bekämpfen soll, ein Gefühl, wie man es nur hat, wenn man auf etwas Unbekanntes trifft.

In diesem Moment ließ sich jemand auf die Kniebank neben Sandro nieder, und als er zur Seite blickte, sah er Luis.

»Wie ist es?«, fragte Luis. »Gehen wir zu Bertanis Quartier und sehen uns dort um?«

3

Antonia hatte bisher noch nie eine Freundin gehabt. Sie liebte Dinge, für die andere Frauen kein Verständnis hatten, und wenn sie doch Verständnis hatten, wollten sie nicht darüber reden. Antonia liebte es, sich an heißen Sommertagen nackt auf einem sauberen weißen Bett zu räkeln, sie liebte alle Attribute des Spätsommers, seine Trägheit, den beißenden Geruch der Apfelpressen und den warmen Regen der letzten Augusttage; sie liebte es, nur leicht oder gar nicht bekleidet an ihren Glasmalereien zu arbeiten; sie liebte die Farbe Rot und arabische Musik, seit sie in Spanien einer Gruppe gelauscht hatte, die im Verborgenen die Tradition ihres Volkes weiterführte.

Und sie liebte Männerbrüste. Überall gab es Soldaten, die sich in Marschpausen an Brunnen kühlten, und Steinmetze, die im Sommer mit freiem Oberkörper arbeiteten, und denen sah sie mit Vorliebe zu, wobei sie darauf achtete, nicht beobachtet zu werden. Männerbrüste, gleichgültig, ob behaart oder glatt, muskulös oder flach, faszinierten sie, und außer der Berührung von Glas war ihr die Berührung einer Männerbrust mit Fingern oder Lippen am liebsten. Davon konnte sie nie genug bekommen.

Carlotta war die Erste, die sie verstand. Natürlich hatte Antonia früher, in Ulm, Mädchen um sich gehabt, und später, in Straßburg, Amiens, Trier und Cuenca, war sie jungen Frauen ihres Alters begegnet, zumeist Töchtern von Malern oder Architekten. Aber sie hatte deren Bekanntschaft stets nur hingenommen und niemals zu Freundschaft werden lassen. Sie mochte es, keine Freunde zu haben, aber jetzt, nachdem sie Carlotta kennengelernt hatte, sprudelten alle jene Gedanken, die sie jahrelang für sich behalten hatte, aus ihr heraus, leicht und ungeniert wie Wasserspiele. Obwohl sie sich erst seit einem Monat kannten, wusste Carlotta bereits mehr von ihr als alle Architektentöchter der Welt. Carlotta war die erste Freundin, die sie hatte, und sie freute sich darauf, ihr von der Begegnung mit dem Jesuiten zu erzählen. Unterhaltungen mit Carlotta waren äußerst erheiternd.

Als sie die Tür zu ihrem Atelier öffnete, schlugen ihr Kälte und der Geruch von Schimmel entgegen. Aus der Welt der Glasmalerei wieder zurückzukommen in die Wirklichkeit des Lebens, das war für Antonia jedes Mal, als würde man von einem Palast geradewegs in den Kerker geworfen. Zwar fielen Sonnenstrahlen in den Raum – Sonnenlicht war der wichtigste Freund eines Glasmalers –, doch sie wärmten hier drinnen kaum. Man hatte Antonia und ihren Vater in einem alten, halb verfallenen und zugigen Palazzo untergebracht – Palazzo Rosato, welch unsinniger Name für ein blassblau gestrichenes Gebäude –, der innen kälter war als die Luft draußen. Ein Atelier, zwei Schlafräume, mehr war ihnen nicht gegeben worden. Nur eine Tür weiter im selben Palazzo wohnten zwei italienische Wäscherinnen, die sich jeden Tag mindestens einmal mit den französischen Küchenhilfen und einem spanischen Barbier von gegenüber stritten. Die Sprachen wirbelten durcheinander wie beim Turmbau zu Babel, wo keiner den anderen verstand. Zweimal täglich kam eine alte, krummbeinige Frau und brachte Antonia und Hieronymus kalte oder lauwarme Speisen vorbei, die sie auf dem Pult für die Entwürfe abstellte, wo sie dann zwischen Stiften, Tintenfässern, Papierrollen und Glassplittern gegessen wurden.

Dieses Quartier zeigte Antonia jeden Tag, welchen Stellenwert Glasmaler in den Augen der Geistlichkeit hatten. Es war eine bittere Ironie, dass allen Künstlern jahrhundertelang weniger Respekt entgegengebracht worden war als Stallknechten, und gerade jetzt, wo eine neue Zeit angebrochen war und Architekten und Maler und Komponisten plötzlich hofiert und umworben und gut entlohnt wurden, gerade jetzt war die Glasmalerei eine sterbende Kunst, dem Untergang geweiht. Die protestantische Hälfte Europas verdammte die Glasmalerei als Abgötterei, und so, wie ein wucherndes Unkraut den Blumen die Wurzeln kappt, so schnitt die Lehre Luthers und vor allem Calvins überall dort, wo der Wind ihren Samen hinwehte, der farbenfrohen Mystik der Glasmalerei die Lebensadern ab. Die Reformation trieb die Glasmaler vor sich her, verjagte sie aus Pommern, Brandenburg, Sachsen, Mecklenburg, Hessen, Württemberg, Schweden, Dänemark, der Schweiz, Böhmen, Mähren, Ungarn, Schottland, aus Teilen Frankreichs ... Wie ein vom Feuer eingekreistes Tier wandte man sich mal hierhin und mal dorthin, immer in der Hoffnung, Calvins Brand zu entkommen.

Was die eigene Kirche betraf, die Kirche von Rom, so schmückte sie sich seit einiger Zeit lieber mit gewaltigen Fresken an Decken und Wänden und sparte dafür an den Fenstern. In Italien war die Lage noch schlimmer, denn Italiener hatten kein Gefühl für die Glasmalerei. Gab man ihnen eine Wand oder eine Leinwand, dann schufen sie gewaltige Bildwerke voller lebendiger Figuren. Auf Glas versagten sie kläglich. Sie nahmen es nicht ernst. Sie versuchten, auf Glas zu malen, als hätten sie eine Mauer vor sich, und brachen die alten Traditionen des Handwerks, wonach das Glas bei der Herstellung durch den Zusatz bestimmter Stoffe eingefärbt, danach in Stücke geschnitten und durch den Glasmaler mosaikartig zu einem Bild zusammengesetzt wurde. Farbe, die aufgetragen wurde, setzte man nur für Details und Gesichtszüge ein. Italienische Glasmaler hingegen pinselten Schichten über Schichten Rot, Grün und Blau auf, bis die Leuchtkraft des Glases, die Seele der Glasmalerei, buchstäblich an Farben erstickte. In Italien war man davon begeistert, für die Glasmaler der alten Tradition jedoch ging ein weiteres Land verloren. Die Aufträge wurden überall spärlicher, die Honorare ebenso, und viele Glasmaler gaben auf.

Als Antonia aus dem Nebenraum das Gelächter Carlottas hörte, hellte sich ihre Stimmung wieder auf. Wenn Carlotta lachte, bedeutete das, dass sie guter Dinge war, und wenn sie guter Dinge war, war das ein Jungbrunnen für Antonias alten Vater. Sie nahm sich schweren Herzens vor, die beiden jetzt nicht zu stören, auch wenn sie lieber sofort mit Carlotta gesprochen hätte.

Mit einem Blick überflog sie den Raum auf der Suche nach einer Arbeit, die sie beginnen oder abschließen könnte. Überall herrschte Unordnung, denn normalerweise hielt Antonia wenig vom Aufräumen, es stahl ihr die Zeit und die Kraft, die sie für ihre Arbeit an den Fenstern brauchte. Die Arbeiten für den Dom waren jedoch abgeschlossen – von der Entfernung von Bertanis Porträt einmal abgesehen –, und die meisten Entwürfe für Santa Maria Maggiore, eine weitere Trienter Kirche, lagen bereits fertig im Regal. Da sie aber auf keinen Fall nur herumsitzen wollte, rafften ihre Hände zusammen, was sie fassen konnten, und legten es an einem anderen Platz wieder ab. Damit, sagte sie sich, hätte sie vorerst genug zu tun, und später würde sie dann ihr eigenes Zimmer aufräumen, in dem sich Laken, Strümpfe, Papier und Bücher umarmten.

Carlotta kam lachend in das Atelier herein und bemerkte Antonia zunächst nicht. Sie war eine reife Frau – reif war das Wort, das Antonia immer als Erstes einfiel, wenn sie Carlotta betrachtete. Schwarze, leicht gekräuselte, hochgesteckte Haare. Nicht ganz schlank, nicht zierlich, aber auch nicht dick. Ein üppiger Busen, sehr straff, so als würde er nicht zu ihrem Körper gehören, sondern sich von ihm entfernen wollen. Kluge, wissende Augen, die schon viel gesehen haben mochten. Für eine Hure war Carlotta überraschend intelligent, was den Schluss nahelegte, dass sie nicht von Jugend an in diesem Metier arbeitete. Ihr Name allerdings war wohl erfunden: Carlotta da Rimini – zu schön, um echt zu sein. Es musste sich um einen »Künstlernamen« handeln.

»Liebes, wie lange stehst du da schon herum?«, fragte Carlotta, nachdem Antonia sich bemerkbar gemacht hatte. »Ich suche den Ausgehrock deines Vaters, den einzig sauberen, den er hat. Hast du ihn gesehen?«

Antonia zuckte die Schultern und machte eine Geste, die die ganze Welt einschloss, eine Welt, die in diesem Augenblick aus einem Raum voll von Gestellen, Tischen und Pulten, übersät mit Lappen, Pinseln, Stößeln und Scherben, bestand.

Carlotta seufzte und machte sich auf die Suche nach dem Kleidungsstück. Sie kümmerte sich rührend um Hieronymus, seit sie ihn in Trient kennengelernt hatte, nähte seine Kleider, schimpfte mit der Wäscherin, und sie benahm sich außerhalb des Ateliers äußerst diskret, um ihm keine Scherereien zu machen. Hätte Antonia sich eine Stiefmutter aussuchen dürfen, wäre ihre Wahl sofort auf Carlotta gefallen.

»Warst du im Dom?«, fragte Carlotta. »Und wie ist es, das Licht? Taugt es etwas?«

Antonia nickte. Sie hatte Carlotta erklärt, dass die Arbeit eines Glasmalers erst beendet war, wenn er sein Werk vollständig und an Ort und Stelle betrachtet hat. Nur im Innern des Bauwerks erwies sich, ob der Einfluss von Sonne und Schatten richtig berechnet worden war, ob das Blau den beabsichtigten Schimmer von Azur, Violett oder Purpur in sich trägt, ob der ganze Raum erfüllt ist von der Stimmung, die zu ihm passt.

»Diese Fenster kann man nicht ignorieren«, sagte Antonia, »sie werden so manchen zum Zittern und Sichfürchten bringen.«

»Zittern und sich fürchten! Na, wenn das kein Grund zum Feiern ist. Ist dein Vater genauso zufrieden mit deiner Arbeit wie du?«

»Ja. Er meinte allerdings, ich hätte mir nicht schon wieder die Apokalypse vornehmen sollen.«

»Da hat er recht. Du bist zu jung, um das Leben mit einer Aneinanderreihung von Weltuntergängen zu verbringen. Wieso machst du nicht mal Fenster, die die Menschen zum Träumen bringen?«

»Das mache ich doch.«

»Ich meine keine Alpträume, Liebes. Ich meine schöne Träume, selige Träume, Träume von Engeln und Helden und Heiligen.«

»Vater hat mit dir über mich gesprochen, richtig?«

»Er macht sich Sorgen wegen deiner vielen Apokalypsen.«

»Ich glaube, er hält mich manchmal für ein wenig verrückt.«

»Nun, du *bist* verrückt.« Sie kam einem Protest Antonias zuvor, indem sie fortfuhr: »Ich finde es nicht schlimm, verrückt zu sein. Es gibt eben nicht nur eine einzige Frau, ein einziges

Wesen in dir. Du setzt dich in der gleichen Weise zusammen wie deine Fenster, ein Mosaik aus Farben, Leidenschaften und Episoden – und aus Scherben. Ich kann dich sehr gut verstehen, das habe ich auch Hieronymus gesagt. Achte aber darauf, dass du nicht völlig von Leidenschaften beherrscht wirst, denn allzu leicht schlagen sie in Zwänge um.«

»Sprichst du aus Erfahrung?«

Carlotta ignorierte die Frage. »Wenn du etwas nicht aus vollem Herzen willst, musst du es sein lassen. Und niemand, Liebes, will aus vollem Herzen die Apokalypse als Endloserlebnis, das kann man mir nicht erzählen. Und mit den Männern ist es das Gleiche. Zu viele Männer verderben den Appetit. Ich muss es wissen, ich bin Konkubine.«

Carlotta lächelte sie an. »Nun, was ist? Ich sehe dir doch schon die ganze Zeit über an, dass du nur auf eine Gelegenheit wartest, mit mir über Männer zu sprechen. Es liegt in deinen Augen, Liebes, sie erinnern mich an die Augen einer Katze, bevor sie die Maus fängt. War die letzte Nacht mit diesem – was war er noch gleich? – diesem Bildhauer ein Erfolg? Oder haben die Steinmetze, die nebenan den Brunnen bauen, trotz des kalten Wetters ihre Oberteile ausgezogen?«

»Also wirklich, Carlotta.«

»Also wirklich, Carlotta!«, ahmte Carlotta sie im Tonfall einer alten Jungfer nach. »Ich bin empört! Wie kannst du so etwas nur sagen!«

Sie lachten und sahen sich mit dem Einverständnis von zwei Frauen an, die sich mochten.

»Da war ein Mönch im Dom«, sagte Antonia und zeichnete mit ihrem Schuh Muster in den Glasstaub auf dem Boden. »Er hat mir gut gefallen.«

Carlotta unterbrach augenblicklich ihre Suche nach dem Rock. Erschreckt sagte sie: »Du hast ihn doch nicht etwa angesprochen? Wie unvorsichtig von dir! Er könnte der Inquisition angehören oder ...«

»Er ist kein Inquisitor. Außerdem haben wir nur über Glasmalerei gesprochen.«

»Glasmalerei, verstehe. War er noch angezogen, als ihr aufgehört habt, über Glasmalerei zu sprechen?«

»Du bist heute mal wieder spitz wie eine Nadel.«

»Und du bist heiß wie die Brenneisen, mit denen ihr das Glas schneidet. Kaum aus dem warmen Bett aufgestanden, schon wieder auf Beutefang. Hattest du schon einmal einen Mönch zum Liebhaber?«

»Nein.«

»Dann muss ich dir leider sagen, dass es da ein Problem gibt.«

»Welches?«

»Mönche dürfen nicht.«

»Na, das sagt die Richtige!«, wandte Antonia ein. »Geistliche sind deine häufigsten und liebsten Freier, das hast du selbst gesagt.«

»Nun ja …«

»Deswegen bist du doch nach Trient gekommen. Hier sind dieser Tage alle Prälaten zu finden, und du verdienst in sechs Wochen so viel wie in zwei Jahren in Rom. Das waren deine Worte.«

»Gewiss ist das der Grund meines Hierseins«, räumte Carlotta ein, wirkte aber wie eine Katze, die man am Milchbottich ertappt hat. »Aber zum einen bist du nicht ich. Ich muss nehmen, was kommt. So etwas ist kein Vergnügen, niemand macht so etwas gerne, das ist ein Mythos, den Männer erfunden haben. Und zum anderen reden wir in deinem Fall über einen Mönch. Mönche glauben noch an ihre Berufung. Bischöfe, Erzbischöfe und dergleichen sind Staatsmänner, und Staatsmänner halten sich nicht an die von ihnen aufgestellten Regeln und Gebote. Außerdem …«

»Du liebe Zeit, bis du deine Einwände allesamt vorgebracht hast, bin ich ohnehin im Greisenalter, und dann hat sich das Problem erledigt.«

Carlotta legte ihren Zeigefinger unter Antonias Kinn, wie sie es schon manchmal getan hatte, und sah ihr zärtlich lächelnd in die Augen.

»Liebes, ich will dir niemanden ausreden. Liebe diesen Mönch im Heu, räkele dich mit ihm auf einer Decke, im Regen, am Ufer der Etsch, unter einem Apfelbaum, beiße ihn, lasse dich beißen, sauge ihn aus, reiße ihn in Stücke, schreie dir die Seele aus dem Leib und mache all die anderen Dinge mit ihm, die dir so viel Spaß bereiten. Ich stelle es mir allerdings unbefriedigend vor, einen Mönch zu verführen. Wenn du scheiterst, ist es mindestens eine Blamage, wenn nicht sogar eine Gefahr, denn sittenstrenge Mönche sind wie die Pest. Und wenn du Erfolg hast, machst du dir hinterher Vorwürfe, oder – was noch schlimmer ist – er macht dir Vorwürfe. Wenn du mich fragst: Vergiss ihn.«

Carlotta hob die Hände wie zum Stoßgebet. »Da ist er ja, der Rock! Zwischen dem Eisenoxyd und dem Schwarzlot, ein hervorragender Platz für einen feinen Ausgehrock. Künstlerhaushalt – der Vorhof der Hölle!«

Carlotta legte den Rock zufrieden über den Arm, zwinkerte Antonia zu und ging ins Nebenzimmer.

Das Thema Sandro Carissimi war damit wohl abgeschlossen. Antonia sah ein, dass Carlotta wahrscheinlich recht hatte. Der Mönch passte ohnehin nicht in das Muster, denn noch mit keinem anderen ihrer Liebhaber hatte sie sich über Glasmalerei unterhalten. Die Männer und die Kunst, das waren für sie zwei Blätter, die sich nie berührten, auch wenn sie vielleicht am gleichen Stamm hingen und vom gleichen Saft lebten. In letzter Zeit hatte sie fanatisch an den Fenstern gearbeitet und alle Kraft und Fantasie und Erregung in die Apokalypse gesteckt. Seit Wochen hatte sie nicht mal an einen Mann gedacht, geschweige denn an das, was man mit ihm anstellen könnte. Und nun, nach getaner Arbeit, fühlte sie diese Erregung, diese seltsame Unruhe, noch immer in sich, nur dass sie sich vorläufig nicht mehr am Glas abreagierte, sondern – wie üblich – am männlichen Körper. So war es immer, Glas und Männer, Männer und Glas im Wechsel, wie zwei Substanzen, die nicht vermischt werden durften, da sie sonst einen ungeahnten Effekt nach sich ziehen würden.

Damit, wiederholte sie in Gedanken, hatte sich das Thema Sandro Carissimi erledigt.

Die Krummbeinige war es, die das Gerücht von der brutalen Ermordung Salvatore Bertanis in das Atelier brachte, nebst zwei Schalen Hafergrütze, die sie wie die Waage der Justitia in den Händen vor sich her balancierte. Ihrem alten Hals entstieg ein Geräusch, das normale Menschen nur dann verursachten, wenn sie dickes Pergamentpapier in der Mitte zerrissen.

»Rrrrrrrrrrrk. Aufgeschlitzt, einfach so. Rrrrrrrrrrrk. Luft weg. Tot.« Die Krummbeinige streckte die Zunge aus dem Mundwinkel und verdrehte die Augen. »So lag er da. Wenn ich es sage: blutleer, bleich und tot.«

Antonia lächelte sie ein wenig blöde an, wie man eben jemanden anlächelt, den man für dumm hält, aber zu höflich ist, es auszusprechen.

»Vielen Dank für die lebhafte Beschreibung, Frau ... äh.« Sie stockte, weil sie diese Frau untereinander stets nur die Krummbeinige nannten und ihr der Name entfallen war. »Wenn wir jetzt bitte die Grütze bekommen könnten.«

»Bitte sehr!« Die beiden Schalen landeten unsanft auf einem Werktisch, aber die Grütze war derart zäh, dass man die Schalen hätte umkippen können, ohne ihr Auslaufen befürchten zu müssen.

Antonia entging nicht, wie sich die faltigen, wie mit Nadelstichen zugenähten Lippen der Krummbeinigen zusammenzogen. Sie hatte sie offenbar schwer beleidigt, denn die Ermordung Bertanis war für diesen Tag von der Krummbeinigen zu ihrem Lieblingsthema ernannt worden, zu etwas, das man nach Belieben verzieren und verändern kann und seine helle Freude dabei hat. Doch Antonia hatte ihr die Freude verdorben.

»Habe nur zwei Schalen gebracht«, sagte sie mit einem sauertöpfischen Seitenblick auf Carlotta, die zusammen mit Hieronymus den Tisch freiräumte, um Platz für das Frühstück zu machen. »Das Zimmer von *der da* ist im Untergeschoss, und da steht auch die Hafergrütze.«

Carlotta schreckte auf. »Du bist in mein Zimmer gegangen, Weib?«

»Und wenn ich's täte? Was hat eine wie du schon zu verstecken?« Die Krummbeinige lachte rau, es klang so ähnlich wie das Geräusch, das sie kurz zuvor gemacht hatte. »Du zeigst doch gerne alles, was du hast, und zwar jedem, der danach fragt.«

Hieronymus erhob sich von seinem Stuhl und ging auf die Krummbeinige zu. Obwohl er versuchte, aufrecht zu gehen, neigte sich sein Oberkörper wie immer leicht nach vorn. Seine Hände zitterten, aber sie zitterten häufig in letzter Zeit. In der Hand, mit der er herumwedelte, hielt er etwas, das Antonia nicht erkennen konnte. Hinter seinem hellgrauen Vollbart, der ihm sonst eine gewisse Sanftheit verlieh, zuckte plötzlich ein Muskel.

Die Krummbeinige bekam es mit der Angst und floh, wobei sie eine Duftfahne von Schweiß und Grütze hinter sich herzog.

»Diese Frau«, brummte Hieronymus, »ist die achte Plage der Menschheit.«

Antonia streichelte ihm beruhigend über den Rücken. »Du wolltest ihr doch nichts antun, oder, Vater?«

»Das Schlimmste, was ich ihr antun werde, ist, sie als böses Weib in einem Kirchenfenster zu verewigen. Als Herodias vielleicht.« Er öffnete seine Faust, und hervor kam ein altes Wäschestück, das sich wie eine Blüte entfaltete. »Es müsste mal gewaschen werden, fürchte ich.«

Carlotta nahm es an sich. Es war eine stumme Geste, die viel ausdrückte. Seit zwei Wochen pflegte sie Hieronymus, leistete ihm Gesellschaft, zog ihn an, zog ihn aus, zog ihn um, und das alles, ohne etwas dafür zu nehmen. Derart spitzen Bemerkungen der Krummbeinigen ausgesetzt zu sein, vor ihm, dem Mann, mit dem sie eine erst kurze, aber aufrichtige Zuneigung verband, musste sie tief verletzen. Natürlich wusste Hieronymus, welchem Metier Carlotta nachging. Nach Antonias Wissen hatten sie nie darüber gesprochen, aber er war nicht blind und nicht taub, auch wenn Sehkraft und Gehör nachließen. Er war einfach ein zu vornehmer, großmütiger Charakter, als dass er Carlotta darauf angesprochen hätte – er sprach ja auch Antonia nicht auf ihre Eskapaden an, obwohl sie ihm im Lauf der letzten zehn Jahre nicht verborgen geblieben waren. Er war ein guter, wortkarger Mensch, ein Mensch der fürsorglichen Blicke und liebevollen Gesten. Nie hatte er, wie die Väter so vieler anderer Kinder, die Hand gegen seine Tochter erhoben, nie hatte er sie spüren lassen, dass sie nur ein Mädchen war, und nie wäre es ihm eingefallen, eine wichtige Sache ohne sie zu entscheiden. Manchmal allerdings wünschte Antonia, dass er mehr aus sich herausgehen und mit ihr reden würde. Welche Sorgen machte er sich um Antonia, um ihre Zukunft, um seine Zukunft? Und welche Gefühle hegte er, wenn er an die Vergangenheit dachte, an die schreckliche Nacht vor zwanzig Jahren, an die spätere Vertreibung aus Ulm, an den Tod von Adelheid, Antonias Mutter. Über all das und was sonst noch in ihm vorging hatte er niemals gesprochen.

Sie setzten sich zu Tisch, in dessen Mitte sich ein Hügel aus allerlei Utensilien der Glasmalerei erhob. Hieronymus gab Carlotta die Hälfte seiner Grütze ab. Eine Weile schwiegen sie, was noch nie vorgekommen war. Antonia begann ein Gespräch darüber, wie viel von dem, was die Krummbeinige über Bertanis Tod erzählt hatte, wohl stimmte und wie viel nur Gerücht war, doch ihr Vater sagte dazu nichts, und Carlotta machte ein Gesicht, als liege die Grütze ihr schwer im Magen.

Nachdem Hieronymus gegangen war, um den Austausch des Glasporträts im Dom zu überwachen, saßen Antonia und Carlotta noch beisammen.

»Wann wirst du es ihm sagen?«, fragte Antonia.

»Was?«

»Dass du deine Arbeit aufgeben wirst, um mit ihm zu leben.«

»Er hat mich noch nicht gefragt.«

»Er wird es tun.«

»Das sollte er besser nicht.«

»Wieso?«

»Wieso! Niemand heiratet eine Hure. Einmal Hure, immer Hure. So heißt es doch. Die Leute werden ihn verspotten.«

»Glasmaler sind Vagabunden: Wir ziehen von Stadt zu Stadt. Im einen Jahr in Reims, im nächsten in Köln, im übernächsten in Venedig. Dort weiß keiner, wer oder was du warst.«

»Aber *er* wird es immer wissen. Ich bin nun einmal eine ganz andere Frau als deine Mutter.«

»Sie würde dich mögen. Sie wäre mit dir einverstanden.«

»Das sagst du nur, um mich aufzumuntern. Adelheid war – nach allem, was du mir erzählt hast – alles, was ich nicht bin, nämlich tapfer, ehrlich und voller Stolz.«

»Ja, sie war stolz. Sie hat allen im Geiste vor die Füße gespuckt, die ihr Vorschriften machen wollten. Man konnte sie zu nichts überreden und von nichts überzeugen, das ihr nicht vollständig einleuchtete. Ihr Gewissen war ihr heilig, aber es ließ sich zu einem einzigen Satz zusammenfassen: Liebe und strebe und tu, was du willst. Sie brauchte keine Gebote und kein Regelwerk. Liebe und strebe und tu, was du willst – das war die Richtschnur ihres Lebens. Ich weiß, wie sie dachte, und deswegen weiß ich, dass sie dich als Freundin angesehen hätte, so wie ich. Sie würde dir die Hand geben.«

Antonia legte ihre Hand auf die von Carlotta und ergänzte: »Ich hätte dich gerne als Stiefmutter.«

Carlotta konnte eine gewisse Rührung nicht verbergen, aber irgendeine unsichtbare Kraft hielt sie davon ab, sich festzulegen.

»Danke, Liebes. Aber jetzt ist kein guter Moment, wichtige Entscheidungen zu treffen.«

»Wieso?«

»Ich brauche Zeit.«

»Wofür?«

Diese Frage war wie ein Abgrund, über den es keine Brücke gab. Hier kam Antonia nicht weiter. Konnte es sein, dass Carlotta stärker an ihrer Arbeit hing, als sie den Anschein erweckte? Dass sie dieses Leben schätzte? Dass es einen anderen Mann in ihrem Leben gab? Oder dass sie von jemandem unter Druck gesetzt wurde?

»Vater hat dich gestern Abend vermisst. Er ist zu deinem Quartier gegangen und hat geklopft, aber du hast nicht aufgemacht.«

»Ist er hineingegangen?«

Diese Frage, dachte Antonia, hatte Carlotta bereits der Krummbeinigen gestellt.

»Nicht dass ich wüsste«, sagte sie. »Er ist bis in die Nacht spazieren gegangen, in der Hoffnung, dich irgendwo auf der Straße anzutreffen. Aber vielleicht warst du ja bei – bei einem anderen …«

»Nein«, unterbrach Carlotta.

»Ich könnte es verstehen, wenn du Vater vorerst einiges verschweigst, um ihm Schmerz zu ersparen. Aber wir beide, du und ich, wir erzählen uns doch alles. Mir kannst du doch …«

»Liebes«, sagte Carlotta, lächelte und drückte ihre Hand, »ich habe geschlafen, tief und fest geschlafen.«

»Kein anderer Mann?«

Carlotta gab ihr einen Kuss auf die Wange, wie zum Abschied. »Kein anderer Mann.«

Antonias Tagebuch
Von ihrer Vergangenheit erzählt Carlotta nie, ebenso wenig wie von ihren Vorhaben, Hoffnungen, Plänen. Beides,

Vergangenheit und Zukunft, ist wie verriegelt. Carlottas Leben ist kein Fluss wie das Leben der meisten anderen Menschen, sondern ein Haus ohne Ein- und Ausgang, bevölkert von Menschen, die man nie zu Gesicht bekommt. Irgendetwas Trauriges liegt in diesem Leben, in diesem Antlitz, auch wenn es oft so unbekümmert scheint.

Antonia hielt inne. Sie stand am einzigen Pult des Ateliers, das immer frei war von Gerümpel, und hätte nur die Hand ausstrecken müssen, um das bemalte Fenster zu berühren, das in ein bewegliches Gestell eingepasst war und wie eine quadratische Sonne leuchtete. Es zeigte einen Frauenkopf, der Antonia ähnlich war, aber ihre Mutter darstellte: ein blasses Gesicht mit ein paar Sommersprossen, Haare in einer Farbe, die Weizenfelder bei Sonnenuntergang annehmen, wache Augen, einen sehr schlanken Hals ... Alles in diesem Gesicht strahlte Tatkraft, aber auch Rastlosigkeit und unermüdliche Suche aus. Das Fenster, drei Ellen lang und drei Ellen breit, war Antonias erste eigenständige Arbeit gewesen, gefertigt vor zwölf Jahren. Sie nahm es stets überall hin mit. Ihre privaten Einträge machte sie ausschließlich an diesem Pult vor diesem beweglichen Fenster, so dass sie immer das Gefühl hatte, kein Tagebuch, sondern Briefe an ihre Mutter zu schreiben, sich mit ihr zu unterhalten.

Das Licht, das durch das Fenster gefiltert wurde, verlieh dem Papier unter Antonias Händen und der Feder in ihrer Hand einen warmen gelblichen Schimmer.

Sie dachte über sehr vieles nach, das wert gewesen wäre, aufgeschrieben zu werden: über Carlotta, Hieronymus und über die Arbeit. Doch schließlich schrieb sie an diesem Mittag nur noch einen einzigen Satz.

Sandro Carissimi kennengelernt.

Als Carlotta ihr Zimmer im hintersten Winkel des Palazzos betrat, fiel ihr Blick als Erstes auf Inés. Sie saß auf einem Stuhl vor dem Fenster, und obwohl es dort nichts zu sehen gab außer der kupferroten, zerfallenden Hauswand eines weiteren Palazzos, starrte sie weiterhin hinaus, ohne Carlotta auch nur kurz anzusehen. Kein Sonnenstrahl fiel auf ihr schlichtes braunes Kleid, und keine Regung hellte ihr Gesicht auch nur ein wenig auf. Es war, als stünde man vor dem Gemälde eines flämischen Meisters.

Oft dachte Carlotta, dass sie alles ein bisschen besser ertragen würde, wenn Inés mit ihr sprechen oder ihr zublinzeln oder sie aus freien Stücken berühren würde. Wenn es einen Kontakt, eine Verbindung zwischen ihnen gäbe. Wenn nicht jede Aktivität, selbst die geringste, von Carlotta ausgehen müsste. Doch sie war allein, blieb allein, seit fünf Jahren. Da war niemand, mit dem sie sprechen, *wirklich* sprechen konnte, niemand, der sie tröstete, ihr dankte, Vorwürfe machte, etwas auszureden versuchte, niemand, an dem sie sich reiben konnte. Früher, mit ihrem Mann, hatte es ständig Diskussionen und Zwiste gegeben, die am Morgen die Welt bedeuteten und am Abend vergessen waren, und von ihrer Tochter hatte sie immerzu das schönste, dankbarste Lächeln der Welt erhalten. Sie hatte etwas gegeben und etwas zurückbekommen. Gefühle im Tausch. Das war vorbei, Vergangenheit, und die Vergangenheit war tot.

Carlotta war allein – und war es doch nicht. Inés war da, saß auf einem Stuhl. Auch wenn sie nichts sagte und nichts tat, so war sie doch anwesend, ein lebendiges Geschöpf, ein Mädchen, eine junge Frau von zwanzig Jahren, wehrlos, bis ins Innerste verletzt und mit Carlotta verbunden durch das gleiche Schicksal. Zumindest dieser Berührungspunkt, diese Art der Verständigung, war ihnen gegeben.

»Wie geht es meiner Inés?«, fragte Carlotta, ohne auf eine Antwort zu hoffen, und streichelte die blassen, eingefallenen Wangen. Sie hatte immer ein wenig Scheu davor, Inés zu berühren, weil sie so zerbrechlich war. Unter der fast durchsichtigen Haut erstreckte sich ein Netz von feinen Äderchen, so als lebe noch ein anderes Wesen in ihr, und ihre Knochen brachen manchmal wie Glas. Ein Großteil von Carlottas Einnahmen floss in die Taschen von Ärzten. Immer war etwas anderes, ein Fieber, ein Husten ... Aber das Geld gab Carlotta gerne, waren Krankheiten doch ein Ausdruck von Lebendigkeit in diesem geschundenen Körper. Am schlimmsten war es, wenn Inés sitzend mit dem Oberkörper vor und zurück schaukelte, vor und zurück, in stundenlanger, nicht endender Bewegung, ein Perpetuum mobile der Verzweiflung. An solchen Tagen half kein Arzt und keine Arznei, und es kam vor, dass Carlotta es irgendwann nicht mehr aushielt und weinte. Sie brach neben Inés zusammen, klammerte sich an ihre Hand und schluchzte – und Inés schaukelte vor und zurück.

Carlotta holte sich einen zweiten Stuhl – das Zimmer, das Leben in diesem Zimmer, hatte nur zwei Stühle – und setzte sich neben Inés. Mit der einen Hand ergriff sie die von Inés, mit der anderen streichelte sie ihr Haar. Inés' Haare waren etwas Besonderes, sie fühlten sich angenehm an. Alles Übrige an der jungen Frau, die Augen, die Haltung, war reizlos, aber ihre Haare waren weich wie Kaninchenfell.

»Bald ist alles getan«, sagte Carlotta, »dann gehen wir weg von hier, weg auch von Rom. Wo würde es dir am besten gefallen? Am Meer? Genua? Magst du Mondlicht, das sich auf dem Wasser bricht? Oder auf das Land nach Assisi, wo von morgens bis abends die Grillen ihr Lied singen? Du hast mir einmal gesagt, wo du gerne leben würdest, damals, als wir noch in Siponto wohnten. Aber das ist so lange her, und ich hatte dir nicht richtig zugehört. Wohin möchtest du gerne reisen? Ich erinnere mich nicht, Inés. Du wirst es mir noch sagen, ja?«

Carlotta erwartete keine Antwort, keine Reaktion, trotzdem sprach sie weiter: »Du wirst es mir schon noch sagen. Eines Tages wirst du mich ansehen und ein Wort sprechen, nur eines, und das ist der Ort, wohin ich dich und mich bringen werde. Wir werden ein hübsches, kleines Haus haben. Siehst du es vor dir? Es hat eine tadellos gepflegte Wand mit einem hellgelben Anstrich wie gleißendes Licht, die Fensterläden sind zur Mittagszeit geschlossen. Dort sind wir beide, nur du und ich – und vielleicht eine beleibte Wirtschafterin, die, sagen wir, Maria heißt, ein wenig resolut ist, doch ein gutes Herz hat. Zwei Hunde machen ihr das Leben schwer, wir jedoch lieben die Hunde – wir brauchen noch Namen für sie. Es sind Mischlinge, die wir irgendwo aufgelesen haben …«

Die Tränen tropften an Carlottas Kinn herab, während sie weitersprach. Noch immer streichelte sie die Haare von Inés, noch immer sah sie mit ihr zum Fenster hinaus auf die nahe Hauswand, die zerfiel, als wäre sie vom Aussatz befallen.

»… Innocento muss sterben«, hörte Carlotta sich sagen. »Sein Tod ist die Bedingung, die uns die Zukunft stellt. Wir würden sonst keinen Frieden haben, etwas wäre unerledigt. Die Toten würden uns aus den Gräbern anschreien, Nacht für Nacht, und am Tage läge das höhnische Gelächter der Mörder in der Luft.«

Carlotta erhob sich und schritt langsam zur Tür.

»Ich werde uns etwas Wasser holen«, sagte sie und ging.

Inés wandte ihren Kopf zur Tür, die sich schloss. Ihr Blick wurde ein wenig lebendig, fast unmerklich. Sie stand auf. Ihre Finger, die auf eine seltsame Art nicht zu ihr zu gehören schienen, krallten sich in ihre Brüste, und ihr Mund verzerrte sich zu einem stummen Schrei.

4

Oreste Lippi, ein Franziskaner von etwa vierzig Jahren, hatte große Ähnlichkeit mit einer Amsel: schwarz gekleidet, starrer Blick und mit der befremdlichen Eigenschaft ausgestattet, aus völliger Starre in plötzliche Bewegung zu verfallen und umgekehrt. Trotz seiner düsteren Ausstrahlung hatte er nichts Bedrohliches an sich. Man sah ihm an, dass man nur einmal fest mit dem Fuß aufzustampfen brauchte, und schon würde er auf und davon flattern.

»Ich bin Luis de Soto«, sagte Luis, als Sandro mit ihm vor dem Quartier Bertanis ankam, wo Bruder Lippi, der Diener Bertanis, bereits wartete. Luis ließ seinen Namen einen Augenblick in der Luft schweben, um dem Diener Gelegenheit zu einer Reaktion zu geben. Doch Oreste Lippi machte ein Gesicht, als hätte ihn ein Wildfremder auf der Straße angesprochen und gesagt: Meine Schuhsohle löst sich. Von diesem Augenblick an war er bei Luis durchgefallen.

»Und ich bin Bruder Sandro Carissimi«, stellte Sandro sich vor, daraufhin machte Oreste Lippi eine blitzschnelle, enorm tiefe Verneigung, von der Sandro glaubte, sie könne unmöglich gesund sein.

»Ich habe Euch bereits erwartet, ehrwürdiger Vater. Euer Gehilfe sagte mir, Ihr hättet einige Fragen an mich.«

»Mein – wer?«

»Gehilfe, ehrwürdiger Vater. Ein Junge noch, vielleicht fünfzehn, sechzehn Jahre alt.«

Sandro wollte soeben sein Erstaunen zum Ausdruck bringen, als Luis das Wort ergriff. »Da hat dir jemand einen Streich gespielt, mein Sohn, und du hast dich narren lassen. Nun führe uns in das Quartier des Bischofs, damit wir nicht länger unnütz hier herumstehen. Geh vor. Nun geh schon.«

Bruder Lippi blickte unsicher von Luis zu Sandro. Erst als Sandro durch ein kaum erkennbares Nicken seine Genehmigung erteilt hatte, wandte der Franziskaner sich auf dem Absatz herum und ging mit großen Schritten voraus. Quietschend öffnete er die Eingangspforte, und sie traten in einen tunnelartigen Gang, wo ihre Schritte und das Geräusch rieselnden Wassers von den Wänden widerhallten. Mehrere kleine Türen rechts und links führten zu Versorgungsräumen und der Küche, die Tür am

Ende des Ganges öffnete sich zu einer Treppe in das obere Geschoss. Es war stockfinster, nirgends brannte ein Fackel, auch oben nicht. Lippi stieß eine schwere Tür auf, die zu den Gemächern des Bischofs führte: zwei große Räume, durch mehrere kleine Zimmer verbunden. Die Fenster waren mit schwarzem Stoff verhängt, den Bruder Lippi entfernte. Graues, kaltes Nordlicht vertrieb die Dunkelheit ein wenig.

Das erste Zimmer wurde wohl als Empfangssaal benutzt, denn es war unpersönlich und aufgeräumt. Ein prunkvoller, mit bischofsrotem Samt bezogener Sessel stand in der Mitte des Raumes, sechs kleinere Sessel gruppierten sich vor ihm in einem Halbkreis.

»Was hat dies hier zu bedeuten?«, fragte Luis – wie Sandro fand – unnötig streng.

»Die Stühle, meint Ihr? Bischof Bertani hatte gestern zu einer Besprechung geladen.«

»Zu einer Besprechung geladen, *ehrwürdiger Vater*«, korrigierte Luis. »Wer war bei dieser Besprechung mit Bertani anwesend?«

»Vier Äbte seiner Diözese, ein Kanoniker sowie der Leiter der Laienschule aus Verona.« Lippi schwieg einen Moment, dann fügte er, wieder mit einem Seitenblick auf Sandro, vorsichtig hinzu: »Ehrwürdiger Vater.«

»Worum ging es?«

»Wenn ich es richtig verstanden habe, las Seine Exzellenz den anderen die Rede vor, die er auf dem Konzil zu halten gedachte.«

»Wo ist diese Rede jetzt?«

Der Diener wies auf einen Schreibtisch, der einmal hübsch gewesen war und nun seine Tage in einer düsteren Ecke eines mittelmäßigen Quartiers fristete.

Sandro ging auf den Schreibtisch zu, wurde jedoch von Luis überholt, der drei Schubladen aufriss und in der dritten Lade fand, wonach er suchte. Hastig überflog er die Seiten.

»Ha! Typisch Bertani! Ganz im Stile eines Jahrmarktpaukers. Einfach draufhauen und auf sich aufmerksam machen. Ohne Raffinesse, ohne Feingefühl.«

Sandro fand es auch nicht gerade feinfühlig, über einen Toten in dessen Quartier und vor dessen Diener herzuziehen. »Darf ich die Rede lesen, bitte?«, fragte er und streckte die Hand aus, um die Papiere in Empfang zu nehmen. Aber Luis ging an Sandro vorbei, ohne ihn zu beachten.

»Hat dein Herr noch andere Aufbewahrungsorte für seine Papiere?«

»Nicht dass ich wüsste, ehrwürdiger ...«

»Und welcher Stimmung war er gestern?«

»Stimmung?«

»War er euphorisch, war er nachdenklich, trübsinnig, aufgeregt, gelassen? Was ist so schwierig an meiner Frage?«

»Nichts, Vater, ich weiß nur nicht ... Er war eigentlich wie immer.«

»Und wie war er immer?«

»Nun, das wisst Ihr doch. Er war Euch bekannt.«

Luis' Augen flackerten. »Was redest du denn da?«

»Ihr sagtet eben: typisch Bertani«, rief Oreste Lippi trotzig und bekam einen starren Blick. »Daher glaubte ich ...«

»Falsch«, rief Luis lauter, als nötig gewesen wäre, und Lippi zuckte zusammen. »Ich kannte seine Reden, nicht ihn persönlich. Also? Welcher Stimmung war er?«

»Er war – er war ...«

»Rede! Was war er?«

»Guter Dinge. Er glaubte fest an die Kirchenreform, immerzu sprach er davon, auch gestern. Der große Tag naht, sagte er.«

Luis zog eine Augenbraue höher. »Mit *dir* hat er über solche Dinge diskutiert?«

»Nun, nicht direkt diskutiert. Er hat etwas gesagt, und ich habe zugehört. Er hat alle Menschen gleich behandelt und auf niemanden herabgesehen.«

Diesen letzten Satz hatte Oreste Lippi mit einer leicht gereizten Intonation versehen, die dem Ohr eines Rhetorikers unmöglich entgehen konnte.

Sandro bat erneut um die Rede, aber Luis hatte jetzt nur noch Augen und Ohren für sein Gegenüber.

»Wo warst du letzte Nacht?«, fragte Luis.

»Ich war hier, Vater, im Untergeschoss, in meiner Stube.«

»Wann bist du in deine Stube gegangen?«

»Wie immer, etwa eine Stunde nach Sonnenuntergang.«

»Das ist früh.«

»Bischof Bertani aß abends so gut wie nichts, es bekam seinem Magen nicht. Er kleidete sich auch selbstständig aus. Am Abend brauchte er nur selten Dienerschaft.«

»Hast du jemanden kommen hören?«

»Nein.«

»Obwohl der Täter praktisch an deiner Stube vorbeigehen musste, um zum Bischof zu gelangen.«

»Ich habe geschlafen – wie die meisten Menschen es nachts zu tun pflegen. Und viele Täter halten es leider für ungeschickt, wie eine Kuh zu ihrem Tatort zu trampeln.«

»Dein Sarkasmus ist fehl am Platz. Ist etwas gestohlen worden?«

Sandro nutzte einen günstigen Moment, in dem Luis die Papiere mit der Rede ein wenig anhob, um sie seinem Mitbruder aus der Hand zu nehmen.

Luis blickte ihn verdutzt an, ganz so, als sei er soeben von ihm geohrfeigt worden, und fuhr dann, an Oreste Lippi gewandt, fort: »Antworte.«

»Ich – weiß nicht. Darum habe ich mich noch nicht gekümmert. Auf den ersten Blick würde ich sagen, es fehlt nichts, aber …«

»Wir lassen das überprüfen. Wir lassen auch dich überprüfen.«

»Ich werde verdächtigt?«

»Du hast keine Fragen zu stellen.«

Oreste Lippi war besiegt. Er wandte sich mit einem inständig bittenden Blick an Sandro: »Ich glaubte ... Ich war der Meinung, Ihr führt die Untersuchung, Bruder Visitator.«

Sandro blickte von der Rede auf, die er durchblätterte, atmete tief ein und suchte nach der Antwort auf eine Frage, die ihn unangenehm berührte. Er war froh und dankbar, dass Luis angeboten hatte, ihm bei der Untersuchung zu helfen, und er war jetzt viel zuversichtlicher, den Mord aufklären zu können. Doch den einen oder anderen Akzent hätte er gerne selbst gesetzt, und die Art und Weise, wie Luis den Diener bedrängte, nur weil er ihn nicht mochte, tat ihm ein bisschen weh. Doch er zog es vor, Luis nicht in die Quere zu kommen und sich weiter in die Rede zu vertiefen.

Er entfernte sich von Luis und Oreste Lippi, denn der schnelle, unangenehme Wortwechsel störte seine Konzentration. Er hatte noch nie zwei Dinge auf einmal tun können, wie angeblich Cäsar es vermochte oder auch Luis, der gleichzeitig lesen, schreiben und eine Unterhaltung führen konnte.

Die Rede war nicht gerade lang, fünf Seiten, aber zweifellos vollständig, denn sie begann und endete mit Höflichkeitsfloskeln. Die Worte dazwischen allerdings hatten mit Höflichkeit wenig zu tun: Provokant ging Bertani zum Angriff über, indem er die Missstände der Kirche anprangerte – Ämterkauf, Ablasshandel, Arroganz des Papstamtes, Verschwendungssucht – und auf Reformen drang. Die Rede war vermutlich absichtlich so angelegt, dass sie die Reformer begeistern und die Konservativen empören sollte. Sie sollte spalten. Sie sollte die Schlacht eröffnen, deswegen war Bertani ja auch als erster Redner vorgesehen gewesen.

Sandro steckte die Papiere in seine Kutte.

Während er die Rede gelesen hatte, war er, ohne auf seine Umgebung zu achten, langsam durch das Quartier gegangen und dabei in den anderen, den zweiten Raum gelangt. Eine dünne

Schicht Stroh lag auf dem Boden, die das Blut aufsaugen sollte: zwei Schritte lang, einen Schritt breit wie ein Sarkophag. Hier war der Bischof von Verona gefunden worden, direkt neben einer Anrichte auf dem Bauch liegend – zwischenzeitlich war er längst zur Untersuchung der Todesursache abgeholt worden. Auf der Anrichte stand eine schwere silberne Waschschüssel, ebenfalls voller Blut.

Sandro untersuchte das Bett, das an der gegenüberliegenden Wand stand. Die Laken waren zerwühlt, wenn auch nicht übermäßig stark. Er setzte sich auf die weiche, aufwändig gearbeitete Matratze und suchte nach irgendwelchen Spuren einer Liebesnacht, doch seine Gedanken waren woanders. Es war viele Jahre her, seit er das letzte Mal ein solch breites, bequemes Bett unter sich gespürt hatte. Er wusste sogar noch den Tag: Es war der 17. August 1544 gewesen, in der Nacht, bevor er Matthias Hagen traf. Er war bei Beatrice Rendello gewesen, einer reichen vierundzwanzigjährigen Witwe, die beschlossen hatte, dass ihr Leben nach dem Tod des Gatten erst richtig anfing, und reihum alle Freunde Sandros verführte. Mit ihm, so sagte sie immer, langweilte sie sich am wenigsten, und er war noch jung genug, um das als Kompliment zu verstehen und damit vor den Freunden zu prahlen. Sie verbrachten viel Zeit miteinander, eine sehr schöne und warme, aber irgendwie auch unwirkliche Zeit zwischen Daunenkissen. Beatrice war seine letzte Geliebte, vielleicht auch seine wichtigste. Wenige Wochen nachdem Matthias in sein Leben getreten war, war Sandro zu den Jesuiten gegangen, fest entschlossen, alle Gelübde einzuhalten und ein anderes Leben zu führen.

Sein Noviziat verbrachte er bei den Armen, Blinden und Sterbenden. Er wusch die Siechen, hielt ihnen die Hände in ihrer letzten Stunde, übernahm die Totenwache, schaufelte ihr Grab. Morgens leerte er die Nachttöpfe, mittags gab er den Hungernden etwas zu essen, und abends scheuerte er die Böden des Spitals. Er lernte, Wunden zu versorgen, eitrige Geschwüre aufzustechen und Ungeziefer vom Körper der Kranken zu entfernen. Jemals Ekel zu empfinden verbot er sich. Er war Jesuit geworden, um ein Verbrechen zu sühnen, um sein Leben anderen zu widmen. Nur die Jesuiten – und die Theatiner – nahmen sich derer an, die von allen Menschen verlassen waren, aber nicht von Gott.

Luis kannte er zu jener Zeit nur vom Sehen. Er war aus Spanien gekommen und hatte bereits die »Ersten Gelübde« der apostolischen Armut, der Ehelosigkeit und des Ordensgehorsams sowie das »Letzte Gelübde« des unbedingten Papstgehorsams abgelegt. Der Vater Provinzial des Kollegs in Neapel war hocherfreut, Luis für sich gewonnen zu haben, denn der äußerlich unscheinbare Mann hatte eine auffällige Begabung: Er jonglierte mit Worten wie ein Akrobat, schickte sie zum Angriff wie ein Feldherr und parierte mühelos Attacken, die den kühnsten Fechtmeister hätten erblassen lassen, kurz, er war ein phänomenaler Rhetoriker. Er gab provokante Thesen zum Besten, die nicht wenige Mitbrüder erschreckten, aber er vermochte jede einzelne dieser Thesen so trefflich zu begründen, dass ihm am Ende keiner mehr widersprach. Schließlich wurde auch Ignatius von Loyola, der große Ordensgründer der Jesuiten, auf ihn aufmerksam, und fortan vertrat Luis die Jesuiten bei Disputen mit anderen Orden, bei Synoden oder bei Versammlungen in Rom. Sobald Luis in einer Kanzel stand, war es, als würde sich irgendeine Stimme seines hageren Körpers bemächtigen und ihn mit sich in die Höhe tragen. Er war dann unschlagbar.

Unter den Mitbrüdern jedoch war er unbeliebt. Er arbeitete nicht im Spital, sondern verbrachte die meiste Zeit im Skriptorium oder auf Reisen. Diese bevorzugte Stellung – und vor allem seine Begabung – brachte ihm zahlreiche Feinde unter den Mitbrüdern ein, die nicht gerne aus jeder Diskussion als Verlierer hervorgingen und ihm hinter vorgehaltener Hand Arroganz vorwarfen.

Als Sandro einmal mitten in der Nacht ins Skriptorium ging,

um einem Kranken am nächsten Tag aus einem bestimmten Buch vorzulesen, begegnete er Luis. Sie waren allein. Da saß dieser hagere Mann, die Augen vor Anstrengung gerötet, trotz seiner kaum dreißig Jahre vorzeitig gealtert, und arbeitete, als alle anderen sich Ruhe gönnten. Sie sprachen die ganze Nacht miteinander, und als Sandro morgens aufbrach und sich auf den Weg ins Spital machte, bewunderte er an Luis alles, was seine Mitbrüder an ihm ablehnten: das Talent und die Hartnäckigkeit und die Selbstsicherheit. Auch die Siege, die er in Disputen davontrug. Luis war ein erfolgreicher Mensch, und Sandro hing an seinen Lippen.

Wenige Tage danach fragte man Sandro, ob er der Assistent von Luis de Soto werden wolle, allerdings nur an vier Tagen in der Woche, in der übrigen Zeit brauche man ihn im Spital. Sandro willigte begeistert ein.

Je bedeutender die Aufträge für Luis wurden, desto anspruchsvoller wurden auch Sandros Aufgaben. Er trug alle benötigten Hintergrundfakten zu einem Thema zusammen, erstellte Exposés, recherchierte Präzedenzfälle ... Die Bibel, die Apokryphen, griechische Philosophie, Geschichte der frühen Christen, Geschichte der Orden, Bullen der Päpste, Worte und Taten der Heiligen, Konzilsbeschlüsse, Verhältnis zu den Juden und Heiden, Okkultismus ... Mit allem musste er sich vertraut machen, und manchmal hatte er dafür nur wenige Tage Zeit. Immer seltener kam er zu den Kranken und Sterbenden, was ihm anfangs Gewissensbisse bereitete. Luis erinnerte ihn jedoch ständig daran, wie wichtig, ja, überragend die nächste vor ihnen liegende Aufgabe sei.

Das Konzil sollte die bisher größte und bedeutendste Schlacht werden. Katholiken und Protestanten, die seit einem Vierteljahrhundert getrennten Kirchen, würden über eine Annäherung, eine Wiedervereinigung beraten. Doch wie viel Reform vertrug die Kirche des Papstes? Luis, der als einer der Hauptredner des Konzils auftreten würde, hatte, bevor sie aus Rom gen Trient aufgebrochen waren, zu Sandro gesagt, die Aufgabe bestehe diesmal darin, gerade so viele Zugeständnisse zu machen, um die Protestanten zu gewinnen, aber nicht so viele, um die konservativen Kräfte innerhalb der Kurie zu verschrecken. Es gab zwar eine mächtige Reformpartei innerhalb der Kirche, doch eine ebenso mächtige Gegenpartei. Zwischen diesen allen – den Protestanten, den katholischen Reformern und den Konservativen – stand Luis, vom Papst beauftragt, ein diplomatisches Meisterstück zu vollbringen. Sollte ihm das gelingen, würde er ein solch großes Ansehen erlangen, dass der greise Ignatius von Loyola ihn zu seinem Nachfolger als *pater general,* als Ordensoberen mit Sitz in Rom, empfehlen würde. Und Sandro hatte vorgehabt, wie immer sein Bestes für ihn zu geben.

Nun saß er stattdessen auf dem Bett eines toten Bischofs und sollte einen Mord aufklären.

Er seufzte, als Luis zu ihm kam.

»So«, sagte Luis, »ich war mit diesem Diener in seiner Stube und habe sie mir genauer angesehen. Wenn er etwas gestohlen hat, dann hat er es woanders versteckt. Was machst du da?«

»Ich habe nachgesehen, ob ich Spuren einer weiteren Person finde.«

»In Bertanis Bett? Du denkst an eine Konkubine? Nicht bei Bertani, nein, so war er nicht.«

»Ich dachte, du kanntest ihn nur aus seinen Reden.«

Luis schwieg einen Augenblick. »So ist es auch. Und daher kann ich ihn als Spartaner einschätzen, anspruchslos und ohne Fantasie. Glaub mir, er lebte nur für seine heißgeliebte Kirchenreform und prangerte in jeder einzelnen Rede jede einzelne Sünde an. Jemand, der so aggressiv eine Idee propagiert, der glaubt auch daran.«

»Tatsächlich?«

»Absolut.«

»Dann ist es dir nicht aufgefallen?«

»Was?«

»In seiner Rede. Du hast sie doch gelesen?«

»Ja. Ja, ich habe sie gelesen«, sagte Luis und legte eine Spur von Unmut in seine Stimme. »Worauf willst du hinaus?«

Sandro war es peinlich, darauf zu antworten. »Der Bischof von Verona«, begann er leise und vorsichtig, als taste er sich an den Griff eines heißen Kessels heran, »war sicherlich ein überzeugter Reformer gewesen und hat vieles gebrandmarkt. Auch in dieser letzten Rede.«

»Genau das habe ich doch eben gesagt.«

»Jedoch – den fehlenden sittlichen Anstand der Prälaten hat er mit keinem Wort erwähnt. Verstehst du? Er geißelt zahlreiche Missstände, nur dieser eine gravierende Missstand – der nun wirklich nicht zu leugnen ist – wird von ihm ausgelassen. Der Bruch des Zölibats wurde von ihm nicht beklagt, nirgendwo in dieser Rede, nicht in einem Satz, nicht einmal in einer Andeutung.«

Sie tauschten einen langen Blick, in dessen Verlauf Luis' Augen nach anfänglichem Erstaunen sehr schnell ausdruckslos wurden.

»Wo ist die Rede?«

»Ich habe sie in Verwahrung genommen«, sagte Sandro und legte die Hand auf sein Herz. »Sie ist ein Beweisstück, oder besser gesagt, ein wichtiger Anhaltspunkt.«

»Du übertreibst ein wenig, meinst du nicht? Nur weil Bertani den sittlichen Anstand nicht erwähnt hat, ist sie kein wichtiger Anhaltspunkt.« Luis streckte ihm die Hand hin.

»Falls der Mörder verhindern wollte, dass der Inhalt je verlesen wird, so ist ihm das gelungen.«

»Gewiss wird einer der anderen Reformer mehrere Aspekte der Rede auf dem Konzil zur Sprache bringen. Deswegen hätte ich sie gerne, um eine Erwiderung parat zu haben.«

Sandro zögerte. »Luis, findest du es angebracht, diese Morduntersuchung zu nutzen, um – um einen Vorteil für deine Auftritte vor dem Konzil zu bekommen?«

Die Antwort bestand aus einer noch weiter ausgestreckten Hand. Schließlich holte Sandro die Rede hervor und ließ zu, dass Luis sie ihm aus der Hand nahm.

»Danke sehr«, sagte Luis. »Ich verstehe wirklich nicht, wieso du dich auf einmal so anstellst.«

Erneut tauschten sie einen längeren Blick, und Sandro erinnerte sich der Worte des Dieners: Ich dachte, Ihr führt die Untersuchung, Bruder Visitator.

»Und jetzt«, sagte Luis, »sprechen wir mit dem Arzt.«

Antonia war zu beschäftigt mit ihrer Arbeit, um Matthias zu bemerken, der in der Tür des Ateliers stand.

Sie hatte die ersten vier Entwürfe gezeichnet, auf Fenstergröße vergrößert und an Brettern aufgehängt, um sich ein Bild von ihrer Raumwirkung zu machen. Auftragsgemäß handelte es sich um Szenen von Jesus in Jerusalem, ein beliebtes Thema in der Glasmalerei, und Antonia war es schwergefallen, dem Motiv neue künstlerische Aspekte abzugewinnen. In einer Aufwallung von Respektlosigkeit – nicht gegen Jesus, sondern gegen jene, die ihn immer auf die gleiche Art darstellten – zeigte sie ihn mit kurzen, gepflegten Haaren und nicht ganz so abgehärmt, als habe er sich ein Leben lang nur von Heuschrecken ernährt. Er sollte etwas Gesundes, Maßvolles ausstrahlen. Doch Hieronymus musste von dieser Auffassung erst noch überzeugt werden. Antonia, sagte er immer, du bist zu jung und schnell für mich. Ich komme nicht mehr nach. Meistens erklärte er sich dann aber doch mit ihren Ideen einverstanden.

Vor den Gestellen, in denen das Buntglas aufrecht gelagert wurde, prüfte sie die Reinheit der Farben. Es war unter Hieronymus' Anleitung hier in Trient hergestellt worden und von außerordentlicher Güte. Der Zusatz einer geringen, genau dosierten Menge Kupfer bei der Glasherstellung hatte ein frisches Grün bewirkt, und der nur sparsame Einsatz von Kobalt hatte das sonst für Kirchenfenster verwendete Tiefblau vermieden und stattdessen ein Azur von der Durchsichtigkeit des Meeres geschaffen. Die Santa Maria Maggiore war innen zu hell und mit vielen Gemälden im Stile Raffaels ausgestattet. Zu versuchen, mit dunklen Farben ein geheimnisvolles Licht in die Kirche zu bringen, wäre hoffnungslos gewesen, also hatte man die Not zur Tugend gemacht und beschlossen, die Heiterkeit zu betonen.

Antonia befühlte das Glas wie einen seidigen Stoff und lächelte. Was für eine großartige Substanz, in ihrer Wirkung nur mit Kaiserkronen vergleichbar. Sie nahm eine der hellroten Platten aus dem Gestell und versuchte, sie auf eine Arbeitsfläche zu legen, wo sie sie zuschneiden wollte. Schon tausendmal hatte sie diese Muskelarbeit geleistet, schweres, schlecht zu greifendes Glas quer durch den Raum zu tragen, und immer war es gutgegangen, doch heute blieb ihr linker Fuß in einem herumliegendes Seil hängen, und als sie sich befreien wollte, verlor sie das Gleichgewicht und taumelte. Fast wäre ihr das Glas aus den Händen geglitten. Atemlos beschloss sie, die Platte vorsichtig abzusetzen, als sie durch das rubinrote Glas, nur eine Armeslänge von ihr entfernt, das Gesicht eines Mannes sah wie die Fratze eines Phantoms. Vor Schreck löste sich ihr Griff – und es ertönte ein gellendes, ein schmerzendes Geräusch von splitterndem Glas.

Dann war Stille.

Eine Stille, als würde ein Alptraum durchatmen.

Antonia blickte ungläubig zu Boden, wo sich Millionen von winzigen Blutstropfen um sie herum verteilt hatten. Ihr Mund öffnete sich, und heraus kam ein verzweifelter Schrei.

Blut, überall war Blut. Sie sah auf ihre Hände – Blut, auf ihre Füße – Blut.

»Antonia.«

Das Splittern und Klirren nahm kein Ende. Sie schrie. Sie drehte sich in alle Richtungen – Blut an den Wänden.

»Antonia.«

Sie hielt sich die Ohren zu. Sie spürte zwei kräftige Hände, die sie packten.

»Antonia. Hörst du mich? Antonia.«

Jetzt hörte sie ihn. Jetzt sah sie sein Gesicht, so beruhigend, wie sie es von jeher kannte. Und wie ein Windstoß erfasste sie eine große Erleichterung.

»Matthias? Ich glaube es nicht. Matthias!« Sie fiel ihm um den Hals, klammerte sich an seine Schultern und schloss die Augen. Ein von früher vertrauter Geruch stieg ihr in die Nase, und sie klammerte sich noch fester an ihn. Sie sah Bilder, erinnerte sich an Momente, die zu den schönsten ihres Lebens gehörten: Matthias und sie sitzen auf einer warmen Mauer; Matthias und sie beißen gleichzeitig in denselben Apfel; Matthias und sie klettern auf einen Baum; Matthias und sie berühren sich zum ersten Mal mit den Lippen.

Sie hatte keine Ahnung, wie viel Zeit vergangen war, als sie sich langsam von ihm löste. Er gab ihr ein Tuch, das nach ihm roch, mit dem sie sich das Gesicht trocknete. Um sie herum lagen die Splitter des roten Glases. Nirgendwo war Blut.

»Das war meine Schuld«, sagte er. »Ich habe dich erschreckt. Ich wollte helfen, aber das ging wohl gründlich daneben.«

Sie verneinte wortlos und wischte sich ein letztes Mal über das Gesicht. Dann gab sie sich Mühe, heiter auszusehen.

»Ich weiß gar nicht, was eben mit mir los war. Du musst mich für überspannt halten.«

»Ich halte dich für so hübsch wie eh und je.«

Sie sah an sich herunter: ein einfaches wollgraues Kleid und eine vergilbte und vom Schwarzlot verschmierte Schürze. Sie sah furchtbar aus.

»Ich habe dich nie ganz aus den Augen verloren«, sagte er. »Immer wusste ich, in welcher Stadt du gerade bist, Antonia. Zwölf Jahre lang.«

»Zwölf Jahre«, sagte sie nachdenklich. Matthias, stellte sie fest, hatte sich nicht verändert: die hohe, klare Stirn, die helle Haut, die wie Blaumurmeln strahlenden Augen, das runde Gesicht. Seine aschblonden Haare waren nicht weniger geworden, im Gegenteil, sie fielen bis auf die Schultern herab, und seine Statur war noch etwas stämmiger als damals, ohne dick zu sein. Er strahlte etwas Entschlossenes aus.

»Wie geht es dir?«, fragte sie. »Und was machst du in Trient? Bist du allein gekommen? Bist du verheiratet?«

»Das sind aber viele Fragen auf einmal.«

Sie lachten und sahen sich dabei in die Augen.

»Leider habe ich es gerade ein bisschen eilig, Antonia. Möchten du und dein Vater morgen, am Vorabend der Konzilseröffnung, meine Gäste sein? Ich habe eine kleine Casa in der Via San Marco bezogen, Casa Volterra, glaube ich.«

»Ich werde Vater fragen, aber ich denke, er hat nichts dagegen. Vielleicht komme ich allein, denn er isst in letzter Zeit gerne mit …« Im letzten Moment fiel ihr ein, dass es vielleicht besser war, Matthias nichts von Carlotta zu erzählen.

»Mit Menschen, die er hier kennengelernt hat«, fügte sie hinzu.

»Ich habe ihn eben in der Nähe des Doms gesehen, ohne ihn anzusprechen. Er war in Begleitung einer Frau. Kennt er sie näher?«

Antonia zögerte nur kurz. »Das kann man sagen, ja.«

»Nun, das geht mich nichts an. Jetzt helfe ich dir noch, das Glas aufzufegen.«

»Das kommt nicht in Frage. Wir sehen uns morgen Abend. Casa Volterra.«

Sie nickte ihm fröhlich zu, als er ging.

Im Grunde war Matthias noch immer so, wie er als kleiner Junge gewesen war: freundlich, heiter, berechenbar und beschützend. Vertrauenerweckend eben. Er war für Antonia da gewesen, seit sie denken konnte, ja, er war ein natürlicher Bestandteil ihres Lebens geworden, so wie Eltern, ältere Geschwister oder Wiesen und Wälder auch *da* sind und man später nicht den Zeitpunkt bestimmen kann, an dem man sie erstmals wahrgenommen hat. Matthias Hagen war zunächst so etwas wie ein älterer Bruder für Antonia. Sein Vater Berthold, ein verwitweter Kanzleisekretär, und Hieronymus waren gute Freunde, obwohl der eine Protestant und der andere Katholik war – damals spielte das noch keine so große Rolle. Die Familien pflegten regen gesellschaftlichen Umgang miteinander, und so war es nur natürlich, dass Antonia und der drei Jahre ältere Matthias ein vertrautes Verhältnis zueinander bekamen.

»Soll es einer wagen, frech zu dir zu sein. Den verhau ich, dass er es nie wieder wagt«, hatte er ihr versprochen. Da war er zwölf und sie neun Jahre alt gewesen. Er liebte es, vor ihr anzugeben, und eigentlich mochte sie Angeber nicht. Aber ihm verzieh sie es, denn er gab nur vor ihr an, und was er damit sagen wollte, war, dass sie auf ihn zählen könne. Für sie war es selbstverständlich, dass Matthias noch in zehn, zwanzig und dreißig Jahren bei ihr sein würde.

Eines Tages saß Berthold Hagen wieder einmal am Esstisch der Benders, wo sie schon so häufig geschwatzt und diskutiert hatten. An diesem Abend jedoch stritten sie. Antonia, die unter dem langen Tafeltisch mit Matthias spielte, hörte alles mit.

»Die Zeiten ändern sich nun mal, Hieronymus. Bisher konnte man es sich erlauben, keine Stellung zu beziehen. Das geht jetzt nicht mehr. Katholiken und Lutheraner stehen unmittelbar gegeneinander. Es geht darum, wer überlebt. Jetzt heißt es: Mund aufmachen und Partei ergreifen. In deinem Herzen bist du doch schon längst Protestant.«

»Das ist eine Unterstellung.«

»Eine gut gemeinte, Hieronymus, eine gut gemeinte. Du bist doch bald mit den Fenstern für das Münster fertig, oder?«

»Was hat denn das damit zu tun?«

»Und du hast dich um den Auftrag für die Rathausfenster beworben?«

»Ich bin Ulmer von Geburt, und meine Bezahlung ist nicht übermäßig hoch. Ich bin der ideale Kandidat.«

»Eben nicht. Du bist Katholik. Wenn du konvertierst …«

»Das werde ich in keinem Fall tun. Verstehe mich nicht falsch: Die Römische Kirche hat ihre Fehler, große sogar, und sie sollte sich besser heute als morgen reformieren. Aber eure, die protestantische Auffassung von der Welt ist nicht die meine. Wenn ihr könntet, würdet ihr ein Dekret zur Abschaffung der Schönheit erlassen. Ich mache niemandem Vorschriften, wie er zu leben hat, und wenn ihr mit eurer Einstellung glücklich seid, soll es mir recht sein. Aber für mich ist sie nichts. Ich bin Glasmaler, ich bin Künstler, ich lebe für die Farben und das Licht, für alles, was strahlt und pulsiert. Ihr lebt für das Verloschene.«

Antonia würde nie den zischenden, scharfen Klang von Berthold Hagens Stimme vergessen, als er sagte: »Gnade dir Gott, Hieronymus. Ulm wird sich bald zur protestantischen Stadt erklären. Du wirst keinen Auftrag mehr bekommen. Deine Frau wird man auf dem Markt mit verächtlichen Blicken strafen. Antonia wird von den anderen Kindern verspottet werden ...«

Bertholds Prophezeiung erfüllte sich Punkt um Punkt. Wie Matthias versprochen hatte, verteidigte er sie, wenn sie beleidigt wurde. Er prügelte sich mit den Jungen und verscheuchte die Mädchen mit bösen Blicken. Bald ging er dazu über, »Lasst uns in Ruhe« zu rufen, dann rief er: »Lasst *sie* in Ruhe«, schließlich half er ihr nur noch dabei wegzulaufen. Er ließ sie nie im Stich, aber sein Feuereifer erlosch. Antonia verstand das. Natürlich war er der anstrengenden Verteidigung müde, und dass die anderen Kinder nun auch ihn mieden, hätte niemandem gefallen. Aber da war noch etwas anderes: Im Grunde glaubte er, dass sein Vater auf der richtigen und Hieronymus auf der falschen Seite stand. Wie konnte es auch anders sein: Er war zehn Jahre alt und betete seinen Vater an, sonst hatte er ja niemanden, nur ihn und sie, Antonia. Und er suchte verzweifelt nach einem Weg, keinen von beiden zu enttäuschen.

Der 21. Juni 1531 zerstörte jede Hoffnung auf eine Versöhnung der Ulmer Protestanten mit den Altgläubigen, die dort noch lebten. Die Fenster des Münsters waren fertiggeworden.

Am Morgen feierte man die Einweihung mit einer heiligen Messe. Es gab keinen Chor mehr, weil die Zahl der Altgläubigen stark ausgedünnt war, aber von einer kleinen Orgel ertönte leise Musik, und Antonia trat erstmals ein in die Bilderwelt der Glasmalerei. Sie war ihr sofort verfallen. Sie hörte nicht ein einziges Wort der Messe, ihr Blick streifte herum und versenkte sich in das Glas, das Licht, die Magie. Rings um sie herum spürte sie die Ehrfurcht, die die vielfarbigen Darstellungen bei den Menschen auslösten. Dieser Moment war die Krönung von Hieronymus' vierjähriger Arbeit und das Schönste, Ergreifendste, was ihr Vater bis dahin als Glasmaler geschaffen hatte. Er selbst hielt seine Rührung nur mühsam zurück.

Nach der Messe erfasste Unruhe die Stadt. Hetzredner wiegelten die Menschen auf. Sie verdammten die Römische Kirche, die römischen Laster, den Überfluss, den Ablasshandel, die Inquisition, die Malerei, das Mönchstum, die Bildhauerei ... Sie warfen alles Römische in einen Topf, rührten es um und kippten es in die Gosse. Aus hundert kleinen, über Ulm verteilten Quellen sammelte sich schließlich ein mächtiger Menschenstrom und zog vor das Münster. Die Katholiken verbargen sich aus Angst in ihren Häusern, auch Hieronymus fürchtete um das Leben seiner Familie. Die Eltern saßen mit Antonia um eine Kerze herum und beteten wie einst die Ägypter, dass die Pestilenz, die menschliche Pestilenz, an ihnen vorüberzöge.

Aber Antonia, die nicht verstand, was vorging, dachte nur an das Erlebnis vom Tag, an die leuchtenden Fenster, die sie noch einmal sehen wollte. Als man sie zu Bett schickte, verschwand sie heimlich – und das hätte sie besser nicht getan. Denn was sie draußen sah, veränderte ihr Leben.

Als sie vor dem Münster ankam, wurden gerade die Pforten aufgebrochen, und die Menschen drängten sich in das Gotteshaus hinein. Antonia wurde vom Sog erfasst und mitgezogen. Sie fürchtete sich und wollte umkehren, aber es war kein Durchkommen. Sie schrie, sie weinte – niemand achtete auf sie. Die letzten Gesichter, in die sie in jener Nacht blickte, waren verzerrt von Lust und Hass zugleich. Danach sah sie keine Gesichter mehr. Es war, als würden um sie herum gesichtslose Geister ihr Werk tun. Sie sah deren Hände, die mit Steinen und Stöcken bewaffnet auf alles einschlugen, und sie sah deren durcheinanderlaufende Körper – doch keine Augen, keine Münder mehr. Wohin sie sich auch wandte, stürzten Statuen krachend zu Boden, so dass steinerne Köpfe über die Fliesen rollten; Altäre zerbrachen mit dem Lärm von Donnergrollen; Orgelpfeifen heulten ein letztes Mal auf, bevor sie für immer verstummten.

Und dann, dann splitterte das Glas. Steine flogen. Die Figuren der Wunderwelt lösten sich auf, sie wurden gleichsam in Millionen Fetzen zerrissen. Es war, als würden die Figuren in den Fenstern vor Schmerz schreien, und unter ihren Schreien war auch der von Antonia. Dann wurde es dunkel.

Das Nächste, woran sie sich erinnerte, war, dass sie in ihrem Zuhause erwachte, über sich ihre Mutter, die ihr besorgt die Stirn abtupfte. Vier Tage hatte sie gefiebert. Und an die Nacht des splitternden Glases erinnerte sie sich nur vage, sehr vage. Sie litt unter Alpträumen, die laut und verstörend waren und in denen gesichtslose Wesen herumliefen.

Matthias kümmerte sich von da an noch mehr um Antonia, seine Sorge um sie war rührend: Er besorgte Honiggebäck für sie, schnitzte ihr etwas unbeholfen ein Pferd, das wie ein Esel aussah, schnitzte ihr ein Holzkreuz, nahm sie in die Arme, begleitete sie auf allen Wegen .... Seine Beziehung zu ihr nahm intime Züge an, so als wäre sie eine zerbrechliche, zu zerbrechen drohende Kostbarkeit. Und vor allem: Er blieb ihr treu, als hätte er einen Schwur geleistet. Tatsächlich hatte sie manchmal das Gefühl, etwas Zwanghaftes in seiner Freundschaft, seiner Treue zu entdecken. Gemeinsam lasen sie die Bibel, sie lernten die Handschrift des anderen, sie erzählten sich alles.

Doch weder seine noch die elterliche Zuwendung konnten verhindern, dass ihr früher ausgeglichenes Wesen ruhelos wurde. Sie konnte bei Tisch nicht mehr stillsitzen, brauchte ständig Ablenkung, wurde sprunghaft, und sich auf eine einzige Sache zu konzentrieren, das fiel ihr unglaublich schwer. Als ihr Vater auf der Suche nach Arbeit Ulm und die Familie verlassen musste und gen Frankreich reiste, tat ihr das fast körperlich weh, und sie fieberte zwei Wochen lang.

Adelheid, ihre Mutter, war es, die begriff, dass diese fiebrige Unruhe, die von ihr Besitz ergriffen hatte, einen Kanal brauchte, damit sie sich nicht wie eine Flut ihres ganzen Wesens bemächtigte. Bis dahin hatte keiner von ihnen in Erwägung gezogen, dass Antonia in die Fußstapfen ihres Vaters treten könnte. Sie war ein Mädchen und würde es schwer haben unter den Gesellen, und später würde sie es schwer haben unter den konkurrierenden Glasmalern. Die Gilde nahm ohnehin nur Männer auf. Antonia selbst sträubte sich zunächst dagegen, auch nur eine einzige Scherbe anzufassen, so als wäre diese ein Wesen, das sich in ihr Fleisch bohren würde. Adelheid aber blieb fest.

»Du musst dich überwinden.«

»Ich bin ein Mädchen. Ich brauche das nicht zu machen.«

»Dass du ein Mädchen bist, spielt hierfür keine Rolle. Es liegt in deiner Macht, ob du etwas willst.«

Adelheid vertraute auf einen mächtigen Verbündeten: In Antonia floss das Blut von elf Generationen Glasmalern, die einst in Augsburg ihre Arbeit mit Glas begonnen und seither nie aufgegeben hatten. Mit einer Geduld, wie nur Mütter sie haben, gelang es Adelheid über Monate hinweg, Antonia mehr und mehr mit dem Glas und der Glasmalerei vertraut zu machen. Adelheid selbst unterrichtete Antonia, denn sie hatte Hieronymus während der Ehejahre sehr genau auf die Finger geschaut. Jeden Morgen wurde eine Stunde lang mit Bruchstücken alten Glases geübt, getarnt als Spiel, und als Antonia sich erst einmal überwunden hatte, lernte sie schnell und immer schneller: welche Substanzen man bei der Glasherstellung beigeben musste, um bestimmte Farbwirkungen zu erzielen; Menschen und Gegenstände zu zeichnen; Glas zu schneiden und es in Bleiruten einzufassen; optische Wirkungen zu erzielen, zum Beispiel die, dass man bei einer Fensterrose als Betrachter den Eindruck gewinnt, die Rose drehe sich; dass man in Kirchenfenstern besonders viel blaues Glas verwenden sollte, weil das menschliche Auge blau besonders angenehm findet – vielleicht, weil der Himmel blau ist und schon der Säugling in den Himmel schaut; sie lernte, Motive zu finden und – dies vor allem! – sie zu hinterfragen.

»Alles ist möglich«, sagte Adelheid. »Nichts auf der Welt ist so heilig, dass man nicht daran rütteln dürfte.«

Die zehnjährige, elfjährige, zwölfjährige Antonia rüttelte an überhaupt nichts. Zwar fand sie Gefallen an der Glasmalerei, am Spiel mit den bunten Scherben, aber während sie handwerklich immer besser wurde und den Umgang mit dem Glas bald gut beherrschte, fehlte es – selbst in Anbetracht ihres kindlichen Alters – ihren Zeichnungen an Qualität und ihren Ideen an Originalität. Sie zeichnete entweder nach, was andere vor ihr gezeichnet hatten, oder sie zeichnete Adelheid und Matthias. Und dies unermüdlich. Adelheid sah die Entwürfe stets lange an, ohne ein Wort zu sagen, so als höre sie der Zeichnung zu, und dann sagte sie – nichts. Sie gab sie Antonia zurück und übte weiter mit ihr.

Matthias mochte es, wenn sie ihn zeichnete. Über sein Gesicht glitt ein Lächeln, wenn sie ihm die Porträts zeigte, und seine Augen, die Blaumurmeln, wie sie sie nannte, strahlten sie an. In ihre Freundschaft mischte sich im Laufe der Jahre etwas anderes, und je älter sie wurden, umso mehr von diesem anderen mischte sich hinein. Zudem entwickelte er sich zu einem äußerst attraktiven jungen Mann, der nicht nur von ledigen Töchtern, sondern auch von verheirateten Frauen aus den Augenwinkeln heraus beobachtet wurde. Für jeden hatte er ein freundliches Wort, eine ganz leicht vorwitzige Verbeugung, einen intensiven Blick. Man sagte ihm nach, er habe Charme – ein Wort, das Antonia sich erst erklären lassen musste.

An Antonias vierzehntem Geburtstag wusste sie, dass sie Matthias liebte. Sie vertraute sich ihrer Mutter an.

»Berthold Hagen wird eure Liebe nicht zulassen«, prophezeite Adelheid. »In seinen Augen bist du eine Papistin. Ganz abgesehen davon, dass er Kanzleisekretär ist und für seinen Sohn eine ähnliche Karriere vorbereitet. Da nutzt ihm eine mittellose Glasmalertochter wenig.«

Antonia glaubte nicht, dass Matthias sich väterlichen Verboten beugen würde. Er wollte Arzt werden, nicht Kanzleisekretär, und über Religion hatte er nie mit ihr gesprochen, so als sei sie ein Schatten, den es nicht mehr gab, weil die Sonne im Zenit stand.

Gleichwohl spürte sie die Feindschaft seines Vaters Berthold – nicht direkt, denn er vermied jede Begegnung mit ihr, aber sie bemerkte, wie er Matthias Monat für Monat und Jahr für Jahr veränderte. Das Lächeln, die vorwitzigen Verbeugungen, die Art, wie Matthias Menschen gewann, der Charme – es war, als würde Berthold versuchen, einzelne Teile aus seinem Sohn herauszuschneiden und durch andere zu ersetzen, sei es, dass Matthias nun manchmal ein ernstes, fast pastorales Gesicht machte, oder sei es, dass er begann, Jura zu studieren, wie sein Vater es gewollt hatte. Es gab Tage, an denen er sie in die Arme nahm, Momente, in denen sie seinen Körper spürte und den seifigen Duft seiner makellos sauberen Haut roch. An anderen Tagen jedoch drang Antonia nicht zu ihm durch, da behielt er alle Gedanken für sich, wirkte unsicher und verschlossen, wirkte schwarz – so nannte Antonia diesen Zustand in Anlehnung an die schwarze Alltagskleidung vieler Protestanten. Matthias wurde zu einem komplizierten Menschen, dessen Kopf und Herz ständig miteinander rangen.

Mehrmals fragte er sie, ob sie nicht Protestantin werden wolle.

»Warum?«

»Es würde alles vereinfachen.«

Ihre Mutter, die erkannte, was vorging, hielt dagegen. Matthias und Adelheid lieferten sich einen unsichtbaren Kampf um sie, um Antonia. Sie war zu jung, als dass es ihr irgendetwas bedeutet hätte, Altgläubige oder Protestantin zu sein. Liebend gerne hätte sie Matthias diesen Gefallen getan, doch sie hätte damit zu verstehen gegeben, dass sie das Handwerk ihres Vaters, etwas, das ein wichtiger Teil seines Wesens, ja, der ganzen Familiengeschichte war, ablehnte. Das war ihr unmöglich. Nach langem Zögern lehnte sie ab zu konvertieren.

Als Berthold Hagen schwer an einem fast unheilbaren, in Ulm grassierenden Fieber erkrankte, glaubte sie schon, das Schicksal – oder Gott – werde zu ihren Gunsten entscheiden und Matthias würde sie bald fragen, ob sie ihn heiraten wolle. Noch auf dem Sterbebett verfluchte Berthold Hagen die Römische Kirche und alle Abgötterei, auch das Glasmalen, und er verfluchte Antonias Vater Hieronymus, den er einen verstockten Papisten nannte. Mit Matthias führte er ein letztes Gespräch, bei dem niemand dabei war.

Am selben Abend, als Berthold Hagen starb, lag Antonias Mutter mit dem gleichen Fieber im Bett. Antonia war nicht hilflos, sie wusste, was zu tun war, und tat es sofort und unermüdlich, aber tief in sich spürte sie eine grenzenlose Panik, die von Stunde zu Stunde größer wurde, bis ihr Herz flatterte, der Puls raste und die Hände zitterten.

»Weißt du, was ich mir wünsche?«, fragte ihre Mutter mit trockenem Mund. Man konnte ihr so viel Wasser geben, wie man wollte, der Mund blieb trocken, so als wolle die Krankheit ihr die Fähigkeit zum Sprechen entziehen.

»Ich hole alles, was du willst.«

»Ich will nur eines: Mache ein Fensterbild von meinem Gesicht.«

»Dass du jetzt an so etwas denken kannst!«

»Ich werde nicht wieder gesund, Antonia, mein Schatz. Alles, was ich will, ist ein Fenster von dir … für mich.«

Weitere Proteste beantwortete Adelheid nur mit einem stummen Kopfschütteln, und so gab Antonia nach und machte sich an die Gestaltung eines Fensterbildes, eines Fensters mit dem Gesicht der Mutter. Vielleicht, so hoffte sie, würde ein gelungenes Fenster der Kranken noch einmal Kraft geben.

Mit zitternden Händen zeichnete sie einen Entwurf. Adelheid fieberte, und Antonia tupfte ihr zwischendurch die heiße Stirn ab, aber ihre Mutter erinnerte sie immer wieder mit einem mahnenden Blick daran weiterzuarbeiten. Etliche Entscheidungen mussten getroffen werden, ganz allein, denn Adelheid half ihr nicht. Welche Farben? Welcher Ausdruck im Gesicht? Antonia besorgte hochwertiges Glas, schnitt es zu, fasste es mit Bleiruten ein und steckte es in einem Rahmen zusammen. Zwei Tage und zwei Nächte arbeitete sie in der kleinen Werkstatt daran, immer mit den Gedanken bei der Mutter, die auf der anderen Seite der Wand lag und mit dem Tode rang.

Als das Mosaik fertig war, zeigte sie es Adelheid. Ihre Mutter, kaum noch in der Lage, sich in ihrem Bett ein wenig aufzurichten, betrachtete es lange, so als höre sie dem Fenster zu. Durch die winzige Glasscheibe hinter ihr fiel gelbes Sonnenlicht auf sie.

Und dann sagte sie: »Das ist gut.«

Sie starb kurz darauf in Antonias Armen.

Als Antonia den seligen, ruhigen, fast zuversichtlichen Gesichtsausdruck der toten Mutter mit dem auf dem Fensterbild verglich, stellte sie fest, dass es derselbe war, und das gleiche gelbe Licht in Antonias Bild überzog das Antlitz der Toten wie leuchtender Staub. Antonia hatte, ohne es beabsichtigt zu haben, eine gläserne Totenmaske geschaffen.

Eine Nacht lang hielt Antonia die Totenwache, prägte sich das Gesicht der Mutter ein, kämmte ihr das Haar, sprach mit ihr. Sie schaffte es, nicht zu weinen. Sie schrieb einen Brief an ihren Vater, der Arbeit im französischen Sens gefunden hatte und regelmäßig Geld schickte. Zum Leben hatte es immer gereicht, für den Tod war es zu wenig: Mehr als ein Armengrab hätte Antonia nicht bezahlen können, denn bis Hieronymus den Brief erhalten und in Ulm angekommen wäre, würden Wochen vergehen. Matthias bot ihr aus freien Stücken seine Hilfe an. An einem regnerischen Tag stand er vor ihrem Haus, das Gesicht nass, und gab ihr einen Beutel Münzen. Für sich hätte sie niemals Geld von ihm genommen, aber sie konnte den Gedanken nicht ertragen, dass man ihre Mutter in ein schmutziges Tuch wickeln und mit dreißig, vierzig anderen Menschen in ein Massengrab werfen würde. So wurde es eine schöne, eine angemessene Beerdigung für jene Frau, die Antonia mehr als alles andere geliebt hatte.

Matthias jedoch kam nicht. Er kam weder zur Beerdigung, die ohne ihn nicht möglich geworden wäre, noch besuchte er sie in den folgenden Tagen, und als sie in seinem Haus nachfragte, berichtete ihr die Verwaltersfrau, er sei zum Studium der Rechtswissenschaften nach Tübingen abgereist. Er hatte weder einen Brief noch ein Andenken hinterlassen, und da wurde Antonia klar, dass die Tropfen, die neulich über sein Gesicht geronnen waren, als er vor ihrer Tür stand, nicht vom Regen herrührten, sondern Tränen waren.

An jenem Tag setzte sie sich ins Licht des von ihr erschaffenen Fensters. Das Gesicht der Mutter vor Augen, schrieb sie alle Gedanken auf, die ihr in den Sinn kamen, und je länger sie schrieb, umso deutlicher meinte sie, Adelheids Stimme zu hören. Es war wie eine Unterhaltung, ein Zwiegespräch auf Papier.

Wieso hat Matthias das getan? Wieso hat er mich verlassen, jetzt, wo wir hätten zusammenleben können.

Hättet ihr das wirklich können? Du glaubst vielleicht, die Religion habe keine Rolle zwischen euch gespielt, aber sie war immer da, ihr habt sie nur eine Weile übersehen. Berthold Hagen hat sie wieder hervorgeholt. Was hat er auf dem Sterbebett wohl seinem Sohn gesagt? Dass er nur eine Protestantin heiraten dürfe, das hat er gesagt. Noch beim letzten Atemzug wird er Matthias dieses Versprechen abgenommen haben.

Wieso ist er abgereist, ohne ein Wort zum Abschied?

In der Entfernung kann der Kopf über das Herz siegen. Nichts ist stärker als Erziehung, Antonia, und Matthias ist im Sinne seines Vaters erzogen worden.

Ich hätte ihn ändern können. Ich hätte ihn wieder zu dem machen können, was er war: ein Mensch voller Liebe und Fürsorge. Ich vermisse ihn. Ich liebe ihn. Und ich liebe und vermisse dich. Was habe ich jetzt noch?

Da ist schon noch etwas. Du weißt es. Du musst es nur zulassen. Das ist dein Problem, Antonia. Ein Teil von dir will unterdrücken, was in dir entsteht. Aber siehst du den Löwenzahn, der durch jedes Pflaster wächst, und siehst du die Ruinen, die vom Grün überwuchert werden, bis man sie nicht mehr sieht? Lass es geschehen, mein Schatz. Du bist gut genug, es einfach geschehen zu lassen. Du bist frei.

Diese Worte brachen etwas in Antonia auf. Es tat weh, es brachte ihr Herz wieder zum Klopfen, es löste eine leichte Angst aus, aber es war auch eine Erlösung, so als sei etwas, auf das sie schon lange gewartet hatte, endlich eingetroffen.

Von da an stürzte sie sich in die Wunderwelt der Glasmalerei. Sie wusste, dass ihr Vater, den sie in den letzten sechs Jahren nur dreimal für einen Monat gesehen hatte, bald nach Ulm kommen und sie nach Frankreich mitnehmen würde. Bisher hatte er nicht viel von den Versuchen gehalten, aus Antonia eine Glasmalerin zu machen; zu kindlich, zu verspielt, zu unbegabt schienen ihm ihre Entwürfe zu sein. Nun wollte sie ihn überzeugen. Es gab Tage, da arbeitete sie wie eine Besessene, erhitzt, verstört, neben sich stehend, so als teile sich ihr Körper, und der eine Teil schrie um Hilfe. Was auch immer sie versuchte, heraus kamen nur Skizzen verheerender Katastrophen: Schiffsuntergänge, die Vernichtung Sodoms, der vierzigtägige Regen, der die Menschheit außer Noahs Familie auslöschte, der babylonische Krieg, die apokalyptischen Reiter ... Sie war entsetzt über ihre eigenen Schöpfungen – und zugleich war sie begeistert, fasziniert und süchtig nach mehr. Sie gab das letzte übrig gebliebene Geld für Glas, Bleiruten und verschiedene Metalloxide aus, die sie brauchte, um Schwarzlot herzustellen. Früher hatte sie sich schwergetan, die richtige Zusammensetzung zu finden und die richtigen Handgriffe zur richtigen Zeit zu machen. Immer war sie zu langsam oder zu schnell oder sonst irgendwas gewesen, jetzt plötzlich waren ihr die Bewegungen und Zusammensetzungen vertraut, als würden sie ihr von irgendwoher eingeflüstert.

Drei Fenster, so hoch und breit wie ihr großer, stämmiger Vater, waren fertig, als er eintraf. Sie wusste, dass die Fenster gut waren, und sie sah ihm an, dass er genauso darüber dachte.

»Es war Mutters Wille«, sagte sie. »Es war Mutters Kraft.«

Hieronymus nickte, Tränen in den Augen, und küsste sie auf die Stirn. Er versprach nichts, außer, sie mitzunehmen nach Sens und dorthin, wohin auch immer das Licht sie tragen würde. Sie sahen in den Kathedralen und Kirchen Europas Fenster von unglaublicher Schönheit, und den größten Meistern voriger Jahrhunderte nacheifernd, gaben sie ihr Bestes. Doch die große Zeit für Hieronymus war vorbei. Seine Ausdruckskraft war seit der Katastrophe von Ulm schwächer, als sei ein Licht in ihm ausgeblasen worden. Er lieferte handwerklich einwandfreie Werke ab, denen aber das Neue, das Magische fehlte. Meist erhielten sie kleinere Aufträge, eine Ausbesserung in Auxerre, ein neues Fenster in Châlons-sur-Marne, ein paar Ergänzungen in einem Kapellenanbau in Barcelona und so weiter. Es war ein Wanderleben, nicht ohne Zwänge, nicht ohne Schwierigkeiten. Aber inmitten solcher Pracht arbeiten zu dürfen, manchmal mit zwei, drei anderen Meistern zusammen, war ein Privileg, für das Antonia dankbar war.

Einige Aspekte ihrer Persönlichkeit entwickelten sich in jenen Jahren kraftvoll und schöpferisch, nicht nur in der Glasmalerei, sondern auch in ihrer Neigung für Männer. Oft war sie unruhig, wie wenn sie verfolgt würde oder, im Gegenteil, hinter irgendetwas herjagte, ohne zu wissen, was es war. Seit ihre Mutter tot und Matthias fort war, fühlte sie sich oft ohne jeden Halt, und wenn dieses Gefühl sie überkam, wurde sie zu einem haltlosen Menschen. Entweder arbeitete sie dann bis zur völligen Erschöpfung – oder sie suchte sich einen Mann. Anfangs ließ sie sich noch von Skrupeln und Ängsten zurückhalten, die wie uralte Geister mit dunklen Stimmen vor der Hölle oder vor einem unehelichen Kind warnten. Irgendwann aber war die Stimme, mit der sie sich abends vor ihrem Tagebuch unterhielt, machtvoller.

Lass es zu, sagte sie. *Alles ist möglich, wenn du es willst.*

Und tatsächlich: Sie fand für kurze Zeit Ruhe, nachdem sie mit einem Mann zusammengelegen hatte, so wie sie im Erschaffen von Untergangsszenarien Ruhe fand. Ein französischer Steinmetz, ein lombardischer Offizier, ein westfälischer Händler, ein bayerischer Pferdeknecht, Salzkocher, Bäckergesellen ... Sie vergaß sie nach der Liebesnacht so schnell, wie sie sie entdeckt hatte. Keiner von ihnen berührte Antonia über das Körperliche hinaus. Und genau so wollte sie es haben. Das Wort Liebe war mit etwas Vergangenem, Verlorenem verbunden.

Sie musste niesen. Die Kälte auf dem Boden wurde unerträglich. Wie lange saß sie nun schon hier, umringt von Scherben, und dachte an früher? Eines nach dem anderen nahm sie die Glasstücke in die Hand und bettete sie vorsichtig auf ein Tuch. Zwischendurch hielt sie inne und betrachtete das Malheur. Sie konnte es noch immer nicht glauben: In all den Jahren war es das erste Mal, dass sie Glas hatte fallen lassen, Glas, das der Stoff war für die Bilder ihrer Vorstellungswelt. Und ausgerechnet in jenem Augenblick war Matthias gekommen, der Mann – der einzige Mann –, den sie sich in ihr Leben zurückgewünscht hatte.

Ein notdürftig gefalteter Brief glitt durch den Türschlitz, der sonst nur kalte Luft hereinließ. Sie bückte sich danach. Matthias' Handschrift hatte sich seit seiner Jugend kaum verändert.

»Du hast gefragt, ob ich verheiratet bin. Ich bin dir die Antwort schuldig geblieben: Nein, das bin ich nicht. Aber ich war es. Meine Frau starb im letzten Jahr bei der sechsten Totgeburt eines Knaben. Wenn wir uns morgen treffen, sprich bitte nicht davon.

Ich habe sehr oft an dich gedacht und freue mich, dass wir uns nach so langer Zeit wieder begegnet sind.«

Als sie die Tür öffnete, war niemand zu sehen.

5

Während Sandro mit Luis auf dem Weg zum Medicus war, gingen ihm die Worte von Oreste Lippi nicht mehr aus dem Kopf: »Ich glaubte, Ihr führt die Untersuchung.« Jeder glaubte das, der Fürstbischof, der Papst, jeder. Doch sie alle irrten sich. Er führte die Untersuchung nicht, sondern er wohnte ihr bei, so wie er den Redeschlachten und Disputen, die Luis führte, stets beiwohnte. Eigentlich war das genau das gewesen, was er wollte, aber jetzt, wo es so gekommen war, hatte er das Gefühl, irgendetwas daran sei nicht richtig. Als sie in die Via Urbano einbogen, sagte er sich, er solle froh über Luis' Führung sein, aber etwas in ihm versuchte, ihn vom Gegenteil zu überzeugen. Und als Luis und er die Via Urbano verließen und die Via Baltasar entlangliefen, dachte er einerseits, er solle sich mehr anstrengen, andererseits meinte er, alles sei in Ordnung, so wie es derzeit laufe.

»Wieso«, fragte er, »hat der Fürstbischof mich und nicht dich ernannt?«

Sie gingen über eine kleine Piazza, die von Bürgerhäusern mit hohen, gepflegten Fassaden und weit geöffneten Fensterläden umgeben war. Hier und da blickten alte Frauen aus den Fenstern, wie sie es wohl jeden Abend zu dieser Stunde taten. Manche von ihnen sprachen über die ganze Piazza hinweg miteinander, verstummten dann, um plötzlich wieder in einen Redeschwall zu verfallen oder laut zu lachen. Die Szenerie hätte Sandro an seine Jugend in Rom erinnern können, doch er war viel zu angespannt für Nostalgie.

»Ich habe dich empfohlen«, antwortete Luis.

»Wieso?«

»Der Fürstbischof wollte einen Jesuiten.«

»Man hätte nach einem Jesuiten in Verona oder Padua schicken können. Das liegt zu Pferd nur wenige Stunden entfernt.«

»Wozu jemanden aus Padua holen, wenn es in Trient einen Kandidaten gibt?«

»Du hättest die Untersuchung selbst übernehmen können.«

»Ich bin zu beschäftigt für so etwas.«

»Momentan nicht.«

Luis ging nicht weiter darauf ein. Er beschleunigte seinen Schritt, so als wolle er vor etwas davonlaufen. Sandro folgte ihm eine Weile, und während er das tat, drehte sich auch das Rad seiner Gedanken schneller und schneller, bis er schließlich stehen blieb und rief: »Halt, Luis, so geht das nicht.«

»Bin ich dir zu schnell?«

»Gewissermaßen, ja. Aber ich meine damit nicht unseren Fußmarsch.«

Luis, der ein Stück voraus war, kam wieder zurück, und Sandro sah ihm an, dass er wusste, was er ihm gleich sagen würde. Das machte es ihm leichter.

»Verstehe mich nicht falsch, Luis. Als du mir vorhin deine Unterstützung angeboten hast, war ich dankbar, sehr dankbar sogar. Aber ich dachte ... Nun, ich glaubte, wir führen die Untersuchung *gemeinsam*.«

»Das tun wir doch.«

»Leider nicht. Ich kam mir bei Lippi ziemlich dumm vor, gar

nichts zu sagen und nur dabeizustehen, wenn du ... Ich verstehe das ja, du bist es gewöhnt, dass du redest und ich dabeistehe. Nur in diesem Fall ... Hätte ich dir die Rede nicht aus der Hand genommen, würde ich sie jetzt immer noch nicht kennen. Und dann deine Fragen an Lippi ... Ich hätte sie anders gestellt und ihn nicht gleich verdächtigt.«

»Angriff ist nun einmal meine Vorgehensweise.«

»Ja eben, es ist deine. Und noch etwas: Du hast mich bisher nicht gefragt, was ich von Lippi und überhaupt von der ganzen Tat und von dem, was wir bisher darüber wissen, halte.«

»Ich wollte damit warten, bis wir den Besuch beim Arzt hinter uns haben.«

»Ich denke«, sagte Sandro, »ich werde erst einmal allein mit dem Arzt sprechen.« Und er fügte höflich hinzu: »Falls du nichts dagegen hast.«

Ein Moment verstrich, in dem nur zwei Frauen an gegenüberliegenden Fenstern zu hören waren, die sich über ihre Männer beschwerten, die letzte Nacht wieder einmal nicht nach Hause gekommen waren.

»Nein«, sagte Luis gedehnt, und es war eines der wenigen Male in all den Jahren, dass Sandro eine leichte Unsicherheit in seiner Stimme ausmachen konnte. Sie war bereits wieder wesentlich fester, als er ergänzte: »Du hast alles, was man braucht, um eine schwierige Aufgabe wie diese zu bewältigen. Du bist klug und hast ein gutes Auge. Ich kenne keinen Menschen, zu dem ich größeres Vertrauen habe.«

Das Lob kam so unerwartet – Luis lobte so gut wie nie –, dass Sandro ein schlechtes Gewissen bekam. Luis hatte es gut mit ihm gemeint, er hatte ihn protegiert, und alles, was Sandro einfiel, war, ihn deswegen zur Rede zu stellen und auszusperren. Er hatte noch immer nicht die geringste Ahnung, ob er das Richtige tat, aber er war erleichtert, dass Luis es so gut aufnahm.

»Du wirst mich doch auf dem Laufenden halten?«, fragte Luis und klopfte Sandro auf die Schulter.

»Natürlich, Luis. Ich wäre froh, wenn du mir als Ratgeber erhalten bleiben würdest.«

»Selbstverständlich.«

»Du bist nicht verärgert?«

»Nicht im Geringsten. Gut, dass du so offen zu mir warst. Wir müssen immer offen zueinander sein.«

Noch während Sandro nickte, deutete Luis auf ein Haus am Ende der Straße. »Wir sind fast da«, sagte er.

»Wir sind wo?« Sandro war entgangen, dass sie einen Umweg gemacht hatten. Statt direkt zum Gerichtsgebäude zu gehen, waren sie mehrere Straßen davon entfernt. Sie standen vor einem gelb gestrichenen Haus mit zwei Amphoren links und rechts der Eingangstür, in denen Minze, mit dem Tode ringend, welk über den Rand hing.

»Vor dem Quartier von Matthias Hagen, dem württembergischen Gesandten. Ich dachte mir, dieser Abstecher wäre äußerst amüsant und aufschlussreich.«

Sandro erstarrte, während Luis den Klopfer benutzte. Er wollte Matthias nicht sehen, nicht jetzt, eigentlich überhaupt nicht. Trient war groß genug, um sich aus dem Weg zu gehen.

»Ich muss ins Gerichtsgebäude«, sagte Sandro.

»Das hat Zeit bis nachher.«

»Man wartet auf mich.«

Luis schmunzelte. »Wer, Bertani? Er wird es dir nicht übel nehmen, wenn du ein wenig später kommst.«

Sandro überging die zynische Bemerkung. »Den Arzt meinte ich.«

Luis klopfte erneut, dreimal. »Du bist der päpstliche Visitator, Sandro. Der Arzt wird es nicht wagen zu gehen, bevor du mit ihm gesprochen hast.«

»Aber es ist unhöflich, ihn warten zu lassen.«

Luis klopfte fünfmal. »Unhöflichkeit ist keine Sünde. Andererseits *wäre* es eine Sünde, sich das Folgende entgehen zu lassen.«

»Du siehst doch, Luis, es ist niemand da. Ich gehe jetzt.«

In diesem Augenblick wurde die Tür geöffnet, und die schwarz gekleidete Gestalt von Matthias tauchte zum zweiten Mal an diesem Tag vor Sandro auf.

Matthias' feindseliger Blick wanderte von Sandro zu Luis und wieder zurück. »Ja, bitte?«

»Ich bin Bruder Luis de Soto. Als Delegierter des Konzils wollte ich es mir nicht entgehen lassen, den protestantischen Wortführer kennenzulernen.«

»De Soto? Ja, ich habe von Euch gehört.«

Sandro bemerkte den Blick, den beide tauschten – sie waren sofort Gegner. Er hatte Luis vor Disputen schon oft so erlebt, mit verengten Pupillen, wie auf der Jagd, und einem schmallippigen Lächeln, das alles andere als Freundlichkeit ausdrückte. Und er kannte auch diesen harten, gnadenlosen Ausdruck an Matthias, von damals, als sie sich in Rom zum ersten Mal gesehen hatten.

»Und wen habt Ihr mitgebracht, de Soto?«

»Das ist Bruder Sandro Carissimi, mein Assistent.«

Matthias schmunzelte und leckte sich die Lippen. »Assistent, ja? Ist es nicht ein wenig fehl am Platz, mit einem Assistenten hierherzukommen und das Gespräch mit mir zu suchen? Ich meine, Ihr seid Delegierter, ich bin Gesandter – was soll da ein kleiner Assistent?«

»Oh, Bruder Carissimi ist mehr als das. Er ist mein wichtigster ...«

»Ich bin Visitator«, unterbrach Sandro, verärgert über die Kränkung. Wieder überkam ihn der Mut wie ein Regenschauer, diesmal vermischt mit der Lust, Matthias in die Schranken zu weisen. »Päpstlicher Visitator«, betonte er. »Ich untersuche den Tod von Bischof Bertani.«

Matthias' Miene verdunkelte sich schlagartig, und er wurde unsicher – jedenfalls glaubte Sandro, das zu beobachten. Ein Gefühl, als könne er Bäume ausreißen, durchströmte Sandro. Er war stark. Er war stärker als Matthias. Er brauchte sich nicht zu verstecken, stand auf Augenhöhe. Er konnte ihm – ohne sich zu schämen – in die Augen sehen.

Das Gefühl hielt zwei, drei Atemzüge an, dann packte ihn das Gewissen und streckte ihn nieder. Jetzt war er nur wieder ein Mönch, weniger noch, er war ein Mann, der vor seiner Schande geflohen war.

Luis trat einen Schritt vor. »Dürfen wir eintreten?«

»Wozu?«

»Nun, um eine Unterhaltung zu führen. Wir wollen beide dasselbe, nicht wahr? Die Wiedervereinigung der Kirche herbeiführen.«

»Ja, aber Ihr seid vom Papst zum Konzil geschickt worden, um die nötigen Reformen zu verhindern.«

»Und Ihr wollt die Kirche auf den Kopf stellen.«

»Ohne Reform keine Vereinigung.«

Luis blinzelte gelassen. »Ihr müsst langsam anfangen aufzuwachen, mein Sohn. Luther ist seit fünf Jahren tot, und vor vier Jahren war in Mühlberg an der Elbe der protestantische Traum ausgeträumt.«

Die Erwähnung Mühlbergs war eine Provokation, eine absichtliche natürlich. 1547 war dort das Heer des Schmalkaldischen Bundes, also der protestantischen Landesfürsten, vom katholischen Kaiser Karl V. vernichtend geschlagen worden. Der Kaiser hatte damit verhindert, dass sein Reich in zwei Teile zerbrach. Seine Macht war nach dem Sieg so groß, dass er die Protestanten dazu brachte, ihre starre Haltung aufzugeben und eine Wiedervereinigung mit Rom ins Auge zu fassen, sobald die Römische Kirche sich reformiert habe.

Matthias' glattes, kantiges Gesicht verhärtete sich noch mehr. »Ich bin nicht Euer Sohn«, sagte er, was – wie Sandro zufrieden feststellte – eine ziemlich schwache Erwiderung war. Luis hatte den Finger auf seine Wunde gelegt.

»Ihr werdet mich jetzt entschuldigen«, sagte Matthias.

Ohne weiteres Abschiedswort schloss er die Tür – geräuschvoller, als es nötig gewesen wäre.

Luis schmunzelte, und sie entfernten sich schweigend von der Casa Volterra. Sandro war froh, Zeuge dieser Unterredung geworden zu sein. Denn alles, was Matthias verletzte, erfreute ihn.

»Ich gratuliere dir«, sagte Sandro. »Du hast den Gesandten, glaube ich, ziemlich eingeschüchtert.«

Luis sah aus, als habe er bereits darauf gewartet. »Danke sehr, Sandro. Ich bin in der besseren Position, und das habe ich ihn spüren lassen.«

Sandro erinnerte sich an das, was der Fürstbischof ihm bei der Audienz gesagt hatte: dass der Papst – und damit Luis – keineswegs in einer günstigen Position war, da der Kaiser erheblichen Druck auf Julius III. ausübte, Reformen zu unterstützen. Wieso tat Luis so, als könne Matthias ihm nicht gefährlich werden? Dass er sich gegenüber Matthias überlegen zeigte, war eine verständliche Einschüchterungstaktik, aber ihm, Sandro, gegenüber war er stets ehrlich gewesen.

»Übrigens«, sagte Luis, »woher kennst du Hagen?«

Diese Frage traf Sandro unvorbereitet. »Woher ich ihn …? Woher weißt du …?«

Luis zuckte die Schultern. »Dass ihr euch kennt? Das war unübersehbar! In deinen Augen, Sandro, kann man nicht gut lesen, das habe ich dir beigebracht, aber in Hagens Augen sehr wohl. Ihr seid Rivalen gewesen, richtig? Und da du nach deinem Eintritt in den Orden das Kolleg so gut wie nie verlassen hast, gehe ich davon aus, die Rivalität stammt noch aus der Zeit vor deiner Berufung. Eure Feindschaft ist so groß, dass du seine Stichelei nicht ertragen und dein neues Amt erwähnt hast. Meine letzte Vermutung, dich und Hagen betreffend, ist – damit will ich es dann bewenden lassen –, dass es um eine Frau ging.«

Sandro seufzte. Wollte Luis ihm mit dieser eindrucksvollen Parade vor Augen führen, wie töricht es war, die Untersuchung des Mordes allein weiterzuführen? So viel war klar: Die Wahrheit über Matthias und ihn ließ sich nicht länger geheim halten – jedenfalls nicht die ganze Wahrheit.

»Manchmal denke ich, du kannst Gedanken lesen, Luis.«

»Nicht doch. Aber ich habe recht, ja?«

»Gewissermaßen.«

»Höre ich da eine Einschränkung? War es – eine zweifelhafte Frau?«

Sandro straffte sich und zog die Augenbrauen zusammen. »Ganz und gar nicht«, rief er empört. »Es war keine Rivalität zwischen Freiern, sondern ... Es ging um – um unsere Mutter.«

Salvatore Bertanis Leichnam lag auf einem Tisch im Keller des Gerichtsgebäudes, wo es stickig und warm war. Ein grobes Wolltuch, fleckig und ausgebleicht, bedeckte sein Geschlecht, so als habe es jemand dort zufällig abgelegt, doch ansonsten war der Körper nackt. Ein kraftvoller Körper, trotz der Anzeichen des Alters. Die Adern der Arme zogen sich wie Taue von den Bizepsen bis zum Handgelenk, die Brust war grau behaart und fest, und das markante Kinn drückte Willensstärke aus. Bertanis Körper unterstrich, wie er als Mensch gewesen war: kein sanfter Hirte, sondern ein streitbarer Geist.

Sandro bekreuzigte sich und trat näher an den Toten heran. Er hatte Hochachtung vor diesem Mann, der in einer Zeit, als alle Prälaten sich lieber an Wein, Festen und Kunstwerken berauschten, auch an die Armen gedacht und die Entfremdung der Kirche von ihrem seelsorgerischen Auftrag angeprangert hatte. Jahr um Jahr war seine Anhängerschaft gewachsen, und auch Ignatius von Loyola, der Begründer der Jesuiten, sah in ihm einen Hoffnungsträger.

Jedoch als Sandro sich die Gesichtszüge des Toten näher ansah, fiel ihm ein verächtlicher, ja, grausamer Zug in den Mundwinkeln auf. Er wusste nicht, ob Bertani, als er noch lebte, so ausgesehen hatte, bezweifelte es aber. Erst der Tod, erst das unbewegliche Gesicht, der festgehaltene Moment verdeutlicht das Verborgene, das dem Betrachter eines Lebenden entgeht. Der Bewegung haftete das Flüchtige an, allein der Tod war ewig. Wer hatte je die Möglichkeit gehabt, Salvatore Bertani so unverschämt lange und genau zu mustern, wie Sandro es jetzt tat?

Die Hände des Toten waren welk wie Buchenblätter im November, aber was sie für Sandro abstoßend machte, war ihre knochige Härte und dass sie wie Krallen gebogen waren. Diese Hände hielten fest, und tatsächlich hing Bertani zu Lebzeiten der Ruf an, das, was er besaß, nicht mehr hergeben zu wollen. Es war doch immer wieder erstaunlich, fand Sandro, wie Charaktereigenschaften sich im Äußeren eines Menschen widerspiegelten. Das Wissen darüber – und die Fähigkeit, es zu nutzen – verdankte er Luis.

Sandro fragte: »Wurde etwas an der Leiche verändert?«

Der Arzt trat einen Schritt nach vorn, und Sandro wurde in eine Duftwolke aus Äther getaucht. Er war ein kleiner Mann mit schmächtigen Schultern und trüben Augen. Letzteres versuchte er, durch zwei Augengläser zu kompensieren. Das billige Gestell hielt nur, wenn er die Stirn über der Nasenwurzel stark runzelte. Vielleicht war das der Grund, dass er jeden Blickkontakt vermied, so als wäre man die Medusa.

»Nichts«, sagte er. »Die Leiche wurde heute Morgen genau so gefunden. Von einem Diener, soweit ich weiß. Dann wurde ich gerufen, und seither bin ich nicht mehr von der Seite des Leichnams gewichen.«

»Und das Wolltuch?«

Er schrak zusammen. »O ja, wie dumm von mir, das nicht erwähnt zu haben. Das habe natürlich ich dort platziert. Es erschien mir ... Ich mache das immer so.«

»Sehr pietätvoll«, beruhigte Sandro den Arzt, der immer nervöser wurde. Kleine Schweißperlen standen ihm auf der Halbglatze, und der Geruch von Äther wurde stärker, so als dünste er ihn aus.

»Woran ist er gestorben«, fragte Sandro.

»Wenn Ihr bitte auf diese Seite tretet.« Der Arzt griff nach einer Schulter des Toten und zog ihn in die Seitenlage.

Genau in der Mitte zwischen den Schulterblättern war aus einer winzigen, kreisrunden Stichwunde, die man im ersten Moment für ein Muttermal hätte halten können, ein Rinnsal von Blut gelaufen, das, geronnen und wie Lava verkrustet, bei Berührung abplatzte.

»Und diese kleine Wunde hat ihn getötet? War die Waffe etwa mit Gift bestrichen?«

»Sehr unwahrscheinlich, ehrwürdiger Vater. Es gibt keine Verfärbungen der Haut, der Tote riecht nicht aus dem Mund, kein Ausfluss von Exkrementen. Stattdessen Blut im Rachen.«

»Das bedeutet?«

»Die Lunge wurde durchbohrt, ehrwürdiger Vater, er erstickte an seinem Blut. Die Stichwunde stammt von einem kleinen Dolch, eher schon ein Stilett, lang und dünn. Die Waffe einer Frau, würde ich sagen.«

Diese Vermutung hatte auch Sandro gleich gehabt, als er die Wunde gesehen hatte, aber er musste jede Spekulation im Keim ersticken.

»Oder eines Mannes, der wollte, dass es wie die Tat einer Frau aussieht. Oder eines Menschen, der in Panik handelte und den nächstbesten Gegenstand griff, vielleicht einen Siegelöffner oder einen kosmetischen Gegenstand.«

Der Arzt schluckte. »Vielleicht, ja, Ihr habt zweifellos recht«, sagte er und ließ Bertanis Schulter los, um sich die Stirn abzutupfen.

Entweder, dachte Sandro, war der Arzt immer so nervös – was bei einem erfahrenen Medicus wie ihm wenig wahrscheinlich war –, oder ihm flößte die Begegnung mit einem Beauftragten des Papstes Ehrfurcht ein. Sandro erinnerte sich der tiefen Verbeugung von Oreste Lippi und des kurzen Aufschreckens, das die Erwähnung seines Titels selbst bei jemandem wie Matthias bewirkt hatte. Ein Visitator war – ähnlich einem Inquisitor – mit weitreichenden Vollmachten ausgestattet, und Sandro wurde sich erst langsam bewusst, wie das auf andere Menschen wirken musste. Er war jetzt kein einfacher Mönch mehr. Vielmehr war er von nun an eine Art Erzengel, der Angst einflößte und bei dem man froh war, wenn er spurlos an einem vorüberzog.

»Wenn Ihr die Schulter bitte noch einmal anheben würdet«, sagte er.

Der Arzt stopfte das Schweißtuch eilig in die Tasche. »Sofort, ehrwürdiger Vater.«

Oberhalb der Stichwunde, fast schon im Nackenbereich, war etwas aufgemalt, nein, eingeritzt, so als ob der Mörder eine Botschaft hinterlassen oder etwas demonstrieren wollte.

Sandro hielt sich ein Tuch vor die Nase und beugte sich zu dem Toten vor. Das war kein Buchstabe, es war ein Symbol, ein Zeichen, eine Art Dreieck, das auf den nach unten verlaufenden Linien leicht nach außen gebogen war. Es sah aus wie ein ...

»Ein Schild«, sagte ein Jüngling. Er war, von Sandro unbemerkt, neben ihn getreten: ein dicklicher, unfrisierter Bursche, dem die Kindheit noch ein wenig anhaftete, fünfzehn, vielleicht sechzehn Jahre alt, mit vollen Lippen und dem Ausdruck von Besserwisserei. Er schob irgendeine krümelige Teigware von einer Backe in die andere.

»Mein Neffe«, erklärte der Arzt beunruhigt. »Seit einigen Monaten geht er mir zur Hand, mal hier und mal da. Ich brauchte jemanden, der mir mit der Leiche des Bischofs hilft, und da habe ich ... Der Fürstbischof hat zugestimmt, er meinte sogar, Ihr könntet auch jemanden gebrauchen, der kleinere Aufträge für Euch erledigt, Botengänge, vielleicht, oder ...«

»Schon gut«, beruhigte Sandro den Arzt. »Ich habe nichts dagegen, dass Euer Neffe hilft.«

»Wäre es zu viel verlangt«, fragte der Junge frech, »wenn die Herren nicht reden würden, als sei ich überhaupt nicht da?«

»Aaron!« Sein Onkel stöhnte auf. »Verzeiht, ehrwürdiger Vater, der Junge nimmt sich oft zu viel heraus, niemand weiß, woher er das hat. Aber er ist tüchtig und ...«

»Ich habe den Schild bereits gezeichnet«, unterbrach der Junge seinen Onkel. »Hier bitte, war nichts Besonderes. Und außerdem habe ich dem Diener des Bischofs eingeschärft, auf Euch zu warten. Er wollte zuerst nicht, aber dann habe ich ihm gesagt, ich sei Euer Assistent.«

»Du warst das also! Ich habe schon mit ihm gesprochen.«

Sandro verglich die Zeichnung des Jungen mit der auf der Haut des Toten – sie stimmte überein. Ein Schild, tatsächlich nichts anderes als ein Schild.

»Das hast du alles gut gemacht«, sagte er und schaute dem Jungen in die selbstbewussten, forschen, dunklen Augen. »Aber künftig wirst du warten, bis ich dich um etwas bitte.«

»Aber ich ...«

»Du heißt Aaron?«

»Das hat mein Onkel doch bereits gesagt.«

»Aaron, du bist Jude?«

»Wie scharfsinnig kombiniert!«

Dem Arzt stockte der Atem, aber Sandro ignorierte die forsche Bemerkung. »Aaron, hör zu. Ich will keinen Hofstaat um mich herum errichten. Ich habe keine Köche, keine Knechte, keine Minister und keine Assistenten. Du wirst mich weder mit ›Euer Gnaden‹ noch mit ›ehrwürdiger Vater‹ ansprechen. Für dich bin ich Bruder Carissimi, und du bist Aaron. Wenn ich deine Unterstützung brauche, was ganz bestimmt passieren wird, werde ich dir das sagen. Hast du alles verstanden?«

»Man müsste schon sehr dumm sein, um das nicht zu verstehen.«

Sandro nickte. »Wusste ich es doch.« Aaron war klug, und er ließ sich von Respektspersonen nicht einschüchtern. Der Junge konnte Sandro noch nützlich sein, wenn es ihm gelang, dessen Selbstbewusstsein in vernünftigen Grenzen zu halten.

Sandro faltete Aarons Zeichnung zusammen und verstaute sie in seiner Kutte, dort, wo bis vor Kurzem noch die Rede Bertanis war.

»Wir sind hier fertig, der Bischof kann für das morgige Requiem hergerichtet werden. Ich werde jetzt gehen.«

Mit einem Blick auf Aaron, der Anstalten machte, ihm zu folgen, fügte er hinzu: »Allein.«

Als Sandro ins Freie trat, glommen die Straßen und Häuser in jenem bleichen Violett, das es nur in den wenigen Augenblicken zwischen dem Sonnenuntergang und dem Einbruch der Dunkelheit gab. Der Himmel, der Mond, die Berge, die Hänge, die Wälder, die Fassaden, das Pflaster und die paar Menschen in den Gassen – all das wurde vom Blasslila durchdrungen und gehörte zusammen wie zu keiner anderen Stunde des Tages. Der Wind ließ Sandros Kutte wie einen Wimpel flattern. In Stößen fegte er durch das Tal der Etsch, von Norden nach Süden, geruchlos, klar und frisch, ein Oktoberwind.

Sandro hatte eigentlich vorgehabt, direkt zum Kloster San Lorenzo zu gehen, wo er untergebracht war, dort eine Kleinigkeit zu essen und dann an der Abendmesse teilzunehmen. Aber jetzt zog es ihn woanders hin.

In der Casa Volterra brannte Licht. Eines der Fenster war von einem flackernden, warmen Gold erfüllt, gelegentlich unterbrochen von einem vorbeilaufenden Schatten. Sandro erkannte in der Gestalt seinen Halbbruder.

An die gegenüberliegende Hauswand gelehnt, blickte er unentwegt zu dem Fenster hinauf. Er fühlte einen undeutlichen Schmerz, wie immer, wenn er an seine Mutter dachte. Die Spielkameraden in seiner Jugend hatten Mütter von anderer Art als er gehabt: italienische Mütter, römische Mütter, laut, schimpfend und derb, doch von einer intimen Zärtlichkeit. Seine Mutter, Elisa, schüttete ihre Liebe für ihn aus einem riesigen Füllhorn, jeden Tag, jede Stunde, Jahr um Jahr. Er hatte nie etwas anderes als Liebe von ihr bekommen. Auch seinen beiden jüngeren Schwestern ging es so. Aber für ihn, Sandro, empfand sie noch ein wenig mehr, eine übergroße Anhänglichkeit, die etwas Trauriges an sich hatte, so als sei er an die Stelle von etwas anderem getreten, das ihr genommen worden war. Nur der Religion brachte sie ähnlich intensive Gefühle entgegen, vielleicht noch eine Spur intensiver, und Sandro spürte, dass, wenn sie beides nicht mehr hätte, ihn und den katholischen Gott, sie eine verlorene Frau wäre.

Sandros Vater wurde von ihr geachtet und geehrt, mehr aber auch nicht. Sie schaffte es nicht, einen Kaufmann zu lieben, jemanden, der mit Seide, Linnen, Spitze und vor allem mit Raffinesse sein Geld verdiente. Sandro war natürlich dazu ausersehen gewesen, den Handel zu übernehmen, doch sie nahm ihn dagegen in Schutz, noch bevor er sich selbst in Schutz nehmen konnte. Tat er nur, was seine Mutter erwartete, als er sich weigerte, in das gutgehende Geschäft einzusteigen? Oder war ihm tatsächlich die Gewieftheit und Schlitzohrigkeit des Vaters nicht geheuer? Jedenfalls trieb es Sandro immer schon zu etwas, womit er in Einklang leben konnte. Eine Zeitlang spielte er mit dem Gedanken, Chronist zu werden und in ferne Länder zu reisen wie Marco Polo, aber er fand weder den Mut noch den Anlass, seinen Plan in die Tat umzusetzen. Er trieb sich in den Straßen herum, zusammen mit anderen Jungen seines Standes, nicht arm, nicht reich, die nichts mit sich anzufangen wussten. Und in all den Jahren wurde er von Elisa geliebt, vergöttert, so wie er sie liebte und vergötterte.

Als er feststellte, dass sie noch ein Leben geführt hatte, bevor es ihn gab, war das ein Schreck.

Er war neunzehn Jahre alt, da stand eines Sommertages ein junger Mann vor dem Tor der Casa an eine Hauswand gelehnt, so wie Sandro jetzt, während er daran zurückdachte. Sandro sprach den Fremden an, und er antwortete: »Ich suche Elise … Carissimi. Habe ich das richtig ausgesprochen?«

Sandro nickte. Der Fremde sprach schlechtes, aber gerade noch verständliches Italienisch.

»Sie heißt aber Elisa«, korrigierte er.

»Elise Carissimi«, beharrte der Fremde. »Wohnt sie hier?«

»Ja. Ich auch, ich bin ihr Sohn. Kennt Ihr meine Mutter?«

Der Fremde antwortete nicht. »Darf ich sie sprechen?«

»Sicher, warum nicht? Um diese Tageszeit näht sie immer.«

Sandro hatte ihn hereingebeten und, ohne es zu wissen, damit sein Leben verändert. Seines, das seiner Mutter und das des Fremden, Matthias Hagen.

Was für einen Sinn, dachte Sandro jetzt, während er den Schatten hinter dem Fenster betrachtete, hätte es, mit Matthias über das zu sprechen, was damals vorgefallen war, an jenem heißen Sommertag, als das Pflaster glühte, und in den Tagen darauf? Ein solches Gespräch war nur sinnvoll, wenn Sandro bereit wäre, sich zu entschuldigen, und das kam unter keinen Umständen in Frage. Eher würde er sterben, als vor diesem elenden Lump zu kriechen!

Abrupt wandte er sich ab und ging mit schnellen Schritten die Gasse entlang, bog um die Ecke und lief immer weiter. Dunkelheit hatte sich über alles gelegt, und Dunkelheit fand sich auch in Sandros Innerem. Zorn, Eifersucht und Ekel vermischten sich zu einem Gebräu, das ihm wie Fieber durch die Adern floss. Schließlich rannte er. Er rannte mit dem Wind über den Domplatz in den Dom, den er zum dritten Mal an diesem Tag betrat. Dort angekommen tastete er sich durch die Finsternis zum Altar vor. Er entzündete keine Kerze, denn er wollte sein Gesicht vor den Augen verbergen, die vom großen Kruzifix über ihm und von den Madonnen zu beiden Seiten auf ihn herabblickten. Er betete:

Hilf mir, diesen Hass zu bezwingen. Ich hatte ihn schon vergessen, jetzt merke ich, dass er immer in mir war, all die Jahre. Er wird größer und frisst mich auf, so wie damals.

Eine Weile wartete er, so als hoffe er darauf, dass sich ganz plötzlich irgendetwas verändern würde.

Doch das Einzige, was geschah, war, dass er für einen kurzen Moment aufhören konnte, an Matthias zu denken. Er blickte dorthin, wo sich Antonias Kirchenfenster mit der Apokalypse befanden, aber es waren nur sieben schwarze Löcher zu sehen, wie die sieben Eingänge zur Hölle.

Und führe mich nicht in Versuchung …

Zweiter Teil

6

10. Oktober 1551,
ein Tag vor Eröffnung des Konzils

Antonia stürzte aus Carlottas Zimmer, warf die Tür hinter sich zu und rannte, so schnell sie konnte, den in der Morgendämmerung liegenden Gang entlang. Sie schmeckte Blut auf der Lippe. Die Kehle brannte ihr vor Schmerz. Ihre Haare hatten sich aus der Frisur gelöst und klebten im Gesicht.

Sie stolperte nach wenigen Schritten, fiel und schlug sich das Knie auf. Ohne auf den Schmerz zu achten, blickte sie hinter sich, um zu sehen, ob sie verfolgt wurde. Als Carlottas Tür sich öffnete, wartete Antonia nicht auf die Gestalt, die sich gleich zeigen würde, sondern sprang auf und rannte weiter, um eine Ecke, um zwei Ecken ... Sie suchte den Treppenaufgang in den oberen Stock, wo ihr Atelier lag, doch in den verwinkelten Gängen des alten Palazzos verlief sie sich, und sie fürchtete, irgendwie wieder an den Ausgangspunkt ihrer Flucht zu gelangen. In einem dunklen Seitengang, der abrupt endete, lehnte sie sich an die Wand und atmete so leise wie möglich.

Sie war nur knapp dem Tod entronnen.

Gleich nach Sonnenaufgang war Hieronymus zur Santa Maria Maggiore gegangen, und Antonia hatte ihrer Freundin Carlotta einen Überraschungsbesuch abstatten wollen.

»Frag sie bitte, ob sie heute Abend mit mir essen möchte«, hatte Hieronymus gesagt, bevor sie sich trennten.

»Demnach möchtest du nicht zu Matthias mitkommen?«

»Lieber nicht, Antonia. Weißt du, dieses Wiedersehen ist eine Sache zwischen euch beiden.«

»Du magst ihn nicht, oder?«

»Er ist Bertholds Sohn, der Sohn eines Mannes, der mich mit seinem letzten Atem verflucht hat.«

»Und heute lädt dieser Sohn dich in sein Haus ein. Er ist wieder der Matthias, der er war, bevor sein Vater ihn verdorben hat.«

»Können verdorbene Äpfel wieder essbar werden?«

»Sagte ich ja: Du magst ihn nicht.«

Zum Abschied kniff Hieronymus ihr in die Wange. »Ich wünsche euch nichtsdestotrotz einen schönen Abend.«

Der Palazzo war schon erwacht. Während Antonia sich auf den Weg ins Erdgeschoss machte, hörte sie von überall her die Geräusche des Morgens. Die ersten Bediensteten waren bereits auf dem Weg zu ihren Herren, Wäscherinnen sammelten Kleidersäcke ein, in der Luft mischte sich der mehlige Duft von Hafergrütze mit den Ausdünstungen klammer Kleider. Im Erdgeschoss war es dort, wo es keine Fenster gab, stockdunkel, und Antonia, die nur ungefähr wusste, in welchem Zimmer Carlotta untergekommen war, musste sich langsam vorantasten. Zweimal fragte sie Leute vergeblich nach Carlottas Quartier, erst ein Dritter konnte ihr helfen, wobei er unangenehm grinste und eine Geste machte, die klar erkennen ließ, dass er wusste, welches Gewerbe sie ausübte.

Nach der Beschreibung fand Antonia schnell den Weg. Vor der Tür stand ein Wäschesack, aus dem der Zipfel eines der einfacheren Kleider Carlottas hervorlugte. Antonia klopfte und wartete auf eine Reaktion, und als sie keine Antwort erhielt, klopfte sie noch einmal und nannte ihren Namen.

Nachdem das Schweigen anhielt, hätte sie umkehren sollen, andererseits war sie neugierig. Carlotta war schon so oft im Atelier gewesen, auch ohne dass Hieronymus oder Antonia anwesend waren. Carlottas Zimmer selbst wäre natürlich uninteressant, ein kleines, muffiges, halbdunkles Quadrat wie die meisten Räume in diesem alten Bauwerk. Was Antonia interessierte, war die persönliche Note, die Carlotta ihrem Quartier zweifellos verliehen hatte: Erinnerungsstücke aus ihrem Leben, ein Amulett vielleicht, ein Kelch mit Gravur oder einige getrocknete Blumen, irgendetwas, das wenigstens ein schmales Licht auf Carlottas Vergangenheit werfen würde.

Im Grunde erwartete Antonia ohnehin, dass die Tür verschlossen war, und als sie bemerkte, dass die Tür sich öffnen ließ, schrak sie im ersten Moment zurück. Doch da war es bereits passiert: Sie hatte die Gestalt, die auf dem Stuhl saß, gesehen.

»O Verzeihung«, sagte sie, »ich dachte, hier ist das Quartier von Carlotta da Rimini.«

Die junge Frau reagierte nicht. Wie eine Puppe saß sie am Fenster und starrte hinaus.

Antonia erkannte in dem Kleid, das zum Lüften über das breite Bett gelegt worden war, eines von Carlottas schönsten Stücken. Dies hier *musste* ihr Quartier sein. Doch wer war die Frau am Fenster? Und warum saß sie da wie tot? Womöglich, dachte Antonia, war die Frau taub.

Antonia ging einige Schritte in den Raum hinein, unbeachtet von der Fremden. Der Spiegeltisch fiel Antonia sofort auf, denn auf ihm standen zahlreiche kleine Tonschalen, Dosen und Töpfe herum, in denen rosa Puder, Lippenrot und andere Schönheitsmittel aufbewahrt waren. Ein prachtvolles Silberetui – gewiss das Geschenk eines früheren Verehrers – hatte die Form eines Vollmonds und war mit orientalischen Intarsien verziert. Ein Duft von Zimt und Zitrus stieg auf, sobald Antonia einen Gegenstand in die Hand nahm. Inmitten der düsteren Trostlosigkeit des Zimmers war dieser Spiegeltisch die einzige bunte Insel.

Erst jetzt bemerkte Antonia zwei Zeichnungen neben dem Kleid auf dem Bett, die sie an ihren eigenen Stil erinnerten, als sie ungefähr zwölf oder dreizehn Jahre alt gewesen war. Die Konturen waren sehr weich gezeichnet, fast verschwommen, wie Traumbilder eines Mädchens. Das eine Bild zeigte eindeutig Carlotta, etwas jünger als heute, mit fröhlichen, liebevollen Augen und einem lächelnden Mund, schlichter, als sie heutzutage wegen ihres Berufes oft aussah, aber ausgesprochen natürlich. Die Person, die dieses Bild gezeichnet hatte, hatte Carlotta innig geliebt, das war unübersehbar. Daneben hing die Skizze eines friedlichen Landschaftspanoramas mit einem Wäldchen und dem Meer im Hintergrund und mit Hügeln, in deren Mitte eine Kirche oder ein Kloster stand.

Antonia wandte sich der jungen Frau zu. Hatte sie diese Bilder gezeichnet? Sie war ihr jetzt so nahe, dass die Fremde, selbst wenn sie taub sein sollte, Antonia bemerken müsste. Doch nichts geschah, auch nicht, als Antonia sie am Arm berührte und neben ihr niederkniete. Antonia musterte ihr Profil. Die junge Frau war wohl nie im klassischen Sinne schön gewesen – dafür waren ihre Gesichtszüge zu kantig –, und falls es je etwas Freundliches, Herzliches, Lebendiges in ihr gegeben hatte, so war es erloschen. Blass und starr, blickte die junge Frau vor sich hin, und nur gelegentliche Lidschläge und das kaum sichtbare Heben und Senken der Brust waren Zeichen dafür, dass noch Leben in ihr war. Es war unmöglich, kein Mitleid für sie zu empfinden.

Der einzige Schmuck, die einzige Zierde an ihr, war ein Rosenkranz um ihren Hals. Er war aus dem rötlichen Holz des Kirschbaums gefertigt und hob sich auffällig von der blassen Haut ab. Bei genauerem Hinsehen bemerkte Antonia ein Plättchen zwischen den Kugeln, und darauf befand sich eine winzige Inschrift, nicht mehr als drei oder vier Buchstaben. Manche Rosenkränze, erinnerte Antonia sich, trugen den Namen des Gebers. Sie erkannte ein S als Anfangsbuchstabe, aber um auch die anderen eingekerbten Buchstaben lesen zu können, musste sie den Rosenkranz bewegen. Sie zog daran – nur ein wenig –, erkannte ein I und ein P – und plötzlich blickte die Fremde ihr in die Augen.

Antonia spürte den heftigen Atem der jungen Frau auf ihrem

Gesicht, und noch bevor sie etwas sagen konnte, legten sich zwei Hände um ihren Hals und drückten ihr die Luft ab. Zwei wahnsinnige, hasserfüllte Augen durchbohrten sie mit ihrem Blick. Antonias Schrei erstickte in der Kehle.

Mit aller Kraft versuchte sie, sich zu befreien. Sie taumelte zurück, packte die Handgelenke der Frau, und schließlich gelang es Antonia, sich von ihr zu lösen.

Da traf sie ein Schlag. Augenblicklich breitete sich ein mineralischer Geschmack in ihrem Mund aus, und ein Sprühregen roter Tropfen ergoss sich über das graue Kleid der Wahnsinnigen. Nach einem weiteren Schlag wurde es kurz dunkel vor Antonias Augen.

Sie fand sich am Boden wieder. Die Fremde hatte eine eiserne Stange mit Haken gegriffen, mit der man abends die Fensterläden schloss, und kam damit auf sie zu.

Antonia sprang auf. Sie wusste nicht, woher sie die Kraft nahm. Ihr ganzer Körper spannte sich an, und sie stürzte zur Tür.

Die Eisenstange, von hinten geworfen, prallte direkt neben Antonia an die Wand, und Mörtel bröckelte zu Boden.

Antonia riss die Tür auf, doch die Wahnsinnige hielt sie von der Flucht ab. Es entstand ein stummer Kampf von vier Händen.

Schließlich gelang es Antonia, die Angreiferin von sich zu stoßen. Diese fiel hin, stand jedoch sofort wieder auf, so als wäre sie kein Mensch, sondern ein Geist.

Der kurze Moment der Bewegungsfreiheit hatte Antonia gereicht, um noch einmal die Tür aufzureißen und – endlich – zu fliehen. Sie war dem Tod entronnen.

War sie das wirklich? Kaum zu Atem gekommen hörte sie Schritte in dem Seitengang, wo sie noch immer stand. Leise, zögernde Schritte. Wer war diese Wahnsinnige? In welcher Beziehung stand sie zu Carlotta? Und warum verfolgte sie sie?

Antonia klopfte an eine Tür – niemand öffnete. Sie versuchte, die Tür zu öffnen – sie war verschlossen. Sie suchte nach einem Brett, einem Stab, irgendetwas, womit sie sich verteidigen könnte – doch da war nichts.

Sie presste sich an die Wand und starrte dorthin, wo der Schatten auftauchte, der schmale Schatten einer Frau.

Es war eine alte, zahnlose Wäscherin.

»Was machst du da?«, rief sie. »Willst in meine Kammer, wie? Die, die fast nichts haben, bestehlen, was? Mach, dass du wegkommst.«

Das ließ Antonia sich nicht zweimal sagen. Während sie durch die Gänge streifte, begriff sie, dass es vorbei war, dass sie nichts mehr zu befürchten hatte, doch die Angst ließ sie dennoch nicht los, und ihre Schritte wurden schneller und immer schneller. Sie lief die Treppe in das obere Geschoss hinauf.

Erst als sie die Tür zum Atelier sah, legte sich ihre Angst, und als sie eintrat, spürte sie ein unglaubliches Gefühl der Erleichterung, auf einen anderen Menschen zu treffen.

»Es scheint«, sagte er, »wir sehen uns immer zur Morgendämmerung.«

Bruder Sandro Carissimi stand mitten im Atelier neben den Entwürfen. Er sah aus, als hätte er in der letzten Nacht nicht gut geschlafen. Als er ihre aufgeplatzte Lippe bemerkte, kam er auf sie zu.

»Seid Ihr überfallen worden?«, fragte er besorgt.

»Gewissermaßen.«

Er handelte schnell und gefasst, holte einen Stuhl herbei, auf den sie sich setzte, und fragte, wo er frische Tücher fände. Diese tauchte er in kaltes Wasser und tupfte damit ihre Lippe ab. Sie schwieg und sammelte sich wieder. Eine Weile war sie nicht fähig, etwas anderes zu tun, als sich versorgen zu lassen. Bruder Sandro stellte ihr keine Fragen, vielleicht weil er Rücksicht nehmen wollte – oder weil er meinte, hinter ihrer Verletzung verberge sich ein Geheimnis, das ihn nichts anginge.

Noch immer begriff sie nicht, was geschehen war, aber sie

spürte, dass sie jetzt in Sicherheit war, sie spürte die Sorge eines anderen Menschen. Mit einem dankbaren Blick sagte sie: »Normalerweise machen Frauen das bei Männern, Vater.«

»Bruder Carissimi«, korrigierte er. »Wir sind nicht normal, habt Ihr das vergessen? Euch fasziniert die Apokalypse, und ich jage einen Mörder.«

Sie hatte erfahren, dass er zum Visitator ernannt worden war, und überlegte kurz, ihm von der Wahnsinnigen zu erzählen. Aber zum einen wäre dadurch auch Carlotta ins Zwielicht gerückt worden, und zum anderen glaubte Antonia nicht, dass Bertanis Tod und die Wahnsinnige irgendetwas miteinander zu tun hatten. Sie würde einfach Carlotta nach der unberechenbaren Fremden fragen. Für alles würde es eine vernünftige Erklärung geben.

Bruder Sandro hatte, neben ihr kniend, ihre Lippe gereinigt und ihre Stirn gekühlt. Er erhob sich und wusch die Tücher aus.

»Ich werde Euch gleich einen Arzt schicken.«

»Nicht nötig, es geht mir schon wieder viel besser.«

»Keine Widerrede. Er kostet Euch nichts. Wenn ich ihn bitte, Eure Wunden zu versorgen, wird er, so wie ich ihn einschätze, nichts berechnen, im Gegenteil, er wird Euch behandeln wie eine Königin. Wenn schon alle Angst vor mir haben, dann will ich wenigstens, dass es für irgendetwas gut ist.«

Sie nickte ihm dankbar zu. Er war bereits der zweite Mann, der ihr innerhalb von vierundzwanzig Stunden aus einer unangenehmen Situation half. Gestern hatte Matthias sie nach einem ihrer Anfälle betreut, heute stand ihr Sandro zur Seite. Es gab Schöneres, als auf Männer den Eindruck einer verwirrten oder geschundenen Frau zu machen, doch ein wenig genoss Antonia diese Aufmerksamkeit.

»Wieso seid Ihr gekommen?«, fragte sie.

Er reichte ihr einen Becher Wasser. »Da Ihr Euch Eures Berufes wegen bestens mit Symbolik auskennt, dachte ich …« Er zog ein Papier aus seiner Kutte, zögerte jedoch, es ihr zu übergeben.

»Vielleicht ist jetzt nicht der richtige Zeitpunkt für meine Fragen.«

»Normalerweise nicht«, stimmte sie zu. »Aber wie Ihr schon sagtet: Was ist schon normal an unserer Situation? Also bitte, zeigt mir, was Ihr da in der Hand habt.«

Er übergab ihr die Zeichnung, und sie verstand sofort sein Problem. Ein Laie konnte in diesen wenigen Strichen nichts anderes sehen als ein schlecht gemaltes Dreieck oder einen Schild. Und im Grunde war es ja auch nur ein Schild – wenn auch eines, das sprechen konnte.

»Schilde«, erklärte sie, »werden einerseits als Symbole der Gewalt verwendet. Wo in der Malerei ein Schild auftaucht, spielen sich Kriege und Kämpfe ab.«

»Heißt das, jemand erklärt wem auch immer den Krieg?«

»So ohne Weiteres kann ich das nicht sagen. Reicht Ihr mir bitte dieses Buch dort? Es enthält gängige Symbole, vor allem geistliche, aber auch einige weltliche, beispielsweise von Zünften.«

Sie blätterte eine Weile und fand ihre Vermutung bestätigt. »Ein leerer Schild ist hier nicht als Symbol verzeichnet. Um Euch weiterzuhelfen, müsste ich wissen, in welchem Zusammenhang das Zeichen auftauchte. Wo habt Ihr es gefunden? Auf diesem Papier? Oder an eine Wand gemalt?«

»Es war ...« Sandro zögerte. »Das ist eine heikle Sache, ich weiß nicht, ob ich Euch jetzt davon ....«

»Wo?«, unterbrach Antonia ihn.

»Man fand es auf dem Rücken des Bischofs.«

Antonia trank einen Schluck Wasser und rieb sich den Hals, der noch immer schmerzte. »Ich verstehe«, flüsterte sie. »Nun, man könnte den Schild tatsächlich als eine Kriegserklärung ansehen. Andererseits ist ein Schild keine Angriffswaffe, man verteidigt sich damit, wehrt Schläge ab.«

»Also Widerstand?«

»Rache oder Widerstand«, sagte sie. »Da ist aber noch etwas anderes: Schilde sind der traditionelle Rahmen von Wappen. So wie man einen Bilderrahmen um ein Gemälde zieht, so zieht man einen Schild um ein Wappen. Das Wappen selbst wiederum verkörpert die Ehre einer Familie oder einer Zunft.«

»Aber dieser Schild trägt kein Wappen.«

»Darauf will ich hinaus. Das Fehlen eines Wappens könnte darauf hindeuten, dass der Täter seine Ehre verloren hat.«

Ein langes Schweigen folgte. Sandro lief, den Blick nach innen gerichtet, ein paar Schritte durch das Atelier. Antonia beobachtete ihn dabei, wie er sich das schlecht rasierte Kinn rieb, wie seine Hände sich kurz in die Haare vergruben, wie er nachdenklich auf das Papier starrte. Erst jetzt fiel ihr auf, worin das Vertraute, das sie bei ihrer ersten Begegnung an ihm bemerkt hatte, bestand. Wenn er nachdenklich war, hatte Sandro eine entfernte Ähnlichkeit mit Matthias. Natürlich war er ein ganz anderer Typus: die schmalen Augenbrauen, der beim Nachdenken leicht geöffnete Mund, die dunklen, italienischen Augen – das alles hatte nichts mit Matthias zu tun. Doch die in Falten gelegte Stirn und der vornehme Ernst erinnerten Antonia stark an ihren Jugendfreund.

Plötzlich entstand in der Gasse vor dem Palazzo Rosato ein Tumult. Das aufgeregte Rufen und Wispern etlicher Menschen drang bis ins Atelier hinauf, und ihre vorübereilenden Schritte kündigten irgendeine Sensation an.

»Vermutlich trifft Kardinal Innocento del Monte gerade in Trient ein«, erklärte Sandro. »Ein Sohn des Papstes stachelt die Neugier von weit mehr Menschen an als der Heilige Vater in Person.«

Sie ging zum Fenster, hörte, wie er atmete, und spürte seinen Blick auf ihrem Nacken.

Dann räusperte er sich. »Das Requiem für Salvatore Bertani wird gleich zelebriert, und ich denke, ich werde daran teilnehmen. Ich könnte dafür sorgen, dass man auch Euch einlässt.«

Seine etwas unbeholfene Einladung amüsierte sie. »Originell! Man hat mich noch nie zu einer Totenmesse eingeladen.«

»Das war auch keine Einladung.«

»Dann klang es wohl nur so.«

»Ich dachte, Ihr wollt vielleicht Eure Fenster während einer Messe erleben.«

Aus irgendeinem Grund musste sie plötzlich an Matthias denken. Nun, wo er zurückgekehrt war, war es unmöglich und unnötig, sich mit anderen Männern einzulassen. »Vielleicht ein andermal«, sagte sie, was ihr ziemlich blöde vorkam, da man hier nicht über einen Spaziergang sprach, sondern über die Teilnahme an einer Totenmesse. Scherzhaft fügte sie hinzu: »Ich fürchte, in meinem Zustand könnte man mich für eine Tote halten. Ich bleibe lieber hier.«

Sie verabschiedeten sich kurz und zurückhaltend voneinander. Als er gegangen war, trat Antonia wieder ans Fenster und blickte, die vorübereilenden Bürger kaum beachtend, auf die Gasse. Sandro tauchte dort unten kurz in ihrem Blickfeld auf. Sie lächelte, ohne zu wissen, worüber.

Als Antonia ihn nicht mehr sah und begriff, dass sie allein war, fühlte sie sich unbehaglich. Sie sah die junge Frau wieder vor sich. War sie tatsächlich von ihr angegriffen worden? Oder war es nicht vielmehr so, dass die Fremde wie jemand gewirkt hatte, der sich verteidigte?

Aus der Distanz zu morden war keine große Sache. Einen Krieg erklären, eine Hinrichtung anordnen, eine Kanone abfeuern: saubere Grausamkeiten, die einem die brutale Wirklichkeit ersparten. Weit vom Geschehen entfernt waren die Dinge kleiner, unbedeutender, und wegzusehen war dann leicht. Etwas anderes war es, den Dolch mit eigener Hand in den Rücken des Opfers zu stoßen, den Widerstand der Knochen zu spüren, den Aufschrei zu hören, das Blut zu sehen. Der Tod war eine hässliche Sache, und je näher man ihm kam, desto erschreckender wurde er. Carlotta war im Begriff, einen Mord zu begehen – näher konnte man dem Tod nicht sein.

Der Domplatz war bevölkert von Neugierigen, die den Sohn des Papstes sehen wollten: Innocento del Monte. Tausend Gerüchte waren über ihn im Umlauf, und nichts macht einen Menschen interessanter als Gerüchte. Vor einigen Jahren noch war Innocento ein Niemand gewesen, der Sohn einer schönen und armen Frau, die – so sagte man – vor langer Zeit die Geliebte des Kurialjuristen Giovanni Maria del Monte gewesen war, des heutigen Papstes Julius III. Vor vier Jahren, in seiner Zeit als Kardinal, hatte Giovanni Maria den jungen Mann von der Straße geholt und zu seinem Affenwärter gemacht. Ja, Affenwärter, denn del Monte hielt diese exotischen Tiere in Käfigen. Kaum zum Papst gewählt, beförderte der frisch gekürte Julius III. den achtzehnjährigen Innocento im Schnellverfahren zum Kardinal.

Nichts regte die Fantasie der Menschen mehr an als ein illegitimer Sohn des Stellvertreters Christi auf Erden, ein junger Mann, der aus dem dreckigsten Armenviertel Roms in den Vatikan geholt worden war. Unter allen Delegierten des Konzils war er der beliebteste und prominenteste, berühmter sogar als der Vorsitzende des Konzils, der päpstliche Legat Kardinal Marcello Creszenzio. Beliebt allerdings nur beim Volk – die Vornehmen verachteten den Aufsteiger.

Die Trienter waren in Richtung des Domplatzes geströmt. Es waren sogar Abordnungen der Zünfte und Gilden angetreten (vermutlich nicht für Innocento, sondern für Bertani, aber das ging völlig unter). Weber, Kürschner, Zimmerleute, Kleinschmiede, Fleischer, Weinhändler, Riemenschneider, Bäcker, Lederer, Ölhändler, Trödler, Schuster, Geldwechsler, Notare, Apotheker, Wirte, Gärtner, Flussschiffer, Müller und Lastträger standen, wie zu einer Parade aufgereiht, vor dem Dom und sahen staunend zu, wie die vielen Menschen die Absperrungen durchbrachen.

Eigentlich hatte Carlotta nur einen Morgenspaziergang machen wollen, aber der Menschenauflauf war ihr aufgefallen, und als sie erfahren hatte, wen die Leute erwarteten, sah sie ihre Gelegenheit gekommen. Glücklicherweise hatte sie den Dolch mitgenommen, weniger weil sie auf eine Fügung wie diese gehofft hatte, als um zu verhindern, dass Inés durch irgendeinen Zufall die Waffe in ihre Hände bekam.

Eine Fügung, ja, das war es. Was hatte Carlotta sich nicht alles überlegt, wie sie unbemerkt an Innocento herankäme: sich als Bedienstete verkleiden und auf eine Gelegenheit hoffen; den jungen Kardinal überfallen, während er allein seine Notdurft verrichtete; den Pferdeliebhaber Innocento, der viele Stunden mit den Tieren zubrachte, in den Stallungen überraschen ... Das alles konnte sie sich ersparen. Innocento würde in wenigen Augenblicken auf dem Domplatz eintreffen und von Menschen umringt sein. In dem dichten Gedränge konnte Carlotta mit etwas Glück die Tat verüben, ohne bemerkt zu werden.

Zweihundert, dreihundert Hälse reckten sich, als Hufgeklapper zu hören war. Das Geflüster wurde leiser.

»Er soll ein hübscher Knabe sein ...« – »Es heißt, er geht noch immer in die Schänken seines Armenviertels ...« – »Angeblich reist er ohne Gefolge. Von Rom bis Trient auf einem Pferderücken, das nenne ich bescheiden.« – »Er ist einer von uns.«

Die meisten Gerüchte über ihn stimmten, soweit Carlotta das beurteilen konnte. Er war tatsächlich hübsch, so hübsch wie jemand aus dem Armenviertel sein konnte, der vierzehn Jahre lang als Gassenjunge zwischen anderen Gassenjungen groß geworden war. Er hatte bronzefarbene Haut, sehr dunkle Augen und glattes schwarzes Haar, dazu den leicht muskulösen Körper so vieler junger Römer einfacher Herkunft. In seiner Schönheit war er durch und durch gewöhnlich, ja geradezu primitiv. Die Armut, die Kindheit im Elend, stand ihm ins Gesicht geschrieben. Der Glauben sowie die Kirchenpolitik interessierten ihn wenig. Carlotta hatte einige ihrer nächtlichen Gefährten vorsichtig nach Innocento gefragt, und diese hatten ihr übereinstimmend berichtet, dass er in Rom seinen Vergnügungen nachging, in den stinkenden Schänken aus seiner Vergangenheit saß, die Freunde von früher in seinen Palazzo kommen ließ, wo sie Karten spielten, würfelten oder sonst was miteinander machten. Er galt weder als klug noch als raffiniert oder politisch begabt, dafür als aufbrausend: Er legte sich andauernd mit den vornehmen römischen Familien an, die ihn verachteten und lächerlich zu machen versuchten. Es war zu Prügeleien zwischen Innocento und seinen Freunden einerseits und den Gefolgsleuten der Farnese andererseits gekommen, ein wunderbares Gesprächsthema für die Römer. Die Kirchenreform interessierte ihn gewiss wenig, und wenn er nach Trient gekommen war, so nur deshalb, weil er Roms überdrüssig war und für eine Weile die Abwechslung im kleinen und feinen Trient suchte. Carlotta war das nur recht. In Rom war sie nicht an Innocento herangekommen, im kleinen Trient würde sie endlich ihre Rache ausüben können.

In dem Moment, als Innocento auf den Platz ritt, erklang im Dom das vielstimmige Requiem für Salvatore Bertani. Der Gesang flutete dumpf durch die schweren Kirchenpforten ins Freie und legte sich wie ein Leichentuch über den ganzen Platz. Die Vertreter der Zünfte und Gilden senkten zunächst artig den Kopf, doch da alle anderen den Hals nach Innocento verdrehten, konnten auch sie ihre Neugier nicht länger unterdrücken.

Requiem aeternam dona nobis, Domine ... Herr, gib ihm die ewige Ruhe.

Carlotta erschauerte. Sie erschauerte, weil sie ihr Opfer näher kommen sah, weil die Totenmesse gesungen wurde und weil sie im gleichen Augenblick die rechte Hand in ihr Gewand schob und den Dolch umklammerte. Bertanis Requiem würde auch Innocentos werden.

Die Soldaten der Wache von Trient versuchten, mit ihren Lanzen den Kardinal vor der Menge abzuschirmen, die sich immer dichter um ihn und sein Pferd drängte. Er schien deswegen in keiner Weise verärgert oder beunruhigt, im Gegenteil, er grüßte nach allen Seiten und warf der Menge ein breites Lächeln zu, während sein Pferd langsam an ihnen vorüberzog. Dann sah er auch Carlotta an – einen kurzen Augenblick nur, bevor er weiterritt –, und da verstand sie, was ihn nicht nur interessant, sondern für die meisten in dieser Menschenmenge auch sympathisch machte: Er hatte nicht den hochmütigen Blick eines Prälaten, nicht den distanzierten Ausdruck der Vornehmen. Er war einer von ihnen. Die Armut, die einfache Herkunft, die man ihm trotz des Kardinalgewands noch immer ansah, umgab ihn wie eine Aura. Die Menschen verloren die letzte Scheu vor ihm und sprengten den Ring der Wachen, die ihn schützten. Sie jubelten ihm zu. Sie jubelten derart laut, dass das Requiem aus dem Dom sich mit ihren ekstatischen Schreien vermischte.

Requiem aeternam dona nobis, Domine …

Innocento griff in einen Lederbeutel und warf eine Handvoll Münzen im hohen Bogen über die Köpfe hinweg, dann noch einmal und noch einmal, und die Leute verstanden, dass das nicht die Almosen eines Reichen waren, die ihnen wie Schweinefutter hingeworfen wurden, sondern dass er dieses Geld mit Freude gab. Es machte ihm sichtlich Spaß, etwas von dem, was er gewonnen hatte, mit den Elenden zu teilen.

Das Geld verursachte einen großen Trubel. Die Leute bückten sich, um die Münzen aufzuheben, andere versuchten, das Gold zu fangen, und drängelten näher an ihn heran, man applaudierte, man rief seinen Namen, man bat um mehr. Die Parade der Zünfte und Gilden löste sich auf, selbst die Bankiers bückten sich nach den Münzen.

Innocento stieg von seinem Pferd ab und genoss das Bad in der Menge. Carlotta wurde hin und her gestoßen. Sie drohte nach hinten abgedrängt zu werden, also nahm sie die Hand aus ihrem Kleid und arbeitete sich mühsam näher an Innocento heran. Ihr war es gleichgültig, ob die Leute diesen jungen Mann liebten und ihn als einen der ihren feierten. Wenn sie nahe genug wäre, um zustoßen zu können, würde sie es tun.

Carlotta stand unmittelbar in Innocentos Rücken. Das Kardinalsrot – Symbol des Märtyrertodes – leuchtete ihr direkt in die Augen. Sie griff in ihr Kleid, packte den Dolch und zog ihn hervor. Niemand bemerkte, dass sie eine Waffe in der Faust hielt. Die Wachen waren damit beschäftigt, Innocento den Weg zu bahnen, und die Bettler und Neugierigen achteten nur auf ihn. Er war der Mittelpunkt eines Platzes, einer Stadt, sogar bedeutender als der Dom.

Domine, libera animas omnium fedelium defunctorum de poenis inferni, sangen sie dort. Herr, errette die Seelen aller, die im Glauben an Jesus Christus starben.

Innocento würde gewiss nicht in diesem Glauben sterben, das Einzige, das Carlotta mit ihm gemeinsam hatte.

Domine, libera animas omnium fedelium defunctorum de poenis inferni.

Carlotta zielte auf den unteren Rücken ihres Opfers. Nachdem sie zugestoßen hatte, würde sie den Dolch sofort wieder herausziehen und in der Menge untertauchen. Bevor jemand verstehen könnte, was geschehen war, wäre sie bereits außer Gefahr. Danach würde sie noch drei, vier Tage in Trient bleiben, um nicht aufzufallen, und dann diesen Ort und ihre Existenz als Carlotta da Rimini für immer hinter sich lassen. So, wie sie schon einmal ihr Leben hinter sich gelassen hatte, würde sie es ein weiteres Mal, ein letztes Mal tun.

Sie konzentrierte alle Kraft in ihrem rechten Arm.

Domine, libera animas omnium fedelium dufunctorum de poenis inferni.

In dem Moment, als sie zustoßen wollte, warf Innocento eine weitere Handvoll Münzen im hohen Bogen über die Menge. Sofort gerieten die Menschen in heftige Bewegung, und das Gedränge um den jungen Prälaten glich mit einem Mal einem wogenden, schwappenden Meer mit Strudeln und Strömungen.

Jemand stieß Carlotta an.

Ihr Dolch fiel zu Boden.

Innocento lachte über die Köpfe der sich bückenden Menschen hinweg, während Carlotta einen stummen Fluch über ihre Lippen schickte.

Sie bückte sich mit den anderen, tastete nach ihrer Waffe. Sie spürte, wie eine Münze ihren Hinterkopf traf und an ihrem Nacken entlangglitt. Direkt vor ihr fiel sie klimpernd zu Boden. Ein junger Bursche mit Wuschelkopf schnappte die Münze, stieß einen Freudenschrei aus und sah Carlotta triumphierend an. Sie ignorierte ihn.

Endlich entdeckte sie ihren Dolch und streckte die Hand nach ihm aus, aber immer wieder wurde er ein Stück weggestoßen.

Schließlich bekam sie ihn zu fassen, und für einen kurzen Augenblick durchströmte sie ein beruhigendes Gefühl, so als ströme Medizin durch sie hindurch – doch da trat ihr jemand unabsichtlich auf die Hand, und sie ließ die Waffe wieder fallen.

Jemand stieß sie von links an, dann ein anderer von rechts. Sie verlor das Gleichgewicht, taumelte, und als sie sich wieder gefangen hatte, war Innocento weit entfernt, und der Dolch war nicht zu sehen.

Carlotta stieß einen Schrei aus. Ihr war, als täte die Erde sich vor ihr auf. Der Dom drehte sich mitsamt den Häusern und Wolken, die Berge rückten in unendliche Ferne, um im nächsten Moment unmittelbar vor ihr aufzuragen. Ihre Beine knickten ein. Sie sank auf die Knie. Obwohl es heller Vormittag war, wurde es dunkel um sie.

Quia pius es, drang es aus dem Dom. Denn du bist barmherzig.

Der Gott, der ihr alles genommen hatte, verspottete sie auch noch. Sie wünschte, sie wäre tot.

Der Schatten eines Mannes legte sich über Carlotta. Als sie aufblickte, sah sie in das vernarbte Gesicht eines Wachsoldaten.

»Was macht Ihr da?«, fragte er misstrauisch.

Carlotta brachte kein Wort heraus. Einen Atemzug lang war

ihr alles egal, aber gleich darauf meldete sich ihr schlechtes Gewissen zu Wort und verbot ihr jede Müdigkeit.

»Ihr betet wohl für Bischof Bertani?«, vermutete der Soldat. »Na schön, aber derzeit dürfen nur Berechtigte auf den Domplatz.«

Wortlos griff sie in ihr Kleid und reichte der Wache ein Papier.

»Dieser Passierschein«, sagte er, »ist von Bischof Bertani unterzeichnet worden. Seid Ihr eine Vertraute des Bischofs gewesen?«

Sie nickte.

»Der Passierschein ist korrekt ausgestellt«, räumte er nach einem weiteren kritischen Blick ein. »Aber er ist mit dem Tod des Bischofs ungültig geworden.«

Ihr überraschter Blick ließ ihn hinzufügen: »Alle Dokumente verfallen mit dem Tod des Unterzeichners. Wusstet Ihr das nicht? Ihr braucht einen neuen Vertrauten, Frau, oder Ihr dürft das Gebiet um den Domplatz nicht mehr betreten.«

Er griff ihr unter den Arm und zog sie hoch. »Geht jetzt! Ihr habt hier nichts verloren.«

Carlotta ging. Was hätte sie auch sonst tun sollen? Opfer und Waffe waren ihr abhandengekommen: Der Dolch war fort, Innocento war fort, der Passierschein war fort. Sie würde ganz von vorn anfangen müssen, aber es gab keinen Zweifel, dass sie am Ende ihr Ziel erreichen würde. Ein neuer Dolch war schnell zu besorgen, und Innocento war nicht einer, der sich in seinem Palazzo einschloss.

Carlotta wischte sich vor ihrem Quartier die Tränen von den Wangen und verzog ihre Lippen zu dem besten Lächeln, das sie im Moment hervorbringen konnte. Inés sollte sie nicht bedrückt erleben.

Als sie das Quartier betrat, schrak sie zurück: Es war völlig verwüstet. Die Flakons auf ihrem Toilettentisch waren zerbrochen, das Betttuch zerrissen, die Kleider aus den Truhen geräumt, Stühle umgestoßen, Spiegel zerschmettert, und über allem lag eine weiße und rosa Schicht von Puder wie duftender Staub. Das Einzige, was unversehrt geblieben war, stand vor dem Fenster und blickte hinaus: Inés. Mit ihren Händen nestelte sie an dem Rosenkranz herum, der um ihren Hals hing. Immer wenn sie aufgeregt war, berührte sie die einfachen Holzperlen mit ihren Händen.

Was ist passiert, wollte Carlotta fragen, aber da sie wusste, dass sie keine Antwort erhalten würde, schwieg sie. Sie ahnte ohnehin, dass das Chaos von Inés verursacht worden war. Ein Dieb hätte nur geklaut und jeden Lärm vermieden, und Inés hätte einen Dieb auch niemals in einen Kampf verwickelt, dafür war sie viel zu teilnahmslos. Hätte sie bloß die Tür verriegelt! Das Schlimme war, dass Inés auf das Geräusch von Riegeln panisch reagierte, und darum versuchte Carlotta, die Tür so selten wie möglich abzuschließen.

Sie wandte sich ihr zu, nahm sie in die Arme und streichelte ihren Hinterkopf. Arme Inés, dachte sie. Inés war wieder einmal durch ihre Hölle gegangen, so nannte Carlotta die seltenen Anfälle der jungen Frau. Carlotta war zweimal in den letzten Jahren dem Hals von Inés zu nahe gekommen – einmal, um eine Tinktur gegen Halsentzündung aufzutragen, einmal, um ihr den Hals zu waschen –, und jedes Mal war Inés durch die Hölle gegangen, hatte einen Anfall bekommen und wild um sich geschlagen wie in Todesangst.

Manchmal dachte Carlotta, dass Inés in solchen Situationen zu allem fähig wäre.

Jemand hatte sie heute Morgen berührt, und Carlotta fühlte, dass es nicht in böser Absicht geschehen war. Sie würde einiges erklären müssen, wem auch immer. Aber sie musste aufpassen, nicht zu viel zu erklären.

Als Carlotta über Inés' Schulter zur Wand sah, stach es ihr ins Herz. Die Zeichnungen, die Carlotta so viel bedeuteten, die eine Erinnerung an geliebte Menschen und schöne Zeiten waren, lagen zerfetzt auf dem Boden.

»O Inés«, stöhnte sie. Sie durfte ihr nicht böse sein – Inés konnte nichts dafür –, aber insgeheim war sie es doch ein bisschen. In der Verzweiflung ist man nicht gerecht.

»O Inés, wann wird es endlich, endlich vorbei sein? Irgendwann muss es doch ein Ende haben.«

7

Der Bruder Bibliothekar der Abtei von San Lorenzo war so kühl und trocken wie der Saal, in dem er seinen Dienst tat – und fast ebenso alt, wie es Sandro schien. Er sah Sandro wie einen Bücherwurm an, voller Abneigung, aber auch mit einem gewissen Respekt vor der Berührung. Er erhob keinen Einspruch, als der Visitator Sandro Carissimi sein Heiligstes betrat, aber freundliche Zustimmung sah anders aus.

Gleich nach dem Requiem im Dom hatte sich Sandro, begleitet vom Glockengeläut, auf den Weg zurück zur Abtei San Lorenzo gemacht, in der er sein kleines bescheidenes Quartier neben der Zelle von Luis hatte. Das Benediktinerkloster lag ein kleines Stück außerhalb der Stadtmauern, auf einer von Wiesen bewachsenen Insel inmitten der Etsch. Es war weder groß noch bedeutend, und das untere Drittel der Mauern war von grüner schimmliger Fäulnis bedeckt, die vom gelegentlichen Hochwasser herrührte und den Eindruck erweckte, eines Tages das Kloster unter sich begraben zu wollen. San Lorenzo enthielt allerdings die einzige nennenswerte Bibliothek im Umkreis eines Tagesritts, und Sandro, der sich nicht erlauben durfte, Trient zu verlassen, hoffte, hier ein paar Antworten zu erhalten.

Vorsichtig drang Sandro ins Innere der Bibliothek vor. Es war ein enger, unübersichtlicher, wenig ansprechender Ort, in dem es nach dem Staub von Jahrhunderten roch. Das Tageslicht fiel durch eine Reihe romanischer Fenster, die sich knapp unterhalb der Decke befanden und die Gänge der Bibliothek nur wenig erhellten. Dadurch wirkte alles fahl und grau. Sandro irrte ziellos durch die Gänge und entdeckte schließlich ein Stück entfernt zwei brennende Kerzen auf einem Tisch. Als er dort ankam, sah er Luis, der hinter einem Stapel Bücher saß und mit einem Dominikaner sprach. Die beiden machten ernste, ein wenig traurige Mienen, so als dächten sie über einen gemeinsamen Freund nach, den sie hatten beerdigen müssen.

»Bruder Luis! Dich hätte ich hier nicht erwartet.«

»Bruder Sandro! Was für ein Zufall!« Luis sprang überrascht auf und schien kurz in Verlegenheit zu geraten. »Ich – ich mache mir einige abschließende Notizen. Ab morgen sitze ich im Dom, dann habe ich kaum noch Zeit, meine Rede vorzubereiten. Ehrwürdiger Vater«, sagte er, an den Dominikaner gewandt, »darf ich Euch meinen Assistenten vorstellen, Bruder Carissimi. Bruder, das ist Gaspar de Cespedes, der Inquisitor von Sevilla und vermutlich schon bald der nächste Großinquisitor der spanischen Inquisition.«

Sandro verneigte sich und ergriff die Hand zu einem angedeuteten Kuss. Gaspar de Cespedes' Hände waren weich wie warmes Wachs und verströmten einen angenehmen Duft. Die meisten Inquisitoren, denen Sandro begegnet war, rochen nach Kellern, nach Pech, nach Schimmel, nach den muffigen, unterirdischen Orten, wo sie sich oft aufhielten. Gaspar de Cespedes nicht. Er war eine elegante Erscheinung von etwa Mitte dreißig, seine Augen leuchteten sanft und grün aus dem glatten Gesicht mit der typischen südspanischen Patina, die auch Luis' Haut eigen war. Die schwarzen Locken fielen ihm wohlgeordnet in den Nacken, und seine Finger spielten unentwegt miteinander wie selbstständige Wesen. Für Sandros Geschmack blinzelte er etwas zu häufig und etwas zu geziert.

Welchen Grund hatte dieses Treffen? Die spanischen Inquisitoren galten als konservativ und einer Kirchenreform abgeneigt, waren aber andererseits keine Freunde der Päpste, die ihnen ihrer Meinung nach viel zu oft in ihre Angelegenheiten hineinredeten. Luis wollte vielleicht wissen, woran er mit Cespedes war – in diesen Tagen führte er gewiss etliche solcher Gespräche. Oder es war eine zufällige Begegnung.

Es entstand ein kurzes, verlegenes Schweigen. Vermutlich hatte Sandro die Besprechung unterbrochen.

»Wie kommst du voran?«, fragte Luis, bevor Sandro sich unter einem Vorwand wieder verabschieden konnte.

»Es geht so«, sagte Sandro. »Ich bin auf der Suche nach einem Buch über Symbolik.«

»Ihr müsst wissen, ehrwürdiger Vater«, erklärte Luis, »dass Bruder Carissimi im Auftrag Seiner Heiligkeit den gewaltsamen Tod von Bischof Bertani untersucht.«

»Ein betrübliche Sache, wirklich zu betrüblich«, sagte Gaspar de Cespedes näselnd und bewegte die Finger, als falte er einen Fächer auf. »Gibt es schon einen Verdächtigen?«

Sandro verneinte.

Gaspar de Cespedes warf einen prüfenden Blick auf seine Fingernägel. »Ihr solltet die Möglichkeit in Betracht ziehen, Bruder Carissimi, dass Ihr es mit dem Anschlag eines Ketzers zu tun habt. In Italien tut man viel zu wenig gegen diese Verbrecher, darum können sie sich fast ungehindert vermehren.«

Es war charakteristisch für die Inquisition, überall Ketzer und Zauberer am Werk zu sehen. Das gewöhnliche Verbrechen gab es nicht mehr, es wurde abgeschafft, in vorchristliche Jahrhunderte verbannt. In allem steckte der Teufel.

»Trient«, verbesserte Sandro ruhig, »liegt zwar in Italien, gehört jedoch zum Deutschen Reich. Und Kaiser Karl V. kann man in dieser Hinsicht ja wohl kaum Nachlässigkeit vorwerfen, ist er doch zugleich König von Spanien, Oberherr der Inquisition und damit der Feind aller Ketzer, Zauberer und Hexen.«

»In der Tat«, bestätigte Cespedes, spitzte die Lippen und blinzelte mehrmals. »Im Deutschen Reich allerdings, wo er auf Landesfürsten und Fürstbischöfe Rücksicht nehmen muss, schleicht sich die Ketzerei ein. Sind Euch beispielsweise die Fenster im Dom aufgefallen? Wenn Ihr sie Euch genauer betrachtet, werdet Ihr äußerst fragwürdige Abbildungen sehen.«

Sandro konnte seine Stimme jetzt nur noch mit Mühe im Zaum halten. »Ehrwürdiger Vater, es ist sehr unwahrscheinlich, dass Bischof Bertani von einem Ketzer getötet wurde, waren seine Ansichten doch dermaßen freisinnig, dass Ihr ihn, wäre er Spanier, längst vor ein Inquisitionsgericht gestellt hättet. Wieso sollte ein Ketzer einen Ketzer umbringen, wo es den Ketzern doch darum geht, sich – wie Ihr sagtet – zu vermehren?«

Cespedes blinzelte und faltete die Hände so langsam, als sei dies ein Akt der Vereinigung.

»Ich denke«, sagte er an Luis gewandt, »wir haben alles Notwendige besprochen. Ihr werdet mich entschuldigen. Der Tag heute war anstrengend, und der morgige Tag wird eine Tortur.«

Nachdem er sich verabschiedet hatte, waren Sandro und Luis allein.

»War das nötig?«, fragte Luis. »Er wollte nur helfen.«

»Ich weiß«, sagte Sandro und trat näher an den Tisch, der von Schriften übersät war. »So wie du.«

»Richtig.«

»Wie ich sehe, hast du in einem Buch über Symbolik geblättert. Du kannst es mir jetzt geben, bitte.«

Luis presste kurz die Lippen zusammen, dann nahm er ein Buch auf, das separat von den übrigen auf dem Tisch lag. Es war aufgeschlagen, doch er klappte es zu und überreichte es Sandro.

»Du hast es also erkannt? Ich habe es für einige Nachforschungen gebraucht. Für meine Rede.«

Sandro wusste sofort, dass das nicht stimmte. Er arbeitete lange genug mit Luis zusammen, um einschätzen zu können, welche Art von Fakten er für eine Rede vor dem Konzil brauchte und welche nicht. Im Rahmen einer Kirchenreform würde man die Eucharistie diskutieren, das Weihesakrament, die Autorität des Papstes, die Krankensalbung, die Lehre vom Messopfer, die Berechtigung von Mönchs- und Nonnenorden und dergleichen. Sandro konnte sich nicht vorstellen, dass Zeichensymbolik hierbei irgendeine Bedeutung haben sollte.

»Sag mir ganz ehrlich, Luis, warum du dieses Buch studiert hast.«

Vielleicht wunderte Luis sich über den forschen Ton in Sandros Stimme, denn er betrachtete befremdet Sandros Gesicht, bevor er eine schelmische Miene zog und antwortete: »Verdächtigst du mich etwa?«

»Um anzunehmen, ich könnte dich wegen dieses Buches verdächtigen, musst du wissen, dass ein Symbol bei dem Mord eine Rolle spielt. Woher, frage ich dich, hast du diese Information?«

»Eine simple Schlussfolgerung: Du wirst wohl kaum nach einem Buch über Zeichensymbolik fragen, wenn dem nicht irgendeine Bedeutung zukäme.«

»Du weichst mir aus.«

»Das ist meine Arbeit, Sandro, mein Dasein. Rhetoriker verbringen ihr Leben damit, Fakten auszuweichen und stattdessen ...«

»Du weichst mir schon wieder aus«, unterbrach Sandro.

»Wieso verhörst du mich?«

»Ich habe eine einzige Frage gestellt, das ist kein Verhör.«

»Kaum einen Tag im Amt – ein Amt, das du auf meine Empfehlung bekommen hast –, und schon misstraust du sogar denen, die dir am nächsten stehen. Zuerst schließt du mich aus, und nun stellst du mir Fragen. Mir! Fragen! Was, bei allen Heiligen, ist nur mit dir los?«

»Es tut mir leid, wenn ich dich gekränkt habe. Ich versuche nur, meine Arbeit zu machen.«

»Sag mir ins Gesicht, Sandro, ob du es für möglich hältst, dass ich etwas mit dem Mord zu tun habe. Misstraust du mir?

Ich muss das wissen. Es ist für unsere künftige Zusammenarbeit von entscheidender Bedeutung.«

Sandro hatte keinen Moment daran gedacht, Luis zu verdächtigen. Das wäre ja absurd. Aber er glaubte, dass Luis nach wie vor seine eigenen Ermittlungen anstellte, entweder weil er ein Versagen Sandros fürchtete – das auch auf ihn zurückfallen könnte – oder weil er sich einfach nicht zurückhalten konnte, den Meister zu geben.

»Nein«, sagte Sandro leise, ein bisschen demütig, »ich misstraue dir nicht.«

Luis atmete auf. »Dann ist es ja gut. Es würde mich äußerst betrüben, wenn dieser lächerliche Mord uns entzweien würde.«

»Davon kann keine Rede sein, Luis.«

Luis lächelte wieder. »Fein. Was das Buch angeht: Ich habe es studiert, weil ich dachte, dass ich dir damit helfen könnte. Der Arzt hat mir von dem Schild erzählt, oder besser gesagt, ich habe ihn auf Auffälligkeiten angesprochen, und er konnte angesichts meines Namens – natürlich kannte er mich – seine Diskretion nicht wahren. Sei nicht ärgerlich auf ihn.«

»Hatten wir nicht besprochen, dass ich allein ermittle?«

Luis hob abwehrend die Hände. »Bitte sehr! Wie du meinst! Ich werde mich nicht mehr einmischen. Ich habe es nur gut gemeint.«

»Das weiß ich.«

Luis setzte sich, schlug eines der Bücher auf und begann, sich Notizen zu machen. »Du wirst schon wissen, was du tust. Schließlich bist du ja mein Assistent. Übrigens«, sagte er, ohne mit dem Schreiben aufzuhören, »wirst du in dem Buch das entsprechende Symbol nicht finden.«

Klang da ein Hauch Genugtuung mit, oder bildete Sandro sich das nur ein?

Er wollte sich soeben von seinem Mitbruder verabschieden, als Aaron hereinkam. Der rundliche Junge war offensichtlich gerannt, denn er japste wie ein Fisch auf dem Trockenen nach Luft.

»Bruder … Carissimi«, keuchte Aaron und hielt sich den Bauch. »Ich … habe Euch … Euch überall gesucht. Der Kardinal Innocento ist doch vorhin auf dem … Domplatz angekommen. Ich war da und … habe Münzen gesammelt, die er … in die Luft geworfen hat. Als er fort war, bin ich auf … auf der Suche nach weiteren Münzen über den Platz gegangen, und da habe ich …«

Bevor Aaron zeigte, was sich verborgen in seiner Kleidung befand, blickte er aus den Augenwinkeln auf Luis. »Sollen wir woanders hingehen?«

Sandros Blick ruhte auf dem Mitbruder, der sich über ein Buch beugte und sich uninteressiert gab.

»Nicht nötig«, sagte Sandro.

Aaron reichte ihm einen Dolch. Er war leicht und wenig kunstvoll. Die Klinge war schmal, aber nicht ganz so schmal wie die Klinge, mit der Bischof Bertani ermordet worden war. Dolche von dieser Machart waren nicht selten, jemand könnte ihn in dem Gewühl einfach versehentlich verloren haben, ohne dass das etwas zu bedeuten hatte. Andererseits war das Zusammentreffen von Dolchen und Geistlichen – insbesondere Geistlichen von der Bedeutung Kardinal Innocentos – derzeit mehr als bedrohlich.

»Gut gemacht«, lobte er Aaron.

»Das ist noch nicht alles. Diesen Zettel hier habe ich ebenfalls auf dem Domplatz gefunden. Nicht beim Dolch, aber vielleicht gibt es trotzdem einen Zusammenhang.«

Sandro hielt eine gedruckte Zeichnung in Händen. Auf der einen Seite war ein junger Mann abgebildet, der in einem Käfig stand und eine Peitsche schwang. Vor ihm hockte auf einem Pfosten ein Äffchen, das die Tiara trug. Eine äußerst spitze Anspielung auf Innocento, den früheren Affenwärter, und seinen Vater Papst Julius. Die Abbildung auf der Rückseite war abstoßend. Innocentos Körper hatte dort die Form einer Made und fraß sich durch einen Kuchen, der Ähnlichkeit mit dem Petersdom hatte.

Angewidert von solchen üblen Schmähschriften, die immer mal wieder kursierten, faltete Sandro das Papier und steckte es wortlos ein.

»Da ist noch etwas, Bruder Carissimi«, sagte Aaron. »Ein Zeuge hat sich gemeldet, der gesehen haben will, wie eine Person vorgestern Abend das Quartier des Bischofs betreten hat. Und das Beste ist: Er hat die Person erkannt.«

»Ein Mann oder eine Frau?«

»Das hat er mir nicht gesagt. Aber er weiß es.«

Das konnte der Durchbruch sein. Bei jeder Nachforschung gab es zwei kritische Phasen: Die erste Schwierigkeit bestand darin, den dünnen, fast unsichtbaren Faden zu finden, den man aufnehmen konnte. War das geschafft, kam oft eines zum anderen. Ein Indiz führte zum nächsten, so wie ein Mosaik, das teilweise fertiggestellt war, eine Ahnung vom vollständigen Bild gab und die weitere Arbeit erleichterte. Die zweite kritische Phase kam, wenn das Bild vollständig war, die Fäden alle aufgerollt waren und man nun den Sinn dahinter, die Zuordnung verstehen musste.

So weit war Sandro noch lange nicht, doch der erste Faden war gefunden. Wenn man wüsste, wer nach Einbruch der Dunkelheit bei Bertani war, wäre das der erste wichtige Anhaltspunkt bei dieser Ermittlung.

»Wo ist der Zeuge jetzt?«

»Er wartet in den Räumen der Stadtwache, Bruder Carissimi, gleich neben Eurem Amtsraum. Ich wollte Euch gerade den Dolch in den Amtsraum bringen, da hörte ich, wie der Mann bei der Wache vorsprach. Bruno Bolco heißt er. Bestimmt ist schon jemand unterwegs, um Euch zu benachrichtigen, aber ich wollte schneller sein.«

Sandro fuhr dem Jungen durch die unfrisierten Haare. »Nicht

nur klüger als andere, sondern auch schneller, wie? Eine ordentliche Leistung, wenn man bedenkt, dass du nicht gerade schnell aussiehst.«

»Ich mag es nicht, wenn man mir in die Haare greift«, sagte Aaron, »denn schließlich bin ich kein Schaf. Und Anspielungen auf meine Figur mag ich auch nicht.«

Sandro lächelte. »Lass uns gehen, es gibt viel zu tun.«

Sandro wandte sich bereits zum Gehen, da fiel ihm ein, dass er beinahe etwas vergessen hätte: »Auf Wiedersehen, Luis.«

Luis hatte die ganze Zeit über seinen Büchern gesessen.

»Gott sei mit dir«, sagte er, ohne aufzublicken.

Erst als Sandro gegangen war, hob Luis den Kopf, setzte das Leseglas ab und schob das Buch von sich. Er würde heute nicht mehr an seiner Rede arbeiten, denn dafür müsste er sich konzentrieren. Doch nach dem, was er mitgekriegt hatte, war das nicht mehr möglich.

Wie ein junges Mädchen freute Antonia sich auf das Essen bei Matthias und verwendete Sorgfalt auf ihr Äußeres, dem sie sonst wenig Beachtung schenkte. Auch ging sie viel zu früh los, zum einen, um ihrem Vater nicht zu begegnen – er sollte nicht sehen, welchen Aufwand sie wegen dieses Essens trieb –, und zum anderen, um Carlotta nicht zu begegnen. Es wäre Antonia schwergefallen, Carlotta nicht auf die geheimnisvolle und gefährliche Frau in ihrem Zimmer anzusprechen, doch dies heute Abend zu tun, dafür war Antonia nicht in der Stimmung. Sie war zu aufgeregt wegen der Verabredung. Matthias war nun einmal ein besonderer Mensch in ihrem Leben, damals wie heute.

Als sie an der Santa Maria Maggiore vorbeikam, stellte sie fest, dass noch genug Zeit war, ging hinein, setzte sich auf den kalten Steinboden und ließ die Stille des Kirchenraums auf sich wirken. Immer – und nur dann – wenn sie in einer Kathedrale oder großen Kirche war, wurde Antonia zur Katholikin. Jenseits der Pforten, in der Welt da draußen, machte sie sich um Religion wenig Gedanken. Sie wusste, dass es Gott gab, so wie sie wusste, dass sie eines Tages würde sterben müssen – aber dieses Wissen trug sie nicht ständig mit sich herum. Es war nur eine Ahnung, ein entfernter Gedanke. Die Glasmalerei war eine Dienerin der Römischen Kirche, und der Glasmalerei hatte Antonia sich verschrieben, also hatte sie sich der Römischen Kirche verschrieben.

So wie Matthias der Lutherischen Kirche. Hier drinnen wurde sie wieder daran erinnert, dass er gegangen war. Matthias hatte sich verändert, immerhin war er an den Verhandlungen zur Einheit der Kirche beteiligt, aber hatte er sich wirklich vollständig von dem Vermächtnis seines Vaters Berthold gelöst? Manches deutete darauf hin, doch Antonia konnte sich dessen – sie hatte ihn nur kurz gesprochen – noch nicht sicher sein.

War das überhaupt wichtig? Sie begehrte ihn. Sie wollte ihn haben seit ihrem dreizehnten, vierzehnten Lebensjahr, ja, vielleicht war sie in all den Jahren nur ihm nachgejagt, wenn sie mit Männern schlief. Dutzende, Hunderte von Nächten, von vergessenen Liebhabern wegen einem einzigen, dem ersten, den sie nicht hatte bekommen können. Bis heute. Heute würde sie an seinem Tisch sitzen, seinen Wein trinken, das Blau seiner Augen sehen. Ihr ganzer Körper regte sich, wenn sie daran dachte, dass sie Matthias ausziehen würde.

Sie betete so gut wie nie, jedenfalls nicht im üblichen Sinn. Sie war nicht in die Santa Maria Maggiore gekommen, um auf die Knie zu fallen und die Hände nach oben zu strecken, aber auf eine gewisse Art suchte sie dennoch den Beistand des Himmels. Hier, inmitten der Kirchenfenster, fühlte sie sich aufgehoben wie in einem tröstlichen, Kraft gebenden Gebet. Jetzt am Abend glommen die Scheiben der Santa Maria Maggiore schwach wie sterbende Wesen; manche Figuren waren verblasst, andere in der Mitte gesprungen, wieder andere wohl von Anfang an von einer mangelhaften Kunstfertigkeit gewesen, steif, verkrampft, manche pathetisch, andere leblos. Trotz alledem: Antonia war hier umgeben von Glasmalerei, was bedeutete, dass sie Gott am nächsten war. Näher als bei der Arbeit kam sie ihm nie. Die Figuren, die, immer wenn sie eine Kirche betrat, gedanklich in ihr entstanden, schwebten gleichsam durch die Apsis wie Engel und suchten sich den für sie idealen Platz in den Fenstern. Sie war umschlossen von Gestalten ihrer Fantasie, umschlossen von erlöschenden Farben, vom Blau, Rot, Violett, Grün, die sie in eine versöhnliche, tröstliche Stimmung versetzten, die Stimmung eines leisen Herbstabends mit Kindern, mit einem glimmenden Feuer, mit alten Mythen, die ebenso dämmerten wie das Licht. Ein sanfter Rausch wie nach einem Becher Wein erfasste sie. Sie bog den Kopf weit in den Nacken zurück, atmete hörbar durch den Mund und versuchte, den Augenblick festzuhalten. Ein bisschen Glück berührte sie.

Als jede Farbe aus dem Kirchenraum geschwunden und der Altar nur noch ein schwarzer Schatten war, lösten die fantastischen Figuren sich vor Antonias geistigem Auge auf, und Gott entfernte sich wieder. Er ließ sie so ratlos zurück wie zuvor, ja, er hatte sie sogar noch stärker verunsichert. Denn plötzlich wich ihre Freude, Matthias wiederzusehen, einer großen Nervosität. Sie fühlte sich wie an einem Tag, von dem man nicht wusste, ob er das eigene Leben auf den Kopf stellen würde.

Sandros Amtsraum war ein Zimmer im Palazzo Pretorio, der Stadtkommandantur, gleich neben dem Dom. Das einzige Fenster führte jedoch nicht nach vorn zum Domplatz hinaus, so dass nur morgens Sonnenlicht ins Zimmer fiel. Es gab einen Tisch, der Heimstätte vieler Holzwürmer war, sowie ein Pult, drei Stühle und ein Kruzifix an der Wand. In zwei Ecken des Zimmers hielt eine Lage Stroh die Feuchtigkeit davon ab, die Wände hinaufzusteigen, und in einer dritten Ecke standen Tonbecher und ein Krug. Das also war die Residenz des Visitators, des Mannes, der allein dem Papst unterstand und einen Mord aufklären sollte.

Aaron balancierte ein Tablett mit Geschirr aus falschem Silber vor sich her, und er brachte einen Duft von Süßholz und Minze mit.

»Den Tee habe ich uns aus Trockenkräutern meines Onkels gemacht«, erklärte Aaron.

»Und das Geschirr? Immerhin Zinn.«

»Es gehört Forli, dem Hauptmann der Wache. Ich habe es aus der Küche genommen, mitsamt dem heißen Wasser, das dort brodelte.«

»Aaron!«

»Was ist? Ihr solltet nicht aus Tonbechern trinken, das ist nicht angemessen. Außerdem: Ihr werdet von Eurem Gott fürs Lügen bestraft, aber ich von meinem nicht. Jedenfalls nicht für kleine Lügen. Also was soll's? Süßholz hilft beim Denken, und wir müssen denken, wenn wir den Mord aufklären wollen.«

»*Ich* muss denken«, wandte Sandro ein.

»Dann solltet Ihr bald damit anfangen und nicht mit einem jüdischen Jungen über Zinn diskutieren.«

Sandro sah lächelnd dabei zu, wie Aaron zwei Becher dampfenden Tees auf dem Tisch abstellte, sich den dritten Becher sowie einen Stuhl nahm und alles nach draußen stellte.

»Ich schicke Euch jetzt den Zeugen herein. Falls Ihr mich braucht: Ich warte vor der Tür. Es sei denn, Ihr wünscht, dass ich dabei bin, wenn …«

Sandro machte die Hoffnung des Jungen mit einem Kopfschütteln und einem kurzen, aufmunternden Lächeln zunichte. Dann setzte er sich an den Tisch und wartete. Nachdenklich blickte er auf den Stuhl gegenüber. In seinem bisherigen Leben war Sandro es gewesen, der auf jenem Stuhl, auf jener Seite des Tisches gesessen hatte, auf der Seite des Befragten. Und es waren schon viele Tische gewesen: der der Aufnahmekommission der Jesuiten, die er anlügen musste, um ihr den wahren Grund seiner

Berufung zu verbergen; der Tisch seiner Lehrmeister am Kollegium, der der Prüfer, der des Vaters Provinzial ... Den Ehrgeiz, eines Tages ihren Platz einzunehmen, hatte er im Gegensatz zu vielen Mitbrüdern nie besessen. Er war nicht Jesuit geworden, um Karriere zu machen, und auch nicht, um ein unbekümmertes Leben zu führen. Natürlich war er bestrebt zu lernen, was man ihm zu lernen aufgab, und natürlich wollte er seine Arbeit für Luis bravourös erledigen, doch nicht, um sich Lorbeeren zu verdienen, sondern nur, um das Gefühl zu haben, das Richtige zu tun. Er war Jesuit geworden, weil er eine Schuld abzutragen hatte, eine entsetzliche Schuld, die man nur durch ein Leben in Hingabe und Demut abtragen konnte. Jede Form von Macht – eigener Macht – erschreckte ihn, er fürchtete sie, denn er fürchtete sich vor sich selbst, vor seinem Hang zur Gewalttätigkeit. Die Macht war eine Waffe, deren Gebrauch erlernt sein wollte. Sandro beherrschte den Umgang mit dieser Waffe nicht.

Und nun saß er doch auf der wichtigen Seite des Tisches, dort, wo die Macht saß. Auf den ersten Blick schien das wenig bedenklich. Er befand sich in einem kahlen, düsteren Raum mit einem wurmstichigen Tisch, und er musste froh sein, einen Zinnbecher mit heißem Süßholztee in der Hand zu halten. Doch die Macht ließ sich nicht immer an kostbaren Attributen ablesen. Es gab Inquisitoren, die die meiste Zeit in feuchten, stinkenden Kerkern zubrachten und sich von Brot und Milch ernährten, und doch waren sie Herren über Gut und Böse, Leben und Tod. Für unzählige Menschen waren sie das Schicksal in Person, nahmen Gottes Platz ein.

Bisher hatte Sandro keine schwerwiegenden Entscheidungen treffen müssen, aber er wusste, dass das vermutlich nicht so bleiben würde. Er ahnte irgendein Unheil. Er ahnte, dass er aus dem Gleichgewicht geraten würde. Sein Amt machte ihm zu schaffen, der Mord an Bertani machte ihm zu schaffen, der Dolch vom Domplatz machte ihm zu schaffen, die Anwesenheit von Matthias machte ihm zu schaffen. Und dann war da noch ...

Er schüttelte den Kopf, so als schüttele er einen Traum ab, der nicht wahr werden durfte.

Bruno Bolco war ein rotnasiger Mann von etwa fünfzig Jahren, dessen gelbliche, glasige Augen verrieten, dass er, wenn er so weitertrank, nicht mehr lange leben würde. In den Händen trug er eine Wollkappe, die er wie einen Brotteig knetete. Seine Knie zitterten – nicht nur aus Nervosität, wie Sandro ihm ansah.

»Bitte setz dich«, sagte Sandro. »Möchtest du Tee? Er ist noch warm.«

Die Bitte erfüllte der Mann, den Tee rührte er jedoch nicht an.

»Ihr müsst wissen, ehrwürdiger Vater, dass ich zuerst nicht kommen wollte. Ich habe jemanden gesehen, gut, das muss nichts heißen.«

»Schließlich hast du dich anders entschlossen, sonst wärst du nicht hier.«

»Ja, natürlich, ehrwürdiger Vater. Ich rechne mit einer ... Ihr wisst schon.«

»Nein, weiß ich nicht.«

»Mit einer Belohnung, ehrwürdiger Vater.«

Sandro trank einen Schluck, das Gebräu schmeckte ungewohnt, aber gut. »Nun, das wird im Ermessen Seiner Gnaden des Fürstbischofs und Seiner Heiligkeit Papst Julius liegen.«

»Das kann Monate dauern, ehrwürdiger Vater. Ich hoffe auf eine nicht große, dafür aber schnelle Belohnung Eurerseits. Nicht viel, wie gesagt, wirklich nicht viel. Ich muss nur rasch etwas Geld bekommen. Möglichst heute noch.«

Das fing ja gut an. Wie zuverlässig war ein Zeuge, der dringend Geld brauchte! Und was er mit diesem Geld anfangen würde, war auch nicht schwer zu erraten.

»Bevor ich nicht weiß, wen du gesehen hast, kann ich dich nicht bezahlen, so viel steht fest.«

»Aber Vater ...«

»Nenne mir den Namen.«

»Den Namen? Woher soll ich wissen, wie der Mann heißt? Ich habe ihn vorher noch nie gesehen.«

»Ein Mann also, das ist doch schon etwas. Wie sah er aus?«

»Er trug einen Mantel mit Kapuze.«

»War er Geistlicher?«

»Habe ich nicht erkannt.«

»Wobei hast du ihn beobachtet?«

»Er ging in das Quartier des Bischofs, als ich dort vorbeilief. Ich dachte mir gleich, dass etwas nicht stimmte.«

»Wieso?«

»Es war spät, sehr spät, mitten in der Nacht. Wieso betritt jemand zu dieser Stunde das Quartier eines Bischofs? Außerdem huschte er.«

»Erkläre mir das.«

»Na ja, er gab sich große Mühe, sein Gesicht zu verbergen, ging gebeugt, duckte sich …«

»Aber du hast es gesehen, das Gesicht des Fremden?«

»Ja, kurz.«

»Es war doch dunkel.«

»Im Mondschein nicht.«

»Beschreibe ihn mir.«

»Ich würde ihn Euch lieber zeigen.«

»Kannst du zeichnen?«

»Noch nie gemacht.«

Sandro seufzte. So kam er nicht weiter. Bruno Bolco war nicht gerade der Traum eines Untersuchungsbeamten: ein Trinker in Geldnöten, linkisch, plump, wenig überzeugend. Was sollte er mit so einem anfangen?

»Hattest du an dem Abend getrunken?«

Der Mann senkte den Kopf und drückte die Kappe zusammen, als wolle er Saft aus ihr pressen. Wie ein kleines Kind schüttelte er den Kopf. »Nein, ehrwürdiger Vater. Seit drei Tagen … Niemand gibt mir Bier oder Wein, nicht einmal der Cigno.

»Cigno?«

»Der Schwan, meine Stammschänke gegenüber dem Gerichtsgebäude. Das billigste Bier der Stadt. Woanders versuche ich es schon gar nicht mehr.«

»So so, und da du dir nicht einmal mehr das billigste Bier leisten kannst, hast du dir gedacht, eine schöne Geschichte würde deine Börse wieder füllen.«

»Nein, Vater, ehrlich nicht. Ich habe manchen Fehler, aber ein gemeiner Lügner bin ich nicht. Ich schwöre bei …«

»Lassen wir Ihn während dieses Gesprächs aus dem Spiel«, sagte Sandro streng. Er überlegte kurz. Es war riskant, der Aussage dieses Mannes zu vertrauen, aber konnte ein Verdurstender sich erlauben, die Qualität des Wassers zu bemängeln, das er fand? Dolche konnten nicht sprechen und Tote auch nicht. Er hatte bloß diesen einen Zeugen.

»Schön, ich glaube dir«, sagte Sandro. »Aber um festzustellen, ob du die Wahrheit sagst, muss ich den Mann identifizieren, den du gesehen hast, verstehst du?«

Bruno zuckte die Schultern. »Das verstehe ich.«

»Da du ihn nicht kennst, wird er nicht aus Trient stammen. Es besteht also die Möglichkeit, dass er Teilnehmer des Konzils ist. Morgen früh tritt es vollständig zusammen, Hunderte von Geistlichen und Laien, Hunderte von Fremden. Wir werden auch dort sein.«

Brunos Kappe glitt ihm aus den Händen. »*Ich* soll …? Auf dem Konzil der Kirchenväter?«

»Im Hintergrund. Du wirst sie sehen, aber sie werden dich nicht sehen.«

»Und die Belohnung?«

»Solltest du den Fremden erkennen, werde ich ihn zur Rede stellen, und falls du recht behältst …«

»… werde ich belohnt.«

Sandro atmete tief durch. Er blickte Bruno, der gewiss irgendwann der Stolz einer Mutter gewesen war, traurig an und sagte: »Wenn du es unbedingt so nennen willst.«

Sandros Andacht
Wieso bin ich heute Morgen zu ihr gegangen? Der Schild war nur der eine Grund. Ich hätte zuerst in die Bibliothek von San Lorenzo gehen können und sie erst danach, wenn meine Recherche ergebnislos geblieben wäre, um Rat fragen können. Ich habe es andersherum gemacht. Wieso? Was zieht mich zu ihr hin? Sie ist nicht hübsch, nicht in dem Sinn, wie Beatrice es war. Sommersprossen und strohblondes Haar waren nie mein Fall. Sie ist nicht vornehm und auch nicht besonders raffiniert. Gut, sie ist intelligent, aber auch Intelligenz war nie wichtig für mich. Alles Opulente geht ihr ab. Warum also war ich gekränkt, als sie heute Morgen mein Angebot ablehnte? Erstens sollte es mich nicht verwundern, dass eine Frau der Einladung eines Mönchs zu einer Trauermesse widerstehen kann. Zweitens: Was hätte ich dort mit ihr getan? Choräle gesungen?

Sie ist ungeniert. Früher habe ich das gemocht. Sehr sogar.

Sandro tauchte, aus dem Dom kommend, in den Nebel ein, der vom Fluss aufstieg und einen leicht modrigen Geruch mit sich trug. Es war schon dunkel, aber das Mondlicht reichte aus, um den gespenstisch leeren, von Dunstschwaden überzogenen Domplatz zu überblicken.

Er hatte soeben seine Abendandacht absolviert, und eigentlich hatte er vorgehabt, direkt zu seinem und Luis' Quartier im Kloster zu gehen, so wie die Mitbrüder im neapolitanischen Kolleg sich jetzt auch zur Ruhe begaben. Aaron war längst zu Hause, Bruno längst auf dem Weg zum Wirt des Cigno, um dort auf Kredit ein halbes Dutzend Becher Bier zu trinken, und im Grunde konnte Sandro heute nichts mehr tun. Doch dann war ihm während der Andacht jener Dolch eingefallen, den Aaron auf dem Domplatz gefunden hatte.

Sandro stand jetzt dort, wo Innocento del Monte am Vormittag angekommen war. Die Menschenmenge hatte den Papstsohn begafft und gefeiert, aber einer der Leute war weniger gut auf ihn zu sprechen, davon musste Sandro ausgehen. Er konnte es sich schlichtweg nicht leisten, an etwas anderes als an einen Attentatsversuch zu glauben. In Trient ging jemand um, der sich zum Ziel gesetzt hatte, hohe Geistliche zu töten.

Statt den Weg zum Kloster San Lorenzo einzuschlagen, ging er in Richtung des Palazzo Miranda, in dem Innocento del Monte untergekommen war. Er musste gewarnt werden. Gerade als er dort ankam, sah er, wie der junge Kardinal das Haus verließ. Seinen Talar hatte er zugunsten einfacher Straßenkleidung abgelegt, so dass er von einem römischen Ragazzo, einem Gassenjungen, nicht mehr zu unterscheiden war. Sandro wollte nach ihm rufen, aber im letzten Moment entschloss er sich, es nicht zu tun und dem jungen Mann in einigem Abstand zu folgen. Er hatte einen unverkennbaren Gang, wie ihn die männlichen Bewohner der Armenviertel oft haben: ein leicht nach vorn gebeugter Oberkörper, die Arme herabhängend, ein fester Schritt. Früher hatten Sandro und seine Freunde sich über Gleichaltrige mit dieser plumpen Gangart lustig gemacht, und wenn Innocento nur ein paar Jahre älter gewesen wäre, hätte damals theoretisch der Fall eintreten können, dass der wohlhabende Kaufmannssohn Sandro den einfachen Burschen Innocento verspottet hätte. Heute lief der Mönch Sandro in einer Kutte hinter dem Kardinal her.

Innocento bog um eine Ecke, Sandro verlor ihn kurz aus den Augen. Er beschleunigte seinen Schritt, denn er wollte ihn unbedingt einholen.

Als er ebenfalls um die Ecke bog, befand sich plötzlich eine Gestalt – woher auch immer sie gekommen war – zwischen ihm und Innocento. Sie trug einen weiten Kapuzenmantel, der bis zu den Stiefelabsätzen reichte und verhinderte, Figur oder Alter der Person zu schätzen. Zunächst dachte Sandro sich nichts dabei, doch die Gestalt schlug seltsamerweise genau den gleichen Weg wie Innocento ein und kam diesem stetig näher.

Das war kein Zufall, so wenig wie der Dolch auf dem Domplatz.

Sandro rannte, behindert von seiner Kutte, los. Er wusste nicht, was ihn dort vorn erwartete, wusste nicht, was er tun würde, wenn ihn das erwartete, was er fürchtete. Aber *irgendetwas* musste er tun.

Seine Sandalen, deren flache, weiche Sohlen eigentlich fast kein Schrittgeräusch verursachten, klatschten laut auf das Pflaster.

Beide, Innocento und der Fremde, die nur noch zwei, drei Schritte voneinander entfernt waren, drehten sich gleichzeitig um. Sandro versuchte das Gesicht des Fremden zu erkennen, doch es war zu tief in der Kapuze verborgen.

Die Gestalt rannte in einen dunklen Seitenweg. Von diesem Moment an war Sandro klar, dass er es mit einem bewaffneten Attentäter zu tun hatte. Trotzdem verfolgte er ihn. Ein wenig kannte auch er sich mit Dolchen und Kämpfen aus, schließlich war er nicht immer Jesuit gewesen, außerdem war er in Rom aufgewachsen. Seine letzten sieben Jahre im Kolleg waren plötzlich wie weggewischt, er fühlte sich, als hätte es sie nie gegeben, ja, er wünschte sich, endlich einmal wieder eine Waffe in Händen zu halten.

Der Gedanke erschreckte ihn, ließ sich jedoch nicht beiseiteschieben. Wie ein Vulkanausbruch löste er zugleich Angst und Faszination aus.

Er war dem Attentäter näher gekommen, aber noch nicht nahe genug, denn auf dem feuchten Pflaster glitt er mit seinen Sandalen mehrmals aus und kämpfte um sein Gleichgewicht, um nicht zu fallen, während der Fremde mit seinen Stiefeln besseren Halt fand.

Endlich endete der gepflasterte Weg und ging in einen kleineren erdigen Weg über, dieser in einen noch kleineren, und von diesem wiederum führte ein Trampelpfad ab, der wohl schon seit vielen Jahren von Fischern oder Kindern benutzt wurde. Links stand das Schilf mannshoch, rechts ragten kleine Weidenzweige in den Pfad hinein.

Der dichte Nebel über dem Fluss verschluckte alles jenseits weniger Armeslängen.

Sandro holte jetzt rasch auf. Er hörte seinen Atem, und er hörte den Atem des Fremden. So nahe war er ihm, dass er beinahe schon den flatternden Mantel greifen konnte.

Er streckte die Hand aus.

In diesem Augenblick stolperte der Fremde über einen Gegenstand, und auch Sandro, der nicht rechtzeitig ausweichen konnte, stürzte vornüber. Noch bevor er auf den weichen Uferboden fiel, zuckte ein heißer Schmerz durch seinen Oberschenkel.

Er biss die Zähne zusammen und zog das Bein an sich. Die Kutte war an dieser Stelle zerrissen und gab den Blick auf eine blutige Schramme frei, die verdammt wehtat.

Sein nächster Gedanke galt sofort dem Fremden – doch der war bereits nicht mehr zu sehen, war irgendwo im Nebel verschwunden, und jede weitere Verfolgung wäre sinnlos gewesen.

»Verflucht«, rief Sandro und schlug mit der Faust auf den matschigen Boden. »Verflucht, verflucht.«

Obwohl es um ihn herum erbärmlich stank, blieb er dort sitzen, wo er sich befand, schloss die Augen, rieb sich die Stirn und schüttelte wieder und wieder den Kopf. Er war dem Attentäter so nahe gewesen …

»Verflucht«, wiederholte er, diesmal ein wenig selbstmitleidig, und atmete tief aus.

Es war still. Im Oktober quakten keine Frösche und zirpten keine Grillen mehr. Die Natur kam zur Ruhe. Irgendwo auf dem Wasser stieß ein Vogel ein paar schrille Warnrufe aus – die sich in Sandros Ohren eher wie Hohngelächter anhörten –, dann schwieg auch er.

In diese Stille hinein mischten sich Schritte, die schnell näher kamen.

Innocento del Monte tauchte wie ein Geist aus dem Nebel auf. Auf seinem Gesicht lag eine Belustigung, die Sandro unangemessen vorkam. Schließlich wäre der Bursche beinahe ermordet worden.

»Wer immer Ihr seid«, begann der junge Kardinal, »ich fühle mich verpflichtet, Euch darauf hinzuweisen, dass Ihr mitten in den Gedärmen einer Kuh sitzt.«

Sandro sah sich um. Erst jetzt bemerkte er, dass er über einen aufgedunsenen Kuhleib gestolpert war, aus dem die Innereien hervorquollen. Am Horn des Viehs hatte er sich dabei den Oberschenkel aufgerissen. Tatsächlich saß er auf einem Kadaver, den der Fluss mitgenommen und an dieser Stelle wieder ausgespuckt hatte.

Abrupt stand er auf. Seine Jesuitenkutte war durchnässt von etwas, das er sich nicht vorstellen wollte. Die ganze Situation war ihm peinlich.

Innocento jedoch sah das anders. »Ich verstehe zwar noch nicht so ganz, was eben vorgefallen ist, wer Ihr seid und wer der andere war – aber ich habe das Gefühl, dass ich Euch danken sollte.«

Noch ehe Sandro etwas erwidern konnte, hatte Innocento seine feuchte, schmutzige Hand ergriffen und schüttelte sie. »Danke, Bruder …«

»Carissimi«, ergänzte Sandro. »Sandro Carissimi vom jesuitischen Kolleg in Neapel, Eminenz.«

»Oh, Ihr wisst, wer ich bin. Ich habe diese alten Sachen angezogen, um ein paar Stunden lang Innocento sein zu können. Nennt mich also bitte nicht Eminenz.«

»Schön, aber nur wenn Ihr meine Hand loslasst. Sie lag« – er deutete auf den Kadaver – »dort drin.«

»Wo ich aufgewachsen bin, gilt eine Hand wie Eure als sauber, Carissimi. Zeigt Eure Verletzung.«

Sandro konnte nicht verhindern, dass der Kardinal seine Wunde inspizierte.

»Sieht übler aus, als es ist«, sagte Innocento.

»Kennt Ihr Euch denn damit aus?«

»Soll das ein Scherz sein? Im Trastevere habe ich tausend Wunden wie diese gesehen, die schnell verheilten. Kommt, Carissimi, setzen wir uns auf diesen Stein da. Und sagt mir bitte nicht, das wäre nicht angebracht. Ist Euch aufgefallen, dass niemand es wagt, sich neben einen Kardinal zu setzen? Man bekommt ein Gewand übergezogen, und schon ist man tabu. Die Menschen behandeln einen plötzlich, als sei man ein überirdisches Wesen und frühstücke jeden Morgen mit Gott höchstpersönlich.«

Sandros Bein schmerzte zu sehr, um sich daran zu erinnern, dass es ganz unmöglich war, dass ein Mönch sich Hintern an Hintern zu einem Kardinal setzte. Aber ein seltsames Gefühl war es schon, neben dem Sohn Seiner Heiligkeit Julius III. zu sitzen. Auf eine seltsame – und bedrohliche – Weise kam Sandro diesem Papst, dem er selbst nie begegnet war und in dessen Diensten er seit gestern stand, immer näher.

»Geht es mit der Wunde?«, fragte Innocento. »Gut, dann reden wir jetzt. Das eben, war das ein Anschlag auf mich?«

»Ich fürchte, ja.«

»Dann habt Ihr mir das Leben gerettet, Carissimi. Das werde ich Euch nicht vergessen, niemals. Betrachtet mich als Euren Freund. Dort, wo ich herkomme, gilt dieses Wort noch etwas. Aber was zieht Ihr für ein Gesicht? Für jemanden, der eine Heldentat vollbracht hat, wirkt Ihr erstaunlich unzufrieden.«

»Und für jemanden, der jetzt tot sein könnte, wirkt Ihr erstaunlich ausgelassen«, konterte Sandro.

Innocento lachte. »Mein Leben war, als ich noch ein Junge war, zu oft bedroht, als dass mich das länger als ein paar Atemzüge beunruhigen würde. Ich habe nur einen Schatten gesehen, und Ihr?«

»Dasselbe. Deswegen bin ich unzufrieden. Der Täter ist mir entwischt, und der Fall, der mir übertragen wurde, bleibt somit unaufgelöst.«

»Fall?«

»Bertani«, antwortete Sandro.

Innocento bog den Kopf in den Nacken. »Oh, jetzt begreife ich, wer Ihr seid! Ihr seid mir gefolgt, ja?«

»Ich war zu Eurem Quartier gekommen, um Euch zu warnen. Heute Morgen hat man nach Eurer Ankunft einen Dolch auf dem Domplatz gefunden. Und nicht weit davon – dies hier.«

Er überreichte ihm die Flugschrift mit der Karikatur.

Innocento sah die Zeichnung mit unbewegter Miene an. »Ich kenne Schmierereien wie diese aus Rom. Meist werden sie von missgünstigen Mitgliedern römischer Adelsfamilien in Umlauf gebracht: den Farnese, den Colonna und Orsini und so weiter. Sie sind selbst meinem Vater zu mächtig, als dass er sich deswegen mit ihnen anlegen würde. Schöner Vater, was? Holt seinen Bastard aus dem Loch, um ihn in ein purpurnes Mäntelchen zu hüllen und dann von den Katzen jagen zu lassen.«

Sandro wurde nicht gerne in die Familienangelegenheiten des Papstes hineingezogen. Er sagte: »Der Dolch macht mir mehr Sorgen als das Flugblatt.«

»Ihr vermutet ...«

»Dass Bertani das erste Opfer war und dass Ihr das zweite werden sollt.«

»Schwer zu glauben. Bertani und ich haben nicht die gleichen Feinde. Wie auch? Er war ein politischer Geist, und ich habe überhaupt keinen Geist. Er war ein Reformer, und ich bin nichts. Ich weiß gerade noch, wie Konzil geschrieben wird, während es für Bertani das ganze Leben bedeutete.«

Innocento war sehr ehrlich, was seine Bildung und seine Herkunft anging. Er versuchte erst gar nicht, etwas vorzutäuschen, das er nicht war. Er war ein Nepos, das lateinische Wort für Neffe, mit dem alle Günstlinge der Päpste bezeichnet wurden, gleichgültig, ob es sich um Neffen, Söhne oder andere Favoriten handelte. Und Innocento wusste sehr wohl, dass er ein Nepos war.

»Dennoch«, beharrte Sandro. »Eure Stellung ist nicht zu unterschätzen, ob Ihr das wollt oder nicht. Und wenn Ihr Euch die grässlichsten Lumpen anzieht: Ihr seid gefährdet und solltet immer Gefolge um Euch haben. Nachts allein durch Trients Gassen zu laufen ist eine Einladung für jeden Mörder.«

»In Roms Trastevere bin ich jede Nacht durch die Gassen gelaufen, umgeben von Schatten, und habe überlebt. Ich brauche dieses Stückchen Freiheit.«

»Das Trastevere konntet Ihr einschätzen. Ihr kanntet jedes Gesicht. In Trient läuft jemand herum, dessen Gesicht wir nicht kennen. Nur seine Absicht ist uns bekannt. Sollte Euch etwas geschehen ...«

»Dann würde es mehr falsche als echte Tränen geben. Die meisten würden auf meinen Leichnam pinkeln, wenn niemand zusähe, und dabei herzlich lachen.«

»Sollte Euch etwas geschehen«, begann Sandro seinen Satz von Neuem, »wären die Folgen unübersehbar. Das Konzil könnte scheitern, zumindest unterbrochen werden. Falls also jemand Interesse daran hat, dieses Konzil zu sprengen, dann wärt Ihr das ideale Opfer. Ihr und Bertani. Er war der maßgebliche Betreiber dieser Versammlung von Kirchenvätern, und Ihr seid ... seid derjenige, der dem Heiligen Vater ungewöhnlich nahe steht.«

»Das Konzil ist mir egal«, schnaubte Innocento. »Von Politik verstehe ich nichts und will auch nichts verstehen.«

»Aber vom Überleben, Innocento del Monte, versteht Ihr etwas, nicht wahr? Vermutlich mehr als alle anderen Delegierten aus vornehmen Familien zusammengenommen. Das Konzil ist eine Sache, und wenn es Euch nicht interessiert, bitte sehr. Aber Euer Leben sollte Euch schon interessieren und genug wert sein.«

Sandro war heftig geworden, und Innocento sah ihn zum ersten Mal lange und direkt an. Er hatte Augen, die – Sandro fand kein anderes Wort dafür – traurig wirkten, irgendwie einsam, im Stich gelassen.

»Mir jedenfalls«, ergänzte Sandro in mildem Ton, »war Euer Leben genug wert, damit ich mein eigenes Leben dafür aufs Spiel gesetzt habe.«

Innocento war jetzt völlig ernst. »Worum bittet Ihr mich?«

»Nur darum, Acht auf Euer Leben zu geben. Es ist bedroht.«

»Keine Nachtspaziergänge mehr?«

»Allenfalls in Begleitung einer Wache.«

»Ich bin ohne Gefolge gekommen.«

»Ich werde mit Hauptmann Forli sprechen.«

Innocento lächelte leicht und gab Sandro erneut die Hand. »Ich verspreche es«, sagte er. »Aber nur, weil Ihr es seid, Sandro Carissimi. Ihr seid nicht wie die anderen. Unabhängig davon, dass Ihr mir das Leben gerettet habt: Ich mag Euch.«

»Nun, ich bin der Diener Eures Vaters.«

»Trotzdem«, sagte Innocento, »ich mag Euch trotzdem.«

8

Er hatte sich vorgenommen, Antonia zu überraschen und sich von einer Seite zu zeigen, die sie nicht von ihm kannte – und die er im Übrigen selbst nicht von sich kannte.

Im Kamin prasselte ein üppiges Feuer, und Kerzen tauchten das kleine Speisezimmer in ein warmes gelbes Licht. Dann und wann drang eine Duftwolke aus der Küche zu ihnen: eine Brühe aus Rindermark, ein knuspriges Huhn, Fleischkuchen, zarte Mehlfladen, in Butter geschwenkte Rüben, süße Grießschnitten mit Kompott ... Roter Wein mit violetten Anklängen schimmerte in zwei Kristallgläsern und der Karaffe. Im Raum verteilt lagen Bücher von Paracelsus sowie der Till Eulenspiegel und ein wenig Poesie. Matthias ließ sich diesen Abend etwas kosten. Neun Kerzen – er hatte sie gezählt – sowie Huhn, Wein und Bücher waren nicht billig gewesen, aber für diesen Luxus hatte er Gott in seinem Abendgebet um Verzeihung gebeten. Wenn Matthias sich etwas vornahm, dann machte er es richtig.

Immer wenn Matthias' Diener das Essen auftrug, schwiegen sie, sobald er jedoch den Raum wieder verließ, sprachen sie über das, was sie in den vergangenen zwölf Jahren gemacht hatten. Matthias hörte interessiert zu, und durch geschickte Fragen gelang es ihm, das Thema Glasmalerei zu umgehen, denn darüber sprach er sehr ungern, und es tat ihm weh, wenn er sah, dass Antonia noch immer so viel Begeisterung für dieses Handwerk aufbrachte. Er fragte Antonia lieber nach den Städten, in denen sie gewesen, und den Menschen, denen sie begegnet war, er ließ sich von der Gesundheit ihres Vaters erzählen und den Mühen langer Reisen. Er seinerseits berichtete von seinen Anfängen in der Ulmer Stadtbehörde, von seinem Aufstieg in die württembergische Staatskanzlei bis hin zu seiner Beförderung zum Berater und Gesandten des Herzogs. Viertausend Tage des Strebens und Arbeitens wurden zu einer Stunde zusammengefasst, wurden zerhackt und zu kleinen Portionen geknetet wie die Fleischkuchen auf dem Teller.

Die ganze Zeit über war er sich bewusst, dass er *ein* Thema nicht würde vermeiden können, nämlich den Grund für das zu nennen, was vor zwölf Jahren geschehen war. Und eigentlich wollte er es auch nicht vermeiden. Dieses Thema zu berühren würde ihn nicht nur einen großen Schritt in seinem Vorhaben weiterbringen, sondern es würde auch etwas Befreiendes haben. Noch nie, auch nicht bei seiner ersten Frau, hatte er mit einem Menschen über das gesprochen, was in seiner Kindheit geschehen war, über seine Mutter. Jetzt, vor Antonia, traute er sich, *musste* sich trauen.

Er tupfte sich die Lippen mit einem Tuch ab. »Hast du eine Ahnung, was damals geschehen ist, nach dem Tod meines Vaters und deiner Mutter?«

Sie schluckte, überrascht von seiner Frage, hastig einen Bissen hinunter.

»Dein Vater war gegen uns«, antwortete sie. »Vermutlich hat er dir noch auf dem Sterbebett ins Gewissen geredet, mich nicht zu heiraten. Auch hätte eine Ehe mit einer Katholikin deiner Karriere geschadet, der Karriere, die du ohne mich gemacht hast. Sieh dich an, du bist ein erfolgreicher Diplomat. Ein Konzil ist ja keine Kleinigkeit, man entsendet nicht irgendjemanden dorthin.«

Sie sprach ganz ohne Vorwurf, so als sei er damals einem Gesetz gefolgt. Er hatte sich auf eine Anklage eingestellt, zumindest auf eine Rüge, stattdessen konnte er feststellen, dass sie Wachs in seinen Händen sein würde.

Er lächelte und nippte am Wein. Antonia hatte immer etwas Zerbrechliches und Dankbares an sich gehabt, etwas, das er gefunden hatte und behütete. Als sie beide noch Kinder waren, hatte er auf eine gewisse Weise geglaubt, Antonia gehöre ihm, und auch später war dieses Gefühl – obwohl sie sich verloren hatten – nie völlig von ihm gewichen. Der Diplomat in ihm erkannte sofort, dass sich auch bei ihr daran nichts geändert hatte.

»Mein Vater hat nichts damit zu tun, oder sagen wir besser, wenig. Wusstest du, dass ich mit dem Weihwasser der Römischen Kirche getauft wurde? Nein, wie kannst du das wissen, du warst ja noch lange nicht geboren. Als ich vier Jahre alt war, wandte mein Vater sich von der alten Kirche ab und dem Glauben Martin Luthers zu, dem Glauben, der damals noch jung war. Vater war einer der Ersten in Ulm, die bekehrt wurden, und natürlich fing er an, andere Menschen zu bekehren. Darin war er ausgesprochen erfolgreich, denn er war geachtet, und wortgewaltig noch dazu. Ich kann ihn mir gut vorstellen, wie er durch die Gassen ging und die Frauen, die mit einem

Korb unter dem Arm vom Markt kamen, in ein Gespräch verwickelte. Spiritualität war seine Sache nicht, er argumentierte stets überaus praktisch, und das kam an. Zu den Wenigen, die er nicht überzeugen konnte, gehörte ausgerechnet seine Frau. Meine Mutter.«

Erneut schluckte sie hastig einen Bissen hinunter. »Ich glaubte, deine Mutter sei früh gestorben.«

»Nicht ganz«, erwiderte er, absichtlich wenig eindeutig. Er mochte es, wenn die Menschen an seinen Lippen hingen und das Ende einer Geschichte nicht erwarten konnten. »Ich sehe eine Frau vor mir, etwas verschwommen, wie die Spiegelung in einem Teich. Sie ist – sie war immer ein wenig nervös. Wenn ihre geschickten Finger sich gerade nicht mit dem Rosenkranz beschäftigten, machten sie sich über einen Stoff her, der geflickt oder bestickt werden musste. Sie war oft unfreundlich zur Dienerschaft, nicht aus Bosheit, sondern weil sie gereizt war. Sie stritt häufig mit meinem Vater. Damals verstand ich nichts davon, aber später, viel später, begriff ich, dass sie über Luther und den Papst gestritten hatten. Aber da war sie schon längst ... Sie liebte mich, das weiß ich. Wenn ich mich an sie drängte, legte sie alles beiseite, und die Hände, die sonst wie auf der Suche nach etwas unruhig umherirrten, wurden dann ruhig. Ich liebte sie. Ich liebte sie weit mehr als meinen Vater.«

Der Diener trat ein und räumte den Tisch ab. Matthias unterbrach seine Erzählung, aber er suchte Antonias Blick, und sie sahen sich stumm über den Tisch hinweg an. Ihr Blick gab ihm die Kraft, sich zusammenzunehmen, denn er war aufgewühlt. Aus einem tiefen Brunnen zu schöpfen war immer anstrengend, vor allem, wenn man wusste, dass nicht alles, was man heraufholte, etwas Gutes war.

»Kurz nach meinem vierten Geburtstag«, fuhr er fort, als der Diener gegangen war, »ging meine Mutter zum Bischof und ließ ihre Ehe annullieren. Sie erklärte sie einfach für ungültig, stell dir das einmal vor. So als hätte sie nicht sechs Jahre lang mit meinem Vater das Bett und die Sorgen geteilt, ein Kind erzogen … Ihre Ehe mit einem Abtrünnigen der Kirche hatte es plötzlich nie gegeben, somit hatte es auch kein legitimes Kind gegeben. Ich ahnte nichts. Eines Morgens wachte ich auf, und meine Mutter war gegangen. Sie hatte ihre Kleider mitgenommen, ihr Geschirr, ihren Rosenkranz – nur ihren Sohn hatte sie zurückgelassen. Ich sah sie nie mehr. Von jenem Tag an war ihr Name im Haus meines Vaters tabu. Elise Hagen gab es nicht mehr. Sie ist tot, sagte mein Vater immer. Ich gewöhnte mich daran, nicht über sie zu sprechen, so dass ich lange Zeit vergaß, dass ich eine Mutter gehabt hatte. Bis …«

Antonia vervollständigte den Satz: »Bis dein Vater sie auf dem Sterbebett wieder zum Leben erweckte und du kurz davor warst, eine Katholikin zu heiraten.«

»Ich erwarte nicht, dass du meine Gefühle billigst, Antonia, aber vielleicht verstehst du sie jetzt besser. Weder mein Vater noch meine protestantischen Vorgesetzten hätten mich davon abhalten können, dich zu heiraten. Nur ein einziger Mensch konnte das: meine Mutter. Sie hat meinen Vater verlassen. Sie hat mich verlassen. Sie hat ihre Familie aufgegeben und flüchtete in die Arme eines Römers. Nicht ein einziges Mal hat sie sich seither nach mir erkundigt, und ich habe sie nie wiedergesehen. Wie konnte ich den Grund für all das vergessen!«

»Der Glaube«, sagte Antonia.

»Der Glaube«, bestätigte er. »Du warst eine Altgläubige, ich ein Protestant. Kannst du dir auch nur im Entferntesten die Angst vorstellen, die mich überkam? Ich habe damals nicht mit dir darüber geredet, weil ich fürchtete, du würdest mir die Angst nehmen. Das hättest du fertiggebracht, ohne Zweifel. Ich liebte dich so sehr. Aber ich wollte nicht davon überzeugt werden, dass unsere Ehe gutgehen würde, denn im Grunde glaubte ich nicht daran. Ich *konnte* einfach nicht. Ich sah ein gewaltiges Desaster voraus. Darum lief ich fort nach Tübingen.«

Der Diener servierte die süßen Grießschnitten. Sie waren

warm und zuckrig, ihr Duft erfüllte schnell den Raum. Während Matthias sich Portwein einschenkte, warf er unauffällig einen Blick zu Antonia. Er hatte sie mit seinem Geständnis offensichtlich beeindruckt, denn sie sah nachdenklich auf ihren Teller. Jetzt, fand er, war es an der Zeit, in eine andere Phase des Gesprächs einzutreten.

Er stand auf, ging um den Tisch herum und schenkte Antonia von dem Portwein ein. Er war ihr nah. Sie sah bezaubernd aus, so schlank, so wach, so blass. Es war ihm immer selbstverständlich vorgekommen, schon als zwölfjähriger Junge, dass er sie eines Tages lieben würde, sie lieben *müsste*. Er wusste es seit den Tagen, an denen sie bei ihm Schutz gesucht hatte, seit damals nach dem Ulmer Bildersturm ... Diese Erinnerung wollte er schnell wieder vergessen.

»Natürlich ist mir bewusst, dass wir immer noch Altgläubige und Protestant sind«, sagte er, weich untermalt vom Geräusch des Portweins, den er betont langsam in das Glas goss. »Aber ich bin nicht mehr der unreife Bursche von damals, der sich von Ängsten beherrschen lässt. Ich bin Optimist geworden, vielleicht hat mein steiler Aufstieg mich dazu gemacht. Und was den Glauben angeht: Ich bin hergeschickt worden, um die Kirchen zu versöhnen. Wenn man mich dessen für fähig hält, wie könnte ich da nicht auch fähig sein, uns beide zu versöhnen?«

Davon träumte er schon seit Jahren: Antonia wiederzufinden. Vielleicht war er dieses Traums wegen von Gott bestraft worden, vielleicht hatte Gott deswegen seine Frau und seine neugeborenen Kinder sterben lassen.

Er nahm Antonias Hand – sie war rau von der Arbeit – und küsste sie.

Zu seiner Überraschung neigte sie sich ihm zu und küsste ihn auf den Mund. Von sich aus hatte eine Frau das noch nie bei ihm getan, nicht einmal seine Gattin. Antonias Kuss endete nicht, er war lang, so lang, dass er fast keine Luft mehr bekam, und dann tastete sich eine Hand zu seinem Geschlecht.

Seine Verblüffung ließ ihn erstarren. Er stöhnte auf.

»Nicht«, sagte er. »Nicht.«

»Wieso nicht?«, fragte sie und blieb mit ihren Lippen dicht an seinen, sah ihn an, zuckte kurz zusammen.

Dass er ihr das überhaupt erklären musste! »Bevor wir nicht – ich meine, wir sind ja nicht verheiratet.« Ihr Vorstoß war schmeichelhaft, er hätte nicht gedacht, dass sie ihm derart ergeben sein würde. Aber ein wenig erschreckt war er schon. Was war nur aus der kleinen Antonia geworden!

Sie zog sich zurück.

Er sagte: »Bitte, verstehe mich nicht falsch. Ich fand sehr schön, was du gemacht hast, nur ... Lass es uns langsamer angehen, ja?« Er hatte den Eindruck, dass sich diese Worte aus dem Mund eines Mannes dumm anhörten, und er war ein bisschen verärgert, dass er dazu gezwungen worden war, sie auszusprechen. Doch der Ärger verflog rasch, als er sah, mit welch schwärmerischem Blick sie ihn ansah, genau so wie damals.

»Schon bald«, sagte er, »wird die Einheit Wirklichkeit.«

Antonias Tagebuch

Ich fühle mich jung. Ich fühle mich schön. Die Vergangenheit ist zurückgekehrt: Ich hänge an seinen Lippen, ich verliere mich in seinen Blaumurmeln. Er ist scheu, und er ist fromm. Berthold ist noch nicht ganz tot. Aber ich werde ihn umbringen. Matthias und ich werden zusammengehören.

Was aber war das für ein Stich, der durch mich hindurchging, als ich ihm tief in die Augen sah. Ein Stich, so als läge etwas in ihm verborgen, das mich verletzen könnte. Ich kann mir nur erklären, dass Matthias etwas Verlorenes gewesen ist, und jetzt, wo ich ihn wiederhabe, würde ich es nicht ertragen, ihn noch einmal zu verlieren.

Tu mir nicht weh, Matthias. Ich bitte dich, tu mir nicht weh.

Dritter Teil

9

11. Oktober 1551,
der erste Tag des Konzils

Der Dom erzitterte. *Gloria in excelsis deo*. Ein mächtiger Gesang aus einhundert Kehlen füllte das Innere des Gotteshauses bis unter die Kuppel. *Gloria in excelsis deo*. Dunkle Stimmen erklangen, wurden von helleren überlagert, Töne kreuzten sich, trennten sich wieder, stiegen auf wie Böen, schwebten, um im nächsten Augenblick zu verklingen, zu vergehen, im Nichts zu verschwinden, immer wieder von Neuem. Und alle priesen Gott. *Gloria in excelsis deo*. Man pries ihn, man brauchte seinen Segen für dieses heilige Konzil, das über die Zukunft der Christenheit entscheiden würde.

Das Hauptportal öffnete sich, und die leuchtende Soutane des Konzilspräsidenten war zu erkennen. Da setzte machtvoll die Orgel ein, und die Luft vibrierte unter dem vereinten Klang von Chor und Instrument.

Mitten im Treppenaufgang, der zum Chor und weiter zum Glockenturm führte, stand Sandro neben Bruno und verfolgte von dieser erhöhten Position aus das Geschehen. Er hatte Bruno eingeschärft, sich alle Personen ohne Rücksicht auf ihren Rang genau anzusehen und erst dann einen Verdacht zu äußern, wenn er sich absolut sicher war. Nicht auszudenken, wenn Sandro jemanden beschuldigen würde, der nachweislich nicht am Tatort gewesen war. Auf der anderen Seite: Ohne Ergebnis zu bleiben wäre eine riesige Enttäuschung. Jede weitere Nacht konnte einen weiteren Toten bedeuten. Sandros Erfolg oder Misserfolg hing also von einem Trinker ab, dem seit vier Tagen die trockene Kehle brannte.

Kardinal Marcello Creszenzio, Konzilspräsident und päpstlicher Legat, betrat den Dom. Wie eine Schleppe folgten ihm Priester in Schwarz, Kanoniker, Äbte von überall her – aus Trier, Clermont, Saragossa, Krakau, Pisa und vielen weiteren Klöstern –, Bischöfe, Adelige, Mönche, Gelehrte, ein ruhiger, glatter Strom aus Soutanen, der friedlich wirkte, es aber, wie Sandro wusste, nicht war. Im Vorfeld des Konzils – im Vorfeld fast jedes Konzils – brachen bei den rangniederen Geistlichen Kämpfe aus, wer als Delegierter teilnehmen durfte und wer nicht. Delegierter zu sein war Ehre und Chance zugleich. Konzile wurden von vielen als zweithöchste kirchliche Autorität angesehen, direkt nach dem Papst, weshalb das Ansehen, wenn man in seinen Heimatort oder ins Kloster zurückkam, erheblich stieg. Außerdem konnte man sich durch eigene Beiträge und richtiges Stimmverhalten hervortun, ganz abgesehen von den zahlreichen nützlichen Begegnungen. In gewisser Weise waren Konzile wie Jahrmärkte, und ganz so, wie in Bauernfamilien gewetteifert wurde, wer aus der Familie den Vater zum Jahrmarkt begleiten dürfe – natürlich die Lieblinge und Favoriten – und wer zu Hause bleiben müsse, um die Schafe zu hüten, ganz so wetteiferten in den Bistümern, Kirchengemeinden und Orden die Geistlichen um die Gunst ihres »Vaters«. Diejenigen, die in diesem Moment in die Kirche strömten, waren allesamt die Sieger zahlreicher Kämpfe, Ränke und Liebedienereien, und es war nicht anzunehmen, dass sie bei dem Konzil mit ihren Gewohnheiten brechen würden. Wer von ihnen war der Konservativste, der Disziplinierteste, der Aufgeschlossenste, Demütigste, Intelligenteste, Angepassteste, Mutigste, Geschickteste? Wer schrieb den besten Beitrag über das Taufsakrament, über die Reform des Klosterwesens, über die Buße, die Revision des Index, die Liturgie? Wer würde als Erster wagen, den Ablass in Frage zu stellen, die schlechte Ausbildung der Geistlichen anzuprangern, die Übersetzung der Bibel in die Volkssprachen zu fordern?

Bruno, der Trinker und Sünder, erstarrte vor Ehrfurcht, als

er die versammelte Geistlichkeit durch die kleine Öffnung im Treppenaufgang betrachtete. Das vielstimmige Messlied, die Orgel, die die Mauern beben ließ, die Gewänder, Kreuze, Kirchenfenster und frommen Gesichter ließen ihn erschauern, so als sähe er Jesus selbst in Begleitung seiner Mutter hereinkommen. Sogar Sandro war vom Getöse und den Farben und dem Weihrauch, der aus zahlreichen Kesseln aufstieg, beeindruckt. Äußerer Pomp war – auch wenn man ihn durchschaute – etwas Machtvolles.

Sandro erinnerte sich an die Kinderzeit, als seine Mutter Elisa ihn immer zur Freitagsmesse mitnahm. Sonntags ging die ganze Familie zum Gottesdienst, aber freitags nur sie und er. Manchmal, wenn sie in ihr Gebet vertieft war, blickte er sie verstohlen von der Seite an, beobachtete, wie sich ihre Lippen bewegten, so als zuckten sie im Halbschlaf, und wie sich ihr Brustkorb unter dem schwarzen massigen Gewand langsam hob und senkte. Er betete sie an. Er betete sie mehr an als die Madonna, und wenn sie ihn lehrte, die Kirche sei heilig und rein, nur die Menschen in der Kirche seien fehlerhaft, so glaubte er ihr das.

»Wie ist es?«, fragte er Bruno. »Erkennst du die Person von neulich Nacht?«

Sandros Frage ging im Getöse fast unter. *Et in terra pax hominibus, bonae voluntatis.* Und Friede auf Erde den Menschen, die guten Willens sind. Einer unter ihnen war es vielleicht nicht. Einer war womöglich ein Mörder.

Eine unüberschaubare Schar strömte herein, unter den Augen der aus ewigem Stein geformten Kirchenheiligen sowie der Apostel und Bibelgestalten, die in den Fenstern erstrahlten. Sandro entdeckte Luis. Er hätte es nicht schwören können, aber er glaubte, einen leicht selbstzufriedenen Zug in der Miene seines Mitbruders zu sehen, wahrnehmbar nur für denjenigen, der Luis gut kannte. Gewiss hatte der begabte Rhetoriker gestern noch die Rede fertiggestellt, mit der er das Konzil auf seine Linie bringen wollte. Es würde sein großer Auftritt werden, der

Höhepunkt seines bisherigen Lebenswegs, und wenngleich Luis selbst nicht darüber sprach, wusste Sandro, dass ihn diese Stunde mit gewaltiger Genugtuung erfüllte – allerdings auch mit gewaltiger Anspannung, die sich jemand wie Luis jedoch niemals anmerken ließ.

Fast zuletzt kamen die hohen Prälaten. Sandro kannte nur wenige von ihnen: Fürstbischof Madruzzo, der als Gastgeber und nicht als Delegierter hier war, sowie Kardinal Innocento del Monte, den Sohn des Papstes, von dessen Wohlergehen in den nächsten Tagen Sandros Zukunft abhing, vielleicht sogar noch mehr. Hinter ihm ging Gaspar de Cespedes, der kommende Großinquisitor von Spanien, dessen Finger der linken Hand auf den Handrücken der rechten Hand klopften, als spielten sie auf einem Instrument, und der in einem fort blinzelte.

Mit den hohen Prälaten war es umgekehrt wie mit den niederen Geistlichen: Die meisten gingen nur ungern zu Konzilen. Es gab wenig für sie, die schon fast ganz oben waren, zu gewinnen. Stattdessen mussten sie lange, beschwerliche Anreisen und verhältnismäßig armselige Unterkünfte hinnehmen. Eine ganze Reihe von Bischöfen war zu Hause in ihren Palästen geblieben, gesundheitliche Gründe vorgebend. Trotzdem waren noch genug gekommen. So viele Prälaten hatte Sandro noch nie zusammen gesehen.

»Nun sind alle im Dom«, flüsterte Sandro Bruno zu. »Wenn die Person, die du gesehen hast, am Konzil teilnimmt, müsstest du sie jetzt erkennen.«

Bruno bemühte sich nach Kräften, die Gesichter eines nach dem anderen zu mustern. Das war nicht leicht. Mehr als einhundert Delegierte waren im Kirchenraum versammelt, von denen manche zu Boden blickten, nur im Profil zu sehen waren oder verdeckt wurden.

Sandros Ungeduld wuchs. Was, wenn der Gesuchte kein Delegierter war?

»War er alt oder jung, dick oder dünn, groß oder klein?«

»Nicht groß und nicht klein, ehrwürdiger Vater«, sagte Bruno schweißgebadet.

»Du musst doch irgendeine Vorstellung davon haben, wie der Mann aussah! Hatte er eine Glatze? Und wenn nicht, welche Farbe hatten seine Haare?«

Bruno leckte sich den Schweiß von den Lippen. »Er hatte eine Kapuze über den Kopf gestülpt, ehrwürdiger Vater, wie soll ich da wissen, wie seine Haare aussahen?«

»Das ist doch nicht zu fassen! Sag mir einfach, was du erkannt hast, und nicht, was du nicht erkannt hast, sonst stehen wir hier noch herum, wenn man anfängt, Historienbücher über dieses Konzil zu schreiben.«

Die Strenge in seinen Worten machte offensichtlich Eindruck, denn Bruno suchte konzentrierter als vorher den Dom nach dem geheimnisvollen Fremden ab.

Inzwischen war der Choral verklungen, die Delegierten hatten ein Gebet gesprochen. Man setzte sich. Die Stühle waren im Halbkreis angeordnet. Dieser Hinweis auf den Kreis spielte auf das Göttliche an, das Ewige, Vollkommene, womit man unterstrich, dass das, was man hier diskutieren würde, vom Heiligen Geist inspiriert sei. Vor dem Halbkreis, leicht erhöht, saßen der Konzilspräsident Kardinal Creszenzio als Vertreter des Papstes sowie, als Gastgeber, Fürstbischof Madruzzo. Hinter ihnen war eine Art Thron aufgebaut. Zwei ungewöhnlich prunkvolle Sessel würden während des gesamten Konzils leer bleiben. Sie symbolisierten die Teilnahme des Papstes und des Kaisers. Obwohl nicht persönlich anwesend, waren sie dennoch dabei, denn ihre Gesandten und Legaten waren ihre Augen und Ohren und Arme und Zungen. Jedes Wort würde ihnen zugetragen werden, und alles, was vor und hinter den Kulissen geschähe, läge offen vor ihnen wie ein Buch. Der Kaiser war ins nahe Innsbruck gereist, und zu Papst Julius nach Rom wurden zweimal täglich Boten geschickt. Der kaiserliche Sessel war ein klein wenig größer geraten als der des Papstes – sicherlich kein Zufall, sondern die Veranschaulichung der realen Machtverhältnisse. Vor allem des Kaisers sollten die Delegierten sich stets bewusst sein. Die Wiedervereinigung der Gläubigen, seit einem Vierteljahrhundert von ihm ersehnt, war sein Streben, sein Ziel, seine Forderung.

Zwischen den beiden Sesseln stand noch ein Schemel mit einem Prunkkissen darauf – ein weiterer Hinweis auf die Anwesenheit eines dritten Unsichtbaren, des Heiligen Geistes.

Fürstbischof Madruzzo erhob sich und sprach einige Begrüßungsworte. Bertanis Tod erwähnte er nicht. Das Fensterglas mit seinem Porträt war gegen eine schwarze Scheibe ausgetauscht worden, und Madruzzo hielt es wohl – wie schon gestern während der Totenmesse – für besser, nicht darauf einzugehen, dass ein wahnsinniger Mörder dafür verantwortlich war. Er gab stattdessen der Überzeugung Ausdruck, der Heilige Geist wache höchstselbst über das Konzil und werde seine Weisheit über sie ausschütten. Ja, er sagte wirklich »ausschütten«, so als sei es die Lauge einer Wäscherin.

In dem Moment, als der Konzilspräsident Kardinal Creszenzio aufstand und die Beratungen eröffnen wollte, rief Bruno etwas zu laut: »Das ist er!«

Die versammelten Delegierten blickten dort hinauf, woher der Ruf gekommen war, zu dem kleinen Fenster im Treppenaufgang.

»Bist du verrückt«, herrschte Sandro seinen Zeugen an, so laut, wie das flüsternd möglich war. Er riss ihn vom Fenster weg. »Brüll hier nicht herum.«

»Aber ich habe ihn erkannt, ehrwürdiger Vater.«

»Kardinal Creszenzio? Du willst sagen, dass der Legat des Papstes ...«

»Nein, Euer Gnaden, nicht der Kardinal. Dort unten, fast im toten Winkel, steht er.«

Zum Glück setzte der Kardinal seine Rede fort, und niemand achtete auf Sandro, der seinen Kopf durch die schmale Fensteröffnung steckte.

»Wer ist es?«, flüsterte er.

»An der Wand links von uns.«

»Da stehen drei Männer. Ein Mönch, ein Kanoniker und … Den dritten Mann erkenne ich nicht. Er ist hinter einer Säule verborgen.«

»Den meine ich.«

»Man sieht nur einen Zipfel von ihm.«

»Eben habe ich aber sein Gesicht gesehen. Zwar nur ganz kurz, etwa so lange wie neulich. Trotzdem: Der ist es, ehrwürdiger Vater. Bekomme ich jetzt meine Belohnung?«

Sandro ging nicht darauf ein. »Ist das etwa … ich habe den Eindruck … das kann doch nicht sein.«

Sandro eilte die Treppe hinab, wobei er immer zwei Stufen auf einmal nahm. Im Halbdunkel des Treppenturms war das unvernünftig, und prompt glitt er aus. Im letzten Moment fing er sich mit den Händen ab und vermied einen Sturz vornüber, der ihn auf der steilen Treppe leicht das Leben hätte kosten können. Ohne Luft zu holen, rannte er weiter.

Wenn das wahr wäre, dachte er nur. Wenn das wirklich wahr werden würde …

Er stieß die Tür des Treppenturms hastig auf, so dass sie gegen die Wand schlug und einen dumpfen Knall durch den Dom schickte. Die Delegierten, die in der Nähe der Tür saßen, blickten ihn ärgerlich an, doch das war ihm egal. Er ging schnurstracks auf die Stelle zu, die Bruno ihm benannt hatte, drängte sich durch Stuhlreihen, schob Kanoniker zur Seite, trat einem Erzbischof versehentlich auf den Fuß, verzichtete auf eine Entschuldigung und schenkte ihm, der ihn empört zurechtzuweisen versuchte, nicht einmal einen Blick, umrundete die Statue des Erzengels Michael, stieg über einen Stapel Schriftrollen hinweg, riss ihn halb um und stand endlich in einer Position, von wo aus er den Mann hinter der Säule gut sehen konnte.

Matthias sah ihn mit den immergleichen hochmütigen Augen an, von denen Sandro sich jedoch nicht täuschen ließ. Von jeher gab es eine wortlose Sprache zwischen ihnen. Normalerweise sagte man Liebenden nach, dass sie sich wortlos verstünden, aber Hass war ein ebenso starkes Gefühl wie Liebe. Matthias hatte etwas zu verbergen, und er wusste, dass Sandro das erkannte.

Eine ungeheure Erleichterung durchströmte Sandro, die nicht allein dem Erfolg zuzuschreiben war, bei den Ermittlungen einen Schritt weitergekommen zu sein. Da war noch mehr. Er war Matthias überlegen. Er bestimmte, was jetzt geschah.

Abrupt wandte er sich um und ging zurück in den Treppenaufgang, wo Bruno wartete.

»Du bist sicher, dass es dieser Mann war?«, fragte er ihn.

»Ganz sicher.«

»Keine Täuschung möglich?«

»Nein, nein.«

»Du gehst in meinen Amtsraum und wartest dort auf mich, egal wie lange es dauert.«

»Und was ist mit meiner ...«

»Geh«, unterbrach er ihn derart schroff, dass Bruno zusammenzuckte und dem Befehl ohne weiteres Zögern gehorchte.

Sandro setzte sich auf die kalten Stufen. Er vergrub für eine Weile das Gesicht in den Händen, und als er es wieder hob, lachte er. Es war ein hechelndes, tonloses Lachen, das nichts mit Belustigung zu tun hatte, sondern aus dem Dunkel in seinem Innern kam. Etwas in ihm gewann die Oberhand, schob sich vor das andere, wie die finstere Mondkugel sich manchmal vor die Sonne schob und den Tag zur Nacht machte. In seiner Kutte verborgen – direkt über seinem pochenden Herzen – spürte er den sanften Druck des gerollten Pergaments, das heute Morgen von einem Sonderboten gebracht worden war: die Bestallung zum päpstlichen Visitator. Von jetzt an war alles möglich.

Matthias war ihm ausgeliefert. In den vergangenen sechs Jahren war es umgekehrt gewesen. Das Auftauchen von Matthias in Rom und die Folgen, die es gehabt hatte, hatten Sandros Leben auf den Kopf gestellt. Ohne Matthias wäre er niemals zum Verbrecher geworden. Ohne Matthias wäre er niemals Jesuit geworden. Ohne Matthias – und das war die Ironie daran – wäre er nie in die Lage versetzt worden, dessen dubiose Verbindung zur Ermordung von Bischof Bertani zu beleuchten. So schnell konnten die Rollen sich ändern: Gestern noch ein Schuldiger, war Sandro heute das Gesetz. Und das Gesetz würde Matthias ins Verhör nehmen. Die Soldaten des Fürstbischofs folgten Sandros Anweisungen, das hatte er gemerkt, als er vor der Konzilseröffnung vier von ihnen zu seiner persönlichen Verwendung vor dem Dom postiert hatte. Er würde warten, bis Matthias zur Casa Volterra zurückgekehrt wäre, und dann würde er ihn dort – in aller Stille – verhaften lassen.

Das Lächeln auf seinen Lippen erstarb, als ihn ein beunruhigender Gedanke durchzuckte. Was, wenn Matthias überhaupt nicht bei Bertani gewesen war? Was, wenn Bruno sich irrte, wenn er log?

Sandro stand auf und ging ein paar Stufen hinauf und wieder herunter, wie ein Raubtier im Käfig. Jeder Fehler bei seinen Ermittlungen konnte üble Folgen haben, doch ein solcher ganz besonders. Man beschuldigte nicht den wichtigsten Delegierten der Protestanten, den Gesandten des Herzogs von Württemberg, und murmelte anschließend, wenn man sich geirrt hatte, einfach eine Entschuldigung. Matthias würde zurückschlagen. Er würde Himmel und Hölle in Bewegung setzen, um Sandro unmöglich zu machen. Und ob Madruzzo ihn dann noch unterstützen würde?

Er war allein. Noch nie in seinem Leben war Sandro so allein gewesen. Außer Luis hatte er niemanden, aber Luis hatte er gebeten, sich herauszuhalten.

»Guten Morgen, Bruder Carissimi.«

»Antonia!« In seiner Überraschung, sie hier zu sehen, sprach er sie mit ihrem Vornamen an, so als begegne sie ihm im Gebet.

Sie kam die Treppe wie ein junges Mädchen heraufgelaufen, lässig und natürlich, ein bezauberndes Lächeln auf den Lippen. Ihre langen Haare waren nur notdürftig hochgesteckt, und ihr Kleid flatterte duftig um ihre Arme und Beine. Sie wirkte insgesamt jünger als gestern im Atelier, wo sie ihm verstört und ernst vorgekommen war.

Sie neigte ihren Kopf vorwitzig zur Seite. »Jemand hat mir einen Passierschein für das Konzil besorgt. Jemand mit Beziehungen. Ich hoffe, Ihr werdet mich deswegen nicht verhaften.«

»Kommt ans Fenster, an dieses hier, da sieht man besonders gut.«

Als sie ihren Blick über den Kirchenraum schweifen ließ, beobachtete er ihr Profil.

»Sucht Ihr von hier oben nach dem Mörder?«, fragte sie.

»Vielleicht habe ich ihn schon gefunden.«

»So schnell? Das ist ein großer Erfolg für Euch, Bruder Carissimi.«

Das Lob tat ihm gut, auch wenn es verfrüht war. Er hatte noch keinen Mörder gefunden, sondern einen Verdächtigen, und den hatte er noch nicht einmal verhört, ja, noch nicht einmal den Entschluss dazu gefasst. Er hatte gar nichts außer seiner Unsicherheit. Für den Moment jedoch wollte er den Erfolg als Tatsache ansehen.

»Steht der Mörder dort unten?«, fragte sie. In ihrer Stimme hielten sich Neugier und Betroffenheit die Waage.

»Ja, der Verdächtige ist unter den Delegierten«, bestätigte er.

»Unfassbar! Wenn ich mir das vorstelle – eine solche Tat – begangen von einem ganz normalen Menschen, einem, den man auf der Straße grüßt.«

»Das Böse kommt allzu oft in unscheinbarer Gestalt daher.« Er hörte sich, fand er, schon wie ein Inquisitor an, was ihn ärgerte.

Sie rief: »Seht! Matthias Hagen betritt das Podium.«

Über Antonias Schulter hinweg sah Sandro, wie sein Halbbruder durch die Menge der Delegierten ging. Sein Schritt war wie üblich sehr präzise und geradezu zeremoniell, man hatte bei diesem Schritt immer den Eindruck, Matthias besteige einen Thron.

»Ihr kennt ihn?«, fragte er erstaunt.

»Er ist mein ... Ich kenne ihn aus meinen Ulmer Tagen, da war er so etwas wie mein Beschützer, und später ... Er ist der Grund, weshalb ich in den Dom gekommen bin. Ich möchte seine Rede hören.«

Ohnmächtig stand Sandro im Dämmerlicht des Treppenaufgangs, während Antonia gespannt der Rede lauschte. Eine beachtliche Rede, wie Sandro sich widerwillig eingestehen musste. Matthias malte mit Worten die Vision einer Wiedervereinigung in den Dom. Orden könnten wiedererstehen, sagte er, neue Klöster würden allenthalben aus dem Boden sprießen, die alten Klöster würden rehabilitiert, geflüchtete Prälaten dürften zurückkehren, die Zehntsteuer würde wieder fließen, Millionen und Millionen in den Schoß der Römischen Kirche zurückkehren, die Konfessionskriege enden, die Glocken wieder gemeinsam läuten, die Gebete gemeinsam gesprochen, die Zwietracht Vergangenheit sein ... Kurz, rund dreieinhalb Jahrzehnte nach Luthers Thesenanschlag zu Wittenberg könnte die Reformation ihr Ende finden.

Diese Aussicht war zu verlockend, um ihr nicht zu erliegen. Matthias' Rede wurde immer wieder von überraschtem Gemurmel unterbrochen, ja, bisweilen gab es sogar begeisterte Zwischenrufe. Die übrigen protestantischen Delegierten – die Gesandten Sachsens und Brandenburgs – verhielten sich still, so dass man davon ausgehen konnte, dass Matthias auch in ihrem Namen sprach.

Als Matthias das Paradies einer Gesamtkirche lange genug schmackhaft gemacht hatte, um auch sachliche Gemüter dafür zu erwärmen, gab er einen bitteren Tropfen hinzu. Die wichtigste Forderung der Protestanten sei die Residenzpflicht für Bischöfe, denn die Residenz eines Bischofs sei kein Zufall, sondern von Gott bestimmt. Was er damit meinte, war, dass Bischöfe künftig dazu gezwungen werden sollten, in ihrer Diözese zu bleiben, um dort seelsorgerische Arbeit zu leisten, und nicht mehr wie bisher – mit Erlaubnis des Papstes – jahrelang herumzureisen und es sich in Rom, Paris oder Köln gutgehen zu lassen. Auch ein Anhäufen mehrerer Bischofstitel und der damit verbundenen Einkünfte wäre dann nicht mehr möglich.

Für die Dauer von drei Glockenschlägen raunten die Delegierten, einige standen schimpfend auf, aber schließlich überwog der Applaus. Man war erleichtert, hatte man doch mit einer Kanonade von Forderungen gerechnet, die den endgültigen Bruch zur Folge gehabt hätte. Und nun das: Die Residenzpflicht, das war alles. Das war ein wichtiger Punkt, aber verglichen mit den Möglichkeiten, die eine Wiedervereinigung böte ... Vor allem die Kanoniker und Ordensgeistlichen, die ohnehin nicht wie die Prälaten herumreisen durften, waren begeistert. Die Protestanten, die als Feinde gekommen waren, galten mit einem Mal als Verhandlungspartner, ein Umschwung in den Köpfen vieler Delegierter, der noch vor einer Stunde ausgeschlossen schien. Matthias hatte das Menschenmögliche erreicht, mehr noch, er hatte ein kleines Wunder geschafft, und während er das Podium verließ, gab es nicht wenige, die ihm anerkennend oder dankbar zunickten. Selbst Luis nickte anerkennend, wenn auch zurückhaltend.

»Er war erfolgreich, nicht wahr, Bruder Carissimi?«, fragte Antonia leise. Sie klang ein bisschen wie ein kleines Kind, das jemanden bewunderte.

Sandro biss die Zähne zusammen. »Ja«, sagte er.

Sie sah ihn an, ihn, Sandro, und er glaubte, von ihr durchschaut zu werden, während er nicht in der Lage war, in ihren Gedanken zu lesen.

»Ich werde jetzt gehen«, sagte sie. »Danke, dass ich am Fenster stehen durfte. Ihr wart sehr freundlich.«

Als sie die Stufen hinunterging und aus seinem Blickfeld verschwand, machte er eine stumme, ohnmächtige Geste mit seinen Händen, die er schließlich zu Fäusten ballte und damit gegen das Mauerwerk schlug. Er ließ seinen Kopf an die Wand sinken, schloss die Augen und betete, wobei er wusste, dass das, wofür er betete, nicht in Gottes Sinn war. Mit dem linken Ärmel der Kutte fuhr er sich über die Augen, so als wische er Tränen weg, und vergrub sein Gesicht in der Armbeuge. Seine Gedanken schienen ihm plötzlich etwas zu sein, auf das er keinen Einfluss mehr hatte. In seinem Innern entfesselte sich etwas.

Stimmengemurmel verriet ihm, dass die erste Konzilssitzung für eine Pause unterbrochen worden war. Natürlich redeten jetzt alle über die Worte von Matthias.

Matthias, Matthias, Matthias. Er war überall. Luis zollte ihm Respekt, die Delegierten beklatschten ihn, Antonia Bender himmelte ihn an. Man kam nicht an ihm vorbei. Er verstand es, sich in das Leben der Menschen zu stehlen, sei es als Chance oder als Hindernis. Für Sandro war er immer nur ein Hindernis gewesen.

Gleich bei Matthias' erster Begegnung mit Elisa Carissimi nannte er sie immerzu Elise und nahm Sandro damit ein Stück seiner Mutter weg, nur ganz wenig zuerst, einen kleinen Buchstaben, den er austauschte. Noch begriff Sandro nicht, dass er sie fortan mit einem Fremden teilen musste, der aus einer anderen Welt und Zeit kam. Matthias betrat mit seinem Zeremonienschritt und seinen Erinnerungen und Erfahrungen den Palazzo der Carissimi und zerstörte das Bild, das Sandro stets von seiner Mutter gehabt hatte, das Bild, der einzige Mann in ihrem Herzen zu sein, die Vorstellung, diese Mutter gehöre nur ihm und ein kleines bisschen auch seinen Schwestern.

Alles in allem verhielt Matthias sich anfangs angemessen. Er stellte Fragen, die Sandro auch gestellt hätte, wenn seine Mutter ihn verlassen hätte, Fragen nach dem Grund. Warum hast du mir nie geschrieben, warum hast du dich nie verabschiedet, warum hast du mich im Stich gelassen? Elisa war zu eingeschüchtert vom plötzlichen Auftauchen ihrer Vergangenheit, als dass sie darauf Antworten gefunden hätte. Sie saß verkrampft auf ihrem Sessel, hielt sich an ihm fest, wagte nicht, ihre anderen Kinder anzusehen. Die Halbsätze, mit denen sie sich zu rechtfertigen versuchte, waren verworren, und schließlich erlitt sie einen Schwächeanfall. Matthias wollte zuerst nicht das Haus verlassen, aber als Sandro ihn am Arm berührte und mit sanftem Druck an ihm zog, ging er. In den folgenden Tagen bat Matthias wieder und wieder, zu seiner Mutter vorgelassen zu werden, doch Elisa hatte Sandro gebeten, ihn abzuweisen. Wie hätte Sandro ihr widersprechen können? Das Kreuz auf der Brust umklammernd, um Atem ringend, blass und erschöpft, flüsterte sie ihm mit zerbrechlicher Stimme zu, dass ihr das alles zu viel sei. Innerhalb von einer Woche kam Matthias dreimal vorbei und wurde jedes Mal von Sandro fortgeschickt.

Schließlich hatte Sandro ein Einsehen. Obwohl er Matthias nicht mochte – die stocksteife Haltung, die hochmütigen Augen, das Gehabe eines Evangelisten –, verstand er, wie er sich fühlen musste. Er traf sich mit ihm in einer sauberen Schänke und machte ihm ein Angebot. Er, Sandro, werde seine Mutter – hier unterbrach Matthias, es ist *unsere* Mutter, korrigierte er – werde also *ihrer beider* Mutter, fuhr Sandro fort, in Gespräche über die Vergangenheit verwickeln, und alles, was er dabei herausfände, würde er Matthias weitergeben. Sobald Elisa sich – Elise, korrigierte Matthias – sobald ihre Mutter, sagte Sandro, sich an die neue Situation gewöhnt habe, werde sie gewiss nichts mehr dagegen haben, Matthias zu empfangen.

Es war ein kompliziertes, umständliches Gespräch zwischen den Halbbrüdern, und Sandro war froh, als er die Schänke wieder verlassen und nach Hause gehen konnte.

Er war besten Willens, sein Versprechen zu halten, seine Mutter jedoch zeigte sich gegenüber der Vergangenheit äußerst verschlossen. Sie wollte nicht darüber sprechen, und je beharrlicher

Sandro nachfragte, desto schlimmer wurden ihre Atemprobleme, Kopfschmerzen, Erschöpfungszustände ... Sie betete jetzt fünfmal am Tag in der kleinen Kapelle gegenüber dem Palazzo, eingehüllt in derart weite schwarze Gewänder und Schleier, als halte sie etwas darunter gefangen. Wenn sie von der Beichte kam, war sie einige Stunden lang wie früher, ihre Blicke mild und das Lächeln gütig, doch es dauerte nicht lange, dann gewann die Unruhe wieder Raum, und die Hand umklammerte das Kreuz auf ihrer Brust.

Sandro sah schließlich ein, dass es keinen Sinn hatte, sie zu etwas zu zwingen. Ihre Gesundheit litt unter seinen Fragen, wie eine Blume unter dem Schatten leidet. So berechtigt Matthias' Fragen waren, so wirkte er doch so stabil, dass er noch eine Weile auf die Antworten warten konnte, Antworten, die vielleicht Sandros Vater geben könnte, sobald er in sechs, acht Wochen von seiner Handelsreise nach Neapel, Palermo und Valencia zurückkehren würde. Erneut traf sich Sandro mit Matthias in der Schänke, doch dieses Mal wurde sein Vorschlag von Matthias abgelehnt.

»Ich will es nicht von deinem Vater hören. Was habe ich mit deinem Vater zu schaffen? Sie ist meine Mutter. Sie war meine Mutter. Ich will von ihr wissen, warum sie es nicht mehr ist.«

»Ich verstehe, aber ...«

»Du verstehst gar nichts. Du bist doch noch ein halber Junge. In deinem Alter glaubt man noch, die Mutter sei eine Heilige. Du täuschst dich. Sie lügt dich an. Sie spielt dir die Herzkranke vor, in Wahrheit läuft sie vor ihrer Schande davon.«

»Rede nicht so über sie, hörst du?«

Matthias lachte. Zum ersten Mal hörte Sandro seinen Halbbruder lachen. »Wer will mir das verbieten? Du?« Er lachte noch einmal, und Sandro fühlte, dass Matthias' anfängliche Qual, mit der er hergekommen war, in Lust umgeschlagen war. Diese ganze Situation war für ihn ein Fest.

Am nächsten Morgen beobachtete Sandro seine Mutter, wie

sie das Haus verließ und auf die andere Straßenseite ging. Von den Fenstern des Palazzos sah die Kirchenpforte wie ein dunkles Loch aus, und als Sandro seine Mutter darin verschwinden sah, bekam er ein ungutes Gefühl. Er ging ihr nach. Und tatsächlich: Kaum tauchte er in die Kühle des Gotteshauses ein, noch geblendet von der flimmernden Helligkeit der Gasse, hörte er ihre Stimme.

»Wieso verfolgst du mich? Wenn ich schweige, dann doch nur zu deinem Besten.«

»Ich habe mich nicht überwunden, in diese gottverfluchte Kapelle des falschen Glaubens zu gehen, um mich mit Ausflüchten abspeisen zu lassen. Ich entscheide selbst, was zu meinem Besten ist.«

»Du hast schon deine Mutter verloren. Deinen Vater sollst du nicht auch noch verlieren.«

»Vater ist tot.«

»Auch einen toten Vater kann man verlieren. Aber wenn du es unbedingt so haben willst: Berthold hat mich gejagt mit seinem Protestantismus, er war besessen wie ein Bluthund, der Fährte gerochen hat. Keine Ruhe hat er mir gelassen, ständig redete er auf mich ein überzutreten, morgens fing er damit an, und abends ging er damit ins Bett. Es verging kein Tag ohne seine kleinen Spitzen und großen Vorwürfe. Sonntags war es besonders schlimm, wenn er aus der Kirche kam, wo der römische Glaube wieder einmal gegeißelt worden war. In den Wahnsinn trieb er mich, und irgendwann – ich weiß nicht mehr genau, wann – wachte ich nachts auf und verspürte nur noch Abscheu vor ihm. Gott vergebe mir, aber ich konnte deinen Vater nicht mehr lieben und nicht einmal mehr achten. Ein paar Tage trug ich es mit mir herum, dann sagte ich es ihm frei heraus. Sein Kopf füllte sich mit Blut, seine Adern schwollen an, und er entgegnete mir, dass er mich so lange prügeln würde, bis ich das zurücknehmen und mich zum reformierten Glauben bekennen würde. Daraufhin hielt ich ihm das Kreuz vor Augen – dieses Kreuz hier an meiner Brust – und erwiderte, dass er sich nur versündigen und nichts erreichen würde. Er schlug mich dennoch.«

»Wie starrköpfig von dir.«

»Ich war nicht starrköpfiger als er. Er hatte seinen Glauben, und ich hatte meinen. Niemand hat ihn gezwungen, Protestant zu werden. Wäre er doch nur geblieben, was er war.«

»Es war deine Entscheidung, die Ehe annullieren zu lassen, nicht seine. Du bist es, die gegangen ist, die mich verlassen hat.«

»Das ist wahr. Ich hielt es nicht mehr aus, ich konnte nicht mehr. Die Schläge und der Zorn waren noch das Wenigste, aber zu sehen, wie er dich zu seinem Geschöpf machte, überstieg meine Kraft.«

»Geschöpf? Was redest du da?«

»Er hat dir täglich Predigten gehalten, und mit jedem Monat, der verging, hast du ihm mehr geglaubt. Natürlich, wo ein Apfel nahe bei einem faulen Apfel liegt, wird er bald ...«

Matthias ergriff Elisas Handgelenke und hielt sie fest. »Du ... Du hast jedes Recht verwirkt, Vorwürfe zu erheben.«

Elisa sah ihm tief in die Augen. »Genauso sah dein Vater aus, als er nach der Annullierung unserer Ehe meine Handgelenke zusammenpresste und mir verbot, dich je wiederzusehen. Er drohte, mich andernfalls umzubringen, und als er merkte, dass mich das nicht einschüchterte, drohte er sogar, *dich* umzubringen.«

»Lügnerin!«

»Wenn dir meine Wahrheit nicht passt, steht es dir frei zu gehen. Berthold hätte dich lieber tot gesehen, als dich irgendwann an eine Katholikin zu verlieren. Ich musste bei Gott schwören, niemals wieder ein Wort mit dir zu wechseln. Wie durch ein Wunder trat noch am selben Tag Carissimi in mein Leben, wir heirateten bald, und ich ging mit ihm nach Rom. Den Rest kennst du. So, und jetzt lass mich in Ruhe. Es ist zu spät für einen Neuanfang. Du bist mein Sohn, und doch bist du es nicht.

Du hast das Wesen deines Vaters. Ich kann dich nicht lieben. Nicht auf die Weise, die ein Kind verdient.«

»Liebe! Ich bin nicht deiner Liebe wegen gekommen!«

»Ich glaube, doch.«

»Deine Liebe ist ein Misthaufen, Elise, sie stinkt und ist nichts wert. Du bist eine Frömmlerin, du erfindest Geschichten, an die du hinterher glauben kannst, um dich vor dir selbst zu rechtfertigen. Carissimi ist nicht erst in dein Leben getreten, als die Ehe annulliert wurde. Als ich kürzlich in deinem Palazzo war, habe ich sein Porträt gesehen: Diesem Mann bist du schon Wochen vorher begegnet, bevor du Vater verlassen hast, daran erinnere ich mich genau. Mit mir an der Hand hast du dich mit ihm getroffen. Während ich draußen wartete, bist du mit ihm in eine Kutsche gestiegen. Du bist eine Hure, Elise, eine schmutzige, dreckige, gottlose …«

»Das reicht jetzt«, hatte Sandro gerufen und war aus dem dunklen Winkel vorgetreten, in dem er sich verborgen und alles mit angehört hatte. Er war auf Matthias zugegangen und hatte ihn in entschlossenem Ton aufgefordert, seine Mutter loszulassen. Dann hatten sie sich gegenübergestanden, mitten in der Kapelle. Matthias war einen halben Kopf größer gewesen, mit breiten Schultern und einem kalten, eiskalten Blick.

Und da war es zum ersten Mal, dieses Gefühl, das Sandro immer wieder aufwühlte, sobald er seinen Halbbruder sah oder auch nur an ihn dachte, das Gefühl, Matthias sei ein Hindernis, ein gewaltiger, sperriger Gesteinsbrocken in seinem Leben. Nie hatte er ihn bezwingen können.

Bis heute.

Sandro beobachtete den Atem, der aus seinem Mund in die kalte Luft des Treppenaufgangs stieg. Er fasste einen Entschluss.

Ohne Hast verließ er den Treppenturm und mischte sich unter die plaudernden Delegierten, die, über den Kirchenraum verteilt, kleine schwarze oder scharlachrote Inseln bildeten. Fürstbischof Madruzzo unterhielt sich mit Luis, und den Blicken aus seinen Augenwinkeln war zu entnehmen, dass sie über ihn, Sandro, sprachen. Luis zog mehrfach die Schultern hoch und ließ sie wieder sinken.

Sandro beobachtete, wie Matthias durch den Dom ging, oder besser, schlich, denn er wirkte wie eine Wildkatze, die aufmerksam ihre Umgebung nach Beute absuchte. Er schien auf zwei Prälaten zuzugehen: Erzbischof Villefranche, ein wichtiger Südfranzose, von dem man nicht wusste, zu welcher Meinungspartei er gehörte, und Gaspar de Cespedes, der Inquisitor von Sevilla. Villefranche und Cespedes hielten irgendein Papier in den Händen und diskutierten darüber, zwischendurch lachten sie.

Doch Sandro hatte sich geirrt. Matthias ging an ihnen vorbei und begrüßte einen allein dastehenden Mann. Kardinal Rowlands war ein Vertriebener, seit England eine eigene Staatskirche gegründet hatte, ein Mann mit hartem, knochigem Gesicht, ein bisschen wie das der Büsten von Cäsar. Beinahe wäre Rowlands beim letzten Konklave Papst geworden. Nur zwei Stimmen fehlten ihm gegen Giovanni del Monte, den heutigen Papst Julius III.

Sandro blieb ein paar Schritte entfernt stehen und versuchte, ihrem Gespräch zu folgen.

»Ihre Rede, lieber Hagen, war brillant. Ich darf hoffen, dass Sie das nicht ernst gemeint haben, dass die Residenzpflicht der einzige Reformpunkt ist, den Sie einfordern. Sie waren nur vorsichtig, ja? Das ist gut. Das ist geschickt. Was die Kirche braucht, ist eine umfassende Reform. Der Protestantismus hat recht, wenn er sagt, dass wir das, was wir sind, allein durch den Glauben sind. Gute Taten, gottgefällige Werke, schöpferische Vielfalt, Kreativität und so weiter bewirken nicht, dass Gott uns erlöst. Darum sind sie nichtig. Der Glaube dagegen ist alles. Stimmen Sie mir zu, Hagen?«

»Selbstverständlich.«

»Bertanis Tod ist ein herber Rückschlag für uns«, fuhr Rowlands fort. »Ich mochte Bertani. Er war gegen alles Heimliche und Diplomatische, und seine Meinung sagte er geradeheraus. Jetzt, wo er nicht mehr da ist, könnten uns sieben, acht, zehn Stimmen verlorengehen. Darum müssen wir unsere Anstrengungen verdoppeln. Ihre intelligente Rede, Hagen, ist ein Vorteil für uns. Und das Gebaren des Papstes ist ein weiterer Vorteil. Dass er seinen Bastard zum Kardinal gemacht hat – noch dazu einen so oberflächlichen, vergnügungssüchtigen Charakter, einen Gassenjungen mit der Intelligenz einer Küchenschabe –, ist eine Schande. Habt Ihr mitgekriegt, wie er gestern in Trient eingezogen ist? Während des Requiems für unseren teuren Bertani ist er auf den Domplatz geritten.«

»Immerhin ohne Gefolge«, wandte Hagen ein, »also sehr bescheiden. Ist doch lobenswert.«

»Pah, ein Schauspiel, um dem Volk zu gefallen. Das Geschrei des Pöbels war bis in den Dom zu hören. Er hat aus einer Trauermesse eine Posse gemacht.«

Sandro, der alles gehört hatte, bemerkte plötzlich, dass er nicht mehr allein war. Er hatte Luis nicht kommen hören – sein Schritt war manchmal leiser als der einer Katze –, aber ein feiner Luftzug, der nach Tinte roch, hatte Sandros Nacken gestreift.

»Wie kommst du voran?«, fragte Luis.

»Was hältst du von Hagens Rede?«

»Wie?«

»Hat sie dir imponiert, hat sie dich überrascht?«

»Geht es dir gut, Sandro?«

»Sehr gut sogar. Ich habe für Madruzzo und dich eine Überraschung. Was ist nun mit Hagens Rede?«

»Vor allem war sie gefährlich. Mir war klar, dass er nicht gleich mit allen Kanonen schießen würde, sondern einen Hinterhalt plant. Sehr raffiniert von ihm, dass er sich ausgerechnet die Residenzpflicht für Prälaten als wichtigste Reform ausgesucht hat. Den meisten Holzköpfen hier ist das nicht bewusst: Wenn man annimmt, dass die Residenz des Bischofs kein Zufall, sondern von Gott bestimmt ist, um dort Seelsorge zu leisten, dann stellt man eine direkte Verbindung zwischen Gott und den Bischöfen her. Das führt dazu, dass ein Konzil, eine Versammlung von Bischöfen, mehr Gewicht hätte als der Heilige Vater. Das Schlimme ist: Er könnte damit durchkommen. Die Norditaliener und die Deutschen wären dafür zu haben, während die Mittel- und Süditaliener und die Spanier dagegen sein werden. Alles hängt von den Franzosen ab, insbesondere von Erzbischof Villefranche, ihrem Meinungsführer. Wenn ich ihn gewinne, scheitert Hagens Hinterhalt, aber falls Hagen ihn überzeugen kann ... Wohin gehst du denn? Sandro? Was ist los? Wohin gehst du? Sandro!«

Sandro achtete nicht auf die Rufe, er hörte sie nicht, er hörte gar nichts mehr. Es gab nur noch ihn und Matthias, so wie damals in der kleinen Kapelle auf der anderen Straßenseite, wo sie sich unter den aufgeregten Schreien ihrer Mutter geprügelt hatten. Sandro hatte an jenem Tag verloren. Als er aufgewacht war, hatte seine Mutter sich über ihn gebeugt und ihm mit einem Tuch, das sie in das Weihbecken getaucht hatte, das Blut von der Nase getupft.

»Wache!«, rief er.

Hauptmann Forli war ein einschüchternder Mann mit tiefliegenden Augen so dunkel wie ein Kohleschacht, und trotz sorgfältiger Rasur waren Kinn und Wangen von einem schwarzen Schatten bedeckt. Die kurzen Kopfhaare standen wie Stacheln ab.

»Was ist, Vater?«, fragte er, und in seiner Stimme lag der ganze Widerwillen, von einem schmalen Mönchlein, das fast halb so alt war wie er, Befehle entgegennehmen zu müssen.

»Dieser Mann dort«, sagte Sandro und deutete auf Matthias. »Er heißt Matthias Hagen.«

»Und?«

»Ich möchte, dass er verhaftet wird. Sofort.«

Hauptmann Forli stellte keine Fragen und gab den vier Soldaten, die er vor dem Dom postiert hatte, ein Zeichen. Das Klappern ihrer leichten Brustpanzer und Helme folgte Sandro ebenso wie die verwunderten Blicke der Geistlichen. Jetzt gab es kein Zurück mehr, und seltsamerweise fiel Sandro in diesem Augenblick ein, dass er irgendwo gelesen hatte, dass so die Hölle aussieht: ein Ort ohne Ausgang.

Forli legte seine behaarte Hand auf Matthias' Schulter. »Matthias Hagen. Auf Befehl des Visitators Seiner Heiligkeit seid Ihr hiermit verhaftet.«

Sandro ballte seine Fäuste.

Carlotta zuckte zusammen, als ihr unerwartet etwas durch die Brust direkt ins Herz fuhr. Es war ein wunderschöner Morgen, und sie befand sich mit Hieronymus auf einem Spaziergang irgendwo auf den Wiesen zwischen der Etsch und den Bergen, wo die Abhänge dekoriert waren von herbstfarbenen Rebstöcken, aufgereiht wie Garderegimenter. Die Sonne hatte den Aufstieg über die östlichen Berge geschafft; sie brachte das Tal zum Leuchten, als sei es eben erst erschaffen worden. Man war noch im Paradies, es gab kein Leid und keine Sünde auf der Welt, keine Qual und keinen Tod.

Ein paar Atemzüge lang war Carlotta vollkommen glücklich. Glück: Dieses Gefühl war für sie wie ein vertrauter Mensch, der viele Jahre lang auf Wanderschaft gewesen war und an dessen Rückkehr niemand mehr geglaubt hatte. Es war verändert, dieses Glück, es war alt geworden, aber selbst nach so langer Zeit erkannte Carlotta es wieder. Sie blieb stehen, griff sich ans Herz.

»Was ist?«, fragte Hieronymus. »Geht es dir nicht gut?«

»Im Gegenteil«, sagte sie, und sie gingen weiter.

Das Glück lief neben ihr, sie hatte sich bei ihm untergehakt und ging mit ihm unter Kastanienbäumen spazieren. Geborgenheit, Verständnis, Zärtlichkeit, alles das waren Synonyme für das Glück, und Hieronymus legte es ihr zu Füßen. Es war alles, was er hatte, mehr besaß er nicht. Er war kein leidenschaftlicher

Liebhaber, er fasste sie immer an, als könne sie ihm in den Händen zerbrechen wie Glas. Er war auch nicht reich, ja, er konnte nicht einmal sicher sein, dass er in zwei, drei Jahren noch arbeiten würde. Hieronymus' Arm war warm und fest, in seinem manchmal holprigen Schritt jedoch waren bereits die Auswirkungen des Alters erkennbar. Und trotzdem fühlte sie sich in seiner Nähe sicher. Hieronymus schlug sie nicht wie Bertani, er sah nicht auf sie herab, wie die meisten der edlen, wohlhabenden Kunden mit den dunkelgrauen Seelen. Hieronymus liebte sie.

Und sie? In ihrer Vorstellung – abends, wenn sie allein, nur mit Inés, ins Bett ging – sah sie sich mit Hieronymus unter einem Baum mit weit ausladenden Ästen sitzen, besprenkelt mit Lichtflecken, während es gelbes Laub regnete, das in ihre Schöße fiel. Dann schlief sie gut ein.

War das Liebe? Liebte man jemanden, weil er einen glücklich machte? Wieso konnte sie sich dann nicht ganz auf Hieronymus einlassen? Wieso schaffte sie es nicht, an ihn zu denken, wenn sie mitten in der Nacht ein zweites Mal einzuschlafen versuchte, nachdem Inés sie stöhnend und mit den Armen fuchtelnd aufgeweckt hatte? Oder wenn sie bei einem Kunden war? Hieronymus war die Chance auf ein neues Leben. Aber irgendetwas zog sie immer wieder von ihm weg. Und das Schlimme war: Sie genoss beides. Sie liebte Hieronymus und die Verheißung des Glücks ebenso sehr wie die Verheißung der Rache.

Vielleicht, dachte sie in diesem Moment, vielleicht kann ich beides haben.

Sie hatte in der vergangenen Nacht einen Geheimgang entdeckt, der vom Keller des verfallenen Palazzos, in dem sie wohnte, in ein Labyrinth von anderen unterirdischen Gängen führte. Diese Entdeckung war kein Zufall gewesen, sie hatte damit gerechnet. Bevor sie sich damals – vier Wochen vor Eröffnung des Konzils – bemühte, ein Zimmer in dem verfallenen Palazzo Rosato zu bekommen, hatte sie viel recherchiert, um herauszufinden, wo in Trient die Vergnügungshäuser gewesen waren, bevor die Fürstbischöfe sie hatten schließen lassen. Natürlich war sie diskret vorgegangen, hatte sich ein wenig verkleidet und Betrunkene in den Schänken befragt, Menschen, die keinen Verdacht schöpfen und sich sowieso nie an sie erinnern würden. Immer wieder war ihr der alte Palazzo genannt worden – Palazzo Rosato, der rosa Palast, obwohl er blau gestrichen war. Als sie ihn in Augenschein genommen hatte, war ihr Hieronymus begegnet, der dort sein Atelier hatte. Da hatte sie plötzlich zwei Gründe gehabt, sich um ein Zimmer im Palazzo zu bemühen. Der eine Grund war die Nähe zu dem Mann, für den sie vom ersten Moment an eine große Zuneigung gespürt hatte, und der zweite Grund war die Suche nach einem Geheimgang gewesen, denn Vergnügungshäuser und Geheimgänge gehörten ganz natürlich zusammen so wie Küchen und Kochtöpfe. Im Keller des Palazzos, im hintersten, finstersten, von Gerümpel verstellten Winkel war sie fündig geworden. Wenig überrascht stellte sie fest, dass es ein Gewirr von Gängen gab und dass fast jeder vornehme Hausherr Trients sich vor etlichen Generationen in sein Schlafzimmer eine diskrete Möglichkeit hatte einbauen lassen, in das Hurenhaus zu kommen. Carlotta war beinahe bis in die Morgenstunden zwischen Spinnweben, Schimmel und Pfützen herumgeirrt, bis sie einen Zugang zu dem Quartier gefunden hatte, in dem Innocento derzeit wohnte.

»Carlotta«, sagte Hieronymus plötzlich, »ich war stets ehrlich zu dir. Manches habe ich nicht ausgesprochen, weil wir beide wussten, dass es nicht nötig war. Mir ist nicht verborgen geblieben, wie du dein Geld verdienst, und ich hatte bisher auch nichts dagegen, nur … Ich möchte dich für mich haben, Carlotta.«

»Ich bin gerne mit dir zusammen«, sagte sie, und ihr fiel auf, dass es überhaupt nur zwei Menschen gab, mit denen sie gerne zusammen war, Hieronymus und Antonia. Nicht einmal mit Inés war sie gerne zusammen, eine Erkenntnis, die ihr sofort ein schlechtes Gewissen bereitete.

»Wir sind nicht zufällig so weit aus der Stadt gelaufen«, sagte Hieronymus. »Ich wollte einen schönen Fleck finden, um dir etwas Wichtiges zu sagen. Carlotta, willst du …«

»Scht«, machte sie und legte ihm ihren Finger auf die Lippen. »Nicht jetzt, Hieronymus.«

»Worauf warten wir?«

»Hab Geduld mit mir.«

»Du erzählst mir zu wenig, um Geduld zu haben. Wie bist du Konkubine geworden? Wieso hast du es nicht eilig, damit aufzuhören? Gibt es da jemanden, der dir vielversprechende Offerten macht? Liebst du einen deiner Freier? Oder wird dir von einem gedroht? Wenn dich einer schlägt, werde ich …«

»Bitte, Hieronymus, wieso zerstörst du uns den Tag?«

»Um uns die zukünftigen Tage zu erhalten, Carlotta. Wie lange wirst du noch in Trient bleiben? Das Konzil dauert nicht ewig, es kann jeden Tag mit einem Eklat enden oder vom Papst aufgelöst werden. Und was dann? Dann sind die Kunden weg. Was würdest du tun, Carlotta? Würdest du in einem solchen Fall bei mir bleiben, oder würdest du zurück nach Rom gehen?«

Sie zögerte mit der Antwort, aber nicht, um sich eine Lüge auszudenken, sondern um die Wahrheit zu entdecken. »Es gäbe nichts Schlimmeres für mich, als dich zu verlieren, Hieronymus.« Allein der Gedanke daran tat ihr weh.

Er atmete tief ein, schließlich nickte er. »Dann soll es auch nicht passieren, Carlotta. Bei allem, was mir heilig ist, wir bleiben zusammen. Ich werde Geduld haben. Ich werde warten. Obwohl ich nicht verstehe, worauf.«

Er küsste sie, verborgen hinter seinem Hut, obwohl kein Mensch in der Nähe war, der sie hätte beobachten können. So war er, so war Hieronymus: Einerseits liebte er eine Hure, andererseits war er schüchtern.

»Gib mir bitte ein kleines, kleines Stück der Wahrheit«, flüsterte er flehend. Sie waren sich so nahe, das ihre Nasenspitzen sich berührten. »Zeig mir, dass du mir vertraust. Ich bitte dich, sag mir, wer die junge Frau in deinem Quartier ist.«

10

Die Tür öffnete sich knarrend und gab den Blick auf das gleiche trostlose Bild wie immer frei. Inés' linke Hand war blau und rot unterlaufen. In der Nacht hatte sie wieder wild gestikuliert und die Hand mit voller Wucht gegen die Bettkante geschlagen. Doch sie schien keinen Schmerz zu spüren. Die Fähigkeit ihres Körpers zu leiden richtete sich voll und ganz auf das, was sie erlebt hatte, auf die Vergangenheit. Gegenwärtiger Schmerz fand keinen Ausdruck.

»Das ist sie«, wisperte Carlotta. »Das ist Inés.«

»Sie sieht harmlos aus«, sagte Hieronymus. »Sie sieht aus wie ein Opfer. Ich hatte sie mir anders vorgestellt, nach dem, was Antonia mir erzählt hat.«

»Antonia hat wohl unwissentlich eine falsche Bewegung gemacht.«

»Sie hätte nicht einfach dein Quartier betreten dürfen. Manchmal geht die Neugier mit ihr durch. Sei ihr deswegen nicht böse.«

»Ich bin es, die sich entschuldigen muss. Ihr seid wie eine Familie für mich. Ich hätte euch von Inés erzählen sollen. Bleib stehen. Komm ihr lieber nicht zu nah, sie mag Fremde nicht, vor allem, wenn sie sie berühren.«

Hieronymus stand mitten im Raum, zwei Armeslängen von Inés entfernt, und Carlotta sah, wie seine Augen sich mit Mitleid füllten.

»Was ist mit ihr geschehen?«, fragte er, wobei ihm die Worte über die Lippen kamen, als seien sie mit Blei beschwert.

In diesem Moment gab es für Carlotta keinen Zweifel mehr, dass sie Hieronymus liebte. Er war ein guter Mann, und vielleicht würde ihm das Wunder gelingen, das Dunkel, das Carlotta durchdrang, zu vertreiben. Wenn es jemand verdient hatte, die Geschichte zu erfahren, dann war es dieser Mann, dessen

Herz groß genug dafür war. Carlotta war bereit, ihm alles zu erzählen, ihm zu beichten und Erlösung bei ihm zu finden, doch alle Worte, die ihr einfielen, waren Lügen. Die Rache hatte sich in ihr eingenistet. Hieronymus die Wahrheit zu sagen hätte den Verzicht auf ihre Rache bedeutet, denn Gefühle, die so schlecht waren, konnten nicht überleben, sobald man sie mit einem guten Menschen teilte. Sie wollte weder Hieronymus noch ihre Rache aufgeben. Sie wollte beides.

»Inés ist die Tochter einer Cousine«, log sie. »Ihre Eltern sind auf tragische Weise ums Leben gekommen, daraufhin hat sich der Geist von Inés getrübt. Seither kümmere ich mich um die Arme.«

»Braucht sie viel Pflege?«

»Ja und nein«, antwortete sie, diesmal wahrheitsgemäß. »Sie kann sich selbst anziehen, selbst essen und trinken, aber ich muss ihr alles hinstellen, und sie spricht nie ein Wort oder zeigt eine sonstige Reaktion auf das, was man sagt.«

»Wieso hast du mir nicht gleich von ihr erzählt?«

»Die meisten Leute wollen nichts mehr mit mir zu tun haben, wenn sie Inés sehen. Sie glauben, es sei ansteckend oder so etwas.«

Hieronymus nahm Carlottas Hand und drückte sie an seine raue Wange. »Jetzt, wo ich die Wahrheit kenne, bist du mir doppelt lieb. Du hattest Angst, ich könnte dich verlassen, nur weil du die Güte hast, eine Waise aufzuziehen? Du Dummchen! Unter deiner üppigen Frisur, der starken Schminke und den aufreizenden Gewändern verbirgt sich ein grundanständiger, warmherziger und mitfühlender Mensch. Und darum liebe ich dich.«

Aaron widmete sich zwei seiner Lieblingsbeschäftigungen auf einmal: Er aß Schmalzgebäck und drückte gleichzeitig sein Ohr an die Tür, um zu verstehen, was im Amtsraum des Visitators vorging. Die Unterhaltung dort drin erinnerte ihn an das Aufeinandertreffen zweier Klingen: von eisiger Schärfe und gleichzeitig Funken sprühend.

Er war hungrig und neugierig, und dies sehr oft. Wann immer man ihm das vorwarf, wuchs er um eine Handbreit, straffte die Schultern und sagte: »Danke sehr.« Denn ohne Gebäck wäre die Welt ein Höllental. Ohne Neugier würde er nicht klüger, und er liebte es, anderen weit voraus zu sein – wobei er darauf achtete, es nur solche Leute merken zu lassen, die es verdienten. Blasierte Leute, dumme, blasierte Leute, die in ihm bloß einen dicken jüdischen Jungen sahen. Er sprach, las und verstand drei Sprachen – Italienisch, Französisch und Hebräisch –, rechnete schneller als jeder Zöllner und hatte trotz seiner lediglich fünfzehn Lenze bereits mit zwei siebzehnjährigen Frauen geschlafen (natürlich nicht gleichzeitig). Seinem Onkel, dem Arzt, ging er ebenso zur Hand wie seinem Vater, dem Geldwechsler, und seiner Mutter, die in jeder freien Stunde in einem Armen- und Sterbehaus half. Dadurch war er ein aufmerksamer Beobachter der Menschen geworden, denn nirgendwo ließen sich Menschen besser studieren, als wenn es um ihre Gesundheit, ihren Geldbeutel und ihren Tod ging.

Er versicherte sich, dass niemand ihn beim Lauschen beobachtete, und obwohl mehrere Menschen sich im Gang befanden, musste er dergleichen nicht befürchten. Die Wachen hatten sich einige Meter weiter auf den Boden gesetzt und waren in ihr Würfelspiel vertieft. Dieser abgelegene Teil der Stadtkommandantur wurde selten vom Hauptmann inspiziert, und Bruder Sandro war nur ein Mönch, zwei Faktoren, die zu Disziplinlosigkeit bei der vierköpfigen Wachmannschaft führten, die eigentlich vor der Tür hätte stehen müssen. Bruno Bolco wiederum, der rechts von Aaron auf einem Schemel saß, schien aus Stein gemeißelt zu sein. Sein Gesicht war grau, wie mit Asche bedeckt, und nur zwei unheimliche rote Flecken auf den Wangen verrieten, dass noch Blut in ihm floss. Aaron kannte die Symptome, sein Onkel hatte ihm davon erzählt. Bei Menschen wie Bruno wechselten sich Schweißausbrüche, Kälteanfälle, Nervosität, Angst, Zorn und Apathie in unentwegter Folge ab, und wenn Aaron sich nicht sehr täuschte, dann war Bruno zurzeit im Zustand der Apathie – was Aaron noch der liebste von allen Zuständen eines Trinkers war.

Aaron presste sein Ohr an das Holz.

»Mich vor allen Würdenträgern abführen zu lassen wird dich etwas kosten«, rief Matthias Hagen. »Hochmut kommt vor dem Fall.«

»Ich hatte guten Grund, dich zu arretieren.«

»So, und welchen?«

»Du warst bei Salvatore Bertani, in der Stunde, in der er ermordet wurde.«

»Das ist ... Das ist eine ungeheuerliche Unterstellung!«, rief Matthias Hagen. »Ich war ja nicht einmal in Trient, als es passierte.«

»Das ist mir bekannt. Du warst in einer Herberge westlich der Stadt. Wir haben deinen Diener befragt.«

Man hörte das Geräusch eines Stuhls, der zurückgestoßen wurde. »Das ist unerhört! Dafür wirst du büßen, Sandro. Ich bin Gesandter des Herzogs von ...«

»Setz dich wieder. Hörst du nicht? Du sollst dich setzen!«

Aaron staunte über die Schroffheit in Bruder Carissimis Stimme. Bisher war der Visitator zu jedem freundlich oder wenigstens geduldig gewesen, ja, er hatte sogar seine, Aarons, ironischen Bemerkungen toleriert und mit Humor hingenommen. Aaron mochte Bruder Carissimi, denn er war uneitel und frei von Vorurteilen gegenüber Juden. Am meisten gefiel Aaron, dass Bruder Sandro manchmal ein klein wenig unbeholfen wirkte, nur gerade so viel, dass es angenehm war. Das gab ihm etwas Menschliches und stand im Gegensatz zum Verhalten vieler anderer Geistlicher, die immer so taten, als würden sie Weisheit, Wahrheit und Wissen jeden Morgen und Abend wie Kräutertee saufen. Jemanden wie Bruder Carissimi dagegen, der sich nicht so wichtig nahm, konnte Aaron respektieren.

Aber bei aller Sympathie und Achtung für ihn, heute war er ihm auch ein wenig unheimlich. Es lag an dem Ausdruck in seinen Augen, die – seit Matthias Hagen verhaftet worden war – etwas Unbeherrschtes bekommen hatten.

»Dass du nicht in Trient warst, als Bischof Bertani ermordet wurde, beweist nichts«, sagte Sandro Carissimi scharf. »Du bist zwar erst am nächsten Morgen in Trient eingetroffen, wo du vom Fürstbischof empfangen wurdest, aber es wäre dir ein Leichtes gewesen, in der Nacht davor die Herberge zu verlassen, bis zur Stadt zu reiten, dort abzusteigen und das letzte Stück zu Fuß zurückzulegen.«

»Theoretisches Geplapper! Ebenso könnte ich behaupten, du habest dich aus deinem Quartier geschlichen und den Bischof ermordet.«

»Mit dem Unterschied, dass nicht ich vor dem Haus des Bischofs gesehen wurde, sondern du.«

Eine Pause trat ein.

»Wie bitte?«, fragte Matthias Hagen, wobei seine Aggressivität deutlich nachließ. Seine Stimme wurde leise, unsicher, während die von Bruder Carissimi wie ein Fanfarenstoß klang.

»Du hast richtig gehört, Matthias. Man hat dich wiedererkannt.«

Aaron richtete sich auf, schlang das letzte Stück Schmalzgebäck hinunter und stellte sich neben Bruno in der Annahme, dass er gleich in den Amtsraum gerufen werden würde. Tatsächlich ging die Tür auf, und Bruder Sandro bat Aaron, den Zeugen hereinzubringen.

Aaron half Bruno beim Aufstehen und führte ihn. Bruno machte keinen guten Eindruck. Er wankte, obwohl oder gerade weil er nichts getrunken hatte. Fügsam blieb er mitten im Raum stehen, die Augen halb geschlossen. Es war beklemmend, so als würde der Tod ihm schon über die Schulter grinsen.

Aaron war betroffen, als er Bruno da stehen sah, und er merkte Bruder Carissimi an, dass es ihm ebenso erging.

Allein Matthias' Gesicht hellte sich auf.

»Diese Bierleiche soll mich erkannt haben? Wenn du ihm ein Zündholz vor den Mund hältst, geht er in Flammen auf.«

Bruder Carissimi sah Matthias Hagen voller Verachtung an. »Er war nüchtern, als er dich sah, und er ist in diesem Augenblick nüchtern. Bruno, hast du getrunken?«

Bruno musste dreimal schlucken, bevor er antworten konnte. Seine Kehle war trocken und rau wie ein Stück Kohle. »Nein, ehrwürdiger Vater.«

»Und identifizierst du diesen Mann hier als denjenigen, den du in der Nacht von Bischof Bertanis Ermordung vor dessen Quartier gesehen hast?«

»Ich meine, ja«, sagte er.

Matthias lachte bei dieser Aussage nur. »Du Narr!«, rief er Sandro zu. »Niemand wird mich ernsthaft mit dem Mord an Bertani in Verbindung bringen aufgrund der Aussage dieser ekelhaften Kreatur. Nur du, natürlich! Dir kam das gerade recht, ja, wer weiß, vielleicht hast du diesen Trinker sogar dazu gebracht, das zu sagen, was du hören wolltest.« Matthias wandte sich an Bruno. »Wirst du bezahlt?«

Bruno wischte sich mit dem schmutzigen Ärmel über den Mund. »Ich bekomme Bier und Korn.«

»Das wird ja immer besser«, rief Matthias.

Sandro erschrak. »Bruno, das ist doch nicht wahr!«

»Ihr habt mir eine Belohnung versprochen.«

»Ich habe dir lediglich gesagt, dass der Fürstbischof dich vermutlich belohnen wird, wenn du dazu beiträgst ...«

»Wo ist meine Belohnung?«, schrie Bruno plötzlich und zitterte. »Ich will jetzt endlich das Geld, das mir zusteht. Gebt es mir, Vater, jetzt, auf der Stelle.« Er fasste Sandro an den Oberarmen und rüttelte ihn. »Ich habe den Mann erkannt. Der da, auf dem Stuhl, das ist der Mann. Ich bin mir ganz sicher. Ich will meine Belohnung. Was interessiert mich der Streit zwischen Euch Herren? Was interessiert es mich, wer den Bischof umgebracht hat? Ich kann nicht länger warten, Vater, versteht doch, ich *kann* nicht.«

Bruno brach zusammen und lag wimmernd auf dem Boden, frei von Scham und Hemmung und aller Selbstbeherrschung, die Menschen anerzogen wird. Im Grunde war er jetzt nackt, ein kleines Kind.

»Und dieses mürbe Stück Strandgut willst du mir als Knüppel zwischen die Beine werfen?«, höhnte Matthias. »Du weißt ja nicht, was du tust, mit wem du dich anlegst …«

Aaron und Bruder Carissimi tauschten einen Blick und dachten dasselbe. Matthias Hagen war einen Moment lang nicht mehr wichtig.

»Aaron«, sagte Sandro beklommen, »du bringst Bruno bitte zu deinem Onkel. Er soll ihn versorgen, so wie er es für richtig hält. Und gebadet soll er werden und eine Mahlzeit erhalten. Die Kirche Seiner Heiligkeit kommt für alles auf, sag deinem Onkel das. Heute Abend erstattest du mir Bericht, wie es Bruno geht. Schaffst du das?«

Aaron nickte, so wie ein Freund dem anderen zunickt. »Verlasst Euch auf mich, Bruder Carissimi.«

Als Aaron, Bruno stützend, die Tür öffnete, stand eine unbekannte Frau vor ihm.

»Besuch für Euch«, rief er und stellte zum zweiten Mal an diesem Tag einen neuen, überraschenden Ausdruck in den Augen des Geistlichen fest.

Als Antonia von der Verhaftung von Matthias erfahren hatte, hatte sie alles stehen und liegen lassen. Sie hatte gerade erst begonnen, auf dem Gerüst in der Santa Maria Maggiore die Fenstermaße zu nehmen, die als Grundlage für den späteren Glaszuschnitt dienen sollten. Plötzlich war es unruhig geworden. Durch ein Loch im Fenster sah sie einige Prälaten aufgeregt gestikulierend durch die Gasse laufen, und kurz darauf preschte ein kaiserlicher Bote auf seinem Pferd aus der Stadt. Das Geflüster zweier Messdiener, die Altargegenstände verpackten, drang in Bruchstücken bis zu ihr hinauf. Mehrmals fielen die Worte »Hagen« und »Carissimi«.

Sie stieg vom Gerüst herunter. Auf der Kirchentreppe begegnete sie ihrem Vater und sah ihm sofort an, dass er nicht gekommen war, um die Fortschritte bei den Fenstern zu überwachen.

»Matthias ist auf Befehl von Sandro Carissimi verhaftet worden«, erklärte er ohne Umschweife. »Man munkelt, er wisse etwas über den Tod Bertanis.«

»Aber Vater, er war doch gar nicht in der Stadt, als Bertani ermordet wurde.«

»Ich weiß. Einige wollen wissen, dass der Grund für die Verhaftung ein anderer ist, nämlich, dass seine Rede zu gut war. Der Visitator ist Jesuit, und die Jesuiten sind treue Gefolgsleute des Papstes. Du verstehst?«

Matthias hatte nichts Böses getan, sagte sie sich. Falls man ihm allerdings doch etwas zu Last legen würde, und sei es nur etwas Erfundenes, könnte er nach Rom ausgeliefert werden, wo schon so mancher Gesandter von den päpstlichen Kerkern verschluckt worden war. Es wäre möglich, dass sie ihn nie wiedersehen würde.

Sie begann zu laufen. Dicke Wolken, die ihr vorher nicht aufgefallen waren, ballten sich im Himmel über dem Dom zusammen und verdunkelten die Stadt. Ein paar Tropfen fielen auf das Pflaster. Der Wind schlug ihr in den Rücken, so als wolle er sie antreiben, und das Herbstlaub überholte sie und fegte ihr voraus dem Palazzo Pretorio entgegen. Menschen suchten Schutz in den umliegenden Arkaden, Fensterläden wurden geschlossen. Es wurde einsam auf Antonias Weg. Als sie am Palazzo ankam, ging gerade die Welt über den Bergen unter.

Die Tür des Amtszimmers öffnete sich. Ihr kam ein Junge entgegen, der einen Mann stützte, dessen Augen voller Verzweiflung waren wie die des Judas, bevor er sich erhängte.

Und dann war sie endlich bei Matthias und Sandro. Es kam

ihr vor, als betrete sie einen Raum, in dem zwei Hunde an ihren Ketten zerrten, in der Absicht, aufeinander loszugehen.

»Halbbrüder?«

Das Wort ging im Donnerschlag fast unter. Antonia wiederholte: »Halbbrüder? Ihr beide? Dieselbe Mutter?«

Sie setzte sich, Matthias und Sandro standen links und rechts von ihr. Beide Männer so nahe neben sich zu haben verwirrte Antonia ein wenig.

Ein weiterer Donnerschlag verhallte, niemand bewegte sich, niemand sagte etwas. Der Regen prasselte wie Nägel gegen das Fenster; es wackelte, sprang auf, der Wind drang ein, und endlich löste sich Sandro aus seiner Erstarrung und schloss das Fenster und den Laden. Während er eine Kerze entzündete, suchte sein unsicherer Blick Antonia.

»So ist es«, bestätigte Matthias seine Enthüllung noch einmal und setzte sich auf den Stuhl neben Antonia. »Allein diese Tatsache ist der Grund für meine Verhaftung, sonst nichts. Der kleine Bastard hat es auf mich abgesehen, weil ich nicht die gleiche hohe Meinung von unserer Mutter habe wie er. Wie kann man eine Frau achten, die sich von einem hergelaufenen Römer bespringen lässt?«

Sandro machte einen Schritt auf Matthias zu. »Hör auf, sie zu beleidigen, sonst ...«

»Sonst? Sonst machst du das, was du damals gemacht hast?« Matthias sprang auf. »Ich werde dir sagen, was ich dann mit *dir* mache.«

»Deine Einschüchterungsversuche kannst du dir ...«

»Ich dachte«, unterbrach Antonia, »wir sind hier, weil es einen Verdacht gegen Matthias gibt. Einen objektiven Verdacht.«

Sandro strich sich die Haare aus der Stirn. »Er war bei Bertani.«

»Das war ich nicht!«, fuhr Matthias auf.

Antonia beschwichtigte ihn, indem sie ihre Hand auf seine

legte. »Wie kommt Ihr zu dieser Behauptung, Bruder Carissimi?«

»Es gibt einen Zeugen.«

»Einen Säufer!«, rief Matthias und verzog den Mund, als sei er auf eine Schnecke getreten. »Einen stinkenden Säufer ohne Geld, der sich eine Belohnung erhofft! Du hast ihn eben gesehen, Antonia. Sag selbst: Ist es korrekt, einer solchen Kreatur mehr Glauben zu schenken als mir? Kein vernünftiger Mensch würde so etwas tun. Aber er hier ist nicht vernünftig. Er ist aggressiv, er hasst mich. Er ist gelb vor Neid, weil meine Rede vor dem Konzil ein Triumph war, und diesen Triumph will er mir versalzen. Außerdem braucht er einen Sündenbock. Irgendjemand muss Bertani schließlich ermordet haben, und diesen Jemand findet unser brillanter Visitator nicht.«

Sandro wollte etwas erwidern, aber Antonia kam ihm zuvor. Mit einer sachten Handbewegung und einem Blinzeln gebot sie ihm Einhalt, und er zögerte nicht, ihr nachzugeben.

»Bruder Carissimi«, begann sie mild, »vielleicht hat Eure – wie soll ich sagen – schlechte Beziehung zu Matthias kurzzeitig Euer Urteilsvermögen getrübt. Könnte es nicht sein, dass Ihr die Aussage des Zeugen für wahr befindet, weil Ihr sie als wahr ansehen *wollt*? Ich bin davon überzeugt, dass Ihr den Mann, der Matthias gesehen haben will, zu nichts gedrängt habt …«

»Also ich bin nicht davon überzeugt!«, fuhr Matthias dazwischen.

»… möglicherweise jedoch«, fuhr sie unvermindert fort, »überschätzt Ihr ihn. Auf mich wirkt er labil, wankelmütig. Ich kann nicht glauben, dass Ihr das nicht auch bemerkt habt. Darum ein Vorschlag zur Güte: Ihr lasst Matthias jetzt gleich frei, und im Gegenzug wird dieser Euch nicht öffentlich beschuldigen. Ein Missverständnis, werdet Ihr sagen, und dass Matthias nur als Zeuge und nicht als Beschuldigter befragt wurde. Matthias wird das bestätigen und außerdem erklären, er sei äußerst zuvorkommend behandelt worden. Damit ist Euch und ihm gleichermaßen geholfen, und niemand hat Schaden genommen. Ich bin sicher, dass sich eine andere Spur zum Mörder finden wird. Der Schild, zum Beispiel. Ich habe wegen des Schildes einem der berühmtesten Glasmaler geschrieben, ein Meister seines Fachs und ein wandelndes Lexikon dazu. Er hält sich zurzeit in Turin auf, so dass ich gewiss bald Nachricht über die Bedeutung des Symbols bekomme.«

»Schild?«, fragte Matthias und zog die Augenbrauen zusammen. »Heißt das, er hat dich in seine Ermittlungen hineingezogen? Ihr *arbeitet* zusammen?«

Antonia zögerte kurz mit der Antwort. »Das ist zu viel gesagt, Matthias. Bruder Carissimi hat mich zurate gezogen.«

»Er hätte auch deinen Vater zurate ziehen können.«

»Hat er aber nicht.«

»Die Frage ist, warum.«

»Das ist doch jetzt völlig unwichtig«, entgegnete sie und bemerkte den feindseligen Blick, den Matthias seinem Halbbruder zuwarf. »Wichtig ist, dass Bruder Carissimi über meinen Vorschlag nachdenkt. Je eher dieses Verhör endet, umso besser für uns alle und umso schlechter für den Mörder.«

Sandro lief ein paarmal im Kreis um den Tisch herum, mit gesenktem Kopf und die Finger nervös ineinander verschlungen. Er brauchte jetzt nur Antonias Vorschlag anzunehmen, um alles wieder ins Lot zu bringen, doch etwas in ihm wehrte sich dagegen. Vielleicht hätte das Konzil die Version, die Antonia vorschlug, geglaubt, aber sie drei hier hätten die Wahrheit gewusst, und die Wahrheit wäre, dass Sandro auf- und nachgegeben hatte. Wieder einmal hätte er verloren.

Er beugte sich über den Tisch, stützte sich auf der Platte ab und fixierte seinen Halbbruder.

»Ich lasse dich nicht gehen, eher gehe ich vor die Hunde. Du warst in der Nacht von Bertanis Tod in Trient. Keiner hat es mitbekommen. Du hast deinen Diener getäuscht und auch deinen Wirt. Es gibt keine intakte Stadtmauer, so dass du dein Pferd irgendwo angebunden hast und in die Stadt geschlichen bist. Und dann bist du zu Bertani gegangen.«

»Er kann es nicht lassen«, sagte Matthias.

»Du kennst die Italiener nicht«, fuhr Sandro fort. »Sie gucken liebend gerne vom Fenster aus auf die Gassen herunter. Das tun sie ständig. Sie streiten sich nachts, und einer von ihnen kühlt sein Gemüt am Fenster ab. Sie lieben sich nachts, und einer von ihnen geht danach zum Fenster und atmet tief durch. Sie können nicht schlafen und lenken sich am Fenster ab. Ich finde jemanden, der dich erkannt hat, Matthias, jemanden außer Bruno, jemanden, der nicht trinkt. Irgendein Schlafloser hat eine Gestalt gesehen, die den gleichen Umhang trug, wie Bruno Bolco ihn beschrieben hat. Irgendeiner hat dein Gesicht gesehen, irgendwo in der Stadt, so wahr ich hier stehe, und dann, Matthias, steckst du in großen Schwierigkeiten, weil du den Visitator des Papstes angelogen hast. Dann gnade dir Gott.«

Der Wind rüttelte wütend am Fensterladen, und die Luft bebte vom Donner. Trotzdem herrschte im Raum Friedhofsstille.

Matthias griff sich an den Hals und knetete die Haut zwischen seinen Fingerspitzen.

»Also gut«, sagte er. »Ich war dort. Ich war bei Bertani.«

Sandro schloss die Augen. Erleichtert setzte er sich, zum ersten Mal seit Beginn des Verhörs. Er hatte hoch gespielt – und gewonnen. Zum ersten Mal gewonnen.

»Weiter«, sagte er.

Matthias sah nicht ihn, sondern Antonia an. »Mein Besuch hatte – diplomatische Gründe. Es ist durchaus üblich, dass man Würdenträger zu einer Stunde aufsucht, die weniger – öffentlich ist. Ich wollte mit Bertani reden, mich mit ihm beraten.«

»Was beraten?«, fragte Sandro.

»Unsere gemeinsame Vorgehensweise, natürlich. Er wollte die Reform, ich wollte die Reform. Es galt, uns abzustimmen.«

»Geheimverhandlungen also, mit dem Ziel, das Konzil zu hintergehen.«

»Was willst du mir vorwerfen? Wir haben nichts Verbotenes getan! Ich wäre ein miserabler Gesandter, wenn ich nicht jede Unterstützung, die sich mir bietet, ergreifen würde. Bertani wollte auf die Protestanten zugehen, er war mein natürlicher Verbündeter. Mit seinem Tod habe ich nichts zu tun, ich bedaure ihn zutiefst.«

»Und warum hast du mich angelogen?«

»Weil«, presste Matthias zwischen den Zähnen hervor, »ich nicht will, dass meine Geheimverhandlungen bekannt werden.«

»Ein dummes Argument«, stellte Sandro in einem etwas hochmütigen Tonfall fest. Er hatte ein Scharmützel gewonnen und wollte, dass Matthias seine Niederlage spürte. »Wie du selbst gesagt hast, war er dein natürlicher Verbündeter. Bertanis Position zur Reform war hinreichend bekannt, also wäre niemand verärgert gewesen, wenn herausgekommen wäre, dass du dich mit ihm getroffen hast.«

»Bist du ein Esel oder eine Gans?«, erwiderte Matthias scharf. »Die Tatsache, dass Bertani noch in der Nacht meiner Geheimgespräche ermordet wurde, könnte so manchen Delegierten zu dem Schluss verleiten, dass er von irgendjemandem ermordet wurde, *weil* er mit mir Gespräche geführt hat. Und das könnte meiner Sache sehr schaden. Sogar ein Trottel wie du müsste das begreifen.«

»Ich warne dich, Matthias, dieses Gespräch ist nicht privat, du hast es mit einem Vertreter Seiner Heiligkeit zu tun.«

»Entschuldige bitte, dass ich nicht erzittere. Und weißt du auch, warum? Du bist ein Versager. Du bringst nichts zustande, bist der typische zweite Sohn, ein Nichtsnutz. Du warst der einzige männliche Erbe eines reichen Kaufmanns, und jetzt? In staubigen Bibliotheken sitzt du herum, als Helfer eines mittelmäßigen Rhetorikers. Nenne mir ein Beispiel, nur eines, was du in deinem Leben erreicht hast, was du konsequent durchgezogen hast.«

Sandros Gesicht zuckte. »Ich – ich habe Mutters Ehre gegen dich verteidigt.«

Matthias lachte. »Wenig erfolgreich, will ich meinen. Die Prügel deines Lebens hast du in der kleinen römischen Kapelle von mir bezogen.«

»Das war es mir wert!«, rief Sandro. »Du hast Mutter eine dreckige Hure genannt, und ihre Liebe für dich hast du als stinkenden Misthaufen bezeichnet.«

Antonia, die sich die ganze Zeit über aus dem Streit herausgehalten hatte, sah Matthias verblüfft an. »Du hast deine Mutter eine *Hure* genannt?«

Matthias schluckte. Fast demütig sagte er: »Nun ja, in der ersten Aufregung.«

»Hast du mir nicht erst gestern Abend erzählt, du hättest sie nach ihrer Abreise aus Ulm nie wiedergesehen?«

Matthias ließ sich mit der Antwort so viel Zeit, dass Sandro ihm zuvorkam: »Ich kann verstehen, dass er Euch seinen Besuch in Rom verschwiegen hat, denn dieser war eine Kette von Vorwürfen, Falschheiten und Beschimpfungen gegen unsere Mutter und unsere ganze Familie. Er hat sich dort von einer Seite gezeigt, die er vor Euch wahrscheinlich sorgsam verborgen hat.«

Matthias' Augen verengten sich. »Ich wette, deine Seiten kennt sie auch nicht alle. Wer würde auch schon hinter einem so unschuldigen Gesicht wie deinem einen Mörder vermuten!«

Das Wort hallte einen Moment lang nach. Blitz und Donner hatten sich so schnell verzogen, wie sie gekommen waren. Nur ein fernes Rumpeln erinnerte noch an sie. Die Flamme der Kerze ragte ruhig und rußend in die Dunkelheit.

»Mörder?«, fragte Antonia. »Bruder Carissimi ein Mörder?«

»So gut wie.« Matthias stand auf, schnürte seinen Überrock auf, riss sich das Hemd aus der Hose und zog es bis zur Brust hoch. Eine rosa Narbe zog sich auf der hellen Haut vom Bauchnabel bis an die Hüfte, eine zweite erstreckte sich über die Rippen. Noch heute, Jahre später, war bei ihrem bloßen Anblick für jeden anderen der Schmerz nachzufühlen, den sie verursacht hatten. Sie schienen zu pochen, zu brennen, und als Matthias mit dem Finger über sie strich, zuckte Antonia zusammen.

Sandro wandte sich ab.

»Es gibt noch eine dritte oberhalb meines Herzens, eine vierte im Unterleib und eine kleine am rechten Oberarm«, sagte Matthias. »Nachdem nämlich mein Halbbruder in der Kapelle zu spüren bekommen hatte, dass er körperlich schwächer als ich war, griff dieses Unschuldslämmchen zu anderen Mitteln. Er lauerte mir am nächsten Tag mit ein paar Freunden auf, sie zogen mich in einen dunklen Winkel, und dann ... fünf Messerstöße. Danach rannten sie weg, er auch. Er hat mich hinterhältig ermorden wollen, daran besteht kein Zweifel, und es ist ein Wunder, dass ich überlebt habe. Nachdem die Feiglinge weggerannt waren, konnte ich mich mit letzter Kraft auf die Straße retten, wo ich zusammenbrach. Ich kam in ein Hospital. Zwei Wochen lang stand mein Leben auf Messers Schneide, aber mein Wille und Gottes Gnade haben mich gerettet.«

Matthias grinste. »Wieder einmal war Sandro besiegt. Denn das ist seine Natur: besiegt zu werden.«

»Ich wünschte«, flüsterte Sandro, »ich wünschte, du wärst damals gestorben.«

»Bin ich aber nicht. Und darum ist es mir auch ein Vergnügen, dir die nächste Niederlage beizubringen. Ich kann nämlich gar nicht der Mörder gewesen sein. Und warum? Weil ich nicht der Letzte war, der Bertani lebend gesehen hat. Als ich ihn besuchte, hatte er eine Frau bei sich. Ich betrat sein Quartier, ohne dass Bertani es bemerkte. Ich hatte zwar geklopft, aber niemand hatte geöffnet. Bevor ich mich bemerkbar machte und Bertani ins Empfangszimmer kam, hatte ich einen Blick in sein Schlafgemach geworfen, und da war diese Frau, zweifellos eine Konkubine. Sie war noch da, als ich ging.«

»Warum hast du mir das nicht gleich erzählt?«

»Das Beste hebe ich mir immer bis zum Schluss auf«, erwiderte Matthias gallig.

»Dann habe ich eine schlechte Nachricht für dich«, passte Sandro sich wiederum seinem Tonfall an. »Was du behauptest, kann jeder behaupten, das entlastet dich nicht. Solange die Frau nicht identifiziert ist ...«

»Aber ich *kann* sie identifizieren«, sagte Matthias und grinste so kurz und fein, dass nur Sandro die Genugtuung darin sehen konnte. Dann machte Matthias ein betrübtes Gesicht, wandte sich Antonia zu und drückte ihre Hand an sich. »Verzeih, Liebste, wenn ich das jetzt sagen muss, aber die Frau, die ich bei Bischof Bertani gesehen habe, ist dieselbe, die an dem Tag, als ich dich in deinem Atelier besuchte, mit deinem Vater Arm in Arm spazieren gegangen ist.«

11

Drei Tage. Falls es ganz schlimm käme, hätte Sandro nur noch drei Tage Zeit, seinen Auftrag zu erfüllen. Was danach mit ihm passieren würde, war unkalkulierbar.

Er befand sich mit dem Hauptmann der Wache und vier Wachsoldaten auf dem Weg zum Palazzo Rosato, um dort die Konkubine zu befragen. Kaum zehn Schritte hinter ihm folgten Matthias und Antonia, Schulter an Schulter. So als würde die Wirkung eines Giftes abnehmen, kehrte Sandros Fähigkeit zum klaren Denken wieder zurück, und ihm wurde langsam bewusst, in welcher Lage er sich befand. Er hatte sich hinreißen lassen, war neidisch gewesen. Zu sehen, wie Matthias beklatscht, bewundert, mit Hochachtung bedacht und angehimmelt wurde, hatte ihn blind gemacht für das, was offensichtlich gewesen war. Der eingeritzte Schild, der fehlende Ring, schließlich das unklare Motiv: Nichts anderes außer der Beobachtung von Bruno Bolco hatte auf Matthias als Mörder hingedeutet. Es hätte genügt, ihn unauffällig zu befragen, und niemand hätte sich darüber aufgeregt. Stattdessen hatte Sandro sich zugunsten eines kurzen Augenblicks des Triumphs über seinen Halbbruder in üble Bedrängnis gebracht. Das Konzil war in Aufregung, der Kaiser würde darüber erzürnt sein, man würde die Jesuiten der absichtlichen Sabotage des Konzils verdächtigen und hinter den Jesuiten den Papst höchstpersönlich als Unruhestifter vermuten, was diesen wiederum alles andere als erfreuen würde.

Eineinhalb Tage benötigten die Nachrichtenkuriere mit frischen Pferden von Trient nach Rom und noch einmal eineinhalb Tage für den Rückweg. Nach drei Tagen konnte alles passieren. Der Papst konnte Sandro gewähren lassen – das war die unwahrscheinlichste Variante – oder ermahnen oder absetzen oder äußerst höflich und mit Eskorte nach Rom zitieren, wo sich Sandros Spur verlieren würde. Julius III. galt als launisch, er verdammte, lobte oder begnadigte unberechenbar.

Drei Tage.

Drei Tage, um einen Mord aufzuklären, ein Konzil zu beruhigen, einen Papst zufriedenzustellen. Drei Tage, um endlich einmal etwas richtig zu machen, etwas Eigenes, etwas, das allein ihm gehörte. Denn Matthias hatte die Wahrheit gesagt – Sandro war kein erfolgreicher Mensch, auf keinem Gebiet. Alles, was er bekommen hatte, war ihm zugefallen: der angesehene Name Carissimi, das Geld, die Liebe der Eltern. Sogar um die Frauen hatte er sich nicht bemühen müssen; sein Erscheinen bei einer Feier oder Gesellschaft genügte, und schon ruhten die Blicke bezaubernder junger Damen auf ihm. Seine Freunde, mit denen er die Zeit vertrödelte, waren wie er: jeder Aufgabe und Verantwortung wichen sie aus, jedem Risiko gingen sie aus dem Weg. Da es keine Herausforderungen gab, gab es auch keine Erfolge – und keine Niederlagen. Bis Matthias kam. Dann gab es immer noch keine Erfolge – aber Niederlagen. Sandro verlor ein Stück der Mutter, ein Stück seiner Exklusivität und ein großes Stück des Bildes von sich selbst. Plötzlich hatte er einen Halbbruder, Blut von seinem Blut, der energisch und furchtlos war und mit dem er sich gezwungenermaßen vergleichen musste. Die Prügelei in der Kapelle war nur der äußere Ausdruck eines Kampfes, der sich zwischen den Brüdern eigentlich auf einer anderen Ebene abspielte: in Gesten und Blicken und in unausgesprochenen Worten. Als Sandro geschlagen auf dem Boden der Kapelle lag, war die Art und Weise, mit der Matthias wortlos auf ihn herabblickte – neben ihm die gemeinsame Mutter –, die schlimmste Demütigung seines Lebens.

Danach war er nicht mehr Herr seiner selbst. Seine Gedanken kreisten um nichts anderes mehr, als wie er sich rächen könnte – oder besser, wie er die Achtung seiner Mutter zurückgewinnen könnte, denn er bildete sich ein, sie verloren zu haben. Er wünschte sich, alles wäre wie früher, bevor Matthias gekommen war.

Eigentlich war es nicht seine Idee, Matthias zu töten, sondern die eines Freundes. Einige von ihnen, so stellte sich heraus, hatten schon einmal einen Menschen getötet, und Sandro stimmte, nachdem er eine Nacht lang sein Herz der Dunkelheit geöffnet hatte, der Idee zu. Sie schien ihm die natürliche Lösung des Problems zu sein. Fünf Freunde, fünf Messerstiche. Als er die Waffe in die Hand nahm, an einem Strohsack ausprobierte und dabei an Matthias dachte, packte ihn ein Gefühl von Macht, von dem er bis dahin nicht gewusst hatte, dass es in ihm steckte. Er war so berauscht, als hätte er drei Krüge voll Wein ausgetrunken.

Doch in dem Moment, als der erste Freund zustach und das Blut aus Matthias' Körper schoss, erwachte eine Stimme in Sandro und hielt ihn davon ab, einen tödlichen Stoß zu führen. Niemand sah in dem Trubel und dem Blut, dass Sandro dem Halbbruder nur in den Arm stach – die ungefährlichste der fünf Wunden.

Welche Stimme war es? Die des Gewissens, des Guten in ihm? Oder doch nur wieder die des ewigen Feiglings?

Elisa erfuhr schnell von dem Anschlag; in Rom galten Geheimnisse als Süßstoff des Lebens und hielten sich so lange wie Zucker in einem Sieb. Sie erlitt einen Schwächeanfall, man musste den Arzt rufen. Noch während er sie behandelte, ließ sie Sandro zu sich rufen. Als er eintrat, richtete sie sich gegen den Willen des Mediziners halb im Bett auf und fragte: »Ist das wahr?«

In Rom gab es jeden Tag Überfälle. Elisa konnte die Wahrheit nicht wissen, nur ahnen. Hätte er sie angelogen – sein Leben wäre vermutlich in völlig anderen Bahnen verlaufen.

Stattdessen sagte er: »Ja.« Er liebte sie zu sehr, um sie anzulügen.

Da gab sie ihm eine Ohrfeige, so fest, dass seine Wange augenblicklich taub wurde. Es war die erste Ohrfeige, die er je von ihr bekommen hatte.

»Bete«, sagte sie, und dann schwieg sie.

Am nächsten Tag ging sie wieder in die Kapelle, in – wie es Sandro schien – noch weiteren und noch schwärzeren Gewändern als zuvor. Sie betete fast nur noch, siebenmal täglich.

Und er? Er betete ebenfalls, weniger für die Gesundung seines Halbbruders als für sich selbst, für sein eigenes Heil, das unerreichbar war. Falls Matthias sterben sollte, hätte Sandro ein Leben auf dem Gewissen und die Liebe seiner Mutter verloren. Sollte der Halbbruder überleben und die Täter nennen, drohten Sandro Kerkerhaft oder der Henker. Wochenlang legte sich das Schweigen wie ein Teppich auf das Haus der Carissimis.

Eines Nachts kam Elisa in Sandros Zimmer. Sie setzte sich auf die Bettkante, wie sie es, als er noch ein Junge gewesen war, oft getan hatte, und sprach in die Finsternis hinein. Sie wusste, dass er wach war und jedes Wort hörte.

»Du hast das schlimmste aller Verbrechen begangen, das Verbrechen Kains, und nur Gott ist es zu danken, dass du nicht erfolgreich warst. Das ist ein Zeichen, das Zeichen für dich, dein Leben Gott zu weihen und für immer in einen Orden einzutreten. Allein dort kann deine Seele noch gerettet werden, und auch nur, wenn du alle Gelübde stets befolgst. Tu es, Sandro. Es ist mein ausdrücklicher Wunsch. Mein – mein letzter Wunsch an dich.«

Sie neigte sich ihm zu, küsste ihn auf beide Wangen und – wie zum Abschied – auf die Stirn. Eine Träne fiel auf ihn.

»Gott helfe dir«, sagte sie und verschwand.

Am nächsten Morgen – Elisa hatte sich wegen Unpässlichkeit entschuldigen lassen – verkündete er seinen Schwestern beim Frühstück, Jesuit werden zu wollen. Die Überraschung war perfekt. Sandro, der leichtlebige Jüngling, ein Mönch! Sie drängten ihn zu warten, bis ihr Vater von seiner Reise zurückkehrte, sie klopften aufgeregt bei ihrer Mutter an, doch ihre Tür blieb verschlossen. Sandro verabschiedete sich noch am selben Tag von seinen Schwestern. Seine Mutter sah er nicht wieder, nicht einmal, als er sich auf der Straße umdrehte und zu ihrem Fenster hinaufblickte. Ihre Stimme in der Dunkelheit an seinem Bett war das Letzte, was er je von ihr gehört, und ihr Schatten neben dem Bett das Letzte, was er je von ihr gesehen hatte.

Die Krummbeinige genoss ihren Auftritt. Sie habe es die ganze Zeit über gewusst, dass die Hure nicht einfach nur eine Hure sei, rief sie, als die Soldaten versuchten, die Tür aufzubrechen. Niemand hörte ihr zu, während sie ein wichtiges Gesicht machte und alles erzählte, was sie über Carlotta wusste, und auch solches, was sie nicht wusste, sich aber zusammengereimt hatte. Abwechselnd wurde Carlotta von ihr zur Spionin, Diebin und Hexe gemacht.

Antonia stand ein paar Schritte abseits im Gang. Sie befand sich in einem seltsamen inneren Zustand, den sie nicht kannte. Sie fühlte so viele Dinge gleichzeitig, dass sie sich auf kein Gefühl konzentrieren konnte. Matthias stand neben ihr, hielt ihre Hand und verfolgte das Geschehen, wobei er mehr auf Sandro achtete als auf alles andere. Sandro wiederum blickte geistesabwesend aus dem schmierigen Flurfenster, durch dessen undichte Stellen ein kühler Luftzug strömte, der seine Kutte bewegte. Irgendwie war es eine unwirkliche Szene: eine törichte Alte, ein Hauptmann im Harnisch, der seine Männer antrieb, eine Tür, die unter den Attacken der Wachen langsam nachgab, ein schweigender Mönch, der Mann an ihrer Seite und schließlich sie, die alles beobachtete wie ein Theaterstück. Der ganze Vormittag war unwirklich gewesen, das Gewitter draußen und das Gewitter drinnen, die Feindschaft zweier Brüder, der Mordverdacht zuerst gegen Matthias und nun gegen Carlotta ... Alles schien zusammenzuhängen, ohne dass es zusammenpasste. Es war ein verrückter Vormittag, verrückte Tage überhaupt.

Die Tür barst nicht, sondern viel krachend in einem Stück in den Raum hinein. Durch den aufwirbelnden Staub wurde eine Gestalt sichtbar.

»Da ist sie«, rief der Hauptmann. »Festnehmen.«

»Das ist sie nicht«, rief die Krummbeinige, und Antonia stimmte ihr ausnahmsweise zu.

Das Mädchen von gestern Morgen saß wieder auf dem Stuhl. Ihr Oberkörper bewegte sich in schnellem Rhythmus vor, zurück, vor, zurück, den Blick starr zu Boden gerichtet. Sie gab brummende oder stöhnende Geräusche von sich, lauter werdend, als die Wachsoldaten sich ihr langsam wie einer Giftschlange näherten. Kurz sah das Mädchen zu ihnen hin, dann wieder nach unten, und das Brummen und Stöhnen wurde lauter.

»Eine Hexe«, flüsterte die Krummbeinige.

Die Wachsoldaten dachten wohl ebenso. Fußbreit um Fußbreit schlichen sie sich an, die Lanzen in Bereitschaft. Keiner wusste, was als Nächstes passieren würde.

»Worauf wartet ihr?«, herrschte Hauptmann Forli sie an. »Ihr werdet ja wohl noch ein schwachsinniges Mädchen festnehmen können.«

Sandro ging dazwischen. Auf ihn hatte man in dem Trubel nicht mehr geachtet, jetzt drängte er sich am Hauptmann vorbei in den Raum.

»Rührt sie nicht an. Hört ihr, zurück mit euch!«

»Was soll das?«, fragte Hauptmann Forli rau, packte Sandro am Arm und drehte ihn herum. »Die Verrückte muss festgenommen werden. Sie ist verdächtig.«

»Wieso?«

»Das fragt Ihr noch? Sie hält sich in der Kammer der Konkubine auf. Und sie ist nicht richtig im Kopf.«

Sandro ignorierte den Hauptmann und wiederholte seinen Befehl.

Erleichtert wichen die Soldaten einen Schritt zurück, während Sandro sich langsam dem Mädchen näherte. Er beugte sich vor, um sich kleiner zu machen.

»Kannst du mich hören? Ich weiß nicht, ob du mich verstehen kannst. Wenn ja, gib mir ein Zeichen.«

Das Mädchen gab kein Zeichen, es schaukelte unvermindert vor und zurück.

»Ich heiße Sandro. Ich bin gekommen, um dich zu besuchen.« Er sank auf die Knie und rutschte Zentimeter um Zentimeter weiter vor.

»Wir müssen ihn davon abbringen«, flüsterte Antonia Matthias zu. »Ich bin ihr gestern begegnet, genau hier, und da bin ich ihr zu nahe gekommen. Sie ist nicht ungefährlich, wenn man nicht weiß, wie man mit ihr umzugehen hat. Vielleicht ist sie bewaffnet, wer weiß?«

»Sandro ist selber schuld, wenn er hier den Helden spielen will«, antwortete Matthias und nahm Antonia fester an die Hand. »Er hätte die Soldaten die Arbeit machen lassen sollen.«

Keiner sprach. Der Hauptmann, die Mannschaften, die Krummbeinige, sie alle sahen atemlos zu, wie Sandro sich dem Mädchen auf Armeslänge näherte.

»Ich heiße Sandro«, wiederholte er, und nie hatte Antonia eine sanftere Stimme gehört.

»Ich bin hier, um dir zu helfen. Diese Männer werden dir

nichts tun. Ich verbiete ihnen, dir etwas zu tun. Sie dürfen dich nicht berühren.«

Sandro gab dem Hauptmann die Anweisung, den Raum zu verlassen. Etwas vor sich hin grunzend gehorchte er. Vor der Tür reckten sie alle die Köpfe, auch Antonia.

»Siehst du«, sagte Sandro. »Sie tun dir nichts. Sie dürfen dir nichts tun, ich habe es ihnen verboten. Sieh mich an. Wie heißt du? Ich bin Sandro. Ich bin ein Freund.«

Das Mädchen sah Sandro nicht an. Nichts änderte sich, außer dass sie häufiger zur Tür blickte.

»Alle umdrehen«, rief Sandro ihnen zu. »Ich will, dass ihr alle euch umdreht.«

Nur langsam gehorchten sie dem seltsamen Befehl. Als Erste die Soldaten und Antonia, dann – widerwillig – der Hauptmann, schließlich die Krummbeinige. Matthias drehte sich nicht um.

»Alle!«, rief Sandro, aber erst auf ein Zeichen von Antonia gab Matthias nach.

Antonia hörte, wie Sandro durchatmete. Sie hörte, wie alles Zittern und alle Angst aus seiner Stimme wichen.

»Siehst du, sie gehorchen mir. Willst du mir jetzt deinen Namen sagen? Ich will dich nicht Mädchen nennen. Soll ich dich so nennen? Hättest du das gerne? Oder soll ich dich Margherita nennen? Das ist ein schöner Name: Margherita. Eine Cousine von mir heißt so. Sie ist lustig, diese Margherita. Immerzu spielt sie anderen Streiche, ich habe sie sehr lieb. Einmal hat sie mir einen Tintenfisch auf den Kopf gesetzt. Er war frisch vom Markt, und sie hat ihn aus der Küche gestohlen, sich hinter einer Tür auf einen Hocker gestellt, und als ich hereinkam, hat sie ihn mir auf den Kopf gesetzt, so dass die Arme des Tintenfischs mir im Gesicht und im Nacken hingen. Ich habe mich natürlich furchtbar erschreckt, aber dann haben wir gelacht. Zur Versöhnung hat sie mir einen Kuss gegeben, hierhin, genau hier.«

Antonia blickte heimlich über die Schulter. Sandro zeigte auf seine Wange, und das Mädchen hörte auf, zu stöhnen und den Oberkörper zu bewegen. Sie hielt inne. Dann bewegte sie den Kopf, zögernd und ruckartig, so wie sich eine Zugbrücke senkt – und endlich sah sie ihn an. In ihrem Ausdruck lag nichts Feindseliges. Sie forschte, ihre Blicke wanderten über das Gesicht, als wäre es eine Landschaft, die man durch den Dunst erkennen möchte. Er war ihr jetzt sehr nahe, er lächelte. Er hörte nicht auf, sie anzulächeln.

In seinen schwarzen Augen lag plötzlich viel Zärtlichkeit. Sie blickten heiter. Das Mädchen streckte die Hand aus, eine kleine, bleiche, zitternde Hand. Mit dieser Hand berührte sie ihn an der Stelle, wo Margherita ihn geküsst hatte, berührte seine Wange, bettete sie dort zur Ruhe. Das Zittern hörte auf. Sie sahen sich an, sehr lange, und dann flog über dieses leere, dieses unbewohnte Gesicht des Mädchens eine Regung, eine lautlose Bewegung der Lippen. Sie öffnete den Mund und zeigte ihre Zähne, ganz kurz, so wie Säuglinge manchmal stumm lachen, wenn man ihnen ein lustiges Geräusch vormacht, und gleich danach wieder ernst und neugierig werden. Das stumme Lachen ging schnell vorbei, aber die Hand blieb eine Weile auf Sandros Wange liegen.

Es war das Schönste, das Antonia jemals gesehen hatte.

Luis kam, ohne anzuklopfen, in Sandros Amtsraum, so wie es auch im Kolleg unter Mitbrüdern gehandhabt wurde. Seit Matthias' Verhaftung im Dom hatten sie sich nicht mehr gesehen. In Luis' Gesicht waren drei Sätze zu lesen: 1. Was hast du da nur angerichtet! 2. Du hättest mich um Rat fragen sollen! 3. Du hättest meine Rede auf dem Konzil hören sollen!

Seine Rede musste tatsächlich brillant gewesen sein. Die Aufmerksamkeit, die sie hervorrief, konkurrierte ernsthaft mit der Verhaftung und Freilassung von Matthias Hagen und übertraf sie sogar. Die Konservativen hatten mit dem Applaudieren gar nicht aufhören wollen, und zahlreiche Unentschlossene, die am Vormittag noch Hagen beklatscht hatten, beklatschten am Nachmittag Luis de Soto. Er hatte Matthias' Absicht, die Bischöfe in der Frage der Residenzpflicht zu spalten, mit deutlichen Worten enttarnt und hatte anschließend jeden davor gewarnt, für die Annäherung an die Protestanten den wahren Glauben, wie er von Petrus verbreitet worden war, zu verwässern. Es war eine scheinbar kämpferische, konfrontative Rede gewesen, ganz anders als die raffinierte Rede von Matthias. Luis hatte weitgehend auf Gegenargumente verzichtet und stattdessen andauernd die Apostel, den heiligen Augustinus, den heiligen Bernhard von Clairveaux und den heiligen Thomas von Aquino erwähnt. Sehr geschickt zeigte er damit die Kontinuität der Kirche seit eintausendfünfhundert Jahren auf und appellierte unterschwellig an sentimentale Gefühle. Am Schluss hatte er sich sogar das Kreuz vom Hals gerissen, den Versammelten mit ausgestrecktem Arm vor Augen gehalten und gerufen: »Wir dürfen nicht zulassen, dass unser Erlöser noch einmal verkauft wird. Judas darf nicht siegen.«

So gesehen war die Rede von Luis nicht weniger emotional und raffiniert als die von Matthias. Sie war eine Falle, und Luis war ein Fallensteller, kein Redner. Der Riss durch das Konzil wurde breiter, der Kampf um die Reform war voll entbrannt.

»Für heute ist die Sitzung beendet«, sagte Luis, lächelte und verschränkte die Hände auf dem Rücken. »Ich habe die Delegierten ganz schön ins Grübeln gebracht. Sie haben einiges, über das sie schlafen müssen.«

Sandro kommentierte das nicht. Er wusste zwar nicht, warum, aber er hatte heute einfach keine Lust, mit Luis über Luis zu sprechen.

»Ich auch«, sagte Sandro. »Ich habe auch einiges, über das ich schlafen muss.«

»Wenn du es nicht gesagt hättest, hätte ich es gesagt.«

Sandro seufzte. »Ich weiß, dass du es gesagt hättest, deswegen habe ich es ja gesagt. Wenn du mir Vorwürfe machen willst – bitte sehr, dann haben wir es hinter uns.«

»O Sandro! Vorwürfe! Ich und Vorwürfe? Vorwürfe sind nicht meine Art.«

Nein, dachte Sandro, Ratschläge, Tausende von Ratschlägen sind deine Art, jeder einzelne wie ein Gesteinsbrocken, den man auf den Sünder wirft.

»Ratschläge«, sagte Luis, »gute Ratschläge sind meine Art.«

Sandro grinste müde. »Wie schön, jemanden bei mir zu wissen, der sich um mich sorgt.«

Luis setzte sich auf einen der knarzenden Stühle, schlug die Beine übereinander und faltete die Hände in seinem Schoß. »Erzähl mir, was vorgefallen ist.«

Sandro hatte eigentlich keine Lust, alles zu erzählen, aber er hatte Luis in den letzten Tagen zu oft vor den Kopf gestoßen, um damit weiterzumachen.

»In Kurzform: Jemand hat Matthias Hagen in der Nacht von Bertanis Ermordung vor dessen Quartier gesehen. Hagen kann jedoch nicht der Täter sein, denn er hat eine Konkubine bei Bertani gesehen, die noch da war, als er ging – behauptet er jedenfalls.«

Sandro wartete vergeblich darauf, von Luis eine kleine Anerkennung zu bekommen. Immerhin hatte er richtig gelegen mit seiner Vermutung, dass Bertani Liebesdiensten gegenüber nicht abgeneigt war.

»Hast du die Konkubine verhaften lassen?«, fragte Luis.

»Sie ist unauffindbar. In ihrem Quartier befand sich ein verstörtes Mädchen, vielmehr eine junge Frau, von der wir nicht wissen, wer sie ist.«

»Nun, dann frage sie.«

»Ich sagte doch, sie ist verstört. Sie spricht kein Wort.«

»Du hast sie doch wohl verhaften lassen?«

»Nein. Ich wollte sie nicht aus ihrer gewohnten Umgebung reißen. Ich habe Antonia Bender gebeten, gelegentlich nach ihr zu sehen und sie mit allem Notwendigen zu versorgen, bis die Situation sich klärt.«

»Wer ist Antonia Bender?«

»Eine Glasmalerin, die ihr Atelier im Palazzo Rosato hat. Sie und ihr Vater sind mit Carlotta da Rimini befreundet.«

»Dieselbe Glasmalerin, mit der du im Dom gesprochen hast?«

Klang da ein Hauch von Misstrauen bei Luis durch?

»Ja«, sagte Sandro.

»Du lässt eine Glasmalerin die Komplizin dieser Konkubine bewachen? Noch dazu eine Glasmalerin, die mit der Täterin befreundet ist?« Luis zog die Augenbrauen hoch, entschloss sich dann aber, nicht weiter darauf einzugehen. »Hat man das Quartier der Konkubine durchsucht?«

»Das habe ich persönlich gemacht, und zwar sehr vorsichtig, um Margherita nicht zu verunsichern.«

»Wer ist denn nun wieder Margherita?«

Sandro lächelte. »Ich habe das Mädchen so genannt, nur für mich, weißt du. Ich glaube, das hat ihr gefallen.«

Luis atmete tief durch. »Hast du etwas Hilfreiches entdeckt?«

»Keine Waffe, keine Pläne, nichts, was die Konkubine über ihre Liebesdienste für Bertani hinaus in Verdacht bringt.«

»Und das Atelier der Glasmaler? Immerhin sind diese Leute mit der Konkubine bekannt.«

»Hauptmann Forli wollte es durchsuchen, aber Matthias Hagen hat dagegen vehement Einspruch eingelegt, und es wäre mir nicht gut bekommen, wenn wir diesen Einspruch übergangen hätten und anschließend erfolglos geblieben wären. Ein Irrtum am Tag reicht. Antonia Bender hat mir ihr Wort gegeben, dass sich niemand im Atelier befindet. Das genügt mir.«

»Dem Hauptmann nicht. Er hält dich für zu weich.«

»Hauptmann Forli muss nicht dafür geradestehen, wenn Hagen einen zweiten Grund zur Klage hat. Ich habe Wachen um den Palazzo Rosato postiert, außerdem streifen Patrouillen durch die Stadt.«

»Wieso hat Hagen Einspruch eingelegt? Was hat er davon?«

Sandro zögerte zum ersten Mal während des Gesprächs, wenn auch nur kurz. »Er ist mit Antonia Bender liiert – glaube ich.«

Luis' übergeschlagenes Bein wippte fröhlich durch die Luft. »Matthias Hagen und eine Glasmalerin? Das ist interessant. Ein wichtiges Indiz.«

»Ich wüsste nicht, was seine Verlobung – seine mögliche Verlobung – mit meinem Fall zu tun hätte.«

»Nicht mit *deinem Fall*, wie du es ausdrückst, sondern mit *meinem Fall.* Wenn ein hochrangiger Protestant eine Katholikin während des Konzils bittet, seine Frau zu werden, ist das ein Zeichen, Sandro. Diese tückische protestantische Schlange ist auf Stimmenfang. Ein paar rührselige Weltgeistliche lassen sich von seiner versöhnlichen Geste gewiss beeindrucken.«

Sandro hatte keine hohe Meinung von Matthias, aber dass er Antonia nur aus diesem Grund umwarb, konnte er nun wirklich nicht glauben. Ihm widerstrebte dieses Thema jedoch, und ihm widerstrebte es, die ganze Zeit über von Luis angesehen zu werden, als könne dieser in seinen Gedanken lesen.

Luis' Augen blitzten auf, dann sagte er: »Nun zu dir und *deinem Fall.* Ich weiß, du willst nicht, dass ich mich einmische, und wenn ich den Mund halten soll, musst du mir das jetzt sagen. Dürfte ich dir trotzdem einen einzigen Rat geben, dir sagen, was ich an deiner Stelle als Nächstes tun würde?«

Vorhin hatte Sandro sich im Stillen über Luis' Ratschläge beklagt, doch er musste sich eingestehen, dass eine Stimme in ihm um Hilfe rief. Er hatte sich wirklich vorgenommen, diese Aufgabe aus eigenen Kräften zu meistern, sie als Prüfung anzusehen und zu bestehen. Und am gestrigen Tag hatte es ja gar nicht schlecht ausgesehen. Immerhin gab es einen Augenzeugen, und einen Anschlag auf das Leben des Papstsohnes Innocento konnte er persönlich verhindern. Heute hatte sich alles geändert: Matthias war entlastet – jedenfalls so gut wie –, die Konkubine war nicht aufzufinden, das Konzil und die Stadt waren in Aufregung, der Fürstbischof und der Papst waren vermutlich wenig angetan. Und sollte sich die Spur zu Carlotta da Rimini ebenfalls als kalt erweisen, stünde er ganz am Anfang, und das nach drei Tagen Ermittlungen.

»Ich brauche mehr Zeit. Sorge macht mir vor allem der Papst.«

Luis presste die Fingerspitzen gegeneinander, so dass die Hände ein Dach bildeten, und sah zur Decke – diese Position verriet Sandro, dass sein Mitbruder sich jetzt in seinem Element befand.

»Ja, ich verstehe«, sagte Luis. »Meine Empfehlung hätte ohnehin darauf abgezielt, deine Stellung wieder zu festigen, nachdem sie durch eine Unvorsichtigkeit deinerseits gefährdet wurde. Den Papst zu besänftigen dürfte nicht schwerfallen.«

»Wenn du mir in diesem Punkt helfen könntest. Ein Brief von dir an ihn und ...«

»Nein, das ist keine gute Idee, Sandro.«

»Warum?«

»Du überschätzt meinen Einfluss.«

»Ich bin sicher, dass ...«

»Ich schlage dir etwas anderes vor. Julius III. ist im Grunde leicht zu beeindrucken. Von Natur aus eher oberflächlich, schätzt er das Sichtbare. Mit vielleicht und könnte brauchst du einem solchen Mann nicht zu kommen. Er verachtet Mutmaßungen und langes Abwägen. Was er erwartet, sind beherzte Aktionen und klare Worte. Natürlich müssen es die richtigen Aktionen und Worte sein.«

»Ich verstehe nicht, worauf du hinauswillst.«

»Nun, da gibt es doch diese flüchtige Konkubine mit dem irren Mädchen in der Stube. Keine Frage, dass so etwas verdächtig ist.«

»Nicht unbedingt.«

»Nein, aber es klingt verdächtig, und nur darauf kommt es an. Schicke einen Bericht an den Heiligen Vater, worin du darauf verweist, dass die Befragung Hagens dich auf die Spur der im höchsten Maße verdächtigen Carlotta da Rimini gebracht hat.«

»Und das soll reichen, um den Papst zu beruhigen?«

»Das allein nicht. Sobald du ihrer habhaft wirst, musst du sie in ein strenges Verhör nehmen.«

»Was hast du denn gedacht, was ich mit ihr vorhabe? Wiegenlieder singen? Natürlich verhöre ich sie.«

»Was ich meine, ist ein wirklich scharfes Verhör. Ein *peinliches* Verhör.«

Sandro klappte der Mund auf. Er erhob sich, starrte Luis in der Hoffnung an, etwas missverstanden zu haben, wandte sich schließlich ab und schluckte. Peinliches Verhör: Das bedeutete Folter. Er hatte weder miterlebt, wie jemand gefoltert worden war, noch jemals einen Gefolterten gesehen. Hexen und Ketzer und Hochverräter und Schwerverbrecher wurden gefoltert, solche Leute kannte er nicht. Dennoch hatte er eine Ahnung von dem, was in einem Folterkeller passierte. Einer seiner römischen Freunde war der Sohn eines öffentlichen Anklägers und hatte damals von seinem Vater die Erlaubnis erhalten, einen solchen »Befragungsraum«, wie er genannt wurde, zu besichtigen. Es war spät am Abend gewesen, der Keller war menschenleer, aufgeräumt und gesäubert, trotzdem war für Sandro mit allen Sinnen zu spüren, dass hier noch vor Kurzem etwas geschehen war. Ein seltsamer Geruch, den Sandro nicht zuordnen konnte, hing in der Luft. Seile lagen herum, an einigen Stellen ausgefasert. Aus einem offenen Koffer leuchteten Metallstangen und eiserne Fäustlinge im Licht der Fackeln. Stachelige Kugeln baumelten wie Gehängte von der Decke. Die Streckbank quietschte, als Sandro sich daraufsetzte. Seine Freunde hatten alle ihren Spaß, sie spielten mit den Werkzeugen herum, imitierten Schreie und Röcheln, verdrehten übertrieben die Augen und hantierten mit Gegenständen, deren Bedeutung man nur raten konnte: eine Art Schraubstock in Form eines Stiefels, Ambosse, Zangen, ein erloschener Kamin voller

Kohlen ... Ihm jedoch schien die Luft wegzubleiben. Er glaubte, Schreie zu hören, echte Schreie, und er hörte das kalte Knarzen von Riegeln, die sich zuschoben. Notgedrungen hatte er bemüht gelächelt, wenn einer seiner Freunde ihn ansah, denn er wollte sich vor ihnen keine Blöße geben, aber tatsächlich war er dicht davor gewesen, aus dem Keller zu laufen.

»Gewiss«, sagte Luis und zog ein bedauerndes Gesicht, »peinliche Befragungen sind außerordentlich unangenehm. Doch du würdest damit deine Entschlossenheit demonstrieren, den Fall mit allem Nachdruck zu einem Abschluss zu bringen. Das allein könnte den Heiligen Vater besänftigen.«

Sandro schluckte. »Du vergisst, dass sie flüchtig ist.« Flüchtig: Dieses Wort hatte plötzlich etwas geradezu Tröstliches, etwas, woran er sich festhalten konnte.

Luis zuckte die Schultern. »Bis sie gefunden ist, könnte man das irre Mädchen befragen, und wenn sie nicht antwortet, *peinlich* befragen.«

»Das will ich nicht.«

»Zu diesem Zeitpunkt solltest du keine Option ausschließen.«

»Diese schließe ich aus. Das Mädchen wird nicht verhört.«

Luis erhob sich langsam von dem knarzenden Stuhl. »Tja, wenn du meinst. Das ist deine Entscheidung. Hoffentlich bereust du sie nicht wie diejenige vom heutigen Vormittag. Julius gilt als ebenso großzügig bei Erfolg wie unnachsichtig bei Misserfolg.«

Luis' Worte pendelten wie ein Damoklesschwert über Sandros Haupt und lösten eine bedrückende Angst in ihm aus.

»Wenigstens das Verhör der Konkubine solltest du – sobald sie ergriffen wird – mit *aller* Konsequenz führen«, empfahl Luis. »Tust du es nicht, möchte ich nicht in deiner Haut stecken.«

Ein Glasfenster zusammenzusetzen, das war idealerweise so, als würde man einen Choral komponieren, und jede Figurenreihe war wie ein Notenblatt. Das Licht wirkte ähnlich wie die Musik, denn es drang direkt in die Herzen der Menschen. Es vermochte zu besänftigen, weich und empfänglich zu machen, ebenso aber aufzurütteln, zu beunruhigen oder sogar in Ekstase zu versetzen. Antonia hatte erlebt, wie in Chartres stämmige Männer vor den Fenstern der Kathedrale ehrfürchtig auf die Knie gesunken waren, und in Toledo, wie fromme Matronen beim Anblick der Glasmosaike um Luft rangen, sich an die Kehle griffen und halb die Augen schlossen, so als würden sie soeben im Bett beglückt. Lichtmusik nannte Antonia dieses Phänomen. Helle Farben wirkten, ähnlich wie helle Töne, rein und erhaben, sie stimulierten und zogen Herzen in die Höhe. Dunkle Farben hingegen trieben schwer wie Weihrauch durch die Innenräume der Gotteshäuser und hüllten sie in ein mysteriöses Gewand.

Bisher hatte Antonia sich nur an schrecklichen Motiven versucht, an der Apokalypse, der Hölle, dem Fegefeuer, dem Jüngsten Gericht. Sie war eine Glasmalerin, aber sie vermochte nur eine einzige Stimmung auszudrücken: Angst.

Um mehr zu werden als eine Glasmalerin, um eine Glas*komponistin* zu werden, musste es ihr gelingen, verschiedene Gefühle in einem Raum zu vereinigen, so dass sie sich nicht widersprachen, sondern wie zwei Seiten einer Münze erschienen. Angst gab es nicht ohne Hoffnung, Kummer nicht ohne Freude, Sonne nicht ohne Nacht. Gott hatte einst gesprochen, dass das Licht von der Finsternis geschieden bleiben müsse, aber in den Menschen war es vereint, und so musste es auch in den Schöpfungen der Menschen vereint werden, in den Kunstwerken.

Seit heute erst dachte sie darüber nach und hielt es für möglich, so etwas zu schaffen. Sie stellte sich vor, eine Kathedrale ganz in Blau und Rot zu tauchen, zwei in ihrem Wechselspiel mystische Farben, die sich mit dem Stein der Gewölbe zu einem Geflecht aus Licht und uralter Materie verbinden würde, so dass man beim Eintreten nichts anderes tun konnte, als zu verstummen.

Antonias Tagebuch
Das ist es! Darauf kommt es an! Verstummen! Die Menschen zum Verstummen zu bringen! Er hat mich heute zum Verstummen gebracht. Wie viel Liebe und Zärtlichkeit in einer einzigen Geste liegen kann, im Schweigen. Ich habe mich in dieses Schweigen verliebt, das zwischen ihm und dem Mädchen lag, in diese Hand auf seiner Wange, in seine Augen, als das Mädchen lächelte ... Ich muss wahnsinnig sein, ich habe mich in eine Szene verliebt.

Ein ganzes Fenster, dachte sie. Ein ganzes Fenster mit einem einzigen Motiv. Ein sterbendes Mädchen und ein Engel. Das Mädchen berührt den Engel an der Wange, vertraut sich ihm an. Es hat keine Angst, der Engel hat ihm die Angst genommen.

Der Engel hat ihm die Angst genommen. Dieser Satz geht mir immer wieder durch den Kopf. Dabei ist doch der Engel so etwas wie ein Mörder. Schönes und Schreckliches dicht beieinander, Licht und Finsternis vereint. Ich liebe nicht nur die Szene, ich liebe auch die Figur. Ich liebe den Engel.

Sie warf die Feder, mit der sie ihre Tagebucheintragungen gemacht hatte, zur Seite. Ihr Herz pochte heftig. Sieben, acht Atemzüge verstrichen, dann griff sie rasch wieder zur Feder.

Ich liebe Matthias. Ich liebe den alten, jung gewordenen Traum mit Namen Antonia Hagen. Ich sage ihn mir immer wieder vor: Antonia Hagen, Antonia Hagen.

Erneut warf sie die Feder auf den Tisch, dann sogar zu Boden. »Verflucht«, rief Antonia. »Verflucht, verflucht, verflucht.«

Sie sehnte sich nach Matthias, nach seinen kräftigen Händen, dem entschlossenen Mund, den Augen, dem Geschlecht.

Sie sehnte sich danach, auf oder unter ihm zu liegen. Ihn endlich zu besitzen, diesen Körper, diesen alten Traum, das war ihr größter Wunsch.

Und trotzdem schlich sich immer wieder Sandro Carissimi in ihre Gedanken, diese Szene mit dem Mädchen, diese Schönheit. Was war das, was hatte das zu bedeuten?

Antonia war aufgewühlt, überreizt. Ihr Kopf brauchte dringend Ruhe, Ordnung, ein Ziel. Nur drei Methoden konnten diesen Zustand beheben: das Tagebuch, sinnliche Liebe oder Glas. Das Erste hatte sie vergeblich versucht, das Zweite war im Moment nicht möglich.

Antonia schüttelte alles von sich ab, stand auf, erhitzte ein scharfes Brenneisen im Kamin und setzte es an die rubinrote Glasplatte, die auf dem großen quadratischen Tisch bereitlag. Für ihr erstes nichtapokalyptisches Fenster brauchte sie zunächst einen purpurnen Himmel, den sie auf dem Glas bereits vorgezeichnet hatte. Mit der spitzen Kante des erhitzten Eisens fuhr sie vorsichtig die Linien entlang, und wie beabsichtigt, brach an diesen Stellen das Glas. Der klirrende Ton, wenn dies geschah, glich dem eines Eiszapfens, den man in heißes Wasser eintauchte. Antonia liebte dieses Geräusch. Etwas, das bisher nur in ihrem Kopf passiert war, nahm erste Gestalt an, und das war ein gutes Gefühl. Während sie arbeitete, vergaß sie die Männer, alle Männer. Es gab nur Antonia und das Glas. Ein einziges Mal binnen einer Stunde wichen ihre Gedanken kurz von dem Glas ab, und das war, als sie sich um Carlotta sorgte.

Wo war sie? Wieso hatte sie bezüglich Bertani gelogen, als sie sagte, sie sei in jener Nacht bei keinem Mann gewesen? War der Verdacht gegen sie begründet?

Dann arbeitete Antonia konzentriert weiter. Der Engel und das Mädchen: Sie wollte den Glaszuschnitt noch heute zu Ende bringen.

Die Tür des Ateliers ging auf. Ein Lakai trat zur Seite und gab den Weg für einen Prälaten frei. Antonia erkannte ihn sofort, sie hatte sein Porträt gefertigt und würde nie diesen seltsam birnenförmigen Kopf vergessen: Jean-Jacques Villefranche, der Erzbischof von Toulouse, war ein großer, schwerer Mann mit ein paar letzten Flocken dünnen Haares auf der Stirn und über den Ohren. Seiner Leibesfülle wegen bewegte er sich mit durchgebogenem Rücken, wobei er ständig den Kopf nach links und rechts drehte und nur selten das Ziel fixierte, auf das er zusteuerte. Ein Schemel, der ihm im Weg stand, fiel ihm als Erstes zum Opfer. Das kleine Möbel polterte durch den Raum, doch er achtete nicht darauf.

»Sie muss Antonia Brecher sein, nicht wahr, die Tochter von Hieronymus Brecher? Wie ich hörte, stammen einige der Glaskunstwerke von Ihr, nicht von Ihrem Vater, darum habe ich mich diese entsetzlichen Treppen heraufgequält. Wer hat Ihr dieses armselige Atelier zugewiesen? Madruzzo? Das sieht ihm ähnlich, diesem Geizkragen. Behandelt Künstler nicht besser als Wachsoldaten. Ich bin der Meinung, man muss die Menschen ernst nehmen, die etwas zu sagen haben.«

»Bender«, sagte sie.

»Wie meint Sie?«

»Antonia Bender, Exzellenz.«

Er streckte die Hand aus, oder besser gesagt, er hob den Arm ein Stück vom Körper weg, so dass sie sich tief vorbeugen musste, um ihm den Ring zu küssen. Noch während sie das tat, schweifte sein Blick über die fertigen und halbfertigen Fenster und Entwürfe. Er nahm ein Papier und begutachtete es.

»Eure Zeichnung? Seltsames Motiv! Engel und Mädchen. Ich habe Ihre Apokalypse im Dom gesehen und bin entzückt. Was für ein Inferno! Für eine Frau ganz außerordentlich. Was ist das hier für eine Zeichnung?«

»Die habe ich erst vor einer Stunde gemacht, gleich nach der des Engels mit dem Mädchen.«

»Noch so ein seltsames Motiv! Ein Märtyrer, der tödlich verwundet zu Boden sinkt, durchbohrt von einem Dolch. Sie hat dem Gewand einen Schimmer Bischofsfarbe gegeben, und das Gesicht erinnert mich an jemanden, den ich kannte. Zu seinen Füßen liegt eine verwelkte Lilie als Symbol dafür, dass seine Reinheit verwelkt war. Bertani, nicht wahr?«

»Nur ein Versuch, ein junges Ereignis aufzugreifen, Exzellenz. Es ist keineswegs sicher, dass ich ein solches Fenster wirklich herstellen werde.«

»Mutig und intelligent, das kann man nicht anders sagen. Sie stellt einen Bischof auf frivole Weise dar. Noch dazu ein ganz und gar unbiblisches Thema. Unerhört verwegen. So hat der Tod des armen Bertani doch noch etwas Gutes – nun, das würde er selbst sicher anders sehen.« Villefranche verbarg sein Kichern hinter einem Taschentuch. »Bertani wusste die Kunst nicht zu schätzen. Ein großer politischer Geist, ohne Zweifel, aber in künstlerischen Fragen ein bedauernswerter Ignorant – wie die meisten meiner Kollegen. Ich dagegen bin ein Mäzen, ein Kunstsammler und noch mehr als das. Ich zeichne selbst ein wenig.«

Er schnippte mit den Fingern, woraufhin der Lakai ihr eine Zeichnung überreichte: Jesus erscheint Maria Magdalena nach seiner Auferstehung. Die Zeichnung war sauber gearbeitet, aber voller übertriebenem Pathos.

»Diese Arbeit ist – ausgesprochen prunkvoll«, sagte Antonia.

»Sie hat ein gutes Auge«, lobte er. »Vielleicht gestatte ich Ihr, einige meiner Entwürfe zu verwenden, wenn Sie die Fenster der Kathedrale von Toulouse neu gestaltet.«

»Ich?«

Er sah sie mit ein wenig müden Augen an. »Selbstverständlich! Oder nimmt Sie an, ich unterhalte mich die ganze Zeit mit einer Ihrer Glasfiguren? Sie wird, sobald Ihr Auftrag in Trient erledigt ist, nach Toulouse kommen. Sie erhält ein großzügiges Salär, eine angemessene Unterkunft und ein Atelier, das gut beheizt werden kann. Material nur vom Besten, versteht sich. Ich hasse Sparsamkeit. Sparen ist etwas für Eichhörnchen.«

Villefranche hatte einen enormen Rede- und Speichelfluss, weshalb er sich unentwegt die Mundwinkel mit dem Taschentuch abtupfte.

»Gewiss, Ihre Kunst steht bisweilen im Widerspruch zur herkömmlichen Auslegung der Bibel. Doch man muss praktisch denken, nicht wahr? Wenn der Preis für künstlerisch hochwertige Fenster ein paar nette Frechheiten in Glas sind, nehme ich dies gerne in Kauf. *Ars triumphans*, die Kunst siegt. Aber Sie wird mir Ihre Entwürfe vorlegen, bevor Sie sich daranmacht, sie umzusetzen.«

»Ich habe Euer Angebot noch nicht angenommen, Exzellenz. Vorher muss ich mit meinem Vater sprechen – und womöglich heirate ich bald.«

»Unsinn«, sagte er, als sei ein Kind auf eine völlig absurde Idee gekommen. »Sie ist die erste Frau, der eine solche Ehre zuteilwird. Stelle Sie sich vor: Sie wird eine Berühmtheit, ein Novum. Ein Novum hat es immer leicht im Leben, denn die Aufmerksamkeit ist ihm sicher. Außerdem leben Künstler bei mir in Toulouse wie Kanzler. Sie bekommt zwei Dienerinnen zur persönlichen Verfügung sowie drei Gesellen, die Ihr beim Handwerk helfen. Eine Anstellung für zwei Jahre. Es ist bereits alles heute Morgen besprochen worden.«

»Mit wem?«, fragte sie.

Villefranche, daran gewöhnt, Fragen zu stellen und sie nicht beantworten zu müssen, lächelte gelangweilt und streckte mit der gleichen lässigen Bewegung wie vorhin die Hand aus.

»Ihr Vater«, sagte er, »wird Ihr alles erklären, was Sie nicht versteht.«

Sandros Andacht

Du fängst an, mir wehzutun. Meine Aufgabe war von Anfang an unmöglich. Statt es mir leichter zu machen, pflasterst Du meinen Weg mit Fallen. Du verleitest mich, Dinge zu tun, die ich nicht tun will oder nicht tun darf, und egal welche Entscheidung ich treffe, mir werden die Konsequenzen wie eine Eisenkugel am Bein hängen. Was soll das werden? Die Göttliche Komödie? Das ist nicht gerecht. Du erwartest zu viel. Ich kann nicht einen Mörder bekämpfen und nebenbei noch mich selbst. Nimm die Folter der Konkubine als Beispiel. Vor welche Auswahl Du mich da stellst: Entweder mache ich mir Dich zum Feind oder Deinen Stellvertreter, entweder opfere ich mich oder jemand anderen. Visitatoren sind gewissermaßen Beamte, und Beamte eignen sich nicht zu Märtyrern, das müsstest Du wissen. Wenn Du es gut mit mir meinst, dann lässt Du diese Konkubine nach England oder China fliehen, so dass sie unsichtbar bleibt. Unsichtbare kann man nicht foltern. Fall abgeschlossen. Oder Du sorgst dafür, dass sich ganz schnell ihre Unschuld herausstellt. Oder, falls sie schuldig ist, dass sie schnell gesteht.

Wenn Du das für mich tust, finde ich auch die Kraft, die andere Prüfung zu bestehen: Antonia Bender. Findest Du es angemessen, mir in meinen schlimmsten Tagen eine Frau zu schicken, eine Frau, wie ich seit Beatrice keiner begegnet bin?

Vergiss die letzte Bemerkung, Antonia ist nicht wie Beatrice. Ich stand im Palazzo Rosato neben ihr und berührte sie – nicht mit den Händen, nicht mit dem Körper. Ich berührte sie in Gedanken. Diese einzige Möglichkeit, ihr nahe zu sein, hatte etwas Tröstliches, zugleich aber auch etwas Trauriges an sich.

Ich weiß! Ich kenne Deine Gebote, so wie ich auch meine Einsamkeit kenne. Die Arbeit für Luis hat mich beides ein wenig vergessen lassen. Ich habe seit Kurzem das Gefühl aufzuwachen. Du wirst mich nicht verstehen, wenn ich sage, dass es ein schwieriges Gefühl ist aufzuwachen. Einerseits freut man sich im ersten Augenblick darüber, lebendig zu sein, wieder zu denken und zu handeln, al-

les das, was einem im Schlaf genommen ist. Andererseits fallen einem im nächsten Augenblick die Schwierigkeiten ein, die der Tag bereithält. Aufzuwachen, Herr, das ist ein bisschen wie sündigen: Man fürchtet und genießt es gleichermaßen.

12

Das Erste, was Carlotta fühlte, als sie aus dem Geheimgang in Innocentos Quartier trat, war eine ungeheure, wohlige Wärme. Sie hatte mehrere Stunden in dem zugigen Gang zugebracht und war trotz eines dicken Schals völlig durchgefroren. Hinter der Geheimtür lauschend hatte sie die Geräusche der Diener verfolgt, die gelüftet, aufgeräumt und schließlich Feuer in den Kaminen gemacht hatten, bevor sie endlich das Gemach verlassen hatten. Carlotta war vorsichtig gewesen und hatte noch eine Weile gewartet, bevor sie sich entschloss, die Geheimtür zu öffnen. Sie befand sich hinter einem leichten Wandteppich, den sie mit einem Arm anhob und darunter hindurchschlüpfte.

Die Wärme dreier Kamine war wie eine Umarmung. Eine Zeitlang blieb sie einfach nur stehen und spürte, wie ihr Körper langsam von diesem Gefühl umhüllt wurde. Das Zimmer war kleiner, schlichter und irgendwie individueller, als von ihr erwartet. Schon in Innocentos römischem Palazzo war ihr aufgefallen, dass der junge Papstsohn offenbar eine Abneigung gegen große, prunkvolle und deswegen unpersönliche Räume hatte und er einen heimeligen, intimen Stil bevorzugte – vielleicht eine Folge seiner Jugend im Armenviertel, wo große, leere Räume unbekannt waren. Vier Truhen, ein Bett mit Baldachin, drei altmodische Sessel, zwei Ottomanen, ein lederner Ball, ein Würfelspiel und ein mit Papieren überladener Schreibtisch deuteten darauf hin, dass Innocento sich hier am liebsten aufhielt und die restlichen Räume seines Quartiers nur wenig oder gar nicht benutzte.

Durch die gelb und rosa getönten Fenster fielen die Strahlen der Nachmittagssonne herein und blendeten Carlotta. Sie blinzelte. Kurz war ihr zum Lächeln zumute, denn das farbige Licht, das sich in den Raum ergoss, schuf eine solch behagliche Stimmung, dass sie sich am liebsten gesetzt, alle Sorgen und Pläne vergessen und eine Tasse Kräutertee getrunken hätte.

Dieser Wunsch währte nur kurz. Sie erinnerte sich, weshalb sie hergekommen war: Bei Tageslicht zu erkunden, wie sie bei Dunkelheit zu Innocentos Schlafgemach und zum Bett finden würde. Diese Arbeit war erledigt. Es wäre leicht – selbst ohne Fackel oder Kerze –, hinter dem Teppich hervorzukommen, an das Bett zu treten und ...

Sie schloss die Augen wie unter einem leichten Schwindel, und als sie sie wieder öffnete, fiel ihr Blick auf einen großen Hund, der halb unter dem Schreibtisch lag. Ihr erster Schreck verflog schnell, denn obwohl er sie bemerkt hatte, schenkte er ihr kaum Aufmerksamkeit, gähnte und schmatzte und sah sie nur gelegentlich mit trüben, greisen Augen an. Er war einer jener Hunde, für die man sofort Zuneigung gepaart mit Mitleid empfand, weil sie alt sind und treu. Sie beugte sich zu ihm.

»Na, mein Guter, wie heißt du?«, fragte sie und streichelte seinen Kopf. Er ließ es sich gefallen.

Sein Fell war dunkelgrau und gepflegt, doch an den zahlreichen alten Narben war abzulesen, dass es nicht immer so gewesen war und dass er schlimme Zeiten erlebt hatte. Normalerweise hielt man Hunde in gesonderten Pferchen oder allenfalls in der Küche. Dass dieser im Schlafgemach sein durfte, verriet die enge Verbindung von Tier und Besitzer.

Der Hund ließ müde seinen Kopf auf die Decke sinken, und Carlotta streichelte ihn ein letztes Mal, bevor sie sich wieder erhob. Dabei fiel ein Papier zu Boden. Sie hob es auf und wollte es wieder an seinen Platz zurücklegen, als die mädchenhafte

Schrift sie neugierig machte, eine Schrift, wie ihre Tochter Laura sie gehabt hatte. Nicht die gleiche, nein, das sah sie sofort, aber von der Art her ähnlich. Der Brief begann ohne Anrede, aber er war an Innocento gerichtet und drückte Sehnsucht aus. So ungeschliffen und fehlerhaft der Stil auch war, so aufrichtig waren die Worte. Der junge Kardinal fehlte einer ebenso jungen Frau wohl sehr.

Sie hatte nie daran gedacht, dass Innocento eine Geliebte haben könnte. Viele Geistliche hatten eine Geliebte, insofern hätte sie diese Tatsache nicht überraschen dürfen, doch sie hatte diese Möglichkeit übersehen – absichtlich übersehen. Sie wollte nicht, dass er eine Geliebte hatte, noch dazu eine, die ihm leidenschaftliche Briefe schrieb; sie wollte nicht, dass er einen Hund hatte, der neben seinem Bett schlief und ihn freudig begrüßte, wenn er zur Tür hereinkam.

Es war notwendig gewesen, diesen Raum zu betreten, aber es war ein Fehler, sich hier länger aufzuhalten. Die Wärme, die Sonne, ein Lederball, das Gähnen eines Hundes, das Rascheln eines Liebesbriefes: Das alles waren Kleinigkeiten, die sich zwischen ihr und der Rache aufschichteten und – je mehr es wurden – zu einer Mauer erhöhten. Jetzt schon stellte sie sich die Frage, ob es richtig war, jemanden zu töten, der ihr nichts getan hatte, der Ball spielte, geliebt wurde, vermisst wurde, der unschuldig an ihrer Tragödie war und diese Unschuld sogar, wie ein Fingerzeig des Himmels, im Namen trug.

»Verdammter Hund«, sagte sie, wobei sie das Tier nachsichtig anblickte.

»Verdammter Brief!« Rasch legte sie das Papier zur Seite.

Da sah sie inmitten des Teppichs von Briefen und Pergamenten das gestempelte Siegel des Papstes aufleuchten, das Wappen des Papstes. Und tatsächlich: Julius III. schrieb seinem Sohn. Es waren persönliche Zeilen. Schon die Anrede »*Mein geliebter Innocento*« war ein deutlicher Hinweis, dass hier nicht der Papst schrieb, sondern der Vater.

Ich bitte dich noch einmal: Sieh dich vor. Wieso habe ich dich bloß nach Trient gehen lassen? Deine kleine Aufgabe hätte ich anderen aus meiner näheren Umgebung übertragen können. In Rom konnte ich dich schützen. Konzile sind Schlangengruben. Als mein Sohn hast du eine Stellung, die niemanden gleichgültig lässt. Viele werden versuchen, dich auszunutzen, manche werden versuchen, dir zu schaden, um mir zu schaden. Ich habe eine ungeheure Aufgabe, besitze Macht und bin Herr der Gläubigen und der Künste, und dennoch wäre das alles nur eine leere Hülle, wenn dir etwas geschähe. Was bedeuten mir die anderen? Du bist mein einziges Kind.

Vertraue niemandem. Gib Acht auf dich.

Die Worte waren wie Flutwellen, die Carlotta überrollten – und auch die Mauer, die sich zwischen ihr und dem Mordplan aufgebaut hatte. Allein schon diese Schrift zu sehen, einen Brief von *seiner* Hand in Händen zu halten ... Giovanni Maria del Monte, heute Julius III. Für Carlotta war er nicht der Heilige Vater, nicht der Papst, sondern immer noch der Erzbischof von Siponto, der Mörder.

Er hatte hohes Ansehen in seinem Bistum besessen. Auch Carlotta und ihr Mann Pietro hatten zu jenen Gläubigen Sipontos gehört, die froh waren, endlich einen Erzbischof zu haben, der sich um die Anliegen der Leute kümmerte. Del Monte war studierter Jurist, vielleicht ließ diese Ausbildung ihn manche Dinge nüchterner sehen als seine Vorgänger, denen es meist nur um die Verschönerung ihrer Kirchen und die Vergrößerung ihrer Macht gegangen war. Er machte seinen Einfluss geltend, um die hygienischen Verhältnisse in der Hafenstadt Siponto zu verbessern und den Hafen auszubauen. Die heiligen Messen zelebrierte er nicht nur an den hohen Feiertagen in eigener Person, sondern darüber hinaus sechsmal jährlich.

Carlottas Mann Pietro Pezza war der glühendste Verehrer des Erzbischofs del Monte, was unter anderem daran lag, dass er als Schreiber für das Bistum arbeitete. Er verdiente genug, damit die Familie sich die ganze Etage eines sauberen Mietshauses am Rande von Siponto leisten konnten. Es ging ihnen besser als vielen anderen, aber sie gehörten auch nicht gerade zu den Honoratioren der Stadt. Es war ein ruhiges Leben im Mittelmaß, mit kleinen Sorgen, ohne große Wünsche, und Carlotta fühlte sich so wohl wie in einem behüteten Nest. Sie hatte sich an der Seite ihres Mannes und ihrer Tochter eine Art von Existenz geschaffen, von der sie hoffte, sie würde bis ans Ende ihres Lebens fortdauern.

Als der Erzbischof, der mit Pietros Arbeit zufrieden war, ihm das Salär erhöhte, versetzte dieses zusätzliche Geld Carlotta und Pietro in die Lage, ihre einzige Tochter Laura, als sie zehn Jahre alt wurde, zur Erziehung in ein Kloster zu geben. Carlotta sträubte sich zunächst, ihre Tochter fremden Menschen anzuvertrauen.

»Ich würde sie gern in Siponto behalten. Mit dem Geld, das wir einem Kloster geben müssten, können wir genauso gut einen Hauslehrer bezahlen«, wandte sie ein.

Pietro hätte nie etwas ohne ihr Einverständnis entschieden, doch er verstand es, ihre Zweifel zu zerstreuen. Er wies darauf hin, dass eine gute Erziehung und Bildung Laura später bessere Heiratsmöglichkeiten verschaffen und dass sie im Kloster Mädchen aus vornehmen Familien begegnen würde. Nach einem Kirchgang, in dessen Anschluss sie dem Erzbischof del Monte vorgestellt wurde, überzeugte dieser sie vollends, Laura den Franziskanerinnen, den Klarissen, anzuvertrauen. Also besuchte sie das empfohlene Kloster. Es lag sehr hübsch im Hinterland von Siponto auf einer Anhöhe mit Blick auf das Meer, und die Nonnen waren außerordentlich belesen und für ihre sorgfältige Betreuung der ihnen anvertrauten Schützlinge bekannt. Außerdem: Wenn der Erzbischof es empfahl ... Der Tag, an dem Carlotta ihre Zustimmung gab, Laura dort erziehen zu lassen, markierte den Wendepunkt in ihrem Leben.

Carlotta vermisste ihre Tochter, aber sie wusste sie gut aufgehoben, und sie schloss sie jeden Abend in ihre Gebete ein, ebenso wie sie von Laura in die Gebete eingeschlossen wurde. Selbst über die Entfernung hinweg blieb ihre enge Beziehung bestehen. Jede von beiden schrieb der anderen einmal wöchentlich einen Brief.

Laura hatte keine Eingewöhnungsprobleme. Sie war ein lebensfrohes Mädchen, das sich schnell arrangierte und keine Scheu kannte. Statt wegen der Trennung von ihren Eltern trübsinnig zu werden, sah sie das Positive: die freundlichen Nonnen mit ihrer zurückhaltenden Art und der unaufdringlichen Erziehung; die herrliche Luft, die viel besser war als in dem von Fischgeruch geplagten Siponto; die Freundschaften, die sie mit anderen Mädchen schloss, vor allem mit einer Waise namens Inés, mit der sie die Klosterzelle teilte. Lauras Briefe an Carlotta waren stets heiter und berichteten von einer sorglosen Zeit.

»Es war die richtige Entscheidung«, stimmte Carlotta schon bald ihrem Gatten Pietro zu.

Einmal im Jahr kam Laura für zwei Sommermonate nach Hause, wo sie stolz zeigte, was sie schon alles gelernt hatte. Ihre Singstimme war zauberhaft, sie sang mühelos die schönsten Lieder, und ihre Handschrift war ein Kunstwerk. Aber am liebsten erzählte sie von Inés.

»Ich denke jeden Tag an sie«, sagte Laura. »Sie ist eine der Wenigen, die niemanden haben, zu dem sie gehen könnten. Sie hat einen Onkel, der ihr den Aufenthalt im Kloster bezahlt, aber nur, damit er sie los ist.«

»Warum lädst du sie nicht einmal ein, deine Inés?«, schlug Carlotta vor. »Sie könnte den Sommer mit uns verbringen, wenn sie niemand anderen hat.«

»Das habe ich, Mama. Ich habe ihr vorgeschlagen, mit mir zu kommen. Aber sie glaubt, sie würde sich aufdrängen.«

Die ersten beiden Sommer kam Laura allein. Im dritten Jahr schickte Carlotta der besten Freundin ihrer Tochter eine Einladung.

Inés war ein schüchternes Mädchen, ganz anders als Laura, und sie gab sich alle Mühe, unnahbar zu wirken. Ihr schlichtes Äußeres unterstrich sie mit schlichter Kleidung, und sie redete wenig.

»Wenn sie mit mir allein ist«, sagte Laura, »ist sie viel offener. Sie ist ein Schatz, Mama.«

Carlotta wusste das. Wenn Inés lächelte, was selten vorkam, erkannte Carlotta ihr gutes, freundliches Wesen. Bei all ihrer Schweigsamkeit war Inés ehrlich, hilfsbereit und eine treue Freundin. Carlotta mochte Inés.

Drei Sommer lang lernten sie sich immer besser kennen, und in dieser Zeit entstand Vertrauen zwischen ihnen. Pietro konnte mit Inés wenig anfangen, aber Pietro war ein Mann, und vielleicht musste man eine Frau sein, um Inés zu verstehen. Sie hatte nie einen Menschen gehabt, der sie geliebt hatte – ihre Eltern waren bald nach ihrer Geburt einem schweren Fieber erlegen –, und Laura und Carlotta waren die Ersten, die dem, was man eine eigene Familie nennt, nahe kamen. Ihre Anhänglichkeit wurde zur Zärtlichkeit. Bald schrieb auch sie Carlotta jede Woche einen Brief, und jedes Mal schickte Carlotta ihr eine Antwort.

Eines Tages – es war im Juni 1545, und Carlotta freute sich schon auf den Besuch ihrer beiden fünfzehnjährigen Mädchen – erhielt sie einen Brief, der anders war als alle, die sie zuvor von Laura erhalten hatte.

Liebe Mama,
hier ist etwas Seltsames geschehen. Einer der Nonnen, Schwester Angela, einer abweisenden, von den anderen wenig respektierten Person, ist die Heilige Mutter Gottes erschienen. Die Äbtissin befahl Schwester Angela zu schweigen, aber die Vision der Schwester hat sich jede Nacht wiederholt, und gestern hat eine weitere Nonne, die jüngste, Schwester Hortensia, die gleiche Erscheinung gehabt. Niemand versteht, was das zu bedeuten hat.

Hier ist alles in Aufregung. Stell Dir vor: Die Mutter Gottes war nur ein paar Klosterzellen von mir entfernt! Ist das nicht spannend? Ich halte Dich auf dem Laufenden. In drei Wochen sind wir wieder zusammen. Inés und ich können es gar nicht erwarten, Dich und Papa in die Arme zu schließen.

Deine Dich liebende Tochter
Laura

Nach dem Lesen dieses Briefes hatte Carlotta ein ungutes Gefühl. Es setzte sich in ihrer Brust fest und wurde mit jedem Tag stärker. Es gelang ihr nicht, sich auf ihre Aufgaben im Haushalt zu konzentrieren, immer wieder gingen ihr Lauras Zeilen durch den Kopf. Sie spürte irgendein Unheil, und gleichzeitig redete sie sich ein, dass das nur Einbildung sei.

Als in der folgenden Woche kein Brief von Laura eintraf, *wusste* Carlotta, dass etwas geschehen war, denn Laura hatte nie auch nur eine einzige Woche ausgelassen. Auch Inés schrieb nicht.

Sie wartete noch zwei Tage bis Sonntag – zwei schreckliche Tage –, ob nicht doch noch ein Brief käme. Dann erst ging sie zu Pietro und vertraute ihm ihre Ängste an.

»Du machst dir unnötig Sorgen«, wiegelte er ab. »Vielleicht wurde sie bestraft, weil sie etwas Ungehöriges getan hat, und sie darf eine Weile nicht schreiben.«

»Und Inés? Nein, ich sage dir, es ist etwas passiert.«

»Was soll denn passiert sein?«

»Das weiß ich auch nicht.«

»Wäre sie krank, hätte man uns benachrichtigt.«

Carlotta ließ sich nicht beruhigen und reiste mit Pietro noch am selben Tag zum Kloster. Als sie dort am Abend ankamen, fanden sie das Tor verriegelt, und niemand antwortete auf ihre Rufe. Pietro gelang es, über die Mauer zu klettern und das Tor von innen zu entriegeln. Das Kloster war menschenleer. Bücher lagen aufgeschlagen auf den Pulten, in der Küche schimmelte eine Gemüsesuppe, zur Hälfte geschnittene Möhren lagen samt Messer auf dem Tisch, im Kräutergarten steckten Werkzeuge zum Jäten in den Beeten. Es war, als habe der Erdboden alle Bewohner des Gemäuers von einem Moment zum anderen verschlungen. Die Dunkelheit senkte sich über diesen Ort, es wurde Nacht. Carlotta fand den Schlafraum von Laura und Inés und legte sich in das Bett ihrer Tochter, wo sie einen Rosenkranz fand. Dort weinte sie still. Sie weinte, weil sie damals zum ersten Mal ahnte, dass sie das geliebte Kind, das sie zur Welt gebracht hatte, nie wiedersehen würde.

Heute, dachte Carlotta, als sie den Brief des Papstes wieder und wieder las, wäre Laura etwa so alt wie Innocento. Im einen Moment hatte sie das Bild ihrer heiteren, lachenden Tochter vor Augen, die Erinnerung an ein Mädchen, das durch hohes Gras läuft, das sich gerne Geschichten von ihr und Pietro erzählen lässt, das neben einer Kerze sitzt und ein Buch liest. Und im nächsten Moment sah sie Lauras schmerzverzerrtes Gesicht vor sich, hörte ihre Schreie: Mama, Mama! Schreie, die Carlotta nie wirklich gehört hatte, die aus dem Nichts kamen, von dort, wohin Laura verschwunden war.

»Giovanni Maria del Monte« hatte die Antwort auf ihre Frage gelautet, wer für das Verschwinden Lauras und Inés' verantwortlich war. Pietro hatte nach der Rückkehr nach Siponto Himmel und Erde in Bewegung gesetzt, um zu erfahren, was vorgegangen war. »Giovanni Maria del Monte und die Inquisition.«

Zum ersten Mal fiel der Name des bischöflichen Hoffnungsträgers zusammen mit dem Namen der gefürchtetsten Institution Italiens, und sie sollten für Carlotta fortan immer miteinander verbunden bleiben.

»Niemand hat mir etwas Offizielles mitteilen wollen«, erklärte Pietro, »alle geben sich verschwiegen. Der Vorfall wurde als geheim eingestuft.«

»Welcher Vorfall, Pietro? Nun sag doch endlich, was passiert ist.«

»Es gab Fälle von Besessenheit unter den Schwestern. Nachdem zwei Nonnen und einer Novizin die Mutter Gottes erschienen war, ordnete man eine Untersuchung an, und die kam zum Ergebnis, dass die Besessenheit nicht göttlichen, sondern teuflischen Ursprungs ist.«

»O mein Gott!«

»Man hat alle Nonnen und Kinder in ein Gebäude der Inquisition verbracht. Das alles weiß ich nur, weil ich einige Laden geöffnet habe, die ich nicht hätte öffnen dürfen.«

»Wo ist sie? Wo ist Laura?«

»Den Ort konnte ich nicht herausfinden. Nur, dass Erzbischof del Monte das Verfahren ausdrücklich gebilligt hat.«

»Wie kann er das? Er kennt dich doch. Du bist einer seiner besten Sekretäre. Er weiß doch, dass unser Kind nichts mit dem Teufel zu tun haben kann. Wieso lässt man Laura nicht frei und verhört nur die Nonnen? Laura ist keine Nonne, keine Novizin. Sie ist eine ...«

»Schülerin«, fiel Pietro ihr ins Wort. »Sie ist eine Schülerin der Nonnen, und darum geht es.«

»Pietro! Du denkst doch etwa nicht, dass Laura ...«

»Natürlich nicht! Sie ist nicht besessen, das ist absurd.«

»Dann geh und sage das dem Erzbischof.«

»Ich glaube, das wird nichts helfen. Del Monte hat sich in den letzten Monaten verändert. Er biedert sich bei einigen Kurienkardinälen an, um seine Karriere voranzutreiben, und von denen sind einige große Anhänger von Hexen- und Ketzerverfolgungen.«

»Du kannst es versuchen.«

»Wenn ich das tue, ermittelt morgen die Inquisition auch gegen mich.«

»Feigling«, rief sie. »Du elender Feigling.« Sie konnte nicht mehr klar denken. Es war, als breche ihr Herz in tausend Stücke.

Sie beschimpfte Pietro mit den übelsten Wörtern und schlug mit den Fäusten gegen seine Brust.

Nach einer entsetzlichen Nacht voller Schmerzen und Vorwürfe sagte Pietro ihr zu, beim Erzbischof vorzusprechen, und am nächsten Abend kam er nicht mehr nach Hause. Er war verschwunden wie vor ihm schon Laura und Inés.

Carlottas Welt brach endgültig in sich zusammen. Binnen weniger Tage waren alle Menschen, die ihr etwas bedeuteten, verschwunden. Zum ersten Mal in ihrem Leben war sie allein. Tagsüber fürchtete sie, verrückt zu werden, und nachts gab sie sich die Schuld an allem, was geschehen war: Wenn sie Laura nicht weggegeben hätte, wenn sie Laura nach den ersten schlimmen Anzeichen abgeholt hätte, wenn sie Pietro nicht gedrängt hätte ...

Sie ging zum Gerichtsgebäude der Inquisition, zum Sitz des Bistums, schrieb Eingaben – eine Antwort erhielt sie nicht. Einmal kam sie in Rufweite des Erzbischofs del Monte und schrie, bettelte ihn an, ihr Auskunft zu geben, doch er wandte sich von ihr ab und ließ sie abdrängen. Drei lange Wochen irrte sie von einer Behörde zur anderen, fragte, wo ihr Kind und ihr Mann sich befänden, ob sie gesund wären, ob sie noch lebten. Drei Wochen lang Übelkeit und Fieberanfälle. Sie aß fast nichts. Innerhalb von nur zwanzig Tagen war aus ihr, der schönen, zufriedenen Frau, ein Bündel aus Qual geworden.

Und dann, eines Morgens, als sie trotz starker Kopfschmerzen aufstand und sich mühsam in die Küche schleppte, saß dort – Pietro. Als er sie sah, rührte er sich kaum, so als wäre er ein Geist. Blass und dünn war er geworden wie sie, doch ansonsten schien er äußerlich unversehrt.

Sie warf sich ihm zu Füßen, umklammerte seine Beine, seinen Körper, küsste ihn.

»Was haben sie mit dir gemacht, Pietro, lieber Pietro? Was haben sie dir angetan?«

Er brauchte eine Ewigkeit, um zu sagen: »Nichts.«

Nichts und doch sehr viel. Pietro berichtete so langsam, als laufe seine Zeit anders, dass er drei Wochen lang in einer Einzelzelle ohne Bett oder irgendeinen Gegenstand verbracht habe. Niemand hatte mit ihm gesprochen. Einmal täglich waren ihm Brot, Kohlblätter und eine Schale Wasser durch eine Klappe gegeben worden. Man hatte ihn nicht befragt. Man hatte ihn nicht vorgeführt oder verurteilt. Man hatte ihn einfach drei Wochen lang ohne Licht und menschliche Stimme, ohne Papier, Kleidung oder irgendetwas sonst festgehalten. Seine Fähigkeit zu denken war beinahe zum Stillstand gekommen. Dieses Nichts hatte ihn halb wahnsinnig gemacht. Dann hatte man ihn kommentarlos freigelassen.

In den nächsten Tagen erholte er sich wieder ein wenig und begann nach und nach, seine Sprache wiederzufinden, aber er wurde nie mehr wie früher, und die schlechten Nachrichten bezüglich Laura drückten ihn nieder. Er war fähig, aber nicht willens, die Wohnung zu verlassen. Während Carlottas Hoffnung sich zwischendurch neu entzündete – drei von sechs Schülerinnen waren eine nach der anderen zu ihren Eltern zurückgekehrt –, wurde Pietro völlig von Passivität und Schwarzseherei beherrscht.

Carlotta versuchte, an die freigelassenen Kinder – allesamt aus sehr wohlhabenden Familien – heranzukommen, aber ihre Eltern verhinderten, dass Carlotta mit ihnen sprach, und waren auch durch Tränen nicht zu erweichen. Vermutlich war ihnen deutlich gemacht worden, welche Konsequenzen ein Bruch der Geheimhaltung haben würde.

Siebzehn Tage nach Pietros Rückkehr geschah ein zweites Wunder: Als Carlotta von einem weiteren Versuch, etwas über Laura zu erfahren, nach Hause kam, saß Inés auf den Stufen vor ihrer Wohnung. Ihre Kleider waren in einem furchtbaren Zustand, verschmiert und zerrissen, sie war bis auf die Knochen abgemagert, und ihr Körper wies zahlreiche Verletzungen auf, die allerdings schon halb verheilt waren. Besonders an den Arm-

und Fußgelenken sowie am Hals war die Haut aufgerissen und graublau verfärbt.

Carlotta glaubte, ohnmächtig vor Glück zu werden, und sie schloss Inés nicht weniger herzlich in die Arme, als wenn Laura vor der Tür gestanden hätte. Wieder hoffte Carlotta. Anders als bei Pietro, der nach seiner Rückkehr wenigstens ein paar Worte hatte sagen können, war aus Inés kein Laut herauszubekommen. Sie ließ alles mit sich machen – waschen, kämmen, zu Bett bringen, wecken –, doch sie sprach nicht. Manchmal bekam sie Anfälle, ging durch die Hölle. Carlotta stellte sich vor, wie Inés' Hölle aussah: das Knarren der Streckbänke, der Geruch der Angst, die überall um einen herum und in einem selbst ist, der Blick in die Augen der Eiferer und in die unschuldigen Augen der geständigen Opfer, das Lederband, das sich enger und enger um den Hals zieht, bis man glaubt, keine Luft mehr zu bekommen ... Inés war zerbrochen, ihre Augen erloschen. Sie hatte Furchtbares gesehen. Und Carlotta wurde den grauenhaften Verdacht nicht los, dass das, was Inés gesehen hatte, die schreiende, sterbende Laura gewesen war. Denn Laura kam nicht wieder.

Als vier Monate nach Inés' Auftauchen klarwurde, dass es keine weiteren Wunder mehr geben würde, nahm sich Pietro das Leben. Er wurde am Strand bei Siponto gefunden, dort, wo er, Carlotta und Laura früher immer spazieren gegangen waren.

Carlotta glaubte, am Tiefpunkt ihres Lebens angekommen zu sein – sie hatte ihr Kind verloren und ihren Mann, und ihr Pflegekind war verwirrten Geistes –, doch nicht zum letzten Mal täuschte sie sich. Das Bistum verweigerte ihr wegen des frevlerischen Selbstmordes ihres Gatten eine Rente. Danach blieb Carlotta nichts anderes übrig, als eine Weile von den geringen Ersparnissen zu leben, die sie zurückgelegt hatte. Sie verkaufte alle Möbel und Kleider, selbst die Lauras, um sich und Inés ernähren und sich ein bescheidenes Heim leisten zu können. Ihre Eingaben an Erzbischof del Monte blieben unbeantwortet, und ihr Versuch, zu ihm vorzudringen, scheiterte. Sogar die letzten, spärlichen Stützen ihrer bisherigen Existenz brachen zusammen, als die Ersparnisse aufgezehrt waren. Carlottas Leben wurde fortgespült, ja, sie hatte tatsächlich den Eindruck, sich in einem reißenden Gewässer zu befinden. Zuerst hörte sie auf, an die Kirche Gottes zu glauben, und dann hörte sie auf, an Gott zu glauben. Von dort bis zum nächsten Schritt war es nicht mehr weit: Würde, Hoffnung, Stolz wurden zu lügnerischen Worten. Die Leere, die Inés in ihren Augen trug, trug Carlotta in ihrem Herzen.

Sie wurde Konkubine, ihre finanzielle Lage machte es nötig, und ihre Schönheit machte es möglich. Es war seltsam, dass ihr Äußeres unter der Verzweiflung nicht gelitten hatte, aber sie sagte sich, dass auch eine Rose, die man vom Lebenssaft abschneidet, noch eine Weile blüht und duftet, obwohl sie schon längst gestorben ist.

Den Namen Pezza konnte sie nicht länger tragen, er klang einer Konkubine unangemessen. Als Carlotta da Rimini ging sie nach Rom, wo sie sich und Inés von ihrer Arbeit ernährte. Als Hure ertrug sie die Launen und Verrücktheiten der reichen Kunden, küsste auf Befehl, nahm Körperhaltungen ein, von denen sie nie geglaubt hätte, dass es sie überhaupt gab, und machte jedem, der es wünschte, ihre Brüste zum Geschenk.

Jahrelang kannte sie trotz allem keine Rachegefühle für den Mann, den sie als den Hauptschuldigen an ihrem Elend ansah. Aber als Giovanni Maria del Monte im Frühjahr 1550 völlig überraschend zum Papst gewählt wurde, verlor Carlotta den letzten Glauben an eine übergeordnete ausgleichende Gerechtigkeit. Ihr Leben war verschlungen worden, während del Monte, der unschuldige Kinder der Inquisition übergab, der Pietro denunziert hatte und ihr, der Witwe, zynisch die Rente verweigerte, den Stuhl Petri bestieg.

Da war es, als erwache sie aus einer Benommenheit, und sie beschloss, selbst für die Gerechtigkeit zu sorgen.

Jeder Mensch hatte Schwächen, egal von welchem Stand er

war. Der berühmteste Maler konnte sein Augenlicht verlieren, der größte Feldherr seinen Posten. Niemand stand so hoch, dass er sich über dem Schicksal befand, nicht einmal ein Papst. An ihn selbst kam sie nicht heran, er war zu gut bewacht. Die verwundbare Stelle Julius III. war sein Sohn. Die Frau, die Innocento geboren hatte, bedeutete Julius nicht viel, jedenfalls war nicht bekannt, dass er ihr jemals mehr als Geld gegeben hatte. Aber Innocento, sein Fleisch und Blut! Ganz Italien hatte staunend zugesehen, wie der Heilige Vater diesen jungen Mann in sein Leben eingelassen hatte. Innocento war sein Favorit, er verwöhnte ihn mit Reichtümern und Titeln und kleinen Statuen aus Gold. Die Einrichtung von Innocentos Palazzo war eines Kaisers würdig, und die Festlichkeiten, die darin stattfanden, erinnerten an die vergangene, cäsarische Pracht. Schlug Innocento einmal über die Stränge, tat der Papst alles, um die Sache zu vertuschen. Er erfüllte ihm ausnahmslos jeden Wunsch.

Kein Zweifel, del Monte liebte seinen Sohn. Innocento war das Kostbarste in seinem Leben – so wie Laura das Kostbarste für Carlotta gewesen war.

Seither trachtete sie Innocento nach dem Leben. Die Person Innocento war unwichtig, bloß ein Objekt. Carlotta hatte bis heute niemals lange über ihn nachgedacht. Sie dachte nur an die Verzweiflung, in die sie Papst Julius stürzen würde. Er sollte spüren, was es hieß, das einzige Kind zu verlieren.

Was sie in diesem Raum von Innocentos Leben gesehen hatte, wurde von den Zeilen des Briefes weggespült. Nur kurz, nur für wenige Augenblicke war Innocento für sie ein Mensch gewesen. Nun war er kein Mensch mehr. Er hatte keinen Hund, keinen Ball und keine Geliebte.

Das Einzige, was er hatte, war ein Vater.

Er streichelt den jungen Körper neben sich, bevor er aufsteht. Dieser Körper ist eine warme Landschaft mit wenigen Unebenheiten: die Rippen wie wellige Hügel, der Nabel ein kleiner See, die Brustwarzen zwei harte Felsquader. Ansonsten Zartheit. Er lächelt, wenn er diesen Körper berührt. Er ist glücklich. Das Glück fließt durch die Fingerspitzen in ihn hinein.

Das warme Bett zu verlassen behagt ihm nicht. Der Boden ist kalt, der Kamin wärmt kaum. Er nimmt den Stummel einer Kerze und sucht sich mit dessen Hilfe den Weg durch das Quartier. Vorsichtig öffnet er die Türen, ganz langsam, damit sie nicht knarren. Zwar ist die Sonne eben erst untergegangen, aber er verhält sich trotzdem so, als wäre es mitten in der Nacht. Seine Rücksicht auf andere begleitet ihn schon sein ganzes Leben.

Als er sich auf den Nachttopf setzt, erfasst ihn ein Schauer, denn der metallische Rand des Behälters scheint sich wie ein Eiszapfen in sein Fleisch zu bohren. Er hasst das Geräusch, das der Urin verursacht, als er in den Topf sprudelt. Er wünscht sich zurück ins Bett und ist froh, als er endlich fertig ist.

Er geht den gleichen Weg zurück, den er gekommen ist, und wieder ist er außerordentlich vorsichtig. Je näher er dem Schlafgemach kommt, umso stärker kehrt sein Lächeln zurück.

An der letzten Tür, deren Klinke er so behutsam ergreift, als sei es der zarte Körper, den er im Bett zurückgelassen hat, spürt er etwas in seinem Rücken. Zuerst Schmerz und unsagbare Kälte. Doch dann, nur einen Lidschlag später, ein Gefühl, wie er es nicht kennt: Seine Brust wird von einer gewaltigen Wärme durchströmt, und er fühlt sich wohl. Es ist verrückt. Er weiß, dass sich etwas in seinen Rücken gebohrt hat, doch für eine Sekunde spielt das keine Rolle, und er fühlt sich tatsächlich wohl.

Ohne sich umzudrehen, wankt er in das Schlafgemach. Seine Beine tragen ihn noch ein paar Schritte, dann schwinden ihm die Sinne. Das Letzte, was er hört, ist ein entsetzter Aufschrei aus dem Mund, den er noch vor wenigen Minuten liebkost hat. Das Letzte, was er sieht, ist ein erschrecktes Augenpaar. Und das Letzte, was er fühlt, ist eine heiße Flüssigkeit, die ihm über das Kinn läuft.

Antonia verließ das Atelier und machte sich auf den Weg durch den Palazzo Rosato, um nach Inés zu sehen. Ihr Vater hatte ihr alles über sie erzählt, was er wusste, und den ganzen Nachmittag über hatten sie sich gemeinsam um sie gekümmert. Antonia war seltsamerweise nicht nervös gewesen. Seit sie Inés hatte lächeln sehen und an einem Fenster arbeitete, das von Inés inspiriert worden war, hatte sie die Furcht vor ihr verloren, und es machte ihr wenig aus, allein zu ihr zu gehen.

Hieronymus war vor zwei Stunden, nachdem sie gestritten hatten, spazieren gegangen. Sie hatte ihre Enttäuschung geäußert, dass er über ihren Kopf hinweg eine Zusicherung für Toulouse gegeben hatte; er wiederum zeigte sich gekränkt, dass sie eine mögliche Ehe mit Matthias dem Auftrag von Erzbischof Villefranche vorziehen wolle.

»Wenn Toulouse ein Erfolg wird, stehen dir alle Kirchenpforten offen: Reims, Köln, Straßburg. Und das alles willst du an einem möglichen Einspruch von Matthias Hagen scheitern lassen? Gott im Himmel, steh mir bei! Mir scheint, der Fluch, mit dem Bertold mich auf dem Sterbebett belegt hat, entfaltet seine Wirkung.«

»Liebe ist kein Fluch.«

»Du liebst das Glas, Antonia. Du hast eine sinnliche Beziehung zu unserer Kunst, wie nur wenige Meister sie haben. Dass du eine Frau bist, ist deine große Stärke.«

»Ich werde nächstes Jahr dreißig Jahre alt. Glas allein füllt kein Leben aus.«

»Du hast dein Leben auch bisher anderweitig auszufüllen verstanden, und ich habe das stets respektiert, weil du wie jeder Mensch Bedürfnisse hast.«

Die Anspielung auf ihre Liebschaften zeigte, dass das Gespräch offener denn je zwischen ihnen verlaufen würde.

»Matthias«, sagte sie, »ist eine Kategorie für sich. Ich habe ihn schon mein ganzes Leben lang geliebt, und jetzt ist er hier. Er ist zurück. Ich werde ihn nicht noch einmal aufgeben.«

»Hat er dir Anlass gegeben, auf eine Ehe zu hoffen?«

»Jawohl.«

»Nun, mich hat er noch nicht gefragt, und ich bin wenig geneigt, dich einem Protestanten zuzuführen, der dich nötigen wird, die Glasmalerei aufzugeben.«

»Andere Väter wären froh, wenn ein wohlhabender Mann mit Zukunft ihrer Tochter den Hof macht.«

»Andere Väter haben auch keine Tochter, wie ich eine habe. Ich habe deine Entwicklung gesehen, du bist mir längst weit voraus. Deine Fenster sind intensiv und subversiv, und wenn du eines Tages mehr als nur Apokalypsen erschaffst, wirst du die Größte unserer Zunft.«

»Das ist – das ist schmeichelhaft, aber weit übertrieben.«

»So wahr ich Hieronymus Bender heiße. Bei Gott, du hast Talent. Toulouse wird es beweisen. Ich habe deine neuesten Zeichnungen gesehen: das Mädchen, den Engel, den sterbenden Bischof. Diese Zartheit des sterbenden Mädchens: unglaublich! Und wie sie den Engel ansieht, so als würde sie ihn für das, was er tut, lieben. Alle werden dich für ein solches Fenster bewundern, Antonia. Du hast schon mit der Arbeit angefangen, alles steckt bereits in dir drin! Wie lange habe ich auf diesen Tag gewartet, da du anfängst, die schrecklichen Weltuntergänge zu vergessen und deinen Geist freizumachen für mehr, für das Universum der Gefühle. Worauf wartest du? Mach weiter! Lasse alles für Trient ruhen, ich kümmere mich allein um die Santa Maria Maggiore. Zeichne, Antonia, zeichne für Toulouse.«

Ein paar Atemzüge lang wusste sie nicht, was sie antworten sollte. Es war, als erzähle ihr Vater von ihrer Zukunft. Tausende von Figuren, die die Kathedralen Europas bevölkern würden, Gestalten, die in ihr entstehen und durch das Licht Gottes auf eine gewisse Weise leben würden. Toledo, Notre-Dame in Paris, Chartres, diese drei atemberaubendsten aller Kathedralen schienen plötzlich möglich zu sein. Hieronymus hatte ihren wunden Punkt berührt, und er wusste es: Der Traum von

Chartres und Toledo war nur wenig jünger als der Traum von Matthias.

Ihre Sprachlosigkeit ausnutzend war Hieronymus fortgegangen, ehe sie etwas erwidern konnte. Sie wäre ihm gerne böse gewesen, doch sie konnte nicht. Er hatte sie daran erinnert, dass sie eine Künstlerin war und dass sie sich klar sein musste, was sie aufgab, wenn der Traum namens Antonia Hagen Wirklichkeit werden sollte.

Außerdem stand ihr Vater wegen Carlotta unter ungeheurer Anspannung, vermied es aber, über sie zu sprechen. Es war ja nicht nur der Verdacht gegen sie, der ihm zu schaffen machte, sondern auch die Tatsache, dass Carlotta eine Nacht mit einem anderen Mann verbracht hatte. Eigentlich nicht überraschend bei einer Konkubine, aber es ist ein Unterschied, etwas zu wissen oder unmittelbar damit konfrontiert zu werden. Antonia vermochte nicht, in ihn hineinzusehen. Immer schon hatte er die Dinge mit sich allein ausgemacht, sowohl den Tod seiner Frau, Antonias Mutter, wie den Tod seiner Figuren im Münster zu Ulm anno 1531. Hieronymus hatte ein großes, wunderbares, verwundbares Herz, das er mit einer hohen Mauer umgab. So viel stand fest: Er liebte Antonia, und er liebte Carlotta. Für beide wollte er nur das Beste.

Die Kälte von Carlottas Zimmer schlug Antonia wie eine Wand entgegen. Inés saß reglos am offenen Fenster, viel zu dünn bekleidet und ohne Schal um die Schultern. Antonia ging vorsichtig an ihr vorbei und schloss das Fenster. Dann legte sie ihr behutsam eine Decke über die Knie und reichte ihr eine Birne, ein paar Trockenpflaumen sowie ein Käsebrot und einen Becher Wasser, wobei sie darauf achtete, sie nicht zu berühren. Ein paar Mal streifte der Blick des Mädchens sie, ohne etwas anderes als unendliche Gleichgültigkeit auszudrücken. Alles an ihr funktionierte wie ein Apparat, der von einer unsichtbaren Kraft angetrieben wurde. Ihren Bewegungen lag nichts Eigenes zugrunde, der Wille war nicht erkennbar. Angeblich war sie zwanzig

Jahre alt, doch Antonia fand, dass sie wie vierzehn oder fünfzehn aussah. Nichts machte sie zur Frau. Sie schien an einem bestimmten Punkt ihres Lebens stehen geblieben oder aufgehalten worden zu sein. Wie es wohl in ihrem Innern aussehen mochte? Wie zutiefst zerstört wohl die Seele dieser jungen Frau war?

Gerade als Antonia das Nachthemd auf dem Bett zurechtlegte und die Decke aufschlug, spürte sie plötzlich, dass eine Gestalt hinter ihr stand.

Sandro wartete auf den jungen Kardinal Innocento del Monte vor dessen Palazzo, um ihn um Hilfe zu bitten. Sandro hatte – um im Jargon einfacher römischer Ragazzi zu sprechen – einen Mord bei ihm gut, und diesen Bonus wollte er nun einlösen. Sandro brauchte Zeit. Sandro brauchte einen Fürsprecher. Und er brauchte die Möglichkeit, eine peinliche Befragung zu umgehen, ohne sich selbst in Gefahr zu bringen.

Kardinal Innocento del Monte war von einer seltsamen Schar gleichaltriger Männer umgeben, als er aus der Dunkelheit kam. Ein Mann in Innocentos Begleitung trug die Kleidung eines Schmieds, ein anderer war Küchengeselle und der dritte einfacher Dienstgrad der Stadtwache, dessen Helm wie ein Schiff bei schwerem Seegang Schlagseite hatte. Sie lachten und lagen einander in den Armen, wobei der Küchenjunge so weit ging, sich auf der Schulter des Kardinals abzustützen, was diesen keineswegs störte. Gemeinsam verströmte das Quartett den Geruch sauren Weins.

»Eminenz«, grüßte Sandro und verneigte sich, sorgte damit allerdings nur für Amüsement.

»Er hat dich Eminenz genannt«, kicherte der junge Schmied. »Eminenz. Ich dachte immer, das is' was Essbares.«

»Essbar nich«, lallte der Küchenjunge. »Aber genießbar.«

Alle lachten. Sandro lächelte ein bisschen. Das Betragen des jungen Kardinals störte ihn nicht, im Gegenteil, es erinnerte ihn an seine eigenen Streifzüge mit Freunden, bei denen es auch immer wild und albern zugegangen war. Allerdings war Sandro kein Kardinal gewesen, kein Konzilsdelegierter und schon gar nicht der Sohn des Papstes. Kaufmannssöhnen sah man solches Betragen nach. Geistlichen hingegen sah man es nur nach, wenn es nicht öffentlich passierte.

»Wenn ich Euch allein sprechen dürfte, Eminenz. Es ist außerordentlich wichtig.«

»Hört ihr?«, rief Innocento. »Der Visitator Seiner Heiligkeit kommt nicht in einer wichtigen, sondern in einer *außerordentlich* wichtigen Angelegenheit zu mir. Wäre sie nur wichtig gewesen, hätte ich ihn fortgeschickt. Aber so ... Leute, ihr müsst mich entschuldigen.«

»Bei wem?«, lallte der Soldat und lachte. »Beim Wirt des Cigno, dem du ein Bein gestellt hast? Oder bei dem Säufer Bruno, dem du zwölf Biere spendiert, aber das dreizehnte verweigert hast?«

»O Mann«, sagte der Küchenjunge. »Entschuldigen, damit meint Innocento, er muss sich jetzt zurückziehen.«

Der Soldat ahmte eine Trommel nach. »Rückzug. Verschanzt euch. Die Lanzen heraus.«

Die vier jungen Männer alberten noch eine Weile herum, während Sandro sich geduldete und an Bruno Bolco dachte. Aaron hatte ihm berichtet, dass es Bruno besser ging. Aarons Onkel hatte ihm ein stärkendes Tonikum verabreicht, ihm viel Wasser zu trinken gegeben und ihn gezwungen, vier Scheiben Brot und Käse zu essen. Zum Schluss gab es noch ein Stück Honigkuchen. Danach kehrte Brunos Gesichtsfarbe zurück. Er zitterte nicht mehr, lief wie ein Gesunder herum und äußerte den Wunsch, in seine Wohnung zurückzukehren. Sandro gestattete es. Natürlich war ihm klar, dass Bruno nicht geheilt war, doch es gab keinen Grund, ihn länger festzuhalten. Matthias hatte gestanden, bei Bertani gewesen zu sein, und damit war Bruno kein wichtiger Zeuge mehr. Der Arzt hatte ihm eine Flasche des Tonikums sowie die Reste von Brot und Käse mitgegeben. Wie es schien, hatte Bruno ein andere Medizin bevorzugt – und jemanden gefunden, der sie ihm bezahlte.

Endlich war er mit Innocento allein. Die Begleiter blieben in der kalten Vorhalle des Palazzos zurück, wo sie sich an vier Krügen mit Wein laben durften. Innocento führte Sandro in einen eher kleinen und warmen Raum voll mit Kaminen, Möbeln, brennenden Kerzen und persönlichen Habseligkeiten, zu denen auch ein Hund gehörte, der kläglich jaulte und seinem Herrn müde entgegentrottete.

»Boccaccio«, sagte Innocento und kniete sich nieder. Er kraulte das Tier und umarmte es, wobei sein Kopf für die Dauer mehrerer Atemzüge am Ohr Boccaccios verweilte.

»Wie geht es dir? Hast du wieder nichts gefressen? Du bist mager, alter Junge, so entsetzlich mager. Ist das nicht eine Ironie? Früher hatten wir beide fast nichts zu beißen und haben das Wenige, das wir ergattern konnten, mit großem Appetit gegessen. Vergammelte Kohlköpfe für mich, Ratten für dich. Und jetzt, wo ich ein reicher Kardinal bin und wir die beste Speise der Welt vorgesetzt bekommen, bist du zu alt, um sie zu schätzen.« Und leise fügte er hinzu: »Ich verstehe dich gut.«

Boccaccio trottete auf seine Decke zurück, und Innocento sah ihm traurig nach.

»Euer Hund«, sagte Sandro, »hat einen ungewöhnlichen Namen, Eminenz. Ist er nach dem Dichter des vierzehnten Jahrhunderts benannt?«

»Ja, er ist ihm ähnlich, wisst Ihr?«

Sandro schmunzelte. »In welcher Weise?«

»Seht ihn Euch an«, sagte Innocento. »Mein Boccaccio erzählt auch eine Geschichte, halb Liebe und halb Traurigkeit. Ein Leben in Armut, verfolgt und geschmäht und verkannt, mit Steinen beworfen, mit Peitschen geschlagen, nirgends willkommen. Ein Straßenköter. Ich war zehn Jahre alt, als ich ihn fand, oder besser, als er zu mir kam. Seither gehören wir zusammen. Wir lieben uns. Ich liebe überhaupt nur zwei Wesen auf der Erde.«

Seine Melancholie, eben noch übermächtig, war plötzlich wie weggewischt. Schnurstracks ging er zum Weinkrug. Obwohl kostbare Kelche bereitstanden, schenkte er zwei einfache Tonbecher voll und reichte Sandro einen davon. Seinen Becher trank er in einem Zug aus, schenkte sich nach, wischte sich mit dem Ärmel des Gewandes über den Mund, warf sich in einen Sessel, wippte mit den Beinen und bot Sandro Platz auf der bequemen Ottomane an.

»Was führt Euch her, Carissimi? Wie Ihr seht, lebe ich noch. Womit kann ich Euch sonst noch einen Gefallen erweisen?«

»Diesmal, Eminenz, bin ich wegen *meines* Lebens hier. Wie Ihr wisst, habe ich den württembergischen Gesandten verhaftet.«

»Ja, das war das einzig Interessante während dieser langweiligen Eröffnungssitzung.«

»Die Verhaftung war ungerechtfertigt.«

»Tatsächlich?«

»Ja, ich habe Matthias Hagen wieder freilassen müssen.«

»Das ist mir neu«, sagte Innocento gelangweilt und leerte den Becher.

»Da seid Ihr allein. Die Delegierten reden über nichts anderes mehr.«

»Verhandlungen und Intrigen, Gewispere und Gesäusel interessieren mich nicht besonders, das habe ich Euch ja schon gesagt. Zur Nachmittagssitzung des Konzils bin ich gar nicht erst erschienen, sondern habe mir ein paar Freunde gesucht. Das ist wenigstens ein bisschen lustig.«

»Aber äußerst gefährlich, Eminenz. Ich hatte Euch gebeten, immer einen Soldaten als Begleitung mitzunehmen.«

»Das habe ich. Ihr habt ihn eben gesehen.«

»Der Betrunkene?«

»Ich habe ihn eingeladen. Er heißt – Rinaldo. Oder war es – Ruggiero? Roberto? Jedenfalls etwas mit R.«

Er ließ sich noch weiter in den Sessel sinken und schloss die

Lider zur Hälfte. »Ihr habt von Eurem Leben gesprochen. Was ist damit?«

»Das Konzil ist von mir in Unruhe versetzt worden, und Seine Heiligkeit wird verärgert sein.«

»Ganz bestimmt wird er das«, sagte Innocento. Noch lallte er nicht, aber seine Stimme bekam bereits etwas Geschmeidiges. »So großzügig er ist, wenn alles nach seinen Plänen geht, so rabiat ist er, wenn man ihm in die Quere kommt oder nicht tut, was er sagt. Ich kann ein Lied davon singen. Ich bin sein Sohn.«

Er füllte den Becher ein drittes Mal und trank ihn zur Hälfte leer.

»Ihr wollt, dass ich mich für Euch einsetze? Ich sage Euch etwas: Ich werde mich für Euch einsetzen. Ich schreibe meinem geliebten Vater einen Brief. Und was für einen! Ich werde ihm schreiben, dass ich mich unter Eurer Fürsorge völlig beschützt fühle, ja, dass Ihr Tag und Nacht über mich wacht und meine Sicherheit über alles stellt. Dass Ihr Eure Aufgabe so ernst nehmt wie ein Sakrament. Ist ein solcher Vergleich erlaubt oder blasphemisch? Wen juckt's, ich bin der Sohn von Jesu Stellvertreter.«

»Gottes Stellvertreter«, korrigierte Sandro geduldig.

»Ich dachte, das ist dasselbe. Wie dem auch sei. Ich schreibe Papa Julius, dass mir nichts passieren wird und dass ich Euch vollkommen vertraue. Ja, das werde ich für Euch tun. Ihr habt mein Leben gerettet, und ich werde dasselbe für Euch tun. Freunde für immer. Ihr seid ein netter Bursche und seht nicht auf mich herab, weil ich ein ungebildeter, ungehobelter und betrunkener Junge aus dem Armenviertel bin. Für so etwas habe ich mittlerweile ein Gespür. Wie heißt du, Freund? Ich habe deinen Vornamen vergessen.« Innocento lallte jetzt hemmungslos.

»Sandro, Eminenz. Aber ich halte es für klüger, wenn wir ...«

»Sandro! Sandro! Ich habe einen neuen Freund, einen intelligenten, ehrenhaften Freund, der mich beschützt und den ich beschütze. Wir beschützen uns gegenseitig. Du sorgst dafür, dass ich nicht morgen früh vor dem Himmelstor stehe, wo Petrus mich grimmig anblickt und zum anderen Eingang schickt, und ich sorge dafür, dass dir die römische Kerkerluft erspart bleibt. Gleich morgen schicke ich dem Papa einen Brief, er will sowieso andauernd Briefe von mir haben, ich weiß auch nicht, warum. Ich will nichts von ihm, aber er liebt mich trotzdem. Vielleicht liebt er mich und überschüttet mich mit Geld und Ehren, *weil* ich nichts von ihm will. Nur heute, heute will ich etwas von ihm. Er soll dir verzeihen. Warte, Freund Sandro, ich schreibe den Brief jetzt sofort.«

Er stand vom Sessel auf – nicht ohne dabei fast zu Boden zu rutschen – und wankte zum Schreibtisch, wo er in einem Wust von Papieren wühlte.

»Hier haben wir ein Pergament, ein besonders schönes. Und hier ist Tinte. Feder, Feder, wo ist die ... Ah, da ist sie. Was schreiben wir? Mein lieber, heiliger Vater. Nein. An Seine Heiligkeit, meinen Papa.«

Sandro trat hinter ihn und legte ihm die Hand auf die Schulter. »Ihr solltet Euch hinlegen, Eminenz. Der Brief kann bis morgen warten.«

»Nein, nein. Und nenne mich nicht Eminenz, nenne mich Innocento. Ich will kein Kardinal sein, Sandro, ich will einfach nur, dass man mich nicht verachtet, dass man ... dass man mich ...«

Sein Kopf sank auf die Tischplatte, die Augen schlossen sich. »Ich will einfach nur ein Mensch sein und so behandelt werden«, murmelte er, »ein Junge, nicht gut, nicht schlecht. Ich will keine Witzfigur sein. Wo sind die Farnese, ich bringe sie um. Wo sind die schmutzigen Gassen? Boccaccio? Wo sind wir, Boccaccio? Haben wir uns verlaufen? Wir haben uns verlaufen, Boccaccio. Gina, halte mich. Wo bist du, Gina? Ich liebe dich. Und Mama, wo ist Mama? Mama ist tot. Ich habe nur noch dich,

Gina, dich und Boccacio. Ich brauche dich, Gina. Ich will dich bei mir haben.«

Er griff, fast schon bewusstlos, nach dem Brief einer Frau und versuchte, ihn zu umklammern. Doch seine Faust erschlaffte. Sein Gemurmel wurde undeutlich, wurde leiser, und schließlich verstummte es vollends.

Sandro stieß einen langen Seufzer aus und schüttelte den Kopf. Zuerst Bruno, dann Inés, jetzt Innocento. Die Welt war voll von Unglück. Im Spital von Neapel hatte er es gesehen, jeden Tag, jede Stunde, ein noch viel größeres Unglück als dieses hier. Die Menschen hatten eiternde Wunden an Körper und Seele, sie siechten dahin. Während die Kaufleute eine größer gewordene Welt feierten, während Dichter eine freiere Zeit proklamierten, Schneider raffinierte Moden entwarfen, Musiker übermütige Tänze spielten und Architekten breitere Straßen für die vielen Kutschen bauten, irrten verwaiste, verstoßene, verwahrloste Kinder durch die Gassen der Armenviertel und brachen entkräftete Menschen in schmutzigen Rinnsalen zusammen.

Es war eine ungerechte, feindliche Welt, in der gewaltige Chöre von Elenden um Hilfe schrien. Sandro war Jesuit geworden und nicht Dominikaner oder Zisterzienser, weil die Jesuiten die Bildung und die Fürsorge für die Armen in die Welt trugen. Er wollte etwas Nützliches tun, er wollte Herzen erheitern und ein ganz klein wenig Licht in die sterbenden Seelen bringen. In den geräuschlosen Skriptorien, in denen er für Luis gearbeitet hatte, hatte er fast vergessen, dass es noch immer Elend gab. Als er vorhin Inés begegnet war, war das Verlangen der Novizentage in ihm wiedererweckt worden.

Er hob Innocentos Kopf von der Tischplatte und entwand ihm mühsam den Brief, geschrieben mit der Schrift eines Mädchens; seine Antwort lag daneben, und als Sandro sie las, bekam er Sehnsucht danach, selbst einmal einen solchen Brief schreiben zu dürfen.

Gina, ich vermisse deine Haare, die mich kitzeln. Ich ver-

misse deine Stimme, die Stimme verletzter Vögel. Ich vermisse deine Hand auf meinem Rücken, vermisse das morgendliche Glück auf unseren Gesichtern, vermisse den Anblick von dir im Garten neben dem Brunnen, vermisse den ernsten Blick, wenn du mir einen Rat gibst, ja, ich vermisse sogar deine Tränen über unser Unglück. Ich weiß, du denkst jeden Tag viele Male an mich, so wie ich fast nur an dich denke.

Sandro bemerkte Papierfetzen, die verstreut herumlagen, und glaubte, es wären Entwürfe von Briefen, doch sie stellten sich als Teile der Flugblätter heraus, die Innocento verhöhnten. Langsam bekam er einen Hass auf diese Leute, die einen jungen Mann, der nicht mehr wusste, wo sein Platz war, nicht in Ruhe lassen konnten.

Er trug den Trunkenen in sein Bett. Innocento war leicht, ein Federgewicht, und dadurch wurde es Sandro noch einmal deutlich, wie jung, ja, knabenhaft der Sohn des Papstes war – und dennoch schon so unglücklich. Vielleicht brauchte dieser Junge hier einen Freund, nicht einen Trinkkameraden, einen wirklichen Freund. So hatte Innocento ihn mehrmals gerufen: Freund. Und Sandro fühlte sich schon wie einer.

An den Brief, den Innocento für ihn schreiben sollte, dachte Sandro fast gar nicht mehr, als plötzlich ein Diener hereinkam, just in dem Moment, als Sandro den Betrunkenen zudeckte. Als er Sandro sah, blieb er kurz stehen und verneigte sich. Dann berührte er Innocento an der Schulter. »Herr«, sagte er und rüttelte leicht an ihm.

»Er schläft.« Sandro machte eine kleine Geste mit der Hand zum leeren Weinkrug.

»Verstehe«, sagte der Diener im Tonfall eines Gerichtsschreibers, der zum hundertsten Mal dieselbe Aussage protokollierte. »Da kann man nichts machen. Gut, dass Ihr hier seid, ehrwürdiger Vater.«

»Ich habe nicht viel getan. Ein wenig zugehört. Ihn ins Bett getragen. Das war alles.«

»So meinte ich das nicht, ehrwürdiger Vater. Eigentlich wollte ich nur den Kardinal informieren, aber nun, wo Ihr hier seid ... Euch betrifft es weit mehr.«

»Wovon sprichst du?«

»Es hat eine Verhaftung gegeben. Die Stadtwache hat jene Konkubine verhaftet, die den Bischof Bertani ermordet hat.«

Vierter Teil

13

12. Oktober 1551,
der zweite Tag des Konzils

Antonia stand fast nackt vor der Glasfigur. Da die Nacht kalt im Raum lag, hatte sie sich das Leintuch von ihrem Bett über die Schultern geworfen, doch es ließ einige Stellen des Körpers unbedeckt, an denen sich Gänsehaut bildete. Vor ihr leuchtete ein Engel im milden Licht zweier Kerzen, die sie hinter dem Gestell angezündet hatte, sowie dem Kaminfeuer. Sie liebte Engel, weil sie kapriziöse Wesen waren, denen alles zuzutrauen war. Sie waren nicht so berechenbar wie Heilige. Der namenlose Engel war noch nackter als sie. Lediglich um die Hüfte trug er ein enges Tuch, das aussah, als habe er es sich gerade eben notdürftig um den Schambereich gewickelt. Er hatte einen jungen, schönen, vor allem sehr leichten Körper, einen Körper, wie sie ihn nicht kannte, denn ihre Steinmetze und Bildhauer und Soldaten waren allesamt muskulös gewesen. Auch Matthias war muskulös. Dieser Engel nicht, er hatte etwas Sanftes.

Antonia tauchte den Pinsel ins Schwarzlot und blickte konzentriert auf die Stelle, wo das Gesicht des Engels im Entstehen war. Das war immer ein besonderer Moment, denn erst das Gesicht brachte die Figur zum Leben, es prägte den Charakter, das unverwechselbar Individuelle des Geschöpfs. Sie hatte im Laufe der Jahre tausende von Gesichtern auf Glas gebannt. Bei manchen war es ergreifend gewesen, sie zu erschaffen, bei anderen hatte sie sich überwinden müssen. Mit diesem Engel jedoch war es etwas anderes. Als sie ihm das Gesicht gab, war sie weder ergriffen noch amüsiert, und dennoch ließ es sie nicht kalt. Im Gegenteil. Vielleicht hatte sie noch nie derart intensiv an einer Figur gearbeitet.

Als sie den Pinsel ablegte, blickte sie in Sandros Augen. Und das Mädchen neben ihm trug ihre, Antonias, Züge. Das Mädchen berührte ihn mit der linken Hand an der Wange, ihre rechte Hand ruhte auf seiner Brust, dort, wo das Herz schlug. In diesem Bild gab es kein Entsetzen, keine Panik, keinen Untergang, sondern nur Stille. Er hatte dem Mädchen die Angst genommen.

Es gab in dieser Nacht keinen Matthias, keine Inés, keinen Gott, niemanden, der zwischen ihnen gestanden hätte. Es gab Antonia und Sandro. Der Rest der Welt existierte nicht. Das Fenster war ihr Glas gewordenes Tagebuch, und es war das Einzige, das nur in der Nacht lebendig sein durfte, jenseits des Lichts. Es war nicht für die Welt gemacht, ihre Gefühle für Sandro waren nicht für die Welt gemacht. Der gläserne Sandro würde nie in die Santa Maria Maggiore gehängt werden, auch nicht in eine andere Kirche, und was immer zwischen ihnen wäre, war ebenso wenig etwas für die Augen anderer.

Als sie fertig war und der Morgen dämmerte, fühlte sie sich erschöpft und gestärkt zugleich. Ihr Körper wollte Schlaf, ihr Geist war noch euphorisch, halb im Rausch, und wehrte sich gegen die Nüchternheit des Morgens. Schließlich begriff sie, dass Sandro, der Engel, wieder aus dem Weg geschafft werden musste. Eingewickelt in ein Tuch würde er verschwinden. In einer Truhe vielleicht? Im Bettkasten? Ein bisschen war es so, als würde man einen Platz für eine Leiche suchen.

Es klopfte, ein zögerliches Klopfen. Antonias Vater würde in seinem Nebenzimmer nicht davon aufwachen. Und hätte sie in ihrem Zimmer geschlafen, hätte auch sie das Klopfen nicht gehört. Ohne dass sich die Lautstärke erhöhte, pochte es zunächst dreimal, dann viermal, schließlich sechsmal. Jemand war zu höflich, um laut zu werden, und zu beharrlich, um zu gehen.

Eilig warf sie das Tuch, das ihren Körper umhüllte, über das

Gestell mit dem Engel. Nun war zwar die Figur verdeckt, sie selbst allerdings stand völlig nackt im Raum, was wenig besser war.

Es klopfte viermal.

Sie huschte vom Atelier in ihr Zimmer. Dort schlief Inés noch immer einen unruhigen Schlaf. Der Körper des Mädchens krümmte und streckte sich, warf sich zur Seite, richtete sich kurz auf, um wie tot in sich zusammenzufallen. So war das schon vorhin gegangen, und Antonia, die von diesem Geflatter eines im Netz gefangenen Vogels neben sich ständig aufgewacht war, hatte sich mitten in der Nacht dazu entschlossen, die Wahrheit in ihr Tagebuch zu schreiben und danach an dieser Wahrheit zu arbeiten, ihr ein Gesicht zu geben. Jetzt musste sie feststellen, dass sich, obgleich Stunden vergangen waren, nichts am Zustand der Schlafenden geändert hatte.

Es klopfte sechsmal. Um sich anzuziehen, blieb keine Zeit. Antonia griff sich einige der Tücher, in die das farbige Rohglas bei der Lieferung eingewickelt gewesen war, und drapierte sie irgendwie um Schulter und Hüfte, so dass sie aussah wie Salome bei ihrem Tanz der Schleier. Sie huschte ins Atelier zurück und öffnete die Tür.

Wie sie vermutet hatte, war *er* es. Er hatte sich nicht rasiert und sah müde aus. Antonia bat ihn herein, und als er an ihr vorbei das Atelier betrat, zog er eine Spur frischer Nachtluft hinter sich her, die an seiner Kutte haftete. Sandro ging direkt auf das verhüllte Gestell zu, so als ahne er, dass sich sein Ebenbild darunter verbarg, doch kurz davor blieb er stehen und wandte sich zu Antonia um.

»Ihr kommt wegen Carlotta?«, fragte sie, und in diesem Moment leuchteten die Bergspitzen rund um Trient im Licht der aufgehenden Sonne.

Er nickte. »Ihr wart dabei, als sie aufgegriffen wurde, habe ich gehört.«

»Ich war gerade bei Inés, als Carlotta in ihre Kammer zurückkam. Kaum dass ich Gelegenheit hatte, ihr zu sagen, dass sie wegen Bischof Bertani gesucht würde, stürmten die Soldaten der Wache auch schon herein und nahmen sie fest.«

»Eine Frau aus diesem Palazzo hat die Wache alarmiert …«

»Die Krummbeinige. Sie ist noch Stunden danach herumgelaufen und hat so getan, als hätte sie bei der Verhaftung des leibhaftigen Satans mitgewirkt.«

»Wo ist Inés?«

»Sie schläft in meinem Zimmer nebenan. Ich habe sie gestern Abend sofort zu mir genommen, während mein Vater zum Stadtgefängnis gegangen ist und darum gebettelt hat, mit Carlotta sprechen zu dürfen. Dieser bärbeißige Hauptmann hat ihn abgewiesen und jede Auskunft verweigert. Er hatte sich daraufhin vorgenommen, Euch heute aufzusuchen. Das erübrigt sich nun, den Ihr seid dankenswerterweise von allein zu uns gekommen.«

»Weil ich *Eure* Hilfe brauche. Carlotta da Rimini schweigt. Sie will mir noch nicht einmal sagen, wo sie gestern Nachmittag und Abend war.«

»Vielleicht war sie bei einem – einem …« Sie zögerte, es ihm gegenüber auszusprechen.

»Lasst Euch von meiner Kutte nicht täuschen. Ich war nicht immer ein Mönch. Was das angeht, bin ich ein großer Junge und weiß, was die da Rimini in den Zimmern anderer Leute tut.«

Antonia fand, dass ihm die Müdigkeit gut stand. Sie machte ihn offener, ungenierter.

Sie schob sich so unauffällig wie möglich zwischen Sandro und seinen gläsernen Zwilling, dem er unangenehm nah gekommen war.

»Wenn sie bei einem Kunden war«, sagte er, »sollte sie mir das offen gestehen. Doch sie bestreitet nichts und bestätigt nichts. Dieses Schweigen hilft niemandem. Weder entlastet es sie, noch überführt es sie. Es macht sie einfach nur verdächtig, und das ist das Schlimmste, was ihr passieren kann.«

»Was meint Ihr damit?«

»Das ist jetzt nicht wichtig. Sie hat nach Euch gefragt. Ausdrücklich nach Euch, nicht nach Eurem Vater. Meine Hoffnung ist, dass Ihr es schafft, sie zum Sprechen zu bewegen.«

Antonia musste nicht lange überlegen. »Ich komme sofort. Ich muss mir nur« – sie sah an sich herab – »etwas anderes anziehen.«

Er nickte entschieden. »Das ist das merkwürdigste Nachthemd, das ich je an einer Frau gesehen habe.«

Antonia ging nach nebenan in ihr Zimmer. Inés war mittlerweile aufgewacht und saß auf der Bettkante. Auf Antonias Gegenwart reagierte sie kaum, blickte nur kurz zu ihr auf, um dann jedoch wieder vor sich hin zu starren. Es war höchst eigenartig, dachte Antonia, dass jemand, der in der Nacht derart wild um sich schlug, sich am Tage kaum bewegte.

Antonia hatte die vielen Tücher abgeworfen und war in ihren Unterrock geschlüpft. Nun zog sie sich in aller Eile das Oberkleid über, wobei sie ihre Haare zerzauste.

Sie blickte vorsichtig ins Atelier. Sandro umkreiste das verdeckte Gestell mit dem Fenster der letzten Nacht.

Die Schlaufen an ihrem Kleid waren Antonia noch nie so zahlreich vorgekommen wie jetzt. Hinten, vorn, oben, unten, es nahm kein Ende. Still fluchte sie vor sich hin.

Und Inés starrte ins Leere.

Ein weiterer Blick ins Atelier. Sandro stand vor dem verhüllten Engel. Zögerlich streckte er seine Hand nach dem Tuch aus, ließ sie dann aber, kurz bevor seine Fingerspitzen den Stoff berührten, wieder sinken.

Antonia verhedderte sich in zwei Schnüren an ihrem unteren Rücken.

Sandro streckte erneut die Hand aus.

Antonia eilte ins Atelier. »Bitte nicht berühren«, rief sie.

In diesem Augenblick fiel das Tuch zu Boden.

Die beiden Kerzen erloschen im Luftzug, und der feine Rauch, den ihre Dochte ausstießen, stieg zwischen Sandro und Antonia in die Höhe, wo er sich langsam verlor. Es war Tag. Das Sonnenlicht reflektierte sich in Fenstern, an Hauswänden und brach von allen Seiten in das Atelier ein. Der Engel und das Mädchen glühten in diesem Widerschein. Sandro und Antonia standen sich, beschienen vom Rot und Blau des Fensters, gegenüber. Seine Augen waren keine schwarzen Hüllen mehr, sie verbargen nichts. Alles Zögernde, alles Zurückhaltende war aus diesen Augen verschwunden, und Antonia bekam eine Ahnung davon, wie Sandro als Liebhaber sein würde. Er würde ein bisschen sein wie der Engel, zärtlich und sanft und zielstrebig, und ein bisschen wie ein Schurke, eingebildet, von sich überzeugt, alle Kniffe der Verführung kenntnisreich einsetzend.

Nach langem Schweigen sagte er: »Brechen wir auf?«

Er ging voraus, langsam und zielstrebig, ohne sich umzuwenden, und er war sich die ganze Zeit über bewusst, dass ihr Blick auf seinem Rücken ruhte.

Die Verhaftung war für Carlotta völlig überraschend gekommen. Noch hatte sie ja nichts getan, und Gedanken konnte niemand lesen. Natürlich war ihr bekannt gewesen, dass alle, die in der Nacht seiner Ermordung bei Bertani gewesen waren, in Verdacht standen. Deshalb hatte sie in den letzten Tagen ja auch geschwiegen und sogar Antonia angelogen, als sie bestritt, Bertani zu kennen. Sie mit dem Tod des Bischofs in Verbindung zu bringen hätte ihre Pläne bezüglich Innocento empfindlich gestört. Und so war es ja nun auch gekommen. Wenn kein Wunder geschähe, war ihre Rache gescheitert. Giovanni del Monte war wieder einmal davongekommen, und die bittere Ironie daran war, dass sein direkter Beauftragter, der Visitator, ohne es zu wissen, ein Verbrechen verhinderte, das erst noch verübt werden sollte, während er sie eines Verbrechens verdächtigte, das sie gar nicht begangen hatte.

Die Erkenntnis von der gescheiterten Rache, von einem lachenden Papst, lähmte sie vom Moment ihrer Verhaftung an. Bertani interessierte sie nicht im Geringsten. Sie konnte nur daran denken, dass sie heute Abend nicht, wie sie es geplant hatte, in den Palazzo Innocentos eindringen und den Sohn des Papstes töten würde. Das Übrige war ihr gleichgültig. Es spielte sich nicht in ihrer Welt ab, es war unwichtig. Pietros Tod war wichtig. Lauras Tod war alles.

Darum beantwortete sie die Fragen des jungen Visitators mit Schweigen. Sie war müde, unendlich müde. Jetzt, wo sie ihr Ziel nicht mehr erreichen konnte, kam es ihr vor, als zerberste der Behälter, in dem sie gesteckt hatte, und sie zerfließe. Ihre Glieder wurden schlaff, und sie hielt ihre Augen entweder geschlossen oder nur leicht geöffnet. Sie verlor das Zeitgefühl, wusste bald nicht mehr, wie lange sie schon in der Zelle saß.

Als Antonia kam, lächelte sie. Von Hieronymus hätte sie nicht gewollt, dass er sie hier sieht, in diesem Zustand, in dieser Umgebung. Der Visitator hatte ihr zwar die geräumigste, sauberste und hellste Zelle des ganzen Gefängnisses gegeben, aber Kerker blieb Kerker. Sie musste in einen Haufen Stroh pinkeln und koten, so als wäre sie ein Schwein, und ihre Hände und Füße waren mittlerweile schwarz vom Schmutz an den Mauern und auf dem Boden. Hieronymus hätte bei ihrem Anblick gelitten, und das wiederum hätte sie leiden lassen. Antonia war eine Freundin, eine Frau, der einzige Mensch, mit dem sie jetzt noch reden konnte. Von allen Menschen war ihr tatsächlich nur noch sie geblieben.

Der Visitator war bei ihr. Carlotta hatte im Laufe der Jahre einen Sinn für Erregung entwickelt, und sie spürte sofort, dass irgendeine seltsame Spannung die beiden wie eine Aura umgab.

Carlotta und Antonia umarmten sich. »Danke, dass du gekommen bist«, sagte Carlotta. Ihre Stimme klang dumpf in dieser Kerkerzelle, die jeden Laut schluckte. Wie viele Worte waren wohl von diesen Mauern ungehört verschluckt worden?

»Wie geht es dir?«, fragte Antonia.

»Meine Sorge gilt nicht mehr mir, sondern nur noch Inés. Sie braucht ein Zuhause, braucht liebende Menschen. Kümmert ihr euch um sie?«

»Aber ja, es geht ihr gut. Sie hat sogar einmal gelächelt.«

Carlotta staunte. »Gelächelt? Das macht sie nie. Wie kam das?«

Antonia warf dem Visitator einen anerkennenden Blick zu. »Später, Carlotta. Jetzt sag mir, wie man dich behandelt.«

»Unterschiedlich. Die einen behandeln mich wie eine Hexe, die anderen wie eine gemeine Mörderin, und wieder andere wie eine Frau, die man leicht haben kann.« Sie warf einen Seitenblick auf den Visitator. »Er ist eine Ausnahme, er behandelt mich ›nur‹ wie eine Verdächtige.«

»Ihr *seid* verdächtig, Carlotta da Rimini«, wandte er ein.

»Bin ich das? Bloß weil ich bei Bertani war?«

Der Visitator sah sie mit Genugtuung an, und sie merkte, dass sie soeben ein erstes Geständnis abgelegt hatte.

»Ihr werdet mir nicht glauben«, prophezeite sie.

»Ihr habt nichts zu verlieren«, entgegnete er. »Ich habe Euch Antonia geholt, wie Ihr es wünschtet. Nun seid Ihr an der Reihe.«

Carlotta atmete tief durch und lehnte sich gegen die Mauer. Von dieser Stelle aus konnte man durch das unter der Decke gelegene Gitterfenster die Spitze des Doms sehen, die an diesem Morgen von gleißender Sonne eingehüllt wurde.

»Bertani hatte von mir gehört«, sagte Carlotta, beinahe flüsternd und ohne den Blick vom Fenster abzuwenden. Es fiel ihr schwer, sich auf diesen toten Mann zu konzentrieren und über ihn zu berichten. Widerstrebend, so als müsse man eine tausendmal erzählte Geschichte noch einmal erzählen, fuhr sie fort: »Irgendjemand hat ihm erzählt, was für eine geschickte Hure ich bin, wie willig und doch klug, nicht eine von denen, die keinen geraden Satz zustande bringen und für die Dante nur der Name eines Offiziers ist, mit dem sie es mal getrieben haben.«

»Mir war nicht klar, dass das wichtig für die Herren ist«, sagte Antonia.

»Die Befriedigung, einen klugen Menschen zu beherrschen, ist größer, als einen dummen Menschen zu beherrschen. Und darum ging es Bertani: um Macht, um Gewalt, um seinen verfallenden Körper, der einen gesunden Körper peinigen wollte. Alle Huren wussten über ihn Bescheid. Weiter also: Bertani hatte erfahren, dass ich in der Stadt war und wo man mich finden konnte. Er schickte jemanden vorbei, der mir seine Aufforderung überbrachte.«

»Wieso seid Ihr darauf eingegangen?«, fragte der Visitator. »Da Ihr offenbar wusstet, dass Bischof Bertani eine gewalttätige Natur hatte, hättet Ihr seine Aufforderung ablehnen können.«

Diese Frage war heikel. Wenn sie erzählen würde, dass sie nur deswegen zu Bertani gegangen war, weil sie sich einen Passierschein verschaffen wollte, musste sie auch erklären, wozu sie diesen Passierschein brauchte.

»Solche Besuche sind mein Beruf«, wich sie aus. »Erdulden ist mein Schicksal. Als ich ankam, waren alle Diener weg – zumindest bin ich keinem begegnet. Bertani und ich waren ungefähr drei Stunden miteinander beschäftigt, nur unterbrochen von einem Besucher, den ich nicht gesehen habe, der aber anscheinend mich gesehen hat.«

»Er hat Euch geschlagen?«, fragte der Visitator. Sie mochte sich täuschen, aber sie meinte, Mitleid in seiner Stimme zu hören. Von einem Geistlichen hatte sie noch nie Mitleid erfahren.

»Ja«, antwortete sie und strich mit ihrem Finger die gekrümmte Linie der fast verheilten Wunde entlang. »Ja, er schlug mich. Er genoss es, so wie andere Kuchen genießen. Er kam auf die absurdesten Ideen, die mir jedoch in diesem Moment überhaupt nicht absurd vorkamen. Ich bin nicht bis zum Morgengrauen geblieben. Auch das ist üblich. Die meisten Prälaten wünschen nicht, von ihren Dienern mit Frauen gesehen zu werden. Das gibt nur Gerede. Also setzen sie uns auf die Straße, nachdem sie das bekommen haben, was sie wollten. Eine ganze Nacht im warmen Bett gibt es für Konkubinen selten. So war es auch in der Nacht vom achten auf den neunten Oktober. Bertani warf mich hinaus. Ich weiß nicht, wie spät es war, aber gewiss weit nach Mitternacht. Er hat mich bezahlt, und das war's.«

»Und der Mann, der die Liebesnacht unterbrochen hat?« Er korrigierte sich, weil er den Zynismus dieses Wortes erkannte. »Verzeiht. Der Mann, der in Bischof Bertanis Quartier kam. Was wisst Ihr über diesen Besucher?«

»Nur, dass er mit Bertani gestritten hat. Oder eine schlechte Nachricht für ihn hatte. Jedenfalls war Bertani danach viel übler gelaunt als vorher.«

»Ganz sicher?«

»Ja. Er murmelte verärgert etwas vor sich hin, was, konnte ich nicht verstehen. Aber sein ganzer Ausdruck war der eines Menschen, der soeben eine unerfreuliche Begegnung hatte.«

Sandro holte etwas aus seiner Kutte. »Kennt Ihr dieses Symbol?«

Sie musste sich sehr beherrschen, um nicht zusammenzuzucken oder sich sonst wie zu verraten. Natürlich kannte sie das Symbol. »Nein«, sagte sie. »Ich habe es nie gesehen.«

»Danke.« Er steckte es wieder ein und zog etwas anderes hervor. »Diesen Dolch erkennt Ihr wieder?«

»Es ist meiner.«

»Ihr hattet ihn bei Euch, als Ihr festgenommen wurdet.«

»Ich trage immer eine Waffe bei mir. Zum Schutz vor Trunkenbolden und Räubern.«

»Ihr seid wehrhaft.«

»Ja«, sagte sie, »ich bin wehrhaft.«

»Und Ihr seid geschlagen worden.«

»Ich bin geschlagen worden. Und ich habe ihn trotzdem nicht umgebracht.«

Sie schwiegen eine Weile.

»Und jetzt?«, fragte sie. »Genügt es Euch etwa, dass ich sage:

Ich war es nicht, und schon lasst Ihr mich frei? Oder beginnt jetzt der zweite Teil des Verhörs? Ich habe recht, nicht wahr? Ihr könnt mich nicht einfach gehen lassen.«

Er fuhr sich durch die Haare, kniff die Augen vor Übermüdung zusammen. »Nein, kann ich nicht.«

»Was bedeutet das?«, fragte Antonia. »Wieso darf sie nicht gehen? Und was heißt ›zweiter Teil‹?«

Carlotta lachte auf, aber es klang nicht belustigt, sondern wie eine Mischung aus Verachtung und Verzweiflung. »Was wohl? Tortur natürlich. Hast du auch nur einen Moment geglaubt, die Inquisition würde jemanden freisprechen?«

»Er ist nicht von der Inquisition.«

»Er ist ein Geistlicher auf der Suche nach der Sünde, also ist er ein Inquisitor, ganz egal, welchen Titel er trägt.« Sie wandte sich Sandro zu. »Ich werde gestehen. Natürlich werde ich gestehen, und zwar alles, was Ihr von mir verlangt. Und das wisst Ihr.«

Sie sahen sich an. Carlotta fand, dass er ein sympathisches Gesicht hatte: schmal, erschöpft, ehrlich. Er war keiner, der es sich einfach machte. Aber er würde nachgeben, da die meisten Menschen – sie selbst eingeschlossen – nicht aus Überzeugung oder Verblendung böse waren, sondern weil sie sich nicht der Anstrengung unterzogen, sich gegen die Macht des Bösen zu wehren. Man verlor, so einfach war das. In einer ungerechten Welt war es unmöglich, gerecht zu bleiben, ohne gefressen zu werden.

Antonia berührte ihn sanft am Arm. »Bruder Carissimi? Sagt mir, dass Carlotta sich irrt. Sagt mir, dass sie gehen kann, dass sie unversehrt bleibt. Ich bitte Euch.«

Er schwieg, und Carlotta sah ihm an, dass er sich dafür schämte.

Als die Zellentür aufging und eine Wache meldete, der Fürstbischof warte draußen, um ihn zu sprechen, zog sich Sandro langsam von Antonia zurück und ging hinaus. »Bruder Carissimi«, sagte Antonia, »Bruder Sandro, bitte!«

Er wandte sich nicht um. Antonia sah ihm nach, bis die Tür wieder ins Schloss fiel.

Fürstbischof Madruzzo sah aus wie ein großer, schwerer Hund, den man gezwungen hatte, sein Plätzchen hinter dem Ofen zu verlassen, um einen viel zu langen Spaziergang in der Kälte zu machen. Eingehüllt in seinen prunkvollen Mantel saß er allein im schlichten Amtsraum des Hauptmanns und zog ein beleidigtes Gesicht. Sandro hatte ihn nicht wiedergesehen, seit er von ihm zum Visitator berufen worden war. Der Weg zum Castello war steil und lang, und Sandro hatte immer Besseres zu tun gehabt, als Berichte abzuliefern.

Hauptmann Forli wartete vor dem Raum auf Sandro. »Tja, Carissimi, scheint, dass Ihr Ärger bekommt.«

»Erstens«, erwiderte Sandro, »werdet Ihr mich mit Bruder Carissimi oder mit Bruder Visitator ansprechen. Und zweitens werdet Ihr Euch verständlicher ausdrücken.«

»Aber gerne, *Carissimi*«, sagte Forli und schnalzte mit der Zunge. »Zuerst verhaftet Ihr den falschen Mann, dann spielt Ihr den Papa für dieses Mädchen, anschließend behandelt Ihr die Konkubine wie eine Prinzessin, und heute habt Ihr es mit einer zweiten Leiche zu tun. Erstochen wie Bertani.«

Sandro schloss kurz die Augen. »Wer ist es?«

»Ein Prälat natürlich wie Bertani.«

Sandro betonte jedes Wort. »Wie ist sein Name?«

»Gaspar de Cespedes. Er wurde in seinem Quartier schräg gegenüber dem Gerichtsgebäude gefunden.«

Sandro bekreuzigte sich, aber es war eher eine unabsichtliche, in langen Mönchsjahren geübte Geste. »Der Inquisitor von Sevilla.«

Der Hauptmann klopfte Sandro auf die Schulter und lachte. »Bei Eurem Talent für Mordfälle, Carissimi, seid Ihr bald der letzte lebende Geistliche in Trient. Wisst Ihr, was Euer Problem ist: Ihr seid zu weich. Das wird Euch das Genick brechen.«

Sandro warf Forli einen gereizten Blick zu, erwiderte jedoch nichts. Er schob sich an Forli vorbei in den Amtsraum. Fürstbischof Madruzzo wandte ihm mühsam das Gesicht zu.

»Wir warten bereits ungebührlich lange, Bruder Carissimi.«

»Verzeiht, Exzellenz, ich befand mich im Verhör.« Sandro küsste den Bischofsring. Da der Fürstbischof ihm nicht zu verstehen gab, sich setzen zu dürfen, blieb er stehen.

»Ihr wisst, was vergangene Nacht passiert ist, Bruder Carissimi?«

»Ich wurde soeben informiert.«

»Cespedes war ein angesehener und tüchtiger Geistlicher in einem Land, das von Kaiser Karl regiert wird. Bertani, nun gut, das war ja noch zu verkraften, denn der Papst konnte ihn nicht leiden. Aber Cespedes: Er hat den Sommer des letzten Jahres in Rom verbracht und viele Verbindungen zu einflussreichen Familien geknüpft. Und er sollte Großinquisitor werden! Man hat den künftigen Großinquisitor von Spanien ermordet! In meiner Stadt! Und was macht Ihr? Steht hier herum und tut nichts.«

»Weil Ihr mich habt rufen lassen, Exzellenz.«

Dieses Detail ignorierte Madruzzo. »Wie weit seid Ihr mit dem Verhör der zweifelhaften Frauensperson?«

»Sie bestreitet nicht, bei Bischof Bertani gewesen zu sein, aber sie bestreitet, etwas mit dem Mord zu tun zu haben.«

»Sie war also bei Bertani. Sie war zu der Zeit, als Cespedes getötet wurde, nicht auffindbar. Sie trug, als sie aufgegriffen wurde, einen Dolch bei sich. Und – in ihrem Quartier befindet sich ein höchst seltsames Mädchen.«

»Das alles ist richtig.«

»Hauptmann Forli hält sie für schuldig.«

»Er hat gewiss mehr Erfahrung in solchen Dingen als ich.«

»Bruder de Soto hält sie ebenfalls für schuldig.«

»Bruder de Soto ist zweifellos ein wacher Geist.«

»Also haltet auch Ihr sie für schuldig.«

»Ich bin mir nicht sicher, Exzellenz.«

»Ihr seid Euch nicht …« Der Fürstbischof schnappte nach Luft. »Seid Ihr irrsinnig geworden, Bruder Carissimi?«

»Zugegeben, Carlotta da Rimini ist verdächtig. Aber einiges passt nicht zusammen. Wenn ich Euch erklären darf …«

Madruzzo knallte seine Stockspitze auf den Boden, als wolle er eine hässliche Spinne erschlagen. »Ich war bisher äußerst geduldig, Bruder Carissimi. Als Ihr – ohne es mit mir abzusprechen – den württembergischen Gesandten verhaftet und damit beinahe eine diplomatische Krise ausgelöst habt, habe ich Euch gewähren lassen. Ich habe geduldet, dass Ihr mich über Eure Fortschritte im Unklaren lasst. Aber nun …« Er atmete dreimal tief durch, wobei seine Zunge auf der Unterlippe lag. »Aber nun«, fuhr er langsamer fort, »ist aus dem Mord eine Reihe von Morden geworden, und das ist das Schlimmste, was einem Fürstbischof passieren kann, der *zweihundert* Geistliche beherbergt. Das Konzil wird in Aufruhr geraten, der Kaiser wird Rechenschaft verlangen, der Heilige Vater wird Rechenschaft verlangen. Und Ihr« – er sprach jedes einzelne Wort so langsam aus, als sei es eine Duftschwade, die sich im Raum verbreitete – »seid Euch nicht sicher.«

Sandro fühlte, wie er gegen seinen Willen errötete. Er hatte sich, bevor er in den Raum gekommen war, vorgenommen, wahrhaftig zu bleiben. Er hielt Carlotta zu diesem Zeitpunkt weder für schuldig noch für unschuldig. Das Offensichtliche sprach gegen sie. Sobald er jedoch versuchte, Carlotta als Täterin zu akzeptieren und alle Details dieser Theorie anzupassen, merkte er, dass sie sich nicht ohne Weiteres einfügen ließen. Carlottas Schuld war für ihn eine offene Frage. Das war die Wahrheit. Jetzt, wo er vor dem Fürstbischof stand und seine Wahrheit vertreten musste, wurde sein Kopf heiß und sein Herz schwer.

»Wenn Ihr Euch nicht sicher seid«, fuhr Madruzzo fort, »dann verschafft Euch Sicherheit. Die Mittel hierfür stehen Euch zur Verfügung. Trient ist für peinliche Befragungen bestens ausgerüstet.«

Sandro schluckte. »Ich – ich möchte diese Methode nur im äußersten Notfall anwenden, Exzellenz.«

»Zwei ermordete Prälaten! Wann tritt Eurer Ansicht nach der Notfall ein? Wenn niemand mehr im Dom sitzt, weil alle erstochen in ihren Betten liegen?«

»Ich werde Hauptmann Forli beauftragen, vor jedem Quartier eines Geistlichen eine Wache zu postieren.«

»Das habe ich bereits veranlasst. Werdet Ihr die zweifelhafte Frauensperson nun peinlich befragen oder nicht?«

»Peinliche Befragungen führen immer zu einem Geständnis, aber nicht immer zur Wahrheit.«

»Diese Weisheit könnt Ihr gerne dem Heiligen Vater persönlich mitteilen, wenn er nach Trient kommt.«

Sandro erstarrte. »Seine Heiligkeit kommt – hierher?«

»Vielleicht.«

»Von Rom bis Trient dauert es mit einer Kutsche mindestens fünf Tage, eher sieben oder acht. Bis dahin …«

»Der Papst befindet sich nicht in Rom«, korrigierte Madruzzo. »Julius III. weilt bereits seit einigen Tagen in Ferrara, eine Tagesreise von hier, die mit frischen Pferden und bei trockener Witterung in wenigen Stunden zu schaffen ist. Ich überlasse es Eurem Rest von Verstand, eigene Schlüsse aus dieser Tatsache zu ziehen.«

Falls der Papst nach Trient käme, wäre Sandro dessen Willen ausgeliefert, dann gäbe es kein Für und Wider mehr, keine behutsame Wahrheitssuche. Im besten Fall wäre er Befehlsempfänger, der im Namen Julius III. tun musste, was immer ihm gesagt wurde, im schlimmsten Fall vielleicht selbst Ziel einer Untersuchung.

»Mir würde ein Besuch auch nicht behagen«, sagte Madruzzo, »denn ich müsste dem Heiligen Vater gegenüber begründen, wieso ich Euch berufen habe. De Soto dagegen ist fein heraus. Ich bereue bereits, neulich seinen Vorschlag abgelehnt zu haben, ihn zum Visitator zu ernennen.«

Sandro runzelte die Stirn. »Wie? Ich dachte, Bruder de Soto hat *mich* vorgeschlagen.«

»Hat er auch. Aber zunächst bestand er darauf, selbst zu ermitteln. Da er jedoch für das Konzil als einer der wichtigsten Verhandlungsführer des Papstes vorgesehen war – und der Tote ein Gegner des Papstes war –, hielt ich es für angebracht, die zweitbeste Lösung zu wählen – die sich nun als schlechte Lösung entpuppt.«

Luis hatte nicht erwähnt, dass er selbst die Ermittlungen hatte führen wollen.

Sandros Schläfen pochten. Er war müde, er war verwirrt und verunsichert. Am liebsten hätte er sich in sein Bett verkrochen.

Der Fürstbischof hatte plötzlich wenig Mühe aufzustehen. Er trat dicht an Sandro heran und flüsterte: »Wir brauchen Ergebnisse, Bruder Carissimi, und zwar schnell. Ihr braucht sie – ich brauche sie. Wenn Ihr sie mir nicht beschafft, werde ich nicht zögern, einen eigenen Weg einzuschlagen.«

14

»Was für ein hübscher Mann«, sagte Carlotta zu Antonias Verblüffung, kaum dass Sandro die Zelle verlassen hatte. »Ich kann gut verstehen, dass du von ihm begeistert bist. Hast du ihm das schon zu verstehen gegeben?«

»Wie kommst du denn auf eine solche Idee?«, rief Antonia.

»Liebes, mir kannst du nichts vormachen. Ich sehe, wenn eine Frau sich zu einem Mann hingezogen fühlt.«

»Wir haben wirklich genug andere Probleme, als dass wir meine verworrenen Gefühle in einem Kerkerloch diskutieren müssten.«

»Deine verworrenen Gefühle sind momentan das Angenehmste in meinem Leben, und das Angenehmste hat man gerne um sich. Wie hat er reagiert?«

»Worauf?«

»Hast du ihn noch nicht angesprochen? Du, die Kleopatra von der Etsch? Die Verführerin par excellence?«

»Es ist nicht, wie du denkst. Gut, einiges an ihm finde ich reizvoll, beispielsweise seine Stimme, seine Augen, sein Schweigen ... Ich habe ein Fenster von ihm gemacht, von ihm und – mir.«

»Liebes, nur du kommst auf die Idee, aus einem Haufen Scherben eine erotische Andeutung zu machen. Hatten die Scherben phallische Formen, oder wie?«

»Ich sagte doch: So ist es nicht.«

»Wie ist es denn?«

»Ich weiß nicht – anders.«

»Wer hätte das gedacht? Du liebst ihn.«

»Nein!«, rief Antonia temperamentvoll. Und dann leiser: »Nein, ich liebe Matthias. Genug davon: Carlotta, wir müssen über dich sprechen.«

Carlotta hielt die Tränen zurück und wandte sich ab. »Ich will aber nicht über mich sprechen, das ist unerquicklich. Ich will lachen. Was ist amüsanter, als wenn ein schüchterner Mönch und eine mannstolle Künstlerin aufeinandertreffen? Man sollte ein Theaterstück darüber schreiben. Es hätte gewiss großen Erfolg.«

»Wieso hast du gelogen?«, fragte Antonia, entschlossen, das Thema zu wechseln.

»Wieso lügt man! Weil man nicht will, dass jemand die Wahrheit erfährt. Wenn ich dir vor einigen Tagen gesagt hätte, dass ich in der Nacht seiner Ermordung bei Bertani war, hätte mich das verdächtig gemacht, und du wärst auch in die Sache hineingezogen worden.«

»Diese Lüge meine ich nicht.«

»Zum Rätseln bin ich nicht aufgelegt. Sag genau, was du willst, dann kriegst du es auch.«

»Das Symbol, Carlotta! Als Sandro es dir gezeigt hat, hast du ganz kurz geblinzelt. Das hast du auch gemacht, als du mich wegen Bertani angelogen hast.«

»Dein Mönch hat mir geglaubt.«

»Was hat es mit diesem Wappen ohne Inhalt auf sich?«

Carlotta lehnte sich gegen die schmutzige Zellenwand. Ihre Finger verkeilten sich ineinander. »Das Symbol der ehrlosen Frauen, der Huren. Früher, vor Hunderten von Jahren, wurden von aufgebrachten Bürgern Hurenhäuser damit gekennzeichnet, und Huren, die man aus der Stadt vertrieb, erhielten vorher das leere Wappen auf die Brüste gebrannt. Dann, vor ungefähr siebzig Jahren, kehrte eine Hure den Spieß um, erstach einige ihrer Peiniger und hinterließ das Symbol auf der Haut ihrer Opfer. Sie wurde gefasst und hingerichtet, als von Dämonen besessen verbrannt. Seither wird das leere Wappen von allen Huren als ihr Symbol schlechthin angesehen, nicht nur in Rom. Ich habe von Huren gehört, die es auch in Florenz, Genua, Venedig und Neapel gesehen haben, und angeblich soll man es auch in Frankreich, Spanien und Süddeutschland kennen.«

Carlotta ergriff Antonias Hände. »Verstehst du, wieso ich lügen musste? Da dein Mönch mich nach dem Symbol gefragt hat, nahm ich an, es hätte etwas mit dem Mord an Bertani zu tun.«

»Es war auf seiner Haut eingeritzt.«

»Du darfst deinem Mönch nichts über das Symbol erzählen. Wenn du das tust, bin ich verloren.«

»Deine Offenheit könnte ihn überzeugen, dass du nichts zu verbergen hast.«

»Nein, nein, nein«, sagte Carlotta und lief einige Male auf und ab. »Du verstehst das nicht, Liebes. Wenn sie erfahren, was es damit auf sich hat, werden sie mich nicht als normale Mörderin, sondern als Besessene behandeln. Sie werden mir zuerst den Teufel aus dem Leib foltern und mich anschließend verbrennen oder auf ewig in einem Verlies einsperren. Und dann holen sie Inés.«

»Das glaube ich nicht«, rief Antonia erschreckt. »Sandro würde so etwas Niederträchtiges nie tun.«

»Er wird!«

»Er mag Inés. Er hat mit ihr gesprochen, sie zum Lächeln gebracht. Wenn er ihr etwas antäte – oder dir –, wäre er ein Verbrecher.«

»Und andernfalls ein Dummkopf. Das ist die Alternative, die er hat. Täter oder Opfer. Und meine Alternative heißt: Mörderin oder Besessene. Da will ich lieber eine Mörderin sein.«

»Du bist unschuldig.« Sie stürzte sich in Carlottas Arme und hielt sie ganz fest. Eng umschlungen standen sie beieinander, die Tränen berührten sich.

»Niemand ist unschuldig, Liebes«, murmelte Carlotta. »Vielleicht werde ich vom Himmel für eine andere Sünde bestraft. Vielleicht bin ich ja in gewisser Weise eine Besessene.«

Antonia verstand nicht, was Carlotta damit meinte. Offenbar hatte sie sich schon aufgegeben. »Ich werde deine Unschuld beweisen«, sagte Antonia.

Carlotta lächelte wie eine sterbende Märtyrerin. »Wie willst du das anstellen, Liebes? Nein, das schaffst du nicht, du bringst dich höchstens in Gefahr. Ich bin seit vielen Jahren allein, und es ist besser, wenn ich weiterhin allein bleibe.«

»Darüber hast du nicht zu entscheiden, Carlotta. Vergiss nicht, du bist gefangen. Du kannst nicht verhindern, dass ich dir helfe.«

Als Sandro hereinkam, lösten sie sich langsam voneinander. Antonia merkte ihm an, dass er sich quälte. Von Stunde zu Stunde sah er schlechter aus.

»Es hat vergangene Nacht einen zweiten Mord gegeben«, sagte er.

Sie schwiegen eine Weile, und es war, als gehörten sie schon immer zueinander und teilten das gleiche Schicksal. Dann sagte Sandro: »Carlotta da Rimini, ich muss wissen, wo Ihr gestern Abend wart, bevor Ihr festgenommen wurdet.«

Kam es Antonia nur so vor, oder dehnte sich die Zeit ins Unerträgliche, bis Carlotta antwortete.

»Angenommen«, sagte sie, »es gäbe für meinen Aufenthaltsort keine Zeugen. Was wäre dann? Würdet Ihr mir glauben? Oder würdet Ihr mich …«

Das Wort musste nicht ausgesprochen werden, es war da, so wie vieles andere da war, was man nicht fassen konnte. Antonias Mutter hatte ihr einmal gesagt, dass es im Leben eines jeden Menschen Augenblicke gebe, in denen man die Zukunft sehen konnte, nicht als Traum oder Vision, sondern eher als Weggabelung mit Wegen, die am Horizont verschwanden, deren Ziele jedoch auf Schildern beschrieben wurden, Schilder, auf denen stand: Enttäuschung, Liebe, Verlust, Rache, Kummer, Erfolg … Antonia spürte einen solchen Augenblick, als sie mit Sandro einen Blick tauschte. Je nachdem, wie er reagieren, was er antworten würde, würde ihr Leben den einen oder den anderen Verlauf nehmen.

Kastell Ferrara

Papst Julius III. war an diesem Vormittag wortkarg. Eigentlich liebte er die lauten Vergnügungen und die Fröhlichkeit. Beim melodischen Zusammenspiel zweier Mandolinen, beim Anblick einer tanzenden Frau oder beim ersten Glas Rotwein ging ihm das Herz auf. Stille und Schweigen dagegen waren ihm unheimlich. Morgens rief er gleich nach Freunden, Verwandten oder Untergebenen, um nicht allein zu sein, und verbrachte den ganzen Tag in Gesellschaft. Lachen, das war das Wichtigste. Wenn er lachte, blieben die Dämonen fern.

An diesem Morgen war er allein, denn vergangene Nacht hatte er schlecht geschlafen. Manchmal war zu viel Wein der Grund oder auch schweres Essen. Nicht so dieses Mal. Da hatte er einen üblen Traum gehabt, in dem er seinen Sohn, aus einer Wunde blutend, am Boden liegen gesehen hatte. Innocento hatte geschrien. Sie hatten beide geschrien, Innocento und er, ihre

Schreie waren verschmolzen. Schauderh
an einem Pfosten des Bettes festgehalten
wusste nicht mehr, wie lange. Schließli
hatte sich einen Mantel übergeworfe
Nacht zur Kapelle auf der anderen Se
geeilt, begleitet nur vom zackigen S
de. In der Kapelle hatte er so inten
terher nicht erinnern konnte, überhaupt jema
lich gebetet zu haben. Sogar sein persönlicher Sekretär,
Massa, der ihm nachgeeilt war, war beunruhigt.

»Braucht Ihr etwas, Eure Heiligkeit?«, hatte er gefragt.

»Gott«, hatte er geantwortet, ohne nachzudenken.

Die Nacht war längst vorbei, aber ihr Schatten war noch nicht gewichen. Als er aus dem Fenster in den trüben Morgen des Hofes blickte, wo zwei Boten mit versiegelten Schriftrollen in den Händen fast gleichzeitig einritten, klopfte sein Herz heftig.

»Massa«, rief er.

Die Tür öffnete sich sofort, so als stünde Bruder Massa den ganzen Tag dort vor der Tür und warte auf einen Ruf seines Herrn. Julius fand Bruder Massa hündisch, genau deswegen vertraute er ihm.

»Eure Heiligkeit wünschen.«

»Da sind zwei Botschaften angekommen. Ich will sie ohne Verzögerung erhalten.«

Bruder Massa verneigte sich tief, so als hinge sein Leben davon ab, und schloss die Tür wieder.

Julius stellte sich den Weg der Botschaften vor. Ein Schweizergardist nahm sie in Empfang und überbrachte sie dem Wachoffizier vom Dienst. Dieser verzeichnete ihren Eingang, gab sie dem Gardisten zurück und schickte ihn auf den Weg. Der Gardist stieg die Treppe in den oberen Stock, wo Julius Quartier bezogen hatte, dort überreichte er sie dem Bruder Pförtner, der hinter einem Tisch saß und den lieben langen Tag nichts ande-

egenstände in Empfang zu nehmen und – gemäß
rtes – an einen Mitbruder weiterzureichen. Die Bot-
langte dann in den Vorraum der privaten Papstgemä-
wo sich Bruder Massa, der persönliche Sekretär, und Bru-
Numerio, der amtliche Sekretär, wie üblich darum stritten,
wessen Zuständigkeit die Botschaften fielen. Julius genoss ihre Rivalität. Sie gab ihm die Sicherheit, dass keiner von ihnen zu mächtig wurde.

Er erriet nahezu perfekt den Zeitpunkt, an dem die Botschaften die letzte Hürde überwunden und bei ihm angekommen sein würden. Jetzt, dachte er, blickte zur Tür – und da öffnete sie sich auch schon. Die beiden Sekretäre eilten – jeder mit einer Schriftrolle in Händen – herein.

Bruder Numerio, ein flinker Mensch, war einen Schritt schneller und bot Julius die Rolle in der ausgestreckten Hand dar. »Von Luis de Soto, Eure Heiligkeit. Der Bote sagte, er sei gestern Abend damit aufgebrochen.«

Alles, was de Soto schrieb, fiel in diesen Tagen unter strenge Geheimhaltung, daher öffnete Julius die Botschaft selbst, während Massa die Gewänder holte, um mit dem Ankleiden zu beginnen. Der Inhalt war beruhigend und beunruhigend zugleich. Beunruhigend, weil de Soto die turbulenten Ereignisse des gestrigen Tages in Trient schilderte, gipfelnd in der Verhaftung und Freilassung eines deutschen Gesandten, und als Konsequenz die Absetzung dieses gewissen Carissimi empfahl, mit dem Hinweis, er gehe emotional, ängstlich und nachlässig mit seiner Verantwortung als Visitator um. Die Sicherheit der Konzilsteilnehmer sei weiterhin gefährdet. Er bitte untertänigst, selbst die Ermittlungen übernehmen zu dürfen. Ansonsten, schrieb er, und das war das Beruhigende, gehe alles nach Plan.

Alles nach Plan. Etwas anderes hatte Julius auch nicht erwartet. De Soto war im höchsten Maße fähig, sonst hätte er ihm nicht den brisantesten Auftrag anvertraut, den er zu vergeben hatte. De Soto tat sein Möglichstes, während dieser Carissimi töricht genug war, um den Kaiser zu verärgern und damit ihn, den Papst, in Bedrängnis zu bringen. Carissimi wurde durch seine Unfähigkeit zu einem gefährlichen Menschen, und für gefährliche Menschen gab es in seinen Augen nur zwei sichere Plätze auf Erden: den römischen Kerker und den Friedhof.

Er spürte, wie die Dämonen kamen, hässliche Gefühle, denen es immer mal wieder gelang, Gewalt über ihn zu bekommen. Dann gefiel es ihm, anderen Menschen wehzutun, selbst denen, mit denen er sonst lachte. Carissimi, das war nur ein Wort. Ihn zu zerstören war nichts, womit man sich lange aufhielt.

»Ich muss gleich einen liebenswürdigen Entschuldigungsbrief an den Kaiser schicken«, sagte Julius zähneknirschend zu Numerio. »Und danach schicke ich einen Haftbefehl nach Trient.«

Massa hatte ihm zwischenzeitlich die rote Soutane angezogen und schloss die letzten der achtundvierzig Knöpfe. Normalerweise hatte eine päpstliche Soutane dreiunddreißig Knöpfe, entsprechend der dreiunddreißig Lebensjahre Jesu. Doch Julius' Leibesumfang hatte eine Erweiterung nötig gemacht. Nun legte Massa ihm die Mozzetta um, den kurzen, bis zu den Oberarmen reichenden Umhang.

»Massa«, sagte Julius. »Was ist mit der anderen Botschaft? Gib sie mir.«

Massa überreichte sie ihm. »Von Kardinal del Monte«, sagte er.

Julius schloss erleichtert die Augen und schickte ein Gebet zum Himmel. Das Schreiben stammte vom frühen Morgen dieses Tages. Innocento war unversehrt, es ging ihm gut, also war alles nur ein böser Traum gewesen. Andererseits, vielleicht war der Traum ein Blick in die Zukunft …

Innocento legte ein gutes Wort für Carissimi ein. Er schrieb, Carissimi habe ihm vor einigen Tagen das Leben gerettet, daher vertraue er ihm und bitte darum, dass er, Julius, ihm ebenfalls vertraue. Im Übrigen, schrieb er, verlaufe alles nach Plan.

»Der Bote des Kardinals«, fügte Massa hinzu, »überbrachte

noch eine Neuigkeit, die erst kurz bevor er seinen Ritt antrat bekannt wurde. Es geht um den Inquisitor von Sevilla, Eure Heiligkeit. Er wurde ermordet aufgefunden.«

Massa legte ihm, ohne Anzeichen einer inneren Regung, das Pectorale, das Brustkreuz, um. Julius umklammerte es sogleich heftig, als wäre es der letzte ihm verbleibende Wetteinsatz.

Cespedes! Was, in Gottes Namen, ging in Trient eigentlich vor? Jeder schrieb ihm, alles laufe nach Plan, und dennoch hatte er das Gefühl, als laufe gar nichts mehr nach Plan, als sei durch die Morde alles außer Kontrolle geraten, das ganze – wie de Soto es genannt hatte – Spiel. Inwieweit hingen diese Morde mit dem »Spiel« zusammen? Innocento, de Soto, Madruzzo, Carissimi: Wem konnte er bei diesem gigantischen Einsatz noch vertrauen? Es ging um nicht weniger als den Fortbestand und die Macht des Stuhls Petri.

Zwei Briefe, zwei gegensätzliche Ratschläge, einer von einem geachteten, der andere von einem geliebten Menschen.

Ein Königreich für Salomons Weisheit.

Julius schlüpfte in die Campagi, die Kalbslederschuhe.

»Ein Eilbote nach Trient«, sagte er zu Numerio. Und zu Massa: »Bereite meine Abreise vor.«

Die Leiche lag verdreht auf dem Steinfußboden, nackt bis auf ein Tuch, das der Arzt wie schon bei Bertani über den Schambereich gelegt hatte. Hatte Bertani sogar noch im Tod derb und kämpferisch gewirkt, so machte dieser Prälat einen eher – Sandro fiel nur dieses Wort ein – annehmenden Eindruck. Sandro meinte, auf seinen Lippen den Anflug eines Lächelns zu sehen, aber diese Schlussfolgerung war sehr gewagt, denn der Mund war blutverschmiert, und überhaupt war überall Blut.

Er schloss Cespedes' Augen, obwohl sie keineswegs entsetzt oder verzweifelt wirkten, nicht so, wie man sich den Blick eines mit dem Tode ringenden Mannes vorstellt. Im Gegenteil, sie sahen sanft aus, als wäre das Letzte, das sie gesehen haben, etwas

Schönes gewesen, etwas Göttliches vielleicht oder etwas, das in Cespedes' Leben dieselbe Bedeutung wie das Göttliche eingenommen hatte. Sandro sprach ein stilles Gebet. Er fühlte sich mitschuldig am Tod dieses Mannes.

»Nahezu identisch mit der ersten Tat«, sagte der Arzt. »Derselbe Stich, dieselbe Art von Waffe, derselbe Tod. Erstickt am eigenen Blut.«

Der Arzt hatte alle Unsicherheit, die er noch vor wenigen Tagen ausgestrahlt hatte, verloren. Keine Schweißperlen auf der Stirn, keine unnötigen Verbeugungen, kein Gestammel. Stattdessen schnörkellose, präzise, fast ein wenig widerwillig erklärte Angaben. »Todeszeitpunkt zwischen sechs und neun Uhr.«

»Geht es noch genauer?«, fragte Sandro, erntete jedoch nur eine hochgezogene Augenbraue und Schweigen.

»Ihr werdet niemanden finden, der Euch eine genauere Zeit nennen kann«, sagte der Arzt fast beleidigt. »Übrigens weise ich nochmals darauf hin, dass es sich um eine von *Frauen* bevorzugte Waffe handelt, die hier zur Anwendung kam.«

»Vorhin erwähntet Ihr, dass dieser Mord nahezu identisch mit dem ersten ist. Was meintet Ihr mit nahezu?«

Der Arzt tauschte einen Blick mit Sandro, bevor er anfing, seine Utensilien unnötig hektisch in ein Tuch zu wickeln und in dem mitgebrachten Beutel zu verstauen. »Nirgendwo«, sagte er nach einer kleinen Weile, die gerade noch diesseits der Grenze zur Unhöflichkeit lag, »nirgendwo war das Symbol auf der Haut zu finden, das bei Bischof Bertani eingeritzt war. So, *meine* Arbeit ist getan«, sagte er und schnürte den Beutel zu.

Sandro begriff natürlich, was hier vorging. Das provokative Verhalten des Hauptmanns, die Mahnung des Fürstbischofs und der allzu kurz angebundene Arzt: Er war nicht länger ein Erzengel, er war eine Pest. Gestern noch hatte man sich vor ihm gefürchtet, weil man in ihm den Vertrauten des Heiligen Vaters sah, heute fürchtete man sich vor ihm, weil man in ihm den in Ungnade gefallenen Diener des Heiligen Vaters sah, und vor solchen Menschen musste man sich hüten, damit man bei ihrem Untergang nicht mitgerissen wurde.

»Ich habe es eilig«, sagte er Arzt. »Den Leichnam lasse ich sofort abholen.«

»Nein«, widersprach Sandro. »Ich brauche eine Stunde für meine Besichtigung hier vor Ort und möchte nicht gestört werden.«

»Die Träger warten bereits draußen in der Kälte.«

»Sie mögen weiter warten«, sagte er betont kühl, eine Stimmlage, die ihm im Grunde gar nicht lag. Aber er musste das letzte bisschen Autorität einsetzen, das ihm sein Titel verlieh, sonst könnte er gleich kapitulieren.

Als er allein war, sah er sich im Quartier um. Es war ganz anders als das von Bertani, bunt und mit Stoffen verkleidet. Die Fenster waren bemalt mit weltlichen Motiven, mit Tänzen, Festen und Gelagen, mit fröhlichen Augenblicken eines Lebens, die sich wie zum Hohn um die Leiche herumdrängten. Sandro begann mit dem Schreibtisch, einem Vorbild an Ordnung. Alle Papiere waren exakt in der gleichen Richtung arrangiert, so als läge ihrer Anordnung irgendeine architektonische Notwendigkeit zugrunde. Mittendrin leuchtete, rot und in der Mitte gebrochen wie eine versinkende Sonne, das Siegel des Kaisers. Der dazugehörige Brief oder das Dokument fehlte jedoch. Brisante Schreiben vernichteten kluge Menschen sofort.

Die zerwühlten Decken wiesen unübersehbar auf eine Liebesnacht hin. Auffällig war die unterschiedliche Farbe und Länge der Haare auf den Kissen: lange schwarze Haare, die zweifellos Cespedes gehörten, wie Sandro feststellte, als er einen Blick auf die Locken des Toten warf; kurze braune Haare, so kurz und zahlreich, dass sie nicht einer Frau gehören konnten. In diesem Bett hatte ein Mann neben Cespedes gelegen.

Wo waren die Gemeinsamkeiten von Bertani und Cespedes? Der eine liebte Frauen, der andere Männer, der eine war Reformer, der andere Konservativer, der eine derb und rustikal, der andere mild und elegant, der eine Italiener, der andere Spanier. Nur ihre Abneigung gegen das Zölibat verband sie. Wenn dies das Motiv des Täters war, musste es sich um einen Menschen handeln, der die Moral hochhielt, ja, über alles stellte. Aber war es das Motiv? Wieso hatte der eine ein Symbol in die Haut geritzt bekommen, der andere jedoch nicht?

Ein Geräusch im hinteren Teil des Quartiers lenkte Sandro ab. Auf Zehenspitzen schlich er durch das Schlafgemach, einen Ankleideraum und ein Bad. Eine Wanne war noch mit dem gebrauchten Badewasser gefüllt, so schmutzig, dass gepflegte Personen wie Cespedes oder Carlotta da Rimini nicht dafür verantwortlich sein konnten.

Wieder hörte er das Geräusch, ein Laut, als würde eine Katze an irgendetwas kratzen. Sandro bemerkte eine schmale Tür, dahinter eine enge und steile Treppe, die nach unten führte. Sie endete vor einer weiteren Tür, durch deren Bodenritze die Geräusche Trients drangen. Jemand versuchte, von draußen in das Quartier einzudringen. An der Wand hing ein Schlüssel. Sandro steckte ihn ins Schloss und riss die Tür auf.

Vor ihm stand, gebückt und mit einer Haarnadel in Händen, Antonia.

Sandro hatte Carlotta verschont, also konnte Antonia ihn weiterhin mögen. Sie hatte sich nicht in ihm getäuscht. Er war kein Verbrecher, kein Inquisitor, kein Schwächling, der nachgab, wenn es schwierig wurde. Er war stark, stärker als andere, auch wenn er nicht diesen Eindruck machte. Der Held kämpfte leise. Kämpfte gegen die erlernte Unterordnung, gegen den Drang, gefallen zu wollen. Gegen sie.

Er hatte kein Wort über das Fenster verloren, während des Vormittags nur das Notwendigste mit ihr gesprochen. Und was tat er nun? Dasselbe. Er drehte sich um und ging schweigend in das Quartier.

Sie folgte ihm, und sie folgte der Blutspur, die der Mörder von

Trient hinterließ. Es ging um nicht weniger als um Carlottas Leben und um das Glück von Hieronymus.

»Ich habe eigentlich durch den Haupteingang kommen wollen«, erklärte sie. »Die Wache hat mich nicht durchgelassen. Also bin ich um das Haus geschlichen und habe diesen Dienstboteneingang gefunden. Soll ich die Tür wieder schließen?«

»Warum seid Ihr hier?«, fragte er, ohne innezuhalten.

»Ich will Euch danken.«

»Wofür?«

»Nicht jeder hätte Carlotta geglaubt, dass sie gestern Nachmittag und Abend einen Spaziergang an der Etsch gemacht hat. Ich bin froh, dass Ihr Carlotta ebenso vertraut, wie ich es tue.«

»Ich vertraue ihr nicht.«

»Wie bitte?«

»Ich sagte, ich vertraue ihr nicht. Ihre Geschichte ist unglaubwürdig. Sie war viel zu leicht bekleidet für einen Oktoberspaziergang. Nur ein Schal, kein Mantel. Außerdem ist gerade Weinlese, so dass jemand sie hätte sehen müssen. Sie war woanders, will aber nicht sagen, wo. Deswegen habe ich angeordnet, sie noch in Haft zu lassen.«

»Aber Ihr sagtet im Gefängnis, dass Ihr sie nicht für die Mörderin von Bertani und Cespedes haltet. Das war, kurz bevor Ihr wie eine Eidechse auf der Flucht davongerannt seid. So wie jetzt. Und damit schmeichle ich der Eidechse noch. Ihr seid viel schneller als sie.«

Er blieb mitten auf der Treppe ins Obergeschoss stehen und wandte sich halb zu ihr um. Er sah sie nicht an, als er sagte:

»Entweder handelte der Täter in kalter, vorausgeplanter Berechnung, oder er handelte in Panik. Beides erscheint mir bei Carlotta da Rimini nicht gegeben. Falls sie geplant hatte, Bertani zu töten, muss sie ein gutes Motiv gehabt haben. Gier? Nein, denn sie lässt die wertvollen Ringe zurück. Ein Auftragsmord? Wohl kaum, denn auch dann stiehlt man Ringe und anderes

Wertvolle, um den Mord wie einen Raub aussehen zu lassen. Rache? Gut möglich, da wir nicht wissen, ob sie sich von früher kannten. Aber wieso dann der Mord an Cespedes? Falls sie hingegen in Panik handelte – was plausibel wäre, denn Bertani wurde grob zu ihr –, hätte sie ihre Waffe mit einer unglaublichen Präzision zwischen die Schulterblätter des Bischofs stoßen müssen. Für jemanden, der sich panisch wehrt, ist das eher unwahrscheinlich. Doch selbst wenn ich davon ausgehe, dass es so war: Wieso ritzt sie ein Symbol in die Haut des Opfers? Wäre ich in Panik, würde ich sehen, dass ich wegkomme. Doch bei ihrem zweiten Mord, den sie folglich geplant hätte, nimmt sie sich nicht diese Zeit. Das alles passt nicht zusammen. Es spricht mehr gegen ihre Täterschaft als dafür.«

»Sieh mal an«, sagte sie. »Ihr seid intelligent.«

Er stieg, scheinbar wenig beeindruckt von ihrem Kompliment, weiter die Treppe hinauf, eilte durch das Badezimmer in den Ankleideraum, und sie folgte ihm.

Als Antonia den von einem blutroten Kranz umgebenen Körper des Inquisitors von Sevilla auf dem Boden sah, schlug sie die Hände vors Gesicht und taumelte gegen Sandro. Sie hatte noch nie einen Toten gesehen, der in seinem Blut lag. Als Künstlerin war sie es gewöhnt, den Tod darzustellen, ja, er war ihr Mitspieler in der Glasmalerei, ihr Vertrauter. Sie hatte – so formulierte sie es manchmal – eine Begabung für den Tod. Aber der Spiegel der Realität ist nicht die Realität selbst, und den Tod zu porträtieren ist etwas anderes, als ihn anzuschauen, wenn er seine Maske gelüftet hat. Hier war der Tod in seiner schrecklichsten Art: Das, was diesen Körper warm und lebendig gemacht hatte, war herausgelaufen und hüllte ihn nun von außen ein. Er war plötzlich gekommen, der Tod, ohne Vorbereitung, ohne die Gnade eines Abschieds. Dort drüben war das Bett, in dem der Inquisitor sich gewärmt hatte, in dem er gebetet, geträumt, gehofft, Pläne geschmiedet hatte, und im nächsten Augenblick war alles von fremder Hand zunichtegemacht worden. Es lag etwas

Unheimliches in einem Tod, der von fremder Hand gebracht wird. Die göttliche Ordnung war durchbrochen. Gott war abwesend. Ja, so war es. Mord, das war die Abwesenheit Gottes.

Sie würde das bei künftigen Fenstern berücksichtigen.

Ihre Stirn berührte Sandros Schulter. So nah war sie ihm noch nie gekommen, fast berührte sie das Kinn, den Adamsapfel. Seine Haut hatte im Laufe der Jahre den Geruch der Kutte angenommen, und die Kutte roch nach Myrrhe, dem Duft der Kathedralen. Sie spürte seine Brust, die Rippen, den Muskel, der in die Achselhöhle führt, den Herzschlag. An seiner Schläfe pochte eine kleine Ader. Antonia wurde ruhig in seinen Armen. Sie wurde ruhig, obwohl kein Glas in der Nähe war, obwohl eine Leiche neben ihnen lag. Sandros Umarmung war nicht fest, war die Berührung eines Menschen, der etwas Begehrtes und zugleich Gefährliches anfasst.

Er war ein bisschen größer als sie und blickte auf sie hinab. »Ihr müsst gehen«, sagte er.

»Nein.« Sie wollte nicht fortgehen. »Erzählt mir etwas über den Fall«, sagte sie.

»Wozu?«

»Ich will Carlotta helfen. Ich will Euch helfen. Darum bin ich gekommen.«

»Das dachte ich mir«, sagte er. »Aber das geht nicht. Ab heute ist jeder in Gefahr, der mir hilft.«

»Ich fürchte mich nicht.«

»Es gibt Millionen furchtloser Menschen, die vorzeitig auf dem Friedhof verscharrt wurden.«

»Wenn das so ist, wird mein Grab bereits ausgehoben. Ich stecke mittendrin in Eurer Untersuchung, habe die dreckige Wanne gesehen und das zerwühlte Bett und die Leiche. Wie alle Künstler bin ich eine gute Beobachterin. Ich will es, Sandro Carissimi. Und Ihr wollt es auch, sonst hättet Ihr mich nicht hereingelassen. Ihr wollt mich teilhaben lassen an dem, was Euch beschäftigt.«

Es folgte das längste Schweigen, das sie jemals in der Gesellschaft eines Mannes erlebt hatte. Sie sah ihn nicht an, er sollte in Ruhe überlegen. Stattdessen sah sie zu den Fenstern, die mit weltlichen Motiven bemalt waren. Stumm tanzten und zechten die Figuren darauf, allesamt kurz davor, sich zu lieben. Eine Frau berührte ihr eigenes Kleid an der Schulter, als wolle sie es sich im nächsten Moment abstreifen; eine andere saß auf der Kante eines Tisches wie auf der Kante eines Bettes, bevor man sich schlafen legt; eine dritte umschloss mit der Hand eine brennende Kerze und verzog den Mund wie bei einem erotischen Erlebnis.

Sandro sah sie an. Wie viele Frauen hatte er mit diesen Augen angesehen? Wie viele Frauen umgarnt, umarmt? Es waren gewiss nicht wenige gewesen. Solch einen Ausdruck hatte man nur in den Augen, wenn man ihn schon tausendmal erprobt hatte. In seiner Jugend war Sandro Carissimi gewiss ein Frauenheld gewesen, eine männliche Dirne, er war wie Carlotta gewesen und wie sie, Antonia.

»Cespedes«, sagte er nach einer kleinen Ewigkeit, »wurde auf die gleiche Weise wie Bertani getötet. Doch das Symbol auf der Haut fehlt. Ich frage mich, wieso? Dass es zwei verschiedene Täter waren, glaube ich nicht, denn dann müsste der zweite Täter wissen, wie der erste Täter vorgegangen war. Nur wenige waren exakt informiert, wie Bischof Bertani ermordet wurde.«

»Vielleicht«, sagte sie, »gibt es nicht zwei verschiedene Täter, sondern zwei verschiedene Motive.«

Er sah sie an, als habe sie ein Geheimnis gelüftet.

»Ich bin klug, nicht wahr?«, sagte sie lächelnd.

»Ja.« Ein Moment verstrich, in dem er sich nicht bewegte. Dann löste er sich von ihr, so als treibe ein Wind ihn in eine andere Richtung, und seine Augen nahmen wieder jenen undurchdringlichen Ausdruck an.

»Es gibt ein Bett«, sagte er, »in dem zwei Männer lagen, eine Wanne, in der ein schmutziger Mensch gebadet hat, eine Stichwunde, die dazu führte, dass Cespedes, wie schon Bertani vor ihm, an seinem Blut erstickte.«

»Und«, fügte sie hinzu, »es gibt ein Symbol auf Bertanis Haut, das Zeichen der Huren, die sich an ihren Peinigern rächen.«

Sie vertraute ihm jetzt völlig, und er spürte das. Daher fragte er nicht, woher sie diese Information hatte.

»Angenommen«, sagte er, »jemand versucht, Carlotta die Schuld zuzuschieben: Wieso ist der Mörder dann inkonsequent und ritzt bei Cespedes kein Symbol ein? Womit wir wieder bei den zwei Motiven wären. Bertanis Tod hätte demnach einen anderen Grund als der von Cespedes.«

»Einen politischen?«

»Möglich.«

»Wem nutzt der Tod von Cespedes?«

»Genau das ist die Frage. Cespedes war konservativ. Folgerichtig hätten also die Protestanten oder die Kaiserlichen versuchen müssen, ihn auf ihre Seite zu ziehen.«

»Ich verstehe, Ihr verdächtigt mal wieder Matthias. Findet ihr beiden das nicht langweilig, ich meine, euch gegenseitig zu hassen? Ihr benehmt euch, als wärt ihr die ersten Halbbrüder der Geschichte. Schon Ödipus hatte komplizierte Familienverhältnisse, er zeugte seine Halbbrüder sogar mit seiner eigenen Mutter, dagegen nehmen sich eure Probleme geradezu lächerlich aus.«

Sie sah ihn lange an. »Wollt Ihr mir einen Gefallen tun?«, fragte sie.

»Das kommt auf den Gefallen an.«

»Sprecht euch aus. Versöhnt euch.«

»Warum?«, fragte er. »Weil wir bald Schwager und Schwägerin werden?«

»Vielleicht.«

»Herzlich willkommen in der kaputtesten Familie, die ich kenne.«

»Werdet Ihr es tun? Für mich?« Sie wusste selbst nicht, warum es ihr so wichtig war. Sie hatte so viele Männer gehabt, die sie abends begehrt und morgens vergessen, abends schön und morgens belanglos gefunden hatte, dass sie ihre Gefühle nicht mehr kannte. Sie hatte sich nie mit ihnen beschäftigt, sondern sie ausgedrückt, ausgelebt. Nun stellte sie fest, dass Gefühle unerforschtes Land für sie waren, Land, in dem man sich schnell verirrt.

Sie wusste nur, dass plötzlich beide Männer ein Teil ihres Lebens waren.

Sandro verließ den Palazzo, ohne geantwortet zu haben, ohne sich nach ihr umzudrehen, und sie folgte ihm in einigem Abstand. Auf der Straße trennten sich ihre Wege.

Luis betrat selbstsicher den Empfangssaal des Fürstbischofs. Er wusste, weshalb man ihn hatte rufen lassen, oder besser, er war sicher, dass es mit seinem Schreiben an den Papst zu tun hatte. Tatsächlich bemerkte er eine Schriftrolle mit einem päpstlichen Siegel in Madruzzos Händen. Julius hatte offenbar keine Zeit verloren.

Seine Verneigung vor dem Fürstbischof fiel zurückhaltend aus, nur ein Zucken des Oberkörpers.

»Meine Ernennung zum Visitator Seiner Heiligkeit?«, fragte er und wartete nicht, bis Madruzzo sie ihm überreicht hatte, sondern nahm sie ihm mehr oder weniger aus der Hand.

»Woher wisst Ihr das?«, fragte Madruzzo. Heute war er besonders schweratmig und gequält, selbst das Reden schien ihn Überwindung zu kosten. Wie ein bewegungsunfähiges Opfer saß er auf dem Sessel.

»Ich habe dafür gesorgt«, sagte Luis unverhohlen. Madruzzo war nur eine Nebenfigur, die ihm nicht gewachsen war. Ihm gegenüber durfte er ganz offen sein. »Meine Worte machen Eindruck, das solltet Ihr wissen. Ich beeindrucke nicht nur das Konzil, sondern auch Päpste. Ich habe Talent, so ist das nun einmal. Der Einzige, den ich nicht zu überzeugen vermochte, wart Ihr,

Fürstbischof, und zwar als Ihr Euch geweigert habt, mich als Ermittler zu empfehlen. Das war eine große Dummheit.«

Madruzzo stand kurz vor einem Ausbruch, doch Luis wusste nicht nur seine Worte geschickt einzusetzen, er verstand es auch, seine Augen in einer Weise zum Funkeln zu bringen, die einer Warnung gleichkam. Madruzzos Kraft verließ ihn beim Ausatmen, entsetzliche Rückenschmerzen quälten ihn. Das war gewiss eine der schrecklichsten Stunden seines Lebens.

»Ihr freut Euch zu früh«, sagte er schließlich. »Ihr seid Visitator, das ist richtig, aber als solcher müsst Ihr einen Mörder überführen. Gelingt Euch das nicht ...«

»Was das angeht, kann ich Euch beruhigen. Ich bin weder so täppisch noch so zimperlich wie Bruder Sandro. Er hatte seine Gelegenheit, nun ist er erledigt. Und die Mörderin wird noch heute gestehen.«

»Und wenn sie es nicht war und der Mörder erneut zuschlägt?«

»Für diesen Fall habe ich mir schon etwas ausgedacht.«

»Was?«

Der dunkle Klang der Domglocke drang bis ins Kastell hinauf. Luis grinste. Für heute war er gesprächig genug gewesen. »Entschuldigt mich, Fürstbischof, gleich findet eine Sitzung der wichtigsten Konzilsteilnehmer statt, bei der ich nicht fehlen darf, sonst spuckt mir dieser unsägliche Protestant Hagen noch in die Suppe.«

Eine Verbeugung erschien ihm überflüssig. Er wandte sich ohne Gruß ab und ging zur Tür. Dort holte ihn die Stimme Madruzzos ein, in der die Genugtuung für kurze Zeit über die Qual dominierte.

»Bevor ich es vergesse, Bruder de Soto: Euer Mitbruder Carissimi, den Ihr so sehr liebt und schätzt, ist keineswegs erledigt. Der Heilige Vater hat ihn nicht abgesetzt, sondern befohlen, dass die Ermittlungen von nun an von zwei Visitatoren geführt werden.«

Luis hatte seine Mimik normalerweise unter Kontrolle, aber diesmal bemerkte Madruzzo seine Überraschung und Betroffenheit, denn trotz seiner Schmerzen rang Madruzzo sich ein Lächeln ab.

»Das war Euch nicht bekannt? Oh, wie bedauerlich! Es scheint, Julius hört nicht nur auf Euch. Hauptmann Forli erzählte mir, dass Carissimi neulich Innocento del Monte vor einem Attentat bewahrte. Wenn Ihr also Carissimi aus dem Weg räumen wollt, müsst Ihr Euch mit dem Sohn des Papstes anlegen. Noch einen schönen Tag und Gott zum Gruß, Bruder.«

Sie hatte die Skizzen in wenigen Minuten gezeichnet: Kain und Abel hatten gestritten, dann hatte Abel sich abgewandt, und Kain hatte den Bruder erschlagen. Abel lag nackt auf dem Boden, aus einer Wunde blutend, und Kain stand daneben, nicht glücklich und nicht unglücklich über seine Tat, so als hätte er einen Baum gefällt. Das Licht war erloschen. Gott war abwesend. Das Fehlen des Lichts bedeutete die Abwesenheit Gottes.

Als Matthias kam, war sie bereits mit der Umsetzung des Entwurfs beschäftigt. Er war guter Laune wie ein Kaufmann, der soeben ein rentables Geschäft abgeschlossen hatte, und überreichte ihr einen Korb mit Äpfeln und Trauben. Sie freute sich, ihn zu sehen. Irgendwie wirkte er unbesiegbar mit seinem Charme, den dichten blonden Locken, den breiten Schultern und dem etwas hochmütigen Zug um den Mund. Seine Blaumurmeln strahlten, als er ihr noch ein anderes Geschenk machte: eine Kette mit Kruzifix. Ohne sie zu fragen, legte er sie ihr von hinten um den Hals und sorgte mit zärtlichen Bewegungen dafür, dass ihre Haare sich nicht in der Kette verfingen. Er küsste sie auf den Nacken. Seine Hände hielten ihre Schultern fest umklammert wie etwas, das man zusammendrücken möchte. Er tat ihr nicht weh, er beherrschte sie, das war alles. Er hatte sie immer beherrscht. Als sie jung waren, waren es seine Stimme und seine Fäuste gewesen, die Antonia verteidigt, seine Augen, die sie und jeden anderen gefangengenommen hatten. Und auch später, als ihre Wege sich trennten, hatte er Antonia beherrscht: Sein Name war der Stern gewesen, der die Liebe verkörperte, etwas Unerreichbares. Im Grunde war Matthias nie fort gewesen, er war immer da, lenkte ihre Gedanken, ihre Wünsche. Sogar die Menschen, die gegen ihn gewesen waren, hatten sich am Ende geschlagen geben müssen, wie Adelheid, die ihm eine würdevolle Bestattung verdankte.

»Du hast mir gefehlt«, sagte er. »Ich bin vorhin schon einmal hier gewesen, aber du warst fort.«

»Bei Carlotta.«

»Sie wird von Sandro verhört, richtig?«

»Er war dort«, sagte sie nur.

»Hast du mit ihm gesprochen?«

»Ich war da, er war da – wie hätten wir vermeiden können, miteinander zu sprechen?«

»Der Tod von Cespedes wird ihm ganz schön zu schaffen machen. Ich glaube, Sandro ist bald Vergangenheit.«

Sie mochte es nicht, wenn er so redete, und das merkte er. Vielleicht bemerkte er sogar etwas an ihr, das sie selbst noch nicht bemerkt hatte, vielleicht las er in ihren Gefühlen wie in einem Buch, dessen Sprache er verstand, sie jedoch nicht.

Er sah über ihre Schulter hinweg zu einem Punkt am anderen Ende des Ateliers, und in diesem Moment fiel ihr ein, dass sie das Fenster, den Engel und das Mädchen, nicht weggeräumt hatte. Das hatte sie wegen der Arbeit an den Skizzen von Kain und Abel schlicht vergessen.

Matthias ging ganz langsam um die Staffelei herum, als betrachte er einen Akt. Dann sah er sie an und kam zurück.

Sie war unsicher, was geschehen würde. Als er nahe bei ihr war, erschrak sie, als sie den Blick der Blaumurmeln in sich eindringen fühlte. Wie alles, was leuchtete, fand sie diese Augen faszinierend, aber es lag auch etwas Gespenstisches in ihnen, etwas, das sie beunruhigte.

Er küsste sie und weckte damit ihre Lust. Sein Kuss war fordernd, gierig, kaltblütig. Bereitwillig gab sie ihm alles, was sie zu geben hatte, die Erfahrung tausender Küsse.

Er schlang seine Arme um ihre Taille. »Ich bin gekommen, um dich zu holen, Antonia. Für immer.«

Er warf sie fast um, so heftig drang seine Zunge in sie ein. Ihr Kleid riss und fiel zu Boden. Seine Hände schienen überall zu sein, an ihrem Rücken, ihren Brüsten, den Schenkeln ... Plötzlich – sie wusste nicht, wie es gekommen war – war seine Brust nackt. Er hatte sich ausgezogen, der helle Flaum seiner Brustbehaarung glitt durch ihre Fingerspitzen.

Ihre Lust war jetzt stark wie immer, wenn sie mit einem nackten Mann zusammen war, so stark, dass sie alles hingegeben hätte.

»Sag, dass du für immer zu mir gehörst«, hörte sie ihn wie durch eine Nebelwand fordern. »Sag, dass du mich willst.«

»Ich will dich.«

»Dass du mich heiratest.«

»Ich heirate dich.«

Er drang in sie ein. Seine Arme hielten sie, seine Muskeln ließen sie schweben.

Mit der Zunge ertastete sie seine Brustwarzen, biss zu, nicht zu fest und nicht zu sanft, sie hatte Übung darin. Er stöhnte auf, bog den Kopf in den Nacken, schloss die Augen, wie alle Männer es taten, wenn man das mit ihnen machte.

»Sag es noch einmal«, rief er. »Sag, dass du zu mir gehörst.«

Der Schweiß lief ihm übers Gesicht; er sah aus wie damals, als er im Regen vor ihrer Tür stand, Geld in der Hand, Tränen auf den Lippen.

Sie küsste seine Brust, immer wieder seine Brust, so dass seine Muskeln zitterten, die Arme schwächer wurden und er schließlich auf die Knie sank.

Sie stand vor ihm, über ihm, zog ihm an den Haaren den Kopf zurück und küsste ihn. Sie sanken zu Boden, sie lag auf ihm. Er war erschöpft, atmete schwer, lag fast bewegungslos auf dem Rücken.

Aber irgendetwas schien ihm nicht zu gefallen. Er hatte noch nicht, was er wollte. Alle Kraft sammelnd wirbelte er sie herum, übernahm wieder die Führung, drang erneut in sie ein. Er war wild. Alle Sieger haben etwas Wildes, Attackierendes an sich, aber sie hatte geglaubt, Matthias sei zärtlicher. Er war nicht mehr der Junge von damals. Sie war nicht mehr die Frau von damals.

»Sag es noch einmal«, forderte er, die Zähne zusammengebissen.

»Ich gehöre zu dir.«

»Ja, für immer«, rief er auf dem Höhepunkt.

Später, als sie zu Atem kam, als die Lust langsam erstarb wie ein nachlassendes Fieber, stand Matthias über ihr. Seine Knie zitterten noch, aber die Stimme war bereits wieder fest und zielbewusst, die Stimme eines Gewinners. Er lächelte, als habe er soeben die Schlacht von Mühlberg neu geschlagen und sie für die Protestanten gewonnen.

»Ich werde mit deinem Vater sprechen. Ich werde ihm sagen, dass wir zusammengehören, und ihn um deine Hand bitten. Wo finde ich ihn?«

»Er ist in der Santa Maria Maggiore.«

»Wie passend! So werde ich ihm also seine Tochter in einer Kirche des alten Glaubens wegnehmen.«

»Drei Gründe sprechen dagegen, dass du diesmal Erfolg haben wirst. Erstens: Mein Vater hat dich nicht gerade ins Herz geschlossen.«

»Welcher Vater schließt den Mann, der ihm die Tochter nimmt, ins Herz? Das tut keiner, und trotzdem heiraten die Leute.«

»Zweitens: Er sorgt sich um Carlotta, und falls ihr etwas zustößt – was Gott verhüte –, würde er innerhalb weniger Tage die beiden einzigen Menschen, die er liebt, verlieren. Drittens hat er einen Vertrag für Toulouse gezeichnet, den er unmöglich allein bewältigen kann. Er wird deinen Antrag ablehnen.« Sie sprach es – zu ihrer eigenen Verwunderung – so leichthin aus, als würde nicht ein Heiratsantrag, sondern eine Einladung zum Essen zur Debatte stehen.

»Toulouse?«, fragte er.

»Ja, für die dortige Kathedrale.«

Die Glocke des Doms ertönte.

»Ich komme zu spät«, sagte Matthias. »Ich muss in eine Konzilssitzung mit diesem Widerling de Soto und ein paar debilen, aufgeschwemmten katholischen Prälaten. Aber ich verspreche dir: Ich bringe alles in Ordnung, noch heute.«

Nachdem er gegangen war, blieb sie noch eine Weile auf dem Boden sitzen, auf ihrem zerrissenen Kleid, auf ihrem Heiratsantrag, ihrem Traum. Seit zwölf Jahren, nein, seit fünfzehn Jahren hatte sie in vielen Nächten diese Stunde herbeigesehnt, so dass sie zu etwas Ähnlichem wie ein Stern geworden war, so hoch, dass es kein Herankommen gab.

Und nun war dieser Stern auf die Erde gefallen, in ihre Hände, und sie war unsicher, was sie mit ihm anfangen sollte.

Antonia bemerkte nicht, dass die Tür zum Nebenzimmer einen Spalt offen stand und die leeren Augen von Inés sie beobachteten.

15

Kardinal Marcello Creszenzio, der Konzilspräsident und Legat des Papstes, sah aus wie ein zu Tode erschöpfter Vogel, der sich irgendwo niedergelassen hatte, um zu sterben. Der prunkvolle Sessel – der Sessel mit der höchsten Lehne von allen am ovalen Tisch – war viel zu groß für ihn. Als er mit einem kleinen

Glöckchen die Sitzung eröffnete, achtete niemand auf ihn, und er schien darüber fast in Tränen auszubrechen.

Die im kleinen Kreis tagende Sitzung im Kastell war einberufen worden, um besonders strittige Themen zwischen Reformern und Konservativen zu besprechen. Natürlich waren Diskussionen mit allen Delegierten im Dom um theologische oder liturgische Fragen notwendig, doch man hoffte, bestimmte Entscheidungen voranzutreiben, wenn sich die Meinungsführer der verschiedenen Strömungen zuvor einigen oder wenigstens annähern würden. Der Kaiser in Innsbruck wachte mit Argusaugen darüber, dass man sich nicht in endlosen und fruchtlosen Kolloquien erschöpfte, sondern Kompromisse einging, die es den Protestanten ermöglichen würden, in den Schoß der Kirche zurückzukehren.

Sandros Rang als Visitator hatte ihm problemlos Zugang zu der Sitzung verschafft. Er kam hierher, weil er nicht wusste, wo er sonst ansetzen sollte. Bertani und Cespedes waren zwei wichtige Männer der Reformer und der Konservativen gewesen, und hätten sie noch gelebt, würden sie jetzt vermutlich in diesem erlauchten Kreis sitzen. Das war die einzige Gemeinsamkeit, die Sandro erkennen konnte.

Sandro saß neben Erzbischof Villefranche und wurde von diesem seit geraumer Zeit mit einer Suada belegt. Der Franzose ließ sich über das belanglose Deckenfresko des Sitzungssaales aus, kritisierte die unstimmige Architektur des Kastells sowie die künstlerisch unfertige Stadt Trient im Allgemeinen und den Dom im Besonderen. Einzig die neue Glasmalerei, so sagte er, sei dort ausgereift, dieselbe Glasmalerei, die er zur künstlerischen Vervollkommnung seiner Kathedrale nach Toulouse holen werde. Danach schwärmte er von Rom, vor allem vom Palast der Farnese, den er als Sternstunde italienischer Ästhetik bezeichnete, und davon, dass er mehrere Male das Glück gehabt habe, dort als Gast der Familie zu übernachten. Er sprach ungewöhnlich manieriert, was Sandro nach einer Weile anstrengte.

Die Zusammensetzung des Dutzends Teilnehmer spiegelte ungefähr die Stimmenverhältnisse im Konzil wider. Konservative und Reformer hielten sich die Waage. Sandro vermutete, dass Villefranche zu der Sitzung eingeladen war, weil ihn die französischen Prälaten hoch achteten und seine Meinung deren Stimmverhalten stark beeinflussen würde. Für manche galt er sogar als das Zünglein an der Waage, denn während die Portugiesen, Spanier und Süditaliener eine fast geschlossene konservative Front bildeten und die Norditaliener, die im Exil lebenden Engländer sowie einige Deutsche und Böhmen Reformer waren, wusste man von den Franzosen nicht genau, wo sie standen. Sie konnten also den Ausschlag geben, und Villefranche war der Bedeutendste unter ihnen.

Außer Creszenzio, dem Konzilspräsidenten, erkannte Sandro Rowlands, einen der größten Papstkritiker, der mit versteinertem Gesicht auf der linken Seite Creszenzios saß, sowie Innocento del Monte auf der rechten Seite. Er hatte Sandro mit freundlichem Handschlag begrüßt, ein paar Worte mit ihm gewechselt, und Innocento hatte ihm gesagt, dass er den versprochenen Brief geschrieben habe. Danach hatte der junge Kardinal sich lässig auf seinen Platz gesetzt und sichtbar gelangweilt – woran sich auch nach Creszenzios zaghaftem Glockengeläut nichts änderte. Zwischen ihm und Sandro waren zwei Stühle frei, es folgten Villefranche sowie eine Reihe weiterer Prälaten.

Matthias kam zu spät. Da er nur die Wahl hatte, sich neben Sandro zu setzen oder einen Stuhl zwischen ihm und sich freizulassen, entschied er sich für Letzteres. Er tauschte keinen Blick mit ihm.

Luis' Eintreffen komplettierte die Versammlung. Er setzte sich auf den einzigen freien Platz neben Sandro, sah ihn mit größtmöglicher Gleichgültigkeit an und sagte leise: »Wir sind ab jetzt zu zweit, was die Aufklärung der Morde angeht.«

Und an die Versammelten gewandt sagte er: »Seine Heiligkeit hat mich zum Visitator berufen. Ich soll unserem überforderten

Bruder unter die Arme greifen und die Aufklärung der Verbrechen beschleunigen, bevor wir noch alle erdolcht werden.«

Viele der Anwesenden lachten, und Sandro spürte einen alten Bekannten aus vergangenen Tagen: das Gefühl, gedemütigt zu werden. Er entschloss sich, nichts zu erwidern. Aber es war ihm von diesem Augenblick an klar, dass die Wege von Luis und ihm sich trennen würden, und seltsamerweise spürte er plötzlich eine große Erleichterung, so als verlasse er einen stickigen Raum.

Das Glöckchen Creszenzios unterbrach das Gemurmel der Teilnehmer, und die Sitzung begann.

Gleich zu Beginn gerieten Luis und Matthias in heftigen Streit über die Residenzpflicht für Bischöfe. Sie beschossen sich mit Argumenten und Gegenargumenten, rangen um Formeln, um Redewendungen und Lehrtexte. Alle Teilnehmer außer Sandro, Innocento und Villefranche beteiligten sich an der Debatte. Gerade als die Positionen sich zu verhärten begannen und kein Vor und Zurück mehr möglich schien, einigte man sich auf einen Kompromiss. Matthias und die Reformer setzten durch, dass die Bischöfe künftig gezwungen wären, in ihren Diözesen zu bleiben, und dass der Papst nicht länger das Recht hätte, sie von dort abzuberufen. Außerdem erwirkten sie von Luis das Zugeständnis, dass Bischöfe künftig nur einem Bistum vorstehen dürften und nicht wie bisher mehreren. Damit sollte das Sammeln von Würden – und Einkünften – unterbunden sowie Ämterkauf und Favoritenwirtschaft eingeschränkt werden. Luis wiederum erhielt die Zusage, dass der Papst künftig befugt wäre, Gesandte in die Diözesen zu entsenden, die dort das Wirken der Bischöfe überwachen und bei Verfehlungen ahnden dürften. Mit diesem Kompromiss war die Stellung Roms und des Papstes einerseits geschwächt und andererseits gestärkt worden.

Weitere strittige Themen wurden diskutiert, doch jedes Mal fand sich nach gewisser Zeit ein Mittelweg oder eine Formulierung, die sowohl Luis als auch Matthias akzeptierten. Die Konservativen unter den Teilnehmern lehnten die Kompromisse natürlich ab, das war keine Überraschung, doch sie wären in der Minderheit gewesen, wenn nicht plötzlich Villefranche doch noch das Wort ergriffen hätte: »Ich bedaure«, sagte er, »aber ich werde allen Formeln, die heute ausgehandelt wurden, meine Zustimmung verweigern.«

Tumult brach aus, und alle redeten durcheinander. Rowlands hielt Villefranche vor, übergeschnappt zu sein, Villefranche verteidigte sich; die Konservativen applaudierten. Creszenzio läutete vergeblich mit dem Glöckchen.

Innocento war der Erste, der aufstand und aus dem Raum ging. Die Sitzung war ohne Ergebnis geblieben. Villefranche – und damit die meisten französischen Delegierten – würden einer umfangreichen Kirchenreform eine Absage erteilen, ohne die es wiederum keine Annäherung zu den Protestanten geben würde. Die Vereinigung der Gläubigen, eben noch greifbar nahe, war plötzlich wieder in weite Ferne gerückt. Man würde weiterhin beraten, diskutieren, streiten. Das Konzil würde sich hinziehen. Wenn die Meinungsführer sich nicht einigen konnten, würden die Theologen und Kanoniker sich hoffnungslos in Details verlieren. Nach und nach verließen Rowlands, Creszenzio, Matthias und die anderen den Saal. Nur Luis und Villefranche blieben zurück.

Die Prälaten fuhren in ihren Kutschen davon und hinterließen Wolken aus Staubkörnchen, die in der Sonne tanzten. Sandro tauchte in diese Wolke ein. Innocento bot ihm an, ihn auf seinem Pferd mitzunehmen, und Sandro war kurz davor, das Angebot anzunehmen, aber dann sah er, wie Matthias, dessen Pferd lahmte und im Stall zurückgelassen werden musste, allein und zu Fuß den Rückweg antrat. Die Worte Antonias fielen ihm wieder ein: Aussprache, Versöhnung. War dieser Streit zwischen zwei Halbbrüdern nicht tatsächlich längst albern geworden? Matthias hatte üble Dinge zu Elisa gesagt, aber Elisa hatte ihm zuvor übel mitgespielt. Matthias hatte sich Sandro gegenüber niederträchtig verhalten, doch er, Sandro, hatte ihn daraufhin beinahe umgebracht, was auch nicht gerade von hoher Moral zeugte. Sie alle hatten sich miserabel benommen, die ganze kaputte Familie aus Hagens und Carissimis, und heute waren sie zwei Männer, die vor Jahren von der gleichen Krankheit befallen worden waren und noch immer an deren Folgen litten. Gab es denn wirklich keine Sprache, keine Verständigung mehr zwischen ihnen, obwohl sie doch im Grunde genommen beide krank waren? Auf einem einzigen Spaziergang alles auszuräumen, was sich zwischen ihnen aufgebaut hatte, war unmöglich, aber deswegen erst gar keinen Anfang zu versuchen war töricht.

Sandro lief ein paar Schritte hinter ihm. Gelegentlich wandte sich Matthias, ohne stehen zu bleiben, kurz um, als wolle er sich vergewissern, dass Sandro den Abstand und er selbst die Führung beibehielt. Kurz nachdem Matthias ein weiteres Mal über die Schultern geblickt hatte, beschleunigte Sandro seine Schritte und schloss zu Matthias auf.

»Ich will mit dir sprechen. Ich meine, vernünftig sprechen.«

»Worüber?«, fragte Matthias.

»Worüber du willst.«

Sie gingen nebeneinander her, im gleichen Rhythmus und mit der gleichen Art, die Arme zu bewegen. Obwohl sie sich körperlich nicht ähnelten, war manches an ihnen brüderlich.

»Ich wüsste nichts«, sagte Matthias.

»Dabei gibt es so viel zu bereden.«

»Was?«

»Gut, wenn du dich dumm stellst, dann mache ich den Anfang und entschuldige mich.«

»Wofür?«

»Nun hör doch endlich auf, mir Fragen zu stellen, die aus einem einzigen Wort bestehen! Worüber! Was! Wofür! Wofür wohl? Dafür, dass ich dich damals umbringen wollte. Ich bin übrigens für die Wunde am Oberarm zuständig.«

Matthias blieb erneut stehen. Er grinste. »Das darf ja wohl nicht wahr sein. Du flanierst neben mir her und erklärst: Tut mir leid, dass ich dich umbringen wollte; übrigens, ich habe dir den Oberarm zerfetzt.«

Jetzt, wo Matthias es wiederholte, klang es tatsächlich dumm. Aber wie stellte man es an, sich für ein Verbrechen zu entschuldigen? Da hörte sich jedes Wort banal an.

Sie gingen weiter.

»Ich war damals ein ziemlicher Nichtsnutz, weißt du«, sagte Sandro. »Und ich wusste es, ohne es mir einzugestehen. Wer lebt schon und sagt sich andauernd: Ich bin ein Nichtsnutz. Als du kamst und später, als wir uns in der Kapelle prügelten, da begriff ich erst, wie überlegen du mir warst, und ich wurde eifersüchtig. Ich war der Älteste, bevor du kamst, der einzige Sohn, und plötzlich war ich das nicht mehr, schlimmer noch, ich war ein ...«

»Schwächling«, fiel Matthias ihm ins Wort.

»Du genießt es, mich so zu nennen.«

»Irgendwie habe ich es immer gewusst, ich meine, das mit dem Arm. Ich wusste, dass du der erbärmliche Feigling gewesen bist, der sich nicht traute, etwas richtig zu tun. Nichts ziehst du konsequent durch, du wagst nichts. Alles machst du halb, lässt es unfertig zurück, zauderst, zögerst, weichst zurück ... Antonia ist ein Beispiel dafür.«

Nun war es Sandro, der stehen blieb.

»Wieso erwähnst du Antonia?«

»Mein liebes Brüderchen. Wir stehen uns nicht nahe, aber ein bisschen, ein kleines bisschen kann ich in dir lesen so wie du in mir. Das ist das Blut, da kann man nichts machen. Natürlich ist mir aufgefallen, dass du Antonia – sagen wir mal – begehrenswert findest.«

Sandro zögerte, bevor er antwortete: »Ich bin Jesuit, Matthias, und ich nehme meine Gelübde ernst.«

»Selbstverständlich tust du das. Gelübde bieten eine herrliche Deckung, hinter der man sich verschanzen kann, um nicht kämpfen zu müssen.«

»Ich verstehe nicht, worauf du hinauswillst.«

»Ich habe mit Antonia geschlafen. Heute. Vorhin. Kurz vor der Sitzung. Es war wunderbar. Wir werden heiraten. Möchtest du mein Trauzeuge sein, das wäre doch witzig.«

In diesem Augenblick fuhr Villefranches Kutsche an ihnen vorbei und wirbelte Unmengen von Staub auf, der Sandro und Matthias einhüllte, unsichtbar machte. Sie waren allein und sahen sich durch die gelbliche Wolke hindurch an, zwei Rivalen, schwarze Hüllen gegen Blaumurmeln, Ulm gegen Rom.

Sandro war froh, dass es keine Versöhnung zwischen ihnen geben würde. So war es ihm lieber, denn so war es ehrlich.

Nach einer Weile, als die Kutsche nicht mehr zu sehen war und der Staub sich verzogen hatte, ging Sandro den Weg weiter, und Matthias blieb stehen und lachte.

»Eins noch«, rief Matthias hinter ihm her. »Ich finde, es wird Zeit, dass ich es dir sage: Damals, vor sieben Jahren, nach deinem Mordanschlag auf mich, bin ich zu unserer Mutter gegangen und habe ihr die Wahl gelassen, dich zu überreden, Mönch zu werden, andernfalls würde ich den Anschlag zur Anzeige bringen.«

Wieder lachte er. »Du glaubtest immer, es sei Elises Wille gewesen oder Gottes Wille. Aber der Gott in deinem Leben, das bin ich, Sandro.«

»Jemand hat sich gestellt«, sagte Hauptmann Forli, als Sandro den Palazzo Pretorio, das Polizeigebäude, betrat. »Er sagt, er war bei Cespedes gewesen, als er getötet wurde.«

»Wo ist er?«

»In Eurem Amtsraum.«

Forli kaute auf irgendetwas herum und spuckte es – nicht gerade vor Sandros Füße, aber doch nicht weit davon entfernt – auf den Boden. Er hatte es jetzt mit zwei Mönchen zu tun, die ihm in seine Arbeit hineinredeten, und das störte ihn sichtlich, mehr noch, es demütigte ihn vermutlich so, wie Sandro soeben gedemütigt worden war.

Während Sandro sich auf den Weg zu seinem Amtsraum machte, ging ihm das durch den Kopf, was Matthias ihm enthüllt hatte. Es ist immer ein Schlag, wenn man erkennt, dass man nicht Herr seines Lebens ist, dass jemand dieses Leben steuert und man selbst nur eine Art Gefährt ist. Wo wäre Sandro jetzt, wenn Matthias Elisa nicht gezwungen hätte, ihn zu drängen, in ein Kloster zu gehen? Sandros Vater hatte gute Beziehungen in Rom, er hätte ihn nach wenigen Wochen, vielleicht zwei, drei Monaten, gegen Geld frei bekommen. So etwas kam jeden Tag vor. Man bestach einen Richter, einen Prätor, einen Kämmerer des Patrimoniums, stellte ein Gnadenersuchen – und nach einer eher symbolischen Frist erhielt man, was man wünschte. Es hätte mehr als einen Weg zurück in die Freiheit gegeben. Sandro wäre kein Jesuit geworden, die letzten sieben Jahre wären völlig anders verlaufen. Er hätte sich weiterhin mit Beatrice getroffen. Seine Freunde wären noch heute seine Freunde. Elisa wäre noch heute seine Mutter.

Stattdessen war er von allem getrennt worden, von zwanzig Jahren Leben. An manchen Tagen erinnerte er sich nicht mehr an die Augenfarbe seiner Mutter, an die Art, wie sie die Haare trug, an die Klangfarbe des Lachens seiner Schwestern, an den Händedruck seines Vaters. Diese Dinge schwanden, lösten sich auf, verfälschten sich wie alle Erinnerungen. Und das tat weh.

Jetzt tat es besonders weh, denn er wusste, dass es nicht hätte sein müssen.

Gab es überhaupt noch irgendetwas, das Matthias ihm nicht genommen hatte?

Er verbot es sich, an Antonia zu denken.

»Verdammt«, fluchte er vor sich hin, laut genug, damit eine Wache ihm grinsend nachblickte.

Er war doch früher nicht so einer gewesen, der sich ständig

selbst bemitleidet hatte. Nur in Matthias' Nähe ließ er sich gehen. Wollte er, dass das so blieb? Wollte er auch diesen letzten Triumph Matthias überlassen, den Triumph, dass er sich selbst fertigmachte? War da nicht wenigstens so viel Stolz in ihm, dass er sich anstrengte – kämpfte, wie Matthias gefordert hatte? So dumm, so hilflos, so unbegabt, wie er sich selbst einredete, war er nicht. Kein Mensch war das.

Er atmete tief durch und hob den Kopf, als er um die letzte Ecke bog. Er ahnte, wen er gleich in seinem Raum vorfinden würde. Nicht dass er einen Namen gewusst hätte, aber es würde jemand mit kurzen braunen Haaren sein.

Vor der Tür wartete Aaron. Er lehnte an der Wand, riss kleine Stücke aus einem Schmalzgebäck und stopfte sie sich in den Mund. Aarons Haare waren viel zu lang, als dass er der Zeuge hätte sein können. Sandro wollte ihn fragen, was er hier wolle, warum er ihn nicht mied wie sein Onkel, der Arzt; wollte ihm sagen, dass er besser dran wäre, wenn er wieder ginge. Als sie sich jedoch gegenüberstanden und einander ansahen, tat er nichts dergleichen. Der Trotz auf Aarons Gesicht ließ ihn vermuten, dass er gegen den Willen seines Onkels und seiner Eltern gekommen war.

»Hast du ihn hierhergebracht?«, fragte er.

Aaron nickte. »Er hat sich an mich gewandt, weil er wusste, dass ich Euch assistiere. Er ist in meinem Alter. Wir kennen uns, nicht sehr gut, aber ein wenig.«

»Erzähle mir von ihm.«

Fabrizio Schiacca war eines von siebzehn Kindern einer bitterarmen Trienter Familie. Seit er elf Jahre alt war, arbeitete er in einer Druckerei, in der er – in einer kleinen Nische, zusammen mit zwei anderen Gesellen – schlief und lebte. Man sah ihn selten. Er arbeitete von früh bis spät, manchmal bis in die Nacht hinein, denn der Meister war streng und durchtrieben, und da er der einzige Drucker Trients war, konnte er es sich leisten, erbärmlich schlecht zu bezahlen. Aaron kannte Fabrizio aus dem

Armenhaus, in dem Aarons Mutter arbeitete. Vier von Fabrizios Geschwistern waren dort an Krankheiten gestorben, und Fabrizio war der Einzige aus der Familie gewesen, der sie vor ihrem Tod besucht hatte.

»Hast du ihm zu trinken gegeben?«, fragte Sandro.

»Ja.«

»Hole ihm bitte auch etwas zu essen.«

»Mein Gebäck wollte er nicht.«

»Schmalzgebäck ist nicht jedermanns Sache – auch wenn das für dich nur schwer zu verstehen ist.« Sandro lächelte. »Hole ihm bitte etwas Warmes. Heute Mittag hat man den Soldaten Bohnensuppe ausgeschenkt, der Geruch liegt noch in der Luft. Wenn etwas übrig ist, soll man dir eine Schale davon mitgeben. Falls der Hauptmann Schwierigkeiten macht, sagst du ihm, es wäre mein ausdrücklicher Befehl.«

Sandro betrat den Raum. Der junge Bursche saß auf dem Stuhl, auf dem vor zwei Tagen Bruno Bolco gesessen hatte. Er wandte sich zu Sandro um: ein Gesicht mit zwei sehr großen, traurigen Augen, denen heute zusätzlich der Ausdruck von Angst beigemischt war. Um seine Schultern war eine Decke gelegt, die Aaron ihm gegeben hatte, und darunter war seine schmutzige, halb zerrissene Kleidung zu erkennen. Die stumpfen, braunen Haare hatten die Länge eines Fingernagels.

»Seid Ihr …?« Er wollte aufstehen.

»Bleib sitzen, Fabrizio. Ich bin Bruder Carissimi. Geht es dir gut?«

Er sagte ja, aber es klang wie nein. Er war sehr schlank, geradezu mager, und für sein Alter schon recht groß. Er zitterte.

»Du hast Mut und Intelligenz bewiesen, als du gekommen bist, Fabrizio.«

»Ich hatte Angst, dass mich jemand beim Verlassen des Quartiers gesehen hat. Da war ein Nachtwächter, dem ich fast in die Arme gelaufen bin … Darum bin ich gekommen. Weil ich nicht will, dass man am Ende noch glaubt, ich hätte … hätte …«

Sandro legte ihm noch einmal die Hand auf die Schulter, dann setzte er sich, allerdings nicht auf die andere Seite des Tisches, sondern neben Fabrizio.

»Du hast den Abend mit Gaspar de Cespedes verbracht, in seinem Bett.«

Fabrizio staunte über Sandros Direktheit. »Ja, aber ... aber Ihr müsst mir glauben, dass es das erste Mal war, das erste Mal überhaupt, dass ich so etwas ... Ich meine, eigentlich bin ich nicht ... mache ich nicht ... Da gibt es ein Mädchen, Flora, sie dient bei einer Herrschaft, mit Flora würde ich gerne ... Es war ja nur wegen ...«

»Also hat er dich angesprochen?«

»Ja.«

»Er hat dir Geld gegeben.«

»So viel verdiene ich in einem halben Jahr. Und dieselbe Summe versprach er mir für ... danach. Ein ganzer Jahreslohn! Da hätte ich es mir leisten können, aus Trient fortzugehen und woanders etwas Besseres zu finden.«

»Du und er seid also in sein Quartier gegangen, wo du ein Bad genommen hast.«

»Er fand, ich sei schmutzig.«

Dem Badewasser nach zu urteilen war Fabrizio wohl auch schmutzig gewesen, und jemand wie Cespedes, der wie eine Wasserlilie duftete, hätte mit einem schmutzigen, übelriechenden Jungen keine Freude gehabt.

»Danach seid ihr ins Bett?«, fragte Sandro.

Wieder wunderte Fabrizio sich über Sandros direkte Art, Fragen zu stellen, die absichtlich frei waren von Wertung oder Vorwurf, was zur Folge hatte, dass Fabrizio ein wenig sicherer wurde.

»Er war gut zu mir. Er hat mir zuerst einen Apfel gegeben und – und zugesehen, wie ich ihn esse. Er hat mich beobachtet. Na ja, dachte ich, wenn es ihm Spaß macht.«

»Hat er etwas gesagt?«

»Nur, dass er dort, wo er herkomme, nicht wagen könne, das zu tun, was er mit mir vorhabe. Und dass er alles abstreiten würde, falls ich je … Das hätte ich sowieso nicht getan, und das sagte ich ihm auch. Danach hat er mir Wein gegeben, in einem Kristallglas, so etwas hatte ich noch nie in der Hand. Zweimal hat er nachgeschenkt, mir und sich selbst. Und danach sind wir dann …«

»Ins Bett gegangen.«

»Ja.«

»Du darfst jetzt gerne eine Weile überspringen, wenn dir das lieber ist.«

»Das wäre mir tatsächlich lieber.«

»Machen wir da weiter, wo etwas, was mit dem Mord zu tun hat, passierte.«

»Er ist aufgestanden und hat den Raum verlassen. Er wollte pinkeln. Ich habe das Geräusch gehört. Und dann noch etwas anderes: Schritte. Nicht seine Schritte, sondern die von Stiefeln.«

»Weiter.«

»Ich bin aufgestanden, habe mir ein Bettuch um die Hüften gewickelt und bin auf Zehenspitzen zur Tür geschlichen. Da stand jemand, nur eine Armeslänge entfernt, in einem Mantel mit Kapuze.«

»Schwarz?«

»Schwarz.«

Sandro fiel sofort die Gestalt ein, die hinter Innocento hergelaufen war und die er bis zur Etsch verfolgt hatte.

»Wie groß etwa?«

»Schwer zu sagen. Die Kapuze und die Stiefel haben die Gestalt größer gemacht, aber ich weiß nicht wie viel größer.«

»Das Gesicht hast du nicht gesehen?«

»Nein, die Gestalt stand mit dem Rücken zu mir und ging in die Richtung, aus der das Pinkelgeräusch kam. Ach ja, und es ragte ein silbernes Stilett aus dem Ärmel. Offen gestanden habe ich Angst bekommen und bin zurück ins Bett. Ein paar Augenblicke später kam dieser Cresp… Cespe…«

»Cespedes.«

»… Cespedes herein, taumelte, blutete und fiel zu Boden. Ich bin sofort aufgesprungen, habe meine Sachen genommen und bin weggerannt, so schnell ich konnte. In meinem Schlafplatz in der Druckerei habe ich die Decke bis zur Stirn hochgezogen und mich nicht bewegt. Kein Auge habe ich zugemacht. Nicht nur weil ich bei einem Mord dabei war, sondern weil ich … weil ich …«

»Weil du etwas Verbotenes getan hattest.«

Fabrizio senkte den Kopf und nickte. »Deswegen habe ich mich heute Morgen nicht gleich gemeldet. Aber Aaron sagte – er sagte, Ihr seid nicht wie andere, Ihr seid richtig, ich meine …«

Sandro stand auf, ging zu dem kleinen Fenster und überlegte. Er hatte von Fabrizio wenig erfahren, das ihn weiterbrachte, außer dass es sich bei dem Mörder von Bertani und Cespedes und dem geheimnisvollen Innocento-Attentäter vermutlich um ein und dieselbe Person handelte.

Die Sonne stand tief. Nicht mehr lange, und sie würde untergehen, und der vierte Tag der Ermittlungen ginge zu Ende. Würde morgen früh ein weiterer Geistlicher tot sein? Vor jedem Quartier eines Prälaten stand eine Wache. Mehr konnte man nicht tun.

Aaron kam herein und brachte die Bohnensuppe für Fabrizio. Mit den Augen gab er Sandro ein Zeichen, dass er ihn vor der Tür sprechen wollte.

»Carlotta da Rimini«, sagte Aaron, als sie den Raum verlassen hatten. »Luis de Soto hat sie eben zur peinlichen Befragung abgeführt.«

Hieronymus saß allein im Atelier und betrachtete die Zeichnungen, Antonias Entwürfe. Der Bart, die Stirnfalten und die kleinen grauen Augen machten ihn zu einem Philosophen, auf dessen Antlitz die Gefühle verschwammen. Dass er todunglücklich war, hätte niemand ihm angemerkt.

Erzbischof Villefranche hatte unmittelbar nach der Konzilssitzung das Angebot bezüglich Toulouse zurückgezogen. Er hatte einen Lakaien geschickt, der Worte des Bedauerns überbrachte, ohne Worte der Erklärung hinzuzufügen. Eine nicht unbeträchtliche Summe, die Hieronymus in einem abgegriffenen Ledersäckel überreicht worden war, sollte für den Vertragsbruch entschädigen, was jedoch nicht der Fall war. Toulouse hatte Hieronymus weit mehr bedeutet als nur eine Einnahmequelle. Er hatte darin das Symbol für Antonias Aufstieg gesehen: Eine ganze Kathedrale, wie einst das Ulmer Münster, getaucht in das Licht der Familie Bender, das war sein Traum gewesen, sein Streben seit jenem Debakel von 1531. Er war dem katholischen Gott treu geblieben, hatte auch nach der Vernichtung der Fenster nicht aufgegeben, war wie ein Vagabund von Stadt zu Stadt gezogen, hatte sich nicht gescheut, die schmählichsten Aufträge zu übernehmen, die weit unter seinen Möglichkeiten lagen, hatte eine Frau verloren und eine liebevolle und begabte, aber nicht immer einfache Tochter großgezogen, hatte klaglos seine Kräfte und sein Können schwinden sehen und sich irgendwann damit abgefunden, dass der Tod ihn an der Hand nehmen würde, bevor seine Hoffnungen für Antonia sich erfüllten.

Und dann hatte Gott sich seiner erinnert. Er hatte ihm zuerst Carlotta geschickt und dann Villefranche, neue Liebe und neue Hoffnung. Ein paar Jahre mit Carlotta – mehr hatte er nicht erwartet. Und Toulouse für Antonia. Das Debakel von Ulm, der Hass von Menschen wie Berthold Hagen, die sein Leben zerstört hatten, wäre ihm damit vergolten worden, und er hätte so etwas wie Gerechtigkeit erfahren.

Aber Gott war ungerührt. Gott hatte ihm Liebe und Hoffnung nur gegeben, um sie ihm wieder zu nehmen.

Vielleicht, dachte Hieronymus, ist Gott tatsächlich Protestant.

Hieronymus legte Antonias Entwürfe zur Seite und warf einen Blick in ihre Kammer, wo Inés einen ruhigen Schlaf schlief. Sie zappelte nicht, sie stöhnte nicht. Es war also ganz unnötig von Antonia gewesen, sich eine behelfsmäßige Schlafstelle in der Materialkammer des Ateliers zu bereiten, um endlich einmal – wie sie gesagt hatte – durchzuschlafen. Er ging zu ihr und blickte lange in ihr ausdrucksloses Gesicht, dasselbe Gesicht, das sie gezeigt hatte, als ihnen die Nachricht von Villefranches Absage mitgeteilt worden war. Antonia hätte erfreut sein können, dass ein Grund für eine mögliche Heirat mit Matthias weggefallen war; oder sie hätte entsetzt oder wenigstens enttäuscht sein können. Doch sie hatte nur nachdenklich gewirkt und vielleicht ein wenig ratlos.

Er küsste sie, gegen alle Gewohnheit, auf die Stirn, ging noch einmal nach nebenan zu Inés, küsste auch sie, warf sich dann seinen Mantel über und verließ das Atelier.

Die Sonne war untergegangen, und die Etsch schickte ihren Nebel nach Trient.

16

Camera della Verità, Raum der Wahrheit, war ein schöner, etwas mystischer Name für ein hässliches Gewölbe unter dem Stadtgefängnis. Steile Stufen, die zum Stolpern einluden, führten in die Dunkelheit hinab.

Sandro lief, so schnell das möglich war, mit einer Fackel in der Hand durch einen geraden Gang, dessen Ende noch nicht zu erkennen war. Nachdem Aaron ihm die Nachricht gebracht hatte, war er sofort hierhergeeilt. Er betete, nicht zu spät zu kommen. Von weit her drangen Stimmen, die durch den Hall verzerrt waren, und ein schauriges Klirren. Immer wieder trat er in Pfützen, und manchmal perlte ein eiskalter Tropfen in seinen

Nacken oder auf die Tonsur, den er dann mit einer ungeduldigen Bewegung wegwischte.

Endlich sah er eine Eichenholztür, die faulig wirkte, aber gewiss noch Kraft für Jahrhunderte hatte; er stieß sie auf.

Zwei Knechte, ein Gerichtsschreiber, Hauptmann Forli und Luis standen oder saßen im Raum verteilt, einem Raum, der Sandro an jenen in Rom erinnerte. Die Atmosphäre war dieselbe. Es roch nach Schweiß und Schimmel. Unförmige Schatten seltsamer Apparate zuckten geistergleich an der Wand. Die Geräte kamen ihm ebenfalls bekannt vor, so als gäbe es eine empfohlene Standardausstattung für Räumlichkeiten dieser Bestimmung.

Bei seinem Eintreten wandten sich die Anwesenden zu ihm um und gaben dabei den Blick frei auf Carlotta. Sie saß auf einem Steinblock, und vor ihr stand einer dieser Apparate. Carlottas linker Arm war von einem Eisenrohr umschlossen.

Forli und Luis kamen sofort auf Sandro zu, und Forli sagte: »Wir wollten soeben anfangen.«

»Das verbiete ich«, rief Sandro erregt.

Luis gab dem Schreiber ein Zeichen, dass er dies auf keinen Fall protokollieren solle. »Lass uns draußen reden«, sagte er.

»Nur, wenn das Verhör unterbrochen wird.«

Luis gab rasch nach. »Also gut, wir unterbrechen.«

Luis und Sandro gingen vor die Tür. Auch Forli kam mit nach draußen in den Gang, nahm Sandro die Fackel aus der Hand und baute sich wie Goliath vor dem Eingang auf. Er sah aber nicht aus, als wolle er sich an der folgenden Auseinandersetzung beteiligen.

»Wann«, fragte Luis, »kommst du endlich zur Besinnung? Die Konkubine ist unsere einzige Verdächtige.«

»Sie ist nicht die Mörderin von Bertani und Cespedes.«

»Woher willst du das wissen?«

»Sie ist es nicht«, beharrte Sandro. »Welches Motiv sollte sie haben, Cespedes zu töten? Ich kenne Leute mit viel besseren Motiven als sie.«

»So? Wen denn?«

»Dich, zum Beispiel.«

»Das ist eine lächerliche Anschuldigung. Cespedes stand mir politisch sehr nahe, sein Tod ist ein Rückschlag für mich.«

»Cespedes erhielt kürzlich einen Brief des Kaisers, in welchem dieser drohte, ihn nicht zum Großinquisitor Spaniens zu machen, falls er sich weigere, die Reformen zu unterstützen.«

Das war eine Spekulation, die allein auf einem gebrochenen kaiserlichen Siegel beruhte, ein Bluff, einer von denen, die Luis selbst gerne einsetzte. »Und du hast davon gewusst«, fügte Sandro selbstsicher hinzu. »An dem Morgen, als ich dich mit Cespedes in der Bibliothek traf, hat er dir erzählt, dass ihm keine Wahl bleibe, als dem Kaiser nachzugeben. Er war eben auch nur ein Karrierist – so wie du.«

Luis erblasste. Er widersprach nicht. Der Sprachgewaltige war einen Moment lang sprachlos.

»Bertani, der Reformer. Cespedes, zur Reform gezwungen«, zählte Sandro auf. »Du profitierst gehörig von ihrem Tod, die Mehrheiten neigen sich zu deinen Gunsten. Mit Villefranche an deiner Seite kann dir jetzt nicht mehr viel passieren. Ich finde, das alles passt sehr gut zusammen.«

Luis' Lippen wurden schmal. »Also schön, es stimmt, was Cespedes angeht. Na und? Deswegen habe ich noch lange niemanden umgebracht. Meine Waffe ist das Wort, nicht der Dolch, jeder weiß das. Einer Geschichte wie deiner wird niemand glauben. Dir fehlt jeder Beweis, weil es keinen Beweis gibt. Ich hingegen habe Carlotta da Rimini. Sie ist eine Besessene.«

»Besessen wovon?«

»Davon, Geistliche zu töten.«

»Wieso?«

»Wenn wir sie lange genug befragen, werden wir schon einen Grund finden. Vielleicht handelt sie im Auftrag dunkler Mächte. Immerhin wurde ein Inquisitor getötet, ein Kämpfer gegen das Böse.«

Sandro atmete tief durch und schüttelte den Kopf. »Lass uns für einen Moment unseren Streit vergessen und ganz sachlich reden. Ich höre auf, dich zu beschuldigen, und du hörst auf, mich wie einen dummen Jungen zu behandeln. Einverstanden?«

Luis nickte, und sie gingen ein paar Schritte in das Dunkel des Ganges, wohin die Fackel nur noch mit der Helligkeit von Mondlicht leuchtete.

»Du klingst unglaubwürdig, Luis, und das habe ich bei dir noch nie erlebt. Wann hast du je dunkle Mächte, Dämonen, Hexen, Zauberer oder dergleichen bemüht, um jemanden von etwas zu überzeugen? Nie! Du hast in deinen Disputen manches Mal geblufft oder falsche Fährten gelegt, ganz selten auch gemogelt, aber du hast nie – niemals! – auf den Teufel zurückgegriffen, denn du warst immer der Meinung, der Teufel sei als Erklärung nicht gut genug. Ihn jetzt aus einer staubigen Kiste hervorzuholen ist deiner nicht würdig, Luis.«

Luis schlug die Augen nieder, eine Reaktion, die Sandro nicht von ihm kannte. Vielleicht war es ihm gelungen, den richtigen Ton zu treffen, vielleicht war er zu ihm durchgedrungen.

»Du verstehst das nicht«, sagte Luis. »Du verstehst *gar nichts.*«

»Das ist wahr. Erkläre es mir. Sieh hin, ich bin es, Sandro, dein Assistent, dein Mitbruder, der dich immer vor bösen Zungen verteidigt hat, dein Freund ...«

Einen Augenblick lang hatte Sandro das Gefühl, dass Luis kurz davor war, ihm ein Geheimnis anzuvertrauen. Luis forschte in seinen Augen, öffnete den Mund, wollte etwas sagen, doch im letzten Moment besann er sich anders.

»Es gibt nichts zu erklären. Die Hure ist schuldig der Zauberei und Hexerei und teuflischer Morde. Ein anderes Ergebnis werde ich nicht akzeptieren.«

Sandro merkte, wie ihm das Blut in den Kopf schoss. »Du glaubst gar nicht an ihre Schuld, habe ich recht? Sie ist keine Mörderin, sondern ein Sündenbock. Was für ein Irrsinn!«

»Weißt du, was Irrsinn ist: deine Einstellung! Merkst du nicht, dass du geradewegs in dein Verderben rennst? Der Papst ist auf dem Weg nach Trient. Wir brauchen einen Erfolg, und zwar dringend.«

»Abgesehen davon, dass du dich gegen besseres Wissen an der Wahrheit versündigst: Hast du dir überlegt, was passiert, wenn ein dritter Mord geschieht?«

»Selbstverständlich! Das Böse steht nicht still, es greift um sich, es ist wie die Pest, die man jagen und ausräuchern muss. Zögerliches Verhalten begünstigt dagegen das Böse. Sei kein Esel, Sandro. Überlasse die Untersuchung einfach mir, und du wirst sehen, dass alles gut wird. Wir teilen uns den Ruhm.«

»Ruhm?«, rief Sandro. Er ging ein paar Schritte im Kreis. Wäre er sich nicht absolut sicher gewesen, bei Verstand zu sein, hätte er sich gezwickt, um aufzuwachen. Jahrelang hatte er mit einem Menschen gearbeitet, ihn unterstützt, schlimmer noch, ihn bewundert, zu ihm aufgesehen, der sich jetzt als *Un*mensch herausstellte, als Moloch, der bereit war, jeden zu verschlingen. *»Du«*, flüsterte Sandro, *»du* bist hier der Besessene, nicht Carlotta da Rimini. Du bist besessen vom Erfolg, von deinem Ruf, deinem verdammten Ruhm.« Er wandte sich in Richtung der Tür, wo noch immer Forli stand.

»Was hast du vor?«, rief Luis.

»Ich werde dich aufhalten.«

Luis holte ihn mit ein paar Sätzen ein und stellte sich ihm in den Weg.

Sandro schob sich an Luis vorbei und wandte sich an Forli. »Ich befehle Euch, Hauptmann, das Verhör sofort abzubrechen und Carlotta da Rimini freizulassen.«

»Befehl widerrufen«, sagte Luis. »Das Verhör wird von mir fortgesetzt, Hauptmann.«

Forli amüsierte sich. »Wenn die Herren Visitatoren sich bitte einigen würden.«

Sandro und Luis redeten gleichzeitig auf Forli ein, der das

Gesicht auf eine Weise verzog, die klarmachte, was er von zwei keifenden Mönchen hielt, halben Portionen in Kutten. Ihre Befehle widersprachen sich, hoben sich gegenseitig auf, und Sandro wurde klar, dass es nur einen Weg gab, diesen Zustand zu beenden.

Urplötzlich holte er aus und versetzte Luis einen Kinnhaken, der zuerst ein knackendes Geräusch und dann einen dumpfen Aufprall nach sich zog. Luis lag der Länge nach auf dem Boden und gab keinen Laut mehr von sich.

Sandro wandte sich wieder an den Hauptmann. Er spürte jeden seiner Muskeln, spürte sein Blut wie damals, als er in einer römischen Gasse mit dem Messer in der Hand auf Matthias wartete. Er hatte seine ganze Wut in diesen Schlag gelegt, aber noch war genug davon übrig, um sich furchtlos vor dem Hauptmann aufzubauen.

Forli war kein Mann, der sich einschüchtern ließ. Gemächlich kaute er auf irgendetwas herum, sammelte es auf der Zunge und spuckte es aus – diesmal jedoch nicht vor Sandros Füße, sondern an ihm vorbei, dorthin, wo Luis lag.

Ein schiefes Lächeln huschte ihm über seine Lippen, dann folgte ein anerkennender Klaps auf Sandros Oberarm. »Nicht schlecht für einen Zärtling«, sagte er und öffnete die Tür. »Bitte sehr, Carissimi, nach Euch.«

Sandro betrat die *Camera della Verità.*

»Das Verhör ist beendet«, ordnete er an.

Der Gerichtsschreiber, ein noch junger Mann, eilte ihm begeistert entgegen. »Eine Fortsetzung des Verhörs wäre ohnehin unnötig gewesen, Bruder Visitator. Die Verdächtige hat soeben ein volles Geständnis abgelegt.«

Der Nebel ist so dicht und die Nacht so undurchdringlich, dass er sich ein paarmal verläuft, bevor er den Fluss hört und weiß, dass er jetzt richtig ist. Ein übler Geruch steigt ihm in die Nase, der Geruch von Verwesung und Fäkalien, und manchmal tritt er in etwas Weiches, das ihm den Ekel ins Gesicht treibt, obwohl er nicht sieht, was es ist. Er holt ein Taschentuch hervor und presst es sich vor den Mund. Als er an einem dicken Baum ankommt, den die Trienter die Galgeneiche nennen, bleibt er stehen und wartet.

Vom Wasser her hört er unheimliche Geräusche, die aber nur deshalb unheimlich sind, weil man nicht sieht, wer oder was sie verursacht. Das Plätschern könnte von einem Fisch oder einem Otter stammen, das Rascheln des Sumpfgrases von einer Ente. Als er sich das klarmacht, wird er wieder ruhiger.

Trotzdem fühlt er sich unwohl. Alles Gewöhnliche und Hässliche ist ihm verhasst, und hier ist er umgeben davon. Für die Natur hat er nichts übrig, außer sie wird durch Menschenhand gezähmt und portioniert. Das fehlt hier. Hier ist nur ein stinkender Fluss, in dem modriges Holz, Küchenabfälle und Waschlauge schwimmen, ein schlammiger Weg, mannshohe Binsen und ein Tal voll von Nebel. Hier ist Chaos.

Endlich hört er Schritte.

»Das wurde auch Zeit«, sagt er unfreundlich. »Ich verstehe nicht, wieso wir uns hier treffen mussten? Und warum? Es ist alles besprochen.«

Aus dem Nebel taucht eine Gestalt auf, aber nicht die, die er erwartet hatte. Er will eine Bemerkung machen, doch da sieht er das Stilett.

Er versteht sofort, wendet sich um und rennt, so schnell er kann. Er hat Glück und bleibt auf dem Weg. Hört er Schritte hinter sich? Er weiß es nicht, seine eigenen Schritte und sein Atem und sein Blut, das in den Ohren rauscht, übertönen alles.

Dann kommt er vom Weg ab, rutscht einen kleinen Abhang hinunter und findet sich mit den Beinen im Wasser wieder. Um ihn ist Sumpfgras. Irgendetwas ergreift die Flucht vor ihm, ein Vogel, der zwischen dem Röhricht flattert und verzweifelt versucht, auf das freie Wasser zu gelangen. Dem Vogel gelingt es, und für einen kurzen, dummen Augenblick ist er neidisch auf das Tier.

Wird er verfolgt?

Er wendet sich um, wobei er Angst hat, auf eine ausgestreckte Hand zu blicken, die zustößt. Trotzdem wagt er es.

Niemand.

Er selbst befindet sich mitten im Schilf, wo er eine Spur geknickter Halme hinterlassen hat. Eine Weile steht er im Wasser und sieht und hört nichts. Dann glaubt er, etwas an seinem linken Bein zu spüren, an seinem rechten, an der Hüfte ... Wie ein Verrückter tastet er alles ab. Die Vorstellung, ein Blutegel sauge sich an ihm fest, treibt ihn in den Wahnsinn.

Mit einiger Mühe gelingt es ihm, ans Ufer zu gelangen. Er stolpert den kleinen Hang hinauf. Wo er sich befindet, weiß er nicht. Irgendwo. Noch einmal tastet er seine Beine ab, und tatsächlich: Es klebt etwas an seiner Wade. Er reißt es ab und schleudert es weg.

Da trifft es ihn. Es ist ein gewaltiger Schmerz, ein Gefühl, als verbrenne er innerlich.

Der Nebel wollte einfach nicht weichen, dachte Sandro, als er sich mitten in der Nacht dem Palazzo Rosato näherte. Für Sandro war der Nebel mehr als nur eine Wetterlage, er war eine Metapher für das, was in Trient vorging. Es gab ein Konzil, hinter dessen Fassade nach Kräften intrigiert wurde, es gab Matthias, einen durchgedrehten jesuitischen Rhetoriker, einen Papst im nahen Ferrara, einen Kaiser im ebenso nahen Innsbruck, es gab eine Hure, ein Hurensymbol, es gab ihn, es gab Antonia und Dutzende, Hunderte, ja Tausende offene Fragen – und es gab seit dieser Nacht nicht mehr nur zwei, sondern drei tote Geistliche. Das alles schien irgendwie zusammenzuhängen wie in einem Knäuel einzelner Fäden, deren Enden man sieht, ohne ihre Struktur zu begreifen.

Oben angekommen klopfte er an die Tür und wartete voller

Unbehagen. Das flaue Gefühl in seiner Magengrube verstärkte sich mit jedem Atemzug.

Carlotta war bei ihm. Er hatte sie, gleich nachdem er geweckt und über den Mord informiert worden war, aus dem Kerker geholt. Niemand hatte ihm widersprochen. Der Hauptmann hatte geschlafen, Luis war nicht da, und die Wachen folgten Sandros Befehlen bereitwillig.

»Ich verdanke Euch mein Leben«, sagte Carlotta.

»Noch ist es nicht überstanden.«

»Ich weiß. Nun wird man Inés verhören.«

»Deswegen sind wir hier. Wir müssen Inés und Euch verstecken. Unten wartet Aaron, ein Junge, der Euch an einen sicheren Ort bringen wird, irgendwo außerhalb der Stadt.«

»Ich stehe in Eurer Schuld.«

Er sah sie an, die Frau, die in einen weiten schwarzen Umhang mit Kapuze gehüllt war. Weder seine Mutter noch sein Vater noch seine Schwestern, Freunde oder die Liebhaberinnen hatten ihm jemals zugestanden, etwas Bedeutendes für sie getan zu haben. Sie war die Erste, die ihm so etwas sagte.

Sandro klopfte erneut. In dem Gang hinter ihm öffneten sich zwei Türen, und die Umrisse von zwei Köpfen erschienen, vermutlich um sich über den Lärm zu beschweren. Doch als sie erkannten, wer der nächtliche Ruhestörer war, schlossen sie eilig die Türen wieder. Man hatte Angst. Die Menschen spürten, dass sich eine dumpfe, schreckliche Gefahr über Trient legte, dass das Böse in der Stadt war und das Unerbittliche anlocken würde: die geistliche Gerichtsbarkeit. Diese beiden Gegensätze zogen sich magisch an, und das ging so weit, dass sie miteinander verschmolzen. Das Böse und die Geistlichkeit wurden eins. Dagegen gab es keinen Schutz, kein Mittel, kein Entfliehen, es gab nur die Türen, die man zumachen konnte. Und es gab Gott, zu dem man ohnmächtig betete, dass seine Diener an dieser Tür vorbeigehen würden.

Carlotta las offenbar seine Gedanken. »Das ist also das,

was die Geistlichkeit von der Erlösung, die uns vor eintausendfünfhundert Jahren versprochen wurde, übrig gelassen hat: Angst.«

»Es wäre besser«, parierte er, »wenn Ihr Euch mit solcherlei Bemerkungen zurückhalten würdet. Sie geben ein prächtiges Motiv ab.«

Carlotta schlug die Augen nieder. »Euch nehme ich ausdrücklich aus, Sandro Carissimi. Antonia hat behauptet, dass Ihr eine Art Held seid, und nun sehe ich, dass sie recht hat.«

»Das hat sie nicht. Die letzten Helden sind vor zweitausend Jahren im Trojanischen Krieg gestorben.«

Er dachte an Antonia, und im gleichen Moment dachte er an den Brief, den Innocento seiner Geliebten geschrieben hatte. Für einen Moment war er neidisch auf Innocento, neidisch auf die Möglichkeit, so zu fühlen – und diese Gefühle zuzulassen, sie sich nicht verbieten zu lassen.

Man hörte Geräusche aus dem Atelier.

Carlotta berührte ihn an der Wange. »Ihr seid ein feiner Mensch.«

»Dann tut das Eure dafür, dass ich das nicht bereue«, sagte er, während innen der Riegel aufgeschoben wurde. Er bemerkte, dass er sie mit seinem letzten Satz überrascht hatte.

Die Tür ging auf. Hieronymus umarmte Carlotta stürmisch, Antonia lächelte Sandro über die Liebenden hinweg an, nickte ihm zu. Zum ersten Mal seit ewigen Zeiten hatte er das Gefühl, etwas ganz und gar Richtiges zu tun, mit sich im Reinen zu sein.

Fünfter Teil

17

13. Oktober 1551,
der dritte Tag des Konzils, nachts

Sandros Andacht
Ich liebe Antonia. Ich sage das nicht nur so, Herr, wie man manchmal ein schnelles »Ich liebe dich« sagt, wie ich es Beatrice und Beatrice es mir zugeflüstert hat, wenn wir nahe beieinander gewesen waren und uns etwas Schönes sagen wollten, etwas wenig Originelles. Der beste Beweis für meine Liebe ist, dass ich sie mir und Dir und Carlotta eingestehe, Antonia jedoch nicht. Ich liebe sie. Ich weiß es, seit Matthias mir sagte, dass er mit ihr geschlafen hat. Ich weiß es, seit ich Innocentos Brief las und sah – unmittelbar fühlte –, dass es die Liebe noch immer gibt. Innocento und Gina, Hieronymus und Carlotta. Sie ist da, die Liebe, überall, in jedem von uns. Was kann man da machen, Herr? Ignorieren? Wie kann man etwas ignorieren, das einen ausfüllt? Bekämpfen? Gegen die Liebe zu kämpfen, bevor sie entsteht, ist legitim. Gegen die Liebe zu kämpfen, nachdem sie entstanden ist und atmet, ist eine Sünde. Du erwartest von mir, dass ich etwas Lebendiges töte. Wie kann ich Dich lieben, wenn ich die Liebe in mir ersticken soll?

Er hörte die Kirchenpforte zufallen und hielt inne. In der Finsternis des Doms hallten Schritte wider, Absätze von Stiefeln, ohne dass Sandro jemanden gesehen hätte. Die einzige Lichtquelle des Doms hielt Sandro in seiner Hand, eine Kerze, die halb abgebrannt war.

Er erhob sich.

Die Schritte kamen näher. Noch immer sah er niemanden, so als würde kein Mensch durch den Dom schreiten, sondern ein unsichtbares Wesen.

Wer immer es war, er musste es irgendwie geschafft haben, an den Soldaten vorbeizukommen, die den Domplatz seit Tagen bewachten.

Sandro blies die Kerze aus, ein dünner Rauchfaden stieg auf, wurde schwächer, erstarb. Nun war auch Sandro unsichtbar. Andererseits verkörperte eine brennende Kerze immer auch ein bisschen Trost inmitten einer absoluten, verwirrenden Dunkelheit, und kaum war sie verloschen, kam er sich hilflos vor.

Er tastete sich voran, irgendwohin. In den Sandalen machte er kein Geräusch, aber er stieß an eine Säule und stöhnte kurz auf.

Die Schritte kamen plötzlich aus einer anderen Richtung. Er wirbelte herum. Doch das nutzte nichts. Wohin er sich auch drehte, er glaubte, dass sich ihm jemand von hinten näherte. Die Steine, die Fenster, die Gewölbe, das alles reflektierte die Geräusche und warf sie durch den immensen Kirchenraum.

Die Pforte, dachte er. Er stand in der Nähe der Nebenpforte, so weit hatte er sich orientiert. Sie war nur ein paar Schritte entfernt. Mit drei, vier beherzten Sprüngen könnte er sich retten.

Einen Augenblick zögerte er, dann war er so weit. Er tat es, er floh. Er wusste, wo die Säule war, er spürte sie, er spürte die Mauer, tastete sich ein wenig nach links, und tatsächlich: Da war der Erker, da war die Pforte, klein und unbedeutend, eine Kerkaporta, nur dass niemand durch sie eindringen, sondern ausbrechen würde.

Sie war verschlossen.

Wer, um Himmels willen, kam auf die Idee, eine Nebenpforte zu verschließen, da doch die Hauptpforte Tag und Nacht geöffnet war!

Sandro zischte einen leisen Fluch durch die Zähne. Beim Versuch, die Pforte zu öffnen, hatte er seinen Standort verraten.

Er tastete sich zurück in den offenen Kirchenraum.

War es Villefranche ebenso ergangen, war er durch heillose Dunkelheit gelaufen? Hatte der Erzbischof von Toulouse versucht, seinem Mörder zu entkommen, hatte er Angst verspürt, Todesangst? Alles hatte darauf hingedeutet: ein an vielen Stellen eingerissenes Gewand, Kratzer an den Beinen, ein Blutegel. Der Tod hatte Villefranche inmitten des größten Entsetzens getroffen, wie Sandro in den Augen gesehen hatte. Bevor er in den Dom gegangen war, hatte er die Leiche und den Tatort am Fluss untersucht. Neben Villefranche hatte eine Feder gelegen, eine Schreibfeder, wie eine Grabbeigabe, die den Toten in ein anderes Leben begleiten sollte. Oder war es eine solche Feder gewesen, die bei Bertani zum Einritzen des Hurensymbols gedient hatte?

Er war schon fast an der Hauptpforte angelangt, als er geradewegs gegen einen anderen Körper lief.

Starke Hände hielten ihn an den Schultern fest.

Mit einem Ruck befreite er sich, holte aus und schlug zu.

Seine Hand schmerzte.

Im nächsten Moment traf ihn das Echo, ein weit wuchtigerer Schlag, als er ihn ausgeteilt hatte.

Er fiel auf den Bauch, schlug sich das Kinn auf, aber er spürte kaum noch etwas. Unmöglich für ihn, sich zu bewegen. Er hatte einen Willen, einen starken Willen, aber den Verlust seines Bewusstseins vermochte er nicht aufzuhalten.

So als würde er einschlafen, glitt er in das Nichts.

18

Dort waren Schreie. Dort zitterte der Boden. Da war Blut. Niemand war unverletzt, jeder hatte kleine Wunden an den Unterarmen. Steinbrocken, Holzlatten, Knüppel, Hämmer, Kerzenleuchter und Kruzifixe: In ihren Händen wurde alles zu Waffen.

Es gab keinen Frieden mehr, alles war Untergang und Vernichtung. Eine tobende, hasserfüllte Welt inmitten des Gotteshauses. Die Figuren in den Fenstern weinten, als man sie zertrümmerte. Antonia, barfuß und im Nachthemd, weinte mit ihnen. Ihr Gesicht war heiß und rot. Die anderen beachteten sie, das kleine Mädchen, nicht. Niemand? Doch, da war jemand, eine Gestalt. Wie alle anderen hatte die Gestalt kein Gesicht, so als ob sie eine Maske trüge. Sie blieb stehen, als sie Antonia sah, und kam langsam auf sie zu. In der Hand trug sie ein einfaches Küchenholz. Sie kam näher und näher. Antonia streckte die Hand nach der Maske aus, berührte sie … Sie schrie. Dunkelheit.

Helligkeit, Vogelgezwitscher. Das Erste, was Antonia nach dem Erwachen sah, war das helle Blau jenseits des Fensters. In der Hütte, in der sie die Nacht verbracht hatte, sah man den Morgen viel deutlicher und imposanter als vom Atelier aus oder in den Stadtwohnungen, in denen sie bisher gelebt hatte. Ein paar Wolken über den Gipfeln fingen die kühle Morgensonne auf, und von überall her wehte Laub heran, so als käme es von den Bergen herunter oder vom Himmel, aber natürlich hatte es sich von den Wäldern an den Hängen gelöst.

Dieser Anblick war Balsam gegen den beunruhigenden Traum, dem sie ausgesetzt gewesen war. Das Ereignis des Bildersturms in Ulm drängte sich regelmäßig in ihre Nächte, in immer neuen Varianten. Mal sah sie die zersplitternden Figuren, mal die stürzenden Statuen, mal die Täter, manchmal Schreie und manchmal Poltern und Splittern und manchmal alles zusammen. Vergangene Nacht hatte sie Masken gesehen, die gesichtslosen Phantome der Täter. Nur eines war immer gleich: Am Ende stand die Dunkelheit, die Ohnmacht, in die sie als Kind gefallen und aus der sie erst nach einem schweren Fieber ohne konkrete Erinnerungen erwacht war.

Wie immer nach einer von einem Alptraum verseuchten Nacht, stand sie schnell auf, so als warte viel Arbeit auf sie. Um ihr Äußeres kümmerte sie sich ohnehin wenig, doch an diesem Morgen noch weitaus weniger. Außerdem war das Atelier – bei aller Armseligkeit – ein byzantinischer Palast gegen diese Hütte. Nicht einmal eine Waschschüssel gab es. Ein paarmal fuhr sie sich mit den Fingerspitzen durch die Haare, dann schlang sie sich die Decke um die Schultern und öffnete die knarrende Tür.

Im Hauptraum der Hütte herrschte bereits Leben. Der dickliche Junge, Aaron, der sie gestern Abend hierhergeführt hatte, kümmerte sich rührend um Inés, legte ihr einen Schal über die Schultern, dann einen auf die Knie, denn es war kalt und es schien nicht so, als würde es jemals wieder warm werden. Aaron lief herum, tat dies und das, holte in ein Tuch eingeschlagenes Schmalzgebäck hervor, das er Antonia und Inés anbot und am Ende doch fast allein verspeiste. Er ließ nur einen einzelnen duftenden Kringel übrig, den er mit einer kindlichen Geste auf Inés' Schoß legte. Sie rührte den Kringel jedoch nicht an.

Auch Carlotta war schon aufgestanden. Antonia sah sie draußen vor dem Fenster vorbeilaufen und beschloss, zu ihr zu gehen.

Draußen war die Welt noch majestätischer. Es roch nach Stein und Herbst, das Gras hatte seine saftige Kraft verloren. Trient lag hinter einem Bergvorsprung verborgen, man ahnte es nur, wenn der Rauch von Schornsteinen durch das Tal zog. Ganz unten über der Schlangenlinie des Flusses lag Nebel, und an einigen Stellen der Abhänge stieg er zwischen Nadelbäumen auf oder blieb an ihren Wipfeln hängen.

Carlotta blickte über das Tal, als Antonia zu ihr kam.

»Wenn man das sieht«, sagte sie und atmete tief durch, »mag man gar nicht glauben, dass die Welt voll von ungeheuerlichen Dingen ist.«

Antonia hakte sich bei ihr unter. So wie jetzt, in dieser Natürlichkeit, hatte Antonia ihre Freundin noch nicht gesehen. Carlotta war immerzu geschminkt und herausgeputzt gewesen, was kein Wunder war, denn ihre Kunden bezahlten sie nicht für Natürlichkeit, sondern für die Illusion von Verlangen und Ekstase.

Im Gefängnis hingegen war Carlotta das Gegenteil gewesen, verschmutzt und eingesperrt wie ein wildes Tier. Jetzt wirkte sie zum ersten Mal frei, allerdings auch traurig wie jemand, der einen schweren Verlust erlitten hatte. Antonia konnte sich nicht vorstellen, was in ihr vorging, einfach deshalb, weil niemand, der keinen Folterkeller erlebt hat, sich eine Vorstellung davon machen kann. Man ahnte etwas: Angst und Schmerz, völligen Kontrollverlust über das, was geschieht; doch das waren nur hässliche Worte, so wie Hölle ein Wort war, das Schauer, aber keine Erschütterung auslöste. Dieses Erlebnis hatte Carlotta verändert, aber Antonia fühlte, dass Carlotta nicht darüber reden wollte. Nicht jetzt.

»Wo ist Vater?«, fragte sie.

»Er holt Wasser. Angeblich gibt es irgendwo dort hinten eine Quelle. Und danach will er mir eine Schlinge für den Arm machen, obwohl ich sie nicht brauche.«

»Geht es deinem Arm besser?«

»Er tut noch weh«, sagte Carlotta. »Aber nicht sehr.«

Aus dem Haus drang die Stimme Aarons, der versuchte, Inés aufzuheitern.

»Er ist sehr nett, dieser Junge«, sagte Carlotta. »Er scheint Inés zu mögen. Wenn ich denke, wie andere Menschen auf sie reagieren, doch in den letzten Tagen hat sie so viele Freunde gewonnen: Hieronymus, Aaron, dich – und Sandro.«

»Ja, das scheint gegenseitig zu sein«, sagte Antonia. »Hast du bemerkt, dass Inés sich gestern gar nicht mehr von Sandro Carissimi trennen wollte?«

»So sehr wie an ihm hat sie noch nie an einem Menschen gehangen, nicht einmal an mir. Es ist, als würde er sie zum Leben erwecken. Er hat ihr wieder eine lustige Geschichte erzählt, die mit seiner Cousine Margherita zusammenhing. Glaubst du, es gibt diese Margherita überhaupt?«

»Jetzt ja«, sagte Antonia lächelnd. »Jedenfalls besitzt Sandro die wunderbare Gabe, Vertrauen zu wecken.«

»Das ist wahr. Vertrauen und anderes«, sagte Carlotta und blickte Antonia auf eine Weise an, die etwas Bestimmtes andeutete. Sie setzte sich auf eine taufeuchte Grasnarbe und blickte über das Tal. Antonia ließ sich neben ihr nieder. Hoch über ihnen kreiste ein Habicht, dessen gelegentliche Schreie verzweifelt klangen, obwohl sie es nicht waren. Er war auf der Jagd.

»Du siehst nachdenklich aus«, sagte Carlotta und spielte mit einem welkenden Löwenzahn. Es war offensichtlich, dass sie ein Gespräch über Antonia beginnen wollte, und Antonia ging bereitwillig darauf ein.

»Bis vor ein paar Tagen«, sagte Antonia, »sah mein Leben ganz anders aus als heute: Ich hatte meine Arbeit, meine Apokalypse, meine Liebhaber, ein gleichmäßig unruhiges Leben. Heute ist es verworren, und das macht mir zu schaffen. Da bricht etwas aus mir hervor. Es hat auch mit den Bildern zu tun, mit den Ideen für neue Fenster, schöne Fenster, die gute Gefühle erzeugen. Aber es geht um mehr.«

»Um Liebe.«

»Jahrelang gab es nur Kerle in meinem Leben, Statuen, Adonisse, Herkulesse, Spielzeuge, schlafende Schöne, aber keine Männer.«

»Und jetzt sind gleich zwei davon da«, sagte Carlotta. Da Antonia nicht antwortete, fragte sie: »Hast du mit Matthias geschlafen?«

»Ja. Gleichzeitig habe ich ihm die Ehe versprochen.«

»Große Güte, er muss ein Stier sein!«

Antonia lächelte. »Wie alle Männer wünscht er, dass er einer wäre.« Sie wurde wieder ernst. »Matthias ist – ich weiß gar nicht, wie ich es beschreiben soll –, er ist so selbstsicher, er hat immer eine Lösung und für alles eine Antwort, er hat alles im Griff. Wenn er mich an der Hand nähme, würde ich mit ihm auf einem Seil den Schlund der Hölle überqueren. Im Grunde war es damals so gewesen: Er und meine Mutter haben mich durch die Hölle meiner Kindheit geführt, mich gegen Schmähungen verteidigt, mich aufgeheitert, mich geschätzt, geliebt. Er war der Erste, den ich haben wollte, der Einzige, den ich *jemals* haben wollte.«

»Der Einzige bis *heute*, nicht wahr?«

Antonia schloss die Augen und versuchte die Wärme der Herbstsonne auf der Haut zu spüren.

»Wie soll ich wissen, wann ich begehre und wann ich liebe, Carlotta? Das ist unmöglich. Mit einem Mann schlafen, das ist für mich wie essen. Ich bin eine Dirne, und es macht mir noch nicht einmal etwas aus.«

»Du hast von Matthias' Stärke gesprochen, seiner Selbstsicherheit ... Ja, solche Eigenschaften kann man lieben, und man kann sie an mehreren Männern lieben. Doch die Liebe ist einzigartig, sie ist weder die Wurzel noch die Quersumme noch die Multiplikation von Eigenschaften, sondern eine Macht. Glaubst du, Helena ist von Paris ihrer schönen Brüste wegen entführt worden oder weil sie eine glänzende Unterhalterin oder eine Offenbarung im Bett war? Der Mann wäre ohne sie ein anderer Mensch gewesen, *das* ist Liebe.«

Antonia ergriff die Hand ihrer Freundin. »Dann hast du gewiss einmal geliebt. Es liegt irgendwo in deiner Traurigkeit verborgen.«

Carlotta atmete tief die frische Luft ein. »Es stimmt, ich habe geliebt«, sagte sie. »Und ich habe verloren. Was ich hatte, wird nie wiederkehren, bei niemandem, auch nicht bei deinem Vater. Ich liebe Hieronymus, aber es ist eine Winterliebe, verstehst du? Das letzte, kurze Glück zweier Menschen, die das Beste hinter sich haben.«

»Ich glaube, das hat er verstanden«, sagte Antonia.

Carlotta schüttelte den Kopf. »Nicht so gut wie ich.«

Nun schwiegen sie. Was über die Liebe gesagt werden konnte, war gesagt worden.

»Ich werde nachher nach Trient gehen«, sagte Antonia irgendwann. Sie sagte nicht, warum, und Carlotta fragte nicht.

Sandro schlug die Augen auf. Er fühlte sich, als sei er von einer vierspännigen Kutsche überfahren worden. Er spürte zwölf, fünfzehn, zwanzig Knochen, aber er war froh über jeden einzelnen Schmerz. Sein Körper war, obschon zugedeckt, so kalt, als wäre er eine Weile tot gewesen. Aber er lebte. Soweit er es beurteilen konnte, war er sogar unverletzt. Vor allem das Fehlen einer Wunde zwischen den Schulterblättern beruhigte ihn ungemein.

Das war die beste Nachricht des Tages.

Die schlechte war, dass er nicht wusste, wo er sich befand. Er lag auf einer Pritsche, die mit einer Decke und reichlich Stroh darunter gepolstert war. Die beiden Fensterläden waren geschlossen, aber durch Löcher und Ritzen drang genügend Licht, um die Größe des Raums einzuschätzen, und genügend Lärm, um die Geschäftigkeit eines ganz normalen Trienter Tages zu erkennen.

Er schlug die Decke zurück und bemerkte, dass er nackt war. Zwar gab es einen Stuhl im Raum, doch sein Gewand hing nicht über der Lehne. Als Sandro aufstehen wollte, schwindelte ihm ein wenig, und er brauchte ein Dutzend Atemzüge, bis er seinen Beinen vertrauen konnte. Der Boden war rau und eiskalt.

Als er den Fensterladen öffnete, war ihm der beruhigende Anblick eines vertrauten Geländes vergönnt, des Domplatzes, und einigen Passanten des Domplatzes war der Anblick von Sandros Körper vergönnt: Eine junge Frau traute ihren Augen nicht, und zwei Soldaten krümmten sich vor Lachen.

Sandro sprang sofort zur Seite, schnappte sich die Decke und schlang sie sich um die Hüften.

Er befand sich also im Polizeigebäude, dort, wo auch sein Amtsraum war, nur in einem anderen Trakt.

Es dauerte nicht lange, bis Hauptmann Forli hereinkam. Über seinem linken Arm hingen Sandros Ordenstracht und weitere Kleidungsstücke, in seiner Rechten balancierte er eine kleine, hässliche Kiste, die er auf dem Stuhl abstellte.

»Dass Ihr erwacht seid, hättet Ihr auch auf diskretere Art mitteilen können«, sagte Forli. »Glücklicherweise ist niemand auf dem Platz in Ohnmacht gefallen.«

Er warf Sandro die Gewänder zu und schloss den Fensterladen. »Der Karneval kommt erst nächstes Jahr wieder«, rief er den Schaulustigen zu.

Einen Augenblick lang kehrte Stille ein. Forli stand, die Hände in die Hüften gestützt, vor Sandro. Wieder einmal kaute er auf etwas herum, sein Blick war allerdings weniger abfällig als sonst.

»Was ist, wollt Ihr Euch nicht anziehen, Carissimi?«

»Wart Ihr das im Dom?«

Forli grinste. »Tut mir leid, aber wenn man mich schlägt, muss man auch mit dem Widerhall rechnen, und der hat es in sich. Zehn Stunden Tiefschlaf.« Forli küsste seine Faust. »Mein zweitbestes Stück.«

»Euer zweitbestes Stück hätte mich beinahe umgebracht.«

»Dann könnt Ihr Euch vorstellen, was mein bestes Stück vermag.«

Sandro verdrehte die Augen. Unfassbar, mit welchen Irren man es hier zu tun hatte. Er warf seine Kleidungsstücke auf das Bett und begann, sie mit ruppigen Bewegungen zu sortieren.

»Offenbar«, erwiderte Sandro missgelaunt, »ist das Gehirn nicht Euer drittbestes Stück. Hättet Ihr Euch nicht zu erkennen geben können?«

Forli lachte. »Ihr habt es geschafft, mir einen Schlag zu verpassen, also erlaube ich Euch ein paar Frechheiten, für die jeder andere bluten müsste. Ich wollte Euch im Dom einen Schreck einjagen, das ist alles.«

Sandro hatte genug von diesem unreifen Geschwätz eines hyperpotenten Schwertträgers.

Er schlüpfte in seine Unterwäsche. »Verratet Ihr mir bitte, weshalb Ihr letzte Nacht in den Dom gekommen seid?«

»Wir haben das Quartier Villefranches durchsucht und dies

gefunden.« Er wies auf die Kassette, öffnete sie, griff hinein und ließ einen klingenden Münzregen in die Kassette zurückrieseln.

Sandro nahm eine der Münzen und betrachtete sie näher.

»Venezianische Dukaten bilden die untere Schicht«, erklärte Forli. »Darüber eine Schicht mit Gulden der Eidgenossenschaft. Zusammen ein kleines Vermögen.«

Die Münzen sahen allesamt aus wie frisch aus der Prägung, doch die Kassette war alt, verschrammt und schlecht beschlagen. Vor allem war sie hässlich und jammerte beim Öffnen und Schließen wie ein Todkranker.

»Die gehörte mit Sicherheit nicht Villefranche«, sagte Sandro. »Für eine schnörkellose, wurmstichige Geldkassette war er viel zu blasiert.«

»Wir haben eine zweite Kassette gefunden, kostbar gearbeitet. Die darin enthaltenen Münzen tragen das Konterfei des französischen Königs.«

»Dann ist diese Kassette diejenige, mit der Villefranche anreiste, um seine laufenden Kosten zu decken«, sagte Sandro. »Die andere Kassette, die mit den Dukaten und Gulden, wurde ihm erst in Trient übergeben.«

»Das war auch meine Vermutung, und darum wollte ich Euch gestern die Kassette zeigen. Nur Euch, wohlgemerkt. Der andere, de Soto, ist einer der wichtigsten Delegierten, somit wäre es denkbar …«

»… dass er Villefranche bezahlt hat.«

Forli nickte. »Kurz nachdem ich Villefranches Quartier verlassen hatte, ist de Soto dort mit einigen meiner Männer aufgetaucht und hat alles durchwühlt, so als würde er etwas Bestimmtes suchen.«

»Nun, Ihr wart glücklicherweise schneller.«

»Trotzdem muss ich die Kassette gleich wieder verstecken. Ihr ahnt nicht, was da draußen vorgeht: De Soto hat die Kontrolle über den größten Teil der Wache übernommen, er war im

Atelier der Benders, suchte das debile Mädchen, hat den ganzen Palazzo zusammengetrieben, redet vom Teufel.«

»Glaubt Ihr das?«

»Ich bin ein einfacher Mann«, sagte er. »Schon als Kind, als ich auf dem Schoß meiner Mutter saß, hat sie mir erzählt, dass es vom Teufel Besessene gibt. Daran glaubt hier fast jeder.« Er spuckte in eine Ecke. »*Fast* jeder. Nein, ich glaube nicht an Zauberei und dergleichen. Weil ich noch keiner Zauberei begegnet bin. Dafür vielen Feiglingen. De Soto will nur davon ablenken, dass der dritte Mord begangen wurde, während Carlotta da Rimini im Kerker saß. Spricht ja nicht gerade für ihn.«

Sandro schlüpfte in die faltenreiche Kutte und zog sie an seinem Körper zurecht. »Der große de Soto hat immer recht. Das wird Euch noch zu schaffen machen, Hauptmann. Luis ist nicht der Mensch, der auf halber Strecke umkehrt. Ich kenne ihn seit einigen Jahren. Mir ist kein Fall bekannt, in dem er einen Irrtum zugegeben hätte.«

»Das sind die größten Feiglinge.«

»Und die größten Verbrecher. In Luis' Logik wird der Mord an Villefranche ihn dazu zwingen, seine Geschichte vom Teufel weiterzuspinnen. Die Fälle von Besessenheit werden sich, solange der wirkliche Mörder nicht gefunden ist, schnell häufen, glaubt mir.«

»Ihr übertreibt, Carissimi. Die Lage ist ruhig.«

»Sagtet Ihr nicht selbst, die Trienter glauben an Zauberei und Teufelswerk? Bis die Leute merken, was los ist, ist es zu spät, da sind sie schon mittendrin.«

»Der Fürstbischof und der Kaiser werden de Soto seine Grenzen aufzeigen.«

»Der Kaiser gilt als abergläubisch. Im Deutschen Reich und in Spanien, wo Karl V. regiert, erfreut sich die Inquisition kräftiger Unterstützung. Was den Fürstbischof angeht: Haltet Ihr sein Rückgrat für so stabil, dass er Kaiser und Papst die Stirn bietet?«

Forli stemmte die Hände in die Hüfte. »Auch ein de Soto kann nicht eine ganze Stadt unter seine Kontrolle bringen, dabei bleibe ich. Aber für Carlotta da Rimini und das Mädchen und die Benders sieht es übel aus. Wo habt Ihr sie versteckt?«

»Ich bin und bleibe der Einzige in Trient, der weiß, wo sie sind, denn ich bin der Einzige, dem Luis derzeit nichts anhaben kann. Alle Probleme wären mit einem Schlag gelöst, wenn ich den Mörder stellen könnte.«

Es war zum Verrücktwerden, dachte Sandro. Geldkisten, Ernennungsurkunden, ein Säufer, ein Lustknabe, die Auswahl der Opfer, ein eingeritztes Symbol bei Bertani, Drohungen und Bestechungen: Hinweise über Hinweise, aber jeder einzelne nur eine winzige Scherbe, die derart eingepasst werden musste, dass alle zusammen am Ende ein Bild ergaben, von dem niemand ahnte, wie es aussehen würde.

Plötzlich hörten sie Stimmen, aufgeregte Rufe, die vom Domplatz kamen. Forli öffnete den Laden. Aus dem Dom ergoss sich ein Sturzbach geistlicher Soutanen, die in alle Himmelsrichtungen fluteten.

»Was ist da los?«, fragte er.

Sandro blickte mit ihm auf den Strom der Delegierten. »Es hat angefangen«, sagte Sandro.

Etwas ging um in Trient. Die Straßen waren leerer als sonst, die Frauen unterhielten sich nicht mehr von Fenster zu Fenster, die Wachsoldaten wirkten angespannt. Die Menschen sprachen leiser, ihr Blick war aufmerksamer, es gab keine Gelassenheit mehr.

Etwas ging um in Trient. Die Nervosität schlich durch die Gassen. Manche meinten, die Inquisition stehe vor den Toren, andere wussten, der Papst werde stündlich erwartet, und wieder andere glaubten, das Interdikt werde über die Stadt verhängt, alle Messen verboten, die Beichten nicht mehr abgenommen, Ehen nicht mehr geschlossen, Taufen untersagt, die Toten nicht mehr bestattet, solange das Böse nicht aufgespürt worden sei. Todkranke fürchteten um ihren Einzug ins Paradies, Sünder um die wohltuende Möglichkeit, Sünden abzugeben, Mütter um Gottes Segen für ihre Kinder. Jene, die es sich erlauben konnten, verließen Trient. Kaufleute ohne dringende Geschäfte machten sich auf den Weg nach Innsbruck, Verona oder Padua. Ein Toter war gut für das Geschäft, da der Tod Leute aus den umliegenden Städtchen anlockte. Zwei Tote mussten nicht sein, schadeten allerdings nicht. Drei Tote waren zu viel. Nein, drei Tote waren nicht mehr schön.

Das dachten sich auch die Teilnehmer des Konzils. Der Kardinal Marcello Creszenzio versuchte, auf der morgendlichen Sitzung die vorgesehene Tagesordnung durchzusetzen, sah sich aber bald besorgten Nachfragen, leise geäußerten Klagen und schließlich aufgebrachter Empörung ausgesetzt, wie man es verantworten könne, unter diesen Umständen überhaupt noch weiterhin zu tagen. Erste Stimmen verlangten eine Unterbrechung des Konzils. Nicht der Konzilssitzung, nein, des gesamten Konzils. Andere forderten eine Verlegung nach Bologna oder Mailand, und einige gingen sogar so weit, das Konzil für gescheitert zu erklären. Der Abt von St. Flour und die Bischöfe von Turin und Cosenza erkrankten urplötzlich und bedauerten, ihren Aufenthalt abbrechen zu müssen. Kardinal Rowlands wiederum ergriff das Wort und beschuldigte indirekt den Papst, für »die ganze Situation« verantwortlich zu sein, was immer er damit meinte. Heftige Diskussionen waren die Folge, in deren Verlauf es zu tumultartigen Szenen kam. Ein sizilianischer Kanoniker und ein Protestant aus Jena beschimpften sich mit üblen Worten, ohne sich zu verstehen, die ersten Stühle kippten um, einige Delegierte flohen, einige beteten, einige schrien – und Creszenzio sank auf seinem Sessel zusammen, als wolle er auseinanderfließen. Das ersehnte, dringend benötigte Konzil von Trient stand unmittelbar vor dem Abbruch.

Als Antonia die Stadt betrat, läuteten die Glocken sämtlicher Kirchen, und sie läuteten weiter und weiter, als wenn sie versuchen wollten, das Böse mittels ihres Klangs zu vertreiben. Zahllose Geistliche hasteten über das Pflaster, stoben wie Wasser auseinander, in das man hineingeschlagen hatte, verteilten sich in die Gassen, flossen dahin, versickerten hinter Türen. Fensterläden schlossen sich, Marktstände verschwanden, das Geräusch eiserner Riegel war von überall her zu hören. Ein paar Übriggebliebene standen in Eingängen und flüsterten: dem Gefolge, das sich der Stadt nähere, werde das Wappen des Papstes vorangetragen. Julius III. war keine Stunde mehr entfernt, und niemand wusste, was er mitbringen würde, die Gnade oder die Unerbittlichkeit.

In der Casa Volterra öffnete der Diener Antonia die Tür, der ihr kürzlich die Speisen serviert hatte, ein Mann mit der Ausstrahlung eines Friedhofsgräbers. Überhaupt kam ihr heute alles anders vor als noch neulich Abend. Es duftete nicht. Die Treppe knarrte unangenehm. In dem Zimmer, in das man sie führte, hatte sie gespeist, doch jetzt fehlten das Kristall, der Paracelsus, die Poesie, ganz so, als hätte man eine Theaterkulisse abgeräumt und durch nichts anderes ersetzt. Lag es nur am trüben grauen Licht? Bei Kerzenschein muten die Dinge immer intimer, bequemer, verschwiegener an. Bildete sie sich das alles nur ein? Wieso musste sie, während sie auf Matthias wartete, immerzu an das Haus seines Vaters Berthold denken?

Sie hatte Berthold nie leiden können, und wenn man unentwegt an ungeliebte Menschen denken muss, wird man von Kälte ergriffen. Dieses Zimmer flößte ihr unbestimmte Angst ein.

Die Tür zum Nebenzimmer war geschlossen, aber nicht *ver*schlossen. Hier war es etwas besser. Ein großer Schreibtisch war mit Papieren überladen, die allerdings sortiert waren wie eine Schlachtordnung. Ein mit schimmernder grüner Seide überzogener Stuhl, drei Porträts italienischer Familien mit Gesichtern des letzten Jahrhunderts, ein Bett und vor allem der für

Matthias typische Geruch von Seife sorgten dafür, dass sie sich wohler fühlte.

Sie nahm auf dem Stuhl Platz. Vor ihr – sie konnte ihn nicht übersehen – lag ein geöffneter Brief des Herzogs von Württemberg. Schon die Anrede machte neugierig: Mein lieber Hagen! So redete ein Fürst nur, wenn es sich um einen Freund handelte. Oder um jemanden, den er sehr brauchte. Mein lieber Hagen, das war jedenfalls nicht die geläufige Anrede eines Landesherren für einen Kanzleisekretär.

Sie griff nach dem Brief.

»Antonia!«

»Matthias!« Sie stand auf. »Ich – ich wollte sehen, wie du wohnst, daher bin ich – hier herübergegangen.«

»Das macht doch nichts.«

Er sah aus wie immer: wie vor einem Triumphzug. Liebenswürdig, aber bestimmt geleitete er sie wieder in den anderen Raum und schloss die Tür hinter sich. Er befahl, Portwein zu bringen, der offenbar nicht bereitstand, sondern eigens aus der Küche heraufgebracht werden musste.

Kaum waren sie allein, zog er sie an sich und küsste sie mit der gleichen Heftigkeit, die sie an viele ihrer Liebhaber erinnerte, die in ihrem Mund wie in einem Wäschebottich herumgerührt hatten.

»Ich hörte, du bist in Schwierigkeiten«, sagte er. »Du hast eine Verrückte beherbergt, die des Mordes verdächtigt wird. Das sieht nicht gut aus. Zuerst diese Hure, die Hexe, die mit deinem Vater liiert ist, und jetzt das irre Mädchen. Nur gut, dass ich wegen meines Botschafterranges einen gewissen Einfluss habe, den ich gerne für dich verwende.«

»Danke«, sagte sie und löste sich ein wenig aus seinem allzu festen Griff.

»Es wäre hilfreich«, fuhr er fort, »wenn du den Behörden den Aufenthaltsort des Mädchens mitteilen würdest.«

»Ich weiß nicht, wo sie sich aufhält.«

Matthias grinste ungläubig. Er war viel zu intelligent, um ihr diese Behauptung abzunehmen, aber er ging nicht weiter darauf ein.

»Solange dein Vater verschwunden ist, kann ich ihn nicht um deine Hand bitten.«

»Die Chancen für seine Zustimmung sind gestiegen, seit Toulouse passé und Carlotta teilweise entlastet ist.«

»So? Ich verfolge diese Dinge nicht so genau.«

»Toulouse, das ist dein Werk.«

»Wovon sprichst du?«

»Du hast Villefranche dazu gebracht, den Auftrag zurückzunehmen, nicht wahr?«

Der Portwein wurde serviert. Matthias nahm sich ein Glas, doch Antonia lehnte ihres ab.

»Du solltest trinken«, sagte er. »Das beruhigt.«

»Also ist es wahr. Wie hast du das geschafft? Wie, in aller Welt, hast du einen französischen Erzbischof innerhalb von zwei Stunden dazu gebracht, nach deiner Flöte zu tanzen?«

Seine Blaumurmeln wurden kälter. Er trank den Portwein in großen Schlucken in sich hinein.

»Du hast immer alle irgendwie auf deine Seite gebracht«, sagte sie. »Dein Vater hat an dich geglaubt, ich habe an dich geglaubt. Berthold warst du ein guter Sohn, mir ein guter Freund, für Berthold ein Protestant, für mich ein religiös Gleichgültiger. Es ist dein Geheimnis, wie du es für jeden hinkriegst, in dir denjenigen zu sehen, den man sehen will. Kein Wunder, dass du Diplomat geworden bist.«

Sie griff nach dem Glas und leerte es in einem Zug.

»Du beherrschst alle. Wir Menschen sind doch nur deine – deine Gliederpuppen. Sandros Mutter hast du den Sohn genommen, Sandro hast du die Mutter genommen und damit zwei Leben völlig deformiert. Wie der Blitz fährst du in Existenzen hinein und zerstörst sie oder verleibst sie dir ein.«

Sie trank noch ein weiteres Glas Portwein.

»Und ich bin dein nächstes Opfer«, fuhr sie fort. »Du willst mich besitzen, also nimmst du mir die Luft, die ich zum Atmen benötige. Wozu braucht Antonia Glasmalerei, wenn sie Matthias haben kann?«

Da sie schwankte, hielt er sie an der Taille fest. Sie spürte seine Wange an ihrer, roch die Seife, wurde von seinem blauen Blick gelockt.

»Du bist ungerecht«, flüsterte er, es war so vertraueneinflößend wie das Gurren einer Taube. »Habe ich dir nicht immer beigestanden. War ich nicht dein Kavalier, der Ritter, der mit deinen Farben im Ärmel gekämpft hat? Habe ich das etwa für mich getan? Habe ich mich aus Selbstsucht den Angriffen der Ulmer Kinder ausgesetzt? Hätte ich es nicht leichter gehabt, dich fallenzulassen?«

Ihr schwindelte vom Portwein genauso wie von seinen Wahrheiten. Er hatte recht. Sie hatte keine Antworten, keine Argumente dagegen. Wieso setzte sie ihm derart zu? Sie wusste ja selbst nicht, was sie wollte, warum sie hergekommen war, warum sie, seit sie mit Matthias geschlafen hatte, nicht mehr dasselbe für ihn fühlte wie vorher.

»Ja, ich bin ungerecht«, sagte sie und merkte, wie die Kraft sie verließ. »Du warst für mich da, jahrelang, ein Opfer an meiner Seite. Das ist ein Mysterium, das ich nicht erklären kann.«

»Siehst du? Damit bricht deine ganze Argumentationskette zusammen. Schön, ich habe Villefranche beeinflusst, und es war ein Fehler, dir nichts davon zu erzählen. Willst du mir verübeln, dass ich dich liebe?«

Wie zuversichtlich er schon wieder klang, wie überzeugend. Dabei hatte sie ihm eben noch die finstersten Gemeinheiten unterstellt. Sie fühlte sich sehr schwach – nicht körperlich, das nur ein bisschen –, aber irgendein uralter Reflex sorgte dafür, dass sie Matthias alles glaubte, alles verzieh, auch seine Dominanz. Andererseits wusste sie, dass Matthias brillant war, deshalb war er nach Trient geschickt worden. Wortakrobaten wie er, verbunden mit den magischen Blaumurmeln, konnten Lahme davon überzeugen aufzustehen. Wer konnte schon sagen, wie Matthias wirklich war? Er gehörte einer Familie von Maskenträgern an.

Masken ... dieses Wort ging ihr bereits den ganzen Tag im Kopf herum, seit ihrem Traum.

Sie schmiegte sich an ihn und dachte an den Jungen und das Mädchen von damals, ihn und sie. »Seit wann liebst du mich?«

»Seit ich dein Ritter sein durfte.«

»Ich war kein schönes Mädchen, das nun wirklich nicht. Ich war ein verletzlicher kleiner Vogel, und du hast mich beschützt. Oft habe ich mich gefragt, warum? Was hatte dieses verachtete, ausgestoßene, unscheinbare, verstörte Mädchen bloß an sich außer der völligen Ergebenheit für seinen Ritter? In all den Jahren, als wir uns verloren hatten, hast du mich da auch geliebt?«

»Aber ja.«

»Und deine Frau? Hast du sie genauso geliebt?«

Sie spürte ein leises Vibrieren seiner Hände auf ihrem Rücken.

»Ich hatte dich doch gebeten, mir keine Fragen darüber zu stellen. Das alles ist sehr schmerzhaft, weißt du?«

»Deine Kinder hast du auch verloren.«

»Sie hatte viele Fehlgeburten.«

»Wie viele?«

Er zögerte. »Sechs.«

»Sechs Fehlgeburten! Das ist unfassbar! Ein Verbrechen! Beinahe ein Feldzug des Himmels. Dir jedenfalls muss es so vorgekommen sein.«

Er schob sie ein wenig von sich weg und schenkte Portwein nach, wobei sich links und rechts des Glases kleine rote Pfützen bildeten, die er verwischte, als er das leere Glas wieder abstellte.

»Dein Gerede macht mich ganz nervös. Ich habe gesagt, dass ich dich liebe, das reicht doch wohl. Was willst du noch?«

Ein einziges Mal wollte sie verstehen, was er an ihr liebte. Sie hatte sie nie verstanden, diese Nibelungentreue, diese Verehrung für das Mädchen Antonia. Jeder Bitte, jedem Befehl seines Vaters hatte er damals Folge geleistet, hatte sich schlichter gekleidet, hatte sich eine pastorale Mimik zugelegt, hatte seinem Medizinstudium zugunsten der Jurisprudenz entsagt ... Nur ihr, ihr war er treu geblieben, obwohl Berthold gewiss versucht hatte, sie bei ihm schlechtzumachen. Wäre die Geschichte mit seiner Mutter nicht gewesen, der Katholikin Elise-Elisa, die Berthold seinem Sohn auf dem Sterbebett erzählte, dann wäre sie schon seit vielen Jahren Frau Hagen. Bereute er seine Entscheidung von damals? Wenn ja, warum? Hatte er sie wirklich all die Jahre geliebt, oder fühlte er sich nur von seinem Gott bestraft und wollte ihn jetzt besänftigen, indem er wiedergutmachte, was er einst versäumte?

Masken ...

»Ich schlafe mit anderen Männern«, sagte sie. »Das dürfte dir gestern nicht entgangen sein. Ich bin keine Jungfrau mehr, ich bin erfahren.«

Er trank einen großen Schluck Portwein, sie trank einen großen Schluck Portwein.

»Das alles will ich nicht wissen«, sagte er.

»Der Matthias der Gegenwart müsste es eigentlich wissen wollen. Ein frommer Protestant ...«

»So fromm bin ich nicht.«

»Du bist es, sobald ich nicht da bin. Neulich Abend sah es hier aus wie an der Tafel des Dionysos, und heute, wo du mich nicht erwartet hast, sieht es aus wie bei Berthold Hagen, streng, schlicht, überall der leidende Jesus. Und da ist noch etwas, das mich beschäftigt: Im Gegensatz zu deiner ersten Frau bin ich nicht vermögend, und mein Einfluss beschränkt sich auf die Darstellung der Bibel. Ich bin also ›nicht standesgemäß‹.«

Er trank einen Schluck Portwein. »Ich bin nur Kanzleisekretär und Gesandter, nicht Minister.«

»Du bist ›Mein lieber Hagen‹, das ist doch schon etwas.«

Er schreckte auf. »Hast du etwa meine Korrespondenz gelesen?«

Sie trank ein Glas Portwein. »Nein.«

Das erleichterte ihn sichtlich. »Ich habe dir gesagt, dass ich dich liebe, und diese Liebe ist der Grund für alles. Ist das so schwer zu verstehen?«

»Dann werde Katholik«, sagte sie.

Ihm entglitten alle sonst so beherrschten Gesichtszüge. Totenstille im Raum. Von weit her drang hundertfaches Hufgeklapper heran sowie der Lärm von Rädern, die über das Pflaster rollten. Der Papst war in Trient angekommen.

Matthias fand seine Sprache wieder. »Das – das ist unmöglich, Antonia. Der Herzog wäre – ganz Württemberg ist protestantisch – ich wäre mit einem Mal ein – und dann ist da noch meine Überzeugung. Katholik, das ist undenkbar. Undenkbar! Versteh mich doch, das geht nicht …«

Sie senkte den Kopf. »Nein, das geht wohl wirklich nicht, ich habe auch nicht damit gerechnet, dass es geht. Eine solch immense Liebe ist den Hagen nicht gegeben. Berthold: ein verkniffener Religionseiferer, der seiner Frau das Leben zur Hölle machte. Elise: eine Mutter, die ihren unschuldigen Sohn aufgab und einem Tyrannen überließ. Matthias: beider Frucht.«

Sie trank ein weiteres Glas Portwein. »Ich war drauf und dran, alles für dich aufzugeben: die Glasmalerei, die Kathedralen, den Katholizismus, die Männer …«

Beim Einschenken des Portweins warf er sein Glas um. »Und Sandro? Ihn auch? Du rennst hinter seinem hübschen Gesicht her.«

»Das stimmt nicht.« Es stimmte nicht. Sandros Gesicht – wenn es nur das wäre!

»Sein Gesicht, das ist alles, was er hat, mehr wird er nie besitzen. Er ist ein Mönch, ein Hampelmann an einem Faden, an *meinem* Faden, ein Versager, ein Niemand, eine Null …«

»Ich werde dich nicht heiraten, Matthias.«

»Hast du mit ihm geschlafen?«

»Nein.«

»Siehst du, nicht einmal das kriegt er hin. Unterwirft sich seinem Gelübde, versteckt sich hinter Soutanen wie ein ängstliches Bübchen …«

»Ich werde jetzt gehen.«

Er riss sie an den Schultern herum und hielt sie fest. Alles, was an Zorn in ihm war, floss in sein Gesicht, seine Augen … Erst jetzt fiel ihr auf, dass sie Matthias noch nie zornig gesehen hatte. Meistens wirkte er willensstark, entschlossen, manchmal enttäuscht, traurig, nachdenklich, gelegentlich fröhlich, selten einmal ärgerlich oder schlecht gelaunt. Wütend, entfesselt, so kannte sie ihn nicht.

Oder?

Diese Augen, diese schönen Blaumurmeln verwandelten sich, gehörten plötzlich zu einer verzerrten Fratze, rasend vor Fanatismus. Er stand vor ihr, kam näher.

»O mein Gott«, sagte sie. »O Gott, das kann doch nicht …«

Sie berührte sein Gesicht, so wie man im Traum manchmal die Hand nach etwas ausstreckt. Sie berührte den Zorn.

Die Scherben fielen zu Boden, es gab einen gewaltigen Lärm, so als würden die Mauern bersten. Schreie. Hass. Sie war allein, und die Welt erbebte.

»Was ist?«, sagte er. »Warum schaust du mich so an?«

Sie konnte nicht antworten. Die Erinnerung kehrte, wie von Funken erhellt, zurück.

Sie steht im Münster. Sieht die Waffen, die Stöcke. Neben ihr stürzt der heilige Colomban, sein Kopf rollt an ihr vorbei und macht dabei ein grollendes Geräusch. Sie wendet sich um, hinter ihr zerbricht ein Altar, ein Gemälde wird an die Wand geschlagen, auf der die Mutter Maria gen Himmel steigt. Dann ein Klirren. Sie sieht, woher es kommt, und schreit: Nein. Nein. Nein. Ihre Rufe sind die einer Zwergin, die gegen den Orkan anschreit. Niemand achtet auf sie. Sie erkennt die Gesichter der Menschen: den Bäcker, bei dem Adelheid ihr Mehl einkauft, obwohl sie glaubt, dass seine Waage ihn begünstigt; den Geldverleiher, der kein Erbarmen kennt; die drei Söhne des Pastors, die Spaß an der Vernichtung haben; zwei ehemalige Mönche mit kugelrunden Bäuchen; Berthold Hagen, der in der Mitte des Langhauses steht, die Fäuste geballt, und die Stimme erhebt wie ein düsterer Prophet. Die Fenster zerspringen, und sie glaubt, sie zerspringt mit ihnen. Sie irrt herum, geht über Scherben, ihre Füße bluten. Dann sieht sie jemanden, kein bekanntes, sondern ein vertrautes Gesicht. Er ist es, Matthias. Sie ruft seinen Namen, denn sie glaubt, er sei hier, um sie zu holen. Obwohl er nur ein paar Schritte von ihr entfernt ist, bemerkt er sie nicht. Als sie seine Augen sieht, schreckt sie zurück: Matthias befindet sich in einem Rausch, dem Rausch der Barbarei. Er schlägt mit einem Stock auf alles ein, das alt ist, auf Steine, Gefäße, Bilder, Stiftertafeln ... Er nimmt einen Leuchter und schleudert ihn in den Unterleib eines Fensters. Als es bricht, stößt er ein irres Lachen aus. In diesem Moment blickt er zur Seite – und er sieht sie. Sofort verwandelt er sich, alles fällt ihm aus der Hand. Er geht auf sie zu. Antonia, sagt er, mehr weiß er nicht zu sagen. Als er direkt vor ihr steht, wird ihr schwarz vor Augen, ihr Körper glüht, fällt, dann ist es vorbei. Dunkelheit. Erst Tage später wacht sie zu Hause auf, ohne Erinnerung. Nur Masken. Nur Phantome.

Heute, zwanzig Jahre später, quoll diese Erinnerung mit einem Schlag hervor. Sie war sprachlos. Ihr Verstand jedoch verknüpfte mit atemberaubender Geschwindigkeit alles, was sie nie verstanden hatte.

Du ...«, sagte sie. »Du hast dich – von deinem Vater anstiften lassen.«

Er sah sie wie eine Verrückte an. »Was redest du für ein Zeug! Mein Vater ist seit Langem tot.«

»Du hast – hast versucht, es wiedergutzumachen, hast mir Gebäck gebracht, hast mir beigestanden, warst mein – mein Ritter. All die Jahre ... Deine Treue, deine Hilfe, das war schlechtes Gewissen, bohrendes Schuldgefühl ...«

Nun verstand er, worauf sie hinauswollte. Der Druck seiner Arme wurde schwächer. »Du warst doch meine Liebe, Antonia. Als ich dich im Münster sah, ist mein Herz zersprungen vor Angst, dass du mich hassen könntest, und als ich merkte, dass du deine Erinnerung verloren hast, habe ich geschwiegen. Meinem Vater habe ich gesagt, dass ich weglaufen würde, falls er es dir jemals verriete. Versteh bitte, ich war nur ein Junge, der seinem Vater gefallen wollte. Es waren andere Zeiten, Revolutionsjahre, Reformationsjahre, da ging es überall drüber und drunter. Ich habe nicht gewollt, dass du mich im Münster siehst. Wenn ich geahnt hätte ...«

Sie hatte genug gehört. Es tat ihr weh, doch gleichzeitig löste sich ein Gefühl in ihr auf. Etwas, das über sie geherrscht hatte, verlor seine Substanz und verflog. Matthias war der Junge, der ihr über schwere Jahre hinweggeholfen hatte, auch wenn er es nur zum Teil aus Sympathie tat, zum anderen Teil aus Reue. Er war der Jugendfreund, die Sehnsucht für lange Jahre. Er war die Vergangenheit. Die Zukunft war er nicht mehr.

Sie machte sich von ihm los und ging. Eine Weile folgte er ihr, die Treppe hinunter, zur Tür, ein paar Meter durch die Gasse. Immerzu redete er, seine Stimme pendelte dabei zwischen Flehen und Vorwurf hin und her, doch was er sagte, hörte sie nicht. Sie nahm ihn kaum noch wahr. Irgendwann war er weg, ganz weg.

Sie weinte. Nicht um Matthias, sondern um eine Liebe, die sie nicht mehr spürte, die vielleicht schon seit zwölf Jahren nicht mehr existierte, die nur ein Scheingebilde gewesen war, gehegt und gepflegt, beatmet von den Küssen fremder Männer. Den jungen Matthias hatte sie womöglich geliebt. Den Matthias von heute hatte sie nur begehrt, und nun nicht einmal mehr das.

Ihre Schritte waren gleichmäßig, nicht schnell und nicht langsam. Sie hörte sie. Sie ging an den geschlossenen Türen und Fensterläden vorbei durch leere steinerne Schluchten. Die Glocken läuteten noch immer, doch langsamer und schicksalsträchtiger. Vor dem Dom reihte sich eine Anzahl Novizen in weißen Kutten auf.

19

Julius wusste: Wenn ein Papst in eine Stadt einzog, war das ein Vorgang mit überirdischen Dimensionen, dem man voller Ehrfurcht, Angst und Ohnmacht entgegensah, ähnlich dem Herannahen des Jüngsten Gerichts. Mein Gott, man konnte als Gastgeber so viel falsch machen! Die weitere Karriere hing womöglich davon ab. Sollte man viel Aufwand treiben oder eher bescheiden sein? Sollte man die Maler beauftragen, Bildwerke des feierlichen Augenblicks zu entwerfen, oder sollte man den Besuch eher verschwiegen behandeln? Sollte man die Bürger teilhaben lassen oder auf Distanz halten? Sollte man Kolonnen von Bittstellern und Bewunderern zulassen oder den Heiligen Vater lieber schnell in seine Gemächer geleiten? Und welche Gemächer wären die richtigen? Sie mussten warm sein und groß und prunkvoll und gut gelegen – meistens also innerhalb der eigenen Residenz. Doch dann wäre der Papst nicht der Hausherr, was auch wieder Probleme aufwarf. Normalerweise beschäftigten sich Zeremonienmeister des Papstes und des Gastgebers mit solchen Fragen, und meistens zerstritten sie sich heillos über die Details. Sie verhandelten oft noch, wenn der Tross bereits in Sichtweite war.

Aber auch für einen Papst war es nicht einfach. Jede Fahne, jedes Wappen, jede Geste, jeder gewählte Stil symbolisierte etwas – oder wurde sogleich als Symbol für etwas gewertet –, und das konnte weitreichende diplomatische Konsequenzen nach sich ziehen. Betonte man – zum Beispiel mittels der Kleidung – den Weltherrschaftsanspruch der Kirche, fühlten sich die Monarchen angegriffen, versteckte man ihn, verprellte man die Kardinäle und schädigte die eigene Autorität. Ritt man auf einem Pferd ein, hieß es gleich, man gebärde sich wie ein König, gab man sich hingegen mit dem Esel zufrieden – wie Jesus bei seinem Einzug in Jerusalem –, wirkte man in all den prächtigen Gewändern wie eine Witzfigur. Und so weiter. Am besten war es, überhaupt nicht zu reisen, aber auch damit drückte man schließlich etwas aus.

Julius war drauf und dran gewesen, sich für einen Esel zu entscheiden, obwohl er fand, dass diese Tiere unangenehm rochen und sich bisweilen äußerst eigenwillig sogar den Befehlen des Stellvertreters Gottes widersetzten. Aber als er vor dem Esel stand und aufsitzen sollte, fürchtete er, dass das Langohr in der Mitte durchbrechen könnte. Also stieg er, als Trient in Sichtweite kam, von der Kutsche auf ein Pferd um, welches nicht zu groß und nicht zu weiß war, damit Karl V., wenn er davon erfuhr, keinen Grund zur Beschwerde haben würde. Was die Kleidung anbetraf, umging er mögliche Probleme wegen des Weltherrschaftsanspruches, indem er liturgische Kleidung trug, so als feiere er eine Messe. Er hatte als Unterrock die lange weiße Albe an und darüber das Messgewand, die Kasel. Den Hirtenstab, die Ferula, hielt er die ganze Zeit in der Hand, obwohl er ihn auf dem Pferd sehr störte. Julius ritt an der Spitze, hinter ihm ein Gefolge von einhundertfünfzig Soldaten, Klerikern und Dienern.

Ein paar Diakone und Laienpriester zogen ihm aus Trient entgegen. Sie entfalteten einen goldfarbenen Baldachin über ihm und begleiteten ihn durch das Stadttor.

Was er innerhalb der Stadtmauern vorfand – oder nicht vorfand –, traf ihn wie eine Wand aus stickiger Luft. Kaum Menschen auf den Straßen, kaum jemand, der links und rechts von ihm niederkniete, niemand, der jubelte. In Rom jubelte man ihm immer zu. Die Pantomimen, die Tänzer, die Musiker, die Akrobaten, seine ganze schillernde Jüngerschaft, die er sich zugelegt hatte, überzog die Ewige Stadt mit karnevalesken Veranstaltungen. In Rom war sein Name mit Frohsinn verknüpft. In Trient dagegen tat man so, als reite der Tod ein.

Vor dem Dom wartete Fürstbischof Madruzzo, umgeben vom höheren Klerus des Konzils. Mönche und Novizen in weißen Gewändern und mit weißen Kerzen in der Hand sangen das »*Tu es, Petrus*«, Du bist Petrus, und auf diesen Felsen will ich meine Kirche bauen.

Es war reichlich mühsam, vom Pferd abzusteigen, aber als es mit Hilfe von zwei Soldaten endlich gelang, ging ein Geräusch wie ein Wind über den Domplatz: Hunderte Geistliche sanken auf die Knie. Sich auf den Kreuzstab stützend wankte Julius, noch unsicher vom schwankenden Ritt, auf sie zu. Er erkannte Innocento, und er atmete auf. Schon allein um seinen Sohn gesund wiederzusehen, hatte sein Ausflug hierher sich gelohnt, und Julius wurde augenblicklich von dem Gefühl erfasst, dass alle Schwierigkeiten zu bewältigen wären. Nun, wo er hier war, würde alles gut.

Er streckte Madruzzo die Hand entgegen, und der Fürstbischof küsste den *anulus piscatoris*, den Fischerring. Dann erhob er sich, während die anderen noch knieten.

»Was ist hier los, Madruzzo?«, fragte der Papst leise, obwohl der Chor so laut sang, dass ihn ohnehin keiner der Anwesenden verstanden hätte.

Madruzzo machte eine ohnmächtige Geste. »Eure Heiligkeit, ich …« Er warf einen Blick auf das gesenkte Haupt von Luis de Soto, das von zarten Regentröpfchen benetzt wurde, die vom Himmel fielen. »Manche vermuten den Teufel in der Stadt«, erklärte er.

Julius verstand sofort. Eigentlich hätte er die Zeichen schon beim Einzug durch das Stadttor erkennen müssen: die Abwesenheit menschlicher Geräusche, die Abwesenheit des Lebens. Nur die Inquisition verursachte diese Stille, diese Leere. Er hatte die Zeichen nicht gleich bemerkt, weil er schon lange, sehr lange nichts mehr mit der Inquisition zu tun hatte. Früher, als Erzbischof, hatte er sich ihrer manchmal bedient, ja, er hatte sie in ihrem Tun bestärkt. Mittlerweile schenkte er ihr nur noch wenig Beachtung, vor allem, weil sie ihm, sobald er an sie dachte, schlechte Laune bescherte. Mit der Inquisition verband sich zu viel Scheußlichkeit, und Scheußlichkeit rief wieder die Dämonen hervor, die ihn bisweilen quälten.

»Ich ziehe in den Palazzo des Kardinals del Monte«, sagte er, weil er schlecht »meines Sohnes« sagen konnte. »Schickt de Soto zu mir. Sofort.«

Er wandte sich derart heftig ab, dass die Ferula für einen Moment den Charakter einer Lanze annahm, und dann schritt er entschlossenen Schrittes zu der Kutsche, die wartete.

Der Chor sang noch immer *Tu es, Petrus*.

Die Nebelschwaden aus dem Tal zogen am Mittag die Abhänge hinauf und würden die Hütte bald vollständig eingehüllt haben. Von oben drückten die Wolken, ein leiser Regen flüsterte. Hieronymus und Carlotta saßen auf einem Holzstamm unter dem Dachvorsprung und wärmten sich gegenseitig unter der Decke. Es war ein schmaler Dachvorsprung, der Regen tropfte ihnen auf die Schuhe, aber sie fanden einen stillen Gefallen daran. Immer wieder lächelten sie sich zu. Sie waren einander genug. Inés war versorgt, Aaron nach Trient gegangen, um Essen zu holen.

»Halte bitte nach Antonia Ausschau«, hatte Hieronymus ihm mit auf den Weg gegeben.

Hieronymus hatte sich darüber aufgeregt, dass Antonia so einfach nach Trient gegangen war, ohne ihm etwas davon zu sagen, und er hatte Carlotta getadelt, dass sie es zugelassen hatte. Doch er war Ton in ihren Händen. Sie brauchte nur wenige

Worte, um ihn zu besänftigen, und seither sprachen sie kaum. Das Wenige, das passierte, nahmen sie mit umso größerer Aufmerksamkeit wahr: den Flug der Bergvögel, den kleinen Wasserfall auf der anderen Talseite. Unten war irgendwo eine Bestattung im Gange, dort, wo sich ein paar schiefe Hütten am Fluss gegenseitig stützten. Gelegentlich trug der Wind ein paar Silben eines Klageliedes zu ihnen herauf, die vorbeizogen und sich in den Bergen verloren. Der Wind war das Requiem.

Für Carlotta gab es nichts Größeres und Schöneres als diesen Augenblick. Trient, so schien es, lag am anderen Ende der Welt. Sie war frei.

Sie blickte nach Norden. So viele hatten versucht, über die Alpen nach Italien zu kommen – die Karthager, die Alemannen, doch sie wollte über die Alpen nach Norden, fort von Rom, von Trient, dem Hurenleben, der Inquisition, fort auch von der Rache, die ihr einfach nicht glücken wollte.

»Hast du noch dein Haus in Ulm?«, fragte sie leise in die Stille des Regens hinein, als wolle sie sie nicht mehr als nötig unterbrechen.

»Ja«, sagte er. »Es dürfte allerdings verfallen sein, vielleicht ist es sogar von anderen in Besitz genommen worden. Ich weiß nicht, ich war nie mehr dort. Aber wir könnten sowieso nicht in Ulm leben.«

»Wenn sich die Kirchen vereinigen …«

»Danach sieht es nicht aus, Carlotta. Wir hätten eine schöne Zeit in Toulouse haben können, aber dieser Villefranche ist seinen Worten untreu geworden und hat …«

Er regte sich auf, und Carlotta drückte ihm sanft die Hand, was genügte, um ihn durchatmen zu lassen.

»Es wäre sowieso nicht dazu gekommen«, fuhr er beherrschter fort, »denn er wurde ja ermordet. Immerhin haben wir Geld bekommen, ohne einen Finger dafür krumm zu machen. Eine beträchtliche Summe. Damit können wir eine weite Reise bezahlen. Wohin möchtest du?«

»Nach England. Dort gibt es zwar Kirchenfenster, an denen du arbeiten kannst, aber fast keine Katholiken. Für eine Weile möchte ich keine mehr sehen.«

»Wir könnten nach Canterbury oder Cambridge gehen«, schlug Hieronymus vor. »Ich hörte auch von anderen Orten mit anglikanischen Kathedralen: Lichfield, Lincoln, St. Albans ...«

»St. Albans ist ein hübscher Name«, sagte sie. »St. Albans hört sich an, als könnte man dort in Frieden leben.«

Er lächelte über ihre Naivität, doch es war kein abfälliges Lächeln, sondern voller Rührung. »Dann ist es ausgemacht«, sagte er. »St. Albans.«

Sie schwiegen lange, der Totengesang aus dem Tal war die einzige Unterhaltung. Er schwoll an, wurde lauter, da der Wind kräftiger blies.

Mit dem Wind kam auch Aaron zurück. Er brachte in einem Korb auf seinem Rücken Kohl, Rüben, Mehl, Eier, gesalzenen Fisch und einiges mehr. Dazu sein Keuchen, das vorwurfsvoll klang oder ein Lob provozieren sollte. Hieronymus lobte den Jungen. Wieso auch nicht? Aaron war ein Helfer, und er mochte Inés, ja, er hatte ihr sogar weiteres süßes Schmalzgebäck mitgebracht in der Hoffnung, sie damit froh zu machen. Dass er seit gestern Abend fast unentwegt auf Carlottas stramme Brüste starrte, sobald er glaubte, unbeobachtet zu sein, ließ sie dem Fünfzehnjährigen durchgehen.

»Von Antonia keine Spur«, berichtete er, als sie in der Hütte die Speisen verstauten. »Ich hatte wenig Zeit, nach ihr zu suchen, denn ich musste ja das Essen besorgen, und alle Marktstände waren abgebaut. Der Papst ist nach Trient gekommen.«

Das Ei zerbrach Carlotta zwischen den Fingern. Hieronymus gab einen bedauernden Laut von sich, Aaron wischte das Malheur auf. Sie entschuldigte sich, niemand schenkte dem Vorfall weitere Beachtung. Um sich die Hände zu waschen, ging sie zu einem Eimer vor der Tür. Das Wasser war eiskalt. Zuerst wusch sie sich die Hände, dann die Unterarme, den Hals und das Gesicht. Schließlich wusch sie sich noch einmal die Hände.

Der Nebel hatte die Hütte erreicht, umkreiste sie, schloss sie ein.

Auf einem Pflock lag Aarons Schnitzmesser, gleich neben einer hölzernen Palme, die der Junge für Inés schnitzte. Carlotta nahm das Messer an sich und blickte durch das Fenster ins Innere der Hütte. Hieronymus neckte Aaron, weil dieser schon wieder einen Kringel aß. Inés saß auf dem Stuhl und steckte sich kleine Stücke des Gebäcks, das Aaron gebracht hatte, in den Mund. Dann sah sie zum Fenster. Carlotta erinnerte sich nicht, in den letzten fünf Jahren jemals einen so wachen, gegenwärtigen Blick des Mädchens erlebt zu haben. Seit einigen Tagen geschah etwas mit Inés. Gestern, als Sandro Carissimi ins Atelier gegangen war, hatte Inés fast gelächelt, und ihre Augen waren aufmerksamer geworden. Sie hatte sogar nach der Hand des Jesuiten gegriffen, und als sie sich trennten, hatte sie ihm gewunken. Wenn er sie Margherita nannte, stieg Freude in ihre Augen, so als spreche ihr ein Mann ein großes Kompliment aus. Sie konnte gar nicht genug von Sandro Carissimi bekommen.

Carlotta gab ihr ein Zeichen, nickte und lächelte und winkte. Es war ein Abschied. Und Inés schien das zu verstehen. Ihre Geste war nicht groß, nur zwei Finger, die sich kurz hoben, doch das war mehr als alles, was sie seit dem Alptraum von Siponto gezeigt hatte.

Carlotta ging in den Nebel.

Giovanni Maria del Monte in Trient: Das war ein Zeichen, das war ein Ruf.

Als Antonia das Atelier betrat, saß er im Licht des Fensters, das ihn und sie darstellte. Ihrer beider Zustand spottete der makellosen Ruhe und Schönheit des Bildes. Er sah mitgenommen und sie sah elend aus. Sie hatte unübersehbar viel geweint. Sobald sie neben dem Stuhl, auf dem er saß – dem Stuhl, auf dem sie immer ihr Tagebuch schrieb –, auf die Knie gesunken war, breitete sich ein Kribbeln über ihren Körper aus. Da waren wieder seine Augen, bei deren Anblick sie immer öfter das Gefühl bekam, sie könnten sprechen, direkt in ihr Herz, wo sie irgendetwas freisetzten.

Sie hätte ihn jetzt küssen können. Oft war sie es gewesen, die als Erste küsste, und oft hatten sich der Mann und sie gleichzeitig geküsst, waren gleichzeitig übereinander hergefallen wie zwei zusammenstoßende Heerscharen. Dieses Mal wollte sie, dass er sie küsste. Und falls er es täte? Wie lange würde es dauern, das zwischen ihr und ihm? Eine Ewigkeit, ein Leben lang, ein paar Jahre, eine Woche, diese Stunde, die Dauer eines Kusses? Sie wusste es nicht. Seit Matthias wusste sie gar nichts mehr über sich.

Er tat etwas, womit sie nicht rechnete. Ihr Gesicht wurde von seinen feingliedrigen, filigranen Händen berührt und umschlossen. Einer ihrer Liebhaber hatte ihr einmal gesagt, ihre Hände würden ein bisschen verbrannt riechen, und im ersten Moment hatte sie geglaubt, die Arbeit mit Fegefeuer und Weltuntergang habe sich auf den Geruch ihrer Hände übertragen. Erst später war ihr eingefallen, dass Holz- und Pflanzenasche Bestandteile des Glases waren, aber da war es schon zu spät: Der Gedanke, dass das, was sich in ihrer Fantasie ereignete, sich auf ihren Körper übertrug, hatte sich festgesetzt. Sandros Hände rochen nach etwas Sakralem, Geweihtem, nach alten Büchern, nach beschriebenem Papier, nach Erde, nach Vertrautem, nach Liebe, nach Dingen, die überdauern, die bleiben, wenn sie gut gewesen sind. Sie rochen nach einem Leben, mit dem er insgesamt zufrieden war.

Er würde sie nicht küssen.

Vielleicht war es besser so. Innerhalb einer einzigen Stunde zweimal die Liebe zu verlieren wäre unerträglich.

Er löste die Hände von ihrem Gesicht und griff nach einer Feder, die er nachdenklich betrachtete.

Ihre Stimme zitterte, als sie sagte: »Was tut Ihr eigentlich hier?«

Auch seine Stimme zitterte. »Ich dachte, ich komme hier in Eurem Atelier auf einen klaren Gedanken. In meinem Amtsraum hätte ich die ganze Zeit gefürchtet, dass der Papst zur Tür hereinkommen könnte. Hier ist ein Platz, wo mich keiner findet.«

»Und die Feder?«

»Sie lag neben Villefranches Leiche. Seltsam, nicht? Eine Schreibfeder.«

»Das ist keine Schreibfeder«, korrigierte sie und war froh, einen Grund zu finden, sich ein wenig von ihm zu entfernen. »Seht her, ich habe eine ähnliche.« Antonia zeigte sie ihm. »Es handelt sich um eine Zeichenfeder. Der Kiel ist wesentlich feiner und beweglicher. Villefranche war selbst ein Zeichner, wenn auch nur ein mittelmäßiger. Er hat mir einige seiner Werke gegeben, damit ich sie für die Kathedrale in Toulouse bearbeiten kann. Hier bitte, das sind sie, ziemlich nichtssagend.«

Sandro blätterte abwesend durch die Entwürfe des Erzbischofs. »Schreibfeder, Zeichenfeder, ich wüsste nicht, wie uns das helfen könnte«, sagte er seufzend. »Julius ist in der Stadt, Luis wird seine Geschichte vom Überfall des Satans auspacken, und ich stehe mit leeren Händen da. Ich bin kurz davor aufzugeben, wirklich. Einen kurzen Moment, einen Tag vielleicht habe ich geglaubt, ich sei ein Ermittler, ein Schlaukopf. Aber ich weiß nichts, gar nichts. Nach tagelangen Untersuchungen und Verhören weiß ich so viel wie Luis, nur dass er kreativ ist und ich nicht. Besser, ihr verschwindet alle über die Grenze, bevor Luis den Hexenhammer schwingt.«

Unmöglich für sie zu verschwinden. Wie stellte er sich das vor? Dass sie aufstehen und hinausgehen würde wie aus einem Buch, einer Geschichte, die man nur durch Zufall in die Hand bekommen hatte und nun weglegte, weil man müde geworden war, darin zu blättern?

»Ihr werdet mir ein bisschen zu aufopferungsvoll«, sagte sie.

»Ich will nicht fliehen, das sieht aus, als wäre Carlotta schuldig. Aber das ist sie nicht. Wenn sie über die Grenze geht, dann als unbescholtene Frau. Soll sie für immer vor der Inquisition davonlaufen? Dasselbe gilt für Inés. Ich habe erlebt, dass Ihr sie und Carlotta respektiert, Ihr könnt also nicht wollen, dass die beiden zu Verbrecherinnen erklärt werden. Außerdem bringe ich Dinge, die ich angefangen habe, gerne zu Ende.«

»Schöner Vortrag. Und wie geht es weiter?«

»Ich weiß auch nicht. Wir müssen uns anstrengen. Ihr erzählt mir, was Ihr herausgefunden habt. Vielleicht fällt mir etwas auf, das Euch entgangen ist.«

Sie setzte sich auf ein Kissen auf dem Boden und zog die Beine an. Herausfordernd blickte sie zu ihm hoch.

Er ließ sich darauf ein, denn er hatte nichts zu verlieren und betrachtete sie als den einzigen Menschen, dem er sich restlos anvertrauen durfte. Sandro berichtete von Bertani, vom Diener Lippi, vom Säufer Bolco, von dem Gespräch mit dem jungen Drucker, der Konzilssitzung im kleinen Kreis, seinem anschließenden Versöhnungsversuch mit Matthias und dem Fund der Geldschatulle in Villefranches Quartier, über den Forli ihn informiert hatte. Er ließ sich Zeit, berichtete ausführlich, gab Gespräche so exakt wie möglich wieder und ließ auch Details nicht aus.

Sie ihrerseits gab ihm das Wenige weiter, das er noch nicht wissen konnte: den Besuch von Matthias vor der Konzilssitzung, dass sie ihm von Toulouse erzählt hatte, Villefranches Rückzieher, für den Matthias verantwortlich war, wie er ihr vorhin bestätigt habe …

In diesem Moment wurde sie stutzig wegen ihrer eigenen Worte. »Sagtet Ihr, in Villefranches Quartier seien Gulden der Eidgenossenschaft gefunden worden?«

»Gemeinsam mit venezianischen Dukaten, ja.«

»Findet Ihr das nicht seltsam?«

»Selbstverständlich. Eine ungewöhnliche Zusammenstellung.«

»Ihr habt Euch mit Villefranche unterhalten, bevor die Konzilssitzung begann?«, fragte sie.

»Über Kunst, Ihr wisst doch, wie er war. Wir waren als Erste da, und er hat mich in Grund und Boden geredet, hat über seine Kathedrale gesprochen und wie er sie mit Euren Fenstern schmücken will und ... Augenblick.«

»Versteht Ihr, was mich irritiert?«

»Gebt mir noch drei Atemzüge«, sagte er und blickte überall und nirgendwo hin.

»Beachtet vor allem die Zeitfolge«, ergänzte sie. »Unmittelbar vor der Sitzung erzähle ich Matthias von Toulouse. Zu diesem Zeitpunkt hält Villefranche noch an dem Auftrag fest, schwärmt Euch gegenüber sogar davon. Unmittelbar nach der Konzilssitzung sagt er jedoch ab, obwohl Matthias ...«

»... obwohl Matthias gar keine Gelegenheit hatte, allein mit Villefranche zu sprechen«, vervollständigte Sandro den Satz. »Das würde ja bedeuten ...«

»Ja«, sagte sie, »genau das bedeutet es. Unfassbar, nicht wahr?«

Sandro sank gegen die Stuhllehne und griff sich an die Stirn. Er brauchte eine Weile, bis er sagte: »Entweder der Papst ist ahnungslos, dann befördert er mich aus Dankbarkeit morgen zum Kardinal. Oder er weiß davon, dann ...«

Er sprach den Satz nicht zu Ende.

»Was werdet Ihr tun?«, fragte sie.

Sie sahen sich lange an.

Luis küsste den *anulus piscatoris* mit einer Innigkeit, als hätte er es mit einer schönen Frau zu tun. Ergeben blieb er knien, bis der Papst seine Hand zurückzog und mit einer winzigen Geste zu verstehen gab, dass er sich erheben dürfe. Julius III. saß auf einem mit blauem Samt überzogenen Sessel im Quartier seines Sohnes Innocento, eingehüllt in seine Gewänder, da der Kamin noch keine Wärme spendete. In diesem engen, dicht möblierten

Raum kam seine Stellung nicht zur Geltung, er sah aus wie ein Dekorationsobjekt, ein Teil des Plunders. Ihm ging – mit seiner massigen Gestalt und den großen, ausladenden Gesten, die er liebte, da er gerne und laut lachte – jede Grandezza ab. Er war kein Papst mit einer Ausstrahlung wie Gregor VII., der einen Kaiser in Canossa gedemütigt hatte, wie Urban II., der zu den Kreuzzügen aufgerufen hatte, oder wie Julius' Vorgänger Paul III., dessen umfassende Bildung ihn zu einem Gelehrten auf dem Heiligen Stuhl machte. Julius war ein Machtmensch wie fast alle Päpste, und er konnte scharfsinnig sein, wenn es um seine Interessen ging, doch die umfassende Intelligenz fehlte ihm. Er war vergleichbar mit einem bauernschlauen Gutsbesitzer: gehaltlos, geistlos, ein Geldmensch. Diese Banalität stand ihm ins Gesicht geschrieben und glänzte matt in den wässrigen Augen. Im Grunde waren sie sich ähnlich, Vater und Sohn. Innocento hatte sich für dieses mit Möbeln und Zierrat vollgestellte Quartier entschieden, und Julius passte gut hierher.

Innocento stand hinter seinem Vater und stützte sich lässig auf die Rückenlehne des Stuhles. Nur er durfte sich das erlauben. Jeder andere – auch jeder andere Vertraute – wäre dafür kurzerhand in den Kerker geworfen worden.

Der Papst, auf den die Anwesenheit seines Sohnes sichtlich entspannend wirkte, sagte: »Nun, de Soto, ich höre.«

»Wie Eure Heiligkeit meinen Berichten entnehmen konnte, habe ich eine Annäherung an extreme protestantische Positionen verhindert und außerdem erfolgreich darauf geachtet, dass der Kaiser uns keine Blockade vorwerfen kann.«

»Wir haben uns also gegenüber den Reformkräften stets kompromissbereit gezeigt?«

»Unbedingt, Eure Heiligkeit!«, antwortete Luis mit einem ironischen, verschwörerischen Unterton. »Trotzdem kamen – bedauerlicherweise – keine Kompromisse zustande. Was kann Eure Heiligkeit dafür, wenn französische und andere Prälaten eine weitgehende Kirchenreform nicht unterstützen?«

Julius grinste. »Wie viel hat uns die ablehnende Haltung dieser Prälaten gegen eine Kirchenreform gekostet?«

»Die Kosten halten sich in Grenzen.«

»Für das, was wir gespart haben, geben wir in Rom ein Fest, wenn wir zurück sind«, sagte Julius, an seinen Sohn gewandt. »Ihr seid natürlich auch eingeladen, de Soto. Meisterhaft, wie Ihr es geschafft habt, die Protestanten und die Reformer unserer Kirche zu überlisten.«

Luis legte die Hand auf die Brust und verbeugte sich. »Zu gütig, Eure Heiligkeit. Ich hatte nur die richtigen Informationen zur richtigen Zeit.«

»Wart Ihr diskret?«

»Sehr.«

»Eine Bestechung, die dem Kaiser zu Ohren käme, wäre eine Katastrophe.«

»Keine Sorge, ich habe die Mittel gezielt eingesetzt, Eure Heiligkeit.«

»Die Dolchstöße auch?«, erwiderte Julius und raffte die dichten Augenbrauen zusammen.

Die plötzliche Änderung des Themas und des Tonfalls beunruhigten Luis. »Eure Heiligkeit glauben doch nicht etwa, dass ich etwas mit diesen abscheulichen Verbrechen zu tun habe? Ich versichere Euch ...«

»Ich brauche keine Versicherungen. Die Versicherungen eines qualifizierten Schwindlers – und das seid Ihr, de Soto, ein Schwindler in meinem Auftrag – taugen so viel wie die Liebesbeteuerungen eines Bigamisten. Habt Ihr zu Methoden gegriffen, die über Bestechung hinausgehen, zu drastischen Methoden? Wenn ja, ist jetzt der richtige Zeitpunkt, mir die Wahrheit zu sagen. Ich warne Euch, de Soto, wenn Ihr mich anlügt ... Geldgeschäfte verzeihe ich stets, Todsünden fast immer, Dummheiten selten, Lügen niemals. Hört Ihr? Lügen niemals!«

So leicht war Luis ansonsten nicht einzuschüchtern, aber die wässrigen Augen des Papstes wandelten sich plötzlich in Falkenaugen. Verbunden mit dem Wissen, dass ein Wort dieses Mannes genügen würde, um ihn aus dem Weg zu schaffen, tat dieser Blick seine Wirkung. Luis fühlte sich unbehaglich.

»Ich habe weder Morde begangen, Eure Heiligkeit, noch welche in Auftrag gegeben. Das ist die Wahrheit.«

Julius ließ sich Zeit. Er griff sich drei Trauben, die er verschluckte wie ein Karpfen. »Nun gut. Aber sagt mir: Was steckt dahinter? Glaubt Ihr tatsächlich, dass der Teufel sich in Trient niedergelassen hat?«

»Das erscheint mir die einzig logische Erklärung zu sein und außerdem eine äußerst nützliche. Bedenkt, Eure Heiligkeit, dass das Auftauchen des Bösen in Trient eine Fortsetzung des Konzils unmöglich macht. Selbst der Kaiser wird einsehen, dass wir nicht zusehen können, wie unsere höchsten Prälaten einer nach dem anderen einer teuflischen Bestie zum Opfer fallen. Bis ein neues Konzil einberufen werden kann, vergeht ein Jahr, vielleicht ein weiteres. Der Kaiser ist alt, er kränkelt, manche sprechen von zunehmender Melancholie bei ihm. Die Zeit ist ein äußerst wichtiger Faktor, Eure Heiligkeit, sie ist unsere Verbündete. Machen wir von ihr Gebrauch. Allerdings ...«

Der Papst beugte sich nach vorne. »Allerdings? Sprecht weiter, de Soto.«

Luis erkannte, dass er – nachdem es kurzzeitig ungemütlich für ihn geworden war – nun die Oberhand in diesem Gespräch bekam. Julius hing an seinen Lippen. Er hatte ihm, wie er es vorausgesehen hatte, eine plausible Erklärung für die Morde geliefert, noch dazu eine, die Julius zu seinem Vorteil würde benutzen können. Die Mächtigen liebten es, im Vorteil zu sein. Und Luis würde jetzt den Preis dafür nennen.

»Allerdings, Eure Heiligkeit, müssen wir unserer Überzeugung, das Böse treibe sich um, Ausdruck verleihen, indem wir dem Kaiser vor Augen führen, wie entschlossen wir dagegen kämpfen. Konkret: Wir müssen zahlreiche Personen befragen und verhaften lassen: die Huren, die Juden, kräuterkundige Weiber, Irre, Mondsüchtige, Kinder mit Alpträumen, Personen mit auffälligem Verhalten ... Wir fordern die Bevölkerung zur Denunziation auf, und wir lassen Exorzisten kommen.«

Julius machte ein Gesicht, als werde er an einen unliebsamen Verwandten erinnert, aber er nickte. »Genehmigt. Vergesst nicht, dass Ihr dafür die Einwilligung des Fürstbischofs benötigt, denn er ist der Stadtregent. In Trient bin ich nur Gast.«

Luis verbeugte sich tief. »Der Fürstbischof wird sich kaum Eurem Wunsch widersetzen. Ich danke Eurer Heiligkeit.« Er räusperte sich. »Da wäre noch die Sache Carissimi zu klären.«

Luis hatte den Zeitpunkt genau gewählt, an dem er Julius darauf ansprach. Das weitere Vorgehen war besprochen, ein vielversprechender Plan beschlossen. Jeder, der die Verwirklichung dieses für Julius beruhigenden Planes stören konnte, würde von ihm als Feind angesehen werden.

»Eure Heiligkeit, Carissimi ist zur Gefahr geworden. Er stöbert viel herum, und dabei könnte er einige meiner kunstvoll verborgenen Geschäfte enthüllen. Er ist nicht gerade der Geschickteste, müsst Ihr wissen.«

Julius und Innocento tauschten einen Blick.

»Ich habe mich, bevor Ihr gekommen seid, mit meinem Sohn darüber beraten, und wir sind zur Ansicht gekommen, dass zwei Visitatoren den gewaltigen Aufgaben, vor denen wir in Trient stehen, nach wie vor besser gewachsen sind als nur einer allein.«

»Eurer und meiner Überzeugung, der Teufel gehe in Trient um, wird Sandro Carissimi niemals zustimmen, Eure Heiligkeit, im Gegenteil, er wird es leugnen und damit unser Vorhaben gefährden.«

»Ich werde ein deutliches Wort mit ihm sprechen.«

»Er ist untergetaucht. Gestern hat er mich niedergeschlagen und eine geständige Besessene aus dem Kerker entlassen. Eine weitere Verdächtige, eine Irre, ist – vermutlich auf sein Betreiben hin – meinem Zugriff entzogen worden. Der Mann ist unberechenbar und aggressiv, seine neue Stellung ist ihm wohl zu Kopf gestiegen, oder – was nicht auszuschließen ist – er ist selbst Teil des Problems.«

»Ihr meint, Teil des Bösen?«

»Wie gesagt, er ist unauffindbar und entzieht Verdächtige meinen Befragungen. Ich bitte Eure Heiligkeit inständig, meinem Ersuchen nachzukommen, nach Carissimi zu fahnden und ihn zu verhaften. Eine peinliche Befragung könnte Aufschluss darüber geben, ob ...«

»Ihr übertreibt, de Soto«, mischte sich zu Luis' Überraschung Innocento ein. »Carissimi hat mir das Leben gerettet, und er hat die Unschuld einer Frau erkannt, die Ihr für schuldig erklärt hattet.«

»Nicht einer Frau, sondern einer Hure, Eminenz. Sie hatte gestanden.«

»Carissimi leistet bei der Aufdeckung der Verbrechen bessere Arbeit als Ihr, de Soto.«

Luis konnte sich nur mühsam beherrschen. Was bildete sich dieser ungebildete Flegel, der außer vom Faulenzen und Saufen von nichts eine Ahnung hatte, eigentlich ein! »Mit Verlaub, Eminenz, aber das zu beurteilen seid Ihr nicht in der Lage.«

»Sandro Carissimi hat sich mutig zwischen mich und einen Mörder geworfen, oder sollte ich – um mich Eurer Theorie zu bedienen – besser sagen, zwischen mich und den Teufel.«

»Ich spreche Carissimi nicht den Mut ab, Eminenz, sondern die Gutartigkeit seiner Absichten.«

»Und ich bestreite die Aufrichtigkeit Eurer Motive, de Soto.«

Papst Julius erhob sich und setzte dem Wortgefecht ein abruptes Ende. »Als ich vorhin von einem Fest sprach, meinte ich kein Schlachtfest.«

Julius blickte von Luis zu Innocento und wieder zurück, dann ging er durch das Zimmer und blieb vor dem Fenster stehen. Der trübe Nachmittag tauchte ihn in ein graues kaltes Licht, das seine sonst vom Alkohol verschwommenen Gesichtszüge konturierte, gleichsam vereiste.

Jeder wartete auf sein Wort.

Er war wie die Falter gewesen, die, eingesperrt in einem Zimmer, wild mit den Flügeln schlugen. Auf der Suche nach Carlotta war er die Hänge hinauf- und hinabgelaufen und hatte tausendmal ihren Namen gerufen. Dann war ihm klar geworden, dass sie nicht mehr in der Nähe war.

Er ging am Fluss entlang, was ein Umweg war. Der andere Weg, der schnellere, war voller Stolperfallen, und die Dämmerung setzte bereits ein. Für wenige Augenblicke fand die untergehende Sonne einen freien Spalt am Horizont und tauchte das Land in ein gedämpftes Licht, ein wenig wie das Innere der kühlen spanischen Kathedralen. In der Ferne war Trient zu erkennen, Konturen von Dächern, Türmen und Mauern, rötlich wie ein Kupferstich. Schnell ging alles in schieferfarbenes Grau über. Wieder stieg wie jeden Abend Dunst über der Mitte des Flusses auf, in figurenhaften Schwaden, Gespenster aus Feuchtigkeit, dann verlor der Dunst seine Form, verbreitete sich über das Wasser, hüllte die Ufer ein und kroch an Land. Und das alles geräuschlos wie ein Geheimnis.

Auch Carlotta, das ahnte Hieronymus, hatte ein Geheimnis, ihr Beruf, ihre Vergangenheit, ihr ganzes Dasein waren für ihn etwas Unerforschtes. Das war einer der Gründe, weshalb er sie liebte. Seit Adelheids Tod – nein, er musste ehrlich sein –, noch nie war er einer Frau wie ihr begegnet. Sie war nicht wie die unzähligen Amselmütter, die nichts anderes im Sinn hatten als die Aufzucht der Nachkommenschaft, Futtersuche und Revierverteidigung. Irgendein Leid wohnte in ihr und gab ihr eine Unabhängigkeit und Tiefe, die ihm zu Herzen ging. Er war auf ihrer Seite, bedingungslos. Kein Evangelium stand höher als sie. Neben ihrem Körper zu sitzen, zu schlafen, zu atmen, zu sterben, das war alles für ihn – nur Antonias Glück war ihm gleich wichtig.

Carlottas Schicksal und seines waren unweigerlich miteinander verknüpft, und jede Dunkelheit, die sich in ihrem Herzen breitmachte, erfasste auch ihn. So war es gewesen von dem Tag an, an dem er ihr begegnet war.

20

Nichts erzeugt so viel Panik wie vollkommene Dunkelheit, unbarmherzige Finsternis. Das stellte Carlotta fest, als ihre Fackel kurz vor dem Ziel erlosch. Das Ende des Geheimgangs, die Tür zum Inneren des Palazzo Miranda, war nur noch dreißig, vierzig Schritte entfernt – ohne jede Lichtquelle unerträgliche Schritte. Kein Auge gewöhnt sich an absolute Schwärze.

Zunächst stand sie wie versteinert da, wagte nicht zu atmen, wagte keine Bewegung, so als wandle sie auf Dantes Pfad an den neun Kreisen der Hölle entlang und drohe zu stürzen und verschlungen zu werden. Erst als sie begriff – also wirklich verstand! –, dass sie nichts zu befürchten hatte, überwand sie den Schrecken und tastete sich an der Wand entlang, sehr langsam, Fuß um Fuß. Das Gespür für Entfernungen war ihr verloren gegangen, auch das Gefühl für Zeit erlosch. Sie meinte, bereits eine Stunde im Dunkel zu tappen, aber es konnten ebenso gut zehn Lidschläge gewesen sein, sie wusste es nicht.

Irgendwann hörte sie Stimmen, dumpf und entfernt, und sehr bald ertasteten ihre Fingerspitzen die Tür. Sie drückte ihr Ohr an das Holz und versuchte zu verstehen, wer mit wem sprach. Leider war das Holz zu dick dafür. Ihre Hoffnung war, dass Giovanni Maria del Monte, der Papst, der Mörder ihrer Tochter, eine Unterhaltung mit seinem Sohn führte, doch das würde sie erst mit Sicherheit wissen, wenn sie die Tür öffnete. Da die Tür durch den Wandteppich getarnt war, bestand vorerst keine Gefahr, entdeckt zu werden. Jedoch – knarrte diese Tür?

Carlotta versuchte, sich zu erinnern. Als sie vor einigen Tagen hier gewesen war, hatte da die Tür geknarrt? Gut möglich. Sie war alt und lange nicht benutzt worden.

Sosehr Carlotta sich anstrengte, sie entsann sich nicht. Zu aufgewühlt war sie gewesen, zu sehr beschäftigt mit ihrer Rache, als dass sie auf ein so unbedeutendes Detail geachtet hätte.

Wenn sie die Tür jetzt nicht öffnete, würde sie es nie erfahren.

Sie tastete – schon das ein Risiko – nach dem Knauf. Die Schwärze machte alles doppelt schwierig, denn sie verhinderte, eigene Bewegungen einschätzen zu können.

Carlotta machte ihre Sache gut. Die Tür öffnete sich, ohne dass ein Geräusch zu hören gewesen wäre. Nun zog sie die Tür langsam zu sich heran.

Knarrte es?

Es knarrte nicht.

Gefiltertes Licht drang durch den Wandteppich, vor dem sie jetzt stand.

Sie erschrak. Innocentos Stimme war so unglaublich nah. Wäre der Teppich nicht gewesen, hätte sie die Hand nach ihm ausstrecken – oder ihn mit dem Messer niederstrecken – können. Doch diese Phase war vorbei, Innocento war nicht länger ihr Ziel. Er war ein einfacher, guter Kerl, vielleicht ebenso ein Opfer seines Vaters wie sie auch, und er half Sandro dabei, zu überleben.

»Sandro Carissimi«, sagte Innocento, »ist einer der wenigen aufrichtigen Menschen, die ich unter den Geistlichen gefunden habe. Jeder andere hätte mich entweder verachtet oder umschmeichelt. Er hat nichts anderes von mir erbeten, als seine Arbeit fortführen zu dürfen, obwohl er weit mehr hätte bekommen können. Ein Wort von ihm, und ich hätte ihn zu meinem Sekretär gemacht, in Ämter berufen ... In Rom hätte er eine schnelle, steile Karriere machen können. Doch solche Dinge interessieren ihn nicht. An inneren Werten ist er Euch und mir weit überlegen, und genau das stört Euch an ihm.«

»Lächerlich!« Die Stimme gehörte Luis de Soto. »Für Euch kann ich nicht sprechen, aber was mich betrifft, war Sandro Carissimi immer schon von armseligem Geist, leicht zu führen, leicht zu beeindrucken, ein Hammel in der Herde. Gerade darum war er ein guter Assistent, mehr nicht.«

»Doch dann ist er selbständig geworden, und Ihr habt es mit der Angst zu tun bekommen, wie? Irgendetwas verbergt Ihr vor meinem Vater, und Sandro Carissimi ist Euch auf der Spur. Habt Ihr mit dem Geld, das ich verwahrt und Euch im Auftrag meines Vaters gegeben habe, etwas getan, das Ihr nicht hättet tun dürfen?«

»Diese Unterhaltung führt zu nichts. Ihr habt Eure Möglichkeiten der Beeinflussung von Julius eingesetzt, ich meine eigenen. Es war ein Kampf mit gleichen Waffen. Ich habe gewonnen. Im Gewinnen war ich immer schon gut. Ihr habt es mir einfach gemacht, wisst Ihr? An die Dankbarkeit des Papstes für den Lebensretter seines Sohnes zu appellieren war wirklich mehr als naiv. Ihr habt nichts verstanden von Macht, dem Einsatz von Macht, dem Erhalt von Macht und dass Dankbarkeit ein Luxus ist, den sich nur wenige Mächtige leisten. Meine Argumente waren besser, aber was soll's? Ihr habt einen Kardinalshut, einen Palazzo, Schätze, Wein, Frauen ... Wozu sich über einen unbedeutenden Mönch den Kopf zerbrechen?«

»Schon diese Frage zeigt, was für ein Mensch Ihr seid. Ohne Carissimi wäre ich jetzt tot. Er ist mein Freund, hat mein Versprechen ...«

»Mein Freund, mein Versprechen«, unterbrach Luis de Soto und legte eine derartige Betonung in die Worte, dass sie zu Abfall wurden. »Man könnte meinen, ich hätte mich eben mit einer Wand unterhalten. Wie dem auch sei: Sandro Carissimi ist fortan eine unerquickliche, traurige Geschichte, die einen schönen Namen trägt und in ein paar Monaten niemanden mehr interessieren wird, auch Euch nicht. Versucht erst gar nicht, es zu leugnen. Der Papst ist meinem Rat gefolgt, in jeder Hinsicht. Meine Vollmachten sind lückenlos. Sollte ich Sandro, die Hure Carlotta, das irre Mädchen und die Familie Bender finden, sind sie die Ersten, denen der Prozess gemacht wird …«

Carlotta taumelte zurück. Wie eine Blinde stürzte sie sich in die Nacht des Geheimganges. Jede Vorsicht außer Acht lassend prallte sie gegen Wände, strauchelte, stand auf, rannte weiter. Kein Gedanke mehr an Rache. Sie musste Antonia und die anderen warnen. Sie musste schneller sein.

»Dich hätte ich nun wirklich nicht erwartet«, sagte Matthias, und in seine Augen trat der Glanz der Zufriedenheit. Er bemerkte zwar die zwei Wachen im Hintergrund auf der anderen Seite der Gasse, aber er stellte keine Fragen. Er ging voraus, eine einzelne Öllampe in der Hand, mit der er den Weg durch die Casa Volterra beleuchtete. Auf dem Esstisch waren ein Holzteller, zwei dünne Scheiben Brot und eine kleine Platte mit Speck und Salzhering ausgebreitet. In der Luft lag der säuerliche Geruch von Gewürzgurken, die jedoch nicht zu sehen waren.

»Ich esse gerade«, sagte er. »Der Diener hat frei. Wir sind also allein.«

Es war kalt, der Kamin wurde nur stundenweise beheizt, doch das schien ihm nichts auszumachen. Er stellte die Öllampe auf den Tisch und setzte sich. Nichts an seinem Verhalten deutete auf irgendein Gefühl hin.

In zwei Kisten auf dem Boden waren Hosen, Röcke, Hüte einsortiert, ein paar weitere Kleidungsstücke hingen über den Stuhllehnen.

»Morgen, vielleicht auch erst übermorgen werde ich Trient verlassen«, erklärte er das Durcheinander. »Morde, Inquisition, verängstigte Eminenzen, die Anwesenheit des Papstes: Das alles macht weitere Verhandlungen mit der römischen Kirche unmöglich. Ich werde meinem Herzog die traurige Nachricht überbringen, dass ich keine Möglichkeit für eine Wiedervereinigung der Kirchen sehe.«

Antonia sah ihn nur an, sprach kein Wort. Ihr Blick wanderte über sein Gesicht wie über eine Landkarte, die man verstehen wollte.

Ihr Schweigen irritierte ihn. »Und du? Bist du gekommen, um dich zu entschuldigen?«

Sie konnte ein belustigtes Seufzen nicht unterdrücken.

»Mein Gott, was für ein Komödiant du doch bist«, sagte sie. »Ich glaube tatsächlich, so siehst du die Welt, wie eine Theaterloge, vor der du deine Vorstellung gibst. Wir sind deine dich bewundernden Zuschauer, lassen uns von dir in eine andere Wirklichkeit entführen, von dir *ver*führen, von dir *irre*führen, an der Nase *herum*führen. Wir sind dir ergeben, du streichelst uns. Dein Schauspiel ist derart überzeugend und umfassend, dass ich mir nicht sicher bin, ob du den Schauspieler Matthias Hagen überhaupt noch vom Menschen Matthias Hagen trennst. Wem spielst du nicht etwas vor? Vor mir, vor Sandro, deiner Mutter Elisa, deiner verstorbenen Frau und den Reformern des Konzils hast du eine bemerkenswerte Posse gegeben. Vor wem nicht, frage ich? Wer bleibt noch übrig?«

Keine Regung auf seinem Gesicht, diesem Marmorblock mit den blauen, bestechenden Augen. »Da du eine glasmalende Frau bist, die sich mit dem Zusammenkleben von Scherben beschäftigt, nehme ich deine wirren Erläuterungen nicht allzu ernst.«

Antonia beugte sich über die Tischplatte, sah ihn an und sagte: »Das solltest du aber.«

Sie griff nach dem Salzhering und legte ihn mit einer kindlichen Freude auf den blanken Holztisch. »Lass mich nun mein eigenes Theaterstück spielen«, sagte sie. »Nehmen wir an, der Salzhering, das bist du. Durchaus passend, wie ich finde. Matthias Hagen, der Salzhering, ist ein kleiner württembergischer Diplomat in den Diensten eines Herzogs. Dieser Herzog, ein Protestant durch und durch, hat gegen seinen katholischen Kaiser einen Krieg verloren und ist gezwungen, seinen guten Willen zu zeigen. Um sein Land und seinen Herzogstitel nicht zu verlieren, wird er rasch zu einem Anhänger einer Wiedervereinigung der Kirchen und entsendet den Salzhering zum Konzil von Trient, offiziell, um zu verhandeln, insgeheim, um die Annäherung zu verhindern oder wenigstens hinauszuschieben. Denn der Kaiser ist alt, und wer weiß, ob ihm das Glück gewogen bleibt.«

Sie griff nach dem Speck und legte ihn neben den Salzhering. »Hier haben wir Luis de Soto – nicht ganz so passend, aber es ist leider keine Gurke übrig. Luis, der Speck, hat ein ähnliches Problem wie Matthias, der Salzhering. Auch sein Auftraggeber, der Papst, will eigentlich keine Vereinigung mit den Protestanten, denn das würde eine große Kirchenreform voraussetzen, und die wiederum könnte an den gottgegebenen Grundfesten des Papsttums rütteln. Andererseits sieht er sich von dem bösen Kaiser bedroht, hinweggefegt zu werden, falls er einer Wiedervereinigung im Wege steht. Auch er ist somit – wie der Herzog – in der Zange zweier Ängste gefangen, nämlich der Angst, vom Kaiser abgesetzt zu werden, und der Angst, sich gegen den eigenen Glauben und die eigenen Interessen zu versündigen. Eine fatale Lage, ein Dilemma – und der vortreffliche Hintergrund für ein Bühnenstück von geradezu altgriechischen Dimensionen.«

Antonia, die sich auf diesen Auftritt gefreut und darauf bestanden hatte, dass nicht Sandro, sondern sie ihn inszenieren durfte, stand auf und machte ein paar theatralische Gesten.

»Erster Akt, Auftritt Speck und Salzhering. Die beiden sind Gegner, der eine ein überzeugter Protestant, ein Feind der Päpste, der andere ein überzeugter Altgläubiger, ein Jesuit, der den Päpsten dient; der eine würde Rom am liebsten vernichten, der andere möchte es noch mächtiger machen, der eine verachtet Mönche, der andere *ist* ein Mönch. Und beide haben einen Namen zu verlieren, beide sind Diplomaten, denen der Ruf vorauseilt, geschickte Rhetoriker zu sein. All das spricht dafür, dass sie unbarmherzig gegeneinander kämpfen werden.«

Antonia zog eine kurze Weidenrute hervor und hielt sie an den beiden Enden fest. »Gegensätzlicher geht es nicht. Matthias am einen Ende der Weltanschauung, Luis am anderen Ende. Doch siehe da …« Sie bog die Weidenrute, bis sie sich an den Spitzen berührte. »Je weiter die Enden auseinanderliegen, umso größer ist die Möglichkeit, dass sie sich treffen. Ihr beide, du und Luis de Soto, hattet dasselbe Problem, also habt ihr euch zusammengetan. Während ihr für die Welt theologische Dispute ausfochtet und Kompromisse aushandeltet, während ihr also den Anschein erwecktet, die vom Kaiser gewünschte Vereinigung voranzutreiben, habt ihr hinter den Kulissen gemeinsam dagegen gearbeitet. Ein raffinierter Plan: Eine doppelte Penelope, die im Schutz der Nacht immer wieder das Brautkleid zerstört, das sie im Licht des Tages gewoben hat, und damit die ungeliebte Heirat abwendet. Wer von euch kam auf die geniale Idee?«

»Das war ich.« Matthias schmunzelte. »Ich habe de Soto, kaum dass ich von seiner Ernennung zum Delegierten erfuhr, einen vertraulichen Brief geschrieben.«

»Gratuliere, Salzhering. Ganz nebenbei habt ihr auch verhindert, dass einer von euch bei seinem Dienstherren in Ungnade fällt, denn keiner von euch verliert bei diesem Plan, sondern beide gewinnen. Ebenso der Herzog und der Papst, denen niemand vorwerfen kann, sich nicht angestrengt zu haben.«

Matthias erhob sich langsam und applaudierte, zuerst gemächlich, dann immer schneller und lauter werdend. Sie ließ sich darauf ein und verneigte sich.

»Eine beeindruckende Leistung, meine Liebe.«

»Oh, das war noch gar nichts, mein Lieber. Willst du nicht wissen, wie wir darauf gekommen sind? Mit ›wir‹ meine ich Sandro und meine Wenigkeit. Ihr beiden Intriganten wart sehr gut, wirklich. Euer bester Schutz war, dass allein die Vorstellung, ihr könntet Hand in Hand arbeiten, so abwegig ist, dass niemand auf diesen Gedanken kommt. Vielleicht waren es die unterschiedlichen Münzen in Villefranches Schatzkiste, die mich auf die Fährte brachten. Die venezianischen Münzen stiftete Luis de Soto, denn er reiste aus Süden an und durchquerte die Republik Venedig; die eidgenossenschaftlichen waren von dir, denn du kamst von Nordwesten, wolltest jedoch aus verständlichen Gründen keine württembergischen Münzen verwenden. Und dann die Sache mit Toulouse … Da hast du ein wenig geschludert, mein Lieber.«

»Inwiefern?«

»Du selbst hast zugegeben, Villefranche überredet zu haben, meinem Vater und mir den Auftrag wieder zu entziehen. Doch wann hast du mit Villefranche gesprochen? Vor der Sitzung saß er mit Sandro beisammen, als du noch bei mir im Atelier warst. Nach der Sitzung saß er mit Luis de Soto zusammen, und unmittelbar danach kam die Nachricht, der Auftrag sei zurückgezogen. Und als Sandro mir erzählte, dass ihr beide, du und de Soto, zu spät gekommen seid …«

»Sehr gut«, lobte er. »Ich habe de Soto tatsächlich vor der Sitzung gebeten, diese kleine Zusatzbedingung bei Villefranche anzubringen. In erster Linie ging es uns selbstverständlich darum, dass er sich weigern sollte, irgendwelchen Reformen zuzustimmen. Dafür hat er viel Geld bekommen, mit dem er Kunstschätze kaufen wollte.«

Sie nickte. »Wer so viel Geld bekommt, erfüllt gerne eine kleine Zusatzbedingung, zumal sie ihn nicht viel kostete. Auftritt zweiter Akt, erster Mord. Du versuchst, Bertani zu überreden – vermutlich zu bestechen –, dass er seine extremen Positionen bezüglich einer Kirchenreform aufgibt. Er ist natürlich überrascht, dass derjenige, den er als Bündnispartner angesehen hat, die Kirchenreform und die Wiedervereinigung abwenden will. Das hast du vorausgesehen, und die Summe, die du ihm anbietest, ist enorm. Du und Luis, ihr habt zusammengelegt. Aber ihr habt euch verrechnet. Bertani ist empört und droht dir. Du gehst zwar fort, doch nur, um später zurückzukehren und ihn umzubringen.«

Matthias lachte. Er hielt sich den Bauch vor Lachen, er klatschte mit der flachen Hand auf den Tisch, er wischte sich die Tränen aus den Augen, setzte sich wieder und fiel fast vom Stuhl.

»Das ist köstlich«, brachte er mühsam heraus, nachdem er sich einigermaßen gefangen hatte. »Du solltest dich hören, du bist einfach wunderbar komisch.«

Sie zog eine Grimasse. »Vielen Dank, aber ich wüsste nicht, was daran komisch ist.«

»Alles ist prächtig formuliert und vorgetragen. Ich war drauf und dran, dich zur intelligentesten Frau der Welt zu ernennen – und dann *das*. Da redest du nun Satz um Satz seit einer halben Stunde, und alles ist richtig, alles stimmt mit gespenstischer Genauigkeit, als wärst du dabei gewesen. Und dann verspielst du mit dem letzten Satz deine errungenen Lorbeeren, denn dieser letzte Satz, meine liebe, verehrte Antonia, ist absoluter Blödsinn.«

Sie wurde unsicher. Matthias hatte bisher alles zugegeben, was sie behauptet hatte. War er nur besonders raffiniert, oder irrte sie sich tatsächlich? Sandro und sie hatten genau genommen keine speziellen Hinweise darauf, dass Matthias der Täter war, aber es war ihnen als die wahrscheinlichste Lösung vorgekommen, denn alles andere passte so gut zusammen: das heimliche Abkommen zwischen Luis und Matthias, die Bestechung von Villefranche ... Wenn nicht Matthias oder Luis die Mörder waren, wer denn sonst?

»Möglicherweise hat Luis de Soto Bertani getötet«, sagte sie, »ohne dir davon zu erzählen.«

»Ich saß die halbe Nacht mit Luis zusammen, bis in den frühen Morgen. Wir haben unser weiteres Vorgehen besprochen.«

»Schöne Ausrede. Ihr deckt euch gegenseitig.«

Matthias seufzte. »Denk, was du willst, du kannst sowieso nichts von dem, was du erzählt hast, beweisen. Die wenigen Spuren, die du gefunden hast, kann ich leicht im Verbund mit Luis de Soto verwischen.«

»Nein, das kannst du nicht. Denn, mein Lieber, du stehst unter Arrest. Sieh mal zum Fenster raus.«

Sie beobachtete ihn, während er das Fenster öffnete und auf die nur trübe beleuchtete Straße hinunterblickte. Sie hatte zwei Wachen mitgebracht, die zuvor von Sandro instruiert worden waren. Matthias war ein Gefangener. Es stand ihm frei, alles zu leugnen, aber Luis de Soto würde in Kürze geradewegs in eine Falle laufen, die Sandro ihm stellte, und dann würde auch Matthias sein Leugnen nicht mehr helfen.

»Das würde Luis niemals zulassen«, rief Matthias und eilte die Treppe hinunter.

Antonia folgte ihm.

Er riss die Tür auf. »Ist das wahr, ich stehe unter Arrest? Das ist Carissimis Werk! Auf der Stelle verlange ich Luis de Soto zu sprechen. Er wird meinen Arrest umgehend aufheben.«

Aus den zwei Soldaten, die Antonia begleitet hatten, waren mittlerweile vier geworden.

»Keine Aufregung«, sagte einer der Soldaten zu Matthias. »Die Befehle von Sandro Carissimi sind ungültig geworden. Er wurde soeben abgesetzt.«

Er wandte sich an Antonia.

»Antonia Bender? Ich habe den Auftrag, Euch zu verhaften. Ihr seid der Begünstigung der Zauberei angeklagt.«

Irgendetwas gefiel Sandro nicht an der Chronik der Ereignisse, die er mit Antonia zu rekonstruieren versucht hatte. Zugegeben, Antonias Theorie war bis zu einem gewissen Punkt äußerst plausibel, zwar unerhört, unglaublich, doch plausibel. Wenn man erst einmal die Richtigkeit ihres Verdachts annahm, bekam vieles einen Sinn. Vieles, aber nicht alles. Wie schon neulich, als er nicht so recht an Carlotta als Mörderin glauben konnte, so konnte er jetzt nicht an Matthias als Mörder glauben. Aber was genau hielt ihn davon ab? War es, weil er Matthias schon einmal fälschlicherweise in Verdacht hatte, hervorgerufen durch die Aussage des Säufers Bruno? Fürchtete er eine zweite Blamage? Fürchtete er, Matthias gegenüber zu befangen zu sein, um sich ein Urteil über ihn zu bilden? Persönliche Gefühle trüben das Denkvermögen, wie er selbst hatte erfahren müssen. War Antonia in die gleiche Falle getappt? Das Mosaik ging nicht auf, es war ein Bild mit Leerstellen, mit falschen Farben, unpassenden Mustern ...

Doch es war müßig, jetzt noch Zweifel anzumelden. Der Plan wurde bereits umgesetzt, Antonia war auf dem Weg, und er hatte noch genug zu tun, um die Falle aufzubauen. Eigentlich war es ein guter Plan, zwar voller Risiken und Unwägbarkeiten, aber der beste Plan, den sie unter diesen Umständen hatten entwerfen können.

Während er das Atelier verließ und durch den Palazzo Rosato ging, kam ihm wieder das Hurensymbol in den Sinn. Sie hatten beide nicht erklären können, wieso Bertani es auf der Haut trug und die beiden anderen Leichen nicht. Auch die Gründe für den Tod von Cespedes und Villefranche blieben im Dunklen. Waren sie zu einer Gefahr für Luis und Matthias geworden?

Ihm fiel ein, dass Villefranche und Cespedes am Tag der Konzilseröffnung miteinander gesprochen hatten. Nur ein paar Schritte von Rowlands und Matthias entfernt stehend hatten sie irgendetwas in der Hand gehalten. Dieses Beisammenstehen war die einzige Begegnung, die einzige Gemeinsamkeit, die Sandro bei ihnen entdecken konnte. Seltsam, dass er sich gerade jetzt an dieses vermutlich unwichtige Detail erinnerte.

Er war am Fuß der Treppe angekommen, als sich plötzlich von hinten eine Hand auf seine Schulter legte. Carlotta.

»Was, in aller Welt, tut *Ihr hier*«, rief er mit unterdrückter Heftigkeit. »Ihr solltet in der Hütte bleiben! Wo kommt Ihr überhaupt her?«

Sie deutete auf den Eingang zum Keller. Ihr Atem ging unregelmäßig, und ihm fielen die Risse und Flecken an ihrem Kleid auf.

Sie zog ihn in das schwarze Loch des Kellereingangs, führte ihn durch die Dunkelheit und beantwortete keine seiner Fragen. Vor einem Haufen modriger alter Möbel blieb sie stehen. »Dahinter ist ein Geheimgang. Ich war dort, ich war am Palazzo Miranda, bei Innocento del Montes Gemach.« Sie erzählte schnell, sehr schnell, ihre Stimme überschlug sich, setzte bisweilen aus.

»Immer der Reihe nach«, mahnte er. »Erzählt von Anfang an.«

Sie hielt sich an seine Aufforderung, gab das Gespräch zwischen Luis und Innocento wieder, und einige Male fragte er nach, um alles genau zu verstehen. Was sie sagte, war eine Überraschung für ihn. Nicht so sehr die Sache mit seiner Absetzung, damit rechnete er schon seit Tagen, aber dass es ausgerechnet jetzt passierte, machte alles viel schwieriger, wenn nicht sogar unmöglich. Was ihn wirklich verblüffte, war Carlottas Geständnis, dass sie Innocento del Monte beziehungsweise den Papst hatte töten wollen.

»Dann wart Ihr das?«, unterbrach er sie. »Die Gestalt im schwarzen Mantel, die Verfolgungsjagd neulich Nacht ... Wieso? Welchen Grund habt Ihr?«

»Das alles spielt jetzt keine Rolle. Versteht Ihr, wir müssen aus Trient fliehen, wir alle. Wo ist Antonia?«

»Unterwegs, sie ... Es ist zu spät, wir erreichen sie nicht mehr. Sie ist schon bei Matthias.«

»Dann gehen wir dorthin und holen sie ab.«

»Man wird sie bereits verhaftet haben.«

Über ihr Gesicht zog eine Wolke aus Zorn. »Ihr gebt Antonia auf? Wollt Euch wie eine Ratte im Keller verstecken? Feigling«, rief sie und wandte sich ab.

Er hielt sie am Arm fest, und als sie sich aus seinem Griff befreien wollte, packte er fester zu. »Wie komme ich durch die Gänge zu Innocento?«

»Zeitverschwendung«, erwiderte sie gereizt. »Habt Ihr nicht

zugehört? Er hat vergeblich versucht, Euch zu helfen, das habe ich doch eben erzählt. Er wird auch Antonia nicht helfen können.«

»Das bleibt abzuwarten. Ich habe vor, Luis de Soto derart abzulenken, dass Innocento Erfolg haben könnte.«

»Meinetwegen. Ich kann Euch zu Innocentos Quartier führen.«

»Nein, ich gehe allein.«

Sie erklärte ihm den Weg. Da er durch seine jahrelange Arbeit für Luis darin geübt war, vieles im Kopf zu behalten, was andere sich notieren mussten, konnte er sich die Wegstrecke voller Abzweigungen problemlos merken.

»Bevor ich zu Innocento gehe, habe ich noch drei Fragen zu klären, und dazu muss ich durch die halbe Stadt schleichen.«

»Muss das jetzt sein?«

»Die Fragen sind mir eben erst eingefallen. Ich habe eine Theorie und ... Die erste Frage muss ich einem Säufer stellen und die zweite einem jungen Drucker.«

Sie begriff nicht, worauf er hinauswollte. »Und die dritte?«

»Die richtet sich an Euch. Ihr müsst mir jetzt alles erzählen, was Ihr über Bischof Bertani wisst.«

Sein Kopf lag auf der Tischplatte, eigentlich nicht direkt auf der Platte, sondern auf einer Häkeldecke, die weich war wie Teig. Er schmatzte. In seinem Mund breitete sich der wohlige Geschmack von Schmalzgebäck aus, das ihm in zahlreichen Krümeln in den Zähnen klebte. Als er die Augen aufschlug – noch immer mit dem Kopf auf der Häkeldecke –, lächelte er, denn direkt vor ihm erhob sich der unförmige Rest eines weiteren Kringels wie ein weiß-gelber Hügel der Verheißung, ein duftender Berg Sinai. Über diesem, dem siebten Kringel, musste er wohl kurz eingenickt sein. Essen machte ihn müde.

Aaron streckte sich und gähnte so laut, dass jeder, der im gleichen Raum geschlafen hätte, davon aufgewacht wäre. Diese Gefahr bestand jedoch nicht. Als er sich umdrehte und nach Inés suchte, stellte er fest, dass er allein war.

Miserere mei, deus, secundum magnam misericordiam tuam. Et secundum multitudinem miserationum tuarum, dele iniquitatem meam. Amplius lava me ab iniquitate mea ...

Sei gnadenvoll mir, o Gott, nach deiner Huld. In deiner Barmherzigkeit Fülle lösche aus meine Frevel. Wasche mich völlig rein von meiner Verschuldung ...

In der *Camera della Verità* betete man vorschriftsmäßig das Miserere, bevor man mit der Tortur begann. Luis hatte Befehl gegeben, unter keinen Umständen gestört zu werden. Er ließ die Tür schließen.

Einen Augenblick lang betrachtete er sein Opfer wie ein Gemälde, von dem man noch nicht weiß, wohin man es hängen soll.

»Wassertortur«, befahl er.

Antonia wurde auf eine Bank gebunden, auf der ihr Kopf tiefer lag als die Füße. Dicke, raue Stricke rissen ihr an Armen, Beinen und der Hüfte die Haut vom Fleisch, sobald sie sich bewegte. Ihr Hinterkopf lag in einer Art Mulde, und ein eisernes Band, kalt wie Eis, legte sich über ihre Stirn. Die Hände, an den Gelenken zusätzlich gebunden, erkalteten.

Alles, was um sie herum geschah, nahm sie plötzlich mit einer ungeheuren Intensität auf: die seelenlosen Geräusche des Eisens, das Zerreißen eines Stofflappens, das feine Kratzen der Schreibfeder des Protokollars, die Fäulnis in der Luft, die Kälte ... Einer der Knechte auf der anderen Seite des Raumes summte leise das Miserere vor sich hin wie ein spätes musikalisches Echo auf das Gebet. Die Eindrücke verdichteten sich, die menschlichen Beschränkungen waren aufgehoben.

Binnen eines Moments gab es nur noch Panik. Die Panik griff sie an wie ein böses, gut getarntes Tier, das nur auf den richtigen Moment gewartet hatte. Antonia spürte sie in der Brust, im

Kopf, im Unterleib. Jeder Atemzug, jeder Gedanke wurde sofort von Panik umschlossen und erwürgt.

Luis beugte sich über sie. »Antonia Bender, du wirst beschuldigt, der Zauberin Carlotta da Rimini zur Flucht verholfen zu haben. Du wirst beschuldigt, zauberische Geheimnisse mit ihr zu teilen. Ferner wirst du beschuldigt, den Jesuiten Sandro Carissimi verführt und in eure dunklen Machenschaften hineingezogen zu haben, so dass auch er dem Teufel verfallen ist. Gestehst du deine Verbrechen, Antonia Bender?«

Die Panik lähmte sie, sie war unfähig zu sprechen, zu denken. Sandro, Carlotta, Hieronymus, das waren Namen, die starben, die auf dieser Bank, im Griff der Folter, keine Bedeutung mehr hatten. Niemand und nichts hatte noch eine Bedeutung außer diesem Mann, dessen Schatten auf ihr lag.

»Die Inquisitin schweigt.« Er nickte jemandem zu. Ein Gerät, ein eiserner Schraubstock, sperrte ihren Mund weit auf. Man ließ einen langen Stofffetzen in ihren Rachen gleiten, holte einen Krug herbei und träufelte am Stoff entlang das Wasser in sie hinein. Sie glaubte zu ersticken. Jeder Tropfen war wie ein schweres Gewicht. Immer wieder versuchte sie, das Wasser auszuspucken, wobei ihr Körper sich wand und die Stricke tiefer in ihr Fleisch schnitten. Hielt sie hingegen still, ertrank sie. Sie hörte alles, das Quietschen der Stricke, das gesummte Miserere, aber ihr Röcheln, ihren Untergang, den hörte sie nicht.

»Tut mir leid, ich kann nichts machen. Der ehrwürdige Vater de Soto hat ausdrücklich angeordnet, dass die Befragung nicht unterbrochen werden darf.«

Matthias versuchte, die Dringlichkeit seines Anliegens deutlich zu machen, doch der wachhabende Offizier ließ ihn nicht passieren, und er weigerte sich auch, den Visitator bei der Ausübung seines Amtes zu stören. Er solle, bitte schön, warten, wenn er unbedingt mit dem ehrwürdigen Vater sprechen wolle, erklärte man ihm.

Tatsächlich wartete er eine Weile, aber die Zeit wurde ihm zu lang. Sandro war noch immer auf freiem Fuß und konnte ihm durchaus gefährlich werden. Falls er sich an den Fürstbischof oder den Kaiser wandte ... Falls der Kaiser die Korrespondenz mit dem Herzog in die Hände bekam ... Sie musste unbedingt vernichtet werden, sofort, denn ohne diese Korrespondenz würde niemand etwas beweisen können. Mit de Soto würde er sich einfach später besprechen.

Er eilte zurück in Richtung der Casa Volterra.

21

Sandro verließ die Druckerei, in der Fabrizio Schiacca sein Leben fristete, und huschte an den Hauswänden entlang. Er hatte alle Informationen bekommen, die er brauchte, sowohl vom jungen Fabrizio wie auch vom Säufer Bruno. Die größte Schwierigkeit würde nun darin bestehen, den letzten Beweis anzutreten und den Mörder unmittelbar zu überführen. Sandro wurde gesucht. Wenn man ihn jetzt aufgreifen würde, war nichts bewiesen, alles verloren. Niemand würde ihm glauben, und Luis würde ihn mundtot machen.

Er dachte an Antonia. Das tat weh, anders als es in den letzten Tagen wehgetan hatte. Sie war ihm zu nahe gekommen, und jetzt war es so, dass er sich wünschte, sie wäre bei ihm. Seine Angst vor ihr hatte sich in eine Angst um sie verwandelt. Nichts war schlimmer, als zu wissen, dass sie von Luis gequält wurde, und als er in die Nähe des Palazzo Pretorio kam, verspürte er den glühenden – ebenso törichten – Wunsch, dort einzudringen und sie herauszuholen. Er wäre nicht einmal in ihre Rufweite gekommen, wenn er es versucht hätte, und Luis hätte nur einen Inquisiten mehr, den er quälen durfte.

Um Antonia zu helfen, musste er Luis – dem ursprünglichen

Plan entsprechend – vom Palazzo Pretorio weg zum Fluss locken. Dafür war alles vorbereitet.

Als er um eine Hausecke bog, stand er unversehens vor Matthias.

Einen Atemzug lang bewegte sich keiner von ihnen, zu überraschend war die Begegnung.

Matthias war schneller und traf ihn mitten ins Gesicht. Sandro taumelte rückwärts und fiel. Sofort setzte Matthias nach und trat ihn in den Bauch.

»Wachen!«, schrie Matthias. »Wachen!«

Offenbar war keine Streife in der Nähe, die Straßen blieben leer und dunkel.

Ein weiteres Mal trat Matthias nach, aber diesmal bekam Sandro seinen Fuß zu fassen und brachte seinen Halbbruder zum Straucheln.

Als Sandro aufstehen wollte, krampfte sich sein Bauch zusammen, und es gelang ihm nur unter Schmerzen, sich aufzurichten.

Matthias hielt einen Zweig vom Straßenrand in der Hand, der wie eine Peitsche über Sandros Gesicht schnellte und eine brennende Wunde hinterließ. Ein zweiter Schlag, bei dem der Zweig zerbrach, verletzte Sandros linken Oberarm. Dann traf ihn Matthias' Faust zuerst im Gesicht, dann in der Magengrube, schließlich am Kinn. Sandro hatte das Gefühl, Stück für Stück zerlegt zu werden. Seinem Gegner war er körperlich nicht gewachsen.

»Erinnerst du dich, wie es das letzte Mal zwischen uns ausging?«, rief Matthias siegesgewiss. »Ich habe dich auseinandergenommen.«

Seinen ganzen Zorn zusammenballend stürzte Sandro sich auf Matthias und drückte ihn gegen eine Hauswand. Matthias schrie kurz auf, nur um gleich danach Sandro an den Schultern zu packen und seinerseits gegen die Hauswand zu schleudern.

Ein Fausthieb in den Magen ließ alle Geister des Widerstands aus Sandro entweichen. Er konnte nicht mehr. Er wollte, er musste – aber es ging nicht. Er versagte wieder einmal. Wieder einmal gegen Matthias.

Noch ein Schlag. »Der war für Antonia«, schrie Matthias. »Du hast sie mir weggenommen, aber du kriegst sie auch nicht.«

Matthias presste Sandro mit einem Arm an die Mauer und schlug mit der Faust in Sandros Leib.

Matthias lachte. Es war wie damals vor sieben Jahren in der Kapelle. Da hatte Matthias zum ersten Mal in Sandros Leben eingegriffen, es verändert. Matthias war Sandros Schicksalsgott, und heute brachte er sein Werk zu Ende.

Nur halb nahm Sandro wahr, dass plötzlich jemand hinter Matthias auftauchte, ein Schatten.

Die Faustschläge nahmen ein Ende, Sandro sackte an der Hauswand zusammen, hörte noch ein, zwei Schläge, dann nichts mehr.

Eine Hand berührte ihn an der Schulter.

Er blickte auf.

»Eure Schönheit hat ein wenig gelitten, aber bei Mönchen spielt das vermutlich keine große Rolle.«

Hauptmann Forli reichte ihm die Hand und half ihm auf die Beine. Sandro vermochte nicht, aufrecht zu stehen, also stützte Forli ihn. »Ich kann Leute nicht leiden, die auf wehrlose Mönche einprügeln«, brummte er.

Matthias lag reglos am Boden. Da Sandro auch schon einmal in den zweifelhaften Genuss der Forli'schen Faust gekommen war, wunderte er sich darüber nicht.

»Wie geht es Antonia Bender?«, fragte Sandro.

»Wenn jemand in Eurem Zustand nach einer Frau fragt, muss sie ihm viel bedeuten«, sagte Forli. Nach einem auffordernden Blick Sandros gab er Auskunft. »Nicht gut, fürchte ich. De Soto hat die Befragung an sich gerissen, wie alles andere auch. Ihr hattet recht, als Ihr mich heute Morgen gewarnt habt. Es ist, als würde die Stadt ihm gehören. Morgen will er eine Proklamation erlassen: Denunziation, Verfolgung, Folter, Prozesse, öffentliche Hinrichtungen, Teufelsaustreibungen … Sieht aus, als stünden der Stadt, in der ich geboren bin und jeden Tag meines Lebens verbracht habe, unruhige Zeiten bevor. Eure Antonia ist leider die Erste, die diesem Wahnsinn zum Opfer fällt.«

»Bin ich verhaftet? Oder kann ich auf Euch zählen?«

»Wobei?«

»Wir können Luis aufhalten.«

»Wie?«

»Indem Ihr ihm diesen Umschlag bringt. Sagt ihm, dass Matthias Hagen ihn abgegeben habe und dass er äußerst nervös wirkte.«

»Ich verstehe nicht …«

»Den Inhalt hat Antonia geschrieben, sie kann Hagens Handschrift täuschend ähnlich nachahmen. Luis wird dadurch weggelockt, runter zum Fluss.«

Forli runzelte die Stirn. »Zum Fluss? Und wenn schon, er kommt wieder zurück.«

Sandro richtete sich auf und versuchte, seine Schmerzen zu verbergen.

»Nein«, sagte er. »Er wird nicht wieder zurückkommen.«

Sandro fand eine idyllische Situation vor, was nach all der Aufregung guttat anzusehen. Innocento del Monte lag auf dem Bett, neben ihm der alte Boccaccio; seine Schnauze auf dem Bauch seines Herrn, ließ er sich kraulen. Der Hund war sterbensmüde, aber er stellte die Ohren auf und wedelte schwach mit dem Schwanz, als er Sandro hinter dem Teppich hervorkommen sah.

Sandro räusperte sich und flüsterte: »Innocento!« Er wusste nicht, was ihn dazu brachte, den Kardinal bei seinem Vornamen zu rufen.

Innocento schreckte auf. Sandro gab ihm ein Zeichen, leise

zu sein. Niemand durfte erfahren, dass Sandro hier war, am allerwenigsten der Papst, der im Raum nebenan Quartier bezogen hatte.

Boccaccio winselte, woraufhin Innocento ihn mit einer zärtlichen Liebkosung beruhigte.

»Wie – wie bist du hereingekommen, Sandro?«

Er erzählte Innocento kurz von dem Geheimgang, verschwieg allerdings Carlottas Absichten. Diese Geschichte hätte jetzt, wo die Zeit drängte, nur abgelenkt.

»Ich weiß nicht genau, inwieweit du in de Sotos Machenschaften verstrickt bist«, sagte Sandro. »Aber ich weiß, dass du den Wahnsinn, den er anrichten will, nicht mitträgst.«

»Überhaupt nicht!«, erwiderte Innocento, ein wenig zu laut, so dass Sandro ihm ein weiteres Mal bedeuten musste, leise zu sprechen. »Überhaupt nicht«, wiederholte Innocento leiser. »Es stimmt, ich verwahre die Gelder, die de Soto für seine Bestechungen benötigt, denn mein Vater wollte solche riesigen Summen nicht de Soto direkt anvertrauen. Insofern stecke ich in der Sache mit drin.«

»Und Hagen? Weißt du, dass de Soto und Matthias Hagen sich verschworen haben?«

Innocento schloss kurz die Augen und fasste sich an die Stirn.

Sandro fluchte leise. »Verstehe. Also weiß dein Vater auch davon?«

»Ja. Als de Soto ihm erzählte, er habe Hagen bestechen und somit zum Verräter an der protestantischen Sache machen können, war mein Vater begeistert.«

Sandro unterbrach Innocento mit einer Geste. »Moment, das stimmt nicht. Hagen hat sich nicht bestechen lassen, im Gegenteil, er hat fleißig mitbestochen. Der Herzog von Württemberg will die Vereinigung ebenso wenig wie dein Vater.«

Innocento lachte stimmlos. »Dann hat de Soto meinen Vater angelogen. Der Grund leuchtet ein, denn auf diese Weise erscheint seine Leistung noch größer. Wenn ich meinem Vater davon erzähle ...«

Sandro unterbrach, denn ihm fiel wieder ein, dass er sich beeilen musste. »Willst du mir helfen, Innocento?«

»Das weißt du doch.«

»Auch wenn es dir Ärger einbringt?«

»Du hast dein Leben für mich riskiert, mehr Ärger kann man, glaube ich, nicht auf sich nehmen. Ich werde es schon überstehen.«

Sandro atmete erleichtert auf. »Gut, dann warte noch eine Weile, ungefähr eine Stunde. Danach gehst du zum Palazzo Pretorio und behauptest, dein Vater wolle die Verdächtige Antonia Bender sprechen.«

»De Soto wird sie nicht gehen lassen, er weiß, dass mein Vater sie nicht sprechen will.«

»De Soto wird abgelenkt sein. Ein fingiertes Schreiben lockt ihn – ungefähr in diesem Moment – zum Fluss, und von den Wachen wird sich niemand einem Auftrag, den der Papst einem Kardinal gegeben hat, widersetzen. Du bringst Antonia hierher, sie soll sich hinter dem Wandteppich im Geheimgang verstecken. Dort hole ich sie bald ab.«

»Was, wenn Luis vorher zurückkommt und wir uns im Palazzo Pretorio begegnen?«

Sandro grinste. »Das wird nicht passieren. Luis wird, wenn es sein muss, die ganze Nacht am Fluss dem Plätschern des Wassers zuhören. Er wartet auf Hagen, der jedoch nicht kommen wird, denn er liegt gefesselt in seinem Quartier in der Casa Volterra, und dort werde ich ihm gleich einen Besuch abstatten.«

»Du gehst zu Hagen?«

»Ja, das ist sehr wichtig. Ich bleibe ungefähr zwei Stunden dort und komme dann hierher zurück.«

»Sei bloß vorsichtig. Luis de Soto lässt dich überall suchen.«

»Ich weiß. Wenn ich ihn nicht aufhalten kann, bin ich wahrscheinlich verloren.«

Sandro ergriff Innocentos Hand. »Ich danke dir, Innocento. Du bist einer der Wenigen, die mich nicht bekämpft haben, die von Anfang an auf meiner Seite standen. Dass du mir jetzt hilfst, werde ich dir nie vergessen. Ich sage dir das, falls wir uns nicht mehr sehen sollten.«

Innocento erwiderte Sandros Händedruck. »Freunde für immer, das weißt du doch. Viel Glück, Sandro.«

Sandro streichelte Boccaccios Kopf, der davon kaum Notiz nahm, und machte sich auf den Weg – den letzten und schwersten Weg.

Quoniam si voluisses sacrificium, dedissem utique; holocaustis non delectaberis. Sacrificium Deo spiritus contribulatus; cor contritum et humiliatum Deus non despicies.

Denn Schlachtopfer können dir nicht gefallen; brächte ich Brandopfer dar, so hättest du daran keine Lust. Rechte Opfer sind ein gebrochener Geist, ein zerknirschtes und zerschlagenes Herz, o Gott, du verachtest sie nicht ...

Luis hatte angeordnet, dass die zweite Tortur, der sogenannte Wippgalgen, die Dauer eines Miserere währen sollte. Er betete es langsam und sehr betont und lief dabei vor der Inquisitin auf und ab. Antonia Bender waren die Hände auf dem Rücken gefesselt worden, anschließend hatte man ihr ein weiteres Seil, das mit einer Hebevorrichtung verbunden war, um die Handgelenke gewickelt. Zwei Folterknechte betätigten das Zahnrad und zogen die Inquisitin langsam in die Höhe, bis ihre Hüfte ungefähr in Höhe von Luis' Kopf war. Sie stöhnte, ächzte. Er betrachtete eine Weile ihren Schoß, berührte ihre Knie und die Oberschenkel. Natürlich war er nicht unempfänglich für weibliche Reize, vor allem, wenn sie so nah waren. Dazu dieses Ächzen! Doch er war nicht allein und musste Acht geben.

»Man befestige ein Gewicht am Bein der Inquisitin.«

»Das kleine, das mittlere oder das große?«, fragte einer der Knechte.

»Wir beginnen gnadenvoll. Das mittlere also.«

Während man den Eisenblock an ihren Füßen festband, fragte Luis sie ein drittes Mal, ob sie nicht wenigstens eines der Vergehen gestehen wolle.

»Du hast doch das Fenster geschaffen, jenes, das dich und ihn zeigt, und zwar in einer verfänglichen Pose. Es wurde vergangene Nacht bei einer Durchsuchung in deinem Atelier gefunden.«

»Ja«, stöhnte sie, das erste Wort, das sie nach der Wassertortur sprach. »Aber …«

»Du gibst also zu, dass du versucht hast, ihn zu verführen?«

»Nein.«

»Diese Darstellung eines Engels, der ein Mädchen verführt, ist Ketzerei. Ich werde die Untersuchung auf Ketzerei ausweiten, wenn du nicht die Wahrheit sagst. Hast du versucht, ihn zu verführen?«

»Ja.«

»Du gibst also zu, einen Beauftragten Seiner Heiligkeit mit zauberischen Künsten behext zu haben?«

»Das war … keine Zauberei. Ich … Wir … Ich habe nicht …«

»Ich verstehe nicht, was du sagst.«

»Ich … ich liebe …«

»Wie?«

Sie schwieg.

Luis gab das Zeichen, dass man das Gewicht loslassen solle, so dass es an den Gliedern der Inquisitin zog, und begann mit dem Beten des Miserere.

Als er damit fast zu Ende war, wurde er gestört. Hauptmann Forli trat ein.

»Ich hatte doch angeordnet, nicht gestört zu werden«, schimpfte Luis.

»Vom württembergischen Gesandten«, sagte Forli und überreichte ihm einen Umschlag. »Er meinte, es sei außerordentlich dringend, und ich dachte …«

»Schon gut«, fuhr Luis ihn an und zog sich in eine Ecke zurück, um den Brief ungestört lesen zu können.

Hagen schrieb: Sandro ist uns auf die Schliche gekommen, unser Plan droht aufgedeckt zu werden. Wir müssen uns unbedingt sofort besprechen. Kommt auf keinen Fall in mein Quartier, das ist zu riskant. Wir treffen uns am Fluss, an der Galgeneiche. Wartet auf mich, wenn ich noch nicht dort bin. Falls Ihr nicht kommt, reise ich im Morgengrauen ab. Hier wird es mir zu gefährlich. H.

Dieser Esel, dachte Luis. Dermaßen den Kopf zu verlieren! Hagen könnte mit seiner übereilten Reaktion alles verderben. Dabei bestand überhaupt keine Gefahr, wenn man besonnen blieb. Was hatte Sandro schon in der Hand? Mutmaßungen, mehr nicht. Hagen musste zur Vernunft gebracht werden.

»Wir unterbrechen die Tortur«, befahl er. »Schafft die Inquisitin in den Kerker. Die Untersuchung wird morgen fortgesetzt.«

Er hat sein Gesicht tief in der Kapuze verborgen, als er das Gefängnis verlässt. Niemand soll ihn erkennen, während er auf dem Weg zur Galgeneiche am Fluss ist. Allerdings ist ohnehin niemand zu sehen. Der Domplatz ist menschenleer, die Gassen sind, anders als sonst zu dieser späten Stunde, wie ausgestorben, bevölkert nur von schrägen Schatten, die der Mond wirft. Er überquert den Domplatz, geht an der großen Treppe des Gotteshauses vorbei, dort, wo morgen Mittag die Proklamation verkündet wird. Sie wird diese Stadt verändern. Die Menschen werden sich noch beharrlicher verstecken als jetzt, werden verleugnen, dass es sie gibt, sie werden ihre eigene Existenz abstreiten. Wenn sie nicht gesehen werden, so glauben sie, werden sie auch nicht verdächtigt, wie kleine Kinder, die die Augen vor Fremden verschließen in der Hoffnung, dadurch unsichtbar zu sein. Dafür hat er nur ein Lächeln übrig.

Er glaubt, eine Bewegung hinter sich zu spüren, bleibt stehen und dreht sich um. Alles ist ruhig. Nein, er wird nicht verfolgt. Er ist allein. Er setzt seinen Weg fort.

Als Erstes wird er morgen die niederen Geistlichen befragen, die Pfarrer und Hilfsgeistlichen. Sie sollen ihm die Namen derer nennen, die selten oder überhaupt nicht zum Gottesdienst erscheinen, denn sie haben sich vom Himmlischen entfernt. Und danach will er die Namen derer erfahren, die keine einzige Messe versäumen, denn das Böse tarnt sich gerne auf diese Weise. Wer sich bei der Befragung verängstigt zeigt, scheint Schuldgefühle zu haben; wer allzu gleichmütig reagiert, wird völlig vom Teuflischen beherrscht. Wer die Denunziation verweigert, ist ebenso suspekt wie derjenige, der zu schnell und zu viele denunziert. Diejenigen, die gegen ihn und die Inquisition reden, sind ebenso schuldig wie die anderen, die sich einschmeicheln.

Einen Winter lang wird diese Stadt zittern. Im Frühling, wenn er Trient verlässt, wird niemand mehr vom Konzil sprechen, sondern alle nur noch davon, wie konsequent Luis de Soto dem Übel die Wurzeln gekappt hat.

Für einen kurzen Augenblick zuckt der Gedanke durch seinen Kopf, dass es dieses Übel, das er verfolgt, gar nicht gibt. Dass er es erfunden hat. Dass er es braucht, um einen Vorteil daraus zu ziehen. Er glaubt zwar an den Teufel und an das Teuflische im Menschen, nicht aber daran, dass es sich pestilenzartig verbreitet. Es steht dem Individuum frei, sich für das Gute oder das Böse zu entscheiden, man kann verführt, aber nicht befallen werden. Was die Hure Carlotta angeht: Sie ist schuldig der Prostitution und der Sittenlosigkeit, nicht aber des Mordes, das glaubt er nicht. Anfangs war es anders gewesen, anfangs schien sie ihm wirklich verdächtig. Oder? Er erinnert sich nicht mehr genau, will es auch gar nicht, das beunruhigt bloß. Nie wird jemand erfahren, dass er Carlotta für unschuldig an den Morden von Trient hält. Nicht einmal er, Luis, selbst. Der Augenblick, in dem ein Mensch die Wahrheit über sich erkennt, ist stets so kurz, dass keine Gefahr besteht, dass er Schlüsse daraus zieht.

Carlotta bleibt schuldig, und die Trienter *werden* schuldig, weil Luis ihre Schuld benötigt. Also glaubt er daran. Und da Carlotta es nicht allein getan haben kann, da sie Villefranche nicht umgebracht haben kann, hat sie Helfer, Besessene wie sie. Je mehr es werden, je pompöser eine Verschwörung erscheint, umso eher wird sie als Tatsache anerkannt.

Er hat das nicht geplant, es hat sich entwickelt. Er hat die Morde nicht begangen. Diese Morde haben alles komplizierter für ihn gemacht. Plötzlich hat Sandro herumgeschnüffelt, Verhandlungspartner wie Cespedes und Villefranche starben, der Papst wurde unruhig ... Und er, Luis, wurde in eine Geschichte hineingetrieben, die er nicht mehr selbst schrieb. Bei Gott, er hat nicht vorgehabt, ein Inquisitor zu werden, der eine ganze Stadt in Angst und Schrecken versetzt. Aber nun war es eben so gekommen, und er würde es zu Ende bringen, wie er alles zu Ende brachte – effektiv und siegreich.

Der Sprühregen des Abends geht in Schnee über. Er fröstelt. Unter seinen Füßen knirscht das gefrorene Laub. An einer Weggabelung bleibt er stehen und überlegt kurz, in welche Richtung er sich wenden muss. Der eine Weg führt am Fluss entlang nach Norden, in die Dörfer, zu den Hütten. Der entgegengesetzte Weg ist der richtige.

Wieder glaubt er, ein Echo seiner Schritte zu hören, wieder stellt er fest, dass er sich das einbildet. An der Galgeneiche angelangt hebt er seinen Blick in ihr Geäst, und er sieht den Schnee aus der Dunkelheit herabfallen. Schnee, der nun dichter wird und der – wenn es so weiterschneit – bis zum Morgen alles bedecken wird, was am Boden liegt.

Erst jetzt fällt ihm ein, dass Villefranche hier an derselben Stelle ermordet worden war.

Er friert. Die Kälte kommt plötzlich von Norden her, Windböen wehen durch das Tal. Die Äste schaukeln, der Schnee schlägt ihm ins Gesicht. Er wendet sich dem dampfenden Fluss zu.

Er hat das Gefühl, nicht mehr allein zu sein.

»Hagen?«, ruft er, obwohl er niemanden sieht und nichts hört, nur den Schnee, der ihm auf den Rücken fällt mit unglaublicher Sanftheit.

Sandro hatte sich hinter einem niedrigen Ginsterbusch verborgen. Zuerst hatte er sich überlegt, ins Schilf zu gehen, weil es näher an der Galgeneiche wuchs, aber irgendetwas hatte ihm an diesem Versteck nicht gefallen. Im Wasser stehend wäre es fast unmöglich gewesen, absolut lautlos zu sein, und außerdem war es kein Vergnügen, in dieser Nacht die Füße in der Etsch zu baden. Es war sehr plötzlich kalt geworden. Von Norden drückten Windböen ins Tal und brachten Schnee mit. Wenn die Flocken auf den Ginsterbusch trafen, gaben sie ein leises Knistern von sich.

Das war noch nicht der Winter, doch es war eine Ahnung davon. Das Schneegestöber mischte sich mit dem Nebel des Flusses zu einer kalten Wand. Von Sandros Versteck aus war die Galgeneiche nur ein riesiger dunkler Schemen, unheimlich mit den ausladenden Ästen.

Die Schritte hörte er bereits, als sie noch ein gutes Stück entfernt waren. Das Laub knirschte wie Glas unter den Füßen.

Dann sah er Luis, nicht deutlich, aber er erkannte seine Gestalt. Vor der Eiche, dem Ungetüm, blieb Luis stehen und wartete. Der Wind blies heftiger. Luis wandte ihm den Rücken zu. Zu Abertausenden fielen die Schneeflocken auf den gefrorenen Boden und verursachten das knisternde Geräusch, das bald alles übertönte. Sandro sah und hörte immer weniger.

Er zuckte zusammen, als neben dem Busch urplötzlich eine Gestalt auftauchte. Langsam, um sich nicht zu verraten, drehte er sich so, dass es für ihn möglich wäre, den Kopf der Gestalt zu erkennen.

Das Gestrüpp war dicht. Vorsichtig schob er mit beiden Händen einige der dünnen, biegsamen Zweige zur Seite. Glücklicherweise bewegte sich die Gestalt nicht, sondern blickte in Richtung der Galgeneiche.

Noch immer konnte Sandro das Gesicht nicht sehen. Er beugte sich vor und richtete sich ein wenig auf. Er sah die Haare, das Profil ... Der Schreck traf ihn wie ein Tritt. Das war doch nicht – das konnte doch nicht sein. Fast hätte er sich durch ein Aufstöhnen verraten.

Er sackte zusammen. Sein Herz schlug unregelmäßig, heftig. Noch einmal blickte er auf. Er irrte sich nicht.

Sie war es.

Sie ging auf Luis zu, der sie nicht sah, weil er in die andere Richtung blickte. Ihr Gang war schleppend, taumelnd.

Sandro war völlig überrumpelt. Er hatte jemand anderen erwartet, hätte *alles* erwartet, aber das ...

Er musste sich zusammennehmen. Fallen waren dazu da, um zuzuschnappen. Er konnte, er durfte nicht zulassen, dass Luis das vierte Opfer würde.

Inés hatte Luis schon fast erreicht.

Sandro erhob sich. Den zwei Soldaten, die ihn begleitet hatten und die sich in der Nähe verbargen, gab er ein Zeichen, noch verborgen zu bleiben.

Inés streckte die Hand aus.

Sandro war bereit.

Im letzten Moment erkannte er, dass sie keine Waffe hatte. Noch bevor sie Luis berührte, ging Sandro wieder in Deckung hinter dem Busch.

Luis fuhr herum. Er erschrak, starrte Inés an.

Und auch sie erschrak, zuckte zurück.

»Woher kommst du?«, fragte Luis. »Was machst du hier? Du bist doch die Irre, die zur Hure gehört. Wo verbergt ihr euch? Bleib stehen.«

Inés blieb nicht stehen. Sie rannte fort. Sie hatte nicht Luis erwartet, sondern ihn, Sandro. Sie war einem Jesuitenmantel gefolgt. Sie hatte Sandro gesucht. Er wusste das. Wie gern wäre er aufgesprungen, hätte sie in den Arm genommen, hätte sie beruhigt ... Doch er konnte nichts tun. Er musste das hier zu Ende bringen.

Luis rannte Inés nicht nach. Ein paar Schritte lief er hinter ihr her, aber dann fiel ihm wohl ein, dass das Treffen mit Hagen wichtiger war als die Verfolgung eines Mädchens, das er früher oder später ja doch in die Hände bekäme.

»Verfluchte Irre«, schimpfte Luis vor sich hin. »Hat mir einen gehörigen Schrecken eingejagt. Wo bleibt Hagen, der Narr?«

Luis schlang die Arme um seinen Körper, um sich aufzuwärmen. Mit diesem Wetter hatte Sandro nicht gerechnet. Wenn es so weiterschneite, konnte es passieren, dass Luis bald wieder gehen würde, und falls er das tat, war der ganze Plan gescheitert.

Eine Weile, die Sandro wie eine Ewigkeit vorkam, passierte gar nichts. Luis drehte sich gelegentlich um, er wurde unruhig, trat auf der Stelle, fror, murmelte bisweilen irgendetwas vor sich hin, das Sandro nicht verstehen konnte. Selbst die Eiche bot keinen Schutz mehr vor dem dichten Schneetreiben. Die Sicht wurde immer schlechter. Bald war es unmöglich für Sandro, Luis die ganze Zeit über im Auge zu behalten.

Wie schon Inés, so tauchte auch die zweite Gestalt völlig unvermittelt auf. Jäh erschien sie inmitten des Schneegestöbers, eingehüllt in einen Mantel, und ging entschlossen auf Luis zu, der sie nicht bemerkte.

Sandro gab seine Deckung auf, lief gebückt ein paar Schritte vor. Sprungbereit hockte er auf dem Boden.

Die Gestalt trug einen Dolch. Einen Schritt hinter Luis blieb sie stehen und hob den Arm.

»Jetzt«, rief Sandro und stürzte vor, packte den Arm des Täters.

Luis wich mit aufgerissenen Augen zurück und strauchelte.

Sandro griff nach der Waffe, berührte dabei jedoch die Klinge und spürte den kalten Schnitt in der Hand. Er biss die Zähne zusammen, ließ aber nicht los. Es kam zu einem Handgemenge, und endlich fiel die Waffe, ein langer, spitzer Dolch, zu Boden.

Die Gestalt riss sich von Sandro, der sie zu halten versuchte, los, aber sie kam nicht weit. Den zwei Wachen, die hinzugekommen waren, lief sie geradewegs in die Arme. Die beiden kräftigen Männer hatten keine Mühe, sie zu festzuhalten.

Sandro keuchte. Lange Fahnen seines Atems stießen in die kalte Luft.

Seine linke Hand blutete. Der Schnitt zog sich vom Daumenansatz bis zum Zeigefinger, eine saubere weiße Wunde, die sich innerhalb kurzer Zeit mit Blut füllen würde. Noch spürte er kaum etwas.

Luis stand auf und näherte sich zögerlich. »Sandro, was – was geht hier vor? Wer ist das?«

Die Gestalt stand mit gesenktem Kopf vor ihnen, wurde an den Armen von den Soldaten festgehalten. Die weite Kapuze bedeckte das Gesicht fast völlig, aber Sandro erkannte es. In diesem Moment wünschte er, er hätte sich geirrt.

Er wandte sich seinem Mitbruder zu.

»Ich muss mich bei dir entschuldigen, Luis«, sagte er. »Mein allererster Verdacht galt dir. Dass ich dich mit Cespedes gesehen habe, dass du Villefranche bestochen hast, dass du dich mit Hagen verbündet hast – das alles zeigte mir, dass du viel zu verbergen hast. Der Zettel stammt übrigens nicht von Hagen, er ist gefälscht.«

Die Überraschung in Luis' Augen tat Sandro gut.

»Wegen deiner Machenschaften, Luis, hast du ganz oben auf meiner – leider beschämend kurzen – Liste gestanden. Allerdings fehlte mir ein Motiv. Nun gut, Bertanis Tod kam dir entgegen, weil er sich nicht auf Hagens Angebot – das ja eigentlich euer gemeinsames Angebot war – einließ. Er hätte mit seiner Unbestechlichkeit, seinem strikten Betreiben einer Kirchenreform und der Vereinigung mit den Protestanten zu einer Gefahr für euren Plan werden können. Doch wozu dann dieses Symbol auf seiner Haut? Um mich in die Irre zu führen? Bei Cespedes stimmt alles, du hattest ein Motiv, ihn zu töten, da er vorhatte, dem Druck des Kaisers nachzugeben und die Vereinigung mit den Protestanten zu unterstützen. Bei Villefranche wiederum stimmt überhaupt nichts. Er hatte sein Geld bekommen, und er erledigte auf der Konzilssitzung, bei der ich anwesend war, die ihm bezahlte Aufgabe bravourös, indem er den von dir und Matthias zum Schein eingegangenen Kompromiss rundweg ablehnte. Wozu ihn umbringen? Nein, das alles ergab keinen Sinn, keine Linie. Du bist kein Mörder. Du bist allerdings auf dem besten Weg, einer zu werden, doch das ist eine andere Geschichte.«

Sandro wandte sich der Gestalt zu, die noch immer den Kopf gesenkt hatte.

»Inmitten all dieser politischen und theologischen Geschäfte«, fuhr er fort, »inmitten der Ränke und Intrigen, der Gesandten, Päpste und Kaiser und in Anbetracht der Stellung der Opfer – allesamt hohe Geistliche – drängte sich der Eindruck auf, das Motiv des Täters hinge mit dem Konzil zusammen. Doch das ist nicht der Fall. Es ist alles viel einfacher, viel simpler, und genau darum bin ich erst heute darauf gestoßen.«

Sandros Hand begann zu schmerzen, Blut lief über die Hand, tropfte in den Schnee. Die Verletzung war glücklicherweise nicht so gefährlich, dass sie sofort verbunden werden musste.

Das war seine Stunde, sein Auftritt.

»Ich glaube, es gibt auf der Welt keinen größeren Antrieb als die Liebe«, sagte er, mit einem gewissen verständnisvollen Ton in der Stimme. »Sie ist das größte Geschenk Gottes für die Menschen, und deswegen ist sie so umfassend, so heilig, so intensiv, dass manche Menschen nicht mit ihrer Kraft umgehen können. Sie verfallen der Liebe, sie tun alles für diese Liebe. Gut und Böse gibt es für solche Menschen plötzlich nicht mehr, Gut und Böse werden von der Liebe unwirksam gemacht. Auf diese Weise – durch eine starke Liebe, die nur noch sich selbst und keine

Rücksicht mehr kennt – können sogar friedliche Menschen zu Verbrechern werden, und wenn es für das Überleben der Liebe notwendig ist zu morden, dann morden sie.«

Er trat näher an die Gestalt heran.

»Mit einem solchen Mord hat alles angefangen, nicht wahr?«

Er zog der Gestalt die Kapuze aus dem Gesicht. Der Schnee wirbelte um sie herum, kreiste sie ein, dicke Flocken, die auf den schwarzen Haaren haften blieben.

»Nicht wahr, Innocento?«

22

»Bertani hat sie verfolgt, bedroht, eingeschüchtert«, sagte Innocento. »Sie wollte von ihm weg, sie hat ihn verlassen, wollte bei mir bleiben, mich lieben, aber er hat alles unternommen, damit sie zu ihm zurückkehrt.«

Sie waren in Sandros Amtsraum, er selbst, Innocento, Luis und eine der Wachen. Sandro hatte die zweite Wache gebeten, sich nach Antonia zu erkundigen, Forli über die Verhaftung Bericht zu erstatten und heißen Branntwein zu bringen. Es war erbärmlich kalt, Sandro erinnerte sich nicht, jemals so gefroren zu haben, und auch Luis und der Soldat hatten sich in ihre Mäntel gewickelt.

Der Einzige, dem das alles nichts auszumachen schien, war Innocento. Er saß in entspannter Haltung auf dem alten Stuhl und blickte an Sandro vorbei an die Wand, so als tue sich ein weites Meer vor ihm auf. In einer Ritze des Mauerwerks hatte sich ein Käfer verfangen, vermutlich in den Resten eines verlassenen Spinnennetzes, und kämpfte um sein Überleben. Innocento sah genau dorthin, während er Sandros Fragen beantwortete.

»Gina«, sagte Sandro.

»Ja, Gina. Sie war Bertanis römische Konkubine gewesen, er hatte in jeder Stadt eine. Er sagte ihr immer, dass er sie am liebsten von allen mochte, aber das bedeutete bei ihm bloß, dass er sie am liebsten von allen schlug. Ich begegnete ihr bei irgendeiner Festivität während des Karnevals, und ich war sofort ... ich glaube, ich liebte sie in dem Moment, als sie mich anlächelte und mit großen Augen ansah. Heute weiß ich nicht mehr, wie wir die ganze Nacht überstanden haben, denn wir berührten uns nicht und redeten wenig. Dass sie Bertani ›gehörte‹, erfuhr ich erst später. Ich sah sie wieder und wieder und wieder. Wir näherten uns an wie Kinder, die einander fremd sind. Ich erzählte niemandem von ihr. Meine Freunde hätten gelacht, wenn ich ihnen gesagt hätte, dass ich Gina nach der fünften, sechsten Begegnung noch immer nicht besessen hatte. Sie war für mich zu kostbar.«

Er sah Sandro an, der die Augen niederschlug.

»Aber natürlich schliefen wir irgendwann doch miteinander, und von da an sehr oft«, fuhr Innocento fort. »Bertani war ahnungslos. Er kam nicht oft nach Rom, aber wenn, dann musste Gina ihm zur Verfügung stehen. Irgendwann hielten wir das nicht länger aus. Keine Liebe hält so etwas auf Dauer aus. Als sie ihn schließlich verließ, drohte er ihr, sie umzubringen. Sie hatte Todesangst. Ich versteckte sie, so gut ich konnte, aber das änderte nichts an ihrer Angst. Sie weinte jeden Tag. Ich wünschte Bertani den Tod, und da kam mir der Gedanke, ihn umzubringen. Trient war geeignet. Hier wimmelte es von Geistlichen, von Verdächtigen, und die Quartiere waren meist nicht bewacht. In Verona wäre es mir schwergefallen, an Bertani heranzukommen.«

»Aber ...« Luis machte eine hilflose, verwunderte Geste. »Ihr wart doch überhaupt nicht in Trient. Ihr traft erst am übernächsten Tag ein.«

Innocento grinste müde.

Sandro sagte: »Innocento reiste ohne Gefolge. Für einen jungen Mann, der in den römischen Gassen aufgewachsen ist, bedeutet es keine Anstrengung, zwei Nächte ohne festes Quartier auszukommen.«

»Ich hatte ein Lager nicht weit von hier in einem Wald«, sagte Innocento. »Ich schlich mich nach Trient und tat es. Es war so leicht, leichter, als ich geglaubt hatte.«

Luis wurde ärgerlich. »Aber – aber wie konntest du von dieser Gina wissen, Sandro?« Der Ärger, dass Sandro etwas enthüllt hatte, das ihm verborgen geblieben war, stand ihm in die Augen geschrieben. Er fühlte sich persönlich angegriffen.

»Als ich vor einigen Tagen in Innocentos Quartier war«, antwortete Sandro mit unerschütterlicher Sachlichkeit, »um ihn zu bitten, sich für mich einzusetzen, rief er in betrunkenem Zustand nach Gina. Außerdem lag ein Liebesbrief auf seinem Schreibtisch. Daraus folgerte ich, dass Gina seine Geliebte ist. Natürlich war mir zu diesem Zeitpunkt der Zusammenhang zu den Morden noch nicht klar.«

»Ich habe nach Gina gerufen?«, fragte Innocento und fand offenbar Freude an dieser Tatsache.

Sandro beugte sich vor und sah ihm in die Augen. »Nach ihr und deiner Mutter. Ich nehme an, du hast dich sehr einsam gefühlt, so allein mit einem Verbrechen im Herzen … Ich spreche nicht von Bertani – seinetwegen hattest du kein schlechtes Gewissen. Sein Tod war geplant und dürfte dich, wenn ich es richtig einschätze, mit großer Genugtuung erfüllt haben. Du und Gina, ihr wart frei. Aber dann …«

Sandro lief ein paar Schritte im Raum herum, streckte den Arm aus und stützte sich mit der linken Hand, die in ein Tuch gewickelt war und nicht mehr blutete, gegen die Wand. »Aber dann«, sagte er leiser, »kamen die dunklen Stimmen. Ich kenne sie. Wir alle kennen sie. Sie sind in uns, zu jeder Zeit. Man hört sie nur, wenn man schwach, verletzbar, ängstlich ist. Jeder von uns ist jeden Tag einmal schwach.«

Er sah abwechselnd seine Hand, dann Luis und Innocento

an. »Wenn ein erstes Verbrechen begangen ist, fällt das zweite nicht mehr schwer«, sagte Sandro. »Als du Bertani getötet hast, ist etwas in dir geweckt worden, unmittelbar nach der Tat. Du hast das Symbol auf der Haut eingeritzt, das Rachesymbol der Huren …«

»Ich kenne es von Gina, sie hat es mir einmal gezeigt. Das war, lange bevor ich plante, Bertani umzubringen. Es fiel mir spontan ein, als ich Bertani vor mir liegen sah.«

»In diesem Moment hast du – noch ohne es zu merken – angefangen, den Tod als Spiel zu betrachten. Und die Rache an anderen, ganz anderen Menschen nahm ihren Lauf.«

Innocento sah ihn nicht an. »Ja«, sagte er nur, dann schwieg er eine Weile, starrte an die Wand, starrte auf den Käfer, der verzweifelt summte, starrte auf den Tisch. Ganz unvermittelt, ohne jemanden anzusehen, sagte er: »Diese hochnäsigen, selbstgefälligen, ach so gnädigen Edelleute und Prälaten – es war ja so einfach für sie, mich zu verachten. Auf jemanden wie mich hatten sie schon lange gewartet: ein einfacher Junge, ein Bastard, ungebildet, ungewaschen, gestern noch ein Ragazzo, heute ein Kardinal. Sie waren dankbar, dass ich Kardinal wurde, und wie dankbar sie waren! Auf diese Weise hatten sie etwas, worüber sie bei jedem Fest, jedem Familientreffen, jeder Einladung witzeln konnten. Kennt Ihr schon den neuesten Innocento-Witz? Das wurde zu einem geflügelten Satz in den Sälen. Aus den Witzen wurden Satiren, man heuerte Schauspieler an, die mich parodierten. Eine Zeitlang störte es mich nicht, dann redete ich mir ein, dass es mich nicht störte, dann redete ich anderen ein, dass es mich nicht störte … Ich hasse sie, die ganze römische Clique, die Orsini, die Farnese und alle, die ihre Freunde sind. Doch sie waren und sind viel zu mächtig, als dass ich oder mein Vater irgendetwas gegen sie tun konnten. Manchmal habe ich Gefolgschaften der Farnese mit meinen Freunden zusammen überfallen und verprügelt. Aber das war mir irgendwann zu wenig. Ich hätte sie am liebsten …« Er schwieg plötzlich.

»Und dann«, sagte Sandro, »kaum in Trient angekommen, fällt dir eines dieser Flugblätter in die Hände.« Er breitete es auf dem Tisch aus.

Es war das Flugblatt, das Innocento in übelster Weise karikierte und diffamierte, die Zeichnung, die ihn als Ungeziefer darstellte.

»Unter normalen Umständen«, sagte Sandro, »wäre dieses Flugblatt nur eine von vielen Schmähungen gewesen, die du hast hinnehmen müssen. Aber die Umstände waren nicht mehr normal, nachdem du Bertani getötet hattest. Die dunklen Stimmen, dein Hass auf diejenigen, die dich verachteten und verhöhnten, gewann die Oberhand.«

Innocento ballte die Faust, bis die Knöchel weiß wurden.

»Ein Mal wirklich zurückschlagen«, sagte er. »Sich nur ein Mal mit Macht wehren können gegen die Gecken und Ränkeschmiede und Menschenverächter – dafür hätte ich meine Seele verkauft.«

»Dafür *hast* du sie verkauft«, verbesserte Sandro.

Der zweite Wachsoldat kam mit einem Tablett zurück, auf dem ein Krug und drei Becher standen. Der fruchtige Geruch des Branntweins verteilte sich im ganzen Raum.

»Hast du dich nach Antonia Bender erkundigt?«, fragte Sandro die Wache.

»Ja, Vater. Es geht ihr den Umständen entsprechend gut. Sie war sehr müde und hat Hauptmann Forli um einen Schlafplatz gebeten. Ein Arzt war bei ihr und hat die Wunden versorgt.«

Sandro warf Luis, der dabeistand, als ginge ihn das Ganze nichts an, einen feindlichen Blick zu. Er war nahe davor, ihn am Hals zu packen und zuzudrücken, so fest er konnte. Luis, dem der Blick nicht geheuer war, ging zum Tisch und nahm das Flugblatt in die Hand.

»Was hat es damit auf sich?«, fragte er Innocento, der ihm jedoch nicht antwortete, ihn noch nicht einmal eines Blickes würdigte.

Sandro nahm es Luis wieder aus der Hand. »Villefranche ist der Urheber dieses Machwerks. Er verfügte über die handwerklichen Fähigkeiten, so etwas zu zeichnen, und er verfügte über die nötige Überheblichkeit, um jemanden wie Innocento zu verachten. Da er – ebenso wie Cespedes – lange in Rom gewesen war, in den Kreisen des Stadtadels verkehrte und zweifellos ihre Witze kannte, beschloss er, sich mit dieser Zeichnung von Innocento zu amüsieren. Heimlich natürlich. Nur Cespedes zog er ins Vertrauen, und gemeinsam ließen sie das Flugblatt drucken. Über dieses – in ihren Augen – gelungene Meisterstück amüsierten sie sich nach der Konzilseröffnung im Dom, wo ich sie zusammen lachen sah, ohne damals zu wissen, worüber sie lachten.«

Sandro fragte Innocento: »Hattest du zu diesem Zeitpunkt schon beschlossen, sie umzubringen?«

Die Antwort kam ohne Zögern, wie eine seit Jahrtausenden feststehende Tatsache, wie ein Gebot. »Während des feierlichen Einzugs in den Dom beschloss ich es. Da war der Chor, die hundert Stimmen, die wie Engel sangen, und sie sangen: Tue es. Wehre dich. Töte Villefranche. Töte Cespedes. Lass sie an ihrem Blut ersticken.«

»Woher wusstest du, dass sie für das Flugblatt verantwortlich waren?«

»Das war leicht herauszubekommen. Es gibt ja nur eine einzige Druckerei in ganz Trient. Zwei, drei diskrete Nachfragen genügten.«

»Du begannst mit Cespedes«, sagte Sandro. »Die Schänke ›Cigno‹, der Schwan, in dem du und deine Trinkkameraden den Abend verbracht haben, liegt nur ein paar Schritte von Cespedes' Quartier entfernt gegenüber dem Gerichtsgebäude. Es fiel dir nicht schwer, dich kurz von dem betrunkenen Haufen, zu dem auch Bruno Bolco gehörte, zu lösen.«

»Ich habe wenig getrunken, was die anderen nicht bemerkt haben. Wie auch, ich gab ihnen Runde auf Runde aus. Ich erklärte, austreten zu wollen, und eilte nach nebenan in Cespedes' Quartier. Dass er nicht allein war, überraschte mich, aber ich hatte Glück, und er verließ sein Bett. Alles andere war ein Kinderspiel.«

Das Summen des Käfers, der immer noch um sein Leben kämpfte, nahm hoffnungslose Züge an.

»Ein Kinderspiel«, wiederholte Sandro seufzend. »Bei Villefranche war es nicht ganz so einfach, schätze ich.«

»Die Wachen waren verstärkt worden. In Villefranches Quartier wäre ich niemals unbemerkt hineingekommen. Ich hatte also nur eine Wahl, ich musste ihn herauslocken.«

»Da du wusstest, dass er von Luis bestochen worden war, schicktest du ihm eine fingierte Nachricht.«

»Ich schrieb etwas von einer dringenden Absprache, die getroffen werden müsste, und stellte eine weitere Summe in Aussicht. Natürlich unterschrieb ich mit dem Namen de Sotos.«

»Unverschämtheit«, rief Luis und vergaß für einen Moment, dass er in den letzten Tagen auch alle Mittel eingesetzt hatte, die das Handbuch des Intrigierens vorsah.

Sandro ignorierte ihn völlig.

»Und die Zeichenfeder?«, fragte er Innocento. »Hast du sie neben den Leichnam gelegt?«

»Von einer Feder weiß ich nichts.«

»Dann hat Villefranche sie bei sich getragen«, stellte Sandro, mehr an sich selbst als an Innocento gewandt, fest. »Vermutlich hat er sich gerade mit Zeichnen die Zeit vertrieben, als die fingierte Nachricht ihn erreichte, und er hat die Feder in der Eile eingesteckt. Sie fiel zu Boden, als er zu Tode kam.«

»War es ... war es diese Feder, durch die du mir auf die Spur gekommen bist?«

Sandro antwortete nicht, sondern blickte Innocento für einen kurzen Augenblick mitleidlos an. »Wäre das Morden weitergegangen?«, fragte er.

Innocento starrte wieder dorthin, wo der Käfer mit erlahmender Kraft gegen den Tod kämpfte. Beide, Innocento und der Käfer, schienen jetzt erschöpft, schicksalsergeben. »Ich weiß es nicht«, antwortete er mit einer Gleichgültigkeit, die grenzenlos war. »Nach Luis de Soto wollte ich damit aufhören, aber wer weiß ... Dass er dich verhaften und vernichten wollte, Sandro, hat gereicht, um den Entschluss zu fassen, ihn zu töten. Ich hatte dir doch mein Wort gegeben: Freunde für immer. Du hast mein Leben gerettet, und ich ... War das eine Falle, Sandro? Als du vorhin zu mir kamst und mich um Hilfe gebeten hast ...«

Innocento löste seinen Blick von dem sterbenden Käfer und sah Sandro an. »Hast du meine Freundschaft ausgenutzt, um mich zu überführen?«

Sandro senkte den Kopf und spürte eine Scham und Ergriffenheit, die ihm unangemessen vorkam, die er dann jedoch akzeptierte. Er hatte nicht auf alles eine Antwort. Er wusste nicht, wieso er Innocento noch mochte, obwohl er in den Augen Gottes die schlimmsten Verbrechen begangen hatte. War es, weil er ihn im Grunde verstand? Nicht in dem Sinne, dass er guthieß, was Innocento getan hätte, sondern weil er selbst vor sieben Jahren nur einen Fingerbreit vom Schicksal Innocentos entfernt gewesen war.

»Ja«, sagte er, »aber ich bin nicht stolz auf diesen Teil meiner Arbeit.«

»Was soll's, Sandro? Es war deine Aufgabe, es musste sein. Um mich ist es nicht allzu schade.«

Sandro war mit dem Verhör fertig. Er befahl der Wache, Innocento Hauptmann Forli vorzuführen, der nach eigenem Gutdünken entscheiden solle, wie mit einem so hochrangigen Gefangenen umzugehen sei. Der Papst musste informiert werden, ebenso der Fürstbischof. Aber das wäre nicht mehr seine, Sandros, Aufgabe. Für ihn war der Fall abgeschlossen.

»Ich frage mich«, sagte Innocento, bevor ihrer beider Wege, die sich nur kurz gekreuzt hatten, sich für immer trennen würden, »ich frage mich, ob der Käfer dort weiß, dass er gleich sterben wird. Spürt er, dass jede vergebliche Bewegung, die er macht, ihn dem Tod näher bringt? Und weiß er, dass wir ihm beim Sterben zusehen?«

Sandro antwortete nicht. Man brachte Innocento weg.

»Der ist doch völlig verrückt geworden«, rief Luis, kaum dass Innocento den Raum verlassen hatte. »Er hätte mich beinahe umgebracht.«

Sandro trank seinen Becher Branntwein aus. »Von allen seinen Taten verüble ich ihm diese am wenigsten. Der Junge hat Augen im Kopf, und er hat gesehen, wie du dich in den letzten Tagen aufgeführt hast. Als ihr euch in seinem Quartier gestritten habt, hast du deine Verachtung für ihn deutlich gezeigt.«

»Das ist doch ... Woher weißt du davon?«

»Nebensächlich. Durch diesen Streit erfuhr ich, dass Innocento der Mann mit dem Geld war. Er hätte also wissen können, wie er Villefranche am besten aus dem Haus locken konnte. Durch dieses Detail setzte sich ein Bild in mir zusammen. Angenommen, nur mal angenommen, Innocento wäre der Mörder, sagte ich mir plötzlich. Und weiterhin angenommen, Villefranche und Cespedes hätten, als ich sie nach der Konzilseröffnung zusammen sah, die Schmähschrift auf Innocento in der Hand gehalten. Ich hatte erfahren, dass Villefranche zeichnen konnte, also könnte er der Urheber des Machwerks sein. War das vielleicht die Verbindung, nach der ich suchte? Doch wie passte Bertani ins Bild? Carlotta erzählte mir von Bertanis Leben und der Beziehung zu einer jungen Hure mit einem G als Anfangsbuchstabe des Vornamens – Gina; Bruno Bolco erinnerte sich trotz seiner zahlreichen Biere daran, dass Innocento an jenem Abend für längere Zeit die Schänke verlassen hatte, angeblich, um auszutreten; Fabrizio Schiacca schließlich berichtete mir, wo Cespedes und er sich kennengelernt hatten, nämlich in der Druckerei, in der Cespedes das Flugblatt in Auftrag gab. Nun ergab alles einen Sinn. Wenn Innocento der Mörder war, wenn er mir das Leben retten wollte, dann musste ich ihm dich nur als Lockmittel vorsetzen. Luis de Soto mitten in der Nacht einsam am Fluss: Eine bessere Möglichkeit als die würde er nicht bekommen. Natürlich gab es keine Garantie dafür. Ich gab ihm absichtlich eine Stunde Zeit, bevor er mir einen Gefallen tun sollte, so hatte er ausreichend Gelegenheit, zum Fluss zu gehen, dich umzubringen und dann meine Bitte zu erfüllen. Niemand hätte ihn in Verdacht, du wärst tot – und mir wäre geholfen.«

Sandro zögerte und sah zu dem Platz, auf dem Innocento eben noch gesessen hatte. »Er hatte recht, ich habe gehofft, dass er es ernst meinte, als er sagte, er stünde tief in meiner Schuld. Ich habe Innocentos Freundschaft ausgenutzt.«

»Innocentos? Du vergisst wohl, dass du auch mich benutzt hast.«

Sandro trank vom Branntwein. »Das hört sich ja an, als sei das für dich etwas Verwerfliches. Du benutzt Menschen doch andauernd. Mich hast du jahrelang benutzt, zuletzt, als du dafür gesorgt hast, dass ich Visitator wurde. Nachdem der Fürstbischof deine Bitte ablehnte, selbst die Untersuchung zu führen, ging es dir einzig darum, dass nicht irgendein fremder Visitator hinter deine Machenschaften kommt.«

»Das gibt dir noch lange nicht das Recht, mich wie eine Ziege, die den Bären anlocken soll, zu missbrauchen. Innocento ist ein Wahnsinniger! Du hast mich einem Wahnsinnigen zum Fraß vorgeworfen.«

»Für dich ist jeder gleich wahnsinnig«, erwiderte Sandro heftig. »Inés, die einfach nur jemanden braucht, der ihr schöne Dinge erzählt; Carlotta, die sich schlagen lässt, um sich zu ernähren; und ich, der ich so verrückt war, nicht den leichtesten Weg einzuschlagen, den Weg, den du seit Jahren gehst. Du manipulierst, korrumpierst und lügst, wie es dir gefällt. In meinen Augen bist du nicht weniger ein Mörder als Innocento, denn du hast Antonia erniedrigt und gequält. Ohne mit der Wimper zu zucken, nimmst du den Menschen die Menschlichkeit, und was, frage ich dich, ist das anderes als Mord? Ich könnte dich auf der Stelle …«

Sandro zitterte am ganzen Körper, doch er nahm sich zusammen. Drei tiefe Atemzüge und ein Becher Branntwein machten ihn ruhiger.

»Eine Hure bist du ebenfalls, Luis, nur dass du deinen Kopf verkaufst, deinen Geist, deine wunderbare Gabe. Das wäre in Ordnung, solange du Überzeugungen hast. Doch du hast keine. Deine einzige Überzeugung ist, immer gerade das zu tun, was anderen gefällt. Und ich war so dumm, Jahre zu benötigen, um das zu verstehen.«

»Wie undankbar du bist! Ich habe dich gefördert, dich zu meinem Assistenten gemacht …«

»O ja!«, unterbrach Sandro. »Weil ich der Esel war, der dich bewundert hat. Die Mitbrüder im Spital hatten dein Wesen erkannt, nur ich war töricht genug, zu dir aufzusehen. Ich bin fertig mit dir.«

»So kannst du nicht mit mir reden!«

»Kann ich nicht? Ich bin hier. Ich rede. Lass mich doch verhaften, spann mich doch aufs Rad. Mal sehen, wer dir noch gehorcht. Noch Branntwein gefällig? Oder ein wenig Gebäck? Du bist erledigt, Luis. Du warst drauf und dran, eine ganze Stadt unschuldig auf den Scheiterhaufen zu schicken. Der große de Soto hat geirrt. Und wie er geirrt hat! Dieser Donnerschlag wird in ganz Italien zu hören sein.«

Zunächst allerdings folgte der Donnerschlag der Tür, die Luis hinter sich zuschlug.

Dann folgte Stille, die mit einer plötzlichen Leere einherging, wie man sie spürt, wenn man eine große Aufgabe erledigt hat. Die Nacht, die Zufriedenheit, einen Mörder gefunden zu haben, die Niedergeschlagenheit, dass Innocento dieser Mörder war – dies alles bewirkte die Stille und die Leere.

Sandro öffnete langsam den Laden. Es hatte aufgehört zu schneien, nur eine dünne Schicht Schnee war liegen geblieben, doch es reichte, um Trient mit einem feinen weißen Schleier zu überziehen. Für kurze Zeit hatte Sandro die Kälte vergessen, doch jetzt fror er wieder. Eine Weile stand er nur so da, dann fiel ihm etwas ein.

Er ging zu dem Käfer an der Wand, befreite ihn aus dem verlassenen Spinnennetz und trug ihn zum Fenster. Jenseits des Ladens setzte er ihn auf einen Mauervorsprung und wartete den Moment ab, in dem das Tier aus seiner Starre erwachen würde. Nebenbei trank er Branntwein. In Gedanken reiste er in seine Jugend, als er zum letzten Mal berauschende Getränke getrunken hatte. Sieben Jahre. Konnte man sieben Jahre eines Lebens auslöschen, widerrufen?

Er atmete die Schneeluft ein, in deren Genuss er in Neapel selten kam. Im Kolleg herrschte immer die gleiche Luft, etwas stickig, etwas salzig, etwas heimelig. Der Tagesablauf war den Gebeten unterworfen, der Versenkung in innere Welten. Dazu Gespräche mit den Mitbrüdern. Gemeinsame Lesungen. Besuche bei den Kranken, den Blinden, den Verlassenen, Besuche bei der Verzweiflung. Neapel war weit weg. Nichts von dem, was er hier in Trient vorgefunden hatte, würde ihm dort wiederbegegnen, keine spektakulären Aufgaben, keine Liebe.

Allerdings würde er nirgendwo das finden, was er in Neapel gefunden hatte, keine alten Hände, die sich nach der Berührung seiner Hand sehnten, keine alten Augen, die den Trost in seinen Augen suchten. Keine Ruhe, jedenfalls nicht die Ruhe, die er gewöhnt war, die Ruhe, die man empfindet, wenn man viel mit sich allein ist.

Er stand vor der schwersten Entscheidung seines Lebens, das wurde ihm erst jetzt in dieser Stille, in dieser Leere, mit dem Branntwein in seinem Blut, bewusst.

Als der Käfer zu laufen begann, glitt ein kurzes Lächeln über seine Lippen. Dann verlor er das erschöpfte Tier aus den Augen.

Hauptmann Forli saß zwischen zwei Öllampen an seinem Schreibtisch im Palazzo Pretorio. Seine Feder kratzte über das Papier, untermalt von seinen stillen Flüchen, wenn er sich mal wieder verschrieben hatte oder sich fragte, warum er diesen ganzen »Zinnober« eigentlich mitmachte. Berichte schreiben gehörte offenbar nicht zu seinen Lieblingstätigkeiten.

Er bemerkte Sandro erst, als dieser unmittelbar hinter ihm stand.

»Ihr seht aus wie jemand, der soeben ausgebuht wurde«, sagte Forli. »Was zieht Ihr für ein Gesicht? Die Sache ist ausgestanden, und Ihr habt beachtliche Arbeit geleistet. Nicht schlecht für ein schmales Mönchlein, wirklich nicht schlecht. Ist die Hand in Ordnung? Soll ich den Arzt rufen? Fühlt Ihr Euch krank?«

»Ich fühle mich betrunken.«

»Habt Ihr den Krug allein geleert?«

»Fast.«

»Jawohl, dann seid Ihr betrunken.«

Sandro stellte den leeren Krug auf den Tisch. »Ist noch einer da?«

Forli zögerte nur einen winzigen Augenblick. »Branntwein«, rief er einem seiner Leute auf dem Gang zu. »Heiß oder kalt, das ist egal.«

Er holte Sandro einen Stuhl.

»Ich will mich nicht setzen. Ich will zu Antonia.«

Forli warf einen Blick auf die Tür, die zu der Kammer führte, in der er manchmal schlief, wenn es spät wurde. »Sie schläft dort drin, und wenn Ihr mich fragt, wacht sie vor morgen Mittag nicht auf.«

»Was … was hat er ihr angetan?«, fragte Sandro.

Forli verzog das Gesicht, als hätte er in etwas Klebriges gegriffen. »Fragt mich so etwas nicht.«

»Was … hat … er … ihr … angetan?«, wiederholte Sandro mit mühsamer, scharfer Deutlichkeit.

Forli gab nach. »Wenn Ihr es unbedingt wissen wollt: Der

Wippgalgen. Ihre Schultergelenke sind angeschwollen, und sie hat zahlreiche Schürfwunden. Die Wassertortur. Sie hatte mit Sicherheit einen Erstickungsanfall, und sie wird solche Anfälle noch eine Weile lang in unregelmäßigen Abständen bekommen.«

Sandro setzte sich. Sein Kopf sank auf die Tischplatte. »O Gott«, flüsterte er.

Forli legte ihm die Hand auf die Schulter. »Kommt schon. Sie ist ein zähes Mädchen, sie lässt sich von so etwas nicht unterkriegen. Sie war sehr tapfer. Es sollte Euch nicht schwerer fallen als ihr, tapfer zu sein.«

Der Branntwein wurde gebracht, zwei volle Korbflaschen. Forli schenkte Sandro einen Becher bis zum Rand voll. »Trinkt, Bruder.«

Sandro trank. Nicht weil er glaubte, dass ihm das helfen würde, sondern ... Er wusste nicht, warum er weitertrank, so wenig wie man wusste, warum man liebte.

Forli, der froh war, etwas tun zu können, kümmerte sich um Sandros verletzte Hand und um die Schramme im Gesicht, die von Matthias' Schlägen stammte. Nebenbei berichtete er, dass man Innocento ins Kastell gebracht und dort in einem ebenso sicheren wie bequemen Raum einquartiert habe. Der Fürstbischof erwarte einen Bericht. Auch der Papst sei über die Verhaftung seines Sohnes informiert. Über seine Reaktion wisse er nichts.

»Was Carlotta da Rimini angeht ...«

»Die habe ich ja völlig vergessen«, sagte Sandro und griff sich an die Stirn. »Ich habe Ihr geraten, im Keller des Palazzo Rosato zu warten.«

»Wenn ich in einem vergleichbaren Zustand, wie Ihr jetzt seid, bin«, erwiderte Forli, »vergesse ich sogar den Vornamen meiner Mutter. Macht nichts, Carlotta hat sowieso nicht auf Euren Rat gehört. Sie und Hieronymus Bender haben sich zufällig im Atelier der Benders getroffen. Der Alte war ganz krank vor Sorge um sie. Sie haben gehört, was vorgefallen ist, kamen hierher und haben Antonia nebenan ins Bett gebracht. Als sie eingeschlafen war, sind sie gegangen.«

»Und Inés? Sie war unten am Fluss und …«

»Meine Leute haben mir davon berichtet. Ich lasse das Mädchen suchen, aber bis jetzt haben wir sie nicht gefunden. Sobald ich etwas erfahre, gebe ich Euch Nachricht.«

Sandro trank. Er stand auf, nahm Becher und Korbflasche und ging ins Nebenzimmer. Nachdem er die Tür hinter sich geschlossen hatte, blieb er dort stehen und sah Antonia an. Auf einem einfachen kleinen Tisch auf der anderen Seite des Bettes brannte eine Öllampe, die Antonias schlafendes Gesicht mit einem gelben Schimmer überzog. Er bewegte sich eine Weile nicht und blieb außerhalb des Lichtkegels im Dunkeln. Dort setzte er sich auf den Boden, mit dem Rücken an die Tür gelehnt. Er tat fast nichts, er starrte sie nur an und hörte auf ihren gleichmäßigen Atem. Zwischendurch trank er. Der Alkohol, der Rausch wurde in dieser Nacht zu einem Teil von ihm. Seine Gefühle überschlugen sich so schnell, dass sie sich ineinander verwickelten und zu einem großen Chaos wuchsen.

Nach einer Ewigkeit schwebten seine Lippen über ihren Lippen. Er küsste sie, wie kleine Jungen küssen, nur zärtlicher, sicherer. Seine Augen waren nicht geschlossen, während sich ihre Lippen berührten. Sonst berührte er sie nirgendwo. Seine Hände lagen beiderseits des Kopfkissens. Er flüsterte ihren Namen, ohne seine Lippen zu bewegen, und währenddessen fühlte er ein unbeschreibliches, nie gekanntes Glück.

Er verließ den Raum. Forli war nicht mehr da, die Lichter waren gelöscht. Sandro ließ die leere Korbflasche zurück, tauschte sie gegen die volle und verließ das Gebäude. Draußen salutierte eine Wache.

Ein schwarzer, kalter, sternenbedeckter Himmel empfing ihn. Das Wetter war umgeschlagen. Der Morgen, der nicht mehr allzu fern war, würde sonnig werden und den Schnee schmelzen lassen. Trient würde aus einem Alptraum erwachen und sich erneut ins Leben stürzen. Italiener kümmerten sich wenig um das Gestern, und sie feierten das Leben lieber heute als morgen, denn wer konnte wissen, ob es ein Morgen gab. Nur er, Sandro, ein halber Italiener, ein halber Deutscher, nahm die Dinge nicht so, wie sie kamen.

Sandro ging ziellos durch die Straßen. Gelegentlich setzte er die kugelbäuchige Korbflasche an den Mund und trank mehrere Schlucke. Er spürte die Kälte nicht mehr, der Branntwein kochte in ihm. Nicht weit von der Santa Maria Maggiore entfernt kamen ihm zwei Menschen entgegen, an denen er vorbeigelaufen wäre, wenn nicht plötzlich jemand »Bruder Carissimi« gerufen hätte.

Es war Aaron, und Inés war bei ihm. Sie strahlte etwas Glückseliges aus, ihre Augen waren belebt, so als sei eine Blüte in ihnen aufgegangen. Ihr Blick wanderte über sein Gesicht. Sie berührte ihn an der Wange.

»Ich habe sie gefunden«, sagte Aaron und beobachtete fast eifersüchtig die Berührung. »Sie ist mir gestern Abend entwischt, als ich kurz eingenickt bin, aber wirklich nur sehr kurz. Ich war stundenlang auf den Beinen. Am Kloster San Lorenzo war sie, hockte im Schnee vor der Pforte, so als hätte sie dort auf Euch gewartet. Ist alles vorbei? Ich habe eine Streife belauscht, die sich in dieser Weise äußerte. Ist wirklich alles vorbei?«

Sandro nickte ihm zu, dann sah er wieder Inés an. »Ich habe dich gesehen, am Fluss«, sagte er. »Ich war bei dir, in deiner Nähe, aber ich durfte mich nicht bemerkbar machen. Verstehst du das, Margeritha?«

Bei diesem Namen lächelte sie.

»Die Kälte hat deine Wangen rosig gefärbt, Margherita. Du siehst hübsch aus. Du siehst aus, als freutest du dich auf eine Feier. Dann soll es so sein. Wir geben eine Feier dir zu Ehren, Margherita. Wie gefällt dir das? Du wirst die Ballprinzessin, mit einem Kranz im Haar, einem schönen Kleid, und wir tanzen um dich herum, den ganzen Tag. Passt es dir morgen Nachmittag?«

Sie lächelte und wurde ein klein wenig größer. Fast sah es so aus, als würde sie etwas sagen wollen, als sei in dieser Nacht alles möglich, Wunder eingeschlossen, doch kein Wort kam über ihre Lippen.

»Sie ist durchgefroren, ich bringe sie ins Atelier«, sagte Aaron und hatte es ziemlich eilig, Inés mit sich zu ziehen. Sie folgte ihm bereitwillig, aber noch nach zwanzig Schritten drehte sie sich immer wieder zu Sandro um. Sie winkte ihm, und er winkte zurück.

Nachdem sie fort waren, war er wieder allein. Mit Ausnahme des Kusses für Antonia und der kurzen Begegnung mit Inés würde er sich später an nichts mehr erinnern.

Er blieb, wo er war, an irgendeiner Hauswand in irgendeiner Gasse, ein schwarz gekleideter Mann mit einer Flasche in der Hand. Dort stand er, dort setzte er sich auf das Pflaster. Die Flasche rollte davon und befleckte den Schnee mit ihrem goldbraunen Inhalt. Er zog die Beine an und vergrub seinen Kopf in den Armen.

Sechster Teil

23

14. Oktober 1551

Er erwachte, als neben ihm ein Sturzbach niederging. Die Flüssigkeit hatte eine Farbe, die man unmöglich beschreiben konnte, und sie roch nach einer widerwärtigen Mischung, die in der Hölle gebraut zu sein schien. Sandro sprang auf, aber da hatte seine Kutte bereits einen Teil davon aufgesaugt. Oben, im dritten Stockwerk, wurde ein Fenster geschlossen. Wortlos zog er sich zurück.

Inzwischen war der Himmel fast wolkenlos, es war noch kalt, aber es taute. Der Wind, der den Schnee gebracht hatte, hatte ihn wieder vertrieben. Stattdessen regnete das Laub von den Bäumen, tanzte auf dem Pflaster und stieg in Wirbeln wieder auf. Wie in einer Theaterkulisse kamen die Menschen nach und nach aus ihren Häusern, ermutigt durch Gerüchte, dass die Untersuchung der Morde abgeschlossen sei. Genaues wusste niemand. Wo Sandro auftauchte, schwiegen die Leute, sahen ihn an, sahen ihm nach, steckten die Köpfe zusammen. Er konnte nur raten, was sie dachten und redeten. Sie hätten ihn im nächsten Moment steinigen, ebenso gut applaudieren oder wegrennen können. Vielleicht hatten sie auch einfach nur genug von diesem heiligen Konzil und allen, die etwas damit zu tun hatten. Und das konnte er ihnen nicht verübeln.

Im Palazzo Pretorio sagte man ihm, dass Antonia noch schlafe, und man richtete ihm aus, dass der Heilige Vater ihn umgehend im Kastell erwarte.

Seine Heiligkeit Julius III. hatte etwa zu dem Zeitpunkt angefangen zu trinken, als Sandro damit aufgehört hatte. Jedenfalls ließen seine schweren Lider und die Röte in seinen Augen darauf schließen, dass die Kristallglaskaraffe neben ihm erst vor Kurzem leer geworden war. Julius roch zwar besser als Sandro, aber er sah keineswegs gesünder aus. Schlaff, würdelos, als sei ihm seine Erscheinung völlig gleichgültig, saß er in dem Sessel. Als Sandro eintrat, drückte seine Miene Gereiztheit, Niedergeschlagenheit und Härte aus und veränderte sich während des folgenden Gesprächs kaum. Der Fürstbischof war nicht anwesend, und die beiden Sekretäre verließen den Saal. Sandro war allein mit dem Papst.

Er stand im Abstand von drei Schritten entfernt und wartete vergeblich, dass ihm die Hand mit dem *anulus piscatoris* zum Gruß hingehalten würde. War das Absicht? Oder vergaß der Papst es bloß? Er stand dem Stellvertreter Gottes zum ersten Mal gegenüber, einem unberechenbaren, weinseligen, schwer einzuordnenden Mann, mehr Herrscher als Hirte, mehr Festkönig als Menschenfischer, dennoch der Vater, dem Sandros Treuegelübde galt. Er war in der Ehrfurcht vor den Instanzen der Heiligen Kirche erzogen worden, und die Ehrfurcht war – wie das Kolosseum – ein Gebäude, das nicht in ein paar Tagen zum Einsturz gebracht werden konnte. Was immer er in Trient erfahren und sosehr sein Vertrauen in die Aufrichtigkeit der Kirche gelitten hatte: Er war ein Kind dieser Kirche, ebenso sehr wie er ein Kind Elisas war.

Julius schwieg, regte sich nicht, ganz so, als sei er eine der Figuren in den Gemälden Tizians und Tintorettos, die im Saal verteilt an den Wänden hingen. Sandro blieb nichts anderes übrig, als ebenso zu schweigen; unmöglich, als Erster das Wort zu ergreifen. Er blieb stehen, hilflos, nutzlos, wie ein Sklave auf dem Jahrmarkt, fixiert von den geröteten Augen des Papstes.

Zunächst traute er sich nicht, den Blick zu erwidern – ihm auszuweichen war leichter, als ihm standzuhalten. Aber irgendwann stieg, wie manchmal in den letzten Tagen, ein seltsamer Mut ihm hoch. Hatte er es nötig, sich derart demütigen zu lassen? Dankbarkeit von dem Mann zu erwarten, dessen Sohn er des Mordes überführt hatte, wäre illusorisch gewesen. Beachtung jedoch war das Mindeste.

Er starrte zurück. Natürlich versuchte er, so nichtssagend wie möglich zu blicken, doch schon der Blick an sich war eine Provokation.

»Du«, sagte Julius plötzlich, ohne auch nur einen Finger zu bewegen. »Du also bist der Unglücksrabe.«

Sandro fiel keine intelligente Antwort ein. Er sagte: »Ja, Eure Heiligkeit.«

»Ich habe mir dich anders vorgestellt. Schlauer. Listiger. Ein bisschen wie de Soto.«

»Es tut mir leid, Eure Heiligkeit zu enttäuschen.«

»So ist das Leben. Voll von Enttäuschungen.« Er machte eine Pause. »Genau betrachtet leuchtet mir ein, weshalb de Soto dich als Assistenten genommen hat, mein Sohn, und nicht einen wie sich selbst. Dich konnte er dominieren.«

Der Papst hatte recht. »Bis vor wenigen Tagen«, schränkte Sandro ein.

Die Lider des Papstes wurden schwer. »Ich war bei Innocento. Er findet dich noch immer sympathisch und hat ein gutes Wort für dich eingelegt, ist das zu glauben? An seiner Stelle würde ich dir die Pest wünschen.«

»Innocento, Eure Heiligkeit, gehört nicht zu den Mördern, die ihre Verfolger hassen. Er hätte mich frühzeitig fallenlassen können, dann wäre er jetzt noch auf freiem Fuß. Aber er ist – auf eine skurrile Weise, wie man sie wohl nur bei Süditalienern aus dem Armenviertel findet – trotz seiner Verbrechen ein aufrechter Mensch. Er hat sich mir verpflichtet gefühlt und …«

Die Hand des Papstes hob sich kurz, und das genügte, um Sandro zum Schweigen zu bringen. Sandro war sich darüber im Klaren, dass er sich in diesem Gespräch auf unsicherem Terrain bewegte.

»Ich habe meinem Sohn versprochen, dir unter bestimmten

Bedingungen nicht zu grollen«, sagte Julius. »Ich weiß, du hast nur deine Arbeit gemacht – die Arbeit, die ich dir selber zugewiesen habe, als ich dich zum Visitator ernannte.«

»Bedingungen?«

»Erstens: Mein Sohn hat keine Verbrechen begangen.«

Sandro unterdrückte einen Widerspruch.

»Heute Morgen«, sagte Julius mit schwerer Stimme, »wurde ein Bettler tot auf der Straße gefunden. Er ist erfroren, hat keine Angehörigen. De Soto gibt eine Erklärung heraus, wonach er diesen Mann gestern verhaftet und peinlich befragt habe. Der Mann hat seine Teufelsbesessenheit und die Morde gestanden, starb jedoch kurz darauf an den Folgen der Tortur. Der Fürstbischof meldet dem Kaiser und dem Konzilspräsidenten, dass man nun furchtlos mit den Beratungen fortfahren kann. So die offizielle Verlautbarung. Über deine Lippen wird nie die Wahrheit kommen, Carissimi. Jeder, der die Wahrheit kennt – de Soto, Forli, Madruzzo, die Soldaten, die beim Verhör dabei waren –, einfach jeder wird schweigen. Du wirst dich daran halten, mein Sohn.«

»Ich muss Eure Heiligkeit darauf hinweisen ...«

»Du wirst dich daran halten, Carissimi, du ganz besonders. Muss ich dich als Jesuit an dein Treuegelübde gegenüber dem Papst erinnern, das Gelübde, das du vor Gott abgelegt hast für immer und ewig?«

»Natürlich nicht, Eure Heiligkeit. Aber ...«

»Mein Sohn wird unter Arrest gestellt, für den Rest seines Lebens. Ihm wird eine Villa in der Campagna zugewiesen, die er niemals verlassen darf. Besucher sind nicht gestattet, mich ausgenommen. Und was die Kardinäle aus den reichen römischen Familien mit ihm machen werden, wenn ich einmal nicht mehr bin, das überlasse ich deiner Vorstellungskraft. Sein Leben ist zerstört. Ist das nicht Strafe genug, Carissimi?«

Die Stimme des Papstes bebte. Julius' Hand hob sich und schlug ohnmächtig, verzweifelt auf die Lehne. Seine Augen füllten sich mit Tränen. Doch der Moment der Schwäche war kurz. Gleich darauf kam der Machtmensch wieder zum Vorschein.

»Zweitens: Die Affäre um de Soto und den württembergischen Gesandten muss genauso geheim bleiben.«

»Man hat Euch hintergangen, Eure Heiligkeit.«

Julius warf einen trüben Blick auf die leere Karaffe. »Nur ein klein wenig.«

»De Soto hat Euch angelogen, als er sagte, er habe Hagen bestochen. In Wahrheit ...«

»Durch diese Lüge entstanden mir keine Nachteile. De Soto hat sich größer gemacht, als er ist, na und? Mein lieber Carissimi, du bist zweifellos intelligent, vermutlich intelligenter als ich, aber als Papst wärst du eine Katastrophe. Sollte der Kaiser von der Affäre erfahren, wird er entweder dem Heiligen Stuhl oder den Protestanten unterstellen, seine Bemühungen um eine Reform behindert zu haben. Das heißt, es gibt Krieg, so oder so, und allein die Laune Karls V. entscheidet darüber, gegen wen er zu Felde zieht. Unabhängig davon würde meine Position auf dem Konzil weiter geschwächt. Ich habe demnach keinen Vorteil davon, de Soto anzuprangern.«

»Luis de Soto hätte Trient beinahe in einen gigantischen Scheiterhaufen verwandelt.«

Julius warf einen weiteren Blick auf die Karaffe und schien sich zu überlegen, sie auffüllen zu lassen. »Dazu ist es nicht gekommen. Und selbst wenn.« Er zuckte die Schultern.

Sandro zweifelte an seinem Verstand. »Aber – aber das alles darf doch nicht ohne Folgen bleiben. Das ist undenkbar!« Er war fast laut geworden, was dazu führte, dass Julius sich wieder ihm zuwandte.

»Als ich sagte, die Angelegenheit bliebe geheim, sagte ich nicht, sie bliebe folgenlos. Ich kenne jetzt die Grenzen de Sotos, und ich kenne deine Fähigkeiten. Das ist doch schon etwas. Allerdings werden die Folgen eher langfristiger Natur sein.«

»De Soto bleibt Delegierter des Konzils?«

»Natürlich. De Soto hat sehr erfolgreich und verschwiegen für mich gearbeitet, und ich sehe keinen Grund, weshalb er nicht weiterhin mit diesem Lutheraner, diesem Hagen, die Beschlüsse des Konzils lenken und verzögern sollte. In wenigen Monaten wird die leidige Angelegenheit überstanden sein. Der Kaiser kann nicht ewig in Innsbruck bleiben.«

Sandro sah die weitere Entwicklung vor sich: Die führenden Protestanten, darunter der Herzog von Württemberg, würden schon bald öffentlich Tränen vergießen, dass eine Einigung wegen der Reformunfähigkeit der Römischen Kirche nicht möglich war, und nach einer Weile, wenn niemand mehr danach fragte, würde er Matthias einen Titel oder ein Gut zukommen lassen. Luis wiederum würde darlegen, sich äußerst kompromissbereit gezeigt zu haben, doch die konservativen Kräfte der Süditaliener und Spanier hätten weitergehende Reformen verhindert. Julius III. würde ihn belobigen, und er würde Trient ohne einen Kratzer in seiner polierten Fassade verlassen. Diejenigen dagegen, die sich nichts hatten zuschulden kommen lassen, waren oder wurden bestraft: Antonia und Carlotta, die unter der Folter gelitten hatten; ein Bettler, den man in ungeweihter Erde bestatten und damit der ewigen Verdammnis überantworten würde; er, Sandro, der wie ein Geschlagener das Schlachtfeld räumen musste. Diese schreiende Ungerechtigkeit pochte Sandro in der Kehle, und seine Miene versteinerte sich.

Julius funkelte Sandro an. »Reden wir nun von dir, mein Sohn, und damit von der dritten und letzten Bedingung. Du hast in den letzten Tagen viel herausgefunden, so viel, dass du entscheiden musst, ob du ein Verbündeter oder ein Gegner meines Pontifikats wirst. Diese Entscheidung ist von großer Tragweite, für dich weit mehr als für mich. Sie ist unumkehrbar und voller Konsequenzen. Falls du dich dafür entscheidest, ein Verbündeter zu werden, bist du es auf Gedeih und Verderben. Ich würde dir dauerhaft den Titel eines Visitators verleihen, und du würdest schwierige Missionen für mich zu erfüllen haben, in

Italien und anderswo. Du würdest dich meiner Gunst erfreuen wie auch der Missgunst meiner Feinde. Im Falle meines Todes wärst du darauf angewiesen, in der Zeit bis dahin genug Freunde gefunden zu haben, die dich vor den zahlreichen Gegnern zu schützen vermögen, Gegner, die sich wie Raubvögel auf meine Hinterlassenschaft stürzen werden. Wenn du dich hingegen dafür entscheiden solltest, ein Feind meines Pontifikats zu werden, dann ...« Julius zögerte, um seinen Worten größeres Gewicht zu verleihen. »Dann wärst du es voll und ganz.«

»Ich bin ein Untertan, Eure Heiligkeit. Untertanen sind keine Freunde oder Feinde.«

»So kommst du mir nicht davon, Carissimi. Erkläre dich. Und zwar jetzt.«

»Offen gestanden möchte ich den Orden verlassen und Eure Heiligkeit um Freisprechung von meinen Gelübden bitten.«

»Aus Trotz? Benimm dich nicht wie ein Kind. Die Politik ist voller Kröten, die man schlucken muss.«

»Ich habe persönliche Gründe.«

»Abgelehnt. Du wirst nie – hör mir gut zu – niemals von deinem Treuegelübde entbunden, mein Sohn. Ich werde deinen Ordensgeneral Ignatius entsprechend instruieren.«

»Eure Heiligkeit, ich ...«

»Einen Signore Carissimi, der keinen Grund mehr hat zu schweigen, kann ich mir nicht leisten, und das bedeutet, dass *du* ihn dir nicht leisten kannst. Du bist ein Jesuit, und bei Gott, du wirst einer bleiben. Alles andere würde ich als Gehorsamsverweigerung und Hochverrat betrachten. Habe ich mich unmissverständlich ausgedrückt oder benötigst du eine bildhaftere Belehrung, *mein Sohn*?«

Sandro bemerkte die Gefährlichkeit und die Macht, die Julius ausstrahlte. Da saß nicht einfach nur der Papst vor ihm, dahinter standen San Pietro, die Sixtinische Kapelle, die Engelsburg, der Bannstrahl, ein Heer, ein Dutzend Festungen, Petrus, Jesus, der Geheimdienst ... Zu versuchen, der Macht eines Papstes zu trotzen, war, wenn man nur ein einfacher Mönch war, Selbstmord. Luther hatte es getan, aber Sandro war nicht Luther. Er hatte keine neue Botschaft zu verkünden.

»Und nun wirst du mir schwören«, sagte Julius, »dass du bis ans Ende deines Lebens über die Geschehnisse in Trient Stillschweigen bewahren wirst und dass du ein treuer Untertan und Freund meines Pontifikats bist.«

Sandro benötigte die Dauer eines Atemzuges, um zu antworten. »Ich schwöre es, Eure Heiligkeit.«

»Hiermit, Bruder Sandro Carissimi von der Bruderschaft der Jesuiten, ernenne ich Euch auf unbefristete Zeit zum Visitator des Heiligen Stuhles. Ihr werdet Euren Dienstsitz in Rom haben. In dreißig Tagen erwarte ich Euch zur Audienz. Habt Ihr jetzt irgendeine Bitte vorzubringen, so werde ich sehen, ob ich sie Euch gewähren kann.«

Sandros Gedanken überschlugen sich. »Ich bitte darum, einen Brief an meinen Ordensgeneral, Ignatius von Loyola, schreiben zu dürfen. Er soll über die wahre Natur von Luis de Soto informiert werden, damit er ihn nicht als seinen Nachfolger …«

»Abgelehnt«, sagte der Papst und blickte abwechselnd die Karaffe und Sandro gereizt an. »Wählt Eure Bitten gefälligst sorgfältiger aus.«

Sandro atmete tief durch. »So bitte ich um einen Gefallen bezüglich des zu Unrecht beschuldigten Bettlers.«

»Was wollt Ihr eigentlich, Carissimi? Der Mann war im Leben wie im Tod einsam wie ein Stein.«

»Dann sollte er es nicht noch *nach* seinem Tod sein. Er sollte – nach einem Scheinbegräbnis in ungeweihter Erde – in geweihter Erde bestattet werden und die Segnungen der Kirche erhalten.«

Diese Bitte schien Julius zu gefallen. Er wurde milder, war fast amüsiert. »Scheinbegräbnis, ja? So langsam begreift Ihr offenbar die Prinzipien der Politik.« Julius hob großmütig die Hand. »Verfahrt mit dem Leichnam, wie Ihr es für richtig haltet.«

»Danke, Eure Heiligkeit. Und wenn ich nun noch eine letzte Bitte äußern darf. Sie betrifft – eine Frau.«

Julius lächelte, zum ersten Mal während des Gesprächs. Und dann, urplötzlich, lachte er. Es war ein Lachen, das durch Mark und Bein ging.

Antonia stand nackt vor dem Spiegel und drehte sich langsam, so als schaue sie einen unbekannten Körper an, und gewissermaßen war er das auch. Sie hatte sich nie für ihn interessiert. In der Liebe, der sinnlichen Liebe, verließ sie sich stets auf ihre Lust, an der sie keinen Zweifel ließ. Die Lust lag in ihren Augen, auf ihren Lippen. Nicht ihre Brüste, nicht ihr Gesicht hatten die Männer in den Bann geschlagen, sondern ihre Lust.

Sie betrachtete diesen Körper. In der Kammer des Hauptmanns Forli war es dämmerig, so dass die Konturen sich verwischten und die Haut einen makellosen Schimmer zeigte. Ihre Hände tasteten über die Brüste, umschlossen sie, drückten sie, bis sie sie spürte. Es waren kleine Brüste, aber straff und aufrecht wie umgestülpte Schalen. Ihr Leib war schlank, die Kurven fließend. Sie berührte den Bauchnabel, umkreiste ihn.

Mit beiden Händen hob sie den Spiegel von dem Tisch, auf dem er stand, herunter und stellte ihn auf den Boden, so dass sie ihre Beine sehen konnte. Wie lang sie waren. Sie hatte ihrer Körpergröße nie Beachtung geschenkt, auch der Länge ihrer Beine nicht: schmale, zum Knie hin leicht gebogene Beine, hell und glatt. Mit den Händen strich sie darüber und glitt nach unten. Als sie an den Füßen angekommen war, hielt sie plötzlich inne. Tränen stiegen in ihr auf. Ihre Wunden vereinigten sich, die Wunden an den Hand- und Fußgelenken lagen im Bild des Spiegels übereinander, und alles, was mit diesen Wunden zu tun hatte, fiel ihr wieder ein.

Sie kniete nieder und weinte.

Ihr Körper war zerstört worden. Man hatte über ihn verfügt, ihn in Besitz genommen, zu einer Sache gemacht, die man beliebig verformte. Im Grunde genommen hatte man sie vergewaltigt. Wie weit wären die Schergen gegangen? Hätten sie Antonia gebogen, gebrochen, zerstampft? Sie war völlig schutzlos gewesen, und diese Empfindung war das Schlimmste, schlimmer noch als die Angst und der Schmerz in den Momenten der Qual. Die Tortur war vorüber. Das Gefühl jedoch, zu einem bestimmten Zeitpunkt des Lebens ein rechtloser Gegenstand gewesen zu sein, bar jeder Achtung, blieb. Die eigentlichen Verletzungen waren tief in ihr, unsichtbar für jeden anderen.

Carlotta, die schon vor einer Stunde gekommen war, legte die Hand auf Antonias Haare. Sie allein konnte Antonia verstehen, denn sie hatte dasselbe erlebt.

»Mein Arm schmerzt noch immer«, sagte Carlotta leise. »Vielleicht wird er nie ganz aufhören zu schmerzen, vielleicht spüre ich noch in zehn und zwanzig Jahren den Tag, an dem man meinen Arm eingeklemmt hat, mit dem Ziel, ihn zu zerdrücken. Mit deinen Gelenken ist es ebenso. Die Haut wird verheilen, trotzdem werden ein paar Narben zurückbleiben, und die werden dich immer an deine Ohnmacht erinnern. Aber nicht nur daran, Antonia. Sie werden dich auch daran erinnern, dass du es geschafft hast. Dass du da herausgekommen bist. Diese Narben werden dir zeigen, dass es den Schmerz gibt, und sie werden dir zeigen, dass es die Hoffnung gibt.«

Antonia betastete ihre Handgelenke, die aufgerissene Haut, die um Heilung kämpfte. Unter den Salben, die der Arzt aufgetragen hatte, schimmerte sie wächsern. Dort, wo rote und blaue Linien wie gesprungenes Glas auseinanderliefen und sich kreuzten, küsste Carlotta die Wunden.

»Lass uns gehen«, sagte sie.

Antonia trocknete ihre Tränen und zog sich wortlos an. Carlotta hatte ihr ein neues Kleid gebracht. Es hatte etwas Damenhaftes, eigentlich zu elegant für sie, doch sie fühlte sich wohl darin – jedenfalls für den Augenblick. Dann stellte sie den Spiegel zurück auf den Tisch und kämmte sich die Haare.

Während sie sich selbst betrachtete, dachte sie an Sandro. Von Hauptmann Forli hatte sie alles erfahren, was geschehen war, auch, dass Sandro die halbe Nacht bei ihr geblieben war. Sie stellte sich vor, was geschehen wäre, wäre sie erwacht. Kein Zweifel, sie hätte ihn an sich gezogen, sie hätte ihn geliebt. Noch nie hatte sie so viel Liebe gebraucht wie in den Stunden der Dunkelheit. Ihre Arme hätten sich um ihn geschlungen wie die einer Ertrinkenden um eine Planke. Um keinen Preis hätte sie ihn losgelassen, sie hätte ihn angefleht, bei ihr zu bleiben. Sie würde es auch jetzt noch tun, wenn er zur Tür hereinkäme.

Doch sie war nicht erwacht, und außer den Geruch von Branntwein hatte Sandro nichts zurückgelassen. Sie wusste, warum er trank, weil sie der Grund dafür war. Natürlich fühlte er sich auch deshalb elend, weil ausgerechnet derjenige, den er mochte, sich als der Mörder herausgestellt hatte. Doch das war allenfalls Kummer. Um ihn zum Trinken zu bringen, bedurfte es einer Erschütterung. Und wenn sie ehrlich mit sich war, musste sie zugeben, dass es sie mit heimlicher Befriedigung erfüllte, dass ein Kampf in ihm tobte. Antonia gegen Gott. Sie wollte gewinnen, sie brauchte ihn. Sie hatte zu viel verloren, um ihn aufzugeben.

Im Atelier waren die Vorbereitungen für das Fest fast abgeschlossen. Carlotta hatte Wein, Zitronen und Zucker gekauft, und Aaron hatte in einem Vorratsschrank seines Onkels Branntwein gefunden. Aus den Zutaten bereitete man heißen Würzwein zu, der über der Feuerstelle dampfte und seine Wohlgerüche bereits entfaltet hatte. Jeder hatte eine Aufgabe übernommen: Carlotta kümmerte sich um die Speisen, Hieronymus um das Feuer und Aaron und Inés um ein wenig Dekoration und Platz. Ja, Inés! Nach wie vor sprach sie nichts. Aber sie lächelte bisweilen, und sie schien in gespannter Aufregung über das bevorstehende Fest zu ihren Ehren zu sein. Alle waren sich einig, dass es eine gute Idee von Sandro gewesen war, Inés zur Prinzessin für einen Tag zu machen. Er hatte offenbar ein Gespür für Menschen wie Inés.

Antonia hatte als Einzige keine Aufgabe zugeteilt bekommen. Hieronymus hatte ihr verboten, auch nur einen Finger zu rühren, solange sie nicht völlig wiederhergestellt war. Ihre Schultern schmerzten noch, waren jedoch abgeschwollen, und sie hätte sich gefreut, mit irgendetwas beschäftigt zu sein, damit sie auf andere Gedanken käme.

Eine Zeitlang hatte sie sich mit ihrem Haar beschäftigt. Meist trug sie es offen, manchmal steckte sie es hoch. Heute sollte es schön aussehen, und sie versuchte, eine Kathedrale daraus zu bauen. Aarons freches Lachen jedoch, als er sie sah, vergällte ihr die Bemühungen einer ganzen Stunde. Carlotta bewahrte die Kathedrale vor der Zerstörung, indem sie ein paar geschickte Änderungen vornahm, wodurch die Frisur erheblich gewann. Zusammen mit dem vornehmen Kleid sah Antonia völlig verändert aus, wie eine Dame, wie eine edle Römerin von der Art, die Sandro früher verehrt hatte.

Am Fenster stehend wartete sie auf ihn. Es gingen so viele Menschen auf der Straße vorüber, dass sie ihn beinahe übersah. Sie hielt nach einer Kutte Ausschau, doch er trug ein weltliches Gewand.

Im ersten Moment erschrak sie, so wie man erschrickt, wenn der größte Wunsch plötzlich wahr wird. Sie legte ihre Fingerspitzen auf das Fenster und atmete gegen das Glas.

»Geht es dir nicht gut?«, rief Carlotta.

»Es ist alles in Ordnung«, antwortete Antonia, ohne Sandro aus den Augen zu lassen.

Er trug rote Strümpfe, ein weißes Hemd, eine rote Weste und einen schwarzen Gehrock darüber. Dazu einen schwarzen Hut und schwarze Schuhe. Keine Spur mehr von dem Jesuiten, der er gestern noch gewesen war. Über Nacht war er ihr Geliebter geworden.

Sie lief aus dem Atelier und ihm entgegen. Als sie sich sahen, stand er auf der unteren Schwelle der Treppe des Palazzo Rosato, sie auf der oberen. Stufe für Stufe, sich betrachtend, kamen sie sich näher.

Als sie sich in der Mitte trafen, sagte er: »Signorina«, und lüpfte seinen Hut.

Sie knickste. »Signore.«

Sandro und sie schmunzelten, dann nahm er ihre Hand. »Ich bin froh, dass Ihr gesund seid, vor mir steht, mit mir sprechen könnt, lächeln könnt ... Ich kann nicht sagen, wie froh ich bin.«

Sie bemerkte seine Verletzungen an der Wange und der Hand.

»Das ist nichts weiter«, beruhigte er sie. »Ein Kampf mit Matthias, den ich ruhmlos verlor, und ein ungeschickter Griff nach Innocentos Dolch. Ich bin nicht zum Krieger geboren.«

Sie wartete darauf, dass er sie umarmte. »Innocento«, sagte sie, um irgendetwas zu sagen, »dass Ihr auf ihn gekommen seid – erstaunlich.«

Als sie sich zuletzt gesehen hatten, waren Matthias und Luis für sie die Täter gewesen. Der ursprüngliche Plan, den Sandro und sie zusammen ausgetüftelt hatten, hatte vorgesehen, dass Luis mittels des von ihr geschriebenen Briefes zum Fluss gelockt und von Sandro in ein Gespräch verwickelt werden sollte. Die Hoffnung war, Luis würde – im Glauben, mit Sandro allein zu sein – sich in diesem Gespräch verraten. Forli oder einige Wachen sollten sich im Gebüsch verstecken und Zeugen des Geständnisses werden. Doch es war alles anders gekommen.

Sandro erwiderte: »Eure Entdeckung des Bündnisses von Luis und Matthias hat alles ins Rollen gebracht. Die Ehre gebührt also genauso Euch wie mir – falls man hier von Ehre sprechen kann. Denn nichts von dem, was wir enthüllt haben, wird öffentlich werden. Der Papst sperrt Innocento in eine Villa, und Luis und Matthias dürfen weiter ihrer Lieblingsbeschäftigung nachgehen. Es gibt keine Schuldigen, nur einen toten Bettler.«

Diese Ungerechtigkeit traf sie weniger als ihn. Sie kannte keine Rachegefühle. Vielleicht wollte sie einfach nur mit allem abschließen, was in Trient geschehen war – mit fast allem.

»Wir sind ein gutes Gespann«, sagte sie und lachte nervös. »Nicht wahr?«

Er nickte. »So gut, dass der Papst …« Er zögerte. »Er hat mich befördert und nach Rom versetzt.«

Sie sah ihn entsetzt an. »Aber ich dachte … Die Kleidung …«

»Nein, ich … ich wollte wenigstens heute, wenigstens ein paar Stunden lang, während wir tanzen … Ich bin noch immer Jesuit, Antonia.«

Er redete sehr schnell, als schäme er sich ein bisschen dafür: »Mag sein, dass es sich dumm anhört, aber ich glaube an so etwas wie Bestimmung, daran, dass jedem von uns eine Aufgabe innewohnt, und um diese Aufgabe zu erfüllen, haben wir unsere Begabungen bekommen. Eure Gabe ist die Glasmalerei, die Fähigkeit zur – zur Ekstase. Ihr packt die Menschen unmittelbar und zwingt sie zur größten Ehrfurcht. Das geht nur mit einem unruhigen, erregten, wunderbaren Charakter wie Eurem. Aber ich … ich habe meine eigene Aufgabe. Jahrelang hat Luis mich davon abgehalten, etwas Nützliches zu tun, und jetzt ist es mir erstmals wieder gelungen – auch wenn das Ergebnis bescheiden ist. Ich habe etwas geschaffen, etwas Eigenes bewirkt, so klein es auch sein mag. Der Papst hätte mich einsperren und den Schlüssel wegwerfen können, doch er hat es nicht getan. Vor sieben Jahren, als ich mein Verbrechen beging, hätte ich schon einmal in den Kerker kommen können, wenn Matthias mich angezeigt hätte. Doch er entschied sich für etwas anderes und erpresste meine Mutter, die mich dazu brachte, in den Orden einzutreten. Auf diese Weise wurde ich weder Kaufmann – wofür ich keine Begabung habe – noch Häftling. Ich bekam ein zweites Leben. Das ist kein Zufall …«

Obwohl sie begriff, was er ihr erklärte, und obwohl sie wusste, dass es vergeblich sein würde, ihn zu etwas anderem zu bekehren, sagte sie: »Ihr wart letzte Nacht bei mir.«

»Ja«, antwortete er, und sie sah ihm an, dass er nicht nur einfach ihre Hand gehalten hatte, sondern dass er ihr näher gekommen war in der letzten Nacht. Würde das reichen, ein Kuss, eine Umarmung, eine zärtliche Berührung? Würde das für immer genügen müssen? Und würde es ihr genügen?

Er überreichte ihr ein Dokument. Es war ein Auftrag für die Santa Maria del Popolo in Rom. Sie hatte schon von dieser schönen Kirche gehört. Eine Geliebte Papst Alexanders VI. lag dort begraben.

Wie passend, dachte sie.

»Wir werden in Rom sein«, sagte er. »Wir alle. Und Forli auch, er wurde ebenfalls nach Rom versetzt. Alle, die schweigen müssen, werden in Rom sein. Wir werden uns sehen ...«

»Wir werden uns sehen«, wiederholte sie, wiederum ohne Betonung. »Ja, das werden wir.«

Aus dem Atelier schallte der Klang einer Flöte. Aaron spielte eine heitere Melodie.

Sie schluckte und bemühte sich um ein Lächeln.

»Darf ich um den Tanz bitten, Signore?«, fragte sie.

Er wusste, wie sie sich fühlte, das sah sie ihm an. Sie verständigten sich auf einer sprachlosen Ebene, so tief reichte das, was zwischen ihnen war. Und nicht sein würde.

Er ergriff ihre Hand.

Gemeinsam, Seite an Seite, betraten sie das Atelier.

Die Stimmung war ausgelassen. Aaron wiegte sich zur Melodie seiner Flöte und stampfte rhythmisch mit dem Fuß auf, Hieronymus, Carlotta und Inés hielten sich an den Händen gefasst, hüpften im Kreis und lachten.

Antonia und Sandro sahen sich an, nicht sehr lange, aber es kam ihr trotzdem so vor. Sie tanzten, und Sandros Hände streiften mehrmals ihr Gesicht. Da war er wieder, dieser Duft nach Vertrautem, nach Liebe, nach Dingen, die überdauern.

Lasst, die Ihr eintretet, alle Hoffnung fahren

Epilog

Er ist allein, sehr allein. Er hat niemanden mehr. Von allen, die ihm etwas bedeuten, ist er getrennt. Gina: Er wird nie wieder ihre kleinen Füße spüren, die sich in der Nacht an ihm wärmen. Seine Mutter: Nur ihre raue Stimme, die Stimme vieler alter Mütter, bleibt ihm als Erinnerung. Seine Freunde: Menschen, von denen er lediglich die Vor- oder Spitznamen kannte, die aber das Lachen in sein Leben brachten. Er wird nie wieder lachen. Was ihm bleibt, ist das, was ihm stets am wenigsten bedeutet hat, ein Vater und ein Haus.

Zwei Wachen begleiten ihn am späten Abend vom Kastell in den Palazzo Miranda, wo er das Einzige, woran ihm, außer Gina, noch etwas liegt, vorfindet: Boccaccio. Brieflich hat er seinen Vater darum ersucht, den Hund mitnehmen zu dürfen. Als er den Raum betritt, in dem er einige Tage gewohnt hat, kommt Boccaccio ihm entgegen und wedelt aufgeregt mit dem Schwanz. Er springt nicht mehr an ihm hoch so wie früher, denn er ist alt. Ihre Freundschaft füreinander drücken sie still aus, mit kleinen Gesten.

Die Wache sagt ihm, dass er diese Nacht hier verbringen darf, bevor man morgen früh bei Tagesanbruch aufbricht. Der Soldat schließt die Tür, aber Sandro weiß, dass er davor Wache halten wird.

Sein Blick geht zum Wandteppich, hinter dem der Geheimgang, der Fluchtweg, sich befindet. Doch er flieht nicht. Boccaccio würde eine Flucht nicht überstehen, und den Hund, den Freund zurücklassen, das bringt er nicht fertig.

Boccaccio ist zu schwach, um aufs Bett zu springen, also hebt er ihn hoch. Sie liegen beieinander. Sie sind schläfrig. Sie schlafen.

Irgendwann spürt er einen Luftzug im Rücken, von dort, wo der Teppich hängt. Er wendet sich nicht um, bleibt liegen, lässt die Augen geschlossen. Boccaccio hebt den Kopf und wedelt zwei-, dreimal mit dem Schwanz, wie immer, wenn jemand den Raum betritt.

»Ruhig«, sagt Innocento. Seine Hand streichelt Boccaccios Kopf.

Er will sich nicht umdrehen, aber dann tut er es doch. Eine Frau steht vor ihm, schön und üppig wie eine Konkubine. Er kennt sie nicht, er hat sie nie gesehen, aber er hat das Gefühl, dass sie durch irgendetwas miteinander verbunden sind.

Als die Wache am nächsten Morgen die Tür öffnete, fand sie den Sohn des Papstes mit einem Messer im Bauch vor. Der Hund lag bei ihm, die Schnauze ruhte auf der Brust des jungen Mannes, der Innocento hieß – der Unschuldige. Man nahm an, dass er sich selbst getötet hatte.

Boccaccio starb drei Tage nach ihm.

Nachwort

Es war bei der Besichtigung des Kölner Doms, als mir erstmals die noch vage Idee kam, eine Glasmalerin zur Figur einer Geschichte zu machen. Ein paar Jahre später kam mir eine andere Idee, nämlich eine Handlung vor dem Hintergrund eines der bedeutendsten Kirchenkonzile anzusiedeln, des Konzils von Trient. Aus der Vereinigung dieser beiden Ideen entstand der vorliegende Roman, was der Beweis für meine These ist, dass Romane ein bisschen wie Kinder sind. Sie werden aus einer winzigen Keimzelle geboren, werden erwachsen, gewinnen Reife und verselbstständigen sich.

Die Mitte des sechzehnten Jahrhunderts ist für mich eine der spannendsten Epochen der Weltgeschichte. Spannend nicht deshalb, weil diese Jahre politisch ereignisreicher als andere gewesen wären, das keineswegs. Nein, spannend deshalb, weil es eine ungeheure Spannung *in den Menschen* gab. Das Mittelalter mit seiner ebenso tiefen und mystischen wie manchmal naiven Frömmigkeit, seiner Demut gegenüber den Obrigkeiten und seiner fehlenden Bildung wirkte noch nach. Gleichzeitig brach überall die tausend Jahre alte Kruste auf, und es geschah das, was wir heute Renaissance nennen, Wiedergeburt, Wiedererwachen. In der Kunst gingen Michelangelo und Raffael, Rabelais und Tasso neue, spektakuläre Wege; Erasmus und Luther revolutionierten die Religion, da Vinci und Paracelsus die Wissenschaften, Macchiavelli und Müntzer die Politik. Die freiere Mode wurde zu einem Mittel, sich auszudrücken, die Sitten lockerten sich, Frivolität wurde gesellschaftsfähig, das Bildungswesen keimte, neue Berufe entstanden, der Welthandel nahm seinen Anfang, man richtete Finanzbörsen ein, vergnügte sich bei Pferdewetten …

Zur gleichen Zeit, als all dies vor sich ging, erlebte die Inquisition ihre eigene Renaissance, sie erstarkte zu nie gekannter Kraft und verfügte über große Vollmachten. Die Hexenverfolgungen begannen (entgegen landläufiger Meinung gab es nicht im Mittelalter, sondern erst im sechzehnten und siebzehnten Jahrhundert Hexenverfolgungen großen Ausmaßes), und Kometen lösten noch immer panische Furcht vor dem Jüngsten Gericht aus. Aberglaube und Aufklärung, Gottesfurcht und Sinnlichkeit, Vergangenheit und Zukunft rangen miteinander. Es war ein Kampf der Kulturen, der vor fünfhundert Jahren stattfand: Mittelalter gegen Neuzeit.

Dieser Kulturkampf findet in meinen Hauptfiguren ihren Ausdruck – Figuren, in die ich mich durchweg verliebt habe. Antonia arbeitet in einer aussterbenden mittelalterlichen Kunstgattung, der Glasmalerei, aber als Frau ist sie mit ihrer an Nymphomanie grenzenden Vorliebe für Männerbrüste und heiße Nächte ein Kind der neuen Zeit. Sandro dagegen, der unsichere, schöne Mönch, hat die Jahre der freien Liebe, des freien Denkens und der Gewalt hinter sich gelassen und sich einem Leben in Demut verschrieben, doch er kann sein eigentliches Wesen nur schwer unter Kontrolle halten. Carlotta, die Konkubine, ist eine Art Märtyrerin, der alles genommen wurde, andererseits hat sie vor, einen Unschuldigen dafür zu bestrafen und damit selbst zur Verbrecherin zu werden. Sie alle waren oder werden in den Bannkreis der Inquisition geraten, sie alle werden von ihrer Vergangenheit eingeholt.

Während meine früheren historischen Romane allesamt Gestalten der Geschichte als Hauptfiguren hatten – Marocia (»Die Herrin der Päpste«), Salome (»Die Schleier der Salome«) und die Astronomin Elisabeth Hevelius (»Die Sternjägerin«), so sind die Hauptfiguren der »Glasmalerin« erfunden. Eine Mordserie hat es – glücklicherweise, muss man sagen – während des Konzils von Trient nie gegeben. Ganz anders verhält es sich mit vielen anderen Ereignissen des Buches.

Das Konzil von Trient ist natürlich historisch, ebenso die Anwesenheit einer protestantischen Delegation aus Württemberg (sowie Sachsen und Brandenburg). Tatsächlich war die Versammlung des Konzils während des Winters 1551/52 die letzte realistische Möglichkeit einer Wiedervereinigung der protestantischen und der katholischen Kirche, und viele der Hintergründe, die ich im Roman geschildert habe, trafen wirklich zu. Die Positionen von Kaiser Karl V. und Papst Julius III. habe ich wahrheitsgetreu wiedergegeben. Die Wiedervereinigung scheiterte am Ende an den Ränken einiger weniger, die nicht so sehr die Religion im Sinn hatten als vielmehr politische Interessen. Die protestantischen Fürsten fürchteten ebenso wie der Papst, dass Karl V. zu mächtig würde, falls es ihm gelänge, das Deutsche Reich zu befrieden. Also machten sie gute Miene, während sie hinter dem Rücken des Monarchen alles daransetzten, die Spaltung der Kirche aufrechtzuerhalten, ja, zu vergrößern. Wie wir alle wissen, ist dieser Plan aufgegangen.

Anfang 1552 wurde das Konzil wegen unüberbrückbarer Meinungsverschiedenheiten unterbrochen. Kaiser Karl sah sich im gleichen Jahr mit einer Verschwörung einiger Kurfürsten konfrontiert, die sich militärisch mit Frankreich verbanden, und gab schon bald – politisch gescheitert und der ewigen Kriege müde geworden – die Krone ab. Das Konzil setzte seine Beratungen mit zahlreichen Unterbrechungen bis ins Jahr 1563 fort. Am Ende stand eine Reform der Kirche, die den schlimmsten Auswüchsen einen Riegel vorschob und sich selbstbewusst gegen den Protestantismus stemmte, aber die Teilung dadurch zementierte.

Den Sohn des Papstes, Innocento del Monte, hat es wirklich gegeben (offizielle Chroniken bezeichnen ihn als »Neffen«, aber so wurden alle Favoriten der Päpste tituliert). Es ist nicht restlos beweisbar, dass es sich bei Innocento wirklich um den *Sohn* handelte und nicht um den *Geliebten* des Papstes, aber diese zweite These erscheint mir weit weniger wahrscheinlich.

Seine Karriere vom Gassenjungen zum Affenwärter und schließlich zum Kardinal – eine typische Renaissance-Karriere im Rom der Päpste – ist keine Erfindung. Überdies gibt es Berichte, wonach Innocento sich mindestens eines Mordes schuldig gemacht habe. Sein weiteres Schicksal blieb mir bei meinen Recherchen verborgen, somit ist sein Tod in dieser Geschichte rein fiktiv.

Ich habe versucht, die Charaktere der historischen Figuren so gewissenhaft wie möglich wiederzugeben. Außer Innocento und dem Fürstbischof Madruzzo gibt es nur noch eine historische Figur, die im Roman zu Wort kommt: Julius III. Dieser Papst gilt sogar in der katholischen Kirche als Enttäuschung, verglichen mit den Hoffnungen, die man bei seinem Amtsantritt in ihn setzte. Er verwandelte sich binnen kurzer Zeit in einen maßlosen Festkönig und trieb eine ungeheure Favoritenwirtschaft, dennoch agierte er als Politiker geschickt – was zu jener Zeit leider skrupellos bedeutete. Eine besonders rege Tätigkeit der römischen Inquisition ist während seiner Zeit als Erzbischof und Papst nicht überliefert, aber es gab zur Mitte des sechzehnten Jahrhunderts in unregelmäßigen Abständen immer wieder »Überfälle« der Inquisition auf italienische Klöster, Dörfer, Städte und Einzelpersonen. Während der spanischen Inquisition ein geradezu bürokratisches System zugrunde lag, das wie ein Uhrwerk funktionierte, war die römische Inquisition von unheimlicher Unbeständigkeit, ja, Launenhaftigkeit. Man wusste nie, woran man mit ihr war, auch unter Julius nicht. Vorfälle wie die im Buch beschriebenen – gemeint sind das Schicksal von Carlottas Tochter sowie die von Luis angeordneten Folterungen in Trient – hätte es durchaus geben können, wenngleich sie von mir erfunden wurden.

Die Konstellation Antonia – Sandro – Carlotta hat mir so gut gefallen, dass ich mehr von ihnen »wissen« möchte, was natürlich bedeutet, dass ich weiter über sie schreiben werde.

Sie, geschätzter Leser, werden also diesen drei Menschen –

und einigen anderen – wiederbegegnen, dann in Rom. Der nächste »Glasmalerin«-Roman ist schon im Werden: Die Geliebte des Papstes wird ermordet aufgefunden. Sandro verfolgt eine Spur, die in den Vatikan führt, sowie eine andere in seine Familie. Antonia ermittelt – gegen Sandros Willen – im Milieu der Huren von Rom. Und Carlotta, die Verfolgerin, wird nun ihrerseites vom Papst verfolgt.

Danksagung

Ich danke jenen Autoren, deren Werke mir Anregung und hervorragende Quelle waren:

Lawrence Lee, George Seddon und Francis Stephens (»Die Welt der Glasfenster«), die mich mit ihrem Buch gelehrt haben, die Glaswelten zu lieben. Ferner René Fülöp-Miller (»Macht und Geheimnis der Jesuiten«), Ronnie Po-chia Hsia (»Gegenreformation«), Henry Charles Lea (»Geschichte der spanischen Inquisition«), W. G. Soldan/H. Heppe (»Geschichte der Hexenprozesse«), Hermann Schreiber (»Geschichte der Päpste«).

Ich danke allen, die mir beim Entstehen des Romans geholfen haben: vor allem Christian, Michael Paul, Réne Schwarzer, Petra Hermanns, Maria Dürig und Ilse Wagner.

Ohne euch wäre ich aufgeschmissen.